KB078204

스틸미

Still Me

스틸 미

조조 모예스 지음 | 공경희 옮김

살림

사랑하는 사스키아에게,
줄무늬 타이츠를 당당하게 입기를.

먼저 자신을 알고, 그런 다음 합당하게 자신을 꾸며라.

— 에픽테토스

1

그 콧수염이 영국을 떠났음을 뼈저리게 느끼게 했다. 단단한 회색 지 네 같은 게 남자의 윗입술을 가렸다. '빌리지 피플' 같은 콧수염이었다. 카우보이 수염. 영업 중임을 알리는 미니어처 빗자루와 비슷했다. 영국 남자는 저런 콧수염을 기르지 않는다. 수염에서 눈을 뗄 수가 없었다.

"다음 분?"

영국에서 저런 수염을 기른 사람을 딱 한 명 봤다. 수학 담당 네일러 선생님. 수학 시간에 우린 그의 수염에 다이제스티브(과자 상표) 부스러기 가 몇 개 붙었는지 셌다.

"다음 분!"

"어머. 미안해요."

제복을 입은 공무원이 통통한 손가락을 탁 치며 앞으로 나오라고 손 짓했다. 그는 화면에서 고개를 들지 않았다. 부스에서 기다리려니, 주르 르 흐른 땀이 원피스에 배어들었다. 그가 손을 들고 살찐 손가락 네 개를 흔들었다. 좀 걸려서야 여권을 달라는 뜻임을 알아차렸다.

"이름."

"거기 있는데요."

"아가씨 이름이요."

나는 카운터 너머를 쳐다보면서 대답했다.

"루이자 엘리자베스 클라크. 엘리자베스를 넣어서 쓰지는 않지만요. 엄마는 그 이름으로 정한 후에야 그러면 '루 리지(엘리자베스의 애칭)'가 된다는 걸 알아차렸거든요. 그리고 '루 리지'를 아주 빨리 발음하면 '루나시(lunacy: 정신이상, 광기)'가 되거든요. 아빠는 그게 딱이라고 하지만요. 내가 미치광이란 건 아니고요. 미치광이를 이 나라에 받아들이고 싶진 않겠죠. 하하!"

출입국 관리원이 처음으로 날 바라봤다. 어깨가 반듯하고, 테이저건처럼 사람을 꼼짝 못 하게 하는 눈빛이었다. 그는 웃지 않았다. 내 웃음이 멈추기를 기다릴 뿐.

내가 말했다.

"죄송해요. 제복 입은 사람을 보면 긴장해서요."

내 뒤의 출입국 심사 구역을 힐끗 쳐다보았다. 구불구불한 줄이 몇 번이나 구부러져서 뚫고 지나지 못할 지경이고, 안절부절못하는 인파가 엄청났다.

내가 말했다.

"저 줄에 서 있으려니 좀 이상야릇한 기분이 드는 것 같아요. 솔직히 이렇게 긴 줄은 처음 서봤거든요. 크리스마스 선물 목록을 작성하기 시작할지 고민하던 참이었어요."

"손을 스캐너에 올려요."

"항상 이 정도예요?"

"스캐너요?"

그가 얼굴을 찌푸렸다.

"줄이요."

하지만 그는 내 말을 듣지 않았다. 컴퓨터 화면에 뜬 내용을 쳐다보았다. 나는 작은 패드에 손을 올렸다. 그때 내 휴대폰에서 땡 소리가 났다.

– 착륙했니?

스캔하지 않는 손으로 답장을 입력하려 했지만, 출입국 관리원이 매섭게 쳐다봤다.

"이봐요, 여기는 휴대폰 사용 금지 구역입니다."

"엄마인걸요. 내가 잘 도착했는지 알고 싶어하세요."

나는 휴대폰을 치우면서 슬쩍 엄지 이모티콘을 누르려 했다.

"방문 목적은?"

엄마는 즉시 '무슨 말이야?'라는 문자메시지를 보냈다. 휴대폰을 능숙하게 다뤄서 말하는 속도보다 문자메시지 입력하는 속도가 빠를 정도였다.

– 내 폰에 작은 그림은 안 뜨는 거 알지? SOS를 친 거야? 루이자 무사하다고 말해.

"방문 목적이요, 아가씨?"

짜증 때문에 콧수염이 꿈틀거렸다. 그가 느릿느릿 덧붙여 말했다.

"여기 미국에서 뭘 할 겁니까?"

"새 일자리가 생겨서요."

"어떤 일자리?"

"뉴욕에 있는 어느 집에서 일할 거예요. 센트럴파크요."

일순간 그의 눈썹이 1밀리미터쯤 올라간 것 같았다. 출입국 관리원은 내 서류에 적힌 주소를 재차 확인했다.

"어떤 종류의 일입니까?"

"약간 복잡한데요. 아무튼 유급 친구예요."

"'유급 친구'라."

"이런 거죠. 전에 어떤 사람을 위해 일했어요. 난 친구였지만 그에게 약을 챙겨주고, 외출을 돕고 밥을 먹여줬어요. 한데 듣는 것처럼 이상야릇한 일은 아니었어요. 그가 손을 못 썼거든요. 변태 같은 건 아니었다고요. 사실 마지막 일자리는 그 이상으로 끝났죠. 사람을 돌보다보면 가까워지지 않을 수 없고, 윌은—그의 이름이에요—멋진 사람이었고 우린…… 음, 우린 사랑에 빠졌죠."

한발 늦었다. 늘 그러듯 눈물이 차올랐다. 나는 얼른 눈가를 닦고 말을 이었다.

"그래서 이 일도 비슷할 거라 생각해요. 사랑에 빠지는 부분은 빼고요. 밥 먹이는 일이랑."

출입국 관리원은 날 빤히 쳐다보았다. 난 웃어보려고 애썼다.

"사실 평소에는 일 얘기를 하면서 울지 않거든요. 이름은 그 모양이지만 진짜 미치진 않았어요. 하하! 하지만 그이를 사랑했어요. 그도 나를 사랑했고요. 그런데 그 사람이…… 음, 그이는 인생을 끝내는 쪽을 선택했어요. 그러니까 내게 이 일은 새 출발 같은 거예요."

이제 당황스럽게도 눈가에서 눈물이 줄줄 흘러내렸다. 무엇도 눈물을 막지 못할 것 같았다.

"죄송해요. 시차 때문일 거예요. 지금 새벽 2시 정도 됐거든요, 그죠? 게다가 이제 그 사람 얘기를 하는 게 싫거든요. 새 남자친구가 생겼단 뜻이에요. 좋은 사람이에요! 구급의료대원이죠! 섹시하고요! 이 정도면 애인 복권이 당첨된 거죠? 섹시한 구급의료대원 정도면?"

핸드백을 뒤적이며 휴지를 찾았다. 고개를 드니 출입국 관리원이 티슈를 내밀고 있었다. 한 장 뽑았다.

"감사합니다. 아무튼 친구 네이선이 ─ 뉴질랜드 출신이에요 ─ 여기서 일하는데, 이 일자리를 구하게 도와줬어요. 우울증을 앓는 부잣집 안주인을 시중드는 일인데, 그 외에 뭘 해야 하는지 잘 몰라요. 하지만 이번에는 윌이 내게 바란 대로 살기로 작정했어요. 전에는 제대로 못 했거든요. 결국 공항에서 일하는 걸로 끝나버렸죠."

나는 얼어붙었다.

"어, 공항에서 일하는 게 잘못이라는 말은 아니고요! 분명히 출입국 업무는 대단히 중요한 일이죠. '진짜로' 중요하죠. 하지만 나는 계획이 있어요. 여기서 지내는 동안 매주 새로운 일을 하면서 '좋다'고 대답할 거예요."

"좋다고 대답해요?"

"새로운 일에요. 윌은 늘 내가 갇혀서 새로운 경험을 외면한다고 말했어요. 그러니 이게 계획이에요."

담당자는 내 서류를 꼼꼼히 살폈다.

"주소 부분을 다 채우지 않았군요. 우편번호를 적어야 합니다."

그가 서류를 내게 밀었다. 나는 프린트한 종이에서 숫자를 확인하고, 떨리는 손으로 서류에 써넣었다. 왼쪽을 힐끗 보니, 내 주위로 대기 줄이 엄청나게 늘어났다. 다음 줄 앞쪽에서 중국인 가족이 관리원 두 명에게 조사를 받았다. 중국 여자가 항의하자, 관리원들은 가족을 옆방으로 데려갔다. 문득 외로움이 밀려들었다.

13

출입국 관리원은 대기 중인 사람들을 쳐다보았다. 그러더니 불쑥 내 여권에 스탬프를 찍었다.

"행운을 빕니다, 루이자 클라크."

관리원이 말했다.

나는 그를 빤히 쳐다보았다.

"아, 감사해요! 정말 친절하시네요. 생전 처음 혼자서 지구 반대편에 있으니 기분이 좀 이상한데, 방금 처음 좋은 분을 만난 느낌이어서……."

"이제 가셔도 됩니다."

"그러죠. 죄송해요."

소지품을 챙기고 땀에 젖은 앞머리를 뒤로 넘겼다.

"그런데 아가씨……."

"네?"

내가 뭘 잘못했는지 염려스러웠다.

출입국 관리원이 컴퓨터 화면에서 눈을 떼지 않고 중얼댔다.

"아무 때나 '좋다'고 대답하지는 말아요."

약속대로 네이선이 도착 구역에서 기다리고 있었다. 사람들을 쳐다보니 이상하게 창피하고, 아무도 마중 나오지 않을 거라는 확신이 생겼다. 하지만 거기서 오가는 인파 위로 네이선이 큰 손을 흔들었다. 그는 다른 팔을 들고 활짝 웃으면서 사람들을 헤치고 나왔다. 내 앞에 서자 그는 날 번쩍 안아 올렸다.

"루!"

네이선을 보자 속에서 뭔가가—월, 상실감, 일곱 시간 동안 살짝 흔들리는 비행기에 앉아서 생긴 부대끼는 기분과 관계된—죄어들었다. 다행히 그가 힘껏 포옹한 틈에 진정할 수 있었다.

"뉴욕에 잘 왔어, 땅꼬마! 패션 감각이 그대로네."

네이선은 나를 앞에 내려놓고 씩 웃었다. 나는 1970년대 호피 무늬 원피스를 쓸어내렸다. 난 이 원피스가 오나시스와 결혼 후의 재키 케네디처럼 보일 거라고 생각했었다. 재키 케네디가 비행기에서 무릎에 커피를 반쯤 쏟았다면.

"만나니까 참 좋네."

그는 무거운 내 짐을 깃털 베개처럼 가뿐히 들었다.

"이리 와. 집으로 데려다줄게. 프리우스(도요타자동차의 모델)가 정비소에 들어가서, G 씨가 차를 빌려줬어. 교통 체증이 어마어마하지만 폼 나게 거기 도착할 거야."

고프닉 씨의 차는 날렵한 검은색으로 버스만 했고, 문이 중후하게 '탁' 하고 닫히는 걸 볼 때 가격이 여섯 자릿수는 될 듯했다. 네이선은 내 가방들을 트렁크에 실었고, 나는 조수석에 앉아 한숨을 쉬었다. 휴대폰을 확인하니 엄마가 보낸 문자메시지 열네 통이 와 있었다. 차에 탔고 내일 전화하겠다고 간단히 답한 다음, 보고 싶다는 샘의 문자메시지에 '도착 xxx'라고 답했다.

"그 친구는 어때?"

네이선이 날 힐끗 보면서 물었다.

"잘 지내."

나는 더 확실히 하려고 xxxx라고 덧붙였다.

"루가 여기 오는 걸 두고 샘이 너무 힘들게 굴지 않았어?"

나는 어깨를 으쓱했다.

15

"샘은 내가 와야 한다고 생각했어."

"우리 모두 그랬지. 루가 길을 찾는 데 시간이 걸린 것뿐이야."

나는 휴대폰을 치우고 등을 기대고 앉아, 고속도로에 늘어선 낯선 간판을 내다봤다. 마일로 타이어점, 리치 체육관, 구급차, 유홀 트럭, 칠이 벗겨지고 현관이 너저분한 초라한 집, 농구 코트, 대형 플라스틱 컵에 든 음료를 마시는 운전자. 네이선이 라디오를 켜자, 난 로렌조라는 사람이 떠드는 야구 이야기를 들으면서 순간 비현실 속에 있는 느낌을 맛봤다.

"내일 하루 여유가 있어. 혹시 하고 싶은 일이 있어? 난 루를 재운 다음에 데리고 나가 브런치를 할까 생각했는데. 여기서 보내는 첫 주말에 뉴욕 다이너를 정식으로 경험해야지."

"좋을 것 같네."

"부부는 내일 저녁이나 되어야 컨트리클럽에서 돌아올 거야. 지난주에 약간 갈등이 있었지. 일단 잠을 잔 후에 다 얘기해줄게."

나는 그를 빤히 쳐다봤다.

"숨기는 게 없는 거지? 설마 앞으로 이 일이……."

"트레이너 부부와 다른 사람들이야. 그냥 보편적인 백만장자 불량 가족이지."

"부인은 좋은 사람이야?"

"괜찮지. 좀…… 손이 많이 가는 여자야. 하지만 인성은 괜찮아. 남편도 마찬가지고."

이 정도면 네이선이 남의 성격을 최대한 좋게 말한 셈이었다. 그가 입을 다물었고—남의 얘기를 별로 안 하는 사람이었다—난 매끄럽게 달리는 냉방이 잘되는 벤츠 GLS에 앉아 계속 밀려드는 잠과 싸웠다. 샘을 생각했다. 수천 킬로 떨어진 객차에서 곤히 자겠지. 런던의 내 좁은 아파트

16

에서 곯아떨어졌을 트리나와 톰을 생각했다. 그때 네이선의 목소리가 들렸다.

"자, 여기야."

뻑뻑한 눈을 뜨고 올려다보니, 브루클린브리지 건너 맨해튼이 보였다. 뾰족한 100만 개의 빛 조각처럼 반짝이는 경이롭고 화려한 광경. 믿을 수 없이 빽빽하고 아름다운 풍경을 TV와 영화에서 워낙 많이 봐서 실제로 보고 있다는 걸 인정할 수가 없었다. 난 멍하게 허리를 세우고 앉았고, 우린 맨해튼을 향해 내달렸다. 지구에서 가장 유명한 대도시를 향해서.

"저 풍경은 변하지도 않아, 그치? 스톳폴드보다 좀 웅장하지."

그때까지 실감하지 못했던 것 같다. 여기가 '새집'이라는 것을.

"이봐요, 아속. 어떻게 지내요?"

네이선이 내 가방을 끌고 대리석 로비를 지나갔고, 난 흑백 타일과 황동 난간을 보면서 헛발을 디딜까 조심했다. 동굴 같은 공간에 내 발소리가 울렸다. 좀 오래된 웅장한 호텔 입구 같은 분위기였다. 반들반들한 황동 승강기, 붉은색과 금색 카펫이 깔린 바닥, 어두운 정도가 편안한 정도를 넘어서는 안내석. 밀랍, 광을 낸 구두, 돈 냄새가 풍겼다.

"잘 지냅니다. 이분은 누구신가요?"

"루이자예요. G 여사 댁에서 일할 겁니다."

제복 차림의 수위가 책상 뒤에서 나와 내게 악수를 청했다. 환한 미소와 세상 물정에 통달한 눈빛을 가진 남자였다.

"만나서 반가워요, 아속."

"영국인이시군요! 사촌 한 명이 런던에 삽니다. '크로이-다운'에요.

'크로이-다운'을 아세요? 그 근처 어디라도? 한 덩치 하는 녀석이죠, 무슨 뜻인지 아시지요?"

"저는 크로이던을 잘 몰라요."

내가 대답했다. 그런데 아쑉이 시무룩해지자 얼른 덧붙였다.

"하지만 다음에 근처를 지나가면 그 사람을 찾아볼게요."

"루이자. '레이버리'에 잘 왔어요. 뭐든 필요하거나 알고 싶은 게 있으면, 내게 알리기만 하세요. 매일 스물네 시간 여기 있습니다."

"농담 아냐. 이따금 아쑉이 저 책상 밑에서 잔다는 생각이 든다니까."

네이선이 말했다. 그가 직원용 승강기를 가리켰다. 로비 뒤쪽 근처에 칙칙한 회색 문짝이 있었다.

아쑉이 말했다.

"다섯 살 미만인 애가 셋이에요. 솔직히 여기 있는 게 정신 건강에 좋습니다. 집사람에게 이렇게 말할 순 없지만요."

그가 빙그레 웃으면서 말을 이었다.

"진심입니다, 루이자 양. 필요한 게 있으면 나만 믿어요."

직원용 승강기 문이 닫히자 내가 속삭였다.

"마약, 매춘부, 매춘 굴 같은 걸 말하는 거야?"

"아니야. 극장 티켓, 레스토랑 테이블, 가장 잘하는 세탁소 같은 거야. 여기는 5번가라고. 아이고. 런던에서 뭘 하다 온 거야?"

고프닉 자택은 고딕 양식의 빨간 벽돌 건물 2, 3층 200평이었다. 뉴욕의 이 구역에서 드문 복층 아파트였는데, 이것은 대대로 부유한 집안이라는 증거였다. 이 '레이버리'는 다코타의 유명한 건물을 축소 복제했고, 어퍼 이스트사이드에서 가장 유서 깊은 공동주택으로 꼽힌다고 네이선이 말해주었다. 여기서 아파트를 팔거나 사려면 주민위원회의 승인을 받아야 했고, 거주자들은 변화를 극도로 싫어했다. 공원 맞은편 화려한 콘도미니엄은 신흥 부자 일색으로—러시아 신흥 재벌, 팝스타, 중국 철강왕, 첨단 기술 백만장자—단지에 레스토랑, 체육관, 어린이집, 고급 수영장이 즐비했다. 반면 레이버리 입주민은 전통을 선호했다.

레이버리는 대물림되는 아파트여서, 주민들은 1930년대 배관을 감내하는 법을 배웠고, 전등 스위치보다 큰 것을 바꾸려면 지루하고 복잡한 승인을 받아내야 했다. 이들은 뉴욕의 변화를 점잖게 외면했다. 종이때기를 든 걸인을 외면하듯이.

쪽마루, 높은 천장, 바닥까지 드리워진 다마스크 커튼. 이 웅장한 복층 아파트를 구경할 새도 없이, 우리는 2층 끝에 따로 있는 직원 구역으로 직행했다. 좁고 긴 복도의 끝에 주방으로 이어졌고 그곳은 케케묵은 시대의 괴상한 잔재라 할 만했다. 신축하거나 리모델링한 건물에는 직원 구역이 없었다. 가정부와 보모는 퀸스나 뉴저지에서 새벽차를 타고 출근해서 어두워진 후에 귀가했다. 하지만 고프닉 일가는 처음 건물이 세워진 후, 이 작은 방들을 그대로 두었다. 이 구역은 증서로 주인 거주지에 묶여 있어서 개축이나 매도가 불가능했다. 그래서 창고 방으로 사용할 수밖에 없었다. 왜 자연스럽게 창고로 취급되는지 척 봐도 알 만했다.

"다 왔어."

네이선이 문을 열고 내 짐을 내려놓았다.

내 방은 가로 세로 각각 3.5미터 크기였다. 더블 침대, TV, 서랍장, 옷장이 있었다. 구석에 작은 베이지색 천 안락의자가 있었고, 이전 사람들이 고단해서 주저앉았는지 푹 꺼진 상태였다. 작은 창이 난 방향은 남쪽이었을까? 아니면 북쪽? 동쪽? 가늠하기 힘든 것은, 창에서 2미터도 안 되는 곳이 건물 뒷벽이어서였다. 휑한 벽돌 벽면이 너무 높아서, 얼굴을 유리창에 대고 목을 빼야만 하늘이 보였다.

공동 주방이 가까운 복도에 있었고, 나와 네이선과 가정부가 쓰게 되었다. 내 방과 복도를 사이에 두고 가정부 방이 있었다.

침대에 진청색 셔츠 다섯 벌과 싸구려 나일론 광택이 도는 검은색 바지 같은 게 차곡차곡 쌓여 있었다.

"유니폼 이야기를 해주지 않았어?"

나는 남방셔츠 한 벌을 집었다.

"그냥 셔츠랑 바지일 뿐이야. 고프닉 부부는 유니폼이 일을 더 간단하게 만든다고 생각하거든. 직원들이 어디 서 있는지 누구나 아니까."

"프로 골퍼처럼 보이고 싶다면 모를까."

나는 좁은 욕실을 들여다보았다. 석회 자국이 말라붙은 갈색 대리석 타일이 붙어 있고, 침실에서 나가면 바로 있었다. 화장실이 있고, 1940년 대부터 있었을 것 같은 작은 세면대, 샤워기가 있었다. 종이로 싼 비누가 있고, 옆쪽에 바퀴 살충제가 있었다.

네이선이 말했다.

"사실 맨해튼 기준으로 제법 넓어. 고리타분해 보이긴 해도, G 여사님은 페인트를 칠해도 된다고 하셔. 램프 두어 개를 들여놓고, 얼른 크레이트&배럴에 가서……."

"맘에 들어."

내가 말했다. 그에게 고개를 돌리는데 갑자기 목소리가 떨렸다. 내가 덧붙였다.

"난 뉴욕에 와 있어, 네이선. 진짜로 여기 있다고."

그가 내 어깨를 꽉 잡았다.

"맞아. 정말 여기 있지."

겨우 잠을 참고, 짐을 풀고 네이선과 포장 음식(그는 '테이크아웃'이 아니라 진짜 미국인처럼 '테이크어웨이'라고 말했다)을 먹고 작은 TV를 보며 859개의 채널을 돌려댔다. 대부분의 채널에서 아메리칸 풋볼, 소화제 광고, 듣도 보도 못한 삼류 범죄물을 방송했다. 그러다가 금방 잠이 들었다. 깜짝 놀라 깨니 새벽 4시 55분이었다. 몇 분간 멀리서 나는 낯선 사이렌 소리와 후진하는 트럭 엔진 소리를 들으면서 혼란을 겪다가, 전등을 켰다. 그제야 내가 어디 있는지 기억나면서 온몸에 흥분이 솟구쳤다.

가방에서 노트북을 꺼내서 샘에게 채팅을 시도했다.

- **거기 있어?** xxx

기다렸지만 아무 답도 오지 않았다. 샘은 다시 근무라고, 헷갈려서 시차를 계산하지 못하겠다고 말했었다. 나는 컴퓨터를 내려놓고, 잠시 다시 자보려고 했다(트리나는 내가 잠이 부족하면 슬픈 말처럼 보인다고 했다). 하지만 낯선 도시의 소음이 감미로운 유혹이 되어, 6시에 침대에서 내려와, 샤워기 꼭지에서 후드득 쏟아지는 녹물을 모른 체하며 씻었다. 옷—데님 피나포어드레스와 자유의 여신상 사진이 박힌 빈티지 옥색 반팔 블라우스—을 입고 커피를 찾으러 갔다.

전날 저녁에 네이선이 알려준 직원 주방의 위치를 떠올리려 애쓰면서 통로를 걸었다. 문을 여니, 어떤 여자가 몸을 돌리고 날 노려봤다. 땅딸막한 중년으로 1930년대 영화배우처럼 검은 머리가 굽슬굽슬했다. 눈은

21

검고 아름다웠지만, 입매는 양 끝이 처져서 늘 못마땅해하는 인상을 풍겼다.

"저기…… 안녕하세요!"

그녀가 날 계속 노려봤다.

"제가…… 제가 루이자거든요? 새로 온 직원이요. 고프닉 여사의 조수로……."

"그분은 고프닉 여사가 아니에요."

여자의 대꾸가 공중에 퍼졌다.

"부인이……."

시차에 시달리는 머리를 굴려봤지만 떠오르는 이름이 없었다. '아, 정신 차려'라고 속으로 외치다가 다시 말했다.

"죄송해요. 오늘 아침에 머리가 곤죽 같네요. 시차 때문에요."

"내 이름은 일라리아예요."

"일라리아. 당연하죠, 그 이름이에요. 죄송해요."

내가 손을 내밀었다. 그녀는 내 손을 잡지 않았다.

"당신이 누군지 알아요."

"저기…… 네이선이 우유를 어디 두는지 가르쳐주실래요? 커피를 마시고 싶어서요."

"네이선은 우유를 먹지 않는데요."

"정말이요? 전에는 먹었는데."

"내가 거짓말한다는 거예요?"

"아뇨. 그런 뜻으로 한 말이 아니라……."

그녀가 왼쪽으로 물러나더니, 벽에 붙은 찬장을 가리켰다. 다른 찬장의 절반 크기로 손이 닿을까 말까 한 높이였다.

"이걸 쓰면 돼요."

일라리아가 냉장고 문을 열고 주스를 집어넣었고, 그녀가 쓰는 선반에 놓인 2리터들이 우유가 내 눈에 들어왔다. 그녀는 다시 냉장고 문을 닫고 날 적대적으로 쳐다봤다.

"고프닉 씨는 오늘 저녁 6시 30분에 귀가하세요. 유니폼을 입고 그분을 맞이하도록 해요."

그러더니 그녀는 복도로 나갔고, 슬리퍼가 발꿈치를 탁탁 때리는 소리가 들렸다.

내가 일라리아의 등 뒤에 대고 외쳤다.

"만나서 반가웠어요! 앞으로 자주 만나겠죠!"

잠시 냉장고를 쳐다보다가, 이 시간이면 우유를 사러 나가도 된다고 결론지었다. 뭐, 여기는 잠들지 않는 도시가 아니던가.

뉴욕은 깨어 있을지 몰라도, 레이버리는 깊은 적막에 휩싸여서 단체로 조피클론(불면증 치료제)이라도 복용했나 싶었다. 복도를 지나서, 지갑이랑 열쇠를 챙겼는지 여덟 번은 확인하고 조용히 현관문을 닫았다. 이른 시간이라 입주자들이 자고 있으니, 내가 오게 된 곳을 더 찬찬히 살펴봐도 될 것 같았다.

발끝으로 걸으니 호사스런 카펫에 발소리가 묻혔지만, 어느 집 안에서 개가 짖기 시작했다. 쉴 새 없이 앙칼지게 짖어댔다. 그러자 노인이 뭐라고 소리쳤지만, 무슨 말인지 가늠되지 않았다. 다른 입주자를 깨운 책임을 뒤집어쓰기 싫어서 재빨리 걸었고, 중앙 계단 대신 직원용 승강기로 내려갔다.

로비에 아무도 없었고 거리로 나가니, 소음과 햇살의 소용돌이가 위압적으로 밀려들어서 몸을 가누기 위해 잠깐 가만히 서 있어야 했다. 앞쪽으로 푸른 오아시스 같은 센트럴파크가 몇 킬로미터쯤 펼쳐진 듯했다. 왼쪽을 바라보니 골목마다 벌써 분주했다. 작업복을 입은 거구의 사내들은 트럭에서 나무 상자를 내렸고, 팔뚝이 통닭 같은 경관은 가슴에 팔짱을 끼고 거리를 감시했다. 거리 청소부는 부지런히 흥얼댔다. 택시 운전사는 열린 창으로 어떤 사람과 수다를 떨었다. 머릿속으로 '빅애플'(뉴욕의 상징)의 관광 포인트를 헤아렸다. 말이 끄는 마차! 노란 택시! 아찔한 마천루! 구경하는 내 앞을 지친 관광객 두 명이 지나갔다. 스티로폼 커피 컵을 들고, 애들을 태운 유모차를 밀고 가는 걸로 봐서 여전히 시차에 시달리는 듯했다. 맨해튼이 사방으로 어마어마하게 뻗었고, 햇빛이 쏟아져 환하게 빛났다.

동이 트면서 내 시차는 사라져버렸다. 심호흡을 하고 걸음을 옮겼다. 내가 빙긋 웃는 걸 알지만 웃음을 멈출 수가 없었다. 여덟 블록을 걷는 동안 편의점이 한 군데도 없었다. 매디슨가로 접어들어, 늘어선 명품숍의 대형 유리문 앞을 지났다. 문이 잠긴 숍들 사이에 가끔 눈을 감은 것처럼 창문이 어두운 레스토랑이 있었다. 금빛이 번뜩이는 호텔 앞을 지나갔지만 도어맨은 내게 눈길도 주지 않았다.

다섯 블록을 더 걸으면서, 여기는 식당에 쑥 들어갈 수 있는 구역이 아니라는 걸 점차 깨달았다. 뉴욕 어디나 빠질대는 웨이트리스와 하얀 모자를 쓴 남자 직원이 서빙하는 작은 식당이 있는 줄 알았다. 그런데 레스토랑마다 크고 화려해서, 치즈오믈렛이나 홍차를 팔 것 같지 않았다. 지나친 사람들은 대개 나 같은 관광객이거나, 단단한 체구에 달라붙는 운동복을 입고 조깅하는 사람들이었다. 이어폰을 낀 그들은 주위에 무관심했고 민첩하게 노숙자들을 피했고, 납빛 얼굴의 노숙자들은 잔뜩 찌푸리고 노려보았다.

　마침내 대형 커피숍을 만났다. 뉴욕에서 일찍 일어난 사람의 절반이 체인형 커피숍에 와 있는 것 같았다. 다들 휴대폰에 고개를 처박고 앉아 있거나, 이상할 정도로 명랑한 아이들에게 음식을 먹였다. 벽에 걸린 스피커에서 흔한 경음악이 흘러나왔다.

　카푸치노와 머핀을 주문하고 다른 말을 할 새도 없이, 바리스타는 머핀을 반으로 잘라서 데운 다음 버터를 듬뿍 발랐다. 그러면서 동료와 야구 경기에 대해 쉬지 않고 떠들었다.

　돈을 내고 자리에 앉아 금박지에 싸인 머핀을 한입 베어 물었다. 시차로 인한 공복감이 아니더라도 이렇게 맛있는 머핀은 생전 처음 먹어봤다.

　창가 자리에 앉아 이른 아침의 맨해튼 거리를 30분쯤 구경했다. 버터가 발린 목이 메는 머핀과 입이 델 만큼 뜨거운 진한 커피를 번갈아 먹고 마시면서, 머릿속으로 늘 하는 혼잣말을 중얼댔다.

　'난 뉴욕 커피숍에서 뉴욕 커피를 마시고 있어! 난 뉴욕 거리를 걷고 있어! 멕 라이언처럼! 아니면 다이앤 키튼처럼! 난 진짜로 뉴욕에 있어!'

　그러자 2년 전 월이 내게 설명하려던 게 정확히 이해되었다. 몇 분 동안 생소한 음식을 먹고 이상한 광경을 보면서 나는 순간에만 존재했다. 온전히 현재에 몰두하고 감각이 살아 있었고, 주위의 새로운 경험을 받아들이려고 내 존재 전체가 열려 있었다. 나는 존재할 수 있는 세상의 딱 한 곳에 있었다.

　그때 옆 테이블에서 두 여자가 별것 아닌 일로 주먹다짐을 시작해 파이 조각이 테이블 위로 날아다니자, 바리스타들이 달려들어 둘을 떼어놓았다. 나는 치마에 흘린 빵가루를 털고 지갑을 닫았다. 이제 평온한 레이버리로 돌아갈 때가 됐다고 결론지었다.

2

안으로 들어가자, 아속은 잔뜩 쌓인 신문 더미를 호수별로 나누고 있었다. 그가 허리를 펴고 미소 지었다.

"아, 잘 잤어요, 미스 루이자. 뉴욕에서 맞이한 첫 아침은 어땠어요?"

"대단했어요. 고마워요."

"거리를 걸으면서 「강물이 흐르도록」(맨해튼 월가가 배경인 1988년 영화 〈워킹걸〉의 주제가)을 흥얼댔나요?"

나는 걸음을 멈추었다.

"어떻게 아세요?"

"처음 맨해튼에 오면 누구나 그러거든요. 뭐 심지어 나도 어떤 날 아침에는 그 노래를 흥얼대죠, 멜러니 그리피스랑 전혀 다르게 생겼는데."

"그런데 이 근처에 식품점이 없나요? 커피를 사려고 얼마나 멀리 걸어가야 했는지 몰라요. 그리고 어디서 우유를 살 수 있는지 모르겠네요."

"미스 루이자, 나한테 말했어야죠. 이리 와봐요."

아속이 카운터 뒤를 가리키고 문을 열더니 나를 어두운 사무실로 불렀다. 너저분하고 어지러운 장식이 황동과 대리석으로 꾸민 로비와 어울리지 않았다. 책상에 보안 화면이 주르르 있고, 그 사이에 낡은 TV와 큼직한 장부가 있었다. 옆으로 머그잔과 문고판 도서 몇 권, 이 빠진 아이들이 웃는 사진 몇 장이 있었다. 문 뒤에 고물 냉장고가 놓여 있었다.

"자. 이걸 받아요. 나중에 하나 갖다줘요."

"어느 도어맨이나 이렇게 해주나요?"

"어느 도어맨도 이렇게 하지 않지요. 하지만 레이버리는 다르거든요."

"그런데 다들 어디서 장을 보죠?"

아속이 찡그렸다.

"이 건물 주민은 장을 보지 않아요, 미스 루이자. 장 보는 일은 '생각' 조차 하지 않죠. 장담하건대 입주민의 절반은 마법이 부려져서 음식이 요리되어 식탁에 오른다고 생각할 겁니다."

그가 뒤쪽을 힐끗 살피더니 목소리를 낮춰서 말을 이었다.

"이 건물 여자 입주자의 80퍼센트는 지난 5년 동안 한 번도 요리해본 적이 없다는 데 1달러 걸죠. 알아둬요, 이 건물 여자 입주자의 절반은 식 사를 안 합니다, 그렇다니까요."

내가 빤히 쳐다보자 아속은 어깨를 으쓱했다.

"부자는 아가씨나 나같이 살지 않는답니다, 미스 루이자. 그리고 뉴욕 의 부자는…… 흠, '어느 누구'와도 다르게 살죠."

나는 우유를 받았다.

"필요한 게 있으면 다 배달시킵니다. 익숙해질 거예요."

일라리아에 관해 묻고 싶었다. '고프닉 부인'이 아니라는 고프닉 부인 과 내가 만날 가족에 대해서도. 하지만 아속은 내게서 눈을 돌려 복도를 쳐다보았다.

"아, 안녕히 주무셨습니까? 드 위트 부인!"

"바닥에 이 신문 더미는 다 뭐지? 로비가 흉물스러운 신문 가판대 같 구먼."

왜소한 노인이 아직 풀지 않은 「뉴욕타임스」와 「월스트리트저널」 더미가 못마땅해서 혀를 찼다. 이른 시간인데도 결혼식에라도 가는 사람처럼 진홍색 코트와 빨간 필박스햇(테 없는 둥글납작한 여성 모자) 차림이었고, 큼직한 거북 껍데기 선글라스가 주름진 작은 얼굴을 가렸다. 목줄 끝에서 퍼그가 씨근대며 왕방울만 한 눈으로 날 잡아먹을 듯이 노려봤다(적어도 나는 그렇게 생각했다. 개가 다른 방향으로 눈을 돌리자 내 짐작이 맞는지 자신이 없었지만). 내가 아속을 도와 노부인 앞에 있는 신문을 치우려 하자, 개가 으르렁대면서 달려들었다. 이를 피하려 물러나다가 「뉴욕타임스」 위로 자빠질 뻔했다.

"아, 이런! 아가씨가 개를 자극하고 있잖아!"

노부인이 떨리는 목소리로 도도하게 쏘아붙였다.

퍼그가 내 다리에 대고 으르렁댔다. 개 이빨이 스쳐서 다리 살갗이 찌르르했다.

"우리가 돌아올 때는 이 '쓰레기'를 확실히 치우게. 건물이 흉해지고 있다고 오비츠에게 몇 번이나 말했는데 참. 그리고 아속, 내 집 현관 밖에 쓰레기 봉지를 내놨네. 당장 치우지 않으면 온 복도에 백합 썩은 내가 진동할 거야. 어떤 위인이 백합을 선물로 보내는지 한심해서! 장례식에나 쓰는 꽃을. 딘 마틴!"

아속이 모자를 들어 올리며 대답했다.

"그러겠습니다, 드 위트 부인."

그는 노인이 나갈 때까지 기다렸다. 그러다가 몸을 돌려 내 다리를 쳐다보았다.

"저 개가 날 물려고 했어요!"

"그래요. 저 개가 딘 마틴이에요. 개 근처에 얼씬하지 않는 게 좋아요.

이 건물에서 가장 성질 고약한 입주자거든요, 농담이 아니에요.”

아속이 다시 허리를 굽히고 신문 뭉치를 들어 책상으로 옮기다가, 날 보내려고 멈춰 섰다.

“이건 신경 쓰지 말아요, 미스 루이자. 무겁고 또 위층에도 할 일이 많을 텐데요. 하루 잘 보내요.”

내가 무슨 뜻이냐고 물을 새도 없이 아속은 사라졌다.

하루가 흐릿하게 흘렀다. 작은 방을 정리하고 욕실을 청소하면서 아침나절을 보냈다. 샘, 부모님, 트리나, 톰의 사진을 늘어놓으니 집 같은 분위기가 났다. 네이선을 따라 콜럼버스 서클 인근의 작은 식당에 가서, 차 바퀴만 한 접시에 담긴 음식을 먹었다. 진한 커피를 얼마나 많이 들이켰는지 집에 돌아올 때 손이 떨릴 지경이었다. 네이선은 도움이 될 곳을 가르쳐주었다. 이 바는 늦은 시간까지 영업하고, 저 푸드 트럭은 끝내주는 팔라펠을 팔고, 이 현금인출기가 안전하고……. 새 이미지와 새 정보로 머리가 핑핑 돌았다. 오후 어느 즈음, 갑자기 머리가 멍하고 발이 무거워져서, 네이선이 내 팔짱을 끼고 아파트로 데려갔다. 건물에 들어서니 조용하고 어두운 실내가 반가웠다. 직원용 승강기 덕분에 계단을 오르는 수고를 덜었다.

내가 구두를 벗어 던지자 네이선이 말했다.

“한잠 자도록 해. 하지만 나라면 한 시간 이상 자지 않겠어. 더 자면 인체 시계가 더 엉망이 되거든.”

“고프닉 부부가 언제 돌아온다고 했지?”

내 말소리가 흐릿해졌다.

“보통은 6시 즈음에. 지금 3시니까 시간이 있어. 자, 눈을 꼭 감아. 다시 사람이 된 기분이 들 테니까."

그가 문을 닫고 나가자, 나는 고마운 마음으로 침대에 누웠다. 살포시 잠이 들려는 찰나, 시간이 지나면 샘과 통화하지 못한다는 걸 깨달았다. 그래서 노트북을 집어 들고 잠깐 정신을 차렸다.

'거기 있어?'라고 메신저 앱에 입력했다.

몇 분 후 가벼운 소리와 함께 화면이 확장되더니 그가 나타났다. 기차 객실에서 큰 덩치를 화면 쪽으로 굽힌 모습. 샘. 구급요원. 산채만 한 체구. 이제 막 만난 남자친구. 우리는 얼빠진 사람처럼 서로 씩 웃었다.

"안녕, 예쁜이! 잘 지내?"

"응. 좋아! 내 방을 보여줄게. 화면을 돌리면 내가 벽에 부딪칠 거야."

나는 샘이 작은 방을 제대로 보도록 컴퓨터를 뒤틀었다.

"내가 보기엔 괜찮네. 방에 자기가 들어가잖아."

난 샘의 뒤쪽에 있는 잿빛 창을 쳐다보았다. 정확히 그릴 수 있었다. 기차 객실 지붕에 비가 내리치고, 유리창에 아늑하게 김이 서리고. 숲, 습기, 밖에 나왔다가 물이 떨어지는 손수레 아래 피한 닭들. 샘이 날 지긋이 바라보았고 나는 눈가를 훔쳤다. 갑자기 화장하는 걸 잊어서 아쉽단 생각이 들었다.

"일 시작했어?"

"응. 1주일 후에 전일제 근무로 복귀하면 될 거래. 사람을 들어도 봉합 부위가 터지지 않을 만큼 회복됐다고."

샘은 본능적으로 배에 손을 올렸다. 바로 몇 주 전에 총 맞은 자리였고—출동 명령을 받고 나갔다가 목숨을 잃을 뻔한 바람에 우리 관계가 굳건해졌다—나는 부조화스러우면서도 본능적인 감정을 느꼈다.

"당신이 여기 있으면 좋겠어."

내가 말을 참지 못하고 중얼댔다.

"나도 마찬가지야. 하지만 당신은 모험 1일째고 아주 멋진 경험이 될 거야. 또 1년 후에 당신은 여기 앉아서……."

내가 말을 끊고 끼어들었다.

"여기가 아니지. 완공된 당신 집이지."

"완공된 내 집에 앉아 있을 거야. 우린 당신 휴대폰에서 사진을 볼 거고, 난 속으로 '아이고, 또 시작이야. 뉴욕 추억을 주야장천 떠드네'라고 투덜대겠지."

"그래서 나한테 편지 쓸 거야? 사랑과 그리움이 가득하고, 외로움에 흘린 눈물이 뿌려진 편지를 쓸 거냐고?"

"저기, 루. 내가 글을 잘 쓰는 사람이 아닌 걸 알잖아. 전화는 할게. 그리고 딱 4주 후에 거기 갈 거야."

대답하는데 목구멍이 뻐근했다.

"그래. 알았어. 난 한숨 자는 게 좋겠어."

"나도. 당신 생각 할게."

샘이 말했다.

"메스꺼운 포르노식으로? 아니면 노라 에프론(〈시애틀의 잠 못 이루는 밤〉 〈유브 갓 메일〉의 감독) 스타일로 로맨틱하게?"

"어느 쪽이어야 내가 곤란해지지 않을까? 좋아 보여, 루."

샘이 말했다. 1분쯤 지났을까 그가 덧붙였다.

"당신…… 어지러운 것 같아."

"어지러워. 아주 기진맥진인데 터져버리고 싶기도 한 사람 같은 기분이야. 좀 헷갈려."

내가 화면에 손을 대자 곧 샘도 손을 마주 댔다. 피부에 닿는 그의 살결이 느껴지는 듯했다.

"사랑해."

아직도 그 말을 하기가 쑥스러웠다.

"나도. 화면에다 키스하고 싶지만, 그러면 당신이 내 코털만 볼 것 같아서……"

나는 빙긋 웃으면서 컴퓨터를 닫고, 순식간에 잠들었다.

복도에서 누군가 악을 썼다. 나는 나른한 상태로 땀을 흘리며 깼다. 꿈인지 아닌지 헷갈려서 억지로 일어나 앉았다. 문밖에서 실제로 여자의 고함 소리가 났다. 혼란 속에서 오만가지 생각이 떠올랐다. 살인범이 등장하는 신문 헤드라인, 뉴욕, 범죄 신고 방법. '몇 번에 전화해야 되더라? 영국처럼 999는 아닌데?' 머리를 굴려도 생각나지 않았다.

"내가 왜 그래야 하는데요? 마귀 같은 것이 모욕하는데도 내가 왜 거기 앉아서 웃고 있어야 되냐고요! 난 그것들이 하는 말의 절반도 안 듣는다고요! 당신은 남자예요! 귀에 눈가리개 가죽을 뒤집어쓴 거랑 매한가지죠!"

"여보, 제발 진정해요. 부탁이야. 이럴 만한 시간이나 장소가 아니야."

"그럴 시간이나 장소 따윈 없어요! 늘 여기 누군가 있으니까! 당신이랑 입씨름을 벌일 내 아파트를 한 채 사야겠어요!"

"왜 이런 일에 그리 흥분하는지 이해가 안 되는군. 당신이……"

"아뇨!"

마룻바닥에 뭔가 떨어졌다. 난 이제 완전히 깨서 심장이 두근거렸다. 무거운 침묵이 흘렀다.

"당신은 이게 가문에 내려오는 유산이라고 말하겠죠."

잠시 적막.

"흠, 그래 맞소. 세습된 유산이었지."

숨죽여 흐느끼는 소리.

"상관없어요! 난 상관없다고요! 당신네 가문 역사 때문에 숨이 막혀요! 내 말이 들려요? 숨 막힌다고요!"

"아그네스, 여보. 복도에서 이러지 맙시다. 제발. 이 이야기는 나중에 하면 되지."

나는 침대 끝에 앉아 꼼짝하지 않았다.

숨죽인 흐느낌이 더 들리더니 조용해졌다. 나는 기다리다가 일어나서, 발꿈치를 들고 문으로 가서 귀를 대고 들었다. 아무 소리도 나지 않았다. 시계를 보니 오후 4시 46분이었다.

세수를 하고 얼른 유니폼으로 갈아입었다. 머리를 빗고 조용히 방에서 나와, 복도의 모퉁이를 돌았다.

거기서 멈춰 섰다.

부엌으로 난 복도를 따라 올라가자, 젊은 여인이 태아처럼 몸을 말고 누워 있었다. 더 나이 든 남자가 나무 패널 벽에 등을 기대고 양팔로 그녀를 안고 있었다. 그는 한쪽 무릎을 세우고 다른 무릎을 뻗고 앉아 있다시피 했다. 마치 여자를 붙잡다가 무거워서 주저앉은 것 같았다. 난 여자의 얼굴을 보지 못했지만, 군청색 원피스 밑으로 늘씬한 긴 다리가 볼썽사납게 뻗쳐 있었고, 금발이 얼굴을 가리고 있었다. 그녀는 주먹 관절이 하얘지도록 남자에게 매달렸다.

내가 쳐다보면서 숨을 몰아쉬자, 남자가 고개를 들고 날 봤다. 고프닉 씨임을 알아보았다.

"지금은 안 되겠네요. 고맙소."

33

그가 점잖게 말했다.

난 목구멍으로 소리가 나지 않아서, 얼른 방으로 돌아가 문을 닫았다. 얼마나 가슴이 쿵쾅대던지 밖에 있는 두 사람에게도 들릴 것 같았다.

한 시간 동안 TV를 무심히 쳐다보면서, 두 사람이 얼싸안은 장면을 머릿속으로 떠올렸다. 네이선에게 문자메시지를 보낼까 했지만 무슨 말을 할지 난감했다. 대신 5시 45분에 방을 나서서, 조심스럽게 본채와 연결된 문을 지났다. 텅 빈 넓은 식당, 게스트룸으로 보이는 방, 닫힌 문 두 개를 지나, 멀리서 나는 말소리를 따라 갔다. 쪽마루 위를 사뿐사뿐 걸었다. 마침내 거실에 도착해서 열린 문밖에 멈춰 섰다.

고프닉 씨가 창가 자리에서 통화 중이었다. 하늘색 셔츠 소매를 둘둘 말고, 한 팔로 뒤통수를 받치고 있었다. 그가 계속 통화하면서 내게 들어오라고 손짓했다. 내 왼쪽에 금발 여자가—고프닉 부인일까?—장밋빛 앤티크 소파에 앉아서, 쉴 새 없이 아이폰을 두드려댔다. 옷을 갈아입은 듯했고 나는 순간 혼란스러웠다. 고프닉 씨가 통화를 끝낼 때까지 어색하게 기다렸고, 그가 주춤대면서 일어나는 걸 알아차렸다. 그가 앞으로 다가오지 않아도 되도록 내가 한 걸음 더 다가가서 악수했다. 그가 따뜻하고 부드러운 손으로 내 손을 꽉 잡았다. 젊은 여자는 계속 휴대폰을 두드려댔다.

"루이자, 여기 무사히 도착해서 반가워요. 필요한 준비는 다 됐을 거라고 믿소."

그가 어떤 질문도 기대하지 않는 사람처럼 말했다.

"다 좋습니다. 감사합니다."

"여기는 내 딸 태비사요, 탭?"

아가씨가 슬쩍 웃는 기미를 보이면서 한 손을 들더니 다시 휴대폰을 눌러댔다.

"아그네스가 여기서 인사하지 못하는 걸 양해해요. 그 사람은 한 시간 전에 잠자리에 들었소. 두통이 너무 심해서. 힘든 주말을 보냈거든."

고프닉 씨의 얼굴에 얼핏 지친 기미가 떠올랐지만 이내 사라졌다. 내가 그 광경을 본 지 두 시간도 안 지났는데, 그는 전혀 아무렇지 않은 기색이었다.

고프닉 씨가 미소 지으며 말했다.

"그러니까…… 오늘 저녁은 자유롭게 하고 싶은 일을 해요. 그리고 내일 아침 아그네스가 어디를 가든 동행하게 될 거요. 공식 직위는 어시스턴트고, 하루 중 아내가 무슨 일을 하든 곁에서 돕는 거요. 아그네스의 일정은 분주하지. 내 어시스턴트에게 루이자를 가족 캘린더에 연결하라고 당부했으니, 업데이트되면 이메일로 받게 될 거요. 오후 10시경에 확인하면 가장 좋을 거요. 주로 그즈음에 마지막으로 일정을 변경하니까. 나머지 팀원은 내일 만나도록 하고."

"알겠습니다. 감사합니다."

'팀'이라는 말에 유의하면서, 잠깐 축구 팀이 아파트를 누비는 광경을 떠올렸다.

"저녁 식사는 뭐예요, 아빠?"

태비사는 내가 거기 없는 것처럼 말했다.

"나도 모르는데, 애야. 네가 외출한다고 말한 줄 알았는데."

"오늘 밤에 집까지 가는 게 힘들 것 같아서요. 그냥 여기 있는 게 낫겠어요."

"좋을 대로 하렴. 일라리아에게 알려주기만 해. 루이자, 질문 있소?"

나는 그럴듯한 질문을 생각해내려고 애썼다.

"참, 드로잉 소품을 찾았는지 엄마가 물어보래요. 미로 작품."

"얘야, 그 얘기는 다시 하지 않겠다. 그 드로잉은 이 집에 있는 거야."

"하지만 엄마는 자기가 고른 그림이래요. 그 그림이 그립대요. 아빠는 그걸 좋아한 적이 없다고 했어요."

"그게 핵심이 아니야."

난 그만 나가도 될지 몰라서, 몸의 중심을 다른 발로 옮기면서 머뭇거렸다.

"하지만 그게 핵심이에요, 아빠. 엄마는 뭔가 지독하게 그리워하는데 아빠는 그걸 좋아하지도 않잖아요."

"8만 달러나 나가는 그림이야."

"엄마는 돈은 상관하지 않아요."

"이 얘기를 나중에 해도 되겠지?"

"아빠는 나중에 바쁠 거잖아요. 이 문제를 해결하겠다고 엄마한테 약속했다고요."

나는 슬그머니 뒷걸음질했다.

"해결하고 말 게 어디 있어. 18개월 전에 종결된 일인데. 당시에 모든 사항이 정리됐어. 아, 달링, 나왔군. 기분이 좀 나아졌소?"

뒤돌아보았다. 막 거실에 들어온 여자는, 화장기 없는 얼굴 하며 느슨하게 묶은 옅은 금발 하며 놀랄 만한 미인이었다. 솟은 광대에 살짝 주근깨가 있고, 슬라브족 혈통의 눈이었다. 나와 비슷한 연배인 듯했다. 그녀는 맨발로 고프닉 씨에게 다가가, 한 손으로 목덜미를 끌어안고 키스했다.

"한결 나아졌어요, 고마워요."

"루이자랑 인사하지."

고프닉 씨가 말했다.

그녀가 내게 몸을 돌렸다.

"새로 온 내 동지네요."

그녀가 말했다.

"새로 온 당신 어시스턴트지."

고프닉 씨가 말했다.

"안녕하세요, 루이자."

그녀가 가는 손을 뻗어 나와 악수했다. 뭔가 파악하는 것처럼 나를 훑어보더니 미소 지었고, 나도 미소로 답할 수밖에 없었다.

"일라리아가 방을 잘 단장했던가요?"

상냥한 목소리였고, 느릿한 동유럽 억양이 배어났다.

"완벽해요. 감사합니다."

"완벽? 아, 쉽게 만족하는 사람이네요. 그 방은 빗자루 보관함같이 생겼는데. 맘에 안 드는 게 있으면 말해요, 우리가 제대로 해줄 테니. 그렇죠, 여보?"

"그보다 훨씬 작은 방에서 살지 않았어요, 아그네스? 다른 이민자 열다섯 명이랑 한집에 살았다고 아빠한테 들은 것 같은데."

태비사가 아이폰에서 눈을 떼지 않고 말했다.

"탭."

고프닉 씨의 목소리는 부드럽게 경고하는 투였다.

아그네스는 가볍게 숨을 들이쉬면서 턱을 들었다.

"사실 내 방은 그보다 작았어. 하지만 같이 산 여자친구들은 정말 착했지. 그래서 문제가 전혀 없었어. 사람이 착하면, 그리고 예의 바르면 뭐

37

든 견딜 수 있거든. 그렇게 생각하지 않아요, 루이자?"

나는 침을 삼켰다.

"그럼요."

일라리아가 들어와서 헛기침을 했다. 똑같은 남방셔츠와 진한 바지를 입고, 흰 앞치마를 두른 차림새였다. 그녀는 내게 눈길도 주지 않았다.

일라리아가 말했다.

"저녁 식사가 준비되었습니다, 고프닉 씨."

"내가 먹을 것도 있어, 일라리아? 자고 가는 게 좋겠어."

태비사가 소파 등걸이에 손을 올리고 말했다.

일라리아의 표정이 순식간에 온화하게 변했다. 내 앞에 딴사람이 나타난 것 같았다.

"물론이지요, 태비사 아가씨. 일요일에는 아가씨가 주무시고 갈지 몰라 항상 여분의 식사를 준비합니다."

아그네스는 방 가운데 서 있었다. 난 그녀의 얼굴에 공포가 스치고 지나갔다고 생각했다. 그녀의 턱에 힘이 들어갔다.

"그러면 루이자도 우리랑 식사하면 좋겠네요."

아그네스가 말했다.

잠깐 침묵이 흘렀다.

"루이자요?"

태비사가 반문했다.

"그래. 루이자랑 잘 알게 되면 좋을 거야. 오늘 저녁에 혹시 약속 있어요, 루이자?"

"저기…… 아뇨."

내가 더듬더듬 대답했다.

"루이자, 그럼 우리랑 같이 식사해요. 일라리아, 여분의 음식을 준비했다고 했지?"

일라리아가 고프닉 씨를 똑바로 쳐다보았고, 그는 휴대폰을 만지느라 정신없는 것 같았다.

잠시 후 태비사가 입을 열었다.

"아그네스, 우리가 직원이랑 식사하지 않는 걸 알죠?"

"이 '우리'가 누구인데? 난 규율집이 있는 줄 몰랐네."

아그네스가 손을 뻗어 짐짓 태연하게 결혼반지를 매만졌다. 그러면서 남편에게 말했다.

"여보? 나한테 규율집 주는 걸 잊었어요?"

태비사가 말했다.

"그런데 말이죠, 루이자가 대단히 좋은 사람인 건 확실하지만 경계라는 게 있거든요. 경계는 모두에게 득이 되라고 존재하는 거고요."

내가 입을 열었다.

"저는 어떻게 하든 좋습니다······. 저 때문에 괜히······."

"흠, 그런데 말이지, 태비사. 난 루이자가 나랑 식사하면 좋겠거든. 새로 온 내 어시스턴트이고, 우린 매일 같이 지내게 되거든. 그러니 내가 루이자와 사귀는 데 무슨 문제가 있는지 알 수가 없네."

"아무 문제 없지."

고프닉 씨가 말했다.

"아빠······."

"아무 문제 없다, 탭. 일라리아, 네 명이 식사하도록 준비해줄 수 있겠나? 고마워."

일라리아의 눈이 휘둥그레졌다. 그녀가 나를 힐끗 쳐다봤다. 내가 집

안 위계를 우습게 만들어 화나지만 참는 듯한 입매였다. 일라리아가 식당으로 물러갔고, 식기와 유리그릇 소리가 유난히 달그락달그락 들렸다. 아그네스는 가볍게 숨을 쉬고, 머리를 뒤로 넘겼다. 그녀가 내게 살짝, 공범 같은 미소를 지었다.

얼마 후 고프닉 씨가 말했다.

"들어갑시다. 루이자, 한 잔 마시면 좋을 거요."

가라앉은 저녁 식사는 고역이었다. 유니폼과 영 어울리지 않는 거대한 마호가니 식탁, 무거운 은식기, 크리스털 잔에 위압당했다. 고프닉 씨는 주로 말없이 있다가 두 차례나 전화를 받으러 집무실로 사라졌다. 태비사는 어울리는 것을 단호히 거부하며 아이폰만 만지작댔다. 일라리아는 레드와인 소스를 뿌리고 갖은 장식을 곁들인 닭 요리를 들여왔고, 나중에 개인 접시를 치웠다. 엄마라면 '궁둥짝을 맞은 얼굴'이라고 했을 표정이었다. 내 앞에 탁 소리가 나게 접시를 놓고, 내 의자를 지날 때마다 들리게 콧방귀 뀌는 걸 나만 알아차렸을까.

아그네스는 음식에 거의 손대지 않다시피 했다. 나와 마주 앉아 새 단짝이라도 되는 듯 신나게 떠들면서, 이따금 남편 쪽을 홀끔거렸다.

그녀가 말했다.

"그래서 뉴욕에 온 건 이번이 처음이군요. 다른 데는 어디 어디 가봤어요?"

"음…… 별로 많이 안 가봤어요. 여행하기에 다소 늦어서요. 2년 전에 유럽을 배낭여행했고, 그전에는…… 모리셔스에 갔어요. 그리고 스위스에……."

"미국은 아주 다르죠. 주마다 독특한 느낌이 있는 것 같아요, 우리 유럽인에게는. 레너드랑 겨우 몇 군데 가봤지만, 완전히 다른 나라에 간 것 같더라고. 여기 와서 신나요?"

"대단히요. 뉴욕에서 즐길 수 있는 건 다 누리기로 마음먹었어요."

"아줌마 얘기 같네요, 아그네스."

태비사가 상냥하게 말했다.

아그네스는 무시하고 계속 날 바라보았다. 최면에 걸린 듯 아름다운 눈이었다. 점점 가늘어지다가 꼬리가 올라간 눈매였다. 아그네스를 쳐다보면서 입을 벌리지 말라고 두 번이나 속으로 단속해야 했다.

"가족 이야기 좀 해봐요. 형제가 있어요? 자매는?"

나는 애덤스 가족이 아니라 최대한 월턴네처럼 들리도록 설명했다.

"그러니까 지금 런던에 있는 루이자의 아파트에 여동생이 사는구나? 여동생 아들이랑? 동생이 루이자를 만나러 올 거예요? 부모님도? 다들 루이자를 그리워하겠네?"

헤어지면서 아빠가 한 말을 떠올렸다. '서둘러 돌아올 것 없다, 루! 네가 쓰던 방을 자쿠지로 바꾸려고 하거든!'

"아, 그럼요. 무척이요."

"내가 크라쿠프를 떠날 때 어머니는 2주간 우셨죠. 그런데 남자친구는 있어요?"

"네. 이름이 샘이에요. 구급요원이죠."

"구급요원! 의사 같은 거? 진짜 멋지네. 나한테 사진 좀 보여줘요. 난 사진 보는 걸 좋아하거든요."

나는 주머니에서 휴대폰을 꺼내서, 가장 마음에 드는 샘의 사진을 찾을 때까지 사진을 휙휙 넘겼다. 진녹색 유니폼을 입고 우리 집 지붕 테라스에 앉은 사진이었다. 막 퇴근해서 홍차를 마시며 나를 보고 환하게 웃는 장면. 뒤로 해가 뉘엿뉘엿 넘어갔고, 사진을 보니 그 당시 감정이 정확히 기억났다. 내 뒤에 놔둔 홍차가 식어가고, 내가 연신 촬영하는 동안 샘은 참을성 있게 기다렸다.

"진짜 미남이네! 남자친구도 뉴욕에 올 건가요?"

"어, 아니요. 집을 짓고 있어서 당장은 사정이 좀 복잡해요. 또 직장도 있고요."

아그네스가 눈을 크게 떴다.

"그래도 와야지! 연인이 서로 다른 나라에 살 수는 없지! 여기 같이 있지 않다면 그 사람을 어떻게 사랑할 수 있겠어요? 난 레너드랑 떨어져 있지 못하겠던데. 그이가 이틀간 출장만 가도 마음이 좋지 않아요."

"네, 너무 멀리 떨어져 있으면 곤란해지니 단단히 해두고 싶겠죠."

태비사가 말했다. 고프닉 씨가 식사하다 고개를 들고, 얼른 아내와 딸을 살폈지만 아무 말도 하지 않았다.

아그네스가 냅킨을 무릎에 똑바로 놓으면서 말했다.

"하긴. 런던은 그리 멀지 않지. 그리고 사랑은 사랑이고. 맞는 말 아니에요, 레너드?"

"확실히 그렇지."

고프닉 씨가 맞장구쳤고, 아내의 미소에 잠깐 부드러운 표정을 지었다. 아그네스가 손을 뻗어 그의 손을 쓰다듬었고, 나는 얼른 접시로 눈을 돌렸다.

잠시 침묵이 내려앉았다.

"실은 집에 가야 할 것 같네요. 속이 메스꺼운 것 같아서."

태비사가 바닥 긁는 소리가 나게 의자를 밀면서 냅킨을 접시에 던졌다. 흰 리넨에 레드와인 소스가 스며들기 시작하자, 난 얼른 냅킨을 집고 싶은 욕구를 눌러야 했다. 태비사가 일어나서 아버지의 뺨에 키스했다. 고프닉 씨는 한 손을 뻗어서 딸의 팔을 다정하게 쓰다듬었다.

"주중에 전화할게요, 아빠."

그녀가 몸을 돌리고 덧붙여 말했다.

"루이자……. 아그네스."

태비사는 퉁명스럽게 고개를 까딱하더니 식당에서 나갔다.

아그네스는 그녀가 가는 모습을 지켜보았다. 작은 소리로 뭐라고 중얼거렸지만, 일라리아가 내 접시와 식기를 요란하게 집는 통에 무슨 말인지 들리지 않았다.

태비사가 떠나자, 아그네스는 투지를 잃은 사람 같았다. 의자에 앉은 채 기력을 잃은 듯, 어깨가 갑자기 축 처지고 고개를 푹 숙이자 움푹한 쇄골이 드러났다. 내가 자리에서 일어났다.

"이제 제 방에 가봐야겠습니다. 식사에 초대해주셔서 정말 감사합니다. 잘 먹었습니다."

아무도 말리지 않았다. 고프닉 씨는 마호가니 식탁에 팔을 올리고 아내의 손을 쓰다듬고 있었다.

"내일 아침에 봐요, 루이자."

그가 나를 쳐다보지 않고 말했다. 아그네스는 심각한 얼굴로 남편을 올려다보았다. 나는 뒷걸음질로 식당에서 나와, 쏜살같이 주방 문을 지나 내 방으로 향했다. 일라리아가 내게 던지는 보이지 않는 단검을 피하려면 그래야 할 것 같았다.

한 시간 후 네이선이 문자메시지를 보냈다. 그는 브루클린에서 친구들과 맥주를 마시는 중이었다.

－ 뜨거운 신고식을 했다며. 괜찮아?

재치 있는 대답이지만, 대체 어떻게 알았느냐고 물을 기운이 없었다.

－ 알게 되면 좀 나아질 거야. 장담해.

'아침에 봐요'라고 답했다. 잠깐 불안했지만—내가 어떤 일자리를 계약한 걸까?—스스로에게 따끔하게 한마디하고는 곯아떨어졌다.

그날 밤 꿈에 윌이 나왔다. 윌은 드물게 꿈에 나타났다. 그때마다 나는 슬펐다. 그리움이 커서 가슴에 구멍이 뻥 뚫린 기분이었으니까. 샘을 만나면서부터는 꿈을 꾸지 않았다. 그런데 한밤중에, 앞에 서 있는 것처럼 생생하게 윌이 다시 나타났다. 윌은 고프닉 씨의 차 같은 고급 검정 리무진의 뒷좌석에 앉아 있고, 나는 길 건너편에서 그를 보았다. 윌이 죽지 않아서, 떠나버리지 않아서 안도했다. 윌이 향하는 곳이 어디든 가면 안 된다는 것을 나는 본능적으로 알았다. 막아야 했다. 그런데 복잡한 도로를 건너려고 할 때마다, 또 다른 차선이 생기는 것 같았다. 그가 탄 차가 너무 쌩하니 달려가서 잡을 수가 없었고, 내 외침이 엔진 소리에 묻혀버렸다. 윌은 손이 닿지 않는 곳에 있었다. 매끄러운 캐러멜색 피부, 입가에 감도는 희미한 미소. 그는 운전자에게 내가 알아듣지 못할 말을 했다. 마지막 순간에 우린 눈이 마주쳤고 윌의 눈이 조금 커졌다. 잠에서 깼다. 식은땀이 났고 이불은 다리 사이에 말려 있었다.

3

From: BusyBee@gmail.com
To: Samfielding1@gmail.com

급히 쓰는 거야……. G 부인이 피아노 레슨 중이어서……. 적어도 둘이 채팅하는 기분을 느낄 수 있게 매일 메일을 보내려 노력하려고. 보고 싶어. 답장 보내줘요. 당신이 이메일을 싫어한다고 말한 걸 알지만, 나를 위해서. 부 - 우 - 탁해요(여기서 애걸복걸하는 내 얼굴을 상상해야 할 것임). 아니면, 알지, 편지 좀!

당신을 사랑하는 L xxxxxx

"아, 안녕하세요!"

달라붙는 진홍색 운동복을 입은 거구의 흑인이 허리에 손을 걸치고 내 앞에 서 있었다. 난 티셔츠와 헐렁한 반바지 차림으로 부엌 문간에 서서 눈만 끔뻑였다. 내가 꿈을 꾸고 있는지, 문을 닫았다가 다시 열어도 남자가 거기 서 있을지 궁금했다.

"미스 루이자겠네요?"

그가 큰 손을 내밀어 내 손을 잡고 마구 흔들어서 나도 모르게 몸이 흔들렸다. 손목시계를 봤다. 아니, 6시 15분이 맞았다.

"조지라고 해요. 고프닉 부인의 트레이너죠. 우리랑 같이 뛰러 나간다는 얘길 들었습니다. 기대가 커요!"

몇 시간 기절한 것처럼 자면서 잠과 뒤엉킨 꿈을 떨치려다가, 카페인을 찾는 좀비가 되어 로봇처럼 복도를 지난 참이었다.

"좋아요, 루이자! 수분 공급이 충분히 되어 있어야 해요!"

조지는 물 두 병을 집어 들었다. 그는 주방에서 나가 가볍게 복도를 뛰어갔다.

커피를 따라서 거기 서서 마시는데, 네이선이 들어왔다. 옷을 입고 애프터셰이브 냄새를 풍겼다. 그가 내 맨다리를 쳐다봤다.

"방금 조지를 만났어."

내가 말했다.

"그가 둔근에 대해 가르칠 게 없겠는걸. 러닝화를 갖고 있겠지?"

"아이고!"

나는 커피를 홀짝였지만 네이선이 기대하는 눈빛으로 쳐다보았다. 내가 다시 말했다.

"네이선, 난 조깅에 대해 아무 말도 못 들었어. 난 달리는 사람이 아니라고. 난 운동을 싫어하는 방콕족이란 뜻이야. 잘 알면서 그래."

네이선은 블랙커피를 따르고 주전자를 커피머신에 되돌려놓았다.

"게다가 올해 초에 빌딩에서 떨어졌다고. 기억나지? 여러 군데 다쳤단 말이야."

이제 그날 밤 일을 농담처럼 말할 수 있었다. 당시 월을 잃고 슬픔에 잠겨, 취한 상태로 런던 아파트의 난간에서 미끄러졌다. 하지만 엉덩이가 계속 쑤셔서 그 기억을 상기시켰다.

"몸이 괜찮잖아. 게다가 G 부인의 어시스턴트야. 항상 부인 옆에 있는 게 자네 일이라네, 친구. 부인이 같이 뛰자고 하면 그래야겠지."

네이선은 한 모금 마시고 말을 이었다.

"아이고, 그렇게 겁먹을 것 없어. 달리기를 좋아하게 될 거야. 몇 주 내로 푸줏간 개처럼 튼튼해질걸. 여기서는 모두 달리기를 해."

"지금은 새벽 6시 15분이라고."

"고프닉 씨는 5시에 일과를 시작해. 우린 막 물리치료를 마쳤어. G 부인은 늦잠을 좋아해서 그런 거지."

"그러면 몇 시에 뛰러 가는데?"

"6시 40분. 중앙 현관에서 만나면 될 거야. 나중에 보자고!"

네이선은 손을 들어 올리더니 가버렸다.

물론 아그네스는 아침에 훨씬 예쁜 여인이었다. 민낯, 이목구비가 약간 희미해도 뿌연 렌즈로 촬영한 듯 섹시해 보였다. 머리를 넘겨 느슨하게 묶고, 딱 맞는 상의와 조깅 바지를 입은 덕에 평소대로 슈퍼모델처럼 캐주얼해 보였다. 그녀는 선글라스를 끼고 팔로미노 경주마처럼 성큼성큼 복도를 걸어와서, 너무 일러서 말이 안 나오는 것처럼 우아한 손짓으로 인사했다. 나는 유일하게 가져온 반바지와 민소매 티를 입었고, 통통한 노동자로 보일 거라는 의심이 들었다. 겨드랑이를 면도하지 않은 게 걸려서 팔꿈치를 양옆에 붙였다.

"안녕히 주무셨어요, G 부인! 준비되셨나요?"

조지가 우리 옆에 나타나 아그네스에게 물병을 건넸다.

그녀가 고개를 끄덕였다.

"준비됐어요, 미스 루이자? 오늘은 6.5킬로미터 정도만 뛸 겁니다. G 부인께서 복부 운동을 더 하고 싶다고 하시니. 스트레칭은 했겠지요?"

"저기, 저는……."

난 물도 물병도 챙기지 않았다. 하지만 우린 밖으로 나갔다.

'열정적으로 달려든다'라는 표현을 들어보긴 했지만, 조지를 만나고서야 그게 무슨 뜻인지 확실히 알았다. 그는 시속 60킬로미터로 복도를 달려갔다. 내가 승강기를 타려면 속도를 늦춰야 한다는 생각을 할 무렵, 그가 이중문을 열고 있었고 우리는 4층에서 1층까지 계단을 뛰어내려가야 했다. 로비에서 아속 앞을 지날 때, 난 정신이 없는 와중에 겨우 그의 인사를 들었다.

이럴 수가. 이런 활동을 하기에 너무 이른 시간이었다. 나는 두 사람을 쫓아갔고, 그들은 마차를 끄는 한 쌍의 말처럼 태연하게 달렸다. 반면 난 뒤에서 헐레벌떡 달렸고, 좁은 보폭으로 성큼성큼 뛰는 두 사람을 따라갈 수가 없었다. 발을 디딜 때마다 삭신이 쑤셨고, 무작정 달려드는 보행자 사이를 사과하면서 누벼야 했다. 달리기는 케일과 비슷했다. 그런 게 있고 몸에 좋은 줄 알지만, 솔직히 그런 걸 먹기에 인생은 너무 짧다.

'아이, 이러지 마. 넌 할 수 있어'라고 자신에게 말했다. '이건 첫 번째 '좋아요'라고 말하는 순간이라고. 너는 뉴욕에서 조깅을 하고 있어! 너한테 완전히 새로운 일이야!'

거의 그렇게 믿으면서 몇 걸음 멋지게 내디뎠다. 차량이 정지하고 교통신호가 바뀌었고, 우리는 보도에서 멈추었다. 조지와 아그네스는 가볍게 제자리 뛰기를 했고, 나는 보이지 않게 그들 뒤에 있었다. 그러다가 우리는 길을 건너 센트럴파크로 접어들었다. 우리 발아래로 통로가 사라지고 차 소리가 잦아들면서, 도심의 푸른 오아시스로 들어갔다.

1.5킬로미터쯤 뛰었을 때, 곤란한 일을 하고 있다는 걸 깨달았다. 이제 달린다기 보다는 걷고 있었지만 숨이 턱턱 찼고, 최근에 다친 엉덩이가 욱신거렸다. 몇 년 사이 천천히 가는 버스를 잡으려고 15미터쯤 뛴 게 가장 긴 달리기였고 버스도 놓쳤다. 앞을 보니 조지와 아그네스가 대화하면서 달리고 있었다. 난 숨도 쉬지 못하는데, 두 사람은 진지한 대화에 열중하고 있었다.

조깅하다가 심장마비를 일으킨 아빠 친구가 생각났다. 아빠는 늘 이 사고를 운동이 몸에 해롭다는 분명한 증거로 내세웠다. 왜 진작 다쳤다고 설명하지 않았을까? 여기 공원 한가운데서 기침이 숨이 넘어가게 터지려나?

"거기 뒤에서 괜찮아요, 미스 루이자?"

조지가 몸을 돌리고 뒤로 뛰면서 물었다.

"좋아요!"

나는 쾌활하게 양손 엄지를 들어 보였다.

늘 센트럴파크를 보고 싶었다. 하지만 이런 식으로는 아니었다. 내가 일을 시작한 첫날 졸도해서 죽으면 어떻게 될지 궁금했다. 사람들이 어떻게 내 시신을 집으로 옮겨갈까? 이리저리 걷는 똑같이 생긴 어린애 셋과 여자를 피해 빙 돌았다. 나는 앞에서 편안히 뛰는 두 사람을 상대로 말없이 빌었다. '제발 빕니다. 둘 중 한 사람만 넘어지기를. 다리가 부러지라는 건 아니고 가벼운 골절상 정도만. 스물네 시간 동안 다리를 올리고 소파에 누워서 한낮의 TV 프로그램을 볼 정도만.'

이제 두 사람은 나랑 점점 멀어졌고 내가 할 수 있는 일이란 없었다. 무슨 공원 안에 언덕이 있냐? 고프닉 씨는 내가 부인 옆에 붙어 있지 않왔다고 화내겠지. 아그네스는 내가 동지가 아니라 아둔한 땅딸보 영국 여자인 걸 알 테고. 날씬하고 운동복을 멋지게 입는 사람을 고용할 거야.

이즈음 노인이 내 앞으로 뛰어갔다. 그가 고개를 돌려 날 힐끗 보더니, 피트니스 트래커를 확인했다. 그러고는 귀에 이어폰을 꽂은 채 가벼운 걸음으로 계속 달렸다. 틀림없이 75세는 될 텐데.

"이런, 얼른 가자."

나는 급히 멀어지는 노인을 지켜보면서 중얼댔다. 그때 말이 끄는 마차가 눈에 들어왔다. 얼른 뛰어서 마부 옆으로 갔다.

"이봐요! 이봐요! 저기 사람들이 뛰어가는 곳까지 좀 데려다줄 수 있나요?"

"어떤 사람들이요?"

나는 저 멀리 작게 보이는 두 사람을 손짓했다. 마부는 눈을 가늘게 뜨고 보더니 어깨를 으쓱했다. 나는 마차에 올라타 마부 뒤로 몸을 웅크렸고, 그는 채찍을 살짝 때려 말을 나아가게 했다. 마부 뒤에 쭈그려 앉아, 이것 역시 계획과 다른 뉴욕을 경험하는 것이라고 생각했다. 그들과 가까워지자 나는 내려달라고 마부의 등을 건드렸다. 겨우 500미터도 안 되는 거리겠지만, 최소한 그들 가까이 오긴 했으니까. 나는 뛰어내렸다.

"40달러."

마부가 말했다.

"네?"

"40달러라고요."

"겨우 500미터도 안 되는데!"

"그게 가격이에요, 손님."

두 사람은 여전히 한창 대화 중이었다. 나는 뒷주머니에서 20달러짜리 두 장을 꺼내서 마부에게 던져주고, 마차 뒤에 숨어 있다 달리기 시작했다. 그때 조지가 몸을 돌려서 나를 쳐다봤다. 나는 내내 거기 있었다는 듯이 다시 쾌활하게 양쪽 엄지를 들어 올렸다.

결국 조지가 내게 동정을 표했다. 조지는 내가 절룩거리는 것을 보고 뒷걸음질로 뛰어왔다. 그사이 아그네스는 긴 다리를 홍학처럼 쭉 뻗고 스트레칭을 했다.

"미스 루이자! 괜찮아요?"

난 조지라고 생각했다. 땀이 눈으로 떨어져서 앞이 보이지 않았다. 난 멈춰 서서 손으로 무릎을 짚었다. 가슴이 벌렁거렸다.

"문제가 있어요? 얼굴이 빨개요."

나는 숨을 헐떡거렸다.

"좀…… 삐걱대요. 엉덩이에…… 이상이 있어요."

"다쳤어요? 진작 말을 했어야죠!"

"아무것도…… 놓치고 싶지 않아서요!"

내가 말하면서 손으로 눈가를 닦았다. 그러자 눈이 더 쓰라렸다.

"어디에요?"

"왼쪽 엉덩이요. 골절됐어요. 8개월 전에."

그가 양손을 내 엉덩이에 얹더니, 왼쪽 다리를 앞뒤로 움직여 돌아가는지 확인했다. 나는 찡그리지 않으려고 애썼다.

"저기요, 오늘 더 뛰면 안 될 것 같네요."

"하지만……."

"아뇨, 돌아가도록 해요, 미스 루이자."

"아, 그래야 한다면 할 수 없죠. 정말 실망스럽네요."

"아파트에서 만나요."

조지가 등을 힘껏 때려서 난 하마터면 고꾸라져서 얼굴을 박을 뻔했다. 그들은 명랑하게 손을 흔들면서 가버렸다.

"재미있었어요, 미스 루이자?"

45분 후 발을 질질 끌고 들어가자, 아속이 물었다. 센트럴파크에서 길을 잃을 수 있다는 걸 알았다.

난 걸음을 멈추고, 땀이 나서 등에 붙은 티셔츠를 뗐다.

"멋있었어요. 끝내주던데요."

아파트에 올라가니, 조지와 아그네스는 나보다 20분 전에 돌아와 있었다.

고프닉 씨는 아그네스의 스케줄이 빡빡하다고 말했었다. 그의 부인이 직업이나 자녀가 없는 점을 고려하면, 사실 내가 만난 가장 바쁜 사람이었다. 조지가 떠난 후 우리는 30분간 아침 식사를 했다(달걀 흰자 오믈렛, 산딸기류 과일, 커피가 담긴 은주전자로 아그네스의 아침상이 차려졌고, 난 네이선이 직원 주방에 남겨둔 머핀으로 얼른 요기했다). 이후 30분 동안 고프닉 씨의 집무실에서 회의가 열렸다. 고프닉 씨의 어시스턴트인 마이클이 그 주에 아그네스가 참석할 행사 일정을 기록했다.

고프닉 씨의 집무실은 고심해서 남성적으로 꾸민 공간이었다. 사방이 짙은 색 패널이고 책이 빡빡이 꽂힌 서가가 있었다. 우리는 커피 테이블을 중심으로 천을 씌운 큰 의자에 앉았다. 우리 뒤로 웅장한 책상에 여러 대의 전화기와 메모지가 놓여 있었다. 마이클은 간간이 일라리아에게 맛있는 커피를 더 달라고 부탁하면, 가정부는 그만을 위해 아껴둔 미소를 지으며 커피를 가져왔다.

우리는 수요일에 열릴 고프닉 부부의 자선기금과 관련된 회의 안건과 자선 만찬을 점검했다. 목요일에 추모 오찬과 칵테일 리셉션, 금요일에 링컨센터의 메트로폴리탄 오페라에서 미술 전시와 콘서트가 있었다.

"그러면 조용한 한 주가 되겠군요."

마이클이 아이패드를 쳐다보면서 말했다.

오늘 아그네스의 일정표는 10시 미용실 예약(1주일에 세 번), 치과 예약(정기 검진), 예전 동료와 점심, 인테리어업자와 약속. 4시에 피아노 레슨(1주일에 두 번), 5시 30분에 스핀 클래스, 이후 혼자 외출해서 미드타운의 레스토랑에서 부부만의 저녁 식사. 내 업무는 6시 30분에 끝날 예정이었다.

아그네스는 하루 일정이 흡족한 눈치였다. 아니면 조깅 덕분에 기분이 좋거나. 그녀는 청바지와 흰 셔츠로 갈아입고, 적당한 향수 냄새를 풍기며 움직였다. 셔츠 칼라 아래로 큼직한 다이아몬드 목걸이가 드러났다.

"다 괜찮네요. 좋아요. 난 몇 군데 통화해야겠어요."

아그네스가 말했다. 나중에 어디 있을지 내가 안다고 짐작하는 듯했다.

안주인이 나가자 마이클이 속삭였다.

"의심스러우면 홀에서 대기해요."

그는 전문가의 딱딱한 표정을 지우고 웃으면서 말을 이었다.

"처음 일을 시작했을 때, 어디 가야 부부를 찾을지 통 모르겠더라고요. 그들이 우리가 필요하다고 생각할 때 쑥 나타나는 게 우리 일이죠. 하지만 욕실까지 쫓아다니면 곤란하고요."

마이클은 나와 비슷한 연배였지만, 태어날 때부터 미남이고 색을 잘

53

맞추고, 광나는 구두를 신은 사람 같았다. 뉴욕에선 나 빼고 다들 이럴까 궁금했다.

"여기서 얼마나 일했어요?"

"1년 조금 넘었어요. 부부가 예전 사교 비서를 내보낸 이유는……."

그가 잠시 불편한 기색을 보이며 말을 멈추었다가 다시 말했다.

"아, 새 출발을 하려는 거였죠. 그러다 한참 후, 둘이 어시스턴트 한 명을 쓰는 게 효과적이지 않다고 결정했고요. 그 시점에 루이자가 들어온 거죠. 해서 안녕하세요!"

마이클이 손을 내밀었다.

내가 손을 잡고 악수했다.

"여기가 맘에 드세요?"

"아주 좋아요. 내가 더 사랑하는 분이 남편분인지 아내분인지 모르겠네요."

마이클이 씩 웃고는 덧붙였다.

"고프닉 씨는 말할 수 없이 똑똑하세요. 게다가 너무 미남이시고. 부인은 인형이 따로 없지요."

"부부랑 조깅하세요?"

"조깅이요? 지금 놀리는 거예요?"

마이클이 어깨를 으쓱하고는 대답을 이어갔다.

"난 땀나는 일은 안 해요. 네이선과 하는 일은 예외로 하고요. 아, 정말이지. 그 친구랑은 땀을 흘리고 싶지요. 멋진 친구잖아요? 네이선이 어깨를 만져주겠다고 했고, 난 '즉시' 홀딱 반했지요. 오래 같이 일하면서 어떻게 그 맛난 호주산 뼈에 달려들지 않을 수가 있었죠?"

"나는……."

"말하지 말아요. 둘이 거기까지 갔는지 알고 싶지 않네요. 우린 쭉 친구여야 하니까. 그래요. 난 월가에 가봐야 해서요."

마이클은 내게 신용카드와("긴급 상황에 써요. 부인이 늘 신용카드를 챙기지 않거든요. 모든 청구 내용이 고프닉 씨에게 가지요") 태블릿을 건네고, 비밀번호를 정하는 방법을 알려주었다.

"필요한 연락처가 전부 들어 있어요. 일정과 관련된 모든 사항도 여기 있고요."

마이클이 검지로 화면을 스크롤하면서 말을 이어갔다.

"각자 색깔로 구분되어 있어요. 고프닉 씨는 파란색, 고프닉 부인은 빨간색, 태비사는 노란색인 걸 알 수 있을 거예요. 이제 태비사가 집에서 나가 사니까 우리가 일정을 챙기지 않지만, 언제 여기 올지 알아두면 유용해요. 또 신탁이나 재단 회의 같은 가족 공동 행사가 있는지도. 내가 루이자의 개인 메일을 만들어뒀어요. 변화가 있으면 이메일로 연락을 주고받으면서, 일정 화면에 변동 사항을 수정하도록 하죠. 모든 내용을 재확인해야 해요. 다른 건 몰라도 일정이 겹치면 고프닉 씨가 불같이 역정을 내시거든요."

"알겠어요."

"매일 아침 사모님의 우편물을 검토하고, 참석하려고 하시는 행사를 확인해요. 내가 루이자와 크로스체크를 할게요. 가끔 사모님은 거절하지만 고프닉 씨가 밀어붙이는 일이 있거든요. 그러니까 아무것도 버리지 말아요. 두 가지로 분류해서 보관해둬요."

"초대가 얼마나 많은가요?"

"아, 상상도 못 할걸요. 고프닉 부부는 기본적으로 최고 등급이에요. 모든 행사에 초대받고 거의 아무 데도 참석하지 않는다는 뜻이지요. 두 번째 등급은 절반쯤 되는 행사에 초대받고 다 참석하고요."

"세 번째 등급은?"

"불청객이지요. 푸드 트럭 개업식에도 갈 작자들. 사교 행사에도 그런 부류가 있어요. 민망한 노릇이죠."

마이클이 한숨을 쉬었다.

나는 일정표를 훑다가 이번 주 페이지를 보았다. 무서운 무지개의 향연 같았다. 풀 죽은 표정을 짓지 않으려고 노력했다.

"갈색은 뭐예요?"

"그건 펠릭스의 약속이에요. 고양이."

"고양이도 행사 일정이 있어요?"

"그냥 미용, 수의과 예약, 치과 진료 그런 거죠. 아, 아이고. 이번 주에는 행동교정가에게 가야 하는군요. 또 카펫에 똥을 쌌나보네."

"그럼 보라색은?"

마이클이 소리를 낮춰 대답했다.

"이전 고프닉 부인. 행사 옆에 보라색이 칠해져 있으면, 그분도 참석하기 때문이에요."

그가 무슨 말을 더 하려는데 전화벨이 울렸다.

"네, 고프닉 씨……. 네, 물론입니다……. 네, 알겠습니다. 당장 가겠습니다."

마이클은 휴대폰을 가방에 넣으면서 내게 말했다.

"그래요. 가봐야겠어요. 팀에 들어온 걸 환영해요!"

"팀원이 몇 명이죠?"

내가 물었지만, 그는 코트를 팔에 걸고 문을 빠져나가고 있었다.

"첫 번째 보라색은 2주 후예요. 알았죠? 메일 보낼게요. 그리고 외출할 때는 평상복을 입어요! 안 그러면 홀푸드 직원으로 보일 테니."

하루가 몽롱하게 지나갔다. 20분 후 우린 건물에서 나와 대기 중인 차에 타고, 몇 블록 떨어진 화려한 미용실로 갔다. 나는 평생 크림색 가죽으로 꾸민 검은색 대형차를 탄 사람처럼 보이려고 안간힘을 썼다. 아그네스가 머리를 감고 미용사에게 머리 손질을 받는 동안 난 구석에 앉아 있었다. 미용사는 자를 대고 자른 것 같은 헤어스타일을 한 여자였다. 한 시간 후 차가 우리를 치과에 데려갔고, 난 다시 대기실에서 기다렸다. 어딜 가나 조용하고 고급스러웠고, 아래 정신없는 거리와 다른 세상이었다. 난 닻 장식이 달린 파란색 블라우스와 줄무늬 펜슬 스커트로 단정하게 입었지만, 차림새를 신경쓸 필요가 없었다. 어디에 가나 난 곧 투명 인간이 되었으니까. 내 이마에 '직원'이라고 문신이라도 한 것 같았다. 다른 개인 어시스턴트도 눈에 들어왔다. 그들은 휴대폰을 들고 밖에서 서성이거나, 세탁소에서 찾은 옷과 커피 전문점 커피가 든 종이 홀더를 들고 뛰어왔다. 나도 아그네스에게 커피를 가져다줘야 하나? 일정표의 항목을 거만하게 지워야 하나? 내가 왜 그곳에 있는지 알 수가 없었다. 모든 일이 나 없이도 시계처럼 돌아가는 것 같았다. 난 단지 인간 갑옷이었다. 아그네스와 나머지 세상 사이에 놓인 휴대용 장벽.

한편 아그네스는 산만했다. 휴대폰으로 폴란드어로 통화하거나 내게 태블릿에 메모하라고 지시했다.

"레너드의 회색 양복이 세탁되었는지 마이클에게 확인해야 해요. 그리고 레비츠키 부인에게 전화해서 내 지방시 드레스를 부탁해야 할 거야. 지난번에 입은 후 내 체중이 줄었거든. 레비츠키 부인이 1인치쯤 줄이면 되겠지."

아그네스는 커다란 프라다 핸드백을 뒤져서, 플라스틱으로 포장된 알약을 꺼냈다. 그녀가 약을 입에 넣고 말했다.

"물?"

주위를 둘러보니 차 문의 포켓에 물이 있었다. 뚜껑을 열어서 아그네스에게 건넸다. 차가 멈추었다.

"고마워."

기사가—검은 머리가 덥수룩하고, 움직일 때 턱 밑 살이 흔들리는—내려서 차 문을 열었다. 아그네스가 레스토랑에 들어가자 도어맨이 오랜 친구처럼 맞이했다. 내가 뒤따라 내리려 했지만, 기사가 문을 닫았다. 나는 뒷좌석에 남았다.

1분쯤 거기 앉아서, 뭘 해야 할지 궁리했다.

휴대폰을 확인했다. 창밖을 보면서, 근처에 샌드위치 가게가 있는지 살폈다. 발로 탁탁 바닥을 때렸다. 결국 몸을 앞 좌석으로 내밀고 말했다.

"아빠가 저랑 여동생을 차에 남겨놓고 술집에 가곤 했어요. 우리한테 콜라랑 피클 넣은 양파 맛 몬스터먼치(옥수수 과자)를 갖다주고는 그걸로 세 시간을 통쳤죠."

나는 무릎을 손가락으로 두드리면서 말을 이었다.

"요즘으로 보면 아동학대를 당한 거죠. 그런데 피클 넣은 양파 맛 몬스터먼치는 우리가 가장 좋아하는 간식이었거든요. 그 주의 최고 즐거움이었죠."

운전기사는 아무 말도 하지 않았다.

나는 더 앞으로 몸을 내밀었고, 내 얼굴이 그의 얼굴과 닿을 듯 말 듯 했다.

"그러니까요. 보통 이러면 얼마나 걸리죠?"

"걸릴 만큼 걸리죠."

그가 거울로 나를 보다가 눈을 돌렸다.

"기사님은 쭉 여기서 기다리세요?"

"그게 내 일이니까."

나는 잠깐 앉아 있다가 앞 좌석으로 손을 내밀었다.

"루이자예요. 고프닉 부인의 새 어시스턴트예요."

"만나서 반가워요."

그는 고개를 돌리지 않았다. 그게 기사가 내게 한 마지막 말이었다. 그가 CD플레이어에 CD를 넣었다. 에스파냐 여자의 발음이 흘러나왔다.

"Estoy perdido(길을 잃었어요), ¿Dónde está el baño?(화장실이 어디입니까?)"

"에스-토이 페르-디-도. 돈-데 에스-타 엘 바-니오."

운전기사가 따라 발음했다.

"¿Cuánto cuesta?(이거 얼마입니까?)"

"쿠안-토 퀘스-타."

그가 따라서 말했다.

난 한 시간 동안 뒷좌석에 앉아, 기사의 외국어 연습 소리를 듣지 않으려고 애쓰면서 아이폰을 쳐다보았다. 나도 쓸모 있는 일을 해야 할지 고민했다. 마이클에게 이메일을 보내 물어봤지만, 그는 '그게 점심 휴식 시간이에요, 아가씨. 즐겨요! xx'라고 간단히 답했다.

먹을 게 없다고 말하고 싶지는 않았다. 대기 중인 더운 차 안에 있으니, 다시 피곤이 밀물처럼 몰려왔다. 창에 머리를 기대고 자신에게 말했다. 나른한 게 정상이라고, 나도 어쩔 수 없는 거라고. '새로운 세상에 왔으니 잠깐 불편하겠지. 안전지대에서 밀려나면 기분이 이상하기 마련이지' 윌의 마지막 편지가 내 안에서 메아리쳤다. 멀리서 들리는 것 같왔다.

그러다 아무 소리도 나지 않았다.

문이 열려서 화들짝 깼다. 차에 오르는 아그네스의 얼굴이 하얗고 입
매는 굳어 있었다.

"별일 없으세요?"

내가 똑바로 앉으면서 물었지만, 그녀는 대꾸하지 않았다.

우리는 말없이 출발했고, 차 안에 갑자기 팽팽한 긴장감이 감돌았다.

아그네스가 내게 몸을 돌렸다. 나는 물병을 꺼내서 그녀를 위해 들고
있었다.

"담배 있어?"

"어……. 아뇨."

"개리, 담배 있어요?"

"없습니다, 부인. 하지만 저희가 사다드릴 수 있습니다."

그녀가 손을 떠는 게 내 눈에 들어왔다. 아그네스가 가방에 손을 넣어
작은 약병을 꺼냈고, 나는 물을 건네주었다. 그녀는 물로 약을 삼켰고, 나
는 눈에 눈물이 고였음을 알아차렸다. 우리는 두안 리드(뉴욕의 체인 드럭스
토어) 앞에 멈추었고, 잠시 후 나더러 내리라는 뜻인 걸 깨달았다.

"어떤 종류? 그러니까 어느 브랜드로 살까요?"

"말버러 라이트."

아그네스가 대답하고 눈가를 닦았다.

나는 뛰쳐나가서—아침에 뛰느라 다리가 불편해 절뚝절뚝 걸었다고
해야겠지—담배를 사면서, 약국에서 담배를 사다니 이상하다고 생각했
다. 다시 차로 들어오니, 아그네스는 휴대폰으로 누군가에게 폴란드어로

60

옥박질렀다. 그녀는 통화를 끝내고 창문을 열더니, 담배에 불을 붙이고 깊게 빨았다. 내게 한 대 권했다. 나는 고개를 저었다.

"레너드에게는 비밀이야. 내가 담배 피우는 걸 질색해서."

아그네스가 말했고, 얼굴이 좀 펴졌다.

시동을 켠 채 몇 분간 앉아서, 그녀가 화나서 담배를 뻑뻑 빨자 폐가 걱정스러웠다. 아그네스는 담배를 껐고, 부아가 나서 입꼬리를 올리며 개리에게 출발하라고 손을 흔들었다.

아그네스가 피아노 레슨을 받는 잠시 동안 나는 혼자 남게 되었다. 내 방에 들어가 누워 있을까 했지만, 다리가 쑤셔서 다시 못 일어날까봐 책상에 앉아 샘에게 짧은 메일을 썼다. 앞으로 며칠간의 일정도 확인했다.

그때 아파트에 음악이 울리기 시작했다. 처음에는 음계 연습 소리가 나더니, 선율이 아름답게 퍼졌다. 가만히 멈추고 멋진 소리에 귀를 기울이면서, 이렇게 근사한 소리를 내는 기분은 어떨지 생각했다. 눈을 감고 음악이 내 안에서 흐르게 하면서, 윌을 따라 처음으로 콘서트에 간 저녁을 기억했다. 현장에서 듣는 음악은 음반보다 훨씬 입체감이 뛰어났다. 음악이 내면 깊은 데서 뭔가 끊어내는 것 같았다. 아그네스의 연주는 세상을 대할 때는 닫아두는 곳에서 나오는 것 같았고, 연약하고 상냥하고 사랑스러웠다. 그러면 이 음악을 즐겼을 거라고 무심코 생각했다. 윌은 여기 있는 걸 좋아했으리라. 음악이 마법으로 흘러드는 그 순간, 일라리아가 진공청소기를 돌리기 시작해 음악을 소음으로 쓸어내고, 무거운 가구에 청소기를 가차 없이 부딪쳤다. 연주가 중단되었다.

내 휴대폰이 부르르 떨렸다.

– 청소를 중단하라고 말해줘요!

나는 침대에서 내려와서, 집을 돌아다니며 일라리아를 찾았다. 그녀는 아그네스의 서재 밖에서 청소기를 밀고 있었다. 고개를 숙이고 청소기를 밀었다 당겼다 했다. 나는 침을 삼켰다. 일라리아와 맞서기 전이면 나도 모르게 뭔가 머뭇거리게 되었다. 그녀는 이 빌딩에서 드물게 나보다 키가 작은데도 그랬다.

"일라리아."

내가 불렀다.

그녀는 멈추지 않았다.

"일라리아!"

내가 앞에 버티고 서자, 그녀가 인기척을 느꼈다. 일리라아가 발꿈치로 버튼을 끄고 날 노려봤다.

"고프닉 부인이 다른 때 청소해도 되겠냐고 물어보시네요. 소리가 안 들려서 레슨을 못 받으시겠다고."

"그럼 나더러 언제 아파트 청소를 하라는 거야?"

일라리아가 안에서 들릴 만큼 큰 소리로 쏘아붙였다.

"어……. 이 특별한 40분 말고 다른 시간에요?"

일라리아가 소켓에서 플러그를 빼고, 소란스럽게 청소기를 끌고 갔다. 얼마나 악랄하게 날 노려보는지, 뒤로 물러날 뻔했다. 잠깐 적막이 흘렀고 다시 연주가 시작되었다.

20분 후 마침내 아그네스는 서재에서 나와, 곁눈질로 나를 보며 생긋 웃었다.

첫 1주일은 첫날처럼 일이 생겼다 말았다 하면서 흘러갔다. 내가 아그네스의 신호를 지켜보는 것은, 엄마가 우리 늙은 개가 오줌을 싸는지 지켜보는 것과 비슷했다. 그녀가 외출해야 하나? 나는 어디 있어야 할까? 매일 아침 난 아그네스, 조지와 조깅하러 나갔지만 1.5킬로미터 지점에서 둘에게 손을 흔들고 엉덩이를 가리킨 후, 집으로 천천히 걸어왔다. 현관홀에 앉아 있는 시간이 많았고, 누가 지나가면 일하는 티를 내려고 아이패드를 골똘히 들여다보곤 했다.

마이클은 매일 와서 속삭이는 목소리로 진행 상황을 쏟아냈다. 그는 아파트와 고프닉 씨의 월가 사무실 사이를 계속 오가면서 사는 것 같았다. 휴대폰 두 대 중 한 대를 귀에 붙이고, 팔에 세탁물을 걸치고 손에 커피를 들고 다녔다. 아주 매력적이고 늘 웃는 얼굴을 하고 있는데, 그가 날 좋아하는지 아닌지는 감이 잡히지 않았다.

네이선은 거의 만나지 못했다. 그는 고프닉 씨의 일정에 맞춰서 일하는 것 같았다. 어떤 때는 새벽 5시에 고프닉 씨와 만났고, 다른 때는 저녁 7시에 집무실에 들어가 필요한 일을 거들었다.

네이선이 설명했다.

"내가 하는 일이 아니라 '할 수 있는' 일 때문에 고용된 거야."

종종 그는 자취를 감추었고, 고프닉 씨와 함께 제트기를 타고 밤새 다른 곳에—샌프란시스코나 시카고일 수도 있었다—다녀왔음이 밝혀졌다. 고프닉 씨는 관절염을 앓아 잘 관리하려고 노력했고, 네이선과 같이 수영하거나 매일 몇 차례씩 운동해서 소염제와 진통제를 보완하려 했다.

네이선과 주중 아침마다 오는 트레이너 조지 외에 첫 주에 이런 사람들이 아파트를 드나들었다.

청소 팀. 일라리아가 하는 일(살림)과 실제 청소는 다른 점이 있었다. 한 주 두 차례 유니폼 차림의 여자 세 명과 남자 한 명으로 이루어진 팀이 아파트로 진격해왔다. 그들은 서로 간단히 의논하는 것 외에 입을 다물었다. 각자 환경친화적인 청소용품이 담긴 큰 상자를 들고 왔고, 세 시간 후에 떠났다. 그러면 일라리아가 공기 냄새를 맡고, 못마땅한 듯 굽도리널을 손가락으로 훑었다.

플로리스트. 월요일 아침에 승합차를 타고 도착했다. 아파트의 공동 구역에 꽃꽂이한 커다란 화병을 계획에 따라 하나씩 배치했다. 화병 몇 개는 아주 커서 두 사람이 옮겨야 했다. 그들은 현관문에서 신발을 벗었다.

정원사. 그렇다, 진짜 정원사 맞다. 처음에 어처구니없다 싶었지만(아파트가 2층인데 정원사라니 말이 되나?) 건물 뒤쪽의 긴 발코니에 소형 나무와 꽃 화분이 조르르 놓여 있었다. 정원사는 물을 주고 화분을 가다듬고 비료를 주고는 다시 사라졌다. 덕분에 발코니가 아름다웠지만, 나 말고 거기 나오는 사람은 아무도 없었다.

반려동물 행동심리사. 새처럼 생긴 자그마한 일본 여성이 금요일 오전 10시에 나타나서, 한 시간쯤 멀리서 펠릭스를 관찰했다. 고양이 사료, 배변 모래, 잠자리를 점검하더니, 일라리아에게 펠릭스의 행동에 관해 물었다. 그러고 나서 어떤 장난감이 필요한지, 스크래칭 포스트가 적당히 높고 안정적인지 조언했다. 그녀가 거기 있는 내내 펠릭스는 모른 척하더니, 무례하다 싶게 힘껏 엉덩이를 긁었다.

식료품 팀이 매주 두 번 큰 녹색 상자를 가져와서, 가정부의 감독하에 싱싱한 먹거리를 풀었다. 어느 날 식품 청구서를 봤는데, 우리 가족의—어쩌면 동네 주민 절반의—몇 달 치 식비였다.

그게 다가 아니었다. 네일 관리사, 피부 관리사, 피아노 교사, 차량 정비와 세차 담당자, 빌딩에 근무하면서 전구 교체나 에어컨을 고치는 관리 직원. 젓가락처럼 마른 빨간 머리 여자도 다녀갔다. 큰 버그도프 굿맨이나 삭스피프스 애비뉴 쇼핑백을 가져와서, 아그네스가 입어보는 의상을 날카로운 눈초리로 살폈다.

"아니, 아니, 아니에요. 아, 그게 딱이네요. 예뻐요. 지난주에 보여드린 작은 프라다 백을 들면 좋겠어요. 이제 갈라 행사는 어떻게 할까요?"

와인 판매업자, 벽에 그림을 거는 사람, 커튼을 관리하는 여자. 잔디 깎는 기계 같은 기구로 중앙 거실의 쪽마루를 연마하는 남자. 그 외 다수. 나는 낯선 사람이 집 안을 돌아다니는 데 익숙해졌다. 첫 2주간 하루도 빼지 않고 언제든 다섯 명 이상이 아파트에 있었다.

여기는 이름만 가정집이었다. 나, 네이선, 일라리아, 계속 드나드는 업자들, 스태프, 새벽부터 밤 늦게까지 뭔가 하는 이들에게 여기는 작업 현장이었다. 이따금 저녁 식사 후, 고프닉 씨의 동료들이 슈트 차림으로 찾아와서 집무실로 들어갔다. 한 시간 후 그들은 디씨나 도쿄와의 통화를 운운하면서 밖으로 나왔다. 고프닉 씨는 네이선과 보내는 시간을 제외하면, 업무를 중단하지 않는 것 같았다. 저녁 식사 중에도 마호가니 식탁에 놓인 휴대폰 두 대는 문자메시지를 수신하며, 곤충망에 잡힌 말벌처럼 윙윙댔다.

이따금 낮에 아그네스가 드레스룸에—그녀가 사라질 수 있는 유일한 장소—들어가 문을 닫는 걸 물끄러미 보면서 궁금했다. 여기가 보통 집일 때가 있을까?

그 때문에 부부가 주말에 자취를 감추는 거라고 나 나름으로 결론지었다. 시골집에도 스태프가 있긴 하지만.

내가 묻자 네이선이 말했다.

"아니. 그게 사모님이 알아서 정리한 일이야. 남편에게 주말 별장을 전처에게 주라고 했지. 대신 해변에 있는 소박한 집을 구하도록 남편을 설득했어. 침실 세 개. 욕실 하나. 스태프는 없고."

네이선은 고개를 저으면서 덧붙였다.

"따라서 탭도 거기 없지. 사모님은 영리한 분이야."

"안녕, 자기."

샘은 유니폼 차림이었다. 머릿속으로 계산하니 그가 방금 근무를 마쳤음을 알 수 있었다. 샘이 머리를 쓸어 넘기더니, 화면으로 날 더 잘 보려는 것처럼 몸을 숙였다. 내 머릿속에서 작은 목소리가 말했다. 떠나온 후 샘과 대화할 때마다 들리는 소리였다. '이 남자를 두고 다른 대륙으로 오다니 너 무슨 짓을 한 거야?'

"그러면 복귀한 거야?"

"응. 아주 좋은 첫날은 아니었어."

샘이 한숨을 내쉬었다.

"왜?"

"도나가 그만뒀어."

충격을 감출 수가 없었다. 바른말 잘하고, 재미있고 침착한 도나는 샘과 궁합이 잘 맞고 그가 의지하는, 일터에서 정신을 차리게 하는 짝꿍이었다. 둘이 떨어지는 것은 상상할 수 없는 일이었다.

"뭐야? 왜?"

"아버지가 암에 걸리셨대. 악성이야. 말기. 도나는 아버지 곁에 있고 싶대."

"아, 어떡해. 도나가 안됐어. 도나의 아버지도 안됐고."

"응. 힘들지. 이제 누구를 내 파트너로 붙여줄지 두고 봐야지. 징계 문제 때문에 초임자를 붙이지는 않을 거야. 그러니까 다른 지구대원일 거라고 짐작돼."

우리가 만난 이후 샘은 두 차례 징계 위원회에 회부되었다. 적어도 한번은 내 책임이어서, 반사적으로 죄책감이 느껴졌다.

"도나가 그립겠네."

"응."

샘은 좀 기진맥진한 듯했다. 화면 속으로 손을 뻗어 안아주고 싶었다. 샘이 말했다.

"도나가 날 구해줬는데."

감상적인 말을 좋아하지 않는 샘이 이런 말을 하니, 마음이 더 짠했다. 그날 밤이 무섭도록 정확하게 기억났다. 샘의 총상 부위에서 피가 철철 흘러 구급차 바닥이 흥건했다. 유능하고 차분한 도나는 내게 지시를 하면서 가는 희망의 끈을 붙들고 구급대원이 도착하기를 기다렸다. 내장을 파고드는 쇠붙이 맛 같은 공포가 지금도 입 안에서 느껴졌다. 내 손에 묻은 기분 나쁘게 미지근한 샘의 피, 그 촉감이 아직도 생생했다. 몸이 떨려서 그 생각을 밀어냈다. 샘의 안전을 다른 사람에게 맡기고 싶지 않았다. 그와 도나는 한 팀이었다. 서로 기대를 저버리지 않는 두 사람이었다. 앞으로 누구와 그렇게 무자비하게 서로를 놀려댈까.

"도나가 언제 퇴직하는데?"

"다음 주. 가족 상황 때문에 특별 휴가를 받았어."

샘이 한숨을 쉬었다. 그러고 나서 말을 이었다.

"그래도 말이지. 좋은 일도 있어. 당신 어머니가 일요일 점심때 초대하셨어. 로스트비프와 곁들임 음식을 먹을 거야. 참, 당신 여동생이 나더러 아파트에 들러달라고 했어. 그렇게 보지 마, 나더러 라디에이터의 공기를 빼줄 수 있느냐고 물었을 뿐이니까."

"이렇게 됐네. 당신이 끌려들어왔어. 가족이 당신한테 파리 끈끈이처럼 달라붙네."

"당신이 없어서 이상할 거야."

"내가 당장 집에 돌아가야겠는걸."

샘이 웃으려 했지만 그러지 못했다.

"뭔데?"

"아냐."

"말해봐."

"모르겠어……. 좋아하는 두 여자를 잃은 기분이야."

내 목구멍이 뻐근했다. 샘이 잃은 세 번째 여자—2년 전 암으로 죽은 누이—망령이 우리 사이에 걸려 있었다.

"샘, 당신이……."

"그냥 넘어가줘. 내가 헛소리했네."

"난 여전히 당신 여자야. 한동안 멀리 있는 것뿐이라고."

그가 뺨에 바람을 넣었다.

"이 정도로 마음이 안 좋을 줄 몰랐어."

"좋아해야 할지 슬퍼해야 할지 모르겠네."

"괜찮아지겠지. 힘든 날이 있잖아, 그냥 오늘이 그런 날이야."

나는 잠시 앉아서 샘을 쳐다보기만 했다.

"알았어. 그러면 이렇게 해봐. 우선 가서 닭 모이를 줘. 늘 당신은 닭을 보면서 위로받으니까. 또 자연은 시야를 넓게 해주니까."

샘이 조금 허리를 폈다.

"그다음엔 뭘 하지?"

"끝내주게 맛있는 볼로냐 스파게티 소스를 만들어. 와인이랑 베이컨이랑 여러 재료를 넣어 아주 오래 끓여. 끝내주는 볼로냐 스파게티를 먹고 나면 기분이 거지 같을 수가 없거든."

"닭. 스파게티. 알겠어."

"그러고 나서 TV를 켜고 아주 좋은 영화를 찾아. 마음을 홀딱 빼앗길 만한 걸로. 리얼리티 TV 쇼는 안 돼. 광고가 나오는 프로그램도 안 돼."

"이거 '루이자 클라크의 이브닝 힐링 쇼'네. 마음에 드는데."

"그런 다음에……."

나는 잠깐 생각하고 나서 말을 이었다.

"우리가 만날 날까지 겨우 3주 남짓 남았다는 사실을 생각해. 그 말인즉 요거지! 짠!"

나는 셔츠를 목까지 끌어 올렸다.

안타깝게도 하필 그 순간 일라리아가 문을 열고 세탁물을 들고 들어왔다. 그녀는 한쪽 팔에 수건 더미를 끼고 오다가 얼어붙어버렸다. 내 벗은 가슴과 화면에 뜬 남자 얼굴을 봤으니. 그녀가 뭐라고 주절대면서 얼른 문을 닫았다. 나는 가슴을 가리려고 몸을 꼬았다.

"뭐야? 무슨 일이야?"

샘은 빙그레 웃으면서 오른쪽 화면을 잘 보려고 애썼다.

"가정부. 망했다, 망했어."

난 셔츠 자락을 내렸다.

샘은 의자에 앉은 채 자빠졌다. 그는 배에 한 손을 얹고 마구 웃었다. 여전히 상처 부위에 거즈를 대고 있었다.

"몰라서 그래. 날 싫어하는 여자야."

"그러면 이제 당신은 '마담 웹캠'이 되었네."

샘이 씩씩대며 웃었다.

"뉴욕에서 팜스프링스까지 가정부 업계에서 내 이름이 시궁창에 박히겠네."

나는 푸념하다가 키득거리기 시작했다. 샘이 박장대소하는 걸 보니 웃지 않을 수가 없었다.

그가 씩 웃었다.

"아, 루. 당신이 해냈네. 나를 기운 나게 해줬어."

"인터넷으로 내 가슴을 보여주는 건 이번이 처음이자 마지막이라는 게 당신한테 슬픈 소식이지."

샘이 몸을 숙이고 키스를 날렸다.

"아, 하긴. 우리가 반대로 그러고 있지 않은 걸 감사해야 되겠네."

웹캠 사건 이후 이틀 내내 일라리아는 내게 말을 걸지 않았다. 내가 방에 들어가면 얼른 몸을 돌리고 일거리를 찾아서 했다. 나와 눈만 마주쳐도 외설적인 가슴 노출증에 전염되는 것처럼 굴었다.

일라리아가 내 커피를 뒤집개로 밀어주자, 네이선은 둘 사이에 무슨 일이 있었냐고 물었다. 말로 설명하면 실제보다 더 이상해 보일 게 뻔해서 설명할 수가 없었다. 그래서 세탁물 핑계를 대고, 왜 방에 열쇠가 필요한지 떠들면서 그가 더 묻지 않기를 바랐다.

4

From: BusyBee@gmail.com
To: KatClark!@yahoo.com

이보셔, 못된 바보 멍청이는 너지(그게 점잖은 회계사가 지구 여행자 언니에게 할 말이야?).

난 잘 지내, 고마워. 고용주 아그네스는 또래고 아주 좋은 사람이야. 그러니까 보너스를 받은 셈이지. 내가 어딜 다니는지 너는 못 믿을 거야. 어젯밤에는 내 한 달 치 월급보다 비싼 드레스를 입고 무도회에 갔어. 신데렐라가 된 기분이었어. 다만 정말 멋진 자매와 함께였단 것만 다르지(맞아, 새 자매 생김. ㅎㅎㅎ).

톰이 새 학교에 잘 다닌다니 다행이네. 사인펜 그림은 걱정하지 마. 벽은 언제든 칠하면 되니까. 엄마는 그게 톰의 창의성 표현이라고 말씀하셔. 엄마가 자기표현법을 배우라고 아빠를 야간학교에 보내려고 하는 거 알아? 아빠는 그걸 탄트라 수행 같은 걸로 아셔. 어디서 그런 글을 읽었는지 모르겠어. 아빠랑 통화하면서 엄마한테 그렇다고 들은 척했는데, 양심의 가책이 들어. 아빠는 남 앞에서 과거를 고백해야 하는 줄 알고 겁먹었거든.

소식을 더 알려줘. 특히 데이트 얘기!!!

보고 싶어,

루 xxx

추신. 아빠가 만약 남 앞에서 과거를 고백해야 한다면, 난 아무것도 알고 싶지 않네.

아그네스의 행사 일정은 뉴욕 최고 사교 행사가 많았지만, '닐&플로렌스 스트레이저 자선재단 만찬'이 최고로 꼽혔다. 참석자는 노란 옷을 입었고—남성은 독특한 패션을 추구하지 않는다면 넥타이로—「뉴욕포스트」부터 「하퍼스 바자」까지 온갖 매체에 행사 사진이 게재됐다. 격식 갖춘 차림이었고, 노란색 의상이 아찔했다. 티켓 가격은 테이블당 3만 달러에 살짝 못 미쳤다. 만찬장의 끄트머리에 앉는 비용이 그 정도였다. 내가 아그네스가 참석할 행사마다 조사를 시작했기 때문에 안다. 이번 만찬이 큰 행사인 것은, 비단 엄청난 준비—네일 관리사, 헤어디자이너, 마사지사, 조지와 아침 운동 횟수 증가—때문이 아니라 아그네스의 스트레스 수위 때문이었다. 그녀는 종일 바르르 떨면서 조지가 시키는 운동을 못 하겠다고, 그만큼 달릴 수가 없다고 소리쳤다. 이것도 저것도 다 '못 하겠다'뿐이었다. 부처 같은 차분함을 지닌 조지는 괜찮다고, 집에 돌아갈 때 걸으면 된다고, 걸을 때 나오는 엔도르핀으로 충분하다고 달랬다. 그는 운동을 마치고 가면서, 예상한 일이라는 듯 내게 눈을 찡긋했다.
고프닉 씨가 아마 구제 요청을 받아서 점심시간에 집에 오니, 아내는 드레스룸에 틀어박혀 있었다. 나는 아속에게 세탁소 배달물을 받아 오고 치아 미백 약속을 취소한 후, 뭘 해야 할지 몰라 복도에 주저앉았다. 고프닉 씨가 문을 열자 아그네스의 낮은 목소리가 들렸다.

"가기 싫어요."

그녀가 무슨 말을 하는지 몰라도, 고프닉 씨는 내 예상보다 오래 집에 머물렀다. 네이선이 외부에 있어서 그와 대화할 수가 없었다. 마이클이 들러서 방 주위를 두리번거렸다.

그가 말했다.

"회장님이 아직 여기 계세요? 내 위치추적기가 작동을 멈춰서."

"위치추적기요?"

"고프닉 씨의 휴대폰에 있는 장치. 그게 없으면 어디 계시는지 절반은 내가 파악 못 하죠."

"지금 부인의 드레스룸에 계세요."

그 외에 무슨 말을 해야 할지 난감했다. 마이클을 얼마나 믿을 수 있을지 몰랐다. 하지만 안에서 두 사람이 언성을 높이는 것을 모른 체하기 어려웠다.

내가 다시 말했다.

"사모님이 오늘 밤 외출이 그리 내키지 않으시나봐요."

"보라색 행사니까. 전에 말했죠?"

그제야 기억났다.

"예전 사모님이요. 오늘 행사에 참석할 거고, 아그네스도 그걸 알아요. 여전히 그 행사에는 오죠. 그녀의 심술궂은 친구 부대도 참석하고. 친절한 사람들이 아니죠."

"아, 이제 알겠네요."

"고프닉 씨는 거액 기부자여서 나타나지 않을 수가 없어요. 게다가 스트레이저 부부와 오랜 친구 사이고. 그런데 부부의 사교 생활 중 유독 힘든 행사죠. 작년의 경우 완패였어요."

"왜요?"

그가 찡그리면서 대답했다.

"휴, 사모님이 도살장에 끌려가는 양처럼 입장했거든요. 그 사람들이 새 단짝이 될 줄 알았건만. 나중에 듣기로 그들이 아그네스를 '찜 쪄 먹었다'더군요."

나는 몸을 떨었다.

"아그네스가 고프닉 씨 혼자 가시게 하면 안 되나요?"

"아이고, 아가씨. 이 동네가 어떻게 돌아가는지 몰라서 그런 말을 하죠. 아뇨. 안 돼요. 안 될 일이에요. 사모님이 반드시 가야 해요. 얼굴에 미소를 짓고 사진에 나와야 하죠. 이제 그게 부인의 본분이에요. 아그네스도 알죠. 그런데 순조롭지 않을 거예요."

안에서 언성이 높아졌다. 아그네스가 항의하는 소리가 났고, 고프닉 씨가 부드럽게 어르는 투로 설명했다.

마이클이 손목시계를 쳐다봤다.

"사무실에 돌아가야겠네요. 부탁 좀 들어주세요. 고프닉 씨가 출발하시면 문자메시지를 보내줄래요? 3시 이전에 회장님에게 서명받을 문서가 58건이에요. 사랑해요!"

그가 키스를 날리고 사라졌다.

나는 좀 더 앉아서, 복도에 새 나오는 싸움 소리를 듣지 않으려고 애썼다. 달력을 스크롤로 내리면서, 내가 도움이 될 만한 일이 있는지 궁리했다. 고양이 펠릭스가 꼬리를 물음표처럼 올리고 지나갔다. 주변 인간들의 처신에 아랑곳하지 않는 도도한 태도였다.

그때 문이 열렸다. 고프닉 씨가 날 봤다.

"아, 루이자. 잠깐 이리 들어올 수 있겠나?"

74

나는 반은 걷고 반은 뛰어서 고프닉 씨 앞으로 갔다. 달리니 근육이 쑤셔서 불편했다.

"오늘 저녁에 시간이 있는지 궁금해서."

"시간이요?"

"행사에 갈 수 있는지. 자선 행사."

"어……. 그럼요."

처음부터 근무 시간이 들쭉날쭉하리란 걸 알았다. 또 일라리아와 마주치지 않는다는 뜻이었다. 아이패드에 영화 한 편을 다운로드해서 차에서 보면 되겠지.

"됐네. 당신 생각은 어때?"

아그네스는 울고 있었던 듯했다.

"루이자가 내 옆에 앉을 수 있어요?"

"내가 해결해보지."

아그네스가 흠칫 떨면서 크게 호흡했다.

"그러면 알았어요. 그러면 됐어요."

"옆에……."

"알았어. 알았다고!"

고프닉 씨가 휴대폰을 확인하면서 다시 말했다.

"됐군. 진짜 가봐야 해. 7시 30분에 메인 연회장에서 만납시다. 화상회의가 빨리 끝나면 당신에게 알려주지."

그가 앞으로 다가가서 양손으로 아내의 얼굴을 감싼 채 키스하고 물었다.

"괜찮지?"

"괜찮아요."

"사랑해. 아주 많이."

다시 키스하고 그가 나갔다.

아그네스가 다시 심호흡을 했다. 그녀는 무릎에 손을 올리고 날 올려다봤다.

"노란 파티용 드레스를 갖고 있어?"

나는 그녀를 빤히 쳐다보았다.

"음. 아뇨. 사실 파티용 드레스는 없는데요."

아그네스는 내가 그녀의 옷이 맞을지 살펴려는 것처럼 아래위로 훑어보았다. 답이야 뻔하다는 걸 우리 둘 다 알았겠지. 그러더니 그녀가 일어났다.

"개리를 불러. 삭스에 가야 해."

30분 후 나는 피팅 룸에 서 있고, 숍 직원 두 명이 무염 버터 빛깔 끈 없는 드레스에 내 가슴을 밀어 넣었다. 난 저번에 남이 이렇게 몸을 더듬었을 때 당장 약혼을 의논했노라고 농담했다. 아무도 웃지 않았다.

아그네스가 찌푸렸다.

"너무 웨딩드레스 느낌이 나네. 또 허리 주변이 뚱뚱해 보이고."

"제 허리 주변이 뚱뚱해서 그렇죠."

"효과 만점인 보정 속옷이 있습니다, 고프닉 여사님."

"아니, 그건 아닌 것 같네요……."

"더 1950년대 스타일이 나는 드레스가 있을까?"

아그네스가 물으면서 휴대폰으로 검색했다. 그녀가 말을 이었다.

"이 모양은 허리를 조이고 길이도 문제라서. 우린 수선을 할 시간이 없거든."

"행사가 몇 시인가요, 여사님?"

"7시 30분까지 도착해야 해요."

"저희가 시간에 맞춰 드레스를 수선할 수 있어요, 여사님. 페리를 시켜서 6시까지 댁으로 갖다 드리겠습니다."

"그러면 여기 있는 해바라기색을 입어보죠……. 또 저기 스팽글이 달린 것도."

그날 오후가 내 평생에 처음 3만 달러짜리 드레스를 입어보는 날인 줄 알았다면, 소시지 같은 다리가 나오는 웃긴 반바지와 안전핀으로 고정한 브래지어를 입지 않는 건데. 한 주에 몇 번이나 완전한 타인에게 가슴을 보일지 궁금했다. 숍 직원들이 나처럼 통통한 몸매를 본 적이 있을지도 궁금했다. 직원들은 워낙 정중해서 반복해서 '보정' 속옷 운운하는 것 외에, 다른 말을 하지 않았다. 그들은 계속 드레스를 가져왔고, 나는 가축이랑 씨름하는 사람처럼 옷을 입고 벗었다. 마침내 천 의자에 앉은 아그네스가 말했다.

"됐네! 이게 딱 좋겠네. 어떤 것 같아, 루이자? 퍼진 속치마가 달려 있고, 길이가 알맞아."

거울에 비친 내 모습을 보았다. 모르는 사람이 날 빤히 쳐다보고 있었다. 드레스 안에 코르셋이 있어서 허리가 쏙 들어가고, 가슴이 착 올라붙어 풍만해 보였다. 옷 색깔이 피부를 빛나 보이게 했고 긴 치마 덕분에 키가 30센티는 커 보여서 내가 아닌 다른 사람 같았다. 숨을 쉴 수 없다는 것만 문제였다.

"올림머리를 하고 귀고리를 달면 되겠네. 완벽해."

"게다가 이 드레스는 20퍼센트 할인됩니다. 매년 스트레이저 행사가 끝나면 노란색이 잘 나가지 않아서……."

직원이 말했다.

나는 마음이 놓여서 주저앉을 뻔했다. 그러다가 가격표를 보았다. 할인가가 2,575달러였다. 한 달 치 급여. 직원에게 가라고 손짓한 걸 보면 아그네스가 하얗게 질린 내 얼굴을 본 것이 분명했다.

"루이자, 옷을 갈아입어. 어울리는 구두가 있어? 얼른 구두 코너에 가 봐야 하나?"

"구두는 있어요. 구두는 많아요."

난 어울릴 만한 실크 힐이 달린 금색 댄스 슈즈를 갖고 있었다. 비용이 더 커지게 하고 싶지 않았다.

피팅 룸에 돌아가서 조심스럽게 드레스를 벗었다. 비싸고 무거운 옷이 바닥에 떨어지는 게 느껴졌다. 내 옷을 도로 입는데, 아그네스와 직원들의 대화가 들렸다. 아그네스는 가방과 귀고리를 가져오게 해서 힐끗 살폈고, 만족스러워했다.

"내 계좌로 청구해요."

"물론입니다, 고프닉 부인."

나는 계산대에서 아그네스를 만났다. 나는 가방을 들고나오면서 조용히 말했다.

"그러니까 특별히 조심해야 하지요?"

아그네스가 나를 멍하니 쳐다보았다.

"드레스요."

그래도 그녀는 멍한 표정을 지었다.

내가 소리를 낮춰 말했다.

"집에서는 가격표를 안쪽에 넣어 입고 다음 날 도로 갖고 갔어요. 사고로 와인 얼룩이 생기거나 담배 냄새가 많이 배지 않으면요. 페브리즈를 싹 뿌리면 되죠.”

“도로 갖고 가다니?”

“옷 가게에요.”

“왜 그렇게 하지?”

아그네스가 물었다. 우리는 대기 중인 차에 올라탔고, 개리는 쇼핑백을 트렁크에 실었다.

아그네스가 다시 말했다.

“그렇게 불안한 표정을 짓지 마, 루이자. 그 기분이 어떤지 내가 모를 거라고 생각해? 난 여기 올 때 빈손이었어. 나랑 친구들이 옷을 같이 입을 정도였지. 하지만 루이자는 오늘 저녁에 내 옆에 앉으려면 좋은 드레스를 입어야 해. 유니폼을 입고 갈 수는 없지. 오늘 저녁, 루이자는 직원이 아니야. 그리고 난 드레스 비용을 치러서 기분이 좋아.”

“알겠습니다.”

“이해할 거야. 그렇지? 오늘 밤 루이자는 직원이어선 안 돼. 이건 아주 중요한 부분이야.”

뒤 트렁크에 든 커다란 쇼핑백을 생각했다. 차는 천천히 맨해튼의 차량 사이를 빠져나갔고, 나는 오늘 이렇게 흘러가는 것이 어리둥절했다.

“전에 루이자가 어떤 사람을 보살폈는데 그가 죽었다고 레너드가 말하더군.”

“그랬어요. 그의 이름은 윌이었고요.”

“남편은 루이자가…… 분별력이 있는 사람이라고 말해.”

“그러려고 노력하죠.”

“또 여기 아는 사람이 없지?”

“네이선밖에 없어요.”

아그네스는 이 말에 대해 생각했다.

"네이선. 좋은 사람 같아."

"정말 좋은 사람이죠."

그녀가 손톱을 꼼꼼히 보면서 물었다.

"폴란드 말을 할 줄 알아?"

"아니요."

나는 대답한 후 얼른 덧붙였다.

"하지만 배울 수 있을 거예요, 사모님께서……."

"내게 뭐가 어려운지 알아, 루이자?"

나는 고개를 저었다.

"내가 누군지 모르겠어……."

그녀는 망설이다가, 하려던 말을 하지 않기로 한 듯했다. 아그네스가 말을 이었다.

"오늘 밤 루이자가 내 친구가 되어줘야 해. 알겠지? 레너드는……. 그 이는 일을 해야 할 거야. 항상 대화하지, 남자들이랑 대화해. 하지만 루이자가 내 곁에 있을 거지, 맞지? 내 바로 옆에."

"원하시는 대로 할게요."

"혹시 누가 물으면, 루이자는 내 오랜 친구야. 내가 영국에 살았을 때부터 사귄 친구. 우리는…… 우린 학창 시절부터 서로 알았어. 내 새 어시스턴트가 아니야, 알겠지?"

"알겠어요. 학창 시절부터요."

그 말에 아그네스가 만족한 듯했다. 그녀가 고개를 끄덕이고 등을 기댔다. 그리고 아파트에 돌아갈 때까지 아무 말도 하지 않았다.

'스트레이저 재단 자선 행사'가 열린 뉴욕 팰리스 호텔은 웅장한 나머지 우스꽝스러웠다. 동화에 나오는 성벽, 안뜰, 아치형 창문, 수선화색 실크 반바지를 제복으로 입은 종업원들. 고풍스럽고 웅장한 유럽 호텔을 다 돌아보고 돌림띠 장식, 대리석 로비, 금박 장식을 메모해서 모든 요소를 모아 지은 모양이었다. 거기에 디즈니의 마법 가루를 뿌려 그 자체로 특이한 호텔로 격상하려 작정한 것 같았다. 호박 마차와 빨간 카펫이 깔린 계단을 밟는 유리 구두가 기대될 지경이었다. 차가 호텔 앞으로 들어가자, 나는 화려한 내부를 쳐다보았다. 빛나는 전구, 노란 드레스의 물결. 웃음을 터뜨리고 싶었지만, 아그네스가 너무 긴장해서 가만히 있었다. 게다가 내 드레스 상의가 너무 조여서 웃음을 참지 못했다면 솔기가 터져버렸겠지.

개리는 우리를 중앙 출입구 밖에 내려주고, 크고 검은 리무진이 빼곡한 회차 구역으로 갔다. 우리는 골목에 모인 구경꾼들 앞을 지나갔다. 한 남자가 우리의 코트를 받자, 처음으로 아그네스의 드레스가 제 모습을 드러냈다.

그녀는 놀랄 만한 모습이었다. 나나 다른 참석자의 드레스처럼 전형적인 모양이 아니라 형광 노란색의 조형미가 있는 디자인이었다. 바닥까지 끌리는 튜브 드레스로 한쪽 어깨에 달린 조각 같은 장식이 머리 높이까지 치솟았다. 뒤로 넘긴 머리는 흐트러짐 없이 착 달라붙었고, 큰 다이아몬드가 박힌 금귀고리가 찰랑댔다. 독특해 보일 터였다. 그런데 여기서는 너무 과해서 내 가슴이 철렁 내려앉았다. 고풍스럽고 웅장한 호텔과 어울리지 않았다.

아그네스가 거기 서니 근처 사람들이 쳐다보고 눈썹을 치떴다. 빳빳한 코르셋과 몸을 감싸는 노란 실크 드레스를 입은 여자들이 공들여 화장한 눈으로 그녀를 흘끔거렸다.

아그네스는 아무것도 몰랐다. 남편을 찾으려고 정신없이 두리번대기만 했다. 그의 팔짱을 끼기 전에는 긴장을 풀지 못할 터였다. 가끔 부부가 같이 있는 광경을 보면, 아그네스가 남편 옆에서 느끼는 안도감이 나한테도 전해졌다.

"드레스가 굉장하네요."

내가 말했다.

그제야 그녀는 기억난 듯 나를 내려다보았다. 플래시가 터졌고, 나는 우리 사이로 들어서는 사진사들을 보았다. 나는 아그네스에게 공간을 주려고 물러났지만, 사진사가 내게 손짓하며 말했다.

"같이 찍으시죠. 좋습니다. 웃으세요."

그녀는 미소 지으면서, 내가 옆에 있는지 확인하려는 것처럼 날 쳐다보았다.

그 순간 고프닉 씨가 나타났다. 그는 살짝 뻣뻣하게 걸어와서—네이선에게 듣기로 그는 힘든 한 주를 보냈다—아내에게 키스했다. 그가 속삭이는 소리가 들렸고, 아그네스는 생긋 웃었다. 진심에서 우러난, 순수한 미소였다. 얼른 두 사람이 손을 잡았고 그 순간 나는 깨달았다. 전형적인 커플의 모습일 수도 있지만 둘 사이에 진정성 있는 뭔가가, 서로의 존재에서 느끼는 기쁨이 있었다. 그러자 불쑥 샘이 간절히 그리워졌다. 하지만 턱시도와 보타이 차림으로 이런 장소에 있는 샘을 상상할 수 없었다. 샘이 이런 걸 싫어했을 거라는 생각이 들었다.

"이름이 뭔가요?"

사진사가 내 어깨 쪽에서 물었다.

샘을 생각하던 참이라서 이렇게 대답했겠지.

"음. 루이자 클라크 – 필딩인데요. 잉글랜드에서 왔어요."

나는 최대한 상류층 억양을 쥐어짜내 대답했다.

"고프닉 씨! 여기입니다, 고프닉 씨!"

사진사가 부부를 촬영하자 난 사람들 속으로 물러섰다. 남편이 등에 가볍게 손을 얹자, 아그네스는 좌중을 휘어잡을 수 있다는 듯이 어깨를 펴고 턱을 들었다. 그때 고프닉 씨가 나를 찾느라 두리번거렸고, 로비를 사이에 두고 나와 눈이 마주쳤다.

그가 아그네스를 데리고 걸어왔다.

"여보, 난 사람들이랑 얘기해야 하거든. 둘이서 잘 지낼 수 있겠지?"

"물론이지요, 고프닉 씨."

나는 매일 하는 일이라는 듯 대답했다.

"금방 돌아올 거죠?"

아그네스가 여전히 손을 잡고서 물었다.

"웨인라이트랑 밀러랑 이야기를 나눠야 해. 내가 계약 체결 건으로 10분 준다고 약속했지."

아그네스는 고개를 끄덕였지만, 그를 보내기 싫은 표정을 감추지 못했다. 그녀가 로비를 지나가자, 고프닉 씨가 내게 몸을 숙이고 말했다.

"과음하지 못하게 해요. 아내가 불안해하니."

"알겠습니다, 고프닉 씨."

그가 고개를 끄덕이고, 생각에 잠긴 듯 주위를 둘러보았다. 그러다 다시 날 보며 빙그레 웃었다.

"진짜 근사하군."

고프닉 씨는 그 말을 남기고 가버렸다.

연회장은 북적였고 노란색과 검은색이 넘실거렸다. 난 미국에 오기 전에 윌의 딸 릴리에게 선물받은 노란색과 검은색 구슬 팔찌를 끼면서, 꿀벌 타이츠도 신고 싶다고 생각했다. 여기 모인 여자들은 평생 재미있는 옷을 가져보지 못할 것 같았다.

처음 떠오른 생각이 다들 날씬해서 좁은 드레스에 몸이 들어가고, 쇄골이 난간처럼 튀어나왔다는 점이었다. 스톳폴드에서 부인들은 어느 정도 나이가 들면 몸이 불어서 더 긴 카디건이나 긴 스웨터를 걸쳤다(기장이 엉덩이를 가리나?). 또 가끔 새 마스카라나 6주에 한 번 하는 헤어 커트가 예뻐 보인다고 입에 발린 칭찬을 했다. 고향에서 외모에 지나치게 신경 쓰면 의심을 사거나 해로운 자아도취로 힐난받았다.

그런데 이 연회장에 모인 여인들은 외모 가꾸기를 직업으로 삼은 것 같았다. 다들 완벽하게 모양 낸 머리가 흐트러지는 일이 없고, 매일 부지런히 운동해서 팔뚝이 적당히 그을린 상태였다. 나이를 알 수 없는 부인들도(보톡스와 필러를 맞아서 나이를 가늠하기 어려웠다) 빙고장에서 게임은 고사하고 그런 곳을 들어보지도 못했을 터였다. 난 아그네스와 개인 트레이너, 피부 관리사, 헤어디자이너, 네일 관리사 예약을 떠올리며 생각했다. '이제 이게 아그네스의 직업이야. 모든 관리를 받아야 여기 나타나 이들 속에서 자기 위치를 고수할 수 있으니.'

아그네스가 천천히 인파 사이를 지나갔다. 고개를 꼿꼿이 들고 남편 친구들에게 미소를 던졌고, 그들이 다가와 인사하고 몇 마디 대화를 주고받았다. 그러는 사이 나는 불편해하면서 뒤에 있었다. 친구는 다 남자였다. 남자들만 그녀에게 미소 지었다. 내놓고 비켜설 만큼 무례하지 않은 여자들도 살짝 고개를 돌리고, 저만치서 용무가 생겨서 그녀에게 인사하지 못하는 체했다. 아그네스의 뒤에 서서 사람들 사이를 지날 때, 표정이 굳는 부인을 여러 명 봤다. 아그네스가 거기 있는 게 범죄라도 되는 것처럼 굴었다.

"안녕하세요."

누군가 내 귀에 대고 말했다.

고개를 들다가 비틀거리며 물러났다. 거기에 윌 트레이너가 내 옆에 서 있었다.

5

나중에 생각하니 연회장이 북적인 게 다행이었다. 내가 비틀대다 옆 사람이랑 부딪치자 그가 반사적으로 손을 내밀었고, 순식간에 턱시도 차림의 남자 몇 명이 날 붙잡았다. 사방에서 미소 짓고 염려했다. 그들에게 사과하고 고맙다고 말하면서, 착각했음을 알았다. 아니, 그는 윌이 아니었다—머리 모양과 색이 같고, 피부도 똑같이 캐러멜빛이었다—하지만 내가 들리게 헉 소리를 냈는지, 윌로 착각한 남자가 이렇게 말했다.

"미안합니다. 나 때문에 놀랐군요?"

"제가…… 아뇨. 아니에요."

나는 뺨에 손을 대고, 그의 눈을 응시했다. 내가 말을 이었다.

"선생님이…… 아는 사람과 똑같이 생겨서요. 전에 알던 사람과."

얼굴이 화끈거렸고, 가슴이 뛰고 피가 머리끝까지 솟았다.

"괜찮아요?"

"어쩜 좋아. 괜찮아요. 정말 괜찮아요."

바보가 된 느낌이었다. 얼굴이 번들거렸다.

"영국인이군요."

"영국인이 아니군요."

"뉴요커도 아닙니다. 보스턴 사람이에요. 조슈아 윌리엄 라이언 3세입니다."

남자가 손을 내밀었다.

"그 사람이랑 이름도 같으시네요."

"네?"

나는 그의 손을 잡았다. 찬찬히 보니 윌과 아주 달랐다. 눈이 진갈색
이고 눈썹도 더 낮았다. 하지만 비슷한 느낌 때문에 내 마음이 흔들렸다.
시선을 다른 데로 돌리다가 내가 손을 잡고 있는 걸 알아차렸다.

"죄송해요. 제가 좀……."

"술을 갖다드리죠."

"안 돼요. 저기 내…… 내 친구랑 있어야 된다는 뜻이에요."

그가 아그네스를 쳐다보았다.

"그러면 두 분께 갖다드릴게요. 덕분에…… 음…… 당신을 찾기 쉽겠
네요."

그는 씩 웃으면서 내 팔꿈치를 건드렸다. 그가 걸어갈 때 난 빤히 보지
않으려고 애썼다.

아그네스에게 가니, 그녀와 대화하던 남자가 부인한테 끌려갔다. 아
그네스는 한 손을 들고 대답하다가, 그의 등에 대고 말한 걸 알아차렸다.
그녀가 굳은 표정으로 얼굴을 돌렸다.

"미안해요. 사람들 속에 파묻혀서요."

"내 드레스가 영 아니지, 맞지? 내가 큰 실수를 했어."

아그네스가 내게 속삭였다.

그녀는 깨달았다. 인파 속에서 색이 너무 밝고 디자인이 아방가르드
하기보다는 경박해 보인다는 걸…….

"어떡하지? 망했어. 옷을 갈아입어야 해."

나는 아그네스가 집에 갔다가 돌아올 시간을 계산해보았다. 교통 체증이 없어도 한 시간은 자리를 비워야 했다. 게다가 그녀가 돌아오지 않을 위험성도 있고…….

"아뇨! 망치지 않았어요. 전혀 아니에요. 그저……."

나는 잠시 말을 멈추었다가 다시 이었다.

"아시지요, 그런 드레스는 멋지게 입어내야 해요."

"뭐야?"

"당당하게. 고개를 빳빳이 드세요. 전혀 아무렇지 않은 것처럼."

아그네스가 날 빤히 쳐다봤다.

"전에 어떤 친구가 가르쳐줬어요. 저를 고용한 사람이었지요. 저한테 줄무늬 타이츠를 당당하게 입으라고 말했어요."

"뭐를?"

"그 사람은…… 그러니까, 그 사람은 다른 사람과 달라도 괜찮다는 말을 하려던 거예요. 아그네스, 여기 있는 어떤 여자보다 백배는 예뻐 보이세요. 근사해요. 드레스는 화끈하고요. 그러니까 사람들이 그러거나 말거나 내버려두세요. 아시겠죠? '나 좋을 대로 입겠다!'"

그녀가 나를 골똘히 쳐다보았다.

"그렇게 생각해?"

"네, 그럼요."

아그네스가 심호흡을 크게 했다.

"맞는 말이야. 내가 '욕받이'가 되지 뭐. 또 어떤 남자도 드레스에 관심 없어, 그렇지?"

그녀 어깨를 반듯하게 폈다.

"어떤 남자도요."

아그네스가 미소 짓고, 안다는 눈초리를 던졌다.

"드레스 밑에 입은 거에만 관심 있지."

"굉장한 드레스네요, 부인."

조슈아가 말하면서 내 옆에 다가왔다. 그가 우리에게 날씬한 잔을 내밀면서 덧붙였다.

"샴페인입니다. 노란색 술은 샤르트뢰즈밖에 없는데, 보는 것만으로도 메스꺼워서요."

"고마워요."

내가 잔을 받았다.

그가 술잔을 아그네스에게 내밀면서 말했다.

"조슈아 윌리엄 라이언 3세입니다."

"정말 이름을 꼭 그렇게 지었어야 하나요?"

두 사람이 일제히 날 쳐다봤다.

"연속극이 아니면 그런 이름을 가진 사람이 있을 리 없죠."

그렇게 말하고서야, 속으로만 생각할 말을 내뱉었음을 깨달았다.

"알았어요. 뭐. 조시라고 불러도 됩니다."

그가 담담하게 대꾸했다.

"루이자 클라크예요."

나는 이름을 말하고 얼른 덧붙였다.

"1세죠."

"레너드 고프닉 부인이에요, 두 번째. 하지만 이미 아셨겠죠."

아그네스가 말했다.

"사실 알고 있었습니다. 부인은 장안의 화제니까요."

거북하게 들릴 수도 있는 말이었지만, 조시가 온화하게 말했다. 나는 아그네스의 어깨에 긴장이 조금 풀리는 걸 봤다.

조시는 숙부가 여행 중이라 숙모가 혼자 참석하기 꺼려서 같이 왔다고 말했다. 그는 증권사에서 근무하며, 자금과 헤지펀드 매니저들에게 최상의 리스크 관리법을 강의했다. 기업 자산과 채무 전문이라고 했다.

"무슨 뜻인지 감도 못 잡겠네요."

내가 말했다.

"거의 늘 나도 마찬가지죠."

물론 조시는 매력을 발산했다. 갑자기 실내에 냉랭한 기운이 덜해졌다. 그는 보스턴 백베이 출신으로, 그의 표현으로는 소호의 '토끼장 아파트'로 이사했다. 시내에 맛집이 즐비해서 뉴욕에 온 후 체중이 2~3킬로그램 늘었다고 했다. 조시가 더 많은 이야기를 했지만, 난 넋 놓고 쳐다보느라 들을 새가 없었다.

"당신은요, 루이자 클라크 1세 씨? 무슨 일을 하세요?"

"저는……."

"루이자는 내 친구예요. 막 영국에서 다니러 왔죠."

"그러면 뉴욕이 어때요?"

내가 대답했다.

"아주 맘에 들어요. 머리가 멈추지 않고 뱅글뱅글 도네요."

"옐로 볼이 첫 사교 행사군요. 아, 레너드 고프닉 부인께서는 큰 행사만 참석하시겠죠."

샴페인 두 잔 덕분에 저녁 시간이 후다닥 지나갔다. 만찬에서 나는 아그네스와 어떤 남자 사이에 앉았다. 그는 통성명도 없이 딱 한 번 말을 걸어, 누구와 아는지 내 가슴에 대고 물었다. 내가 아는 사람이 없는 기색이 역력해 보이자 그는 등을 돌렸다. 나는 고프닉 씨의 지시대로 아그네스가 과음하는지 지켜보았고, 나를 쳐다보는 그의 눈길을 의식하고는 꽉 찬 그녀의 술잔과 빈 내 잔을 바꾸었다. 고프닉 씨가 가벼운 미소로 칭찬하자 나도 마음이 놓였다. 아그네스는 오른쪽 남자와 너무 크게 말하면서 너무 높은 소리로 웃고, 유난스럽고 가벼운 몸짓을 했다. 테이블의 다른 여자는 모두 40세가 넘었고, 아그네스를 쳐다보면서 서로 곁눈질했다. 말없이 같이 욕하는 것 같았다. 끔찍했다.

고프닉 씨는 맞은편에 앉아서 도와줄 수 없었지만 자주 아내를 쳐다보았다. 하지만 그는 다른 사람에게 미소 짓고 악수했고, 겉으로는 세상에서 가장 느긋해 보였다.

"그 여자가 어디 앉았지?"

나는 아그네스의 말을 더 똑똑히 들으려고 몸을 숙였다. 그녀가 다시 말했다.

"레너드의 전처. 어디 있지? 알아내야 해, 루이자. 그걸 알기 전에는 긴장을 풀 수가 없어. 그녀가 '느껴'지거든."

아, '보라색 행사'.

"제가 가서 좌석 배치도를 확인할게요."

이렇게 말하고는, 양해를 구하고 자리에서 일어났다.

만찬장 입구의 대형 안내판 앞으로 갔다. 이름 800개가 촘촘히 인쇄되어 있었고, 고프닉 씨의 전처가 여전히 성을 고프닉으로 쓰는지 알 수 없었다. 가만히 욕설을 중얼대는데 조시가 등 뒤로 다가왔다.

"누구 찾아요?"

나는 소리를 낮춰 대답했다.

"고프닉의 전처 자리가 어딘지 알아내야 해요. 혹시 그녀의 예전 성이 뭔지 아세요? 아그네스가…… 그녀의 자리를 알고 싶다고 해서요."

조시가 얼굴을 찌푸렸다.

내가 얼른 덧붙였다.

"아그네스가 좀 스트레스를 받아서요."

"모르겠는데요. 하지만 숙모는 알 거예요. 모르는 사람이 없거든요. 여기 그대로 있어요."

그가 내 어깨를 슬쩍 건드리고 만찬장으로 들어갔고, 나는 표정을 다시 지으려 애썼다. 예기치 않게 얼굴이 빨개진 사람이 아니라, 절친 대여섯 명의 자리를 확인하려고 안내판을 보는 척했다.

1분쯤 지나 조시가 돌아왔다.

그가 말했다.

"여전히 고프닉이라네요. 낸시 숙모는 경매 테이블 옆에서 그녀를 본 것 같다고 해요."

조시는 손톱 손질을 한 손가락으로 명단을 짚으면서 말을 이었다.

"여기요. 144번 테이블. 내가 확인차 그 옆을 지났는데, 용모가 맞아떨어지는 여자가 있었어요. 50대, 검은 머리, 샤넬 이브닝 백에서 독화살을 쏘는 여자? 주최 측이 그녀와 아그네스를 최대한 멀리 떼어놨어요."

"어머, 다행이네요. 아그네스가 마음을 놓겠네요."

내가 말했다.

조시가 응수했다.

"사람들이 아주 악랄할 수도 있죠, 이 뉴욕 부인들 말이에요. 아그네스가 등 뒤를 조심하려는 것도 그럴 만해요. 영국 사교계도 이렇게 살벌한가요?"

"영국 사교계요? 아, 제가…… 사교 행사에 그리 많이 다니지 않아봐서요."

내가 대답했다.

"나도 마찬가지예요. 솔직히 퇴근하면 완전히 기진맥진해서, 거의 매일 테이크아웃 메뉴를 사 먹는 게 다죠. 뭘 하며 지내요, 루이자?"

"음……."

나는 불쑥 휴대폰을 힐끗 보면서 말을 이었다.

"아이고, 이런. 아그네스한테 가봐야 해요."

"가기 전에 내가 만나러 갈까요? 어느 테이블이에요?"

"32번."

거절할 이유를 생각할 새도 없이 대답해버렸다.

"그러면 나중에 만나요."

나는 순간적으로 조시의 미소에 옴짝달싹 못했다. 그가 몸을 숙이고 목소리를 낮춰서 귓가를 간지럽히듯 말했다.

"그런데 예뻐 보인다고 말하려고 했어요. 사실 친구의 드레스보다 당신 드레스가 더 맘에 들어요. 혹시 사진 찍었어요?"

"사진이요?"

"자."

조시가 손을 들었고, 내가 무슨 영문인지 파악하기도 전에 그가 사진을 찍었다. 둘의 머리가 닿을락 말락 했다.

그가 말했다.

"됐어요. 전화번호를 알려주면 내가 보내줄게요."

"당신이랑 나랑 같이 찍은 사진을 보내주고 싶다고요?"

그가 씩 웃었다.

"내 속셈을 간파하는 거예요? 그러면 좋아요. 사진은 나만 갖고 있죠. 여기서 가장 예쁜 아가씨를 추억하면서. 당신이 삭제하기 바라지 않으면요. 자, 여기 있어요. 당신이 삭제해요."

그가 휴대폰을 내밀었다.

화면을 빤히 보면서 손가락을 버튼에 올렸다가 내렸다.

"방금 만난 분을 삭제하는 건 예의 없는 짓 같아요. 하지만, 어……. 고마워요……. 그리고 은밀한 테이블 수색 건도요. 진짜 친절하시네요."

"도움이 됐다니 기쁘네요."

서로 싱긋 웃었다. 난 더 말하지 못하고 뛰어서 테이블로 돌아갔다.

아그네스에게 희소식을 전하고—그녀는 들리게 한숨을 내쉬었다—앞서서 식어버린 생선요리를 먹으면서 머리가 그만 윙윙대기를 기다렸다. '그는 윌이 아니야'라고 자신에게 말했다. 목소리가 달랐다. 눈썹 모양도 달랐다. 그는 미국인이었다. 그런데 태도가 비슷했다. 날카로운 지성과 자신감의 조화, 상대가 뭘 던져도 감당할 수 있다고 말하는 분위기, 꼼짝 못 하게 만드는 바라보는 눈길. 나는 조시에게 어디 앉았는지 묻지 않은 게 기억나서 뒤를 힐끗 쳐다보았다.

"루이자?"

오른쪽으로 시선을 돌렸다. 아그네스가 날 뚫어지게 쳐다봤다.

"나 화장실에 가야겠는데."

이 말이 나도 같이 가야 한다는 뜻임을 알아듣는 데 1분쯤 걸렸다.

우리는 천천히 테이블 사이를 지나 숙녀 화장실로 향했고, 난 조시를 찾아 두리번거리지 않으려고 애썼다. 아그네스가 지나갈 때 모든 시선이 쏠렸다. 화려한 드레스 색깔 때문이 아니라, 그녀가 자기도 모르게 눈을 끄는 재주가 있어서였다. 아그네스는 고개를 들고 어깨를 펴고 왕비처럼 걸었다.

숙녀 화장실에 들어선 순간, 그녀는 구석에 놓인 소파에 주저앉아서, 내게 담배를 달라는 몸짓을 했다.

"미치겠어. 오늘 저녁 말이야. 곧 가지 않으면 죽을지도 몰라."

60대 여자 청소부가 담배를 보고 눈썹을 치뜨더니 시선을 돌렸다.

"음, 아그네스. 여기서 흡연하면 안 되나봐요."

그래도 그녀는 담배를 피울 터였다. 부자는 사람들이 지키는 규칙은 안중에 없는 모양이었다. 하긴 남들이 어쩔 수 있다고. 그녀를 내쫓을 수 있나?

아그네스가 담배에 불을 붙이고 한 모금 빤 후, 안도하며 한숨을 쉬었다.

"음. 이 드레스가 너무 불편해. 그리고 팬티 끈이 치즈 와이어처럼 파고들거든?"

그녀가 거울 앞에서 꿈틀대며 드레스 자락을 올리고, 매니큐어를 바른 손으로 그 아래를 더듬었다. 아그네스가 덧붙였다.

"팬티를 입지 말걸."

"하지만 기분은 괜찮으세요?"

내가 물었다.

아그네스가 내게 미소 지었다.

"괜찮아. 오늘 저녁에 몇 사람이 아주 친절하게 대해줬어. 조시라는 사람이 아주 상냥하고, 내 옆의 피터슨 씨는 굉장히 다정해. 그럭저럭 괜찮아. 레너드에게 새 아내가 생긴 걸 드디어 사람들이 받아들이나봐."

"그들에게 시간이 필요한 것뿐이에요."

"이걸 받아. 소변을 봐야겠어."

그녀가 내게 반쯤 피운 담배를 건네고 화장실 칸으로 사라졌다. 나는 담배를 발화물인 듯 엄지와 검지로 잡아 위로 들었다. 화장실 청소부와 나는 눈짓을 주고받았고, 그녀는 '아가씬들 어쩔 수 있겠나?'라고 말하듯 어깨를 으쓱했다.

아그네스가 화장실 칸에서 말했다.

"아, 어쩜 좋아. 드레스를 다 벗어야겠어. 위로 올릴 수가 없어. 나중에 루이자가 지퍼를 올려줘야겠는걸."

"알겠어요."

내가 대답했다. 청소원이 눈썹을 치떴다. 그녀와 난 키득대지 않으려고 애썼다.

중년 부인 두 명이 들어왔다. 그들은 내가 손에 든 담배를 못마땅하게 쳐다봤다.

"제인, 솔직히 둘이 완전히 미친 것 같아."

한 사람이 거울 앞에 서서 머리 매무새를 확인하면서 말했다. 나로서는 그녀가 그러는 이유를 알 수 없었다. 헤어스프레이를 왕창 뿌려서 강도 10인 태풍이 불어도 꿈쩍하지 않을 텐데.

"알아. 100만 번도 더 본 걸."

"하지만 보통은 신중하게 처리하려고 적어도 체면을 차리기 마련이지. 그러니 캐서린으로서는 무척 실망스럽지. 둘 다 분별력이 부족한 편이니까."

"맞아. 최소한 좀 품위 있는 상대라면 캐서린이 한결 수월하련만."

"그렇지. 그가 빤하게 처신한다니까."

이 대목에서 두 여자가 내게 고개를 돌렸다.

"루이자? 여기로 와줄래?"

칸 안에서 목소리가 나왔다.

그 순간, 난 둘이 누구 얘기를 하는지 알았다. 그들을 보기만 해도 알 수 있었다.

잠시 침묵이 흘렀다.

"여기가 흡연 금지 구역인 걸 알아둬요."

한 여자가 앙칼지게 말했다.

"그래요? 미안합니다."

나는 세면대에 담배를 눌러 끄고, 얼른 수도를 틀어 물을 흘렸다.

"나 좀 도와줄 수 있겠어, 루이자? 지퍼가 걸렸어."

여자들은 알았다. 상황을 짐작하고 굳은 표정이 되었다.

나는 그들 앞을 지나 화장실 칸으로 뛰어가서 노크했다. 아그네스가 문을 열어주었다.

그녀는 브래지어만 입고 서 있었고, 노란 드레스는 허리춤에 걸쳐 있었다.

"무슨……."

아그네스가 말을 시작했다.

난 얼른 내 입술에 손가락을 대고 말없이 밖을 가리켰다. 아그네스는 내다볼 수라도 있는 것처럼 문을 쳐다보다가 찡그렸다. 나는 그녀를 돌려세웠다. 지퍼가 3분의 2쯤 내려와 허리에서 걸렸다. 두세 번 올려도 안 되자, 이브닝 백에서 휴대폰을 꺼내 플래시를 켜서 어디가 걸렸는지 살폈다.

"고칠 수 있겠어?"

아그네스가 속삭였다.

"해보는 중이에요."

"꼭 올려야 해. 그 여자들 앞에 이런 꼴로 나갈 순 없어."

아그네스는 작은 브래지어만 걸치고 바로 옆에 서 있었고, 하얀 살결에서 비싼 향수의 은은한 향이 피어났다. 나는 그녀 주변에서 움직이며 눈을 가늘게 뜨고 지퍼를 쳐다봤지만, 뜻대로 되지 않았다. 드레스를 벗어야 내가 지퍼를 손볼 수 있는데, 벗으려면 공간이 필요했다. 그 상태로는 지퍼를 올릴 수가 없었다. 나는 아그네스를 쳐다보면서 어깨를 으쓱했다. 그녀는 잠깐 괴로운 표정을 지었다.

"여기서는 고칠 수가 없어요, 아그네스. 공간이 없어서요. 보이지도 않고요."

"이런 상태로 나갈 순 없어. 사람들이 날 매춘부라고 말할 거야."

그녀가 낙심해서 손을 올렸다.

밖에서 긴장된 침묵이 흐르는 걸 보면, 두 여자는 우리의 다음 조치를 기다리고 있었다. 화장실 칸에 들어가는 척도 하지 않았다. 우린 진퇴양난이었다. 나는 조금 물러서서 생각에 잠겨 고개를 저었다. 그때 아이디어가 떠올랐다.

"그러거나 말거나."

내가 속삭였다.

그녀의 눈이 휘둥그레졌다.

나는 아그네스를 똑바로 응시하면서 가볍게 고개를 끄덕였다. 그녀가 찡그리다가 밝은 표정을 지었다.

나는 화장실 칸의 문을 열고 물러섰다. 아그네스가 심호흡하더니, 허리를 곧게 펴고 무대 뒤의 슈퍼모델처럼 두 여자 앞을 지나갔다. 드레스 윗부분을 허리에 내린 채, 작은 삼각형 브래지어는 하얀 젖가슴을 거의 가리지 못했다. 아그네스가 화장실 가운데 멈춰 서서 몸을 숙였고, 난 드레스를 쉽게 벗길 수 있었다. 그녀는 이제 레이스 두 조각 외에 알몸으로 똑바로 서서, 눈에 보이게 태평하게 있었다. 난 여자들의 얼굴을 쳐다보지 못했지만, 노란 드레스를 한쪽 팔에 걸치는 순간 극적으로 숨을 들이마시는 소리를 들었다. 허공에 떨림이 느껴졌다.

"저기, 난……."

한 여자가 입을 열었다.

"혹시 바느질 도구가 필요하세요?"

청소부가 내 옆에 나타났다. 그녀가 바느질 꾸러미를 여는 사이, 아그네스는 새침하게 소파에 앉아, 긴 하얀 다리를 가지런히 옆으로 뻗었다.

다른 여자 둘이 화장실에 들어오다가, 속옷 바람인 아그네스를 보고 갑자기 입을 다물었다. 한 명이 기침을 했고, 둘 다 시선을 돌리고 다시 더듬대며 빤한 대화를 시작했다. 아그네스는 의식하지 않고 느긋하게 쉬었다.

청소부가 내게 핀을 주자, 나는 핀 끝으로 지퍼에 걸린 실을 가만히 당겼다. 결국 실을 빼냈고, 지퍼가 제대로 움직였다.

"됐어요!"

아그네스가 일어나 청소부의 손을 잡고, 드레스 안으로 우아하게 들어가자, 우리 둘이 드레스를 끌어 올렸다. 드레스가 제자리를 찾자 나는 부드럽게 지퍼를 올렸고, 드레스가 아그네스의 몸에 착 달라붙었다. 그녀가 끝없이 긴 치맛자락을 폈다.

청소부가 헤어스프레이를 내밀었다.

그녀가 속삭였다.

"여기요. 해드릴게요."

청소원이 몸을 기울여서 얼른 스프레이를 뿌렸다.

"이러면 머리가 고정될 거예요."

나는 그녀에게 활짝 웃었다.

아그네스가 말했다.

"고마워요. 정말 친절하시네요."

그녀는 이브닝 백에서 50달러 지폐를 꺼내 청소부에게 줬다. 그런 다음 내게 몸을 돌리고 웃으면서 말했다.

"루이자, 테이블로 돌아가볼까?"

아그네스는 두 여자에게 도도하게 눈인사하고, 고개를 꼿꼿이 들고 천천히 문으로 향했다.

침묵이 흘렀다. 그때 청소부가 내게 몸을 돌리고, 활짝 웃으면서 주머니에 돈을 넣었다. 그녀는 불쑥 다 들리게 중얼댔다.

"바로 저런 게 품격이지."

6

다음 날 아침 조지가 오지 않았다. 난 아무 연락도 받지 못했다. 눈이 뿌옇고 뻑뻑했지만 반바지 차림으로 현관홀에서 기다렸다. 7시 반이 되어서야 아침 운동이 취소됐다는 확신이 생겼다.

아그네스가 9시가 넘도록 일어나지 않자, 일라리아가 벽시계를 보면서 혀를 찼다. 아그네스는 내게 이날 약속을 다 취소해달라는 문자메시지를 보냈다. 정오 즈음, 그녀는 센트럴파크의 저수지 부근을 걷고 싶다고 했다. 산들바람이 불어서 우린 머리를 스카프로 싸매고 주머니에 손을 넣고 나갔다. 지난밤 내내 조시의 얼굴을 떠올렸다. 여전히 그 얼굴 때문에 마음이 흔들렸고, 이 순간 윌의 도플갱어가 몇 명이나 여러 나라에서 활보할지 궁금했다. 조시는 눈썹이 더 짙고 눈동자 색도 다른 데다, 억양도 윌과 달랐다. 그렇긴 해도…….

한창 생각 중인데 아그네스가 물었다.

"친구들이랑 술이 안 깨면 뭘 했는지 알아? 그래머시 공원 근처 일본 식당에 몰려가서 국수를 먹으면서 재잘재잘 수다를 떨었지."

"그럼 가시죠."

"어딜?"

"국숫집이요. 가는 길에 친구분들을 태우면 되겠네요."

아그네스는 잠시 희망에 찬 표정을 짓더니 돌멩이를 걷어찼다.

"이제는 그렇게 못 해. 이제는 달라."

"개리의 차를 타고 갈 필요가 없어요. 택시를 타고 가면 되죠. 제 말은 평범한 차림으로 짠하고 나타나면 된다고요. 그 편이 좋을 거예요."

"내가 말했잖아. 이제는 다르다고."

아그네스는 내게 몸을 돌리고 말을 이었다.

"여러 번 시도해봤어, 루이자. 한동안은. 그런데 친구들은 호기심이 많아. 현재 내 생활을 속속들이 알고 싶어하지. 그런데 사실을 듣고 나면 다들…… 별스러워지지."

"별스러워져요?"

"예전에는 나나 친구들이나 똑같았거든? 그런데 이제 내가 자기들의 고민을 알 수가 없다고 해. 내가 부자라서. 왠지 내가 고민을 가지면 안 되는 분위기야. 혹은 나랑 있으면 이상하게 굴어, 예전의 내가 아닌 것처럼 말야. 내 인생의 좋은 것들이 그들에게는 모욕인 것 같아. 집 없는 사람에게 가정부 타령을 할 수 있겠어?"

아그네스가 좁은 통로에서 걸음을 멈추었다.

"신혼 초에 레너드는 내게 쓰라고 돈을 줬어. 결혼 선물이었고, 덕분에 번번이 남편에게 돈 얘기를 할 필요가 없었지. 이 돈에서 얼마를 단짝 친구 폴라에게 줘. 빚을 정리하고 새 출발을 하라고 1만 달러를 주지. 처음에 폴라는 무척 기뻐했어. 나도 덩달아 기뻤고! 친구를 위해 이런 일을 하다니! 이제 폴라는 돈 걱정을 안 해도 되는 거지, 나처럼!"

수심에 잠긴 목소리로 변했다. 그녀가 계속 설명했다.

"그러다가…… 그러다가 폴라가 날 만나는 걸 꺼리기 시작했어. 예전과 달라져서, 늘 바빠서 못 만나겠다고 둘러댔지. 한참 후에야 짐작이 되더라고. 폴라는 내가 도와준 게 싫은 거지. 폴라야 그럴 의도는 없었겠지만, 날 보면 신세졌다는 생각밖에 안 드는 거야. 자존심이 강한 친구야, 아주 대단하지. 그러니 이런 감정을 안고 사는 게 싫은 거지. 그래서……."

아그네스는 어깨를 으쓱하고는 말을 이었다.

"나랑 점심을 먹거나 통화하지 않지. 돈 때문에 친구를 잃었어."

그녀가 내 대꾸를 기다리기에 내가 말했다.

"고민은 같은 고민이에요. 누구 고민이 더하고 덜한 게 아니죠."

아그네스가 킥보드를 타고 가는 아이에게 길을 비켜주었다. 그녀는 생각에 잠겨 아이의 뒷모습을 바라보다가, 내게 몸을 돌렸다.

"담배 있어?"

이제 난 익히 알았다. 백팩에서 담배를 꺼내서 그녀에게 내밀었다. 흡연을 부추기는 건지 모르겠지만, 아그네스는 내 윗사람이었다.

그녀가 느릿느릿 중얼댔다.

"고민은 같은 고민이라. 루이자 클라크도 고민이 있나?"

"남자친구가 그리워요. 그것 아니면 딱히 다른 고민은 없어요. 아주…… 근사해요. 여기서 행복해요."

아그네스가 고개를 끄덕였다.

"전에는 나도 그런 기분이었어. 뉴욕! 늘 새로운 볼거리가 있지. 항상 짜릿하고. 그런데 단지…… 그리운 것은……."

그녀가 말꼬리를 흐렸다.

한순간 아그네스의 눈에 눈물이 고인 듯했다. 하지만 표정에는 변화가 없었다.

"그 여자가 날 미워하는 걸 알아?"

"누가요?"

"일라리아. 마귀할멈. 먼젓번 안주인이 부리던 가정부인데 레너드가 해고하지 않으려고 해. 그러니 도리 없이 데리고 있지."

"일라리아도 차츰 사모님을 좋아하겠죠."

"차츰 내 음식에 비소를 넣겠지. 그 여자가 날 어떻게 보는지 알아. 내가 죽기를 바라지. 내가 죽기 바라는 사람과 같이 사는 기분을 알아?"

나도 그 가정부가 너무 끔찍했다. 그래도 그렇게 말하기는 거북했다. 우린 계속 걸었다.

내가 말했다.

"전에 어떤 신사를 돌봤는데, 처음에는 제가 못마땅한 줄 알았어요. 그러다 저랑 상관없다는 걸 차츰 깨달았어요. 그의 삶이 싫은 거였어요. 서로 알게 되면서 둘이 아주 잘 지냈어요."

"그가 루이자의 가장 좋은 셔츠를 '우연히' 태운 적이 있어? 혹은 가려움증을 유발할 줄 알면서도 루이자의 속옷에 세제를 부었어?"

"저기…… 아뇨."

"싫다고 50번은 말한 음식을 내놔서, 늘 불평하는 사람으로 보이게 했어? 아님 루이자가 매춘부로 보일 만한 얘기를 늘어놓거나?"

금붕어처럼 입이 헤벌어졌다. 얼른 입을 다물고 고개를 저었다.

그녀가 머리를 뒤로 넘겼다.

"난 그이를 사랑해, 루이자. 하지만 그의 삶 속에서 사는 건 견디기 어려워. 내 삶은 견디기 어려워……."

아그네스는 또다시 말끝을 흐렸다.

우리는 통로에 서서 지나가는 사람들을 지켜보았다. 롤러 블레이드 타는 사람, 보조 바퀴 달린 자전거를 타는 아이, 팔짱 낀 커플, 선글라스를 낀 경관. 기온이 떨어져서, 운동복 상의를 입은 나는 몸을 부르르 떨었다.

그녀가 한숨을 쉬었다.

"알았어. 돌아가자구. 마귀할멈이 오늘은 내가 아끼는 어떤 옷을 망쳤는지 보자구."

내가 대꾸했다.

"아뇨. 그 국숫집에 가요. 그 정도는 해도 괜찮겠죠."

택시를 타고 그래머시 공원으로 갔다. 그늘진 골목 안 갈색 사암 건물에 국숫집이 있었다. 너무 지저분해서 배탈이 나게 할 균이 우글거릴 것 같았다. 하지만 도착하자마자 아그네스의 표정이 밝아졌다. 내가 택시비를 내는 사이, 그녀는 계단을 뛰어올라 컴컴한 가게로 들어갔다. 젊은 일본 여성이 주방에서 나와 오랜 친구처럼 아그네스를 얼싸안았다. 그러더니 아그네스의 팔꿈치를 잡으면서 어디 갔다 왔느냐고 계속 물었다. 아그네스는 비니를 벗고, 결혼해서 이사하느라 바빴다고 얼버무렸다. 변한 처지의 수준을 내비칠 말은 하지 않았다. 결혼반지를 끼고 있었지만, 팔에 알통이 생길 만한 다이아몬드 약혼반지는 없었다.

우리가 부스로 들어가 포마이카 테이블에 자리 잡자, 마치 내 앞에 다른 여자가 앉은 것 같았다. 아그네스는 재미있고 활기 넘쳤다. 수다스럽고 갑자기 깔깔댔고, 고프닉 씨가 사랑에 빠진 여인이 거기 있었다.

뜨거운 라면을 후루룩거리며 먹으면서 내가 물었다.

"두 분이 어떻게 만나셨어요?"

"레너드? 내가 그 사람 마사지사였거든."

아그네스는 아연실색하는 반응을 기다리는 듯 말을 멈추었다. 하지만 내가 가만히 있자, 그녀는 고개를 숙이고 말을 이어갔다.

"난 최고급 호텔 '세인트 레지스'에서 일했어. 숍에서 매주 그의 자택으로 마사지사를 보냈지. 주로 앙드레가 갔어. 손맛이 아주 좋은 사람이었지. 그런데 이날 앙드레가 아파서, 대신 나더러 가라고 했어. 속으로 '아, 안 돼, 또 월가 사람이라니'라고 중얼댔지. 못돼먹은 인간이 수두룩하거든. 그들은 우리를 사람 취급도 하지 않아. '안녕하세요'라는 인사도 없고 말도 안 걸지……. 일부는 마사지사한테…….'

그녀가 목소리를 낮춰서 말을 이었다.

"달콤한 마무리를 요구하지. 달콤한 마무리가 뭔지 알아? 마사지사를 매춘부 취급하는 거야. 윽. 그런데 레너드는, 그 사람은 친절했어. 내가 들어가자마자 악수를 청하더니, 영국 홍차를 마시겠느냐고 묻는 거야. 내가 마사지하자 얼마나 좋아하던지. 그래서 난 눈치챘지."

"뭘 눈치채요?"

"그 여자가 그를 만지지 않는다는 것. 그의 부인 말이야. 몸을 만져보면 알 수 있어. 차디찬 여자였어."

아그네스가 눈을 깔면서 덧붙였다.

"그이가 통증에 시달리는 날도 있었어. 관절이 아팠지. 네이선이 오기 전의 일이야. 네이선은 내 아이디어였어. 레너드를 날씬하고 건강하게 유지하게 한달까? 아무튼. 마사지하러 가서 난 잘해주려고 안간힘을 썼어. 시간을 넘겨서. 그의 몸이 내게 하는 말에 귀를 기울이는 거야. 나중에 레너드가 무척 고마워했어. 그러다가 다음 주에 나를 부르는 거야. 앙드레가 달가워하지 않았지만, 내가 뭘 어쩌겠어? 그 후 1주일에 두 번씩 그의 아파트에 가게 됐지. 어떤 날은 마사지가 끝난 후 영국 홍차를 마시겠느냐고 묻고, 우린 이야기를 나눴어. 그러다가…… 흠, 힘들더라고. 그이를 사랑하는 걸 깨달아서. 그런데 그건 우리가 어쩌지 못하는 일이야."

"의사와 환자처럼. 교사도 그렇고."

"딱 그거지."

아그네스는 말을 멈추고 만두를 입에 넣었다. 내가 본 중 음식을 가장 많이 먹었다. 그녀는 잠시 음식을 씹고 나서 말했다.

"한데 이 남자 생각을 멈출 수가 없었어. 너무 슬펐어. 또 너무 애틋하고. 또 너무 외롭고! 결국 앙드레에게 대신 가줘야겠다고 했어. 이제 나는 못 간다고."

"그래서 어떻게 됐어요?"

내가 식사를 멈추고 물었다.

"레너드가 우리 집에 왔지 뭐야! 퀸스에! 어찌어찌 내 주소를 알아내서, 그의 큰 차가 우리 집 앞에 온 거야. 친구들과 화재 대피로에서 담배를 피우는데, 그가 차에서 내려 나한테 '대화를 하고 싶소'라고 말하는 거야."

"영화 〈귀여운 여인〉 같네요."

"맞아! 그거야! 골목으로 내려가니, 그가 흥분했어. '내가 당신을 화나게 한 점이라도 있소? 부당하게 대했소?' 난 고개를 저었지. 그러자 레너드가 왔다 갔다 하면서 말했어. '왜 오지 않겠다는 거요? 이제 앙드레가 오는 건 싫소. 당신이 오면 좋겠소.' 그 말에 난 바보처럼 울기 시작했고……."

그녀의 눈에 눈물이 그렁그렁했다.

"친구들이 지켜보는데, 대낮에 길바닥에서 울었어. 그러면서 '말씀 못 드려요'라고 말했지. 그러자 그는 흥분했어. 아내가 내게 무례하게 굴었는지 알고 싶다고 했어. 아니면 직장에서 무슨 일이 있었는지. 마침내 내가 그이에게 말했어. '당신을 좋아해서 갈 수가 없어요. 당신을 아주 많이 좋아해요. 이건 프로답지 못해요. 직장을 잃을 수도 있고' 레너드는 한동안 날 쳐다보면서 잠자코 있었지. 한마디도 안 했어. 그러다가 차로 돌아가고, 운전기사가 차를 몰고 가버렸지. 난 이렇게 생각했어. '아, 안 돼. 이제 이 사람을 다시 못 보겠구나. 직장도 잃고' 다음 날 출근하는데 너무너무 불안한 거야. 정말 불안했어, 루이자. 배가 아플 만치!"

"그가 윗사람에게 말했을까봐요."

"맞아, 그거야. 그런데 도착하니 무슨 일이 벌어졌는지 알아?"

"뭔데요?"

"커다란 빨간 장미 꽃다발이 날 기다리고 있었어. 난생처음 보는 큰 꽃다발이고, 향이 좋은 벨벳 같은 장미가 얼마나 예쁜지. 보드라워서 만져보고 싶었지. 꽃다발에 이름이 없었어. 하지만 난 당장 알았지. 이후 매일 빨간 장미 꽃다발이 와서 우리 아파트에 장미가 넘쳐났어. 친구들은 향기가 진저리난다고 불평했고."

아그네스가 웃음을 터뜨리고 다시 말했다.

"그러다 마지막 날, 그이가 다시 집에 찾아오고 내가 내려가니, 같이 차에 타자고 청했지. 뒷좌석에 나란히 앉자, 그가 기사에게 산책하러 다녀오라고 하고는 나한테 자기가 너무 불행하다고 말했어. 처음 만난 순간부터 내 생각을 멈출 수가 없었다고, 내가 딱 한 마디만 하면 그가 아내와 헤어지고 나와 함께하겠다고."

"두 분이 아직 키스도 안 했는데요?"

"아무것도. 그의 엉덩이를 마사지한 적은 있지만 그건 다르니까."

아그네스가 숨을 내쉬며 추억을 음미했다. 그러고 나서 다시 말했다.

"난 그제야 알았어. 우리가 같이 있어야 한다는 걸 알았지. 그래서 그 말을 했지. '그래요'라고."

나는 황홀경에 빠졌다.

"그날 밤 그이는 집에 가서, 아내에게 결혼을 지속할 수 없다고 말했어. 그러자 부인은 미치지. 미쳐 날뛰지. 그녀가 이유를 묻자, 그는 사랑없는 결혼 생활을 할 수가 없다고 대답했어. 그날 밤 레너드는 호텔에서 내게 전화해서 만나러 와달라고 부탁하고, 우리는 '리츠칼튼' 호텔의 스위트룸에서 만났어. '리츠칼튼'에 묵어봤어?"

"어, 아뇨."

"들어가니 그이가 문 옆에 서 있는 거야. 초조해서 앉아 있을 수가 없는 것처럼. 그이는 자기가 진부한 사람이고 나보다 너무 나이 들었다고, 관절염을 앓아서 몸이 엉망이라고 말했지. 그렇지만 만약 내가 함께하고 싶다면, 날 행복하게 해주기 위해 무슨 일이든 하겠다고. 왜냐면 그가 우리 두 사람에게 느끼는 게 있으니까. 영혼을 나눌 짝이라는 걸. 우린 서로 꼭 안고 마침내 키스를 나누고, 밤새 자지 않고 이야기하고 또 이야기해. 어린 시절, 살아온 인생, 소망, 꿈."

"이렇게 로맨틱한 이야기는 처음 들어봐요."

"그러다 물론 섹스를 했지. 맙소사, 이 남자가 수년간 돌처럼 산 걸 알겠지 뭐야."

이 대목에서 나는 사레가 들어 면발을 테이블에 뱉었다. 고개를 드니 옆 테이블 손님들이 우리를 쳐다보고 있었다.

아그네스의 목소리가 높아졌다. 그녀가 허공에 대고 몸짓을 했다.

"믿지 못할 거야. 그이는 걸신들린 것 같아, 수년간 굶다가 그게 몸속에서 요동치는 거야. 요동! 첫날 밤 그는 만족을 몰랐어."

"그랬군요."

나는 종이 냅킨으로 입을 닦으면서 말했다.

"이건 마법이야, 우리 몸의 만남은. 나중에 우린 몇 시간 동안 부둥켜안고 있었어. 난 몸으로 그를 감싸고, 그이는 내 젖가슴에 머리를 기대고 있었지. 난 다시는 얼어붙지 않게 한다고 약속했어. 이해돼?"

국숫집이 조용했다. 아그네스 뒤쪽에서 후드 티를 입은 청년이 수저를 입에 가져가다 말고 그녀의 뒤통수를 쳐다보았다. 그는 내가 자신을 쳐다보는 걸 알자, 탁 소리가 나게 수저를 내려놓았다.

"정말…… 대단히 아름다운 이야기네요."

"그이는 약속을 지켜. 자기가 말한 그대로 하지. 우리는 함께 행복해. 무척 행복해."

아그네스가 슬쩍 시무룩해지면서 말을 이었다.

"그런데 그이 딸이 날 미워해. 전처도 날 미워해. 그 여자는 전부 내 탓으로 돌리지, 레너드를 사랑하지도 않았으면서. 내가 남편을 훔친 못된 여자라고 험담하고 다니지."

뭐라고 말해야 좋을지 난감했다.

"매주 모금 행사와 칵테일파티에 가서, 나를 두고 떠드는 소리를 모르는 척하며 미소 지어야 해. 그 여자들이 날 보는 눈초리란. 난 그들이 말하는 그런 여자가 아니야. 난 4개 국어를 해. 피아노를 치지. 마사지 치료사 과정도 이수했어. 그 여자가 어떤 언어를 구사하는지 알아? '위선'. 하지만 아프지 않은 척하기란 어려워, 그렇지? 상관없는 척하기도 어렵지."

"사람들은 변해요. 시간이 흐르면."

내가 희망차게 말했다.

"아니. 그건 불가능할 것 같아."

아그네스가 잠시 수심 어린 표정을 지었다. 그러다 어깨를 으쓱했다.

"하지만 다행인 건, 그들이 늙다리라는 점이야. 아마 몇 명은 머지않아 죽을걸."

그날 오후 아그네스가 낮잠을 자고 일라리아는 아래층에서 바쁜 사이, 난 샘에게 전화했다. 전날 저녁 일과 아그네스의 고백이 머릿속을 헤집고 다녔다. 새로운 공간에 들어온 기분이었다. 아까 아파트로 걸어올 때 아그네스는 "루이자가 어시스턴트보다는 친구로 느껴져. 믿을 만한 사람이 생겨서 참 좋아"라고 말했다.

"사진 받았어."

샘이 말했다. 영국은 저녁이었고, 조카 제이크가 자러 왔다고 했다. 뒤에서 음악 소리가 났다. 샘은 전화기에 더 바싹 대고 말했다.

"당신 아름답던데."

"평생 다시는 그런 드레스를 안 입을 거야. 그런데 행사가 놀랍기는 했어. 음식이며 음악이며 연회장이며……. 가장 이상한 건, 다들 그걸 의식조차 못 한단 사실이야. 그 사람들은 주위가 어떤지 몰라! 한쪽 벽면을 치자꽃과 작은 전구로 꾸몄더라고. 장벽처럼! 또 기가 막힌 초콜릿 푸딩이 나왔어. 사각형 푸딩 위에 화이트초콜릿으로 깃털을 그리고 바깥으로 작은 트러플초콜릿이 놓여 있는데 한 여자도 안 먹더라고. 단 한 명도! 내가 테이블들을 돌아다니면서 확인해봤지. 트러플초콜릿 몇 개를 클러치백에 넣고 싶은 유혹을 느꼈지만 녹을 거란 생각이 들었어. 손도 안 댄 걸 다 버렸겠지. 세상에! 테이블마다 장식이 달랐는데, 다른 새 모양인데 깃털은 똑같이 노란색이었지. 우리 테이블은 부엉이였고."

"들어보니 대단한 저녁이었네."

"바텐더가 성격에 기초해서 칵테일을 만들어주더라고. 자기에 대해 세 가지를 말하면, 이 사람이 어울리는 술을 만드는 거야."

"당신 것도 만들어줬어?"

"아니. 나랑 대화하던 사람이 '짭짤한 개'란 술을 받아서, 난 '시체 부활자'나 '미끌미끌 유두' 같은 술을 받을까봐 걱정됐어. 그래서 얌전히 샴페인만 마셨지. 샴페인만 마시다니! 엄청 부티 나지?"

"그래서 누구랑 대화했는데?"

샘은 아주 살짝 머뭇거리다가 물었다. 짜증스럽게도 나 역시 대답하기까지 아주 살짝 머뭇거렸다.

"아……. 그냥 이…… 조시라는 사람. 회사원이야. 나랑 아그네스가 고프닉 씨가 오기를 기다리는 동안 그 사람이 친구 해줬어."

다시 침묵.

"잘됐네."

이제 나는 주절주절 떠들기 시작했다.

"늘 밖에 차가 대기 중이니 집에 갈 교통편을 걱정할 필요 없는 게 가장 좋은 점이지. 이 사람들은 상점만 가도 그래. 운전기사가 밖에 차를 대고 기다리거나 주위를 한 바퀴 돌고 있지. 일을 보고 나가면 짠! 차가 있어. 번쩍이는 검은색 대형차야. 차에 타. 쇼핑백을 부트(자동차 트렁크를 영국에서는 '부트 boot'라고 한다)에 싣고. 다만 여기서는 '트렁크'라고 해. 심야 버스를 탈 필요가 없지! 사람들이 구두에 토해대는 심야 지하철도 필요 없고."

"상류층 생활이네? 집에 오기 싫겠네."

"아이고. 아니야. '내' 생활 같지가 않아. 난 곁 식구에 불과해. 그런데 가까이서 보니 좀 다르긴 달라."

"난 가봐야겠어, 루. 제이크랑 피자 먹으러 가기로 약속했거든."

"하지만…… 하지만 샘, 대화를 못 나눴는데. 당신은 어때? 소식 좀 말해줘."

"다음에 해. 제이크가 배고파."

"알았어! 제이크한테 인사 전해줘!"

난 지나치게 발랄하게 말했다.

"알았어."

"사랑해."

내가 말했다.

"나도."

"1주일만 더 있으면 돼! 카운트다운 시작이야."

"가봐야겠어."

전화를 끊는데 묘하게 난처했다. 방금 무슨 일이 벌어졌는지 이해되지 않았다. 난 침대 옆에 걸터앉아서 꼼짝하지 않았다. 그러다가 조시의 명함을 봤다. 우리가 파티장을 떠날 때 그는 내 손에 명함을 쥐여주었다.

'나한테 전화해요. 멋진 곳을 구경시켜줄게요.'

난 명함을 받고 예의 바르게 미소 지었다. 그 미소는 물론 다른 뜻이 있을 수도 있었다.

6일 화요일
폭스 별장에서

루이자에게

뉴욕에서 건강하고 즐겁게 지내길 바라요. 릴리가 편지를 보낸다는
걸 알지만, 지난번 대화 후 생각하다가 다락을 뒤졌어요. 윌이 뉴욕에
서 지내면서 쓴 편지 몇 통을 찾았는데, 루이자가 좋아할 거란 생각이
들었어요. 윌이 얼마나 대단한 여행가였는지 알지요? 그의 발자취를
밟고 싶다면 즐거울 거예요.
나도 편지를 두어 번 읽었는데, 기쁘면서도 가슴 저리는 경험이었어
요. 다음에 만날 때까지 편지를 갖고 있어도 돼요.

깊은 애정을 담아서
카밀라 트레이너

엄마께

전화드리려 했지만, 시차가 제 일정이랑 맞지 않아서 편지로 놀래드
리자고 생각했어요. 짧은 프라이어리 마노 생활 이후 처음 보내는 편
지겠네요. 솔직히 제가 기숙학교에 맞는 타입은 아니었어요, 그렇죠?
뉴욕은 아주 굉장해요. 도시의 기에 눌릴 수밖에 없어요. 저는 매일
새벽 5시 반에 일어나서 나가요. 회사는 금융 지구의 스톤가에 있어
요. 나이젤이 따로 사무실을 마련해주었고(구석방이 아니라 수변 풍
경이 보이는 방이에요. 뉴욕에서는 이런 걸로 평가하나봅니다) 직장
동료들은 괜찮은 사람들이에요. 토요일에 상사 부부와 메트(링컨센터에
있는 메트로폴리탄 오페라 하우스)에서 오페라—〈장미의 기사〉인데 좀 과
장이 심하더군요—를 봤다고 아버지에게 전해주세요. 제가 〈위험한
관계〉를 봤다면 두 분이 반가워하시겠지요. 거래처 오찬이 많고, 사내
소프트볼 경기도 많아요. 저녁에는 할 일이 별로 없어요. 새 동료들은
대부분 자녀가 어린 기혼자이니 저 혼자 술집 순례나 할밖에요……
두어 아가씨와 데이트하지만 진지한 사이는 아니고요—이 동네는 데
이트를 오락으로 보는 듯해요—주로 체육관이나 옛 친구들과 어울리
면서 여가를 보내요. 여기 십먼스 출신이 많고, 몇 명은 학교 다닐 때
알던 사이예요. 알고 보니 세상이 좁네요……. 대부분 여기 와서 많이
변했어요. 제가 기억하는 것보다 더 거칠고 악착같아요. 뉴욕이 그런
면을 끄집어내는 거겠죠.

네! 오늘 저녁 헨리 파른스워스의 딸이랑 만나요. 그 딸을 기억하시죠? '스톳폴드 포니 클럽(유소년에게 말에 관한 지식과 승마를 가르치는 클럽)'의 여왕벌이었잖아요? 이제 쇼핑광으로 거듭 났더라고요—괜히 희망을 갖지 마세요. 헨리를 생각해서 만나는 것뿐이니까—어퍼 이스트 사이드에 있는 단골 스테이크집에 데려가려고요. 카우보이 담요만 한 고기가 나오는 집이에요. 채식주의자가 아니어야 할 텐데. 여기선 다들 유행에 따른 식도락 취향이 있으니…….

참, 지난 일요일에 F 트레인을 타고 브루클린브리지를 건너서 내렸어요. 엄마의 권유대로 걸어서 강을 건너 돌아왔지요. 지금까지 해본 일 중 최고였어요. 꼭 우디 앨런의 초기 영화에 들어간 느낌이었죠. 우디와 여주인공의 나이 차가 열 살밖에 안 되는 영화…….

아버지에게 다음 주에 전화한다고 전해주시고, 저 대신 개를 안아주세요.

사랑하는 윌 드림 x

싸구려 국수 한 그릇과 함께 나와 고프닉 부부의 관계가 변했다. 내가 요령이 생겨서 아그네스의 새 어시스턴트 역할을 잘할 수 있었겠지. 그녀에게는 믿고 의지할 사람이 필요했다. 이 점과 뉴욕의 이상한 기운 때문에 그때부터 아침에 벌떡 일어났다. 윌을 보살피던 시절 이후 처음 있는 일이었다. 그런 나를 보고 일라리아는 혀를 차면서 눈을 굴렸고, 네이선은 나를 힐끗 곁눈질했다. 내가 마약이라도 하는 줄 알았는지.

하지만 이유는 단순했다. 일을 능숙하게 해내고 싶었다. 뉴욕에서 지내면서 이 멋진 부부를 위해 일하는 시간을 최대한 활용하고 싶었다. 하루하루 분초까지 끌어내고 싶었다. 윌이라면 그랬을 테니까. 그의 첫 편지를 읽고 또 읽었고, 그의 목소리를 듣는 생소함을 극복하자 뉴욕 초보자라는 묘한 동질감이 느껴졌다.

최대한 시도했다. 매일 아침 아그네스, 조지와 조깅을 했고, 때로 전 코스를 뛰고도 구토가 나지 않았다. 아그네스가 늘 다니는 곳들을 알게 되었다. 그녀가 뭘 갖고 가야 하고 어떻게 입어야 하고, 뭘 집에 가져올 지 파악했다. 난 준비하고 먼저 현관에서 기다렸고, 아그네스가 필요하다고 느끼기도 전에 물과 담배 또는 채소주스를 대령했다. '마녀 할멈들'이 오는 오찬 모임에 가야 할 때면, 나는 미리 농담을 해서 그녀의 긴장을 풀어주곤 했다. 또 식사 중에 휴대폰으로 팬더가 방귀 뀌는 장면이나 사람들이 트램폴린에서 떨어지는 영상을 전송했다. 모임 후 나는 차에 앉아 푸념을 들어주었다. 그녀가 남들이 말하거나 말하지 않아 상처받은 이야기를 하면서 눈물 흘리면, 난 고개를 끄덕여 공감하거나 '못 말리는 망할 인간들' '막대기같이 메마른 작자들' '인정머리 없는 망구들'이라고 맞장구쳤다.

남편의 몸이 '어쩌나 멋진지' 자랑하거나, 사랑을 나눌 때 기교가 얼마나 '환-상-적'인지 떠들 때면, 난 능숙하게 태연한 표정을 유지했다. 그녀가 가정부가 못 알아듣게 'cholernica' 같은 폴란드어로 말하면 난 웃음을 터뜨리지 않으려고 애썼다.

아그네스가 뭘 거르지 않는다는 걸 난 금방 알아차렸다. 아빠는 늘 내가 생각나는 대로 말해버린다고 했지만, 난 폴란드어로 '못된 늙은 창녀' 같은 말은 하지 않았다. '못돼먹은 수전 피츠월터가 왁싱을 하는 게 상상이 돼?'라거나 '입 닫은 홍합에서 수염을 긁어내는 거랑 비슷해, 윽'이라거나.

아그네스 자체가 경박하지는 않았다. 어떤 식으로 처신해야 할지, 남에게 보이고 부족하지 않게 평가받아야 하는 스트레스가 크다보니 나를 일종의 배출구로 삼았다. 그녀는 모임에서 벗어나자마자 욕설을 중얼댔고, 개리의 차를 타고 집에 도착할 즈음이면 평정심을 되찾아 남편을 만났다.

나는 아그네스의 생활에 재미를 더할 전략을 짰다. 매주 한 번 일정표에 기록하지 않고, 한낮에 둘이 링컨 스퀘어에 있는 극장으로 사라졌다. 우리는 팝콘을 우적우적 씹으면서 유치한 코미디를 보면서 깔깔댔다. 서로 부추겨 매디슨가에 있는 명품 부티크에 들어가게 했다. 거기서 최악의 디자이너 의상을 입어보고, 담담한 표정으로 서로 칭찬하면서 판매원에게 "이 디자인으로 더 밝은 초록색이 있나요?"라고 물었다. 숍 직원들은 아그네스의 에르메스 버킨백을 쳐다보고, 억지 칭찬을 늘어놓으면서 요란을 떨며 응대했다. 어느 점심시간에 아그네스는 남편을 졸라 우리를 만나러 오게 했다. 그녀는 여러 벌의 어릿광대 같은 바지를 입고 남편 앞에서 패션모델처럼 걸었다. 고프닉 씨는 재미있어서 입매를 씰룩이며 웃음을 터뜨렸다. 나중에 그는 아내에게 "이런 장난꾸러기"라면서 다정하게 고개를 저었다.

하지만 내가 활기찬 것은 일 때문만은 아니었다. 뉴욕을 더 잘 이해하게 되었고, 뉴욕도 날 받아들이게 되었기 때문이다. 이민자들의 도시에서 살기란 어렵지 않았다. 아그네스의 최상류층 생활에서 벗어나면, 나는 수천 마일 밖에서 온 보통 사람이었다. 시내를 뛰어다니면서 일하고, 테이크아웃 할 음식을 주문하고, 커피나 샌드위치를 주문할 때 최소한 세 가지를 요구해서 뉴요커처럼 보이려 했다.

난 보고 배웠다.

뉴욕에 도착한 첫 달에 뉴요커에 대해 터득한 점은 다음과 같다.

1. 아파트 건물에서 아무도 다른 사람에게 말을 걸지 않았다. 고프닉 부부는 아속 외에 누구와도 대화하지 않았다. 아속은 모두와 대화했다. 2층에 사는 드 위트 부인은 펜트하우스에 사는 캘리포니아 출신 커플과 말을 섞지 않았고, 3층에 사는 단정한 정장 차림의 커플은 복도를 지나갈 때 아이폰에 코를 박고, 마이크나 서로에게 지시를 해댔다. 1층에 사는 애들까지도—예쁘게 입은 마네킹 같은 아이들을 허둥대는 필리핀 여자가 데리고 다녔다—내가 지나갈 때면 인사 한마디 없이 고급 카펫만 내려다보았다. 내가 여자애에게 미소 지으면, 무슨 의심스러운 짓이라도 되는 듯 아이의 눈이 휘둥그레졌다.

레이버리 거주자는 건물 밖으로 직행해서, 보도 옆에서 끈기 있게 대기 중인 엇비슷한 검은 차에 탔다. 늘 어느 차가 자기 차인지 아는 모양이었다. 내가 아는 한 유일하게 드 위트 부인만 누군가에게 말을 붙였다. 그녀는 꾸준히 딘 마틴에게 말을 걸었고, 절룩대며 블록을 돌면서 작은 소리로 '망할 놈의 러시아 놈들, 지긋지긋한 중국 것들'을 욕했다. 그들은 우리 뒤쪽 건물에 살았고, 1주일에 7일 스물네 시간 도로에 차를 세우고 기사를 대기시켰다. 부인은 아그네스의 피아노 소리를 두고 아속이나 건물 관리인에게 시끄럽게 불평했다. 복도에서 우리를 만나면, 그녀는 걸음을 재촉했고, 가끔 얼핏 들리게 혀를 찼다.

2. 반대로 상점에 가면 다들 손님에게 말을 걸었다. 점원들이 쪼르르 쫓아다니면서 손님의 말을 더 잘 들으려는 듯 고개를 기울였고, 더 도울 일이 있거나 '이것을 보관해놓을지' 계속 확인했다. 내가 이런 관심을 받

아본 것은, 트리나와 둘이 우체국에서 초콜릿을 훔치다 들킨 여덟 살 무렵이 마지막이었다. 그 사건 후 3년간 우리가 막대사탕을 사러 가면 바커 부인은 정보부 요원처럼 쫓아다니며 감시했다.

모든 뉴욕 상점은 손님에게 좋은 하루를 보내라고 인사했다. 오렌지 주스 한 팩이나 신문 한 부를 사도 인사를 거르지 않았다. 처음에 친절에 감격해 "네! 좋은 하루 보내세요!"라고 대답하면, 상대는 뉴욕 대화 규칙을 모른다는 듯 짐짓 놀랐다.

아쇽은 누구나 반드시 몇 마디 나눈 후 보내주었다. 하지만 그건 업무였다. 그는 자기 일을 잘 알았다. 늘 주민이 별일 없는지, 필요한 게 없는지 확인했다. "그런 신발을 신고 어딜 가려고요, 미스 루이자!" 그는 우산을 마법사처럼 펴서 보도까지 짧은 거리를 씌워주고, 야바위꾼 같은 손놀림으로 팁을 챙겼다. 그는 소맷부리에서 돈을 꺼내, 식품이나 세탁 배달 편의를 봐주는 교통경찰에게 감사를 표하기도 했다. 불쑥, 개나 들을 수 있는 소리로 휘파람을 불어 택시를 잡기도 했다. 아쇽은 단순히 문지기가 아니라, 물건이 드나들게 하고 매사 순조롭게 돌아가게 하는 심장 박동이며 혈액 공급원이었다.

3. 뉴요커는—아파트 건물에서 리무진을 타고 나가지 않는—걸음이 정말 빨라서, 성큼성큼 인도를 지나 인파 속을 누볐다. 사람들과 부딪치지 않게 자동 멈춤 센서라도 달고 다니는 것 같았다. 그들은 휴대폰이나 스티로폼 커피 컵을 들고 다녔고, 적어도 절반은 오전 7시 이전에 출근 복장이었다. 내가 속도를 늦출 때마다 귓가에 욕설이 들리거나, 누군가의 가방이 내 등을 때렸다. 이제 장식이 있는 구두를—비틀비틀 걷게 하는 구두나 일본 게이샤풍의 플립플롭, 밑창이 두꺼운 70년대식 줄무늬

120

부츠─포기하고 운동화를 신는다. 덕분에 인파를 홍해처럼 갈라지게 하는 장애물이 되지 않고 흐름을 따라 걸을 수 있었다. 누가 내려다보면 나를 뉴요커로 알게 하고 싶었다.

처음 몇 번의 주말 동안엔 나도 몇 시간씩 걸었다. 네이선과 어울려서 새로운 곳들을 찾아다닐 줄 알았다. 그런데 그는 남자들만의 사교 모임을 꾸리는 눈치였다. 그들은 맥주 몇 잔을 마신 다음이면 모를까 여자들과 어울리는 데 관심이 없었다. 또 네이선은 체육관에서 몇 시간씩 보냈고, 주말마다 한두 사람과 데이트했다. 내가 박물관이나 하이라인 파크를 걷자고 권하니, 그는 겸연쩍게 웃으면서 이미 계획이 있다고 말했다. 그래서 나는 혼자 걸어서 미드타운을 지나 미트패킹 디스트릭트, 그리니치빌리지, 소호로 갔다. 손에 지도를 들고 차가 오는 방향에 주의하면서 큰 도로를 피해 어디든 흥미를 끄는 곳으로 향했다. 맨해튼은, 마천루가 즐비한 미드타운부터 기막히게 멋진 돌이 깔린 크로스비가 주변까지, 구역마다 특색이 있었다. 크로스비가에서는 두 명 중에 한 명은 모델이나 클린 이팅을 주제로 포스팅하는 인스타그래머 같았다. 나는 딱히 갈 곳도, 꼭 가야 할 곳도 없이 걸었다. 샐러드 바에서 샐러드를 주문하면서, 먹어본 적이 없는 고수잎과 검은콩을 추가했다. 지하철을 탈 때는 관광객처럼 보이지 않고 표 사는 법과 악명 높은 미치광이를 알아보는 법을 파악하려 했다. 그리고 밝은 햇빛 속으로 나오면 10분이 지나서야 심박수가 정상으로 돌아왔다. 윌처럼 브루클린브리지를 걸어서 건너는데, 아래 물을 보니 가슴이 뛰고, 차량이 지나는 흔들림이 발바닥에 느껴졌다. 그러자 머릿속에서 다시 윌의 목소리가 들렸다. '대담하게 살아, 클라크.'

다리 중간에서 걸음을 멈추고 가만히 서서 이스트강을 내다보니, 순간적으로 정지된 기분이 밀려들고, 어디에도 묶이지 않은 감각 때문에

어지러울 지경이었다. 또 한 번의 멈춤. 천천히 경험을 비교하길 멈췄다. 전부 너무도 새롭고 이상했으니까.

첫 산책에서 내가 본 광경:

완전 여장을 한 남자가 자전거를 타고 가면서, 마이크에 대고 뮤지컬 곡을 부르는 소리가 스피커에서 나왔다. 그가 앞을 지나자 몇 사람이 손뼉을 쳤다.

여자애 네 명이 양쪽 소화전 사이에서 줄넘기하는 광경. 한꺼번에 줄 두 개를 돌리면서 넘다가 마침내 줄넘기를 멈추었고, 내가 서서 손뼉을 치자 그들은 수줍게 웃었다.

스케이트보드를 타는 개. 내가 문자메시지로 이 일을 말하자 여동생은 나더러 취했다고 답했다.

로버트 드 니로.

적어도 내 생각에 그는 로버트 드 니로였다. 초저녁이었고, 난 잠깐 집이 그리웠다. 그때 스프링가와 브로드웨이의 교차점에서 그가 지나가자, 난 참을 새도 없이 "세상에, 이럴 수가. 로버트 드 니로" 하고 크게 말해버렸다. 그는 내 앞을 지나쳐서 뒤돌아보지 않았다. 나중에 되새기니 확신이 서지 않았다. 드 니로가 아니어서 내가 혼잣말을 한다고 생각했을지. 아니면 드 니로인데, 길에서 어느 여자가 이름을 부르면 딱 그렇게 반응할지.

후자라고 결정했다. 이번에도 여동생은 나더러 취했다고 비난했다. 휴대폰으로 찍은 사진을 보냈더니, 그녀는 '뒤통수만 보고 어찌 알아, 맹추야'라고 하면서, 내가 취해서가 아니라 진짜 멍청해서라고 덧붙였다. 향수병이 가라앉기 시작한 것도 그때부터였다.

샘에게 이 얘기를 하고 싶었다. 예쁜 필체로 손 편지를 써서 보내거나, 적어도 이 말 저 말 마구 늘어놓는 이메일을 보내고 싶었다. 메일을 저장해두고 인쇄하면, 결혼하고 50년쯤 후에 손주들이 다락에서 그걸 찾아내 이러쿵저러쿵 떠들겠지. 그런데 처음 몇 주간 너무 피곤해서, 얼마나 피곤한지 알리는 메일만 보냈다.

- 너무 피곤해. 보고 싶어.
- 나도 그래.
- 아니, 진짜 진짜 피곤해. TV 광고를 보다 울고, 양치하면서 잠들어 가슴팍이 치약 범벅이 될 정도로 피곤해.
- 그렇군. 이제 알겠어.

샘에게 이메일을 못 받아도 그냥 넘기려 했다. 내가 네일숍 밖에서 기다리거나 센트럴파크에서 조깅하는 동안, 샘은 생명을 구하고 변화를 일으키는 정말 어려운 일을 한다는 걸 기억하려 애썼다.

그의 상관이 근무 일정을 바꿔버렸다. 샘은 나흘 연속 야간 당직을 하면서, 새 파트너가 오기를 여전히 기다리고 있었다. 그러면 대화하기가 더 쉬워야 하는데 그렇지 않았다. 난 저녁마다 일이 끝나기 무섭게 휴대폰으로 연락하지만, 이때는 샘이 근무를 교대하러 나가기 일쑤였다.

가끔 이상하게 혼란스러웠다. 내 맘대로 그를 상상하는 걸까.

1주일이라고 그는 나를 달랬다. 1주만 더 있으면.

그게 힘들면 얼마나 힘들겠어?

아그네스가 또 피아노를 쳤다. 행복하거나 불행할 때, 화나거나 짜증 날 때 격렬한 곡을 연주했다. 감정이 격해져서 눈을 감고, 몸을 흔들며 양손으로 건반을 오르내리며 두드렸다. 전날 밤 야상곡이 흘러나왔고, 난 문이 열린 응접실 앞을 지나다가 부부가 피아노 의자에 나란히 앉은 광경을 봤다. 아그네스는 음악에 몰두하면서도 남편을 위해 연주하는 게 분명했다. 고프닉 씨가 옆에 앉아서 악보를 넘겨주는 것만으로도 얼마나 만족하는지 보였다. 그녀가 연주를 마치고 환하게 웃자, 고프닉 씨는 고개를 숙이고 아내의 손에 입 맞추었다. 나는 아무것도 못 본 척 살그머니 지나갔다.

서재에서 목요일까지의 한 주간 행사—소아암 자선 오찬, 〈피가로의 결혼〉—를 확인하면서 살피는데 현관문을 두드리는 소리가 들렸다. 가정부가 반려동물 행동 심리사와 같이 있어서—펠릭스가 고프닉 씨의 집무실에서 입에 못 담을 짓을 또 했다—내가 복도로 나가서 문을 열었다.

드 위트 부인이 지팡이를 내리칠 듯이 올리고 서 있었다. 나는 본능적으로 웅크리다가 그녀가 지팡이를 내리자 몸을 폈다. 내가 손바닥을 들어 보였다. 부인이 지팡이로 문을 두드린 것뿐임을 파악하기까지 시간이 걸렸다.

"무슨 일이신가요?"

"그 여자에게 지옥 같은 소음을 멈추라고 전해!"

주름진 작은 얼굴이 분노로 암갈색을 띠었다.

"무슨 말씀인지?"

"마사지사인지, 우편주문 신부인지, 뭐가 됐든, 복도 끝에서도 이 소리가 들린다고."

드 위트 부인은 1970년대 푸치 스타일의 초록색과 분홍색 소용돌이무늬 재킷과 에메랄드색 터번 차림이었다. 난 모욕적인 말에 발끈하면서도 넋을 잃었다.

"어, 사실 아그네스는 교육받은 물리치료사예요. 그리고 이 소리는 모차르트의 곡이고요."

"원더 호스 챔피언(1930년대에서 50년대까지 노래하는 카우보이 진 오트리의 TV와 영화에 나온 말)이 카주를 불어도 난 상관없어. 여자한테 조용히 하라고 말해. 여기는 공동주택이라고. 아니면 다른 집을 알아봐야 할 거야!"

딘 마틴이 맞장구치듯 나를 보고 으르렁댔다. 내가 대꾸하려 했지만, 개가 어느 쪽 눈으로 날 노려보는지 알아내려다가 한눈을 팔았다.

"그 말씀을 전해드릴게요, 드 위트 부인."

내가 프로답게 미소를 지으면서 대답했다.

"'전해드리다'니 무슨 뜻이지? 그냥 '전해드리기'만 하면 안 되지. '그만두게' 하라고. 형편없는 피아노 소리 때문에 미치겠다고. 밤낮 가리지 않고. 전에는 평온한 건물이었는데."

"하지만 공평하게 보자면 부인의 개도 늘 짖어……."

"다른 여자도 흉하긴 마찬가지였지. 형편없는 여자였어. 늘 꽥꽥대는 친구들이랑 어울려서 복도에서 꽥꽥꽥, 다들 커다란 차를 가져와서 도로를 막고. 윽. 남자가 여자를 갈아치울 만도 하지."

"제가 보기에 고프닉 씨는……."

"교육받은 물리치료사라. 아이고, 요즘은 그걸 그렇게 부르나? 그러면 나는 국제연합 수석 협상가겠군."

125

드 위트 부인은 손수건으로 얼굴을 토닥거렸다.

"미국의 대단한 즐거움은 뭐든 원하는 게 될 수 있다는 점이라고 알고 있는데요."

내가 미소 지으며 말했다.

부인이 눈을 가늘게 떴다. 나는 계속 미소 지었다.

"영국인인가?"

"네."

부인이 미묘하게 누그러지는 게 느껴졌다.

"왜요? 거기 사는 친척이라도 있으세요, 드 위트 부인?"

그녀가 나를 위아래로 훑어보며 대꾸했다.

"어림없는 소리. 그저 영국 여자들은 세련된 줄 알고 있어서 그래."

그 말과 함께 드 위트 부인은 몸을 돌리고 가보라는 손짓을 하더니, 절룩대며 복도를 걸어갔다. 딘 마틴이 그녀 쪽을 못마땅하게 흘끔 돌아봤다.

내가 문을 조용히 닫자 아그네스가 소리쳤다.

"복도 건너에 사는 미친 노인네지? 쳇. 아무도 찾아오는 사람이 없을 만도 하지. 말라비틀어진 장작 같은 여편네야."

잠깐 적막이 흘렀다. 악보 넘기는 소리가 났다.

그때 아그네스가 천둥이 폭포처럼 내리치는 듯한 곡을 치기 시작했다. 부서져라 건반을 때렸고 페달을 힘껏 밟아서 마룻바닥에 진동이 느껴질 정도였다.

나는 다시 미소 띤 얼굴로 현관 복도를 지나면서, 손목시계를 보고 속으로 한숨지었다. 두 시간 남았다.

8

샘은 그날 비행기를 타고 와서 월요일 저녁까지 뉴욕에서 지낼 예정
이었다. 그는 타임스스퀘어에서 몇 블록 떨어진 호텔에 2인실을 예약해
두었다. 아그네스가 연인이 떨어져 있으면 안 된다는 말을 했기에, 나는
오후 나절 휴가를 내도 될지 물었다. 그녀는 '아마도'라고 대답했고 긍정
적으로 들렸지만, 샘이 주말을 지내러 오는 게 짜증 나는 기색이 역력했
다. 아무튼 나는 주말에 여행 가방을 끌고 가벼운 걸음으로 펜역으로 갔
다. 거기서 에어트레인을 타고 JFK 공항으로 갔다. 조금 미리 공항에 도
착했고 기대감에 들떴다.

도착 안내판을 보니 샘의 비행기가 착륙해서 수하물을 기다리는 중이
어서, 얼른 화장실에 가서 머리와 화장을 확인했다. 걸어온데다 열차가
붐빈 바람에 땀이 나서, 마스카라와 립스틱을 덧바르고 머리를 빗었다.
옥색 실크 치마바지와 검정 터틀넥 티셔츠, 검정 앵클부츠 차림이었다.
나다워 보이고 싶었지만, 묘하게 변해서 약간 신비로운 분위기도 났다.
지친 얼굴로 큰 여행 가방을 밀고 온 여자에게 길을 비켜주고, 향수를 조
금 뿌리니 마침내 국제공항에서 연인을 만날 여자다워졌다.

그래도 역시 뛰는 가슴으로 화장실에서 나와 안내판을 올려다보니 묘
하게 초조했다. 고작 4주간 헤어져 지냈을 뿐인데. 이 남자는 최악의 상

태인 나를 봤다. 상심하고 공포에 질리고, 슬픔에 젖어 앞뒤가 맞지 않는 나를 좋아해주었다. 나는 그는 여전히 샘이라고 중얼댔다. 내 샘. 처음 그가 우리 집 초인종을 누르고 인터폰으로 어색하게 데이트를 신청한 이후 여태껏 똑같았다.

안내판에 여전히 '수하물 대기 중'이라는 문구가 떠 있었다.

나는 가로대 앞에 자리를 잡고 서서, 다시 머리를 확인하고 자동문을 응시했다. 오래 헤어져 있던 커플이 서로 발견하고 환호성을 지르자 나도 모르게 미소가 지어졌다. '잠시 후면 우리도 저럴 거야'라는 생각이 들었다. 손바닥에 땀이 촉촉하게 배어서 크게 숨을 쉬었다. 도착한 승객이 드문드문 나왔고, 난 기대감에 넋이 나간 모습이었을 것이다. 입을 살짝 벌리고, 군중 속에서 아는 사람이 있는 듯 눈썹을 치뜨고 기뻐하는 정치가의 표정.

가방을 뒤져 손수건을 꺼내다가 문득 알아차렸다. 몇 미터 앞쪽, 사람들 속에 샘이 있었다. 남들보다 머리 하나는 큰 그가 나처럼 인파를 훑어봤다. 나는 오른쪽에 있는 사람에게 '실례합니다'라고 말하면서 방책 밑을 지나 샘에게 달려갔다. 내가 앞에 다가서는 순간 샘이 몸을 돌리다가 가방으로 내 정강이를 세게 때렸다.

"아, 이런. 괜찮아요? 루? ……루?"

나는 욕을 하지 않으려고 애쓰면서 다리를 부여잡았다. 눈에 눈물이 고였고 말을 하려는데 통증이 밀려왔다.

내가 이를 악물고 말했다.

"수하물을 기다리는 중이라고 나와 있었는데! 근사한 재회를 할 기회를 놓치다니 어이가 없네! 난 화장실에 있었거든!"

"난 기내 수하물만 갖고 왔거든. 다리는 괜찮아?"

샘이 내 어깨에 손을 올리고 물었다.

"내가 계획을 다 세웠는데! 손 팻말이랑 다 준비했단 말이야."

나는 재킷에서 손 팻말을 빼고, 정강이 통증을 무시하려 애쓰면서 똑바로 섰다. 특별히 코팅한 종이에 '세계 최고 미남 구급대원'이라고 적혀 있었다.

"우리 관계의 결정적인 순간으로 만들려고 했는데! 나중에 '아, JFK에서 만난 순간을 기억해?'라고 말할 수 있게 말이지."

"안 그래도 굉장한 순간인걸. 당신을 만나니 좋아."

샘이 희망적으로 말했다.

"날 만나니 좋아?"

"엄청. 당신을 만나서 엄청 좋아. 미안. 내가 기진맥진이라서. 잠을 못 잤거든."

나는 정강이를 문질렀다. 우린 한참 서로 바라보았다.

"이건 아니야. 당신이 다시 가야 해."

"다시 가라고?"

"저 앞쪽으로. 그러면 내가 계획대로 손 팻말을 들어 올리고 당신에게 달려가고, 둘이 키스하는 거야. 제대로 시작하는 거지."

샘이 날 빤히 보았다.

"진심이야?"

"그럴 가치가 있을 거야. 어서. 부탁이야."

그는 내 말이 농담이 아님을 확인하기까지 시간을 끌다가, 도착 인파의 물결을 거슬러 지나갔다. 몇 사람이 고개를 돌려 그를 쳐다봤고 혀를 차기도 했다.

"멈춰! 그 정도면 됐어!"

소란스러운 대합실에서 내가 소리쳤다.

하지만 샘이 듣지 못했다. 그는 계속 자동문까지 계속 걸어갔고, 나는 그가 다시 비행기에 올라탈까 걱정스러웠다.

"샘! 멈춰!"

내가 냅다 소리쳤다.

모두 고개를 돌렸다. 그 순간 샘이 고개를 돌려 날 보았다. 그는 다시 나를 향해 걷기 시작했고, 나는 방책 밑을 지나 앞으로 갔다.

"여기야! 샘! 나야!"

내가 팻말을 흔들었고, 그는 어처구니없는 상황에 웃으면서 다가왔다.

나는 팻말을 던지고 그에게 달려갔고, 이번에는 그가 내 정강이를 후려갈기지 않고 가방을 내려놓고 날 번쩍 안았다. 우리는 영화에 나오는 것처럼 키스를 나누었다. 뜨겁게, 부끄러움이나 입 냄새 걱정 없이 온전한 입맞춤을 나누었다. 아니, 그랬을 것이다. 확실히 말할 수가 없다. 샘이 번쩍 안은 순간부터 난 다른 것은, 가방과 사람들과 남의 눈은 잊었으니까. 아, 세상에. 날 안은 그의 따뜻한 가슴과 내 입술을 누르는 부드러운 그의 입술. 안은 팔을 풀고 싶지 않았다. 그에게 매달려서, 나를 안은 강한 힘을 느꼈다. 그의 체취를 맡고, 그의 목에 얼굴을 묻고 살갗을 맞대니 내 몸속 모든 세포가 그를 그리워했던 것 같았다.

"더 나아, 제정신 아닌 아가씨?"

샘이 물었다. 마침내 그는 나를 제대로 보려고 몸을 뗐다. 내 뺨에 립스틱이 번졌을 거란 생각이 들었다. 턱수염이 문질러서 뺨에 붉은 기가 돌았다. 그가 어찌나 힘껏 안았는지 갈비뼈가 아팠다.

"아, 당연하지. 훨씬."

내가 말했다. 미소를 멈출 수가 없었다.

먼저 호텔에 가방을 두기로 했고, 나는 들떠서 떠들어대지 않으려고 애썼다. 자꾸 헛소리가 나왔다. 두서없이 떠오르는 생각을 막무가내로 쏟아냈다. 그는 시키지도 않았는데 춤을 추는 반려견 보듯 날 바라보았다. 약간 재미있고 어렴풋이 놀란 기색을 누르는 듯했다. 하지만 엘리베이터 문이 닫히자 샘은 나를 바싹 당겨서 양손에 얼굴을 쥐고 다시 키스했다.

"내 말을 막으려고 그랬지?"

그가 놓아주자 내가 말했다.

"아니. 기나긴 몇 주를 보내면서 하고 싶었고, 다시 집에 갈 때까지 최대한 여러 번 할 작정이거든."

"대사 한번 좋네."

"비행시간 내내 걸려 생각한 대사야."

카드 열쇠를 문에 넣는 그를 보면서, 다시는 사랑을 못 할 줄 알았는데 샘을 만난 행운에 감동했다. 이런 감격을 500번쯤 느꼈다. 주말 오후, 영화 주인공처럼 충동적이고 로맨틱한 기분이 밀려들었다.

"드-디-어 이렇게 만났네."

객실에 들어가다 문간에서 멈추었다. 고프닉 자택에 있는 내 방보다 작고, 칙칙한 갈색 카펫이 깔려 있었다. 상상한 흰 프레테(이탈리아 명품 침구 브랜드) 리넨이 깔린 넓은 침대가 아니었다. 푹 꺼진 더블 침대에 짙은 자주와 주황색 체크무늬 침대보가 깔려 있다. 마지막으로 언제 세탁했을지 생각하지 않으려 애썼다. 샘이 문을 닫는 사이, 난 가방을 내려놓고 침대를 빙 돌아 문틈으로 욕실이 보이는 곳까지 갔다. 욕조 없이 샤워기가 있고, 전등을 켜니 환풍기가 슈퍼마켓 계산대에서 아이가 칭얼대는 소리를 내며 돌아갔다. 방에서 찌든 니코틴과 인공적인 방향제 냄새가 섞인 냄새가 난다.

"방이 싫구나."

샘이 내 얼굴을 살폈다.

"아냐! 완벽한데!"

"완벽하지 않아. 미안. 웹사이트에서 이 호텔을 예약할 때 야간 당직을 막 마친 참이었어. 내가 내려가서 다른 방이 있는지 알아볼까?"

"직원이 만실이라고 하는 소리를 들었어. 아무튼 괜찮아! 침대랑 샤워기가 있고, 뉴욕 한복판인데다 여기 당신이 있는걸. 그러니까 딱 좋아!"

"아, 엉터리. 당신이랑 의논하는 건데."

나는 거짓말을 지지리도 못 했다. 샘이 내 손을 잡자, 나는 그의 손을 꼭 쥐었다.

"괜찮아. 정말이야."

우리는 서서 침대를 쳐다보았다. 난 하고 싶은 말을 내뱉지 않으려고 손으로 입을 막았지만, 결국 참을 수가 없었다.

"그런데 빈대가 있는지 확인해봐야 해."

"정말이야?"

"일라리아 말로는 빈대가 전염된대."

샘의 어깨가 축 처졌다.

"심지어 최고급 호텔에도 빈대가 있다던데."

내가 앞으로 나가 불쑥 침대보를 들추고 흰 시트를 살핀 후, 허리를 굽혀 매트리스 커버를 확인했다. 나는 앞으로 더 다가갔다.

"없네! 잘됐네! 우린 빈대 없는 호텔에 들어왔어! 예이!"

내가 살며시 엄지를 들어 보였다.

오랫동안 침묵이 흘렀다.

"산책하러 나가자."

샘이 말했다.

우리는 나가서 걸었다. 적어도 호텔 위치는 아주 좋았다. 6번가를 대여섯 블록 내려가다가 5번가를 거슬러 올라가며 발길 닿는 대로 걸었다. 뉴욕 이야기를 끝없이 늘어놓지 않으려고 했지만 그러기가 예상보다 더 어려웠다. 샘이 계속 입을 다물고 있어서였다. 샘은 내 손을 잡았고, 나는 그의 어깨에 기대어 걸으면서 너무 자주 훔쳐보지 않으려고 노력했다. 샘이 여기 있으니 이상하게 어색했다. 나도 모르게 세세한 부분에 주목해 손에 생긴 긁힌 상처며 긴 머리를 보면서, 상상 속의 샘을 되살리려 애썼다.

"이제 절룩대지 않네."

잠깐 서서 뉴욕현대미술관의 유리창을 들여다볼 때 내가 말했다.

"당신도 마찬가지네."

"난 조깅을 한다니까! 말했잖아! 매일 아침 아그네스, 그녀의 트레이너 조지와 센트럴파크에서 뛴다고. 여기…… 다리를 만져봐!"

내가 말했다.

내가 다리를 내밀자, 샘은 허벅지를 만져보고 감동한 표정을 지었다.

"이제 그만 놔주시죠."

사람들이 쳐다보기 시작하자 내가 말했다.

"미안. 오랜만이라서."

샘이 대답했다.

난 그가 말하기보다 듣기를 좋아하는 걸 잊고 있었다. 한참 지나서야 샘은 자기 이야기를 꺼냈다. 마침내 새 파트너가 생겼다고 했다. 두 번의 실패 끝에—어린 대원은 구급대원이 되지 않겠다고 결정했고, 중년 노조

대표인 팀은 모든 인간을 싫어하는 사람이었다(구급대원의 정신 상태로서는 부적합했다)—노스 켄싱턴 지구대 출신의 여자 대원과 짝이 되었다. 그녀는 최근 이사해서 집에서 더 가까운 곳에서 일하고 싶어했다.

"어떤 사람이야?"

"도나는 아니지만 괜찮은 사람이야. 최소한 자기 할 일이 뭔지 아는 것 같아."

샘은 지난주에 도나와 만나서 커피를 마셨다. 아버지의 항암 치료가 효과가 없었지만 도나는 평소처럼 냉소와 농담으로 슬픔을 감추었다.

"도나에게 그럴 필요 없다고 말해주고 싶었어. 내가 누나 일을 견뎠다는 걸 도나도 알지. 하지만……."

샘은 나를 슬쩍 쳐다보고 나서 말을 이었다.

"……우리 모두 나름의 방식으로 이런 일에 적응하니까."

샘은 조카 제이크가 대학교에 잘 다닌다고 말해주었다. 안부를 전해달랬다고. 제이크의 아버지인 샘의 매형은 사별 심리 치료를 포기했다. 낯선 여자들과 충동적으로 자는 걸 고쳤는데도 치료가 맞지 않는다고 둘러댔다.

"이제 매형은 먹는 걸로 감정을 드러내. 루가 떠난 뒤로 6킬로그램 이상 늘었어."

"그럼 당신은?"

"아. 난 적응하고 있어."

그는 간단히 말했지만, 그래서 내 마음이 찢어졌다.

우리가 걸음을 멈추자 내가 대꾸했다.

"슬픔이 영원하지는 않아."

"알아."

"당신이 여기 있는 동안 우린 재미있는 일을 엄청나게 할 거야."

"무슨 계획이 있는데?"

"음, 기본적으로 당신 알몸 만들기. 식사 후에 할 거야. 이후 더 자주 알몸이 될 거야. 센트럴파크 걷기. 스테이튼 아일랜드행 페리 타기와 타임스스퀘어 구경, 이스트 빌리지에서 간단한 쇼핑 같은 흔한 관광 코스를 돈 다음, 아주 맛있는 식사와 함께 당신 알몸 만들기."

샘이 빙긋 웃었다.

"나도 당신 알몸 만들기 하는 거지?"

"아, 그럼. 원 플러스 원 세일이야."

나는 그에게 머리를 기대면서 말을 이었다.

"그런데 내가 일하는 곳에도 당신을 데려가보고 싶어. 네이선과 아속을 비롯해 내 주변 사람들을 보여주고 싶어. 고프닉 부부는 뉴욕을 떠나 있어서 만나지 못하겠지만, 적어도 여기 분위기를 머릿속에 담아둘 수는 있잖아."

샘이 멈춰 서서 내 몸을 돌려 마주 보게 했다.

"루. 우리가 같이 있기만 하면 난 뭘 하든 상관없어."

그는 이런 말을 하고 스스로 놀란 듯이 얼굴을 붉혔다.

"이거 굉장히 로맨틱하네요, 필딩 씨."

"그런데 내 말 좀 들어봐. 내가 알몸이 되려면 당장 뭘 좀 먹어야겠어. 어디 가면 음식을 먹을 수 있지?"

우린 라디오 시티(뉴욕에 있는 뮤직홀) 앞을 지나던 참이라 주위에 대형 사무실 건물이 즐비했다.

"커피숍이 있어."

내가 말했다.

샘이 손뼉을 치면서 대답했다.

"아, 아니야. 바로 저기 있네. 진짜 뉴욕 푸드 트럭!"

그는 늘 그 자리에 있는 푸드 트럭을 손짓했다. '푸짐한 부리토. 원하는 대로 만들어드림'이라고 적혀 있었다. 나는 샘을 따라갔고, 그가 주문하는 동안 기다렸다. 팔뚝만 한 부리토에서 뜨거운 치즈와 뭔지 모를 두꺼운 고기 냄새가 났다.

"오늘 밤 외식할 계획은 없었지?"

샘이 부리토의 끝을 입에 넣으면서 물었다.

나는 웃지 않을 수가 없었다.

"당신을 잠들지 않게 만들 거라면 뭐든 좋지. 한데 그건 당신을 식곤증에 걸리게 할 것 같아 걱정이네."

"와, 이거 진짜 맛있어. 먹어볼래?"

솔직히 그러고 싶었다. 하지만 아주 예쁜 속옷을 입었는데, 음식을 먹어 살이 삐져나오면 곤란했다. 그래서 샘이 먹을 동안 내내 기다렸고, 그는 손가락을 빨고 냅킨을 휴지통에 던졌다. 그가 만족스러운 한숨을 내쉬었다.

"됐어. 이제 알몸 사업을 하러 가자고."

샘이 말하면서 내 팔을 잡자, 갑자기 모든 게 행복하게도 정상으로 느껴졌다.

우리는 말없이 호텔로 돌아갔다. 떨어져 지낸 시간이 예상치 못한 거리를 만든 것 같은 어색함은 없었다. 이제는 떠들고 싶지 않았다. 그저 몸에 닿는 그의 살결만 느끼고 싶었다. 다시 온전히 샘의 여자가, 폭 안겨 그의 사람이 되고 싶었다. 6번가를 내려가 록펠러센터를 지났고, 이제는 앞을 막아선 관광객들이 성가시지 않았다. 투명한 거품 속에 있는 느낌이었다. 내 손을 잡은 따뜻한 손과 내 어깨를 감싼 팔에 온몸의 감각이 쏠렸다. 샘의 동작이 다 묵직한 의미로 다가왔다. 그래서 숨 쉬기가 힘들었다. 함께하는 시간이 이렇게 달콤하다면 떨어져서 살아도 괜찮았다.

엘리베이터에 타자마자 샘은 몸을 돌려 나를 끌어당겼다. 우리는 키스했고, 나는 그를 느끼며 녹아내렸다. 피가 머리로 솟구쳐서 엘리베이터 문이 열리는 소리도 들리지 않았다. 우리는 비틀대며 내렸다.

"문 여는 카드. 문 여는 게 있는데! 어디 뒀더라?"

샘이 다급히 주머니를 뒤지면서 중얼댔다.

"내가 갖고 있어."

내가 뒷주머니에서 카드키를 뺐다.

"다행이네."

안에 들어가자 그가 발로 문을 닫고, 내 귀에 대고 속삭였다.

"내가 얼마나 오래 이걸 생각했는지 모를 거야."

2분 후 난 불결한 자주색 침대보에 누워 땀을 식히면서, 팔을 뻗어 반바지를 입을지 말지 고민했다. 빈대를 살피긴 했지만, 어쩐지 침대보에 알몸이 닿는 게 꺼려졌다.

옆에서 샘이 허공에 대고 말했다.

"미안. 당신을 만나서 좋은 줄 알았지만, 그렇게 좋은 줄은 몰랐네."

"괜찮아."

내가 그에게 몸을 돌리며 말했다. 샘은 나를 떠안듯이 끌어당겨서 품에 쏙 들어가게 안았다. 남자가 안전한 느낌을 준다는 말이 무슨 뜻인지 몰랐는데, 이제 샘에게 그 느낌을 받았다. 그의 눈이 검실검실해지며 잠과 싸웠다. 계산하니 그에게는 지금이 새벽 3시경이었다. 샘이 내 코에 키스하며 말했다.

"나한테 20분만 주면 다시 준비될 거야."

난 그의 얼굴을 가볍게 쓰다듬고 입술을 만지다가 몸을 뒤척여 그가 이불을 당기게 했다. 그의 다리에 다리를 올려서 온몸이 서로 닿게 했다. 그 동작만으로도 내 안에서 뜨거운 기운이 솟구쳤다. 샘의 어떤 면이 나를 평소와 다르게 만들었는지 모르겠다. 억제하지 않고 허기에 시달리는 나를. 그의 살을 만지면 내 안에서 반사적으로 열기가 느껴졌다. 그의 어깨를, 탄탄한 팔뚝을, 목덜미 위쪽의 검은 솜털을 힐끔대면서 타는 욕망을 느꼈다.

"사랑해, 루이자 클라크."

그가 부드럽게 말했다.

"20분이야, 응?"

나는 웃으면서 대꾸하고 더 꼭 안았다.

하지만 샘은 완전히 곯아떨어졌다. 한동안 그를 지켜보면서, 깨울 수 있을지 고심했다. 어떤 수단을 동원해야 샘이 깰지 궁리하다가, 불현듯 처음 뉴욕에 와서 어리둥절하고 기운이 빠졌던 기억이 났다. 샘이 지난 1주일 동안 열두 시간 교대 근무를 했다는 사실도 생각났다. 게다가 같이 보낼 사흘 중 고작 몇 시간 지났다. 나는 한숨을 쉬면서 포옹을 풀고 반듯이 누웠다. 오만 가지 감정이 들었고, 한 가지가 실망으로 끝나서 불안했다.

속으로 '그만해'라고 단호하게 말했다. 이번 주말 샘과의 데이트에 기대가 수플레처럼 잔뜩 부풀어서 상황을 제대로 파악하지 못했다. 샘이 와서 둘이 같이 있고, 몇 시간 후면 다시 깰 터였다. '잠을 자둬, 클라크'

라고 자신에게 말했다. 샘의 팔을 내 위에 올리고 따뜻한 살 냄새를 맡았다. 그리고 눈을 감았다.

한 시간 반 후, 침대 끝에 누워 휴대폰으로 페이스북을 확인했다. 엄마가 동기를 부여하는 문구와 교복을 입은 톰의 사진을 끝없이 올리는 게 놀라웠다. 10시 반이었고 좀처럼 잠이 오지 않았다. 침대에서 내려와 화장실을 사용했지만, 낡는 듯한 환풍기 소리에 샘이 깰까봐 전등을 켜지 않았다. 다시 침대로 올라가려다가 머뭇거렸다. 매트리스가 처진 걸로 볼 때 샘이 가운데를 넘어와서, 몸을 많이 겹치지 않으면 내가 누울 자리가 없었다. 한 시간 반쯤 잤으면 충분한지 따져보았다. 침대로 올라가 그의 따뜻한 몸에 몸을 밀착하고, 잠깐 망설이다 키스했다.

샘보다 그의 몸이 먼저 반응했다. 팔로 나를 당기더니 큰 손으로 몸을 쓰다듬으며 키스했다. 느긋한 잠에 취한 키스는 포근하고 부드러웠고, 내 몸을 휘게 했다. 몸을 뒤척여 그의 체중을 느끼면서 그의 손을 찾아 깍지를 끼니 만족스러운 한숨이 나왔다. 샘은 나를 원했다. 침침한 빛속에서 그가 눈을 떴고, 나는 갈망에 휩싸인 눈으로 그를 응시했다. 그가벌써 땀에 젖은 걸 보니 놀라웠다.

샘이 잠시 나를 빤히 쳐다보았다.

"안녕, 미남 씨."

내가 속삭였다.

그는 말을 하려는 듯했지만 가만히 있었다.

샘이 시선을 돌렸다. 그러더니 갑자기 내 몸에서 내려갔다.

"뭐야? 내가 말을 잘못했어?"

내가 물었다.

"미안. 그대로 있어."

그가 말했다.

샘은 욕실로 뛰어가서 문을 쾅 닫았다. '아, 이런'이라고 중얼거리더니 이어서 난 소리는 고맙게도 시끄러운 환풍기 소리에 가려졌다.

나는 꼼짝 않고 앉아 있다가, 침대에서 내려와 티셔츠를 입었다.

"샘?"

화장실 문에 기대서 귀를 댔다가 물러났다. 효과음을 통해 친밀감이 되살아났다.

"샘? 괜찮아?"

"괜찮아."

작은 목소리가 새어 나왔다.

샘은 괜찮지 않았다.

"무슨 일이야?"

긴 공백. 물 내리는 소리.

"내가…… 어…… 내가 식중독에 걸렸나봐."

"정말이야? 내가 어떻게 할까?"

"아니야. 그냥…… 그냥 들어오지 마. 알겠지?"

이 말 끝에 헛구역질과 중얼대는 욕설이 들렸다. 샘이 다시 말했다.

"들어오면 안 돼."

거의 두 시간을 그렇게 보냈다. 그는 화장실에 박혀서 배 속 내장과 사투를 벌였고, 나는 문밖에서 티셔츠 바람으로 앉아 안절부절못했다. 샘은 내가 들어가지 못하게 했고, 자존심 때문에 말렸을 것이다.

마침내 새벽 1시가 지나 샘이 거무죽죽 번들거리는 얼굴로 나왔다. 욕실 문이 열리자 난 벌떡 일어났고, 그는 내가 아직 거기 있어서 놀란 듯 살짝 비틀댔다. 얼른 손을 내밀었다. 그런 체구가 쓰러지는 걸 어떻게 막겠다고.

"내가 어떻게 할까? 의사가 필요해?"

"아냐. 그냥…… 앉아서 견딜밖에."

그가 침대에 쓰러져서 배를 잡고 헐떡거렸다. 주변이 거뭇거뭇해진 눈으로 앞을 보았다.

나는 샘을 쳐다보았다.

"물을 갖다줄게. 내가 약국에 뛰어가서 다이오럴라이트(탈수 예방제)든 뭐든 사올게."

샘은 대꾸도 못 하고 옆으로 누워서 앞만 쳐다보고 있었다. 땀에 젖은 몸으로.

필요한 약을 사면서, '잠들지 않을' 뿐만 아니라 '수분 보충 파우더를 파는' 이 도시에 말없이 감사했다. 샘은 약을 단숨에 먹더니, 사과하면서 다시 욕실로 직행했다. 나는 이따금 문틈으로 물병을 넣어주다가 결국 TV를 켰다.

"미안해."

샘이 다시 비척비척 나오면서 중얼거렸다. 거의 4시였다. 그는 '불결한 침대보' 위로 쓰러져서 잠깐 산란한 잠에 빠졌다.

호텔 가운을 덮고 두어 시간 자다가 깨니 샘이 여전히 자고 있었다. 샤워 후 옷을 입고 조용히 빠져나와, 커피를 가지러 커피머신이 있는 로비로 갔다. 머리가 멍했다. 그래도 아직 이틀 남았다고 속으로 중얼댔다.

하지만 객실에 돌아가니 샘은 또다시 욕실에 있었다.

"정말 미안해. 오늘 잘 움직이지 못할 것 같아."

그가 나오면서 말했다. 커튼을 걷으니, 햇빛 속에서 샘은 호텔 이불보다 거무죽죽해 보였다.

"괜찮아!"

내가 대답했다.

"페리 탑승은 안 되겠어. 내 생각에 화장실이……."

"공중화장실이 있는 곳은 안 되겠지. 알겠어."

샘이 한숨을 쉬었다.

"이건 내가 상상한 하루가 아닌데."

"괜찮아."

나는 침대로 가서 그의 옆에 앉았다.

"'괜찮아'라는 말 좀 그만할래?"

샘이 짜증스럽게 말했다.

나는 속이 상해서 잠깐 머뭇거리다가 냉랭하게 쏘아붙였다.

"알았어."

그가 나를 곁눈질했다.

"미안."

"그만 사과해."

우린 침대보에 나란히 앉아 앞을 바라보았다. 그때 그가 손을 뻗어 내 손을 잡았다.

마침내 샘이 입을 열었다.

"있지, 난 여기서 두어 시간 보내야겠어. 기운을 차려볼게. 내 옆에 앉아 있지 않아도 돼. 가서 쇼핑을 하든지 해."

"하지만 겨우 월요일까지 여기 있잖아. 당신 없이 아무것도 하고 싶지 않아."

"난 아무 도움이 안 돼, 루."

그는 주먹을 올릴 힘만 있으면 벽을 부술 듯한 표정을 지었다.

두 블록을 걸어 신문 가판대에 가서 신문과 잡지를 한 아름 샀다. 내가 먹을 맛있는 커피와 왕겨 머핀, 샘이 요기하고 싶을 때 먹을 플레인 베이글을 샀다.

객실로 가서 침대 내 자리 쪽에 사온 것을 풀어놓았다.

"보급품이야. 우린 은신 중이라고 할 수 있으니까."

그렇게 하루를 보냈다. 나는 야구 소식까지 「뉴욕타임스」를 샅샅이 읽었다. 문밖에 '방해하지 마세요' 표지판을 내걸고, 샘이 조는 모습을 보면서 안색이 돌아오기를 기다렸다.

샘이 회복되어서 우린 아마 어두워지기 전에 산책을 할 수 있을 거야.

아마 호텔 바에서 둘이 한잔할 수 있겠지.

밤을 새우는 것도 좋아.

그래, 뭐 내일은 더 낫겠지.

9시 45분, 토크쇼를 보다가 TV를 끄고, 침대에서 신문을 치우고 이불 속으로 들어갔다. 손가락만 서로 닿아서, 끝부분만 깍지를 끼고 있었다.

일요일 샘은 한층 나은 기분으로 깼다. 그즈음 몸 안에 남은 게 없으니 배출할 것도 없었겠지. 내가 사온 맑은 수프를 조심스럽게 먹었고, 산책을 나갈 만큼 회복되었다고 말했다. 20분 후 우리는 헐레벌떡 돌아왔고 샘은 욕실에 틀어박혔다. 그러자 그는 무척 부아가 났다. 나는 괜찮다고 달래려 했지만, 그를 더 화나게 만들었다. 키 180센티의 산만 한 사내가 물잔을 들 힘조차 없는 것처럼 딱한 꼴이 있을까.

나도 모르게 실망감을 보이기 시작하자 잠깐 그를 혼자 두었다. 거리를 걸으면서 이건 전조가 아니라고, 아무 의미도 없다고 스스로 다독일 필요가 있었다. 48시간 동안 잠을 못 자고 배 속이 뒤집어지는 와중에 화장실 쓰는 소리가 밖에서 들린다면 누구든 부정적으로 보기 마련이었다.

하지만 이날이 일요일이라는 사실이 속상했다. 내일 다시 일하러 가야 했다. 그런데 우린 내가 계획한 일을 한 가지도 못 했다. 야구 경기를 보러 가거나 스테이튼 아일랜드행 페리를 타지 못했다. 엠파이어 스테이트 빌딩 꼭대기에 오르지 못했고 팔짱을 끼고 하이라인을 걷지도 못했다. 그날 밤 우린 침대에 앉아서 샘은 내가 일식당에서 사온 쌀밥을, 난 아무 맛도 안 나는 구운 치킨 샌드위치를 먹었다.

"이제 제 궤도에 들어온 것 같네."

그가 중얼거렸고 나는 이불을 덮어주었다.

"잘됐어."

내가 말한 순간 그는 잠들었다.

또 하루를 휴대폰이나 뒤적이고 있을 수는 없어서, 조용히 일어나 쪽지를 남기고 밖으로 나왔다. 속상하고 이상하게 화가 났다. 왜 그는 식중독에 걸릴 음식을 먹었을까? 왜 얼른 회복하지 못할까? 자기가 구급대원이면서. 왜 그는 더 나은 호텔을 고르지 않았을까? 주머니에 손을 넣고 6번가를 내려가는데 주변에서 차들이 빵빵댔고, 얼마 안 지나서 내가 향하는 곳이 우리 집이라는 걸 알아차렸다.

우리 집.

거기를 그렇게 생각하는 걸 깨닫고 화들짝 놀랐다.

아쇽이 차양 아래서 다른 경비원이랑 잡담을 나눴고, 내가 다가가자 그 사람은 얼른 자리를 비켰다.

"아, 미스 루이자. 남자친구랑 같이 있어야 되지 않아요?"

"그이가 아파요. 식중독이래요."

내가 대답했다.

"설마 그런 일이. 지금 어디 있는데요?"

"자고 있어요. 그저…… 또 열두 시간 동안 우두커니 앉아 있을 수가 없어서요."

불쑥 눈물이 날 것 같았다. 아쇽이 그 기미를 알았는지 들어오라고 손 짓했다. 작은 경비실에서 그는 물을 끓여 민트 티를 만들어주었다. 내가 책상에 앉아 차를 마시는 사이, 아쇽은 가끔 드 위트 부인이 지나가지 않는지 살폈다. 부인이 보면 게으름 피운다고 힐난할 테니.

내가 물었다.

"그런데 왜 아쇽이 근무해요? 야간 당직자가 있을 줄 알았는데."

"그 친구도 아파요. 지금 집사람이 나한테 엄청 화났어요. 도서관 모임에 가야 되는데, 애들을 봐줄 사람이 없거든요. 아내는 내가 한 번만 더 휴무 때 일하면 직접 오비츠 씨랑 담판짓겠다네요. 그럼 진짜 곤란해지는데."

그가 고개를 저으면서 말을 이었다.

"아내는 무시무시한 여자예요, 미스 루이자. 성질을 건드리면 못 볼 꼴을 당하죠."

"내가 도와드리고 싶네요. 하지만 샘을 살피러 가는 게 좋겠어요."

내가 머그잔을 돌려주자 아쇽이 말했다.

"상냥하게 대해요. 여자친구를 만나러 멀리서 온 사람이잖아요. 장담하는데, 지금 미스 루이자보다 애인이 더 속상할 거예요."

호텔방에 돌아가니 샘은 깨서 베개에 등을 기대고 화질이 나쁜 TV를 보고 있었다. 내가 문을 열자 그가 고개를 들었다.

"산책 좀 다녀왔어. 나는…… 난……."

"여기서 나랑 1분도 더 있을 수가 없었겠지."

나는 문간에 섰다. 샘이 어깨에 고개를 기댔다. 파리하고 말할 수 없이 우울해 보였다.

"루……. 내가 얼마나 자책하는지 알면……."

"괜……."

나는 그 말을 중간에 끊고 다시 말했다.

"……. 정말이야. 우린 좋아."

몸을 씻기고, 앉혀놓고 작은 샴푸를 꽉 짜서 머리를 감기다가, 넓은 어깨에 흘러내리는 비누 거품을 바라보았다. 그때 샘이 팔을 뻗어서 말없이 내 손을 잡고, 손목 안쪽에 가만히 키스했다. 사과의 입맞춤이었다. 그의 어깨에 수건을 둘러주고, 우린 욕실에서 나왔다. 그가 한숨을 쉬면서 침대에 누웠다. 나는 옷을 갈아입고, 계속 기분이 가라앉지 않기를 바라면서 샘 곁에 누웠다.

"당신과 관련해서 내가 모르는 걸 얘기해줘."

샘이 말했다.

나는 그에게 돌아누웠다.

"아이참, 당신은 다 알아. 난 유리상자라고."

"그러지 말고. 내 비위를 맞춰줘."

그의 낮은 목소리가 내 귀를 때렸다. 아무것도 생각나지 않았다. 부당한 줄 알지만 아직도 이 주말이 묘하게 짜증났다.

내가 말하지 않을 게 분명하자 샘이 입을 열었다.

"좋아, 그럼 내가 시작하지. 난 다시는 흰 식빵 토스트 외에 아무것도 먹지 않겠어."

"말도 안 돼."

그는 잠시 내 얼굴을 응시했다. 그가 다시 입을 열었을 때 목소리는 평소와 달리 나직했다.

"집에서 일이 수월하지 않아."

"무슨 뜻이야?"

샘은 말해도 괜찮을지 확신이 서지 않는 듯 1분쯤 지나서야 입을 열었다.

"직장 문제야. 알지, 총격당하기 전에는 아무것도 겁나지 않았어. 내가 해결할 수 있었지. 내가 강인한 사내라고 생각했었나봐. 그런데 그 일이 내내 마음 한켠에 남아 있어."

나는 놀란 내색을 하지 않으려고 애썼다.

샘이 얼굴을 문질렀다.

"복귀한 후 출동하면 나도 모르게 상황을 가늠해…… 예전과 달라. 출구와 잠재적인 문제를 파악하려고 애써. 하등의 이유가 없을 때도 그래."

"두려운 거야?"

"응. 내가 그래."

그는 어색하게 웃음을 터뜨렸고 고개를 저었다. 샘이 다시 말했다.

"사람들이 상담을 권해. 그런데 군 복무 시절부터 과정을 알아. 속엣 말을 다 해서, 마음이 사건을 처리하는 방식을 이해하는 거야. 다 안다고. 그런데 당황스러워."

그가 몸을 돌려 반듯하게 누웠다. 샘이 한마디 덧붙였다.

"솔직히 말하면 내가 아닌 느낌이야."

나는 기다렸다.

"그 때문에 도나가 떠나자 충격이 컸어. 왜냐면⋯⋯ 왜냐면 도나가 늘 나를 잘 살핀다는 걸 알았거든."

"하지만 새 파트너도 당신을 위해 보살펴줄 거야. 이름이 뭐야?"

"케이티."

"케이티가 당신을 잘 돌봐줄 거야. 내 말뜻은 케이티가 경험 있고 또 구급대원은 서로 보살피는 훈련이 되어 있지 않느냐는 거지."

그의 시선이 나를 향해 미끄러졌다.

"다시 총 맞는 일은 없을 거야, 샘. 그걸 난 알아."

바보 같은 대답이라는 걸 나중에야 깨달았다. 샘이 불행하다는 생각을 견딜 수가 없어서 한 말이었다. 내 말이 사실이기를 바랐기에 한 말이었다.

"난 괜찮을 거야."

샘이 조용히 말했다.

내가 그의 기대를 저버린 느낌이었다. 얼마나 오랫동안 내게 그 이야기를 하고 싶었을까. 우리는 한참 가만히 누워 있었다. 난 손가락으로 그의 팔을 살짝 쓰다듬으면서, 무슨 말을 할지 궁리했다.

"당신은?"

샘이 물었다.

"나 뭐?"

"내가 모르는 걸 말해줘. 당신 이야기."

중요한 내용은 그가 다 안다고 말하려고 했다. 뉴요커처럼 생기 있고

수완 좋고, 완고해지려고 한다고. 그를 웃게 할 말을 늘어놓을 셈이었다. 그런데 샘은 내게 진실을 털어놓았다.

몸을 돌려 그를 마주보았다.

"한 가지 있어. 그런데 당신이 날 다르게 보지 않으면 좋겠어. 당신한테 말해도."

그가 찡그렸다.

"오래전에 일어난 일이야. 하지만 당신은 사실을 말해줬어. 그러니 나도 그래야지."

나는 심호흡을 하고 말했다. 오로지 윌에게만 털어놓았고, 그는 잘 듣고 그 일에 얽매인 나를 해방시켜주었다. 샘에게 10년 전쯤의 어떤 여자애 이야기를 했다. 술과 담배를 과하게 즐기던 여자애는 희생을 치르고 나서야 알았다. 남자애들이 좋은 집안 출신이라고 좋은 사람이 되는 건 아니라는 것을. 차분한 목소리로, 남의 얘기처럼 말했다. 요즘은 그 일을 당했다는 생각조차 들지 않았다. 어둑어둑한 방에서 샘은 열심히 들었고, 아무 말 없이 나를 바라보기만 했다.

"내가 뉴욕에 온 이유는 그 일도 있고, 이렇게 하는 게 내게 정말 중요했어. 오랫동안 나 자신을 가두고 있었어, 샘. 그래야 안전하다고 느꼈어. 그런데 이제…… 흠, 이제 앞으로 나아가야겠지. 더 이상 내려다보지 않는다면 이제 내가 뭘 할 수 있는지 알아야겠어."

말을 마치자 샘은 한동안 침묵을 지켰다. 한순간 괜한 말을 했는지 의심스러울 만치 긴 시간이었다. 그런데 그가 손을 뻗어서 내 머리칼을 매만졌다.

샘이 말했다.

"미안해. 내가 거기서 당신을 지켜주었으면 좋았을걸. 내가……."

"괜찮아. 오래전 일이야."

내가 대답했다.

"괜찮지 않아."

샘이 나를 끌어당겼다. 그의 가슴에 머리를 기대고, 고른 심장박동을 느꼈다.

내가 속삭였다.

"그저 날 다르게 보지만 마."

"당신을 다르게 보지 않을 수가 없지."

나는 고개를 기울여서 샘을 쳐다보았다.

"훨씬 더 놀라운 사람이라는 생각이 들어."

그가 양팔로 날 안으면서 말을 이었다.

"당신을 사랑하는 이유가 많지만, 가장 큰 이유는 당신이 용감하고 강인해서야. 당신은 나를 일깨워줬어……. 누구나 각자의 장애물이 있다는 걸. 내 장애물을 극복할 거야. 하지만 약속할게, 루이자 클라크. 다시는 아무도 당신을 아프게 하지 못해."

마지막 말을 할 때 그의 목소리는 낮고 부드러웠다.

9

From: BusyBee@gmail.com

To: SillyLily@gmail.com

안녕, 릴리!

지하철에서 다급히 이 메일을 두드리는 중이지만(요즘은 항상 다급해) 네게
소식을 들으니 좋다. 학교 일이 아주 잘 풀려서 다행이야, 담배 문제는 네가
꽤 운이 좋았지만. 트레이너 부인이 옳아. 네가 시험도 치르기 전에 쫓겨나면
아까울 거야.

하지만 잔소리할 마음은 없어. 뉴욕은 근사해. 매 순간 즐기고 있어. 그리고
그래, 네가 여기 오면 좋겠지만, 호텔에서 묵어야 할 테니 먼저 부모님이랑 이
야기해야겠지. 또 근무 시간이 길어서 당장은 너랑 오래 어울리지 못할 거야.

샘은 잘 지내, 물어봐줘서 고마워. 아니, 아직 안 차였어. 사실 지금 샘이 여기
와 있어. 오늘 이따가 집에 돌아가. 샘이 돌아가면 오토바이 빌리는 걸 이야기
하면 될 거야. 샘과 네가 해결할 일인 것 같네.

그래, 내릴 역이 가까워지고 있어. 트레이너 부인께 안부 전해줘. 네 아빠가
편지에서 한 일들을 해보는 중이라고 전해줘(다는 아니고. 다리가 늘씬한 금

발 광고 모델들이랑 데이트는 못 해봤거든).

루가 xxx

알람이 새벽 6시 30분에 울렸다. 찢어질 듯한 작은 사이렌 소리가 적
막을 깼다. 고프닉 댁에 7시 반까지는 돌아가야 했다. 가볍게 신음하면서
협탁에 손을 뻗어 더듬더듬 알람을 껐다. 센트럴파크까지 걸어서 15분
걸릴 거라고 계산했다. 머릿속으로 급히 할 일 목록을 떠올리면서, 욕실
에 샴푸가 남았는지, 웃옷을 다려야 하는지 궁리했다.

샘이 팔을 뻗어서 나를 끌어당겼다.

"가지 마."

그가 잠에 취해 말했다.

"가야 해."

그의 팔이 날 꼼짝 못 하게 했다.

"지각해."

샘이 한 눈을 떴다. 그에게서 따뜻하고 달착지근한 냄새가 났다. 샘은
날 계속 쳐다보면서 천천히 무거운 근육질 다리를 내 몸에 올렸다.

도저히 그를 거절할 수가 없었다. 샘은 점점 나아졌다. 많이 회복된 기
색이 역력했다.

"옷 입어야 돼."

그가 내 쇄골에 키스했고, 깃털같이 가벼운 입맞춤에 난 파르르 떨었
다. 가볍고 확실한 그의 입이 아래로 내려오기 시작했다. 그가 이불 속에
서 한쪽 눈썹을 치뜨고 날 올려다보았다.

"이 흉터를 잊고 있었네. 여기 있는 흉터가 진짜 좋아."

그가 고개를 숙이고, 내 엉덩이의 수술자국에 키스하자 난 꿈지락댔다.

"샘, 가야 해. 정말이야."

내가 침대보를 움켜잡으며 중얼댔다.

"샘…… 샘……. 정말……아."

잠시 후 난 엎드려서 거친 숨을 쉬면서 생긋 웃었다. 땀이 마르느라 살갗이 따끔거렸고, 예상치 못한 근육이 아팠다. 얼굴에 머리칼이 붙었지만 뗄 기운을 낼 수가 없었다. 숨을 쉬자 머리 한 가닥이 떠올랐다 가라앉았다. 샘이 옆에 누워 있었다. 그의 손이 시트를 지나 내 손을 잡았다.

"보고 싶었어."

그가 말했다. 샘은 몸을 뒤척여서 내 위로 올라와 꼼짝 못 하게 했다. 샘이 다시 중얼댔다.

"루이자 클라크. 당신은 내게 뭔가 해줘."

깊고 깊은 그의 목소리가 내 안에서 울렸다.

"제대로 말하자면 당신이 내게 뭔가 해줬지."

그의 얼굴에 온화함이 넘쳐났다. 나는 키스하려고 얼굴을 들었다. 지난 48시간이 저 멀리 없어진 것 같았다. 나는 딱 그곳에, 딱 그 사람이랑 있었다. 그의 양팔이 날 보듬어 안고, 그의 몸은 멋지고 익숙했다. 샘의 뺨을 손가락으로 쓰다듬다가 몸을 숙여서 천천히 키스했다.

"다시는 그러지 마."

그가 눈을 맞추고 말했다.

"왜?"

"그러면 나도 어쩔 수가 없을 테고, 당신은 이미 지각이잖아. 나 때문에 당신이 직장을 잃는 건 싫거든."

내가 고개를 돌려 알람을 보았다. 눈을 깜빡였다.

"8시 15분 전이야? 설마 이럴 리가? 세상에, 어떻게 8시 15분일 수가 있지?"

몸을 비틀어 샘의 품에서 나와, 팔을 휘저으며 욕실로 뛰어갔다.

"이럴 수가. 너무 늦었어. 아, 안 되는데. 아, 안 돼 안 돼 안 돼."

샤워기 아래로 돌진해서, 물이 몸에 묻었는지 아닌지 모르게 급히 씻었다. 욕실에서 나오니 샘이 서서 내가 입기 좋게 차례로 옷을 내밀었다.

"구두. 구두가 어디 있지?"

그가 신발을 위로 들었다.

샘이 몸짓을 하면서 말했다.

"머리. 머리를 빗어야겠네. 머리가…… 저기……."

"왜?"

"부스스해. 섹시하네. '나 방금 섹스했음' 스타일이야. 내가 짐을 싸놓을게."

그가 말했다. 내가 문으로 뛰어가자, 그가 팔을 잡아서 끌어당겼다.

"아니면 아주 조금만 더 지각해도 되고."

"많이 늦었어. 너무 늦었어."

"딱 한 번인걸. 부인이 새 단짝이라며. 설마 해고하지는 않겠지."

그가 나를 안아 입술에 키스하고, 입술로 목덜미를 더듬자 난 파르르 떨었다.

샘이 말했다.

"또 내가 여기서 보내는 마지막 아침이고……."

"샘……."

"5분만."

"5분으로 끝나지 않아. 아, 나 좀 봐. 나쁜 일처럼 말하다니 참 어이가 없네."

샘은 실망해서 분통을 터뜨렸다.

"빌어먹을. 오늘은 컨디션이 괜찮은데. '제대로' 괜찮은데."

"나도 확실히 알겠어."

"미안."

샘이 말하더니 얼른 덧붙였다.

"아냐, 안 미안해. 눈곱만치도 안 미안."

내가 빙그레 웃으면서 눈을 감고 그와 키스를 나누었다. 얼마든지 '자주색 불결한 침대보'에 쓰러져 정신을 놓을 수 있을 것 같았다.

"나도 마찬가지야. 하지만 나중에 만나."

그의 품에서 빠져나와 방에서 뛰어나가 복도를 내려갔다. 샘의 '사랑해!'라는 고함이 들렸다. 빈대가 있을 것 같은 불결한 침대보에, 욕실 방음이 안 돼도, 썩 괜찮은 호텔이란 생각이 들었다.

고프닉 씨가 심한 다리 통증으로 밤새 잠을 설치는 바람에 아그네스는 불안하고 신경이 곤두섰다. 컨트리클럽에서 괴로운 주말을 보낸 터였다. 다른 여자들이 대화에서 따돌리고 스파에서 험담했다. 로비에서 지나치면서 네이선이 소곤대는 투로 볼 때, 열세 살 여자애들의 못된 밤샘 놀이와 비슷한 듯했다.

"늦었네."

아그네스가 조지와 조깅한 후, 수건으로 얼굴을 닦으면서 쏘아붙였다. 옆방에서 고프닉 씨가 평소와 달리 윽박지르며 통화하는 소리가 들렸다. 그녀는 말하면서 날 쳐다보지도 않았다.

"죄송해요. 왜냐면 제……."

내가 말을 시작했지만 그녀는 이미 저만치 걸어갔다.

"오늘 저녁 자선 리셉션 때문에 초조해하세요."

마이클이 중얼댔다. 그는 세탁소에 보낼 옷을 잔뜩 안고 서류판을 들고 지나갔다.

난 일정표를 떠올렸다.

"어린이 암병원 말인가요?"

"바로 그거. 사모님이 낙서를 가져가야 되거든요."

마이클이 대답했다.

"낙서요?"

"작은 그림. 특별한 카드 위에 그린. 만찬석상에서 그림을 경매해요."

"그게 뭐가 어렵다고요? 웃는 얼굴이나 꽃이나 그런 걸 그리면 되죠. 나더러 그리라고 하면 그려줄 수 있어요. 괴상한 웃는 말을 그릴 줄 알아요. 머리에 모자를 씌우고 귀가 삐쭉 튀어나오고."

아직 샘에게 취해서, 어떤 일이든 문제로 보이지 않았다.

마이클이 날 쳐다보면서 대꾸했다.

"아이고 아가씨, '낙서'가 진짜 낙서인 줄 알아요? 천만에요. 진짜 미술 작품이라고요."

"난 GCSE(영국의 중등교육 검정시험)에서 미술 성적 B를 받았다고요."

"진짜 귀여운 아가씨네. 아니에요, 루이자. 그 사람들은 직접 그리지 않아요. 여기서 브루클린브리지 사이에 사는 화가 전부가 두둑한 현찰을 받고 멋진 펜화를 그리고 주말을 보냈어요. 아그네스는 어젯밤에야 이 상황을 알았고요. 컨트리클럽을 떠나다가 마녀 둘이 나누는 대화를 엿듣고 어찌 된 일인지 물어서 사실을 알았죠. 그러니 오늘 어떻게 지내겠어요? 근사한 아침을 보내길!"

그가 내게 키스를 날리고 서둘러 문을 나섰다.

아그네스가 샤워하고 아침 식사를 하는 동안, 나는 온라인에서 '뉴욕에서 활동하는 화가'를 검색했다. '꼬리 있는 개'를 검색하는 것과 다름없었다. 극소수의 웹사이트가 있고 전화를 받는 성의가 있는 화가는 마치 쇼핑몰에서 알몸으로 왈츠라도 취달라고 부탁받은 것처럼 반응했다.

"피술에게…… 낙서 따위를 그리라는 거요? 자선 모임에 낼?"

두 사람은 전화를 끊어버렸다. 화가는 자신을 무척 대단하게 여기는 모양이었다.

나는 알아볼 수 있는 모든 사람에게 전화했다. 첼시에 있는 여러 갤러리에 전화했다. 뉴욕미술학교에 전화했다. 그 와중에 샘이 뭐 하는지 생각하지 않으려고 애썼다. 우리가 얘기한 작은 식당에서 맛 좋은 브런치를 하겠지. 우리가 계획한 하이라인을 걷겠지. 난 샘이 영국으로 떠나기 전에 스테이튼 아일랜드행 페리를 탈 수 있게 시간 맞춰서 다시 가야 했다. 해질녘에 페리를 타면 로맨틱할 거야. 그가 내 어깨를 감싸안고 자유의 여신상을 올려다보다가 내 머리에 입맞추는 광경을 그렸다. 그러다 정신을 수습하고 머리를 돌렸다. 그때 뉴욕에서 나를 도와줄 유일한 사람이 생각났다.

"조시?"

"네?"

뒤에서 수많은 남자 목소리가 들렸다.

"저는…… 저는 루이자 클라크인데요. 옐로 볼에서 만났던?"

"루이자! 연락해주니 좋네요! 잘 지내죠?"

그는 매일 모르는 여자에게 전화받는 사람처럼 느긋하게 대꾸했다. 정말 이골이 났는지 모르지. 조시가 말을 이었다.

"잠깐만요. 밖에 나가서 얘기할게요……. 그래서 어떻게 지내요?"

그에게는 즉시 사람을 편하게 하는 재주가 있었다. 미국인은 그걸 타고날까.

"사실 문제에 봉착했는데, 뉴욕에 아는 사람이 별로 없어서 혹시 조시에게 도움을 얻을 수 있을까 해서요."

"말해봐요."

상황을 설명했다. 아그네스가 불안증에 시달리는 부분은 빼고, 뉴욕 미술계와 맞닥뜨린 애환을 더듬더듬 말했다.

"그렇게 어렵지 않을 텐데. 이 그림이 언제까지 필요해요?"

"그게 까다로운 부분이에요. 오늘 밤이요."

헉 하는 숨소리가 들렸다.

"아하, 그래요. 그게 좀 문제긴 하네요."

나는 머리를 손으로 넘기면서 대답했다.

"알아요. 미친 짓이죠. 내가 이 일을 더 일찍 알았으면 어떻게든 해결할 수 있었을 거예요. 성가시게 해서 정말 미안해요."

"아니, 아니에요. 우리가 해결해보죠. 나중에 전화해도 될까요?"

아그네스는 발코니에서 담배를 피우고 있었다. 그곳을 이용하는 사람이 나 혼자가 아님이 밝혀졌다. 날씨가 쌀쌀했고, 그녀는 큼직한 캐시미어 숄을 둘렀다. 포근한 모직 밖으로 옅은 분홍색 손가락이 나왔다.

"제가 여러 군데 전화해봤어요. 지금 누군가의 전화를 기다리는 중이에요."

"루이자, 내가 말도 안 되는 낙서를 가져가면 사람들이 뭐라고 말할 것 같아?"

나는 기다렸다.

"교양 없다고 떠들겠지. 맹한 폴란드 마사지사에게 뭘 기대하겠냐고. 혹은 나 대신 그림을 그리려는 화가가 없었을 거라고 말하겠지."

"겨우 12시 20분이에요. 아직 시간이 있어요."

"내가 왜 신경 쓰는지 모르겠네."

그녀가 부드럽게 말했다.

이렇게 대꾸하고 싶었다. 정확히 말하자면 그녀는 그런 처신에 신경 쓰는 게 아니라고. 지금 주된 관심사는 '담배를 피우면서 우울해 보이는' 것 같다고. 하지만 난 분수를 알았다. 그 순간 전화벨이 울렸다.

"루이자?"

"조시?"

"도와줄 만한 사람을 구한 것 같아요. 이스트 윌리엄스버그로 갈 수 있겠어요?"

20분 후 우리는 차를 타고 미드타운 터널로 향했다. 교통 체증이 심한데도 운전석의 개리는 말없이 태연했고, 아그네스는 남편의 몸 상태와 통증이 염려되어 통화했다.

"네이선이 사무실에 가나요? 진통제는 먹었어요? ……정말 괜찮겠어요, 여보? 내가 뭘 갖다줄까요? ……아뇨……. 차에 있어요. 오늘 저녁 일을 해결해야 해요. 네, 아직 가는 중이에요. 다 괜찮아요."

난 고프닉 씨의 목소리를 들을 수 있었다. 낮게 위로하는 말투였다.

아그네스가 전화를 끊고, 긴 한숨을 내쉬면서 창밖을 보았다. 난 잠깐 기다리다가 메모를 뒤지기 시작했다.

"저기, 이 스티븐 립코트란 사람은 미술계의 유망주인 게 분명해요. 여러 군데 아주 중요한 곳에서 전시회를 열었어요. 이 사람은……."

나는 메모를 훑어보고나서 말을 이었다.

"……구상 화가예요. 추상이 아니라. 그러니까 사모님이 원하는 그림을 말하시면, 그 사람이 그대로 해줄 거예요. 그런데 비용이 얼마나 들지 모르겠네요."

"그건 중요하지 않아. 다 망칠 거야."

아그네스가 대꾸했다.

나는 다시 아이패드를 열어서, 인터넷에서 화가 이름을 검색했다. 다행히 그의 드로잉이 무척 아름다웠다. 인체를 간접적으로 묘사한 작품들이었다. 아이패드를 돌려서 아그네스에게 작품을 보여주니, 단박에 그녀의 기분이 좋아졌다.

"이거 멋지네."

아그네스가 놀라서 말했다.

"네, 그리고 싶은 걸 생각하시면 화가에게 그리게 하세요. 그럼 아마도…… 4시경이면 돌아올 수 있겠죠?"

'그러면 난 다시 갈 수 있고'라고 속으로 덧붙였다. 그녀가 다른 이미지들을 내려보는 사이, 난 샘에게 문자메시지를 보냈다.

- 어떻게 하고 있어?
- 그럭저럭 괜찮아. 산책을 잘 했어. 제이크에게 줄 기념품 맥주 모자도 사고. 웃지 마.
- 같이 있으면 좋겠다.

잠시 침묵.

- 그래서 몇 시에 나올 수 있겠어? 계산해보니 7시에는 공항으로 출발해야 해.
- 기대하기론 4시. 계속 연락할게. xxxxx

뉴욕의 교통 체증 때문에 조시에게 받은 주소지에 도착하는 데 한 시간이나 걸렸다. 공장단지 뒤편의 사무실로 쓰던 너저분하고 평범한 건물이었다. 개리가 의심스럽게 비웃으면서 차를 세웠다.

"정말 여기 맞습니까?"

그가 앉은 채로 뒤돌아보며 물었다.

나는 주소를 확인했다.

"주소지는 맞아요."

"난 차에 있을게, 루이자. 레너드랑 다시 통화해야겠어."

2층 복도에 줄줄이 문이 나 있고, 두어 군데 열린 문으로 시끄러운 음악 소리가 흘러나왔다. 난 천천히 걸으면서 호수를 확인했다. 어떤 문 앞에 흰 에멀션페인트 통이 여럿 있었다. 열린 문 앞을 지나면서 보니, 안에서 헐렁한 청바지를 입은 여자가 커다란 나무틀에 캔버스를 씌웠다.

"안녕하세요! 혹시 스티븐의 방이 어딘지 아세요?"

여자는 큰 스테이플러로 캔버스를 찍어댔다.

"14호실요. 그런데 방금 먹을 걸 사러 나갔을걸요."

14호실은 복도 끝에 있었다. 노크를 한 후 가만히 문을 밀고 들어갔다. 작업실에 캔버스가 줄줄이 서 있고, 큰 테이블 두 개에 유화물감과 뭉개진 파스텔 크레용이 담긴 지저분한 쟁반이 잔뜩 있었다. 벽마다 다양한 여자 나신을 그린 아름다운 작품이 걸려 있고, 일부는 미완성이었다. 물감, 테레빈유, 퀴퀴한 담배 냄새가 풍겼다.

"안녕하세요."

몸을 돌리니 하얀 비닐 봉투를 든 남자가 있었다. 서른 살쯤, 평범한 모습이지만 눈빛이 강렬하고 턱수염이 덥수룩했다. 차림새에 무심한 듯 실용적인 구겨진 옷을 입고 있었다. 유난히 난해한 패션잡지 속 남자모델 같은 모습이랄까.

"안녕하세요. 루이자 클라크예요. 전에 통화한 적이 있나요? 아, 아니군요. 선생님 친구 조시가 가보라고 해서요."

"아, 그래요. 드로잉을 사고 싶다고요."

"그런 건 아니고요. 드로잉을 '해'주셔야겠는데요. 아주 소품으로."

그는 작은 스툴에 앉더니 국수 포장지를 펼치고 먹기 시작했다. 재빠른 손놀림으로 젓가락질을 하면서 국수를 입 속으로 호로록 빨아들였다.

"자선 모임에 필요해요. 사람들이 이 낙…… 소품 드로잉을 그리죠."

난 얼른 고쳐 말하고 설명을 이어갔다.

"아마 뉴욕의 많은 일류 화가들이 다른 사람을 대신해서 작업하고 있을 걸요."

"일류 화가라."

그가 내 말을 반복했다.

"저기. 네, 화가님의 작품을 완성하는 게 아니라 아그네스가—제 고용주예요—대신 그려줄 뛰어난 분을 찾고 있어서요."

내 목소리가 높고 불안하게 들렸다. 나는 얼른 덧붙여 말했다.

"제 말은, 오래 걸리지 않을 거예요. 저희가 원하는 건…… 대단한 작품이 아니라……."

화가가 나를 빤히 쳐다보았기 때문에 나도 모르게 말끝이 어물어물 흐려졌다.

내가 다시 말했다.

"저희가…… 저희가 사례할 수 있어요. 제법 많이요. 자선을 위한 일이기도 하고요."

그는 국수 상자를 들여다보면서 한 젓가락 더 먹었다. 나는 창가에 서서 기다렸다.

화가는 음식을 다 씹고 말했다.

"그래요, 잘못 찾아왔네요."

"하지만 조시 말로는……."

"그림은 못 그리는데 모여서 밥이나 먹는 여자들 앞에 빈손으로 나타나기 싫은 여자의 자존심을 채울 작업을 나한테 해달라니……."

그는 고개를 저으면서 말을 이었다.

"나한테 카드를 그리라는 거군요."

"립코트 씨. 부탁드려요. 제가 설명을 제대로 하지 못했나보네요. 저는……."

"당신은 확실하게 설명했어요."

"하지만 조시 말로는……."

"조시는 카드 이야기는 하지 않았습니다. 그놈의 자선 만찬 따위는 질색이에요."

"나도 마찬가지예요."

아그네스가 문간에 서 있었다. 그녀가 바닥에 뒹구는 물감이나 종이를 피하려고 아래를 흘끔대면서 방으로 들어섰다. 아그네스가 하얀 손을 내밀었다.

163

"아그네스 고프닉이에요. 나 역시 자선 행사 따위는 질색이에요."

스티븐 립코트가 천천히 일어나더니, 예의를 지키던 시대처럼 처신하고 싶었는지 손을 들어 악수했다. 그는 아그네스의 얼굴에서 눈을 떼지 못했다. 그녀가 첫 만남에서 그렇게 마음을 사로잡는다는 걸 난 잊고 있었다.

"립코트 씨……. 그 이름이 맞나요? 립코트? 선생님에게 정상적인 상황이 아닌 걸 알아요. 하지만 내가 마귀할멈들이 모인 자리에 꼭 가야 하거든요. 아시겠어요? 진짜 마귀할멈들이에요. 그런데 내 그림은 세 살 아이가 장갑을 끼고 그린 것 같아서요. 가서 내 그림을 보여주면, 그 여자들은 지금보다 더 못되게 굴겠죠."

아그네스가 앉아서 핸드백에서 담배를 꺼냈다. 그녀는 팔을 뻗어 작업 테이블에 라이터를 집어서 담배에 불을 붙였다. 스티븐 립코트는 젓가락을 든 채 여전히 그녀에게서 눈을 떼지 않았다.

"난 이 동네 출신이 아니에요. 폴란드인 마사지사죠. 그게 부끄럽지는 않아요. 사람들에게 깔보이는 기분이 어떤지 알아요?"

아그네스가 그를 응시하면서 연기를 내뿜었다. 고개가 비스듬해서 연기가 스티븐에게 밀려갔다. 난 그가 실제로 그 연기를 들이마셨다고 짐작했다.

"저는…… 어…… 네."

"그러니 내가 부탁드리는 것은 작은 일이에요. 저를 도와달라는 거죠. 이건 당신이 하는 일이 아니고 당신이 진정한 예술가라는 것도 알지만, 정말로 도움이 필요해요. 그리고 제법 두둑한 수고비를 지불할 거예요."

방에 침묵이 흘렀다. 내 뒷주머니에서 진동이 울렸다. 무시했다. 그 순간 움직이면 안 된다는 걸 알았다. 우리 세 명이 그렇게 서 있는 순간이 영원 같았다.

마침내 스티븐 립코트가 말했다.

"좋습니다. 그런데 한 가지 조건이 있어요."

"말해봐요."

"부인을 그리겠습니다."

한순간 아무도 입을 열지 않았다. 아그네스가 눈썹을 치뜨더니, 그를
빤히 쳐다보면서 담배를 천천히 빨았다.

"나를."

"이런 요청을 처음 받으시는 게 아닐 텐데요?"

"왜 나죠?"

"천진난만한 소녀처럼 굴지 마시죠."

그때 립코트가 싱긋 웃었고, 아그네스는 모욕인지 가늠하려는 듯 계
속 심각한 표정을 지었다. 그녀가 바닥을 내려다보았고, 다시 눈을 들었
을 때는 미소 짓고 있었다. 여린, 사색적인 미소를 그는 의견을 관철한
상으로 여겼다.

아그네스가 바닥에 담배를 껐다.

"얼마나 걸리겠어요?"

립코트는 국수 포장지를 한쪽으로 치우고, 두꺼운 도화지에 손을 뻗
었다. 나만 그의 목소리가 작아진 것을 알아차렸을 것이다.

"부인이 얼마나 가만히 잘 있느냐에 따라 다르지요."

잠시 후 나는 차로 돌아갔다. 차에 올라타서 문을 닫았다. 개리는 테이
프를 듣는 중이었다.

"Por favor, habla más despacio(좀 더 천천히 말해주세요)."

"뽀르 파－보르, 아－블라 마스 에스－파스－시－오."

그가 손바닥으로 계기판을 탁탁 치면서 다시 말했다.

"아, 이런. 다시 해봐야지. 아블라－마스데스파시오."

개리는 세 번 더 반복하더니 내게 고개를 돌리고 물었다.

"사모님은 오래 걸리시나?"

나는 창밖으로 황량한 2층 창문을 쳐다보면서 대답했다.

"그러지 않아야 할 텐데요."

1시간 45분 후인 4시 15분 전 드디어 아그네스가 나타났다. 대화가 별로 없는 개리와 나는 이미 화제가 바닥난 뒤였다. 그는 아이패드에 다운로드한 코미디 영화를 본 후(나한테 같이 보자고 권하지도 않았다) 두툼한 가슴에 턱을 박고 가볍게 코를 골면서 졸았다. 나는 뒷좌석에 앉아서, 시시각각 신경이 곤두섰다. 샘에게 수시로 문자를 보냈다. '아그네스가 아직도 안 오네.' '아직이야.' '미치겠어, 대체 거기서 뭘 하는 걸까?' 샘은 작은 델리에서 점심을 먹었고, 배가 고파서 소도 잡아먹겠다고 말했다. 명랑하고 느긋해 보였고, 우리가 주고받는 구절마다 내가 엉뚱한 곳에 있음을 가르쳐주었다. 샘의 옆에서, 그에게 몸을 기대고, 귓가에 닿는 그의 목소리를 들어야 마땅했다. 아그네스가 미워졌다.

그녀가 불쑥 겨드랑이에 평편한 꾸러미를 끼고 환하게 웃으면서 나타났다.

"아, 다행이네."

내가 중얼댔다.

개리가 퍼뜩 깨서 급히 차에서 내려 아그네스에게 문을 열어주었다. 그녀는 두 시간이 아니라 2분만에 돌아온 사람처럼 차분하게 차에 앉았

166

다. 그녀에게 담배와 테레빈유 냄새가 얼핏 풍겼다.

"돌아가는 길에 맥널리 잭슨에 들러야 해. 그림을 포장할 예쁜 종이를 사야 하거든."

"포장지는 집에……."

"스티븐이 이 수제 압지를 가르쳐줬어. 이 특별한 종이로 포장하고 싶어. 개리, 내가 가려는 델 알아요? 돌아가는 길에 소호에 들를 수 있죠?"

그녀가 손을 저었다.

난 등을 기대고 앉아 살짝 낙심했다. 개리는 리무진을 몰고 구멍이 파인 주차장을 벗어나 '문명화된' 구역으로 돌아갔다.

5번가로 돌아오니 오후 4시였다. 아그네스가 차에서 내리자 나는 특별한 종이가 든 봉투를 들고 얼른 옆으로 갔다.

"아그네스, 제가…… 제가 말이지요……. 오늘 일찍 나가도 된다고 말씀하셨는데요……."

"오늘 저녁에 템펄리를 입어야 할지, 배글리 미슈카를 입어야 할지 모르겠어. 루이자 생각은 어때?"

나는 두 브랜드의 드레스를 기억하려고 애썼다. 생각이 안 났다. 지금 샘이 기다리는 타임스스퀘어에 가려면 얼마나 걸릴지 계산해보는 중이었다.

"템펄리를 입으세요. 확실해요. 그러면 완벽해요. 아그네스, 오늘 일찍 나가도 된다고 말씀하신 거 기억하시죠?"

"하지만 너무 짙은 파란색이야. 그 파란색이 내 피부에 어울릴지 확신이 없어. 그 드레스와 어울리는 구두는 발꿈치가 아프거든."

"지난주에 얘기했거든요. 괜찮겠지요? 샘이 공항으로 떠나는 걸 보고 싶어서요."

나는 짜증 섞인 목소리를 내지 않으려고 안간힘을 썼다.

"샘?"

그녀가 아속의 인사를 받으면서 물었다.

"남자친구요."

아그네스가 잠깐 생각했다.

"음. 그래. 있지, 사람들이 이 그림에 감동할 거야. 스티븐은 천재야, 그렇지? 진짜 천재야."

"그럼 가도 되죠?"

"그럼."

마음이 놓이자 어깨가 처졌다. 10분 후에 출발해서 남행 지하철을 타면 5시 30분에 도착해 샘과 있을 수 있었다. 그럼 우린 한 시간 남짓 함께 보낼 수 있고. 그게 어디야.

우리가 엘리베이터에 오르자 문이 닫혔다. 아그네스가 콤팩트를 꺼내서 립스틱을 확인하더니, 얼굴 상태를 못마땅해했다.

"그런데 내가 옷을 입을 때까지만 같이 있어줘. 이 템펄리 드레스에 대해 다시 의견을 줘야겠어."

아그네스는 네 차례나 옷을 갈아입었다. 너무 늦어서 타임스스퀘어든 어디든 미드타운에서 샘을 만날 수가 없었다. 대신 JFK 공항으로 달려갔다. 샘은 최소한 15분에는 보안검색대를 통과해야 했다. 다른 승객 사이를 비집고 들어가니, 출발 안내판 앞에 선 샘이 보였다. 나는 공항 문을 뛰어 들어가서 그의 등에 부딪쳤다.

"미안해. 정말, 정말 미안."

우리는 잠시 껴안았다.

"무슨 문제가 있어?"

"아그네스가 문제지."

"그 여자가 당신을 일찍 보내주겠다고 했잖아? 둘이 친구인 줄 알았는데."

"아그네스는 이 그림에 잔뜩 골몰했는데 일이……. 맙소사, 완전 미칠 뻔했어."

나는 양손을 공중에 올리면서 말을 이었다.

"내가 어처구니없는 일을 맡아 뭘 하는 걸까, 샘? 아그네스는 어떤 옷을 입어야 할지 결정할 수 없다면서 날 기다리게 했어. 적어도 월은 정말로 날 필요로 했다고."

샘이 고개를 갸우뚱하면서 내 이마에 이마를 맞댔다.

"우린 오늘 아침을 누렸어."

나는 키스하면서, 내 전부를 기댈 수 있게 그의 목을 끌어안았다. 우리가 눈을 감고 그렇게 있는 사이, 주변에서 공항이 부산하게 돌아갔다.

그때 내 휴대폰이 울렸다.

"무시할 거야."

내가 그의 가슴팍에 대고 말했다.

계속 전화벨이 울려댔다.

"그 여자일 거야."

샘이 나를 가만히 밀어냈다.

나는 조그맣게 신음하면서 뒷주머니에서 휴대폰을 빼서 귀에 댔다.

"아그네스?"

난 짜증나는 말투를 내지 않으려고 애썼다.

"조시예요. 오늘 어떻게 됐는지 궁금해서 전화했어요."

"조시! 음…… 그래요. 네, 잘됐어요. 고마워요!"

나는 살짝 몸을 돌리고 다른 쪽 귀를 손으로 막았다. 옆에서 샘이 경직되는 게 느껴졌다.

"그래서 그가 그림을 그려줬어요?"

"그랬어요. 아그네스가 정말 기뻐해요. 연결해주셔서 정말 감사해요. 저기요, 제가 지금 뭘 하는 중이라 그런데 고마웠어요. 너무너무 큰 친절을 베풀어주셨어요."

"잘되어서 다행이에요. 저기요, 나한테 전화해줄래요? 언제 커피나 마셔요."

"그러죠!"

전화를 끊으니 샘이 날 물끄러미 보고 있었다.

"조시야."

휴대폰을 도로 주머니에 넣었다.

"무도회에서 만난 사람."

"긴 사연이야."

"그래."

"오늘 그 사람이 내가 그림 문제를 해결하게 도와줬거든. 벼랑 끝에 몰렸는데."

"그러니까 그 남자 번호를 갖고 있었군?"

"여긴 뉴욕이야. 다들 모든 사람의 번호를 갖고 있어."

샘이 자기 머리를 쓸어내리더니 몸을 돌렸다.

"아무 일도 아니야. 정말이야."

내가 한 걸음 다가서서 샘의 허리띠를 당겼다. 다시 주말이 내게서 스르르 빠져나가는 기운이 느껴졌다.

"샘……. 샘……."

그는 풀이 죽어서 나를 얼싸안았다. 턱을 내 정수리에 대고 자기 머리를 이쪽저쪽으로 흔들었다.

"이건……."

내가 얼른 말을 가로챘다.

"알아. 나도 알아. 하지만 난 당신을 사랑하고 당신은 나를 사랑하고, 적어도 우린 '홀딱 벗기'를 조금 했어. 근사했고, 그랬잖아? 홀딱 벗기 말이야?"

"꼭 5분 같았지."

"지난 4주 중 최고의 5분이지. 앞으로 4주간 나를 버티게 해줄 5분."

"7주인 게 문제지."

나는 샘의 뒷주머니에 손을 넣었다.

"이렇게 나쁘게 헤어지지 말자. 제발. 나한테 아무것도 아닌 사람의 전화 때문에 당신이 화나서 가는 건 싫어."

늘 그렇듯 나와 눈을 맞추는 샘의 표정이 부드러워졌다. 그게 내가 사랑하는 일면이었다. 가만히 있으면 우락부락하지만 나를 바라보면 나긋나긋해지는 얼굴.

"당신한테 화난 게 아니야. 나 자신에게 화가 나서 그래. 그리고 비행기 식사인지 부리토인지 뭐든 그런 거에 화가 나. 또 혼자서 옷도 못 입는 그 여자도."

"크리스마스 때 돌아갈게. 1주 내내 가 있을 거야."

샘이 찌푸렸다. 그가 양손으로 내 얼굴을 감쌌다. 손이 따뜻하고 약간 투박했다. 우리는 잠시 그렇게 서 있다가 키스했다. 한참 후 그는 몸을 바로 펴고 안내판을 힐끗 쳐다봤다.

"이제 당신은 가야겠네."

"이제 난 가야겠네."

목구멍으로 올라오는 뜨거운 덩어리를 삼켰다. 샘이 다시 한 번 키스하고 어깨에 가방을 둘러멨다. 그가 보안검색대로 들어간 후에도 난 연결통로에 서 있었다. 꼬박 1분쯤 그가 있던 자리를 물끄러미 바라보았다.

일반적으로 난 침울한 사람이 아니다. 문을 쾅쾅 닫고, 인상을 쓰고 눈을 굴리는 행동은 하지 않는다. 하지만 그날 저녁 시내로 들어가면서, 뉴요커처럼 지하철 플랫폼에서 사람들을 팔꿈치로 밀면서 오만상을 찌푸렸다. 지하철에서 연신 시간을 확인했다. '샘이 출발 라운지에 있겠네' '탑승하겠네' '이제…… 가고 없겠네.' 그가 탄 비행기가 이륙할 즈음, 내 안에서 뭔가 툭 떨어져서 훨씬 침울해졌다. 초밥 도시락을 사서 지하철역에서 고프닉 일가의 아파트까지 걸어갔다. 내 작은 방에 들어가서 앉아서 도시락 상자를 쳐다보다가 벽으로 눈을 돌렸다. 이런저런 생각에 잠겨 혼자 있으면 안 될 것 같아서 네이선의 방에 가서 노크했다.

"들어오세요!"

네이선은 맥주를 들고 미국 풋볼을 시청하고 있었다. 서퍼가 입는 반바지와 티셔츠 차림이었다. 그가 기대에 차서 날 올려다보더니, 살짝 머뭇거리는 기미를 보였다. 상대에게 다른 일에 몰두 중이라는 걸 알게 하는 태도였다.

"여기서 같이 저녁을 먹어도 될까?"

그는 다시 TV 화면에서 눈을 뗐다.

"힘든 하루였어?"

내가 고개를 끄덕였다.

"포옹해줄까?"

나는 고개를 저었다.

"그냥 마음만 받을게. 네이선이 친절하게 대해주면 난 울 거야."

"아. 애인이 집에 돌아갔구나?"

"엉망진창이었어, 네이선. 그이는 거의 내내 아팠고, 아그네스는 오늘 일찍 보내준다는 약속을 지키지 않았어. 그래서 그 사람을 보러 가지 못했고 마지막에 만났을 때는 둘 사이가…… 계속 꼬였어."

네이선은 한숨을 쉬면서 TV 볼륨을 줄이고, 침대 옆자리를 손바닥으로 두드렸다. 나는 침대에 올라가서 도시락 봉투를 무릎에 올렸고, 나중에 보니 간장이 유니폼 바지에 흘러내렸다. 네이선의 어깨에 머리를 기댔다.

"장거리 연애가 어렵지. 원래 진짜 힘든 일이야."

네이선은 그런 생각을 처음 해내기라도 한 듯 당당하게 말했다.

"맞아."

"비단 섹스 때문만 아니라, 피할 수 없는 질투 때문에……."

"우린 질투심이 강한 사람이 아닌데."

"아무튼 애인은 루이자의 일을 처음 듣는 사람이 아닐 테지. 시시콜콜, 미주알고주알. 그런데 그게 중요하거든."

그가 맥주를 내밀자 나는 한 모금 마시고 돌려주었다.

"우린 상황이 어려우리란 걸 알고 있었어. 내가 오기 전에 다 이야기가 되었다는 뜻이야. 그런데 진짜 거슬리는 게 뭔지 알아?"

그는 화면에서 시선을 거두었다.

"말해봐."

"내가 얼마나 샘과 시간을 보내고 싶었는지 아그네스는 알고 있었어. 그 부분에 대해 이야기를 나누었거든. 우리가 같이 지내야 한다고, 헤어 지면 안 된다고 어쩌고저쩌고 떠든 사람이 아그네스였다고. 그런데 완전 히 마지막 순간까지 날 붙잡아두더라고."

"바로 그게 일이야, 루. 그들이 우선이지."

"하지만 아그네스는 내게 이 일이 얼마나 중요한지 알았거든."

"그랬겠지."

"친구 사이인 줄 알았는데."

네이선이 한쪽 눈썹을 치뜨면서 말했다.

"루. 트레이너 일가는 평범한 고용주가 아니었어. 윌은 평범한 고용주 가 아니었다고. 고프닉 부부는 평범한 고용주야. 이 사람들은 점잖게 처 신할지 몰라도 결국 이건 권력관계라는 걸 염두에 둬야 해. 이건 사업상 거래라고."

그가 맥주를 쭉 들이킨 다음 다시 말했다.

"고프닉 집안의 저번 사교 담당 비서가 어떤 꼴을 당했는지 알아? 아 그네스는 비서가 뒤에서 흉보고 비밀을 소문내고 다닌다고 남편한테 일 렀어. 그래서 부부는 비서를 잘랐지. 22년이나 근무했는데 말이야. 비서 를 잘랐다고."

"그 여자가 정말 그랬어?"

"그 여자가 뭘 그래?"

"비밀을 소문냈느냐고?"

"나야 모르지. 하지만 그게 핵심이 아니잖아?"

네이선의 말을 반박하고 싶지 않았다. 왜 아그네스와 내가 남다른 사 이인지 설명하면 그녀를 배신하는 꼴이니까. 그래서 잠자코 있었다.

네이선은 무슨 말을 하려다가 마음을 바꾸는 눈치였다.

"뭔데?"

"있지……. 아무도 모든 걸 가질 순 없어."

"무슨 뜻이야?"

"이건 진짜 괜찮은 직장이야, 그렇지? 오늘 밤은 그런 생각이 안 들겠지만, 뉴욕 한복판의 근사한 환경 속에서 괜찮은 고용주 아래서 좋은 급여를 받아. 온갖 종류의 멋진 장소에 다니고 가끔 한껏 차려입지. 그들이 3천 달러에 육박하는 파티 드레스도 사줬지? 난 두어 달 전에 G 씨와 바하마에 가야 했어. 5성급 호텔, 해변 전망 객실, 넓은 부지. 하루 두어 시간밖에 일하지 않았어. 그러니 우린 행운아야. 하지만 길게 보면, 모든 것을 누리는 대가로 먼 곳에서 완전히 다르게 사는 사람과 소원해지겠지. 그건 시작하면서 본인이 내린 선택이야."

나는 네이선을 빤히 보았다.

"이런 상황을 현실적으로 봐야 한다는 생각이 들어서."

"지금 아무 도움도 안 돼, 네이선."

"제대로 얘기해주는 거야. 루이자, 긍정적인 부분을 보라고. 오늘 그림 문제를 멋지게 해결했다고 들었어. G 씨가 대단히 감탄했다고 내게 말하던걸."

"부부가 정말 마음에 들어했어?"

나는 기쁜 기색을 누르려고 애썼다.

"아, 그럼. 진짜야. 아주 좋아했어. 아그네스가 자선 행사에 오는 여자들을 다 죽일 거야."

나는 네이선에게 몸을 기댔고, 그는 TV 볼륨을 올렸다.

"고마워, 네이선. 진짜 친구 맞네."

내가 초밥 도시락을 펼쳤다.

그가 약간 찌푸렸다.

"그래. 그런데 생선이네. 그건 방에 가서 먹으면 안 될까?"

나는 도시락 통을 덮었다. 네이선이 옳았다. 아무도 다 가질 순 없는 법이다.

10

From: BusyBee@gmail.com

To: MrandMrsBernardClark@yahoo.com

엄마,

답이 늦어서 죄송해요. 여기가 너무 바빠요! 정신없이 돌아가요!
사진이 마음에 드신다니 다행이에요. 네, 카펫은 100퍼센트 모직이고, 일부
러그는 실크예요. 나무는 얇은 널빤지가 아니고요. 일라리아에게 물어보니,
부부가 햄턴에서 한 달을 보내는 동안 1년에 한 번 커튼을 드라이클리닝한대
요. 청소팀이 대청소를 하지만, 일라리아는 미심쩍어서 매일 주방 바닥을 직
접 닦아요.
맞아요, 고프닉 부인에겐 샤워실과 워크인 옷장이 설치된 드레스룸이 있어
요. 그녀는 드레스룸을 무척 좋아해서, 거기서 폴란드에 있는 엄마랑 장시간
통화해요. 시간이 없어서 그녀의 구두가 몇 켤레인지 세어보지는 못했지만,
100켤레는 족히 넘을 거예요. 구두를 상자에 담고 상자에 사진을 붙여서, 어
떤 구두가 들어 있는지 파악하죠. 그녀가 새 구두를 사면 사진을 찍는 게 제
일이에요. 구두 상자용 카메라가 따로 있다니까요!

미술 수업이 잘되고 있다니 반갑고, '부부 소통' 수업도 좋은 생각 같아요. 그런데 아빠한테 잠자리랑 관계없는 수업이라고 꼭 알려주세요. 아빠가 심장잡음이 있는 척해도 될지 묻는 메일을 이번 주에 세 통이나 보냈다고요. 할아버지가 몸이 안 좋으시다는 소식을 들으니 속상해요. 아직도 테이블 밑에 채소를 숨기세요? 정말로 엄마가 야간 수업을 포기해야 하나요? 아쉬울 것 같은데요.

아, 가봐야 해요. 아그네스가 부르네요. 크리스마스 일정을 알려드릴 테지만 걱정 마세요. 거기서 보낼 거예요.

사랑하는 루이자 드림 xxx

추신. 아뇨, 로버트 드 니로는 다시 보지 못했지만 네, 다시 보면 〈미션〉에서 진짜 좋아했다고 확실히 말할 거예요.

추추신. 아뇨, 사실 앙골라(뉴욕에 있는 해변 마을)에서 시간을 보낸 적이 없고, 급히 송금할 필요 없어요. 그런 홍보에 응답하지 마세요.

난 우울증을 잘 모른다. 윌이 죽은 후 심지어 내 우울한 감정도 이해 못 했으니. 그런데 아그네스의 기분은 유독 파악하기 어렵다. 우울증을 앓는 엄마 친구들은—그 수가 엄청나게 많은 듯—인생살이 때문에 풀이 죽어 안개 속에서 버둥대다, 결국 즐거움을 보지 못하고 기쁜 일을 기대하지 못하게 되었다. 우울증은 앞길을 뿌옇게 만들었다. 어깨를 떨구고 견디느라 입을 다물고 시내를 걸어가는 모습에서 우울증이 보였다. 그들은 슬픔을 뿜어내는 것 같았다.

아그네스는 달랐다. 시끄럽게 떠들다가 순식간에 흐느끼고 분통을 터뜨렸다. 그녀는 자신이 따돌림 당하고 평가받고 동지가 없다고 했다. 하지만 그렇지 않았다. 점차 같이 지내면서 아그네스가 그 여자들에게 주눅 들지 않는 게 눈에 띄었다. 그녀는 그들 때문에 발끈했다. 부당함을 토로하고, 전처를 험담하거나 일라리아의 교활한 짓거리를 힐난했다. 살아 있는 분노와 변덕 자체였다. 'cipa 여성 성기'나 'debil 백치' 'dziwka 매춘부'라고 호통쳤다(난 쉬는 시간에 이런 어휘를 구글링하다가 귀가 빨개졌다).

그러다 불쑥 다른 사람으로 변했다. 폴란드어로 장시간 통화한 후 방으로 사라져 나직이 흐느끼고, 긴장해서 표정이 굳었다. 그녀의 설움은 두통으로 나타났지만 진짜 아픈 게 맞나 싶었다.

뉴욕에 온 첫날 아침에 갔던 커피숍에서 무료 와이파이로 트리나와 이 일을 얘기했다. 우리는 페이스타임 오디오를 이용했고, 난 얼굴을 마주보는 것보다 소리만 듣는 쪽을 선호했다. 코가 커 보이거나 뒤에 앉은 사람의 행동이 거슬렸기 때문이다. 또 내가 먹는 버터 바른 머핀의 크기를 동생에게 보여주기 싫었다.

"아마 양극성 장애일 거야."

트리나가 말했다.

"그래. 내가 찾아봤는데 딱 들어맞지는 않아. 아그네스는 그렇게 조증은 아니고, 말하자면 일종의…… 에너지가 넘쳐."

"우울증이 일률적이지는 않겠지. 게다가 미국에선 누구나 문제를 갖고 있다며? 다들 약을 많이 복용하잖아?"

"영국이랑은 다르지. 만약 엄마라면 빠른 걸음으로 한 바퀴 휙 돌면 그만일걸."

"근심을 싹 잊어."

"찡그린 얼굴을 펴고."

"립스틱을 예쁘게 바르고. 밝은 표정을 짓고. 그렇다니까. 누가 그런 엉터리 약 따위가 필요하대?"

내가 떠난 후 트리나와 나 사이에 변화가 생겼다. 매주 한 번 통화하는데, 성인이 되고 처음으로 트리나는 잔소리를 하지 않는다. 내 생활을 정말로 궁금해하는 것 같고, 내 업무와 가는 곳과 주변 사람들이 하는 일을 궁금해한다. 조언을 구하면 트리나는 제법 긴 답을 보낸다. 예전에는 '빙충이'라고 하거나 구글은 뒀다 뭐 할 거냐고 쏘아붙였는데.

트리나는 좋아하는 사람이 있다고 2주 전에 고백했다. 둘은 쇼어디치에 있는 바에 가서 유명한 칵테일을 마시고 클랩턴의 팝업 극장에 갔다. 이후 며칠간 그녀는 넋이 나갔다. 내 여동생이 넋이 나간다니 보지도 듣지도 못한 일이었다.

"어떤 사람이야? 지금쯤은 나한테 말해줄 수 있어야지."

"아직은 아무 말도 하지 않을래. 매번 입방정을 떨면 일이 어긋나곤 하니까."

"나한테도 말 안 해?"

"지금은 그래. 이건…… 흠. 아무튼. 행복해."

"얼씨구. 그래서 요렇게 상냥하시구나."

"뭐야?"

"네가 좀 달라지고 있어. 드디어 네가 내가 사는 방식을 인정했기 때문이라고 생각했는데."

트리나가 웃었다. 평소 트리나는 날 비웃는 거면 몰라도 웃지 않았다.

"그냥 모든 게 풀려나가는 게 좋다는 생각이 들어. 언니는 미국에서 좋은 일자리를 얻었어. 톰과 나는 런던에서 사는 게 좋아. 우리 모두에게 길이 활짝 열린 기분이야."

트리나가 이런 말을 하다니 믿을 수가 없어서, 샘 이야기를 꺼낼 엄두가 나지 않았다. 우린 엄마가 동네 학교에서 시간제 근무를 하고 싶지만 할아버지의 건강이 악화되어 지원하지 못했다는 이야기를 나누었다. 난 머핀과 커피를 다 먹고 나서야, 가족에게 관심은 있지만 향수병에 걸리지 않는다는 걸 깨달았다.

"설마 재수 없는 미국식 액센트를 발음하기 시작한 건 아니지?"

"나는 나야, 트리나. 그건 아무래도 바뀌지 않아."

나는 재수 없는 미국식 액센트로 말했다.

"아이고, 못 말리는 빙충이."

트리나가 중얼댔다.

"아이고, 저런. 아직도 여기 있네."

내가 아파트 건물에 도착하니, 드 위트 부인이 나와서 차양 아래서 장갑을 끼고 있었다. 나는 다리 옆에서 이빨을 드러낸 딘 마틴을 피하느라 물러서서 노부인에게 예의 바르게 미소 지었다.

"안녕하세요, 드 위트 부인. 제가 달리 어디 있겠어요?"

"지금쯤 에스토니아 스트립 댄서한테 쫓겨났을 줄 알았지. 그 여편네가 자기가 그랬듯이 아가씨가 남편이랑 달아날까 두려워하지 않다니 놀랍구먼."

"그건 제 수법이 아닌데요, 드 위트 부인."

내가 명랑하게 대꾸했다.

"저번 날 밤에 여편네가 복도에서 또 꽥꽥대더군. 그 요란법석하곤. 적어도 먼젓번 여자는 20년간 샐쭉하기만 했는데. 이웃으로서는 그편이 한결 편하지."

"그 말을 전할게요."

그녀는 고개를 젓더니, 막 걸음을 옮기려다 멈추고 내 차림새를 쳐다보았다. 난 가는 주름이 잡힌 금색 스커트와 인조 모피 질레(조끼 모양의 방한 의상)를 입고, 2년 전 크리스마스에 조카가 선물받았지만 '여자애' 같다고 쓰지 않는 비니 차림이었다. 선홍색 뭉툭한 가죽 단화는 아동화 상점 세일에서 찾아 발에 맞자, 잔소리하는 엄마들과 빽빽 우는 애들 틈에서 허공에 주먹을 날리면서 샀다.

"아가씨 스커트."

나는 아래를 힐끗 보면서, 날아올 가시 돋친 말에 대비했다.

"내게도 바이바(1960~70년대 런던에 있던 패션숍)에서 산 그런 스커트가 있었는데."

"바이바 제품이에요! 2년 전 온라인 경매에서 손에 넣었어요. 4파운드 50페니예요! 허리 밴드에 작은 구멍이 하나 있어요."

내가 반색하며 말했다.

"딱 그 스커트를 갖고 있어. 60년대에 여행을 많이 다녔지. 런던에 갈 때마다 그 상점에서 몇 시간을 보내곤 했어. 바이바 의상을 몇 트렁크나 맨해튼에 부쳤지. 여긴 그런 상점이 전혀 없었거든."

"천국처럼 들리네요. 저도 사진을 봤어요. 그럴 수 있다니 놀라운 일이죠. 무슨 일을 하셨는데요? 왜 그렇게 여행을 많이 하셨어요?"

"패션계에서 일했지. 여성 잡지사에서. 잡지는……."

드 위트 부인이 갑자기 기침이 터져서 몸을 숙였고, 나는 그녀가 괜찮아질 때까지 기다렸다. 부인이 계속 말했다.

"흠. 아무튼. 그럭저럭 괜찮은 차림새야."

그녀는 손으로 벽을 짚었다. 그러다가 몸을 돌려 절룩이며 길을 내려 갔고, 딘 마틴이 나와 뒤쪽 인도 경계석을 동시에 흘끔댔다.

주말까지 마이클의 표현대로 '흥미로운' 하루하루였다. 소호에 있는 태비사의 아파트가 리모델링 중이어서, 1주일 남짓 우리 아파트는 일련 의 세력다툼 각축장으로 변했다. 남자에게는 보이지 않지만 아그네스에 게는 너무 빤한 상황인지라, 그녀는 태비사가 듣지 않는 곳에서 남편을 힐난했다.

일라리아는 보병 역할을 만끽했다. 매번 태비사는 좋아하지만 아그네 스는 먹지 않는 음식—매운 커리와 붉은 고기—을 차렸고, 안주인의 불 평을 흘려듣기 일쑤였다. 태비사의 빨래를 먼저 세탁해서 얌전히 개서 침대에 올려놓는 반면, 아그네스는 타월지 가운 차림으로 그날 입을 예 정인 블라우스를 찾느라 아파트를 쑤시고 다녔다.

저녁에 태비사가 거실에 진을 치면 아그네스는 폴란드어로 엄마와 통 화했다. 태비사는 아이패드를 스크롤하면서 시끄럽게 흥얼댔다. 그러면 결국 아그네스는 화가 나서 말없이 일어나 드레스룸에 틀어박혔다. 가끔 태비사는 여자친구들을 집에 불렀고, 그들은 부엌이나 TV룸을 차지하 고 시끄럽게 떠들면서 남 얘기를 하고 키득댔다. 그러다 아그네스가 빠 른 걸음으로 지나가면, 머리를 맞댄 금발들은 잠잠해졌다.

아그네스가 항의하면 고프닉 씨는 부드럽게 달랬다.

"여기는 그 아이의 집이기도 해, 여보. 여기서 자랐으니."

"나를 꿔다놓은 보릿자루 취급한다고요."

"시간이 지나면 아이도 당신한테 적응할 거야. 여러 면에서 아직 어려서 그래."

"무려 스물넷이라고요."

아그네스는 영국 여자라면 절대 못 낼(내가 몇 번 시도해봤다) 으르렁
대는 소리를 내면서, 답답해서 손을 허공에 올렸다. 마이클은 굳은 표정
으로 내 앞을 지나다가, 동병상련의 눈길을 내게 던지곤 했다.

아그네스가 폴란드에 소포를 페덱스 편으로 보내라고 부탁했다. 배송
료를 현금으로 지불하고 영수증을 보관하라고 했다. 그리 무겁지 않은
큰 사각형 상자였고, 우리는 그녀의 서재에서 이야기를 나누었다. 일라
리아가 못마땅해하는데도 아그네스는 서재 문을 잠갔다.

"이게 뭔데요?"

그녀가 손을 흔들며 대답했다.

"그냥 어머니에게 보내는 선물. 그런데 레너드는 내가 친정에 돈을 너
무 많이 쓴다고 생각하니까, 그이 모르게 하고 싶어."

상자를 들고 웨스트 57번가에 있는 페덱스 사무소에 가서 줄을 서서
기다렸다. 직원이 필요한 내용을 묻다가 물었다.

"내용물이 뭔가요? 세관 통관에 필요하거든요?"

상자에 뭐가 들었는지 모른다는 걸 깨달았다. 아그네스에게 문자메시
지를 보내니 곧 답이 왔다.

- 가족 선물이라고만 말해.

"어떤 종류의 선물이냐고요, 손님?"

직원이 짜증내며 물었다.

다시 문자메시지를 보냈다. 누군가 뒤에서 기다리다가 한숨을 내쉬는 소리가 들렸다.

> – Tchotchkes(자질구레한 장신구).

나는 문자메시지를 빤히 쳐다보았다. 그러다가 휴대폰을 내밀었다.
"미안해요. 발음도 못 하겠네요."
그가 문자를 쳐다봤다.
"그렇군요. 도움이 안 되네요."
다시 아그네스에게 문자메시지를 보냈다.

> – 상관하지 말라고 해! 내가 어머니한테 뭘 보내든 자기가 무슨 상관
> 이라고!

나는 휴대폰을 주머니에 쑤셔 넣었다.
"화장품, 스웨터, DVD 두 장이라고 하네요."
"가격은?"
"185달러 25센트."
"드디어 끝났네요."
페덱스 직원이 중얼거렸다. 나는 현금을 내밀면서, 다른 쪽 검지와 중지로 x 만드는 걸 아무도 못 봤기를 바랐다.

금요일 오후 아그네스가 피아노 레슨을 시작하고, 나는 방에 돌아가서 영국에 전화했다. 샘의 번호를 누르는데, 그의 목소리를 들을 거라는

185

익숙한 기대감이 밀려들었다. 때로 그리움이 깊은 나머지 통증처럼 달고 다니는 날도 있었다. 앉아서 벨이 울리기를 기다렸다.

그런데 어떤 여자가 전화를 받았다.

"여보세요?"

그녀가 말했다. 점잖은 말투였고, 담배 많이 피운 사람처럼 목소리 끝이 살짝 갈라졌다.

"어머, 미안해요. 다른 번호에 걸었나보네요."

난 얼른 귀에서 휴대폰을 떼고 화면을 쳐다보았다.

"누구를 찾는데요?"

"샘이요. 샘 필딩."

"샤워 중이에요. 기다리세요, 부를 테니."

그녀가 송화구를 손으로 가리고 샘의 이름을 불렀고, 곧 소리가 묻혔다. 난 얼어붙었다. 샘의 가족 중에 젊은 여자는 없었다.

"금방 올 거예요."

여자가 말하더니 잠시 후 덧붙여 물었다.

"누가 전화하셨다고 할까요?"

"루이자."

"아. 그래요."

장거리 통화는 살짝 떨리는 통화음과 강조를 묘하게 의식하게 만든다. 그래서 '아'란 대꾸가 석연치 않게 다가왔다. 전화를 받는 사람이 누구냐고 물으려는 순간 샘이 전화를 받았다.

"안녕!"

"안녕!"

예기치 않게 입이 말라 소리가 이상하게 갈라졌고, 두 번 말해야 했다.

"무슨 일이야?"

"아무 일도! 급한 일은 없다는 뜻이야. 난…… 나는 그냥 당신 목소리를 듣고 싶어서."

"기다려. 이 문 좀 닫고."

작은 객차로 만든 집에서 침실 문을 닫는 샘을 떠올릴 수 있었다. 그는 다시 명랑한 목소리로 전화를 받았다. 저번에 대화할 때와는 딴판이었다. 샘이 다시 말했다.

"그래서 어떻게 되고 있어? 다 괜찮아? 거기는 몇 시야?"

"막 2시 넘었어. 저기, 그 사람은 누구야?"

"아. 그 사람이 케이티야."

"케이티."

"케이티 잉그람. 내 새 파트너?"

"케이티! 알았어! 그러니까…… 어…… 그 사람이 당신 집에서 뭐 하는데?"

"아, 날 도나의 송별 파티에 태워다줄 거야. 오토바이가 정비소에 들어가 있거든. 배기장치에 이상이 있어서."

"그럼 케이티가 당신을 돌봐주는 거네!"

무심코 샘이 수건을 두르고 있는지 궁금했다.

"그렇지. 케이티는 도로 아래쪽에 사니까 딱 잘됐지."

샘은 두 여자가 듣는 걸 아는 사람답게 태연하게 대꾸했다.

"그래서 다들 어디 갈 건데?"

"해크니에 있는 타파스 집에. 전에 교회였던 식당? 우리가 거기 가봤는지 모르겠네."

"교회라! 하, 하, 하! 그러니까 다들 아주 얌전하게 굴어야겠네!"

난 지나치게 크게 웃었다.

"구급대원 무리의 밤 외출이라? 심히 의심스럽네."

잠시 침묵이 흘렀다. 나는 뱃속이 굳는 걸 무시하려 했다. 샘이 더 온화하게 말했다.

"정말 괜찮아? 목소리가 좀……."

"난 괜찮아! 아무렇지 않아! 말했잖아. 당신 목소리를 듣고 싶어서 전화했어."

"자기, 통화해서 좋은데 내가 가봐야겠어. 케이티가 선심 써서 태워주는 거고, 우린 벌써 늦었거든."

"알았어! 저기, 재미있는 저녁 시간을 보내! 나라면 하지 않을 일은 하지 말고! 도나에게 안부 전해주고!"

난 느낌표가 붙을 말투로 말했다.

"그럴게. 곧 통화하자구."

"사랑해. 편지 써!"

'사랑해'라는 말이 의도한 것보다 평이하게 나왔다.

"아, 루……."

샘이 말했다.

그는 가버렸다. 나는 너무 조용한 방에 남아 휴대폰을 멀뚱멀뚱 바라보았다.

고프닉 씨의 동료 부인들이 작은 상영실에서 신작 영화를 보는 행사에 어울릴 간식을 준비했다. 배달되지 않은 꽃값 청구서 문제를 해결한 뒤 세포라로 뛰어가 매니큐어 두 개를 샀다. 아그네스는 「보그」에서 본 이 매니큐어를 시골에 가져가고 싶어했다.

근무가 끝나고 고프닉 부부가 주말 휴가를 떠난 지 2분 후, 나는 일라리아가 권하는 남은 미트볼을 사양하고 방으로 뛰어 올라갔다.

여러분, 저는 바보 같은 짓을 했답니다. 페이스북에서 그녀를 찾아봤으니.

100여 명의 케이티 잉그람 중에서 이 여자를 찾는 데 40분 걸렸으니 약과지 뭐. 프로필이 공개되어 있고 NHS(영국의 국가 의료제도를 담당하는 기관) 로고가 박혀 있었다. 직업란에 '구급대원. 사랑하는 내 직업!!!'이라고 적혀 있었다. 빨간색이나 딸기빛이 도는 금발이었을 수도 있지만 사진상으로는 알 수가 없었다. 20대 후반, 들창코에 예쁘장한 외모. 처음 게시된 사진 30장은 즐거운 시간을 보내며 친구들과 웃는 모습이었다. 비키니 차림(그리스 스키아토스섬 2014!! 정말 웃겨!!!!)이 짜증나게 예쁘고, 털이 많은 작은 개를 키우고, 아찔한 하이힐을 좋아했다. 또 사진마다 뺨에 뽀뽀하는 긴 검은 머리의 단짝이 있었다(케이티가 게이라는 희망을 잠깐 품었지만, '브래드 피트가 돌싱이 되어 은근히 기쁜 사람 손 들어!'라는 페이스북 그룹에 포함된 걸 보면 뭐).

'관계 상태'는 '싱글'이었다.

게시물을 쭉 올려 보면서 그러는 내가 은근히 싫었지만 멈출 수가 없었다. 사진을 넘기면서, 뚱뚱하거나 시무룩하거나 피부병에라도 걸린 모습을 찾아보려고 애썼다. 막 컴퓨터를 닫으려다가 3주 전에 게시한 사진을 보고 멈췄다. 화창한 겨울날, 진녹색 유니폼 차림의 케이티 잉그람이 구급함을 당당히 내려놓고 서 있었다. 동런던 구급차 본부 앞이었다. 그녀는 팔로 샘을 안았고, 그는 유니폼 차림으로 가슴에 팔짱을 긴 채 웃으면서 카메라를 쳐다봤다.

'세계 최고의 파트너. 새 일을 사랑해!'라는 사진 설명.

그 밑에 검은 머리 친구의 댓글. '이유가 궁금한데……?!' 그리고 윙크 하는 얼굴 이모티콘.

이건 질투다. 좋은 양상이 아니다. 나도 이성적으로는 잘 안다. 너는 질투심 많은 부류가 아냐! 그런 여자는 후져! 어처구니없는 생각이고! 누군가 널 좋아하면 곁을 지킬 거고, 곁을 지킬 만큼 널 좋아하지 않는다 면 함께할 사람이 아닌 거야. 잘 알잖아. 넌 지각 있고 성숙한 28세 여성 이야. 자기계발서를 읽었지. 〈닥터 필〉(심리 문제를 다루는 미국 TV 토크쇼)도 봤고.

하지만 친절하고 섹시한 미남 구급대원 애인과 5,000킬로미터나 떨어 져서 사는데, 그에게 본드 걸 같은 목소리와 미모를 가진 새 파트너가 생 겼단 말이지. 그 여자는 네가 사랑하는 남자와, 떨어져 지내기가 얼마나 힘든지 이미 토로한 남자와 최소 하루 열두 시간 붙어 지내지. 이런 상황 이니 거대하고 흉물스럽고 비이성적인 일면이 이성적인 일면을 찍어 누 르는 거지.

어떻게 해봐도 소용없었다. 두 사람의 이미지를 머리에서 지울 수가 없었다. 눈 뒤쪽에 흑백필름으로 자리 잡고 늘 따라다녔다. 샘의 허리에 두른 그녀의 가볍게 그을린 팔, 그의 유니폼 바지에 살짝 걸친 그녀의 손 가락. 둘이 야밤에 술집에서 나란히 앉아 농담을 하고, 여자가 샘을 쿡쿡 찌를까? 툭하면 그에게 몸을 숙이고 팔을 토닥이는 신체 접촉이 심한 여 자일까? 그녀에게 좋은 냄새가 나서 매일 헤어지면 샘은 어쩐지 허전한 기분을 느낄까?

이러다 미친다는 걸 알지만 망상을 멈출 수가 없었다. 샘에게 전화할 까 고민했지만, 새벽 4시에 전화라니 스토커 같고 불안정한 애인이 따로 없겠지. 여러 생각이 웅웅대면서 휘휘 돌다가, 거대한 유독성 구름으로 떨어졌다. 그들 때문에 나 자신이 미웠다. 그들이 윙윙대면서 더 툭 떨어졌다.

"으이그, 사람 좋은 뚱보 남자랑 파트너가 되지 그랬어?"

천장에 대고 중얼댔다. 그러다 한밤중 어느 시점에 간신히 잠들었다.

월요일에 우린 조깅을 했고(난 딱 한 번 멈췄다), 쇼핑하러 메이시스 백화점에 가서 아그네스의 조카들 옷을 잔뜩 샀다. 나는 물건을 페덱스 사무소에 가져가서 크라쿠프로 보냈는데, 이번에는 내용물에 자신 있었다.

점심을 먹으면서 아그네스는 자매 이야기를 해주었다. 언니가 너무 어린 나이에 동네 양조장 관리인과 결혼했는데 남편에게 학대당하고 있다고. 자존감이 너무 낮아진 바람에 스스로를 하찮은 존재로 여긴다고. 아그네스가 이혼하라고 설득도 못할 정도라고 했다.

"언니는 남편에게 심한 말을 듣고 매일 엄마한테 울면서 하소연해. 언니더러 뚱뚱하다, 못생겼다, 이런 결혼을 피했어야 했다며 괴롭힌대. 병신자식이 추잡하고 고약한 짓거리를 하지. 지나가는 개도 그자 앞에서는 꼬리를 내릴걸."

아그네스는 차드씨와 비트루트가 든 샐러드를 먹으면서 털어놓았다. 언니를 뉴욕에 데려와서 남편이랑 떼어놓는 게 최종 목표라고 했다.

"레너드를 졸라서 언니에게 일자리를 마련해줄 수 있을 거야. 어쩌면 그이 사무실의 비서 자리를. 혹은 우리 아파트의 가정부 자리면 더 좋고! 그러면 일라리아를 치워버릴 수 있는데! 언니는 아주 좋은 사람이야. 무척 성실하지. 그런데 언니가 크라쿠프를 떠나기 꺼려해."

"아마 딸 교육에 지장 받는 게 싫을 거예요. 제 여동생도 톰을 런던으로 데려오는 걸 굉장히 불안해했어요."

내가 말했다.

"음."

아그네스가 중얼댔다. 하지만 난 그녀가 그걸 장애라고 생각하지 않는 걸 알 수 있었다. 부자는 무슨 일이든 장애를 못 보나, 하는 의문이 들었다.

우리가 귀가한 지 30분도 안 지나, 아그네스는 휴대폰을 힐끗 보더니 이스트 윌리엄스버그로 간다고 말했다.

"화가한테요? 하지만 제가 알기로는……."

"스티븐에게 그림을 배울 거야. 드로잉 레슨."

나는 눈을 깜빡거렸다.

"알겠어요."

"레너드를 놀라게 할 거니까 아무 말도 하면 안 돼."

아그네스는 윌리엄스버그로 가는 내내 날 쳐다보지 않았다.

"늦었네."

집에 들어가니 네이선이 말했다. 그는 체육관 친구 몇 명이랑 농구를 하러 나가는 길이었다. 운동 가방을 어깨에 걸치고 후드 티의 후드를 머리에 쓰고 있었다.

"응."

나는 가방을 내려놓고 주전자에 물을 담았다. 포장해온 국수 봉투를 조리대에 내려놓았다.

"좋은 데 다녀왔어?"

난 머뭇거렸다.

"그냥…… 여기저기. 아그네스가 어떤지 알잖아."

전기 주전자의 전원을 켰다.

"괜찮아?"

"별일 없어."

그의 시선을 느끼다가 결국 고개를 돌리고 억지로 웃었다. 네이선이 내 등을 두드리고 나가려고 몸을 돌렸다.

"그런 날이 있어, 그치?"

그렇지, 그런 날이 있지. 난 주방 조리대를 물끄러미 보았다. 네이선에게 무슨 말을 해야 할지 난감했다. 개리와 둘이 차에서 대기한 두 시간 반을 어떻게 설명할까. 뿌연 창문을 올려다보다 휴대폰을 내려다보기를 반복했다. 한 시간 후 개리는 언어 테이프에 싫증나자, 아그네스에게 주차 단속원 때문에 자리를 옮겨야 하니 떠날 때 연락 달라는 문자메시지를 보냈다. 그녀는 대답이 없었다. 우리는 블록을 빙 돌았고, 그는 주유한 뒤 커피를 마시자고 제안했다.

"사모님이 얼마나 걸릴지 말하지 않으셨지. 그러면 보통 최소 두어 시간은 걸리지."

"전에도 이런 일이 있었어요?"

"사모님은 하고 싶은 대로 하시니까."

인근 작은 식당에서 개리가 커피를 사주었다. 식당은 손님이 없었고, 비닐로 씌운 메뉴판에 모든 음식의 사진이 있었다. 우린 조용히 앉아, 혹시 그녀가 연락할까봐 휴대폰을 확인하면서 밖을 내다봤다. 윌리엄스버그가 석양에 물들고 밤이 되면서 점점 네온사인이 켜졌다. 나는 지구에서 가장 짜릿한 도시로 옮겨왔지만, 어떤 날은 우물 안 개구리처럼 사는 느낌이었다. 리무진에서 아파트, 아파트에 돌아갔다가 리무진.

"고프닉 집안에서 일하신 지 얼마나 됐어요?"

개리는 느릿느릿 설탕 두 포를 커피에 넣고, 두툼한 손으로 포장지를 구겼다.

"1년 반."

"전에는 누구네서 근무했어요?"

"다른 집."

커피를 한 모금 마셨는데, 맛이 기막히게 좋았다.

"이게 싫지 않으세요?"

개리가 두꺼운 눈썹 아래로 날 쳐다봤다.

내가 더 구체적으로 말했다.

"무작정 시간을 보내는 거 말이에요. 그러니까…… 아그네스가 자주 이러나요?"

그는 다시 머그잔으로 시선을 돌리고 커피를 저었다. 1분 후쯤 개리가 입을 열었다.

"꼬마 아가씨, 무례하게 굴 의도는 없어. 하지만 이 업계에 들어온 지 얼마 안 된 것 같아서 해주는 말이야. 묻지 않으면 훨씬 오래 버틸 거야."

그는 허리부터 무릎까지 쭉 펴면서 등을 기대앉았다. 개리가 말을 이었다.

"난 운전기사야. 그 사람들이 필요할 때 거기 있어. 그들이 말을 걸 때만 말하지. 보지도 않고, 듣지도 않고, 다 잊어버리지. 그 덕분에 이 바닥에서 32년간 버티고, 배은망덕한 두 자식 놈을 대학에 보냈어. 2년 반 후면 난 조기 은퇴해서 코스타리카에 사둔 바닷가 집으로 이사할 거야. 그렇게 지내야 한다고. 알아듣겠나?"

개리가 종이 냅킨으로 코를 풀자, 턱밑 살이 출렁댔다.

"보지도 않고, 듣지도 않고…….."

"……다 잊어버리라고. 그러면 돼. 도넛 먹을래? 여기 도넛 맛이 좋아. 종일 갓 만든 도넛을 팔지."

개리가 일어나서 터벅터벅 카운터로 갔다. 그는 도넛을 갖고 돌아와서 다른 말은 하지 않았다. 내가 맞다고, 도넛이 진짜 맛있다고 말하자 그는 흡족해서 고개를 끄덕일 뿐이었다.

아그네스는 다시 돌아와서 아무 말도 하지 않았다. 몇 분 흐른 후 그녀가 물었다.

"레너드가 전화했어? 우연히 휴대폰이 꺼져 있었네."

"아뇨."

"분명히 그이는 회사에 있을 거야. 내가 전화해야지."

아그네스가 머리를 정리하더니 등을 기대면서, 당당하게 말했다.

"정말 근사한 수업이었어. 내가 많은 걸 배울 것 같은 느낌이 확 들어. 스티븐은 대단히 뛰어난 예술가야."

집까지 절반쯤 와서야 난 그녀가 그림도 없이 빈손으로 왔음을 깨달았다.

11

톰에게

야구 모자를 보낼게. 어제 네이선과 야구 경기를 보러 갔는데 모든 선수가 쓰고 있어서 말이야(사실 선수들은 헬멧을 쓰지만, 전통적인 모자는 이거라서). 네 모자랑 다른 아는 사람에게 줄 모자 샀어. 모자 쓴 사진을 엄마한테 찍어달라고 해. 내가 벽에 붙여놓을게!
아니, 미국의 이쪽 지역에는 카우보이가 없어. 하지만 오늘 컨트리클럽에 갈 거니까, 카우보이가 지나가는지 눈을 똑바로 뜨고 볼게.
상상 속 개와 내 궁둥이를 예쁘게 그려줘서 고마워. 바지 속 궁둥이가 보라색인지 미처 몰랐지만, 네 그림처럼 자유의 여신상 앞을 알몸으로 지날 결심을 할 때 그 점을 명심할게.
네가 상상하는 뉴욕이 실제보다 훨씬 더 신나는 것 같아.

사랑을 가득 담아,
루 이모가 xxx

'그랜드 파인스 컨트리클럽'은 푸른 시골에 넓게 자리했다. 나무와 필드가 완벽하게 굽이치고 눈부시게 푸른 색감이어서 일곱 살배기가 크레용으로 그린 그림 같았다.

쨍하게 화창한 날, 개리는 우리를 태우고 장거리를 느릿느릿 달려, 옆으로 펼쳐진 흰 건물 앞에서 멈췄다. 하늘색 유니폼 차림의 청년이 앞으로 나와 아그네스 쪽 차 문을 열었다.

"어서 오십쇼, 고프닉 부인. 안녕하십니까?"

"잘 지냈어요, 고마워요. 랜디도 잘 지내죠?"

"아주 잘 지냅니다, 사모님. 여긴 벌써 북적대는군요. 분주한 하루죠!"

고프닉 씨가 사무실을 지켜야 해서, 그의 소유 컨트리클럽에서 장기 근속한 메리에게 퇴임 선물을 증정하는 일이 아그네스에게 떨어졌다. 아그네스는 피할 수 없는 일을 두고 한 주 내내 감정을 정리했다. 그녀는 컨트리클럽을 질색했다. 전처의 친구들이 거기 올 터였다. 또 아그네스는 대중 연설을 싫어했다. 레너드가 곁에 없으면 나서서 말하지 못했다. 그런데 이번에는 그가 꼼짝할 수 없었다. '당신 자리를 확실히 보여주는 데 도움이 될 거야. 또 루이자도 같이 있을 거고.'

우리는 연설을 연습하고 계획을 세웠다. 퇴임식장인 '그레이트룸'에 최대한 늦게 도착할 예정이었다. 식사가 시작되기 직전에 들어가면, 맨해튼 교통 체증을 탓하면서 사과하고 자리에 앉을 수 있었다. 문제의 메리 랜더가 오후 2시경 커피를 마신 후 일어나면, 몇 사람이 축사를 할 터였다. 이후 아그네스가 일어나 고프닉 씨의 불가피한 불참을 사과하고, 축사 몇 마디와 함께 선물을 증정하기로 했다. 우린 예의상 30분쯤 있다가 시내의 중요한 일을 핑계대고 떠날 참이었다.

"이 옷이 적당할까?"

아그네스는 유난히 점잖은 투피스를 입었다. 진홍색 민소매 원피스와 옅은 색 반팔 재킷을 입고 한 줄짜리 진주 목걸이를 했다. 평소 차림과 달랐지만, 그녀가 갑옷을 입은 느낌을 받아야 한다는 걸 난 알았다.

"최고예요."

아그네스가 심호흡을 하자 내가 웃으면서 옆구리를 찔렀다. 그녀는 잠깐 내 손을 잡고 꼭 쥐었다.

"들어갔다 나와요. 식은 죽 먹기예요."

내가 말했다.

"남들이 뭐라거나."

그녀가 중얼거리고 내게 얼핏 미소 지었다.

건물 자체가 사방으로 뻗고 밝았다. 목련색으로 칠해져 있었고, 사방에 꽃이 담긴 대형 화병과 복제 골동품 가구가 있었다. 참나무 패널을 붙인 벽에 설립자 초상화가 걸려 있고, 말수 없는 직원들이 이 방 저 방 다니면서 가끔 커피 잔이나 유리컵을 내려놓는 소리를 냈다. 눈에 보이는 전부가 아름답고, 청하지 않아도 필요한 일이 처리되는 듯했다.

'그레이트룸'은 60명쯤 들어차서 복잡했다. 품위 있게 꾸민 식탁에 잘 차려입은 여자들이 둘러앉아 광천수나 과일 펀치를 마시며 수다를 떨었다. 하나같이 머리를 완벽하게 드라이하고, 값비싸고 우아한 의상 일색이었다. 날렵하게 재단한 원피스와 부클레 재킷이나 세심하게 매치한 투피스 차림이었다. 짙은 향수 향이 뒤섞여 진동했다. 몇몇 테이블에 여자들 사이에 우두커니 남자가 앉았지만, 여자들이 모인 방에서 묘하게 중성 느낌을 풍겼다.

평범한 제3자라면—보통의 남자도—부적절한 낌새를 전혀 의식하지 못했겠지. 우리가 지나갈 때 살짝 돌아가는 머리통, 약간 낮아지는 코 높이, 보일락 말락 내미는 입술. 내가 뒤에서 걷는데, 갑자기 아그네스가 멈칫하는 바람에 부딪칠 뻔했다. 그 순간 테이블에 앉은 인물들이 보였다. 태비사, 젊은 남자, 더 나이든 남자, 내가 모르는 여자 둘. 내 옆자리의 더 나이 많은 여자는 고개를 갸우뚱하고 아그네스를 빤히 쳐다봤다. 웨이터가 앞으로 나와 의자를 빼주자 아그네스는 바로 '빅 퍼플'인 캐서린 고프닉과 마주 앉았다.

"안녕하세요."

아그네스는 테이블에 앉은 사람들을 향해 인사하면서, 전처를 쳐다보지 않으려고 노력했다.

"안녕하세요, 고프닉 부인."

내 쪽에 앉은 남자가 인사했다.

"헨리 씨."

아그네스가 인사를 받고, 어설프게 미소 지으면서 태비사에게 말했다.

"탭. 오늘 여기 온다고 말하지 않았잖아."

"우리가 모든 일을 보고해야 하는 건 아니잖아요, 아그네스?"

태비사가 쏘아붙였다.

"그런데 누구신가?"

오른편의 노신사가 내게 고개를 돌렸다. 런던에서 온 아그네스의 친구라고 말하려다가, 그러면 안 된다는 걸 깨달았다.

"루이자예요. 루이자 클라크."

내가 말했다.

"엠멧 헨리요. 만나서 반가워요. 영국 억양인가요?"

노인이 마디가 굵은 손을 내밀었다.

"맞습니다."

나는 고개를 들어, 물을 따라주는 웨이트리스에게 고맙다고 말했다.

"정말 반갑군요. 허면 다니러 온 참인가?"

"루이자는 아그네스의 어시스턴트로 일해요, 엠멧."

태비사가 나서서 대답했다.

"아그네스는 사교 행사에 부리는 사람을 데려오는 아주 괴상한 습관을 들였고요."

내 뺨이 화끈거렸다. 캐서린 고프닉의 뜯어보는 눈길과 테이블에 앉은 나머지 사람들의 눈길이 느껴졌다.

엠멧이 생각에 잠겼다가 입을 열었다.

"흠, 내 아내 도라는 지난 10년간 어디 가든 빼지 않고 간호사 리비를 데리고 다녔지. 레스토랑, 극장 할 것 없이 우리가 가는 곳 어디든. 아내는 대화 상대로 나보다 리비가 한 수 위라고 말하곤 했는데. 맞는 말이다마다."

그가 내 손을 토닥이면서 킬킬대자, 나머지 사람들도 마지못해 따라 웃었다.

이렇게 해서 86세 노신사 덕에 사교 석상의 굴욕을 면했다. 엠멧 헨리는 새우 전채 요리를 먹으면서 내게 말을 걸어 컨트리클럽과의 긴 인연, 맨해튼에서 변호사로 산 세월, 은퇴해서 가까운 거리에 있는 노인 시설에 사는 이야기를 했다.

"난 매일 여기 오지. 활동적으로 지내게 해주고 또 늘 대화 상대가 있거든. 이곳은 집을 떠나서 만난 집인 셈이지."

"아름다운 곳이네요. 사람들이 왜 여기 오고 싶어하는지 알겠어요."

내가 대꾸하면서 뒤를 쳐다봤다. 얼른 몇 명이 고개를 돌렸다. 아그네스는 겉으로는 차분해 보였지만, 난 살짝 손을 떠는 기미를 감지할 수 있었다.

"그래요, 이 건물은 대단히 유서 깊지. 그 연대가⋯⋯."

엠멧이 방 옆쪽으로 현관이 걸린 곳을 가리키며 말을 멈추었다. 그는 내게 감동할 시간을 준 후에 말을 이었다.

"⋯⋯1937년이로군."

영국 집 앞길에 있는 임대주택도 그보다 오래됐다고 지적하고 싶지 않았다. 우리 엄마는 그보다 오래된 타이츠를 갖고 있을 텐데 뭐. 나는 고개를 끄덕이고 미소 지으면서, 야생 버섯을 곁들인 닭고기를 먹었다. 그러면서 괴로운 게 역력한 아그네스에게 가까이 갈 수 있는 방법이 있을지 궁리했다.

식사가 길어졌다. 엠멧은 클럽 이야기와 내가 보지도 듣지도 못한 사람들의 우스운 일화를 끝없이 늘어놓았다. 가끔 아그네스가 고개를 들면 나는 미소를 지어 보였지만, 그녀가 점점 침울해지는 게 느껴졌다. '고프닉의 전 부인과 현재 부인이 코를 맞대고 앉다니! 상상할 수 있는 일이야?' 메인 코스가 끝나자 나는 양해를 구하고 자리에서 일어났다.

"아그네스, 숙녀 화장실에 가는 길을 가르쳐주실래요?"

내가 말했다. 이 방에서 10분만 나가 있어도 도움이 된다고 예상했다.

그녀가 대답할 새도 없이 캐서린 고프닉이 냅킨을 테이블에 내려놓고 나를 쳐다봤다.

"내가 가르쳐줄게요. 나도 그쪽에 갈 거예요."

그녀는 핸드백을 들고 내 옆에 서서 기다렸다. 난 아그네스를 흘끔댔지만 그녀는 꼼짝하지 않았다.

아그네스가 고개를 끄덕였다.

"다녀와. 나는⋯⋯ 닭고기를 마저 먹을게."

그녀가 말했다.

뛰는 가슴으로 고프닉 부인을 쫓아 그레이트룸의 테이블 사이를 누비고 문간으로 나갔다. 내가 몇 걸음 뒤에서 따라가며 카펫이 깔린 복도를 지나서 숙녀 화장실 앞에 멈췄다. 그녀는 마호가니 문을 열고 물러서서, 나 먼저 들어가게 했다.

"고맙습니다."

내가 중얼대고 화장실 칸으로 들어갔다. 소변조차 마렵지 않았다. 변기에 앉아서 생각했다. 여기 죽치고 있으면, 내가 나가기 전에 저 여자가 가버리겠지. 그런데 밖에 나가보니 그녀는 세면대 앞에서 립스틱을 덧바르고 있었다. 그녀는 손을 씻는 내게 시선을 돌렸다.

"그러니까 내 옛날 집에 사네요."

캐서린 고프닉이 말했다.

"네."

거짓말해봤자 무슨 소용이 있을까.

그녀는 입술을 오므리더니 만족하면서 립스틱을 닫았다.

"모든 상황이 좀 난처하겠네."

"맡은 일을 할 뿐이에요."

"음."

그녀는 작은 빗을 꺼내서 머리를 가볍게 쓸어내렸다. 먼저 가면 무례할지 궁금했다. 그녀랑 같이 테이블에 돌아가는 게 에티켓인가? 손을 닦고 거울 쪽으로 몸을 숙이고, 눈 밑의 번진 부분을 살피며 최대한 시간을 끌었다.

"내 남편은 어떻게 지내요?"

나는 눈을 깜빡였다.

"레너드 말이야. 그이는 잘 있어요? 나한테 그 말 좀 한다고 대단한 비밀을 누설하는 건 아니겠지."

거울 속에서 그녀가 날 바라봤다.

"저는…… 저는 그분을 많이 못 봐요. 하지만 좋아 보이세요."

"그이가 왜 여기 오지 않았는지 궁금했어요. 또 관절염이 도졌는지."

"아. 아니요. 오늘 일이 있으실 거예요."

"'일'이 있어서. 그래요. 그거 좋은 소식이네요."

그녀는 빗을 조심스럽게 핸드백에 넣고 콤팩트를 꺼냈다. 콧등 이쪽 저쪽을 한 번, 두 번 톡톡 두드리고 팩트를 닫았다. 난 더 할 일이 없었다. 가방을 뒤지면서 콤팩트를 가져왔는지 기억하려 애썼다. 그 순간 고프닉 부인이 내게 몸을 돌렸다.

"그이는 행복해요?"

"뭐라고 하셨어요?"

"솔직하게 묻는 거예요."

심장이 벌렁벌렁했다.

그녀의 목소리는 나긋나긋하기까지 했다.

"탭은 아빠 이야기를 하려 하지 않아요. 아빠를 절실히 사랑하지만 아직도 화가 많이 나 있죠. 늘 아빠밖에 모르는 아이였거든. 그러니 딸아이는 정확한 그림을 그리지 못할 거예요."

"고프닉 부인, 당연한 말이지만 제가 그런 말을 할 입장은 아닐……."

그녀가 고개를 휙 돌렸다.

"그래요. 그렇겠지."

캐서린 고프닉은 콤팩트를 조심스럽게 핸드백에 넣으며 말을 이었다.

"나에 대해 무슨 말을 들었는지 충분히 짐작되네요, 미스……?"

"클라크예요."

"미스 클라크. 인생이 흑백이 아니란 걸 아가씨도 알겠지요."

나는 침을 삼켰다.

"압니다. 또한 아그네스가 좋은 사람인 것도 알죠. 똑똑하고. 친절하고. 문화적이고. 그리고 돈을 밝히는 사람이 아니에요. 이런 일은 명쾌히 드러나지 않는다고 할 수 있지요."

거울 속에서 둘의 눈이 마주쳤다. 우리는 잠깐 더 서 있었고, 그러다 그녀가 핸드백을 닫고 마지막으로 거울에 비친 모습을 확인하고 억지 미소를 지었다.

"레너드가 잘 있다니 다행이에요."

우리가 테이블로 돌아가자, 한창 식탁이 정리되는 중이었다. 캐서린 고프닉은 마지막까지 내게 한마디도 하지 않았다.

커피와 디저트가 같이 나오고 대화가 잦아들면서 오찬이 마무리되었다. 노부인 몇 명이 부축을 받아 화장실로 향할 때, 보행기가 의자 다리에 부딪치는 소리가 시끄러웠다. 양복을 입고 셔츠 칼라가 땀에 젖은 남자가 앞쪽 작은 연단에 섰다. 그는 참석해줘서 감사하다고 인사하고 클럽에서 열릴 행사들을 홍보했다. 2주 후 '자선의 밤'의 매진 소식에 사람들이 박수를 쳤다. 마지막으로 그는 발표할 내용이 있다면서 우리 테이블을 보며 고개를 끄덕였다.

아그네스가 숨을 내쉬고 일어나자, 좌중의 시선이 쏠렸다. 그녀가 연단에 올라, 지배인이 섰던 마이크 앞에 자리 잡았다. 그녀가 기다리자, 지배인은 나이든 흑인 여성을 앞으로 불러냈다. 검은 정장 차림의 여인은 손을 털면서, 다들 불필요한 요란을 떤다는 시늉을 했다. 아그네스는 그녀에게 미소 짓고, 내가 알려준 대로 크게 심호흡했다. 그러고 나서 작은 카드 두 장을 조심스레 거치대에 내려놓고, 분명하게 또박또박 말하기 시작했다.

"안녕하세요, 여러분. 오늘 참석해주셔서 감사드리고, 아주 맛있는 점심을 준비해주신 직원 모두에게 감사드립니다."

전 주에 몇 시간이나 연습한 덕에, 철저히 조절된 목소리로 유창한 어휘를 구사할 수 있었다. 인정하는 웅성거림이 있었다. 캐서린 고프닉을 힐끗 봤지만 알 수 없는 표정이었다.

"여러분이 아시듯 오늘은 메리 랜더의 클럽 근무 마지막 날입니다. 그녀가 행복한 은퇴 생활을 누리기를 기원합니다. 레너드가 오늘 오지 못해서 너무나 애석하다고 전해달라고 당부했어요, 메리. 그이는 메리가 클럽을 위해 해준 모든 일에 감사하고, 여기 모인 다른 분들 역시 같은 마음인 걸 압니다."

그녀는 내가 가르쳐준 대로 이 대목에서 말을 끊었다. 실내에 정적이 감돌고 여자들이 집중하는 표정을 지었다. 연설이 이어졌다.

"메리는 1967년에 여기 그랜드 파인스에서 주방 보조로 시작해, 진급해서 부지배인의 자리에 올랐습니다. 여기 계신 모든 분은 당신이 오랜 세월 함께하며 열심히 도와주는 기쁨을 누렸고, 우리 모두 무척 그리울 거예요, 메리. 우리와, 또 이 클럽의 다른 회원들도, 감사의 작은 증표를 전하고 싶고, 즐거운 은퇴 생활을 누리기를 진심으로 바랍니다."

예의상 박수가 터졌고, 아그네스는 메리의 이름이 새겨진 유리 감사패를 받았다. 그녀는 미소 지으면서 두루마리 모양의 패를 전달하고, 사람들이 사진을 찍는 동안 가만히 서 있었다. 그 후 연단 끝으로 가서 테이블로 돌아왔다. 이목을 피할 수 있어 안도하는 빛이 얼굴에 떠올랐다. 메리는 웃으면서 더 사진 촬영에 응해, 이번에는 지배인과 찍었다. 내가 아그네스에게 축하의 말을 하려고 몸을 숙인 찰나, 캐서린 고프닉이 일어났다.

"사실 나도 몇 마디 하고 싶군요."

떠드는 소리 사이로 그녀의 목소리가 퍼졌다.

우리가 지켜보는 가운데 그녀는 연단에 올라가서 탁자 앞을 지나갔다. 그러더니 메리의 손에서 감사패를 받아 매니저에게 건넸다. 그녀가 메리의 손을 잡았다.

"아, 메리."

그녀는 메리와 좌중 쪽으로 몸을 돌리고 덧붙여 말했다.

"메리, 메리, 메리. 그동안 얼마나 소중한 사람이었는지."

열렬한 박수가 터져 나왔다. 고프닉 부인은 고개를 끄덕이고 잠잠해지기를 기다렸다. 그녀의 말이 이어졌다.

"오랜 세월 우리가 여기서 수백, 아니 수천 시간을 보내면서 내 딸은 아니 우리는, 당신의 보살핌을 받았어요. 정말 행복하고 행복한 시간이었어요. 작은 문제가 생겨도 당신은 늘 달려와서 해결해주고, 긁힌 무릎에 반창고를 붙이거나 혹이 난 머리에 연신 얼음주머니를 대주었지요. 우리 모두 보트하우스 사건을 기억할 거예요!"

웃음이 터졌다.

"당신은 특별히 우리 아이들을 사랑했고, 레너드와 나에게 여기는 늘 성소 같았어요. 우리 가족이 안전하고 행복한 곳이 여기라는 걸 알았으니까요. 그 멋들어진 초원은 아주 많은 멋진 시간을 봤고 그 많은 웃음을 목격했지요. 우리가 골프를 치거나 친구들과 맛있는 칵테일을 마시러 가면, 옆에서 당신이 우리 아이들을 지켜보거나 천하일미 아이스티를 갖다주었어요. 우리 모두 메리의 특별 아이스티를 좋아하죠. 그렇지 않은가요, 여러분?"

환호성이 터졌다. 나는 아그네스가 점차 굳어서, 달리 어쩔 줄 모르는
듯 로봇처럼 박수 치는 것을 눈치챘다.

엠멧이 내게 몸을 숙이고 말했다.

"메리의 아이스티는 물건이지. 뭘 넣는지 모르겠지만, 정말이지 '치명
적'이지."

그가 하늘로 눈을 굴렸다.

"태비사가 오늘 여러분처럼 시내에서 특별히 참석한 것은, 당신을 단
순히 클럽 직원이 아니라 '가족'의 일원으로 여기기 때문일 거예요. 가족
을 대신할 게 없다는 건 우리 모두 알죠!"

다시 박수가 터지자, 난 아그네스에게 눈을 돌리지 않으려 했다.

박수가 잦아들자, 캐서린 고프닉이 다시 입을 열었다.

"메리, 당신은 이곳의 진정한 가치가 지속되도록 도왔어요. 그 가치를
혹자는 구식이라고 평하겠지만 우린 바로 그게 이 컨트리클럽이라고 느
끼죠. 지속성, 우월함, 성실성. 당신은 클럽의 웃는 얼굴, 뛰는 심장이었
어요. 모두를 대신해서 말하거니와, 당신이 여기 없으면 전 같지 않을 거
예요."

이제 메리는 눈이 촉촉해져서 환하게 웃었다. 캐서린 고프닉이 덧붙
여 말했다.

"여러분, 잔을 채우고 우리의 보배 메리를 위해 잔을 듭시다."

소란스러웠다. 일어날 수 있는 사람은 일어났다. 엠멧이 뒤뚱뒤뚱 일
어나자, 나는 주위를 홀끔대다가 배신하는 기분을 느끼면서 일어났다.
마지막으로 아그네스가 박수를 치면서 일어났다. 입을 벌리고 억지웃음
을 짓고 있었다.

들썩들썩한 술집은 마음을 편하게 했다. 바텐더에게 주문하려면 세 줄쯤 팔을 뚫어야 하고, 인파를 뚫고 테이블로 돌아오느라 맥주잔에 3분의 2만 남아도 다행인 술집. 네이선은 '발타자'가 소호의 명소라고 말했다. 늘 북적대고 늘 재미있는 뉴욕 바의 정답이라고. 오늘 밤은 일요일인데도 발 디딜 틈이 없었다. 시끌벅적한 분위기, 계속 움직이는 바텐더들, 조명과 덜걱대는 소리가 머리에서 오늘 사건을 밀어냈다.

우리는 바에 서서 각자 맥주를 두어 잔 마셨고, 네이선은 체육관 친구들에게 나를 소개했다. 이름은 즉시 잊었지만 웃기고 친절했고, 서로 놀리려면 여자 한 명쯤 동석해야 하는 남자들이었다. 결국 우리는 테이블로 옮겨갔고, 거기서 술을 더 마시고 치즈버거를 먹으니 기분이 한결 나아졌다. 10시 무렵 남자들이 짓궂은 표정을 짓고 힘줄이 튀어나오도록 다른 체육관 회원들을 험담하자, 나는 일어나서 화장실로 향했다. 비교적 조용한 분위기에서 10분쯤 보내면서 화장을 고치고 머리를 부풀렸다. 샘이 뭐 하는지 생각하지 않으려고 애썼다. 이제 그 생각은 위로가 되지 않고, 오히려 답답한 기분만 주었으니까. 화장실에서 나왔다.

"날 쫓아다니는 거예요?"

복도에서 몸을 획 돌렸다. 거기 진바지와 셔츠 차림의 조슈아 라이언이 눈썹을 치뜨고 서 있었다.

"네? 아. 안녕하세요!"

본능적으로 손이 머리로 갔다. 내가 다시 말했다.

"아뇨. 그게 아니라 친구들이랑 온 걸요."

"농담하는 거예요. 잘 지냈어요, 루이자 클라크? 센트럴파크에서 먼 길을 왔네요."

그가 몸을 굽혀 내 뺨에 키스했다. 조시에게 라임이랑 부드러운 사향이 섞인 맛있는 냄새가 났다. 그가 덧붙여 말했다.

"아이고. 너무 시적인 표현이었네."

"맨해튼의 모든 바를 탐험하고 있거든요. 어떤지 알겠죠?"

"아, 그럼요. '새로운 것을 시도하자' 그런 거요. 귀여워 보여요. 전반적인…… 프레피 룩 분위기."

그는 내 민소매 원피스와 반팔 카디건을 가리키면서 말했다.

"오늘 컨트리클럽에 가야 했거든요."

"잘 어울려요. 맥주 한잔 마실래요?"

"제가…… 친구들이랑 어울려야 해서요."

순간적으로 조시는 실망한 표정을 지었다. 내가 얼른 덧붙였다.

"하지만 가서 우리랑 어울려요!"

"좋아요! 우선 같이 온 사람들한테 말하고요. 커플 데이트에 끼어들었거든요. 그들도 나를 떼어내서 반가울 거예요. 자리가 어디예요?"

사람들을 헤치고 네이선에게 돌아가니, 갑자기 얼굴이 화끈거리고 귀에서 얼핏 윙윙 소리가 났다. 억양이 다르고, 눈썹 모양이 다르고, 눈꼬리처진 모양이 달라도 조시에게서 윌이 보였다. '언젠가는' 그 충격을 느끼지 않을 때가 올까. 무의식적이지만 '언젠가는'이라는 말을 하는 자신이 의아했다.

"친구랑 마주쳤어!"

내가 말한 순간 조시가 나타났다.

"친구라."

네이선이 중얼댔다.

"네이선, 딘, 아런. 여기 조시 라이언이에요."

"'3세'를 잊었네요."

그가 우리만 아는 농담을 하면서 빙그레 웃었다.

"안녕하세요."

조시가 인사하면서 손을 내밀고 몸을 숙여 네이선과 악수했다. 나는 네이선이 그를 훑어보다가 날 쳐다보는 걸 알아차렸다. 내가 태연히 환하게 미소 지었다. 언제든 바에 와서 합석할 잘생긴 남자 사람 친구가 뉴욕 곳곳에 있다는 듯이.

"내가 맥주를 사도 될까요? 관심 있다면 여기 음식도 맛있어요."

조시가 바에 다가가자, 네이선이 중얼댔다.

"'친구'라고?"

"맞거든. 친구야. '옐로 볼'에서 만났어. 아그네스랑."

"생김새가……."

"알아."

네이선이 이내 생각에 잠겼다. 그는 나를 쳐다보더니 조시에게 눈을 돌렸다.

"'좋아요'라고 말한다더니 이런 거군. 설마 아직……."

"난 샘을 사랑해, 네이선."

"그렇지, 친구. 그 말을 하려던 참이야."

저녁 내내 네이선이 깐깐하게 구는 게 느껴졌다. 어쩌다가 조시와 나는 나머지 일행과 떨어져 테이블 끝으로 가게 되었다. 그는 직장 이야기를 했다. 매일 동료들이 업무량을 감당하려고 진정제와 항우울제를 섞어 복용하며, 툭 하면 화내는 상관의 비위를 맞추려고 무척 애쓰지만 뜻대로 안 된다고 했다. 아파트를 꾸밀 시간이 없었는데, 청소광인 어머니가 보스턴에서 다니러 와서 무슨 일이 벌어졌는지. 난 고개를 끄덕이고 미소 지으면서 귀를 기울였다. 그의 얼굴을 볼 때는, 넋을 잃고 집착하는

'정말 닮았어'라는 표정이 아니라, 적절하게 관심 있는 표정을 지으려고 노력했다.

"어떻게 지내세요, 루이자 클라크? 저녁 내내 당신 얘기는 거의 안 하네요. 휴가를 잘 보내고 있어요? 언제 돌아가나요?"

일. 지난번에 만났을 때 내 신분을 속인 기억이 퍼뜩 떠올랐다. 게다가 취해서 거짓말을 지속할 수가 없거나, 고백하는 게 창피하지 않았다.

"조시, 당신한테 할 말이 있어요."

그가 몸을 숙였다.

"아. 기혼자군요."

"아뇨."

"흠, 그건 다행이고. 불치병을 앓아요? 몇 주 못 사나요?"

나는 고개를 저었다.

"지루하군요? 지루한 게 맞네. 이제 다른 사람이랑 얘기하고 싶군요? 알았어요. 내가 숨쉴 새도 없이 떠들어댔으니."

나는 웃음을 터뜨렸다.

"아뇨. 그게 아니고요. 당신은 좋은 말상대예요."

나는 구두를 내려다보면서 말을 이었다.

"나는…… 전에 말한 그런 사람이 아니에요. 영국에서 온 아그네스의 친구가 아니에요. 그렇게 말한 것은, 옐로 볼에서 아그네스에게 친구가 필요했기 때문이에요. 나는요, 음, 나는 그녀의 어시스턴트예요. 일개 어시스턴트일 뿐이에요."

고개를 드니 조시가 날 응시하고 있었다.

"그래서요?"

난 그를 빤히 쳐다보았다. 그의 눈동자가 금빛을 띠었다.

"루이자. 여긴 뉴욕이에요. 모두 자신을 높여서 말해요. 은행 창구 직원은 다들 말단 부지점장이라고 말하죠. 제작사를 갖고 있지 않은 바텐더가 없어요. 당신이 아그네스를 쫓아서 뛰어다니기에 분명히 직원일 거라고 짐작했어요. 어느 친구가 그러겠어요. 아주 아둔하지 않다면. 당신은 그렇지 않으니까."

"상관없나요?"

"이봐요. 당신이 기혼자가 아니라 다행일 따름인걸요. 결혼한 상태가 아니라면. 그것까지 거짓말은 아니었지요?"

그는 내 손을 잡고 있었다. 가슴속에서 살짝 숨이 가빴고, 침을 삼키고서야 입이 떨어졌다.

"아니에요. 하지만 남자친구가 있어요."

그가 깜짝 놀랄 발언이 있는지 살피느라 눈을 마주보다가, 마지못해 내 손을 놓았다.

"아. 그래요, 아쉽네요."

조시가 다시 등을 기대고 술을 한 모금 마셨다. 그가 다시 물었다.

"그런데 어째서 애인이 여기 없는 거죠?"

"그이는 영국에 있으니까요."

"그가 여기 올 건가요?"

"아뇨."

조시는, 상대가 어리석다고 생각하지만 그렇게 말하기 꺼리는 표정을 지었다. 그가 어깨를 으쓱했다.

"그러면 우린 친구가 될 수 있겠네요. 이 동네에서는 누구나 데이트하는 걸 알죠? 데이트가 별다른 게 아니라고요. 내가 어이없게 잘생긴 남자 사람 친구가 되어줄게요."

"데이트를 한다는 게 같이 섹스한다는 의미인가요?"

"아이고. 영국 여자들은 말을 돌려 하지 않네요."

"당신에게 헛된 생각을 심어주고 싶지 않아요."

"지금 나한테, 섹스 파트너가 되지 않을 거다, 라고 말하는 거군요. 좋아요, 루이자 클라크. 알아들었어요."

난 생긋 웃지 않으려고 애썼다. 소용없었다.

조시가 말했다.

"당신은 진짜 귀여워요. 웃기고. 단도직입적이고. 내가 만난 여자들과 달라요."

"당신은 무척 매력적이고요."

"그거야 내가 좀 황홀한 상태니까."

"그리고 난 좀 취했고요."

"아, 이제 마음이 아프네요. 진짜 아파요."

그가 가슴을 부여잡았다.

바로 이 순간, 난 고개를 돌리다가 네이선이 쳐다보는 걸 알았다. 그는 살짝 눈썹을 치뜨고 손목을 톡톡 쳤다. 날 현실로 데려갈 시간이 됐다는 뜻이었다.

"저기, 실은 가봐야 해요. 일찍 출발해야겠네요."

"내가 너무 심했군요. 당신을 겁먹고 빠져나가게 했네."

"참, 난 쉽게 겁먹는 사람이 아니에요. 하지만 내일 일이 많은 하루거든요. 게다가 맥주 몇 잔에 데킬라까지 마셨으니 아침 조깅을 제대로 못할 거예요."

"전화할래요? 사심 없이 맥주 한잔? 당신을 지그시 바라볼 수 있게?"

"충고해야겠는데, 영국에서 그 표현은 다르게 쓰일 수 있거든요."

내가 설명하자 조시가 웃음을 터뜨렸다.

"아, 안 그러겠다고 약속하죠. 물론 당신이 원하지 않는다면."

"대단한 제안이네요."

"진심이에요. 전화 줘요."

걸어 나오는 내내 그의 시선이 느껴졌다. 네이선이 택시를 부르자, 내가 몸을 돌렸고 바 문이 닫히고 있었다. 문틈으로만 보였지만, 조시가 계속 날 쳐다보는 것은 충분히 알 수 있었다. 미소 띤 표정이었다.

샘에게 전화했다.

"안녕."

"루? 내가 왜 이런 걸 묻지? 달리 누가 새벽 4시 45분에 전화하겠어?"

"뭐 하고 있었어?"

나는 침대에 누워 구두를 카펫 바닥에 벗어 던졌다.

"방금 당직 마치고 왔어. 독서 중이야. 잘 지내? 명랑한 목소리네."

"바에 갔다 왔어. 힘든 하루였어. 하지만 기분이 한결 나아졌어. 당신 목소리가 듣고 싶어서 전화했어. 보고 싶어서. 또 내 남자친구니까."

"또 취하셨고."

샘이 소리내어 웃었다.

"그럴지 모르지. 조금. 독서 중이라고 했어?"

"응. 소설."

"정말? 당신이 소설은 안 읽는 줄 알았는데."

"아, 케이티가 이 책을 사줘서. 재미있게 읽어야 한다면서. 계속 읽고 있는지 끝도 없이 물어서 견딜 수가 있어야지."

"그 여자가 당신한테 책을 사줘?"

나는 일어나 앉았다. 갑자기 좋은 기분이 싹 가셨다.

"왜? 나한테 책을 사주는 게 무슨 의미라도 있나?"

샘이 재미있다는 투로 물었다.

"당신을 좋아한다는 뜻이지."

"그게 아니야."

"확실하거든."

술기운 때문에 조심성이 없어졌다. 참을 새도 없이 말이 튀어나왔다. 나는 계속해서 말을 쏟아냈다.

"여자가 뭔가 읽게 하려는 건 그 남자를 좋아해서야. 자기가 남자 머릿속에 있고 싶은 거지. 자기를 생각하게 만들고 싶어서 그래."

샘이 킬킬대는 소리가 들렸다.

"한데 책이 오토바이 정비집이라면?"

"그래도 마찬가지야. 여자는 얼마나 멋지고 섹시한, 오토바이를 좋아하는 부류인지 보여주려고 그 책을 준 거니까."

"저기, 오토바이랑 관련된 책은 아니야. 어떤 프랑스인 얘기야."

"프랑스인? 이거 큰일이네. 제목이 뭐야?"

"'마담 드'."

"'마담 드' 뭐?"

"그냥 '마담 드'야. 어떤 장군이랑 귀고리랑……."

"그리고 뭔데?"

"장군이 바람을 피워."

"그 여자가 당신한테 바람난 프랑스인들 이야기를 읽게 하려고 한다? 아, 미치겠네. 그 여자는 당신을 완전히 좋아해."

"틀렸어, 루."

"누가 누구를 좋아하면 난 딱 알아, 샘."

"나 원."

그의 말투에 싫증이 묻어났다.

"오늘 밤 어떤 남자가 나한테 추파를 던졌어. 그가 날 좋아하는 걸 알았지. 그래서 만나는 사람이 있다고 확실히 말해줬어. 제대로 피했지."

"아, 그랬어? 그 남자가 누군데?"

"그의 이름은 조시야."

"'조시'라. 내가 떠나려 할 때 당신한테 전화한 그 조시란 말이야?"

난 취기가 올라 멍했지만 이런 대화는 실수라는 걸 깨달았다.

"응."

"그런데 술집에서 우연히 마주쳤다는 거군."

"맞아! 거기 네이선이랑 갔어. 그런데 숙녀 화장실 앞에서 말 그대로 마주쳤지."

"그래서 그자가 뭐랬는데?"

이제 샘의 말투가 살짝 날카로워졌다.

"그 사람이…… 아쉽다고 말했어."

"실제로 그렇고?"

"뭐가?"

"유감이야?"

잠깐 침묵이 흘렀다. 갑자기 정신이 확 드는 기분이었다.

"난 그가 한 말을 그대로 하는 것뿐이야. 난 당신이랑 사귄다고, 샘. 이 일은 누군가 날 좋아하면 간파할 수 있고, 그가 엉뚱한 생각을 품기 전에 제대로 알려준 예로 이 이야기를 하는 거라고. 당신은 그렇게 이해하고 싶지 않은가보네."

"그래. 오밤중에 전화해 책을 빌려준 근무 파트너에 대해 이러쿵저러쿵하면서, 정작 자기는 취해서 이 조시라는 자한테 우리 관계를 털어놓고 다니는군. 환장하겠네. 당신은 내가 등을 떠밀기 전에는 우리가 사귀는 것조차 인정하지 않으려 했지. 그런데 이제 술집에서 마주친 남자한테 사적인 이야기를 즐겁게 떠들다니. 진짜 술집에서 마주쳤는지 모르겠지만."

"시간이 걸려서 그랬던 거야, 샘! 난 당신이 장난하는 줄 알았다고!"

"시간이 걸린 이유는, 아직 다른 남자의 기억에 취해 있어서였지. 죽은 남자의. 그리고 그가 당신이 뉴욕에 가길 바랐기 때문에 지금 거기 있는 거고. 그러니 왜 케이티를 질투하고 이상하게 구는지 도무지 모르겠군. 도나는 아무리 오래 있어도 신경쓰지 않더니만."

"도나는 당신을 흠모하지 않으니까."

"케이티를 만난 적도 없잖아! 그녀가 날 흠모하는지 아닌지 당신이 어떻게 알 수 있지?"

"사진을 봤다고!"

"무슨 사진?"

그가 발끈했다.

내가 멍청했다. 눈을 감았다. 침을 삼키고 중얼댔다.

"그 여자 페이스북에. 거기 사진이 있어. 당신이랑 그 여자랑 같이 찍은 사진."

긴 침묵이 흘렀다. '정말 그런 거야?'라고 묻는 침묵. 말은 안 해도 상대방을 다른 눈으로 보게 될 때의 불길한 침묵. 샘은 낮고 자제하는 음성으로 다시 입을 열었다.

"이건 어처구니없는 언쟁이니 난 잠을 좀 자야겠어."

"샘, 나는……."

"자라고, 루. 나중에 얘기해."

그가 전화를 끊었다.

12

해서, 하지 않아서 후회되는 말들이 끝없이 머릿속을 휘젓는 통에, 자는 둥 마는 둥했다. 그러다 노크 소리에 기진맥진해서 깼다. 정신없이 침대에서 내려가 문을 여니, 드 위트 부인이 잠옷 가운만 걸치고 서 있었다. 화장기 없고 머리 세팅을 하지 않은 왜소하고 가냘프고, 불안해서 일그러진 얼굴이었다.

"아, 거기 있었네. 나와. 나오라구. 좀 도와줘."

그녀는 내가 달리 있을 곳이 있는 것처럼 말했다.

"무, 무슨 일인데요? 누가 들여보내줬어요?"

"덩치 큰 친구. 오스트레일리아 사람. 어서 나와. 어물댈 짬이 없어."

나는 눈을 비비면서 정신을 차려보려 했다.

"전에는 그 청년이 도와줬지만, 고프닉 씨를 두고 나갈 수가 없다더군. 아, 그게 뭐 중요하다고? 오늘 아침에 쓰레기를 내놓으려고 문을 열었는데, 딘 마틴이 쏜살처럼 나가버렸어. 건물 어딘가 있을 텐데, 어디 있는지 모르겠어. 나 혼자 녀석을 찾을 수가 없어서."

목소리가 떨렸지만 여전히 오만했다. 그녀는 머리 쪽을 손짓하면서 말을 이었다.

"서둘러. 얼른 서두르라고. 아래층에서 누군가 문을 열어서 딘 마틴이 골목에 나갈까봐 걱정이거든."

드 위트 부인이 양손을 비틀면서 계속 중얼댔다.

"녀석은 혼자 밖에 못 나가는데. 또 누군가 훔쳐갈지 몰라. 족보 있는 개거든."

나는 열쇠를 집어 들고, 티셔츠 바람으로 그녀를 따라 현관 복도로 나갔다.

"어디를 찾아보셨는데요?"

"흠, 아무 데도 안 찾아봤지. 걸음걸이가 신통치 않아서. 그래서 아가 씨더러 찾아봐달라는 거지. 난 가서 지팡이를 가져와야겠군."

노부인은 내가 아주 바보 같은 말이라도 한 것처럼 쳐다보았다. 난 한숨을 쉬면서 상상해봤다. 내가 예기치 않게 정신이 자유로운 맹한 눈을 가진 작은 퍼그라면 뭘 하고 있을까.

"녀석은 내가 가진 전부야. 꼭 찾아줘야 해."

드 위트 부인은 긴장감을 감당할 수 없는지 기침하기 시작했다.

"중앙 로비부터 찾아볼게요."

딘 마틴이 엘리베이터를 타지 못한다는 가정하에 아래층으로 뛰어내려가서, 성미 나쁜 작은 개를 찾아보았다. 없었다. 손목시계를 보니, 아직 6시도 안 되어서 좀 심란했다. 아쪽의 책상 뒤편과 아래를 들여다보고 사무실에 가봤지만 문이 잠겨 있었다. 계속 나직이 딘 마틴의 이름을 부르면서도, 나 자신이 멍청하다 싶었다. 자취도 없었다. 다시 계단을 올라가서 우리 층에서도 똑같이 이름을 부르면서 주방과 뒤편 복도를 확인했다. 아무것도 없었다. 4층에 가서도 그렇게 찾다가 문득 깨달았다. 이제 내가 숨이 차다면, 작은 뚱보 개 역시 많은 계단을 빠르게 뛰어서 올라갈 가능성이 없을 듯했다. 그때 밖에서 쓰레기차가 웅웅대는 소리가 들렸다. 드 위트 부인이 늙은 개가 사람 코에 고약한 냄새를 잘 참는다고, 심지어 좋아한다고 했던 기억이 났다.

업무용 출구로 향했다. 거기 넋 나간 딘 마틴이 침을 흘리며, 악취 나는 큰 쓰레기통을 옮기는 미화원들을 쳐다보고 있었다. 내가 천천히 다가갔지만, 소음이 큰데다 쓰레기에 홀려서 딘 마틴은 내 기척을 듣지 못했다. 결국 나는 팔을 뻗어 개를 붙잡았다.

약이 오른 퍼그를 안아본 적이 있는지? 톰이 두 살 때 코에 구슬을 넣어서 여동생이 빼는 동안, 내가 안고 있어야 했다. 이후 그렇게 꿈틀대는 느낌은 처음이었다. 겨드랑이 밑에 끼고 씨름하자니, 딘 마틴이 좌우로 몸을 비틀고 화가 나서 눈이 튀어나올 것 같았다. 녀석이 부아가 나서 왈왈 짖는 소리가 조용한 건물을 흔들었다. 양팔로 개를 안고, 공격하려고 들이대는 입을 피해 고개를 옆으로 돌렸다. 위층에서 드 위트 부인이 외쳤다.

"딘 마틴? 딘 마틴이냐?"

개를 붙들고 있기만도 힘이 부쳤다. 얼른 주인에게 넘기고 싶어서 마지막 계단을 뛰어 올라갔다.

"찾았어요!"

숨이 가빴다. 드 위트 부인이 팔을 뻗고 앞으로 나왔다. 그녀는 목줄을 준비하고 있다가, 내가 개를 내려놓자 얼른 목걸이에 걸었다. 그 순간 그 크기와 생김새로는 가당찮게 개가 질풍처럼 고개를 돌려 내 왼손을 물었다.

개 짖는 소리에 아직 깨지 않은 입주자가 있었다면, 내 비명을 듣고 퍼뜩 깼을 것이다. 적어도 딘 마틴이 놀라서 손을 놓을 정도의 비명이었다. 나는 손을 뻗고 몸을 굽혔고, 이미 상처에 피가 차올랐다.

드 위트 부인은 숨을 멈추고 더 똑바로 섰다.

"흠, 그렇게 꽉 껴안으니 당연히 그런 꼴을 당하지. 개가 말도 못 하게 불편했던 게지!"

그녀가 작은 개를 안쪽으로 몰아넣자, 개는 계속 이빨을 드러내고 나한테 으르렁댔다. 노인이 개에게 손짓하면서 말했다.

"거기 있어, 알겠지? 방정맞게 소리치고 비명을 질러서 개가 겁을 먹었어. 지금 무척 동요한다고. 개를 제대로 다루려면 개에 대해 공부를 하라고."

말이 나오지 않았다. 만화에 나오는 것처럼 입이 벌어졌다. 바로 이 순간 운동복 바지와 티셔츠 차림의 고프닉 씨가 현관문을 열었다.

"도대체 이게 무슨 소동이지?"

그가 성큼성큼 복도로 나오면서 말했다. 매서운 말투가 놀라웠다. 티셔츠와 헐렁한 반바지를 입은 내가 피나는 손을 부여잡고 있고, 잠옷 가운을 걸친 노부인의 발치에서 개가 짖는 광경을 고프닉 씨는 파악했다. 그 뒤에 유니폼을 입은 네이선이 수건을 목에 걸고 서 있었다.

"도대체 이게 무슨 난리지?"

"아, 딱한 아가씨한테 물어봐요. 이 사달이 나게 한 장본인이니까."

드 위트 부인은 가는 팔로 딘 마틴을 안아 들더니, 고프닉 씨에게 손가락 하나를 흔들며 쏘아붙였다.

"이 건물 안에서 일어난 소음을 두고 감히 나한테 훈계할 생각일랑 접어요, 젊은이! 그쪽 아파트야말로 들락날락 라스베이거스 카지노가 따로 없으니까. 아무도 오비츠 씨에게 불평하지 않는 게 요상하다니까."

노인은 고개를 빳빳이 들고 몸을 돌려 문을 닫았다.

고프닉 씨가 날 쳐다보고 두어 번 눈을 깜빡이더니, 닫힌 현관문으로 눈을 돌렸다. 잠깐 잠잠했다. 그러다가 예기치 못하게 그가 킬킬거렸다.

"'젊은이'라! 흠."

그는 고개를 저으면서 말을 이어갔다.

"아주 오랜만에 누구한테 그런 말을 들었군."

그러더니 뒤에 있는 네이선에게 몸을 돌리고 지시했다.

"자네가 처리를 해줘야겠군."

아파트 안쪽에서 작은 소리가 들려왔다.

"우쭐대지 마시지, 고프닉!"

고프닉 씨는 나를 개리의 차에 태워, 파상풍 주사를 맞으라고 주치의에게 보냈다. 고급 호텔 라운지 같은 대기실에 앉아 있다가, 중년의 이란인 의사를 만났는데 그렇게 꼼꼼한 사람은 처음 봤다. 고프닉 씨 비서가 지불한 청구서를 힐끗 보니, 개에 물린 통증이 잊히고 죽는 편이 낫겠단 생각이 들었다.

집에 돌아가니 아그네스는 벌써 소식을 알고 있었다. 내가 건물에서 화제의 인물이 된 모양이었다.

그녀가 명랑하게 말했다.

"고소해야지! 그 노인네, 고약한 말썽쟁이라고. 게다가 개는 위험하고. 같은 건물에서 사는 게 안전하지 않을 거야. 휴가를 내야겠어? 루이자가 휴가를 내면, 내가 불편을 겪었다고 노인네를 고소할 수 있는데."

나는 대꾸하지 않고, 부인과 개를 생각하며 울적한 감정에 젖었다.

주방에서 마주치자 네이선이 말했다.

"좋은 일 해주고 뺨 맞은 격이네, 그치? 그놈의 개 새끼, 밧줄로 묶어 놔야지 원."

드 위트 부인에게 계속 부아가 치밀었지만, 그녀가 처음 방에 찾아와서 '딘 마틴이 내가 가진 전부'라고 말한 기억이 머리를 떠나지 않았다.

그 주에 태비사가 수리한 아파트로 들어갔지만, 집안 분위기는 날카롭고 잠잠하다가 가끔 폭발했다. 고프닉 씨가 늦도록 야근하는 동안, 아그네스는 줄곧 어머니와 폴란드어로 통화했다. 위기가 감지되었다. 일라리아는 아그네스가 아끼는 셔츠를 태웠고—진짜 사고였을 것이다. 가정부가 몇 주 전부터 새 다리미의 온도 조절 장치를 불평했으니—아그네스가 불성실한 배신자이며 집안의 '수카 suka(폴란드어 '암캐' '계집')'라고 악쓰면서, 탄 셔츠를 일라리아에게 내던졌다. 가정부는 결국 폭발해서 여기서 일을 못 하겠다고 고프닉 씨에게 말했다. 못 한다고, 오랜 세월 이보다 열심히 일하면서 보수는 덜 받는 사람은 없다고. 더 이상 참을 수 없기에 떠나겠다고 통고하는 거라고. 고프닉 씨는 부드럽게 어르고 고개를 갸우뚱하고 공감을 표현하면서 마음을 바꾸라고 설득했다(또 현찰도 주었을 것이다). 아그네스는 이것을 남편의 배신행위로 여기고 문을 쾅 닫고 나갔고, 그 바람에 복도 테이블에 놓인 두 번째로 작은 중국 화병이 우당탕 소리를 내며 깨졌다. 그녀는 저녁 내내 드레스룸에 틀어박혀서 울었다.

다음 날 아침에 나가니, 식탁에 부부가 나란히 앉아 있었다. 서로 손깍지를 끼고 아그네스가 남편의 어깨에 머리를 기대자, 고프닉 씨는 아내의 귀에 뭐라고 속삭였다. 그녀는 남편이 미소 지으며 지켜보는 가운데 일라리아에게 정식으로 사과했다. 하지만 그가 출근하자, 아그네스는 센트럴파크를 조깅하는 내내 폴란드어로 열띠게 욕설을 중얼댔다.

그날 저녁, 그녀는 폴란드에 가서 가족을 만나 긴 주말을 보낸다고 선언했다. 나를 데려가지 않는다는 사실을 알자, 어렴풋이 안심했다. 집이 널찍한데도 아그네스가 계속 변덕을 부리고 남편이나 가정부, 남편 가족과 신경전을 벌여서 말도 못 하게 갑갑했다. 며칠간 혼자 지낼 생각에 오아시스를 만난 기분이었다.

"집을 비우시는 동안 제가 뭘 하면 될까요?"

내가 물었다.

아그네스가 웃으면서 대답했다.

"며칠 쉬어! 루이자는 내 친구야! 내가 떠난 사이, 루이자도 즐거운 시간을 보내야 해. 아, 가족을 만난다니 정말 신나. 정말로 신나."

그녀는 박수를 치면서 말을 이었다.

"폴란드에 가다니! 지긋지긋한 자선 행사에 더 이상 안 가도 되고! 정말 행복해."

내가 처음 여기 왔을 때, 그녀가 하룻밤도 남편과 떨어지기 싫어한 기억이 났다. 얼른 그 생각을 밀어냈다.

이런 변화를 곰곰이 따지면서 주방으로 들어가니, 일라리아가 성호를 긋고 있었다.

"괜찮아요, 일라리아?"

"기도하는 중이야."

그녀가 프라이팬에서 눈을 들면서 대답했다.

"아무 일 없죠?"

"응. 그 '푸타(puta 폴란드어로 '창녀')'가 돌아오지 않기를 기도하고 있어."

신나는 아이디어가 밀려들어서 샘에게 이메일을 보냈다. 평소라면 전화하겠지만, 지난번 통화 이후 그가 잠잠하기에 아직도 나한테 화가 났는지 걸렸다. 예기치 않은 주말 사흘이 생겨서 항공편을 알아봤고, 거금을 들여서 불시 귀국을 할까 고민 중이라고 썼다. 그러면 어떨까? 이러라고 돈버는 거 아니야? 이름 옆에 스마일, 비행기, 하트 몇 개, 키스 몇 개 이모티콘을 붙여서 전송했다.

한 시간 안에 답신이 왔다.

미안. 죽어라 일하는 중이고 토요일 밤에는 제이크를 O2(O2 아레나. 런던 근교의 스포츠, 공연장, 극장 등이 있는 복합 시설)에 데려가 밴드 공연을 보여주기로 약속했어. 괜찮은 아이디어지만 이번에는 좋은 주말이 아니네. S x

이메일을 빤히 보면서 얼어붙지 않으려고 애썼다. '괜찮은 아이디어지만.' 마치 흔한 공원 산책을 제안한 것처럼 심드렁한 대꾸라니.

"나한테 마음이 식고 있는 건가?"

네이선은 메일을 두 번 읽었다.

"아니. 그는 바쁘고, 루이자가 예정에 없이 귀국하기에 좋은 때가 아니라고 말하고 있어."

"나한테 마음이 식고 있어. 그 메일에는 아무것도 없다고. 사랑도 없고……. 욕망도 없어."

"아니면 출근길에 이 메일을 썼겠지. 혹은 화장실에 앉아서. 혹은 상사랑 대화하다가. 그는 보통 남자처럼 대하고 있다고."

설득당하지 않았다. 난 샘을 알았다. 두 문장을 보고 또 보면서, 말투와 숨은 의도를 파악하려고 노력했다. 그러는 자신을 미워하면서도 페이스북에 들어가서, 그 주말에 케이티 잉그람이 할 일을 예고했는지 확인했다(짜증나게 그녀는 아무것도 포스팅하지 않았다. 하긴 남의 화끈한

226

구급대원 애인을 유혹할 작정이라면 나라도 그렇게 하겠지). 그런 다음 심호흡을 하고 답 메일을 썼다. 몇 번을 썼다가 삭제했고 유일하게 이 문장만 그냥 두었다.

그러지 뭐. 역시 어려운 일이었어! 제이크랑 즐거운 시간을 갖기 바라. L x

'보내기'를 누르는데, 실제 감정과 메일의 글이 얼마나 따로 노는지 놀라웠다.

아그네스는 목요일 저녁에 선물을 잔뜩 들고 떠났다. 나는 환한 미소로 손을 흔들어주고, TV 앞에 주저앉았다.

금요일 아침에 메트로폴리탄 박물관 의상 연구소에 가서 중국 오페라 의상 전시회를 관람했다. 한 시간쯤 돌아보면서 섬세한 자수와 밝은색 의상들, 거울처럼 빛나는 실크에 감탄했다. 거기서 의욕이 생겨서, 전 주에 조사해둔 패브릭 잡화점이 있는 웨스트 37번가로 향했다. 차고 상쾌한 10월 날씨가 곧 겨울이 오리란 걸 알려주었다. 지하철을 타니 텁텁하고 답답한 온기가 반가웠다. 선반마다 살피며 다양한 패턴의 직물 속에서 넋을 놓고 한 시간쯤 보냈다. 아그네스가 돌아오면 보여줄 무드보드를 만들기로 작정한 참이었다. 작고 긴 소파와 쿠션을 화사하고 재미난 색상의 천으로 바꿔야 했다. 옥색, 분홍색, 예쁜 앵무새와 파인애플이 프린트된 천으로. 비싼 인테리어 디자이너들이 계속 권하는 무채색 다마스크 덮개와 커튼 말고. 그런 것은 다 첫 고프닉 부인의 색깔이었다. 아그네스는 아파트에 자신의 개성을 씌워야 했다. 대담하고 생기와 아름다움이 넘치는 것으로. 내가 어떻게 하고 싶은지 설명하자, 가게 직원이 이스트 빌리지에 있는 다른 가게를 소개했다. 중고 옷 가게인데 뒤편에 빈티지 패브릭이 쌓여 있다고 했다.

가게 앞쪽은 미덥지가 않았다. 지저분한 1970년대식 외관이었고 '모든 시대, 모든 스타일의 저가 빈티지 옷 전문점'이라고 적혀 있었다. 하지만 안으로 들어서다가 멈춰 섰다. 가게가 창고였고, 직접 만든 '1940년대' '1960년대' '꿈으로 만든 의상' '할인 코너: 솔기가 뜯어져도 상관없어'라는 안내판 밑에 시대별 의상이 걸린 회전식 레일이 있었다. 사향, 수십 년 묵은 향수 냄새, 좀이 슨 모피 냄새, 오래전에 한 저녁 외출 냄새가 자욱했다. 산소 마시듯 냄새를 들이쉬니, 잃어버린 줄도 몰랐던 내 일부를 되찾은 기분이었다.

상점을 돌아다니면서 옷을 한 아름 입어봤다. 디자이너의 이름을 들어본 적 없지만, 옛 시절의 이름들이 속삭임이 되어 메아리쳤다. '미셸 양장점' '뉴저지의 폰세카' '미스 아라미스'. 나는 보이지 않는 바느질 땀을 손끝으로 매만지고, 중국 실크와 시폰을 뺨에 댔다. 열댓 벌도 살 수 있었겠지만, 결국 꼭 끼는 잿빛이 감도는 청색 칵테일 드레스를 사기로 했다. 소매 끝에 넓게 모피가 붙어 있고 목이 둥글게 팬 드레스였다. 그 외에 빈티지 청 작업복과 입으면 나무를 자르거나 꼬리를 흔드는 말을 타고 싶어질 체크무늬 셔츠를 골랐다. 종일이라도 있을 수 있을 것 같은 상점이었다.

"내가 '저-엉-말' 오래 눈독 들인 드레스인데요."

내가 옷을 올리자 계산대 여자가 말했다. 문신을 잔뜩 하고 까맣게 염색한 머리를 틀어 올리고, 까만 아이라인을 그린 모습이었다. 그녀가 말을 이었다.

"그런데 궁둥이가 들어가야 말이지요. 손님은 귀여워 보였어요."

담배를 많이 피워 걸걸하게 갈라지고, 말할 수 없이 쿨한 목소리였다.

"언제 이 옷을 입을지 모르겠지만 가져야 할 것 같아서요."

"나도 늘 옷에 대해 그런 감정을 느껴요. 옷이 말을 걸죠, 그렇죠? 그 드레스가 나한테 고함을 쳤어요. '나를 사라고, 멍청아! 감자칩을 끊으면 되지!'"

그녀는 드레스를 쓰다듬으면서 다시 중얼댔다.

"잘 가라, 파란 꼬마 친구. 내가 거둬주지 못해서 미안해."

"가게가 대단하네요."

"흠, 여기서 버티고 있어요. 잔인한 임대료 인상과 아름다운 오리지널이 아닌 티제이맥스(미국의 의복, 생활용품 할인점 체인)를 찾는 맨해튼 주민들 덕분에요. 드레스의 품질을 봐요."

그녀가 드레스 안감을 들춰서 촘촘한 바느질 땀을 가리켰다. 그녀가 말을 이어갔다.

"인도네시아의 어느 노동착취 공장에서 이런 솜씨가 어떻게 나오겠어요? 뉴욕주를 통틀어 이런 드레스를 가진 사람은 없을 걸요."

그녀는 눈썹을 치뜨면서 한마디 덧붙였다.

"손님 말고는 없다고요, 영국 숙녀님. 대체 그 아름다움은 어디서 나온 거죠?"

난 초록색 군용 방한복을 입고 빨간 비니를 썼다. 아빠가 크림 전쟁 때 입은 냄새가 난다고 놀렸던 외투다. 그 밑에 옥색 닥터 마틴을 신고, 모직 반바지와 타이츠를 입었다.

"스타일이 마음에 들어요. 혹시 그 코트 처분하고 싶으면 말해요. 내가 잘 팔 수 있어요."

가게 직원이 손가락으로 너무 크게 딱 소리를 내서 난 고개를 젖혔다.

그녀가 말을 이었다.

"군용 외투. 물리지 않죠. 할머니가 버킹엄 궁 경비병한테서 훔쳤다고 맹세하는 빨간 보병 코트를 갖고 있어요. 등판을 잘라서 범프리저(짧은 남자용 재킷)로 만들었죠. 범프리저가 뭔지 알죠? 사진을 볼래요?"

사진을 봤다. 사람들이 아기 사진 때문에 친해지듯, 우린 짧은 재킷 때문에 인연을 맺었다. 그녀의 이름은 리디아였고 브루클린에 살았다. 리디아와 자매인 앤젤리카는 7년 전 부모님에게 가게를 물려받았다. 얼마 안 되지만 골수 단골이 있었고, 주로 방송과 영화 의상 디자이너 덕분에 유지됐다. 그들은 빈티지 의상을 구입해서 해체해 다시 제작했다. 주로 유산 정리하는 가정에서 물건을 산다고 리디아는 말했다.

"플로리다가 최고 지역이에요. 냉방 장치가 된 드레스룸을 가진 할머니가 많거든요. 거기 1950년대부터 없애지 않은 칵테일드레스가 잔뜩 들어 있어요. 우리는 두어 달에 한 번씩 날아가서, 애도하는 친척에게 중고 의류를 매입해요. 그런데 점점 힘들어지네요. 요즘은 경쟁 업체가 너무 많아요. 팔고 싶은 옷이 있으면 나한테 전화만 해요."

리디아는 내게 상점 웹사이트와 이메일 주소가 적힌 명함을 줬다.

내가 산 옷을 그녀가 얇은 포장지에 싸서 봉투에 집어넣어주자 내가 말했다.

"리디아, 나는 판매자보다는 구매자 쪽인 것 같아요. 하지만 고마워요. 이 가게는 최고예요. 당신도 최고고요. 꼭…… 집에 있는 것 같은 느낌이에요."

"당신은 사랑스러운 사람이에요."

리디아는 전혀 표정 변화 없이 이 말을 했다. 그녀가 손가락 하나를 들더니, 카운터 아래로 몸을 굽혀 빈티지 선글라스를 꺼냈다. 하늘색 플라

230

스틱 테에 짙은 색 렌즈가 끼여 있었다.

"몇 달 전에 누가 이걸 맡기고 갔어요. 팔려고 했는데, 루이자한테 멋지게 어울릴 거란 생각이 들어서요. 특히 그 옷이랑 딱이에요."

"안 될 것 같아요. 이미 돈을 너무 많이 써서……."

리디아가 내 말을 끊었다.

"쉿! 선물이에요. 그러니까 이제 우리한테 빚이 있으니까 꼭 다시 와야 해요. 이것 봐. 그걸 끼니 얼마나 귀여워요?"

그녀가 거울을 보여주었다.

인정해야 했다, 참 귀여웠다. 코에 걸린 선글라스를 조절했다.

"와, 이거 공식적으로 뉴욕 생활 최고의 날이에요. 리디아, 다음 주에 봐요. 지금부터는 기본적으로 용돈을 여기 다 써야겠어요."

"좋았어요! 이게 우리가 고객을 감정적으로 압박해서 먹고사는 방식이라고요!"

그녀가 소브라니(영국산 담배 브랜드)에 불을 붙이고, 내게 가라고 손을 흔들었다.

무드보드를 만들고 사온 옷을 입어보며 오후 나절을 보내다보니 불쑥 6시가 되었다. 침대에 앉아 손가락으로 무릎을 두드렸다. 혼자 지낸다는 생각에 전율했었지만, 이제 저녁 시간이 볼품없는 휑한 풍경처럼 앞에 놓여 있었다. 아직 고프닉 씨와 같이 있는 네이선에게 문자메시지를 보내, 일 끝나고 간단히 외식하고 싶은지 물었다. 그는 데이트가 있다고 답했다. 아주 친절한 말투였지만, 상관없는 사람 때문에 시간 낭비하고 싶지 않은 태도였다.

샘에게 다시 전화할까 고민했지만, 내가 상상하는 대화를 실제 통화에서 주고받을지 자신이 없었다. 계속 휴대폰을 노려보지만 전화번호를 끝까지 누르지 못했다. 조시가 떠오르자, 전화해서 한잔 마시자고 청하면 그가 '사심'이 있다고 생각할지 궁금했다. 만나서 한잔 마시고 싶다는 사실 자체가 '사심'이 있는 걸까. 케이티 잉그람의 페이스북을 확인했지만 여전히 새 포스팅은 없었다. 그래서 엄한 짓을 벌이기 전에 주방에 가서 일라리아에게 저녁 식사 준비를 도와도 될지 물었다. 그녀는 깜짝 놀라면서 10초쯤 의심스런 눈초리로 노려보았다.

"저녁 식사 준비를 도와도 되냐고?"

"네."

내가 대답하면서 미소 지었다.

"아니."

가정부는 대답하고 몸을 돌렸다.

그날 저녁에야 뉴욕에 아는 사람이 없다는 사실을 깨달았다. 여기 온 후로 너무 바쁜데다 아그네스의 일정과 요구 중심으로 살다보니, 친구를 사귀지 않았다는 생각조차 못 했다. 하지만 뉴욕에서 금요일 밤을 계획 없이 보내자니…… 루저 같은 기분이 들었다.

괜찮은 스시 집에 걸어가서 미소국과 먹어본 적 없는 생선회를 샀다. '장어! 장어를 먹는 게 실화?'라고 생각하지 않으려 애쓰면서 맥주를 곁들여 먹었다. 침대에 누워, 샘은 뭐 할까 같은 딴생각을 밀어내면서 TV 채널을 돌렸다. 우주의 중심인 뉴욕에 있다고 자신을 달랬다. 그러니 금요일 밤에 집에 있는 게 어때서? 1주간 힘든 뉴욕 생활 끝에 쉬는 것뿐인데. 그리고 싶으면 주중에도 어느 날이든 밤에 나갈 수 있는걸. 이 말을 몇 번이나 중얼댔다. 그때 휴대폰에서 땡 소리가 났다.

- 또 뉴욕 최고의 바를 찾아다니는 중?

보지 않아도 누가 보낸 문자메시지인지 알았다. 뱃속에서 뭔가 꿈틀 댔다. 답을 보내기 전에 잠시 망설였다.

- 실은 집에서 밤을 보내는 중이에요.

- 지친 월급 노예 회사원이랑 다정하게 맥주 한잔 어때요? 별일 없 으면 적합하지 않은 여성과 집에 가지 않는다는 걸 믿어도 돼요.

웃음이 나왔다. 그래서 문자메시지를 입력했다. '뭐 때문에 내가 방어 적이라고 생각하죠?'

- 우리가 절대 같이할 수 없을 거라고 말하는 건가요? 아이쿠, 너무 하시네.

- 왜 내가 당신이 다른 사람과 집에 가는 걸 막을 거라고 생각하느냐 는 뜻인데요?

- 당신이 내 문자메시지에 답까지 해준다는 사실 때문에? (그는 이 문장 끝에 스마일 이모티콘을 붙였다)

문득 배신하는 느낌이 들어서 문자메시지를 치다가 말았다. 휴대폰을 빤히 보니, 커서가 방정맞게 깜빡거렸다. 결국 그가 문자메시지를 입력했다.

- 내가 망쳤나요? 내가 망쳤어, 그쵸? 너무해요, 루이자 클라크. 금
  요일 밤에 예쁜 아가씨랑 맥주 한잔하고 싶었을 뿐이고, 그녀가 사
  랑하는 사람이 있다는 데서 느껴지는 퇴짜를 눈감을 준비가 됐는
  데. 그만큼 당신이랑 있으면 즐겁거든요. 맥주 마시러 나올래요?
  한잔만?

나는 베개를 베고 생각했다. 눈을 감고 신음을 냈다. 그러다 일어나 앉
아서 문자메시지를 입력했다.

- 정말 미안해요, 조시. 안 되겠어요. x

그는 답하지 않았다. 내가 조시를 화나게 했다. 다시는 그에게 연락이
오지 않겠지.
그때 휴대폰에서 땡 소리가 났다.

- 알았어요. 그런데 곤란에 처하면 내일 아침 득달같이 문자메시지
  보낼 테니 와서 정신이 나가서 질투하는 애인인 체해줘요. 화끈하
  게 한 방 먹일 준비하고요. 오케이?

나도 모르게 웃음이 나왔다.

- 절대로 못 할 일이네요. 멋진 밤 보내요. X

– 당신도요. 너무 멋지게는 말고. 지금 날 잡아주는 것은 오로지, 당신이 속으로는 날 만나러 오지 않은 게 아쉬우리란 생각뿐. X

사실 조금 아쉬웠다. 당연히 그랬다. 다만 여자가 볼 만한 〈빅뱅 이론〉에피소드가 너무 많다. TV를 끄고 천장을 올려다보면서 지구 반대편에 있는 남자친구를 떠올렸다. 또 월 트레이너랑 닮은 미국인을 떠올렸다. 유니폼 속에 반짝이 끈 팬티를 입었을 것 같은 금발 아가씨가 아니라 나랑 시간을 보내고 싶은 남자. 트리나한테 전화할까 생각했지만 톰을 방해하고 싶지 않았다.

미국에 온 후 처음으로 여기 있으면 안 된다고 절감했다. 내가 보이지 않는 끈에 묶여서 100만 마일이나 떨어진 곳에 끌려온 것만 같았다. 어느 시점에 기분이 착 가라앉아서, 욕실에 갔다가 세면대에서 큰 밤색 바퀴벌레를 보고도 예전처럼 비명을 지르지 않았다. 동화에 나오는 인물처럼 바퀴벌레를 애완동물로 삼을까 잠깐 고민했을 뿐이다. 그러다가 완전히 미친 여자처럼 생각한다는 걸 깨닫고 레이드(해충제 상표명)를 뿌렸다.

10시에 짜증나고 싱숭생숭해져서 주방에 가서는, 네이선의 맥주 두 캔을 꺼냈다. 미안하다는 쪽지를 문 밑에 밀어놓고, 맥주를 마셨다. 너무 급하게 들이켜서 요란한 트림을 참아야 했다. 망할 놈의 바퀴벌레 때문에 기분이 나빴다. 녀석은 무슨 짓을 하고 있었을까? 바퀴벌레가 할 일을 했겠지. 아마 쓸쓸했겠지. 어쩌면 나랑 친구하고 싶었던 게지. 가서 약을 뿌린 세면대 아래를 살펴봤지만 바퀴벌레는 죽은 상태였다. 이게 어이없게 화를 돋우었다. 난 바퀴벌레를 죽이지 못할 사람인 줄 알았는데. 바퀴벌레에 대해 톡톡히 잘못 알고 있었다. 분통 터지는 일을 적은 목록에 바퀴벌레 죽이기를 추가했다.

취기가 올라 이어폰을 끼고 비욘세의 노래를 따라 불렀다. 그래봤자 기분이 더 나빠질 줄 알았지만 상관하지 않았다. 휴대폰을 스크롤하면서 샘과 찍은 사진을 보면서, 내 어깨를 감싸거나 머리를 기울인 자세에서 사랑의 세기를 감지하려 했다. 사진을 보면서, 무엇이 샘에게 안겨 그런 확신과 안정을 느끼게 했는지 기억하려 애썼다. 그러다 컴퓨터를 열어서 이메일 아이콘을 클릭하고 메일을 썼다.

아직도 내가 그리워?

'보내기'를 누르고, 메일이 허공을 날아가는 동안 깨달았다. 이제는 답을 기다리면서, 얼마나 걸릴지 모르는 불안한 시간을 보내는 처지가 되었음을.

13

메스꺼움을 느끼면서 깼지만 맥주 때문은 아니었다. 가벼운 구역질 속에서 전날 밤 저지른 짓을 연결하는 데 10초도 안 걸렸다. 천천히 컴퓨터를 열어서 확인해보니 정말 메일을 보냈고 주먹으로 눈을 때렸다. 아니, 샘은 메일에 답하지 않았다. '새로 고침'을 열네 번이나 눌렀는데도.

잠시 태아 자세로 누워서 걱정을 밀어내려 했다. 그러다가 전화해서 흔연스럽게 설명할까 고심했다. '하하! 내가 좀 취하고 집이 그리워서 목소리를 듣고 싶었어. 있지, 미안해…….' 하지만 샘은 토요일 내내 근무한다고 했고, 그러면 지금 케이티 잉그람과 차 안에 함께 있다는 뜻이었다. 그녀가 듣는 데서 그런 통화를 하는 게 망설여졌다.

고프닉 집안에 일하러 온 후 처음으로 주말이 황량한 지역을 지나는 끝없는 여정처럼 앞에 펼쳐졌다.

그래서 집에서 멀리 떠나와 울적한 여자가 할 만한 일을 전부 했다. 초콜릿 다이제스티브 비스킷을 반 통쯤 먹고 엄마한테 전화했다.

"루! 너니? 잠깐만, 내가 할아버지 속옷을 세탁 중이거든. 온수 좀 끄고 오마."

엄마가 주방의 다른 쪽을 가는 소리가 났고, 나직이 들리던 라디오 소리가 갑자기 끊겼다. 곧 렌프루가의 작은 집으로 간 기분이었다.

"여보세요! 다시 받았다! 별일 없지?"

엄마는 숨 가쁘게 말했다. 엄마가 앞치마를 푸는 장면이 그려졌다. 중요한 통화를 할 때면 늘 앞치마를 벗으니까.

"그럼요! 이제껏 제대로 통화할 짬이 없었어요. 그래서 전화드렸죠."

"전화 요금이 어마어마하게 비싸지 않니? 네가 이메일로만 연락하고 싶어하는 줄 알았는데. 설마 1,000파운드짜리 청구서를 받는 건 아니겠지? TV에서 어떤 커플이 휴가를 떠났다가 휴대폰 요금 폭탄을 받은 얘기를 봤거든. 귀국해서 집을 팔아야 요금이 해결될걸."

"요금 확인했어요. 목소리 들으니 좋네요, 엄마."

엄마가 통화를 반가워하는 걸 보니 더 일찍 전화하지 않은 게 민망했다. 엄마는 수다를 떨면서, 할아버지가 회복하면 야간 시 강좌를 시작할 계획이며 거리 끝 집으로 시리아 난민이 이사 왔다고 말했다. 엄마는 그들에게 영어 수업을 해주고 있었다.

"당연히 난 그들의 말을 절반도 알아들을 수가 없지만, 우린 그림을 그려가면서 소통하거든? 그리고 그 집 어머니 제이나는 감사 표시로 늘 음식을 만들어준단다. 얇은 패스트리를 어떻게 만드는지 도저히 믿기지 않을 거야. 정말로 좋은 사람들이야, 다들."

엄마는 아빠가 새로 만난 의사한테 체중을 줄이라는 말을 들었다고 전했다. 할아버지는 청력이 나빠져서 TV를 켤 때마다 소리가 얼마나 큰지, 엄마가 오줌을 지릴 지경이라나. 두 집 건너 사는 딤프나가 아기를 가져서 아침, 점심, 저녁 할 것 없이 헛구역질하는 소리가 들린다고 했다. 침대에 앉아서 듣고 있자니, 세상의 다른 곳에서 평범한 삶이 계속된다는 사실이 묘한 위로를 주었다.

"네 동생이랑 얘기해봤니?"

"이틀간은 얘기 못 했는데, 왜요?"

트리나가 70킬로미터 떨어진 곳이 아니라 같은 방에 있기라도 한 것처럼 엄마가 목소리를 낮춰 대답했다.

"남자가 생겼어."

"아, 네. 저도 알아요."

"네가 알아? 어떤 사람이냐? 트리나가 우리한테 통 말을 안 해. 이제 1주일에 두세 번 만나러 나가지. 내가 그 남자 얘기를 하면, 콧노래를 부르면서 미소를 짓는다니까. 진짜 이상하지."

"이상해요?"

"네 동생이 그렇게 많이 웃다니 말이야. 난 아주 초조해. 물론 좋은 일이지만, 트리나가 영 딴사람으로 변해서 말이다. 루, 내가 트리나가 외출하도록 밤에 톰을 봐주러 런던에 갔거든. 그런데 '노래를 하면서' 돌아왔지 뭐냐."

"와."

"거의 곡조에 맞춰 부르더라니까. 네 아빠한테 말했더니, 나더러 낭만이 없다고 뭐라 하더구나. 낭만이 없다니! 진짜 낭만을 아는 사람이니까 30년간 당신 팬티를 빨면서도 같이 살 수 있다고 받아쳐줬지."

"엄마!"

"이런, 정신머리하곤. 깜빡했네. 넌 아직 아침도 안 먹었을 텐데. 흠. 아무튼. 트리나하고 연락되면 이것저것 캐봐. 그런데 네 그 친구는 잘 지내니?"

"샘이요? 아, 샘은…… 잘 있어요."

"잘됐구나. 네가 떠난 후 네 아파트에 두어 번 왔더라. 너랑 가까이 있는 기분을 느끼려고 왔겠지, 딱한 사람. 트리나 말로는 그가 아주 슬퍼하더래. 계속 일거리를 찾더라나. 여기 와서 우리랑 저녁 식사를 했지. 그런데 들르지 않은지 한참 됐네."

"샘이 무지 바쁘거든요, 엄마."

"그럴 테지. 보통 힘든 일이 아니잖아? 그래, 흠. 전화요금 때문에 우리 둘이 파산하기 전에 널 보내줘야겠구나. 이번 주에 마리아를 만날 거라는 얘길 했던가? 8월에 우리가 간 멋진 호텔의 화장실 미화원 있지? 금요일에 트리나랑 톰을 보러 런던에 갈 건데, 먼저 거기 들러서 마리아랑 점심을 먹을 거야."

"화장실에서요?"

"말도 안 되는 소리. 리스터 스퀘어 근처에 이탈리아 체인 레스토랑에서 원 플러스 원 행사를 하거든. 식당 이름은 기억나지 않는구나. 마리아는 레스토랑을 고르면서 엄청 유난을 떨지……. 여자 화장실의 청결 상태로 레스토랑을 평가해야 한다면서. 이곳은 아주 꼼꼼한 관리 일정표로 운영되는 것 같아. 한 시간마다 청결도를 확인하거든. 너는 다 괜찮니? 5가의 매력적인 생활은 어때?"

"'번가'. 5번가라고 해요, 엄마. 근사해요. 다…… 놀랍죠."

"잊지 말고 사진을 더 보내렴. '옐로 볼'에서 찍은 사진을 보여줬더니, 에드워스 부인이 영화배우랑 비슷하다고 하더라. 어느 배우인지는 말하지 않았지만, 좋은 뜻으로 말했을 거야. 아빠한테, 네가 주요 인물이 되어서 우릴 모른 척하기 전에 가봐야 한다고 졸랐지!"

"그런 일이 생기기라도 한 것 같네요."

"우린 네가 진짜 대견하단다. 내 딸이 뉴욕 상류사회에서 리무진을 타고 화려한 멋쟁이들과 허물없이 지내다니 믿을 수가 없어."

내 작은 방을 휙 둘러보았다. 1980년대 도배지, 세면대 밑의 죽은 바퀴벌레.

"네, 제가 행운아죠."

샘은 나랑 가까이 있는 기분을 느끼려고 집에 들르던 발길을 끊었다. 그게 무슨 의미인지 생각하지 않으려고 애쓰면서 옷을 입었다. 커피를 마시고 아래층으로 내려갔다. 빈티지 옷 가게에 다시 가볼 작정이었다. 그냥 구경만 해도 리디아가 싫어하지 않을 것 같았다.

외출복을 신중하게 골랐다. 이번에는 옥색 만다린 블라우스와 검정 모직 큐롯바지를 입고 빨간 발레 슬리퍼를 신었다. 남방셔츠와 나일론 바지가 아닌 옷을 입는 것만으로도 나다워진 기분이 물씬 났다. 머리를 양 갈래로 땋아서 등에서 모아 빨간색 작은 리본으로 묶고, 리디아가 선물한 선글라스를 썼다. 노점에서 파는 싸구려 기념품이지만 도저히 안 사고는 배길 수 없던 자유의 여신상 모양 귀고리로 마무리했다.

계단을 내려가는데 로비가 소란스러웠다. 잠시 드 위트 부인인가 싶었지만, 모퉁이를 도니 언성을 높인 장본인은 젊은 아시아 여자임을 알 수 있었다. 그녀가 아속에게 어린애를 떠넘기려는 듯했다.

"오늘은 내가 써도 된다고 말했잖아요. 당신이 약속했다고요. 난 꼭 시위에 나가야 해요!"

"난 그럴 수가 없어, 여보. 빈센트가 비번이라고. 로비를 지킬 사람이 없어."

"그럼 당신이 일하는 동안 애들이 여기 앉아 있으면 돼요. 난 이 시위에 나갈 거예요, 아속. 그쪽은 날 필요로 한다고요."

"여기서 애들을 볼 순 없어!"

"도서관이 문을 닫게 생겼다고요, 여보. 알아들어요? 여름에 내가 갈 수 있는 냉방장치가 된 곳은 도서관밖에 없잖아요! 그리고 내가 온전한 정신일 수 있는 곳도 거기밖에 없어요. 하루 열여덟 시간 혼자 있는 마당에, 하이츠에서 애들을 데리고 달리 어디 가겠어요."

내가 거기 멈춰 서자 아속이 고개를 들었다.

"아, 미스 루이자군요."

여자가 몸을 돌렸다. 내가 아속의 아내를 어떻게 상상했는지 몰라도, 청바지를 입고 반다나 밑으로 등까지 곱슬머리가 출렁이는 야멸찬 인상의 여자는 아니었다.

"안녕하세요."

"안녕하세요."

그녀가 대꾸하고 남편에게 다시 고개를 돌리고 말했다.

"더 이상 왈가왈부하지 않겠어요, 여보. 당신이 토요일은 내 맘대로 하랬어요. 난 귀중한 공공 자산을 지키기 위해 시위에 나갈 거예요. 얘기는 끝났어요."

"다음 주에도 시위가 있다고."

"계속 압박을 가해야죠! 지금은 시의원들이 재원 지원을 결정하는 시기라고요! 지금 우리가 거리에 나가지 않으면, 지역 언론이 보도하지 않고 그러면 시의원들은 아무도 신경 안 쓴다고 생각해요. 홍보가 어떻게 작용하는지 알죠? 세상이 어떻게 돌아가는지 알죠?"

"상사가 여기 내려왔다가 세 아이를 보면 난 직장을 잃는다고. 그래, 사랑해, 나디아. 정말로 사랑해. 울지 말아라, 아가. 아빠가 오늘 일을 해야 돼서 그래."

그는 품에 안은 아이에게 시선을 돌리고 눈물 젖은 뺨에 입 맞추었다.

"이제 난 가요, 여보. 이른 오후에 돌아올게요."

"가지 마. 가지 말라고……. 이봐!"

그녀는 항의를 막으려는 것처럼 손바닥을 위로 들고 걸어갔다. 건물 밖으로 나가 문 옆에 둔 손 팻말을 들어올렸다. 미리 연습이라도 한 듯 아이 셋이 동시에 울음을 터뜨렸다. 아숙이 나직이 욕설을 내뱉었다.

"도대체 나더러 어쩌라는 거야?"

"내가 해줄게요."

무슨 짓을 하는지 모르고 말이 먼저 나갔다.

"네?"

"집에 아무도 없어요. 애들을 위층으로 데려갈게요."

"진심이에요?"

"일라리아는 토요일이면 자매를 만나러 가요. 고프닉 씨는 컨트리클럽에 가셨고요. 애들을 TV 앞에 앉혀놓을게요. 힘들면 얼마나 힘들겠어요?"

아숙이 날 쳐다봤다.

"자녀가 없지요. 아닌가요, 미스 루이자?"

그러더니 그는 정신을 차리고 다시 말했다.

"하지만 그렇게 해준다면 정말 고마울 거예요. 오비츠 씨가 들렀다가 세 아이가 여기 있는 걸 보면, 변명할 새도 없이 해고될 거예요……."

"해고된다고요?"

"그럼요. 알겠어요. 같이 올라가서 누가 누구고 누가 뭘 좋아하는지 말해줄게요. 애들아, 이제 미스 루이자랑 위층에 올라가서 모험을 할 거야! 재미있겠지?"

세 아이가 눈물 콧물 흘린 얼굴로 날 쳐다보았다. 난 아이들에게 활짝 웃어주었다. 동시에 셋이 다시 울음을 터뜨렸다.

가족과 떨어져 지내고 연인이 불안해서 심란하면, 모르는 아이 셋을 봐주는 신세가 되는 걸 강력 추천! 두 아이가 혼자서 화장실에 못 가는 상황 말이지. 축축한 기저귀를 차고 오뷔송 카펫을 지나는 아기를 쫓아다니는 동시에, 네 살 아이가 상처 입은 고양이를 못 쫓아다니게 하려니 '현재에 집중해 사는 것'이 뭔지 이해됐다. 둘째인 아브히크는 비스킷으로 진정시킬 수 있어서, TV 방에서 만화를 틀어주고 앉아 있게 했다. 아이가 통통한 손으로 비스킷을 부지런히 집어먹는 사이, 난 두 아이를 반 평 안으로 몰아넣었다. 아이들은 웃기고 귀엽고, 변덕스러우면서도 기운을 뺐다. 꽥꽥대고 뛰어다니다가 연신 가구에 부딪쳤다. 화병이 흔들리고, 서가에서 빼낸 책을 얼른 도로 넣고. 소음과 여러 가지 고약한 냄새가 방 안을 메웠다. 바닥에 앉아 두 아이의 허리를 안고 있는데, 맏이 라차나가 끈적이는 손가락으로 내 눈을 찌르고 웃어졌다. 나도 웃었다. '곧 끝날 테니 다행이야'라고 생각하니 웃기기도 했다.

두 시간 후 아속이 올라와서 아내가 데모하다 붙잡혔다면서, 한 시간 더 봐줄 수 있겠는지 물었다. 난 그러겠다고 대답했다. 그의 눈빛이 간절한데 낸들 도리가 있나. 하지만 분별력을 발휘해서, 아이들을 내 방으로 데려가 만화를 틀어주고 문을 열지 못하게 했다. 이 근처에서 다시는 평소 냄새가 나지 않으리란 점을 얼핏 인정했다. 바퀴 살충제를 입 안에 뿌리려는 아브히크를 말리는데 문을 노크하는 소리가 났다.

"잠깐만요, 아속!"

나는 애 아빠가 보기 전에 씨름해서 살충제 통을 빼앗았다.

그런데 문간에 나타난 것은 일라리아의 얼굴이었다. 그녀는 나를 빤히 보다가, 아이들을 쳐다보더니 다시 내게 눈을 돌렸다. 아브히크가 냉큼 울음을 그치고 갈색 눈망울로 일라리아를 쳐다보았다.

"어. 오셨네요, 일라리아!"

그녀는 잠자코 있었다.

"제가…… 제가 두어 시간 아쑥을 도와주느라고요. 바람직한 상황이 아닌 줄 알지만, 저기…… 제발 아무 말도 하지 마세요. 애들이 여기 잠시만 더 있을 거예요."

그녀는 잠시 더 상황을 응시하더니 코를 킁킁댔다.

"나중에 방을 훈증소독할 거예요. 제발 고프닉 씨에게 말하지 말아요. 다시는 이런 일이 없을 거라고 약속해요. 먼저 물어봐야 되는 줄 알았지만, 집에 아무도 없었고 아쑥이 난감한 처지여서요."

내가 말할 때, 라차나가 울면서 가정부에게 뛰어가 럭비공처럼 배에 부딪쳤다. 일라리아가 비틀대며 뒤로 물러서자 나는 찡그렸다. 내가 다시 말했다.

"금방 애들을 보낼게요. 바로 아쑥에게 전화하면 돼요. 정말이에요. 아무도 모르게 해야 하는데……."

하지만 일라리아는 블라우스를 매만지더니 여자애를 안았다.

"목이 마르지, 콤파네라(친구)?"

가정부는 뒤돌아보지 않고 나갔고, 라차나는 그녀의 큰 가슴에 달라붙어 엄지를 빨았다.

내가 멍하니 앉아 있자, 복도에서 일라리아의 목소리가 울렸다.

"애들을 주방으로 데려와."

일라리아는 바나나 튀김을 튀기면서, 요리할 때 아이들이 얌전하도록 바나나 조각을 나눠 주었다. 나는 컵에 물을 채우고, 둘째와 셋째가 의자에서 내려오지 않게 하려 애썼다. 일라리아는 내게 말을 걸지 않았지만

낮게 중얼댔고, 예상치 못한 부드러운 표정으로 아이들에게 낮게 노래하
듯 말했다. 개들이 숙달된 조련사에게 반응하듯, 아이들은 당장 조용하
고 순해져서, 바나나를 더 달라고 통통한 손을 내밀었다. 또 일라리아의
지시에 따라서 '주세요'와 '고맙습니다'를 붙여서 말했다. 먹고 또 먹으
면서, 웃고 순한 표정을 지었다. 막내는 졸려서 주먹을 쥐고 눈을 비볐다.

"배가 고프구나."

일라리아가 빈 접시를 고개로 가리키면서 말했다.

아속에게 아기 배낭에 음식이 들어 있다고 들었지만, 아까는 정신이
없어서 들여다보지 못했다. 옆에 어른이 있어서 정말 고마웠다. 나는 바
나나 프리터를 씹으면서 대답했다.

"애들을 잘 보시네요."

그녀는 어깨를 으쓱했다. 하지만 말은 안 해도 만족한 표정이었다.

"아기 기저귀를 갈아줘야 해. 서랍장의 맨 아래 서랍에 아기 요람을
만들면 되겠네."

난 일라리아를 빤히 쳐다봤다.

"아기가 침대에서 떨어지면 어쩌려고?"

그녀는 빤한 얘기라는 듯 눈을 굴렸다.

"아. 그렇네요."

나디아를 내 방으로 데려가, 찡그리면서 기저귀를 갈았다. 커텐을 쳤
다. 서랍장 맨 아래 서랍을 열고 스웨터로 가장자리를 두른 후, 아기를
눕히고 자기를 기다렸다. 아기는 잠과 싸우면서, 큰 눈으로 날 쳐다보고
통통한 손을 뻗어 내 손을 잡으려 했다. 하지만 곧 싸움에 지리라는 것을
알 수 있었다. 일라리아를 흉내 내서 조용히 자장가를 불러주었다. 뭐, 딱
히 자장가라고 할 수는 없고, 「몰라홍키 송」가사를 읊조리니 아기가 키

득대기만 했다. 그래서 어릴 때 아빠가 불러준 「히틀러의 고환이 하나」라는 노래를 불렀다. 나디아는 그 노래가 마음에 드는 모양이었다. 눈이 감겼다.

복도에서 아숙의 발소리가 들리더니, 내 등 뒤에서 문이 열렸다.

"들어오세요. 아기가 거의 잠들었어요……. '히틀러는 비슷하게 생긴……'"

아숙은 그 자리에 서 있었다.

"'그런데 가여운 괴벨스는 아예 고환이 없었지'."

그렇게 나디아는 잠들었다. 난 잠시 기다리다 아기가 춥지 않게 옥색 캐시미어 스웨터를 덮어주고는 일어났다.

몸을 돌리다가 비명을 질렀다. 샘이 문간에 서서, 가슴에 팔짱을 끼고 싱긋 웃었다. 바닥의 발 사이에 천 가방이 놓여 있었다. 나는 환영을 보나 해서 눈을 깜빡였다. 그러다가 천천히 손을 얼굴로 올렸다.

"깜짝 선물!"

그가 말없이 입술을 달싹이자, 난 방을 가로질러 가서 그를 복도로 밀어냈다. 키스할 수 있는 곳으로.

샘은 예정에 없는 주말 휴가가 생겼다고 말을 들은 밤에 계획을 세웠다고 말했다. 제이크는 문제가 아니었고—공짜 콘서트라면 달려올 친구가 많아서—선처를 구하고 시간을 바꿔서 근무 일정을 조정했다. 그런 다음 마지막 땡처리 비행기표를 구입해서 나를 놀래러 왔다.

"내가 똑같이 달려가지 않았으니 당신이 운이 좋았네."

"9,000킬로미터 상공에서 그 생각이 머리를 스쳤지. 갑자기 맞은편에서 날아오는 당신이 그려지더라고."

"시간이 얼마나 있어?"

"고작 48시간 정도. 월요일 아침 일찍 떠나야 해. 하지만, 루. 난 몇 주 더 기다리고 싶지 않았어."

그는 더 말하지 않았지만 난 그 말뜻을 알아들었다.

"당신이 그래줘서 정말 행복해. 고마워. 고마워요. 그런데 누가 들여보내줬어?"

"카운터에 있는 당신 친구. 아이들이 있다고 경고하더군. 그러더니 식중독은 다 나았냐고 묻지 뭐야."

샘이 한쪽 눈썹을 치떴다.

"응. 이 건물에 비밀이 없거든."

"또 당신이 멋진 아가씨고, 여기서 가장 좋은 사람이라더군. 물론 난 이미 알고 있었지. 그런데 노부인이 짖는 개를 데리고 복도를 내려와서, 수위에게 쓰레기 수거에 대해 잔소리하기에 그를 내버려두고 왔지."

우리가 커피를 마시는데 아속의 부인이 도착해서 아이들을 데려갔다. 그녀의 이름은 미나였고, 시위 후의 열기로 얼굴이 빛났다. 진심으로 고맙다고 인사하고, 주민들이 워싱턴 하이츠의 도서관을 지키려고 애쓰는 사정을 말해주었다. 일라리아는 아브히크를 엄마에게 보내고 싶지 않은 눈치였다. 그녀는 아이를 보며 킬킬대고 살그머니 볼을 꼬집어 아이를 웃게 하느라 바빴다. 두 여자가 수다를 떠는 동안 우린 그대로 서 있었고, 나는 허리에 닿는 샘의 손길을 느꼈다. 그의 듬직한 체구가 주방을 채웠다. 한 손에 커피 잔을 든 샘을 보니, 문득 여기가 조금 더 내 집으로 느껴졌다. 이제 여기 있는 샘을 그릴 수 있을 테니까.

"만나서 정말 반가웠습니다."

그가 손을 내밀면서 일라리아에게 인사했다. 그녀는 평소처럼 썰렁하고 의심스런 표정이 아니라 미소를 지었다. 살짝 미소가 번지다가 사라졌다. 난 사람들이 그녀에게 애써 인사를 건네지 않는 걸 깨달았다. 우린 늘 보이지 않는 존재였고, 나보다 일라리아가—아마도 나이나 국적 때문에—더 그랬다.

샘이 화장실에 가자 그녀가 중얼댔다.

"고프닉 씨의 눈에 띄지 않게 해. 이 건물에 애인은 출입 금지야. 화물 출입구를 이용해."

일라리아는 부도덕한 짓에 장단 맞추는 게 믿기지 않는 듯 고개를 저었다.

"일라리아, 이번 일 잊지 않을게요. 감사해요."

내가 말했다. 나는 포옹할 것처럼 양팔을 뻗었지만, 그녀가 송곳 같은 눈길을 던졌다. 얼른 마음을 바꿔 양손 엄지를 들어 보였다.

우린 피자를 먹고—안전하게 채소 토핑만 올려서—침침하고 너저분한 술집에 들어갔다. 머리 위의 소형 TV에서 야구 중계 소리가 시끄러웠다. 우린 무릎을 맞대고 작은 테이블에 앉았다. 샘이 여기 내 앞에 있다니 믿기지 않아서, 내가 무슨 말을 하는지 잘 몰랐다. 그가 등을 기대고 앉아 내 말에 웃으면서 자기 머리를 쓸어내리다니. 우리는 합의라도 한 듯이 케이티 잉그람과 조시를 입에 올리지 않고, 대신 가족 이야기를 했다. 제이크가 새 여자친구가 생겨서, 이제 샘의 집에 코빼기도 비추지 않았다. 그는 열일곱 살 남자애가 삼촌이랑 어울리는 걸 꺼릴 거라는 건 알지만 조카가 그립다고 말했다.

"제이크는 더 행복해하고, 애 아빠는 여전히 해결이 안 됐어. 그러니 여자친구가 생겨 다행이다 싶어. 한데 이게 묘해. 제이크랑 어슬렁대는 게 이골이 나서."

"언제든 우리 가족을 찾아가도 돼."

내가 말했다.

"알아."

"당신이 여기 와서 얼마나 행복한지 한 번만 더 말하면 100번이지?"

"100번 넘어도 됩니다, 루이자 클라크."

그가 다정하게 말하고, 내 주먹 관절에 입을 맞추었다.

우린 11시까지 바에 있었다. 이상하게 같이 있을 시간이 얼마 없는데도, 둘 다 지난번처럼 1분 1초를 다투며 급하게 전전긍긍하지 않았다. 샘이 여기 온 것 자체가 기대하지 않은 보너스니까, 같이 있는 시간을 즐기자는 무언의 합의를 한 것처럼. 관광이나 색다른 경험을 하거나, 침대로 뛰어들 필요가 없었다. 젊은 사람들 표현대로, 짱이었다.

얼큰히 취해서 서로 얼싸안고 바에서 나왔고, 나는 차도 쪽으로 가서 손가락 두 개를 입에 넣고 휘파람을 불렀다. 노란 택시가 질주해서 바로 앞에 서는데도 움찔하지 않았다. 내가 몸을 돌려 타자는 몸짓을 하는데도 그는 날 빤히 보기만 했다.

"아. 이거. 아쇽한테 배웠어. 혀 밑에 손가락을 넣어야 해. 잘 봐⋯⋯. 이렇게."

내가 환히 웃었지만, 어쩐지 샘의 표정에 마음이 찜찜했다. 그렇게 택시를 부르면 샘이 즐거워할 줄 알았는데, 갑자기 그는 나를 모르는 사람 보듯 했다.

우리는 적막한 아파트 건물로 돌아갔다. '레이버리' 빌딩이 공원을 내려다보며 서 있었다. 도시의 소음 따위는 상대가 안 된다는 듯 조용하고 웅장하게. 현관으로 이어지는 덮개 있는 통로에 도착하자, 샘이 멈춰 서서 유서 깊은 벽돌 건물의 정면과 팔라디오식 창(아치형 창의 양옆에 사각형 창이 있는 양식)을 올려다보았다. 그는 혼자 생각에 잠긴 듯 고개를 저었고, 우리는 안으로 들어갔다. 대리석 로비는 잠잠했고, 야간 경비가 아속의 사무실에서 졸고 있었다. 우린 수하물 승강기를 무시하고 걸어서 계단을 올랐다. 발이 묻히는 두툼한 청색 카펫을 밟고, 반들대는 황동 난간을 잡고 계속 오르니 고프닉 자택의 복도가 나왔다. 멀리서 딘 마틴이 짖기 시작했다. 나는 문을 열고 샘과 들어가서 육중한 문을 닫았다.

네이선의 방에 불이 꺼졌고, 복도 멀리 일라리아의 방에서 TV 소리가 났다. 우린 발끝으로 넓은 현관홀을 통과해 주방을 지나 내 방으로 갔다. 티셔츠로 갈아입고 양치를 하는데, 세련된 방이 아니라 아쉬웠다. 욕실에서 나가니 샘이 침대에 앉아 벽을 보고 있었다. 나는 양치질을 멈추고, 그를 이상하게 쳐다봤다. 입에 페퍼민트 향 치약 거품을 문 채로.

"왜?"

"그냥……. 이상해서."

샘이 대답했다.

"내 티셔츠?"

"아니. 여기 있는 게. 이곳에."

나는 욕실로 돌아가서 치약을 뱉고 입을 행구었다.

수도꼭지를 잠그면서 말했다.

"괜찮아. 일라리아는 쿨한 사람이고 고프닉 씨는 일요일 저녁이나 되어서 돌아올 거야. 당신이 아주 불편하면 내일 둘이 호텔로 가지 뭐. 두 블록 지나 네이선이 아는 작은 호텔이 있거든. 우리가……."

그는 고개를 저었다.

"'이 집'이 아니라. 여기 있는 당신. 전에 호텔에 있을 때는 당신과 난 평범했어. 둘이 다른 곳에서 지낼 뿐이었지. 그런데 여기 오니 당신에게 모든 게 변한 걸 드디어 알겠어. 당신은 5번가에 사네, 기가 막혀서. 세상에서 가장 비싼 걸로 손꼽히는 지역이지. 당신은 이 미친 건물에서 일해. 사방에서 돈 냄새가 풀풀 나. 그런데 당신한테는 전부 평범해."

난 묘하게 방어적이 되었다.

"난 여전히 나야."

"물론이지. 그런데 이제 당신은 다른 곳에 있어. 말 그대로."

샘이 담담하게 말했지만, 대화에 왠지 날 불편하게 하는 요소가 있었다. 나는 맨발로 샘에게 걸어가서 어깨를 잡고, 의도한 것보다 좀 급하게 말했다.

"나는 여전히 루이자 클라크야, 당신의 좀 덜렁대는 스톳폴드 아가씨라고."

그가 대꾸하지 않자 난 덧붙여 말했다.

"난 이곳의 종업원에 불과해, 샘."

샘이 눈을 응시하면서 손을 들어 내 뺨을 쓰다듬었다.

"이해를 못 하네. 자기가 얼마나 변한지 알 수가 없겠지. 당신은 달라졌어, 루. 이 도시의 거리가 자기 것인 듯 활보해. 휘파람을 불어 택시를 부르면 택시가 오지. 심지어 걸음걸이도 달라. 마치……. 모르겠어. 당신은 본래 모습으로 변했어. 아니, 어쩌면 다른 사람으로 변한 거지."

"아니, 좋은 말을 하는데 어쩐지 나쁜 말로 들리네."

"나쁜 게 아냐, 그저…… 다를 뿐이지."

난 샘에게 걸터앉아 허벅지 맨살로 청바지를 입은 그의 다리를 감쌌다. 그의 얼굴을 향해 얼굴을 드니, 둘의 코와 입이 닿을락 말락 했다. 양팔로 그의 목을 안자, 보드라운 짧은 머리칼이 내 피부를 스치고 따뜻한 숨결이 내 가슴팍에 닿았다. 어두웠고, 차가운 네온 불빛이 침대에 길쭉하게 떨어졌다. 나는 키스했고, 그 키스로 샘이 하려는 말에 응답하려 했다. 휘파람으로 택시를 100만 대쯤 부를 수 있지만, 무릎에 앉고 싶은 사람은 그밖에 없다는 사실을 전하고 싶었다. 키스를 했고, 점점 깊고 강렬한 입맞춤에 결국 샘은 포기하고 양손으로 내 허리를 안아 몸을 세웠다. 나는 샘이 생각을 멈춘 순간을 정확히 감지했다. 샘이 나를 홱 당기면서 입술을 눌렀고, 그가 몸을 비틀어 나를 눕히자 숨이 가빠졌다. 그의 전부가 하나의 열망으로 줄어들었다.

그날 밤 난 샘에게 뭔가 내주었다. 평소와 달리 거리낌이 없었다. 샘에게 그를 향한 절실함을 보여주고 싶은 마음이 간절해서 다른 사람이 되었다. 그는 몰랐겠지만 그것은 싸움이었다. 나는 힘을 숨기고, 그가 자신의 힘으로 맹목적이 되게 만들었다. 다정함은 없었다. 간지러운 말도 없었다. 눈이 마주치자 난 그에게 화가 나려 했다. '여전히 나라고' 눈으로 말했다. '감히 날 의심하지 마. 지금 이후로는.' 샘이 내 눈을 가리고 머리칼에 입맞추면서 나를 가졌다. 나는 그를 받아들였다. 난 샘이 반쯤 미치기를 바랐다. 그가 전부 가졌다고 느끼게 해주고 싶었다. 내가 어떤 소리를 냈는지 모르겠지만, 섹스가 끝나자 귀가 멍했다.

"아주…… 달랐어. 당신은 예전 같지 않았어."

우리가 다시 숨을 쉬게 되자, 샘이 말했다. 그가 내 몸을 쓰다듬었다. 이번에는 부드럽게, 엄지로 가만히 허벅지를 쓸어내렸다.

"아마 전에는 그만큼 당신이 그립지 않았겠지."

나는 몸을 숙여 그의 가슴에 키스했다. 입에서 짠맛이 느껴졌다. 우리는 어둠 속에서 누워 있었다. 깜빡이는 네온 불빛이 천장을 비추었다.

어두운 허공에 대고 샘이 말했다.

"같은 하늘. 우린 그걸 계속 기억해야 해. 우린 같은 하늘 아래 있어."

멀리서 경찰차 사이렌이 울리기 시작하고, 이어서 다른 소음이 일어났다. 이제 그런 소리가 의식되지 않았다. 뉴욕의 소음이 익숙해져, 거슬리지 않는 백색 소음이 되었다. 샘이 내게 얼굴을 돌렸다. 그의 얼굴이 그늘에 가려졌다.

"있지, 난 잊기 시작했어. 내가 사랑하는 당신의 소소한 부분 전부를. 당신 머리 냄새를 기억 못 하겠더라고."

그가 내 머리에 얼굴을 대고 체취를 맡고 나서 다시 말했다.

"혹은 당신의 턱 모양. 내가 이럴 때 그 살갗의 떨림……."

그가 손끝으로 내 쇄골을 가볍게 쓸어내렸고, 내 몸의 본능적인 반응에 싱긋 웃었다. 샘이 말을 이었다.

"사랑을 나눈 후 날 바라보는 그 몽롱한 눈빛……. 여기 와야 했어, 내 기억을 환기하기 위해서."

"난 여전히 나야, 샘."

내가 말했다.

그가 키스했다. 지그시 입술을 눌렀다. 네 번, 다섯 번.

"흠, 루이자 클라크 당신이 어떤 모습이든 사랑해."

그가 속삭이고, 한숨을 쉬면서 천천히 등을 대고 누웠다.

하지만 그 순간, 난 불편한 진실을 받아들여야 했다. 아까 난 달랐다. 그런데 얼마나 간절히 원하는지, 소중히 여기는지 알려주고 싶어서만은 아니었다. 물론 그런 이유도 있었다.

어두운 숨겨진 한 켠으로, 내가 '그 여자'보다 낫다는 것을 똑똑히 보여주고 싶었다.

14

10시 지나서까지 자고 일어나, 걸어서 콜럼버스 서클 인근 작은 식당에 갔다. 배가 터지도록 먹고 진한 커피를 잔뜩 마시면서, 마주 앉아 무릎을 맞댔다.

"잘 왔다 싶어?"

난 대답을 빤히 알면서 물었다.

샘이 손을 뻗어 내 목덜미를 가만히 잡고, 테이블 위로 몸을 숙여 키스했다. 다른 사람은 개의치 않고, 내가 필요한 대답을 얻을 때까지 입맞춤이 이어졌다. 주위에 주말판 신문을 보는 중년 커플, 희한한 차림으로 나이트클럽에 갔다가 밤새우고 와서 계속 대화하는 사람들, 아이가 보채서 지친 부모들이 있었다.

샘이 의자에 등을 기대면서 긴 한숨을 쉬었다.

"저기, 누나는 늘 여기 오고 싶어했어. 바보같이 왜 오지 않았을까."

"정말?"

내가 손을 뻗자, 샘은 손바닥을 내밀어 내 손을 감싸 쥐었다.

"응. 누나는 하고 싶은 일이 잔뜩 있었어. 예를 들어 야구 경기 관람. 킥스인가? 닉스인가? 어떤 팀의 경기를 보고 싶어했어. 또 뉴욕의 작은 식당에서 식사하기. 무엇보다 록펠러센터 꼭대기에 올라가고 싶어했지."

"엠파이어 스테이트 빌딩이 아니고?"

"응. 록펠러가 더 나을 거라던데. 유리 전망대가 있어서 훤히 볼 수 있다고. 거기서 자유의 여신상을 볼 수 있나봐."

나는 샘의 손을 꽉 쥐었다.

"오늘 우리가 가볼 수 있는데."

"그럴 수 있지. 그런데 그게 생각하게 만들어주지 않아? 할 수 있을 때 기회를 잡아야 해."

샘이 커피에 손을 뻗었다.

그는 살짝 수심에 잠겼다. 나는 애써 분위기를 바꾸려들지 않았다. 때로 설움에 젖을 필요가 있음을 누구보다 잘 아니까. 잠시 기다렸다가 입을 열었다.

"매일 느끼는 바야."

샘이 다시 내게 시선을 돌렸다.

"이제 윌 트레이너 일을 말할게."

나는 경고하듯 말했다.

"알았어."

"여기 있는 나를 그가 대견해할 거라는 생각을 매일매일 해."

말하면서 아주 살짝 불안했다. 사귀기 시작할 때 계속 윌을 언급해서 샘을 시험한 기억이 나서였다. 윌이 내게 어떤 의미였는지, 그가 어떤 구멍을 남겨놓았는지. 하지만 샘은 고개를 끄덕이며 말했다.

"나도 그가 그럴 거라고 생각해."

샘은 엄지로 내 손가락을 문지르면서 말을 이었다.

"나도 마찬가지야. 당신이 대견해. 물론 지독히 보고 싶어. 하지만 어쨌든 당신은 대단해, 루. 모르는 도시에 와서 백만장자, 억만장자를 상대하는 일을 잘해내고, 친구를 사귀고, 이 모든 걸 혼자 힘으로 해냈어."

그가 몸짓으로 주변을 가리켰다.

나도 모르게 입에서 말이 나왔다.

"당신도 그럴 수 있어. 내가 찾아봤어. 뉴욕 당국은 언제나 뛰어난 구급대원을 필요로 하거든. 하지만 이 얘기는 피해도 좋고."

농담처럼 말했지만, 입 밖에 내자마자 간절히 바란다는 걸 스스로 깨달았다. 난 테이블 위로 몸을 숙이고 다시 말했다.

"샘. 우린 퀸스든 어디든 작은 아파트를 임대해서 매일 밤 같이 지낼수 있어. 나나 당신이 밤 늦도록 야근하지 않는다면. 일요일 아침마다 이렇게 보낼 수 있다고. 우린 함께 있을 수 있어. 그러면 얼마나 근사할까?"

'인생은 한 번뿐이야.' 그 말이 귓전에 맴돌았다. 말없이 샘에게 '좋다고 대답해. 그냥 좋다고만 말해'라고 말했다.

그가 내게 손을 뻗었다. 그러더니 한숨을 내쉬었다.

"그렇게 못 해, 루. 집이 완공되지 않았어. 집을 세주기로 해도, 어쨌든 완공해야 하잖아. 그리고 아직 제이크를 혼자 둘 수가 없어. 내가 가까이 있다는 걸 아이가 조금 더 알아야 해."

나는 억지로 미소를 지었다. 진지하게 한 말이 아니었다는 그런 미소였다.

"그래! 그저 바보 같은 아이디어였어."

그가 내 손바닥에 키스하며서 말했다.

"바보 같지 않아. 지금은 불가능할 따름이지."

우리는 암묵적인 합의로, 곤란해질 만한 화제는 올리지 않기로 했다. 그로 인해 많은 이야깃거리가—그의 직장 일, 그의 가정생활, 우리의 장래—없어졌다. 우린 하이라인을 산책한 후 빈티지 의상 엠포리엄에 갔다. 난 리디아와 오랜 친구처럼 인사하고, 1970년대의 분홍 반짝이가 달린 점프슈트를 입어봤다. 다음으로 1950년대의 모피 코트와 해군 모자를 써서 샘을 웃게 만들었다.

내가 현란한 분홍색과 노란색 나일론 원피스를 입고 피팅룸에서 나오자 샘이 말했다.

"'이' 사람이 내가 알고 사랑하는 루이자 클라크지."

"파란색 칵테일드레스를 보여주던가요? 긴소매 드레스?"

"이거랑 모피 중에서 결정을 못 하겠어."

내가 말하자 리디아가 담배에 불을 당기면서 말했다.

"이보셔요, 모피를 입고 5번가에 못 다녀요. 풍자하려고 입은 걸 사람들이 모를 테니."

마침내 내가 옷을 입고 피팅룸에서 나오자, 샘이 카운터에 서 있었다. 그가 꾸러미를 내밀었다.

"1960년대 의상이에요."

리디아가 도움이 되도록 설명했다.

나는 그에게 옷을 받으면서 말했다.

"나 주려고 샀어? 정말이야? 당신은 그게 너무 요란하다고 했잖아?"

샘은 담담한 표정으로 대꾸했다.

"이상하기 짝이 없지. 그런데 그걸 입은 당신이 무척 행복해 보였어……. 그래서……."

우리가 나오려 할 때, 리디아가 입에 담배를 물고 속삭였다.

"어머, 세상에. 좋은 신랑감이네. 다음에는 애인에게 점프슈트를 사달라고 해요. 완전히 두목님 같았거든요."

우리는 두어 시간 아파트로 돌아가서 낮잠을 잤다. 옷을 입은 채, 탄수화물 과다로 껴안고만 있었다. 4시경 나른하게 일어나, 마지막 나들이에 나서기로 마음을 모았다. 샘은 다음 날 오전 8시에 JFK 공항을 떠나야 했다. 그가 짐을 꾸리는 사이, 차를 준비하러 주방으로 가니, 네이선이 단백질 셰이크를 만들고 있었다. 그가 빙그레 웃었다.

"애인이 여기 왔다면서."

"이 복도에는 프라이버시라곤 전혀 없어?"

전기 주전자에 물을 채우고 스위치를 눌렀다.

"벽이 이렇게 얇으니 도리 있나. 프라이버시라곤 없어요, 친구."

그가 말했다.

내가 이마까지 빨개지자 네이선이 다시 말했다.

"농담이야! 아무 소리도 못 들었어. 하지만 얼굴이 빨개진 걸 보니 멋진 밤을 보내셨군!"

내가 주먹을 날리려는 순간, 샘이 문간에 나타났다. 네이선이 그 앞에 서서 손을 내밀었다.

"아. 그 유명한 샘이군요. 드디어 만나게 되어 반갑습니다."

"동감입니다."

나는 두 남자가 힘겨루기를 할지 초조하게 지켜봤다. 하지만 네이선은 원래 태평하고, 샘은 지난 스물네 시간 동안 먹고 섹스를 한 덕에 나긋나긋했다. 둘은 웃으면서 악수를 하고 간단한 말을 주고받았다.

"오늘 밤 둘이 외출할 예정이에요?"

내가 샘에게 홍차 잔을 건네자, 네이선이 셰이크를 흔들면서 물었다.

"우린 록펠러센터 꼭대기에 올라갈 생각이었어. 일종의 임무야."

"아이고, 이 사람들. 마지막 밤에 관광객 사이에 끼어 줄을 서고 싶진 않겠죠. 이스트 빌리지에 있는 '홀리데이 칵테일 라운지'로 와요. 거기서 친구들을 만날 거예요. 루, 지난번 같이 나갔을 때 본 사람들이야. 거기서 행사를 한대. 늘 시끌벅적하지."

나는 샘을 쳐다봤다. 그가 어깨를 으쓱했다. 난 30분쯤 들를 수 있다고 말했다. 그 후에 둘이 록펠러센터 꼭대기에 올라가면 되겠지. 11시 15분 까지 문을 여니까.

세 시간 후 우리는 좁은 테이블 주변에 끼어 앉아 있었다. 연달아 칵테일을 들이켠 덕에 머리가 빙빙 돌았다. 샘이 사준 옷이 마음에 든다는 것을 알려주려고 현란한 원피스를 입었다. 한편 그는 남자들이 어울리기 좋아하듯, 네이선이나 친구들과 친해졌다. 서로 좋아하는 음악을 떠들고, 유년기의 무서운 경험담을 주고받았다.

난 미소를 지으면서 대화에 끼면서도, 머릿속으로는 돈 계산을 했다. 샘이 원래 계획보다 두 배로 자주 오도록 내가 얼마나 지원할 수 있을까. 당연히 그는 이게 얼마나 좋은지 알 수 있었다. 둘이 같이 있는 게 얼마나 좋은지.

샘이 술을 사러 가려고 일어났다.

"안주 두어 가지 사올게."

그가 입 모양으로 말했다. 나는 고개를 끄덕였다. 뭔가 먹지 않으면 나중에 곤란에 처할지 모르니까.

그때 누군가 내 어깨에 손을 올렸다.

"정말 날 쫓아다니는군요!"

조시가 흰 이를 드러내고 환하게 웃었다. 난 얼굴을 붉히면서 벌떡 일어났다. 고개를 돌리니 샘은 우리를 등지고 서 있었다.

"조시! 안녕하세요!"

"여기가 내 또 다른 단골 술집인 걸 알고 있었죠?"

그는 파란 줄무늬 셔츠를 입고 소매를 말아 올렸다.

"아니에요!"

내 목소리가 너무 높고 말이 너무 빨랐다.

"믿을게요. 한 잔 마실래요? 이 집에 구식인데 독특한 술이 있어요."

조시가 팔을 뻗어 내 팔꿈치를 건드렸다.

나는 불에 덴 것처럼 몸을 젖혔다.

"네, 알아요. 그런데 고맙지만 사양할게요. 여기 친구들이랑…….."

내가 고개를 돌린 순간 샘이 술잔 쟁반을 들고 겨드랑이에 안주 두어
개를 끼고 돌아왔다.

"안녕하세요."

그가 말하다가 조시를 힐끗 보면서 쟁반을 테이블에 내려놓았다. 그
러더니 천천히 몸을 펴고 그를 똑바로 쳐다봤다.

나는 양팔을 뻣뻣하게 내리고 서 있었다.

"조시, 여기는 샘이에요. 내…… 내 남자친구. 샘, 여기는…… 여기는
조시야."

샘은 뭔가 알아내기라도 하려는 듯 조시를 빤히 쳐다봤다. 마침내 그
가 입을 열었다.

"그렇군요, 미리 알 수도 있었을 텐데."

그가 나를 쳐다보더니 다시 조시에게 눈을 돌렸다.

"혹시…… 한잔하실래요? 술을 사 오신 건 알지만, 제가 사고 싶네요."

"아닙니다. 고맙지만. 우린 지금 좋은 것 같은데요."

샘이 말했다. 그가 계속 서 있었고, 조시보다 한 뼘쯤 컸다.

어색한 침묵이 흘렀다.

"그럼 알겠습니다."

조시가 날 보면서 고개를 끄덕이고 말을 이었다.

"만나서 반가웠어요, 샘. 여기 얼마나 계시나요?"

"충분히 오래."

샘은 미소 지었지만, 웃는 눈빛이 아니었다. 그가 그렇게 가시 돋은 반응을 하는 것은 처음 보았다.

"아, 그러면…… 방해하지 말고 가봐야겠네요. 루이자, 또 봐요. 즐거운 시간 보내세요."

조시는 달래듯 손바닥을 들어올렸다. 난 입을 벌렸지만 적당한 말이 생각나지 않았다. 그래서 어색하게 손가락을 꼼지락대며 손을 흔들었다.

샘이 털썩 주저앉았다. 테이블 너머로 네이선을 흘끔댔지만, 그는 너무도 덤덤했다. 다른 사람은 아무 눈치도 못 챈 듯, 아직도 지난 공연 티켓 값에 대해 얘기 중이었다. 곧 샘은 생각에 잠겼다. 마침내 그가 고개를 들었다. 내가 손을 뻗었지만 그는 내 손을 맞잡지 않았다.

분위기가 회복되지 않았다. 바가 너무 시끄러워서 샘에게 말을 걸 수가 없는데다 무슨 말을 할지 난감했다. 칵테일을 홀짝이면서 머릿속으로 온갖 말거리를 떠올렸다. 샘은 술을 마시고, 일행의 농담에 고개를 끄덕이고 웃었지만, 난 그의 턱이 떨리고 딴생각을 하는 걸 알았다. 10시에 우리는 바에서 나와 택시를 타고 집으로 향했다.

샘이 택시를 잡게 놔뒀다.

조언받은 대로 화물용 승강기로 올라갔고, 집을 살피다가 살그머니 내 방에 들어갔다. 고프닉 씨는 잠자리에 든 듯했다. 샘은 말을 하지 않왔다. 옷을 갈아입으러 욕실에 들어가더니, 뻣뻣한 등을 보이고 문을 닫았다. 그가 양치하고 입을 헹구는 소리가 났고, 난 살그머니 침대에 들어갔다. 당황스러우면서 동시에 화가 났다. 영원히 욕실에 박혀 있으려나. 마침내 그가 문을 열고 사각팬티 바람으로 문간에 서 있었다. 배의 흉터가 여전히 빨갛게 도드라졌다.

"내가 쪼다처럼 굴지."

"응. 맞아, 그래."

그가 크게 숨을 내쉬었다. 샘은 윌의 사진을 쳐다봤다. 양옆에 샘의 사진과 여동생과 손가락으로 돼지코를 만든 조카의 사진이 놓여 있었다.

"미안해. 오금이 저렸어. 얼마나 닮았는지…….'

"알아. 하지만 트리나와 시간을 보내면서도 나랑 닮아 이상하다고 말하겠네."

"트리나는 당신이랑 닮지 않았어."

샘이 말하고 나서 눈썹을 치뜨고 물었다.

"뭐야?"

"내가 100만 배 더 낫다고 말하기를 기다리는 중."

난 그가 들어오도록 이불을 들췄고, 샘이 침대로 올라왔다.

"당신이 트리나보다 훨씬 예쁘지. 비교가 되나. 당신은 기본적으로 슈퍼모델인걸."

그가 내 엉덩이에 손을 올렸다. 따스하고 묵직했다. 샘이 말을 이었다.

"하지만 다리가 짧지. 그 말은 맘에 들어?"

나는 웃지 않으려고 애썼다.

"한결. 그런데 다리가 짧다는 말은 못됐어."

"멋진 각선미야. 내가 좋아하는 다리라고. 슈퍼모델의 다리는 그저…… 빤해."

그가 몸을 움직여서 내 위로 올라왔다. 그럴 때마다 내 몸에 활력이 솟아서 몸부림치지 않으려고 애써야 했다. 샘은 팔꿈치를 대고 나를 꼼짝 못 하게 하고 얼굴을 내려다보았다. 나는 가슴이 콩닥대는데도 진지한 표정을 지으려 했다.

"당신이 놀란 나머지 그 가여운 남자의 넋을 뺐을 거야. 주먹을 날리고 싶은 기미도 살짝 보였어."

"살짝 그런 마음이었거든."

"바보 멍청이, 샘 필딩."

내가 몸을 올려 그에게 키스했다. 샘은 키스하면서 다시 미소 지었다. 턱의 면도하지 않은 부분이 까칠까칠했다.

이번에 그는 가만가만 움직였다. 벽이 얇다는 점과 그가 여기 오면 안 된다는 걸 알았으니까. 하지만 밤에 예기치 못한 일을 겪은 후라 서로 조심했다. 샘은 존중하는 손길로 날 만졌다. 낮고 부드러운 목소리로 사랑한다고 말했고, 그 말을 하면서 내 눈을 똑바로 보았다. 그 말이 내 안에서 지진처럼 진동했다.

'사랑해.'

'사랑해.'

'나도 사랑해.'

5시 15분 전에 맞춘 알람이 울리자 난 투덜대면서 깼다. 쩌렁쩌렁한 소리에 나른하게 잠에서 빠져나왔다. 옆에서 샘이 신음하면서 베개로 얼굴을 눌렀다. 그를 깨워야 했다.

툴툴대면서 그를 욕실로 밀어넣고 물을 틀어주고 나서, 커피를 끓이러 주방으로 갔다. 돌아오니 '텅' 하는 수도 잠그는 소리가 났다. 나는 침대 모서리에 걸터앉아서 커피를 마시면서, 일요일 밤에 독한 칵테일을 마시는 게 누구 아이디어였는지 궁금했다. 내가 벌렁 누울 때 욕실 문이 열렸다.

"칵테일 마신 걸 당신한테 원망해도 되나? 비난할 대상이 필요한데."

머리가 욱신댔다. 난 머리를 들었다가 가만히 내리면서 다시 물었다.

"술에 뭘 넣은 거야? 양을 두 배로 넣은 게 틀림없어. 평소에는 이렇게 괴롭지 않거든. 아, 록펠러 꼭대기에 갔어야 했는데."

난 손가락 끝으로 관자놀이를 꾹꾹 눌렀다.

샘은 아무 말도 하지 않았다. 고개를 돌리니 그가 보였다. 샘은 욕실 문간에 서 있었다.

"이거에 대해 나랑 얘기하고 싶어?"

"이거라니 뭐?"

난 똑바로 앉았다. 그는 허리에 수건을 두르고, 작은 흰 상자를 들고 있었다. 순간적으로 보석을 주는 줄 알고 웃을 뻔했다. 그런데 샘은 웃음기 없는 얼굴로 상자를 내밀었다.

그걸 받았다. 아연실색해서 임신 테스트기를 쳐다봤다. 상자가 열려 있었고, 하얀 플라스틱 기기가 들어 있었다. 꺼내서 파란 줄이 없다는 생각을 하면서, 할 말을 잃고 샘을 올려다봤다.

그가 육중하게 침대에 앉았다.

"우린 콘돔을 썼어, 그치? 저번에 내가 왔을 때. 그때 우린 콘돔을 사용했어."

"뭐라……? 그걸 어디서 찾았어?"

"쓰레기통에서. 면도날을 버리려다가."

"내 거 아냐, 샘."

"이 방을 다른 사람이랑 같이 써?"

"아니."

"그러면 어떻게 이게 누구 건지 모를 수가 있지?"

"난 몰라! 하지만…… 하지만 내가 쓴 게 아냐! 다른 사람이랑 잔 적 없다고!"

"이런 이유가 있어서 케이티를 들먹이며 나를 들들 볶는 거야? 당신이 다른 사람을 만나는 게 죄책감이 들어서? 그걸 뭐라고 하더라? 감정 전이라던가? 이게…… 이게 당신이 밤에 그렇게…… 그렇게 달랐던 이유였어?"

방이 진공 상태가 되었다. 뺨을 맞은 기분이었다. 샘을 빤히 쳐다봤다.

"정말 그렇게 생각해? 우리가 모든 걸 겪은 후인데도?"

그는 대꾸하지 않았다.

"내가…… 정말 당신을 속일 거라 생각하는 거야?"

샘은 나만큼이나 충격을 받아서 창백했다.

"그냥 오리처럼 생겼고, 오리처럼 꽥꽥대면 대개는 오리가 맞다고 생각할 뿐이야."

"난 망할 놈의 오리가 아니야…… 샘. 샘!"

그가 마지못해 고개를 돌렸다.

"난 당신을 속이지 않아. 그건 내 물건이 아니야. 날 믿어야 해."

그가 내 얼굴을 훑어봤다.

"몇 번이나 말해야 알아듣겠어? 내가 쓴 게 아니라고."

"우린 아주 짧은 기간 만났어. 그마저도 헤어져 있었던 시간이 많지. 나는……."

266

"당신은 뭐?"

"이건 바로 이런 상황이야. 길을 막고 사람들에게 물어보라고. 백이면 백 이 상황을 뭐라고 말할지……."

"길을 막고 사람들에게 물어볼 것 없어! 내 말을 똑똑히 들으면 돼!"

"나도 그러고 싶어, 루!"

"그런데 도대체 뭐가 문제야?"

"그가 윌 트레이너랑 똑같이 생겼더라고!"

샘의 입에서 그 말이 튀어나오고야 말았다. 그는 앉았다. 그가 양손에 얼굴을 묻었다. 그러다가 다시 조용히 되뇌었다.

"그가 윌 트레이너랑 똑같이 생겼더라고."

눈에 눈물이 차올랐다. 손 두덩으로 눈물을 훔쳤다. 어제 바른 마스카라가 뺨에 번졌을 줄 알았지만 아무 상관없었다. 입을 열자 낮고 야멸찬, 나 같지 않은 목소리가 나왔다.

"한 번만 더 이 말을 할 거야. 난 다른 사람하고 자지 않아. 날 믿지 않는다면…… 당신이 여기 왜 왔는지 모르겠어."

샘은 대꾸하지 않았지만, 그의 대답이 우리 사이에 조용히 떠다니는 것 같았다. '나도 모르겠어.' 그는 일어나서 가방이 놓인 곳으로 갔다. 가방 속에서 바지를 꺼내서, 급하고 성난 동작으로 입었다.

"난 가봐야 해."

샘이 말했다.

난 다른 말을 할 수가 없었다. 침대에 앉아서 그를 지켜보면서, 허전함과 부아를 동시에 느꼈다. 난 잠자코 있었고, 그는 옷을 입고 나머지 소지품을 가방에 쑤셔넣었다. 그런 다음 가방을 어깨에 걸치고 문으로 걸어가다가 몸을 돌렸다.

"무사히 돌아가."

내가 말했다. 미소를 지을 수가 없었다.

"집에 가면 전화할게."

"그래."

샘이 몸을 굽혀서 내 뺨에 키스했다. 그는 문을 열었고 난 올려다보지 않았다. 샘은 문간에 잠시 서 있다가 나가서 조용히 문을 닫았다.

정오 무렵 아그네스가 집에 돌아왔다. 개리가 공항에서 태워 왔고, 그녀는 억지로 다녀온 사람처럼 묘하게 가라앉아서 돌아왔다. 선글라스를 낀 채 내게 짧게 '안녕'이라고 인사하고 드레스룸에 들어가서, 이후 네 시간 동안 문을 잠그고 있었다. 차 마시는 시간에 샤워하고 옷을 갈아입고 나왔고, 내가 완성된 무드보드를 갖고 서재로 들어가자 아그네스는 억지웃음을 지었다. 내가 색상과 패브릭을 설명하자 그녀는 심드렁하게 고개를 끄덕였지만, 내가 해놓은 일을 제대로 알아듣지 못한 게 분명했다. 나는 아그네스가 차 마실 시간을 주었고, 일라리아가 아래층에 내려갈 때까지 기다렸다. 내가 서재 문을 닫자, 아그네스가 날 힐끗 올려다봤다.

내가 조용히 말했다.

"아그네스. 이건 좀 이상한 질문이지만, 혹시 제 욕실에 임신 테스트기를 놓고 가셨어요?"

그녀는 찻잔 너머로 날 보며 눈을 깜빡였다. 그러더니 찻잔을 받침에 내려놓고 얼굴을 찌푸렸다.

"아. 그거. 응, 루이자에게 말하려고 했어."

속에서 역정이 솟구쳤다.

"저한테 말하려고 했어요? 그걸 제 남자친구가 찾아낸 걸 아세요?"

"남자친구가 주말에 왔었구나? 정말 잘됐네! 근사한 시간을 보냈어?"

"그가 제 욕실에서 사용한 임신 테스트기를 발견하기 전까지는요."

"하지만 루이자가 쓴 게 아니라고 말했지?"

"그랬죠, 아그네스. 하지만 진짜 웃기게도 남자들은 애인의 욕실에서 임신 테스트기가 나오면 불끈하는 경향이 있어요. 특히 여자친구가 5,000킬로미터 떨어져서 살면."

그녀는 내 염려를 쫓아내려는 듯 손을 저었다.

"아이고, 이러지 마. 그가 루이자를 믿으면 별일 없을 거야. 루이자는 애인을 속이지 않잖아. 그가 그걸 모를 만치 아둔하지 않겠지."

"그런데 왜요? 왜 임신 테스트기를 제 욕실에 버려야 했어요?"

아그네스가 동작을 멈추었다. 서재 문이 정말 닫혔는지 확인이라도 하는 것처럼 내 주위를 흘끔댔다. 그러더니 갑자기 심각한 표정이 됐다.

"왜냐면 그걸 내 욕실에 버리면 일라리아가 발견했을 테니까. 일라리아에게 이 물건을 보게 하면 안 되거든."

그녀가 담담하게 말했다. 아그네스는 내가 아주 바보같이 군다는 듯이 양손을 올리면서 덧붙였다.

"결혼하면서 레너드는 무척 확실히 했어. 자식을 낳지 않는다. 우린 합의했어."

"정말이에요? 하지만 그건…… 아이를 낳고 싶어지면 어떡하려고요?"

아그네스는 입술을 내밀었다.

"난 안 그럴 거야."

"하지만…… 하지만 제 나이잖아요. 어떻게 확실히 알 수 있죠? 저는 같은 상표의 헤어 컨디셔너를 계속 쓰고 싶은지도 늘 헷갈리는데요. 마음이 변하는 경우가 많고…….”

그녀가 내 말을 끊었다.

“난 레너드와 아기를 낳지 않을 거야. 알겠어? 아이 이야기는 이걸로 됐어.”

나는 마지못해 일어났고, 아그네스는 험악한 표정으로 고개를 돌렸다.

“미안해. 나 때문에 문제가 생겼다면 미안해.”

그녀가 손 두덩으로 눈썹을 누르면서 말을 이었다.

“됐지? 미안해. 이제 난 뛰러 갈 거야. 혼자서.”

잠시 후 주방에 들어가니 일라리아가 거기 있었다. 그녀는 믹싱볼에 큰 반죽을 힘껏 밀고 치대면서, 고개도 들지 않았다.

“그 여자를 친구로 생각하나봐.”

나는 머그잔을 들고 커피머신으로 가다가 멈춰 섰다.

일라리아가 유난히 힘을 줘서 반죽을 밀었다. 그녀가 다시 말했다.

“그 암캐는 자신을 구하기 위해서라면 널 아무렇게나 대할걸.”

“도움이 안 되는 말이에요, 일라리아.”

내가 말했다. 그녀에게 처음으로 하는 말대꾸였다. 나는 커피를 따르고 문으로 다가가면서 덧붙였다.

“그리고 믿거나 말거나지만, 일라리아가 다 아는 게 아니에요.”

복도를 내려가는데, 그녀가 콧방귀 뀌는 소리가 들렸다.

아그네스의 세탁물을 가지러 아숙의 책상으로 갔다. 잠깐 수다를 떨면 침울한 기분을 밀어놓을 수 있었다. 아숙은 늘 똑같고 늘 낙관적이었다. 그와 대화하면 더 밝은 세상으로 창을 내는 것 같았다. 다시 아파트

270

로 올라가니, 현관문 밖에 약간 구깃구깃한 작은 비닐 봉투가 놓여 있었다. 허리를 굽혀 봉투를 집으니, 놀랍게도 받는 사람이 나로 되어 있었다. 적어도 '내 생각에 이름이 루이자'라고 적혀 있었다.

내 방에 가져와서 봉투를 열었다. 안에 재활용한 얇은 종이에 공작 깃털 문양의 빈티지 바이바 스카프가 들어 있었다. 스카프를 꺼내서 목에 두르고, 어두컴컴한데도 빛나는 천의 광택에 감탄했다. 허브와 예전 향수 냄새가 났다. 봉투에 손을 넣어 작은 카드를 꺼냈다. 맨 위에 동글동글한 진청색 글씨가 있었다. 마곳 드 위트. 그 아래 떨리는 필체로 이렇게 적혀 있었다.

'내 개를 구해줘서 고마워요.'

15

From: BusyBee@gmail.com

To: MrandMrsBernardClark@yahoo.com

안녕, 엄마.

네, 여기서 핼러윈 데이는 요란스런 날이에요. 시내를 걸어다녀보니 분위기가 물씬 났어요. 꼬마 유령들과 마녀들이 사탕 바구니를 들고 다니고, 멀찍이 부모들이 손전등을 들고 따라가더라고요. 심지어 코스튬 의상을 입은 부모도 일부 있었어요. 여기 사람들은 이 행사에 진짜 진지한 것 같아요. 애들이 문을 두드리면 절반은 불을 끄거나 뒷방에 숨는 우리 동네와 다르죠. 창문마다 플라스틱 호박이나 유령 모형이 놓여 있고, 다들 의상을 입는 게 좋은가봐요. 제가 아는 한, 아무도 다른 사람에게 달걀을 던지지 않았어요.

하지만 우리 건물에서는 '사탕 주면 안 잡아먹지' 외침이 없어요. 이런 동네에서는 아무도 남의 집 문을 두드리지 않죠. 다른 집 운전사에게 소리를 지르기는 해요. 야간 당직자 앞을 지나야 되지만, 그 사람이 겁날 수도 있죠.

다음 절기는 추수감사절이에요. 칠면조 광고가 시작되기 전에는 다들 유령 장식을 치우지 않아요. 저는 추수감사절이 뭐 하는 날인지도 모르겠어요. 주

272

로 먹자판이겠죠. 이곳의 명절은 대부분 그런 것 같네요.

저는 잘 지내요. 자주 전화 못 해서 죄송해요. 아빠랑 할아버지께 안부 전해주세요.

보고 싶어요.

루 x

최근 이혼자들이 그렇듯 고프닉 씨는 가족 모임에 침울했다. 그러다 전처가 자매와 버몬트에 가는 걸 알고 가까운 가족을 아파트에 불러 추수감사절 만찬을 하기로 정했다. 이 행사를 앞두고—또 그가 하루 18시간 일하는 점 때문에—아그네스는 계속 우울에 빠져 지냈다.

아침에 난 아그네스, 조지와 조깅을 했다. 뛰지 않는 날은, 작은 방에서 도시의 소음을 들으며 깼다. 욕실 문간에 서 있는 샘의 모습이 머리에 떠올랐다. 침대에 누워 엎치락뒤치락 하다보면 이불이 몸에 말리고 암울해졌다. 하루가 시작되기도 전에 망한 느낌이었다. 일어나서 러닝화를 신고 나가야 되는 때는 이미 정신을 차리고, 남의 삶을 생각해야 했다. 허벅지가 당기고, 가슴에 찬 공기가 들어오고, 내 숨소리가 들렸다. 팽팽하고 강한 기분이 들었고, 오늘 어떤 개떡 같은 일을 당해도 견딜 각오가 다져졌다.

그 주는 진짜 개떡 같았다. 개리는 대학을 중퇴한 딸 때문에 기분이 엉망이어서, 아그네스가 차에서 내리면 부모의 희생이나 피땀 어린 노동을 모르는 염치없는 자식들을 욕했다. 일라리아는 아그네스의 괴팍해진 습성 때문에 말없이 분노했다. 안주인은 음식을 만들라고 요구해놓고, 결국 먹지 않았다. 드레스룸에 들어가지 않을 때도 문을 잠가서, 가정부가

273

세탁물을 치울 수가 없었다.

"복도에 자기 속옷을 놔두라는 거야? 야한 옷을 식품 배달부에게 구경시켜주고 싶은가 보지? 도대체 그 안에 뭘 꼭꼭 숨긴 거야?"

마이클은 두 가지 업무에 시달리는 안색으로 유령처럼 아파트 안을 누볐다. 네이선까지도 평소의 느긋함을 잃고, 일본인 반려동물 행동심리사에게 딱딱거렸다. 행동심리사는 네이선이 엉뚱한 곳에 신발을 두는 것은 그의 '나쁜 기운' 때문이라고 말했다. 그는 '그 여자한테 지독한 나쁜 기운을 주고 말겠어'라고 말하면서, 러닝화를 쓰레기통에 버렸다. 드 위트 부인은 1주일에 두 번 현관문을 두드려 피아노 소리를 불평했고, 아그네스는 외출 직전 「악마의 계단」이라는 곡이 수록된 음반을 틀어서 복수했다. 그녀는 엘리베이터를 타고 내려가면서, 콤팩트 거울로 화장을 확인하면서 '리게리(20세기 헝가리 작곡가)'라고 조소했다. 위쪽에서 망치로 치는 듯한 무조성 선율이 고조되었다 사그라들었다. 난 조용히 일라리아에게 문자메시지를 보내, 우리가 빠져나가면 음반을 끄라고 부탁했다.

기온이 떨어졌고, 골목이 훨씬 복잡해졌다. 상점 진열장에 번지르르하게 번쩍대는 크리스마스 장식이 나타났다. 기대 없이 영국행 비행기를 예약했다. 이제 어떤 종류의 환영을 받게 될지 알 수 없었다. 트리나가 꼬치꼬치 캐묻지 않기를 바라면서 전화를 걸었다. 걱정할 필요가 없었다. 트리나는 평소처럼 수다스러워서, 톰의 학교 과제와 새 동네 친구들, 축구 실력을 떠들어댔다. 애인에 대해 물으니, 트리나는 어울리지 않게 조용했다.

"우리한테 '뭐든' 말해줄 거지? 엄마가 안달나서 죽으려고 한다고."

"그대로 크리스마스 때 집에 올 거야?"

"응."

"그럼 소개시켜줄게. 언니가 두어 시간 동안 맹추처럼 굴지 않을 수 있으면."

"톰은 만나봤어?"

"이번 주말에. 지금까진 두 사람을 떨어뜨려놓았어. 잘 안 되면 어쩌지? 내 말은 에디가 아이들을 좋아하기는 하지만 혹시나 둘이……."

트리나가 자신없게 말했다.

"에디구나!"

트리나가 한숨을 쉬면서 대꾸했다.

"맞아. 에디야."

"에디. 에디랑 트리나. 에디랑 트리나가 나무에 앉아 있네. 키-스-하-면-서."

"유치해서 원."

이번 주에 처음으로 웃었다. 내가 말했다.

"두 사람이 잘될 거야. 둘이 만난 후에는, 에디를 엄마 아빠에게 데려가면 되겠네. 그러면 엄마가 계속 너에게 결혼 이야기를 할 테고, 난 엄마 잔소리를 면하는 '버케이션(vacation 휴가)'을 누릴 수 있겠는걸."

"'홀리데이(holiday 명절 또는 휴가)'지. 미국 사람도 아니면서 '버케이션'은 무슨. 엄마가 언니가 너무 잘나가서 크리스마스에 당신들과 대화하지 못할까봐 걱정하는 걸 알아? 언니가 리무진 탑승에 익숙해서 공항에서 아빠의 승합차에 타기 싫을 거라고 생각해서."

"맞아. 정말 그래."

"정말 무슨 일이 있어? 어떻게 지냈는지 통 말을 안 하네."

"뉴욕을 사랑해. 열심히 일하고."

난 주문 외듯 술술 말했다.

"아이고, 헛소리. 난 가봐야겠다. 톰이 깼어."

"어떻게 됐는지 알려줘."

"그럴게. 나쁘게 되지 않으면. 혹시 나빠지면 난 아무한테도 작별 인사 안 하고 없이 평생 이사해서 살 거야."

"우리 가족다운 발상이네. 늘 균형 잡힌 반응을 한다니까."

토요일은 한파와 돌풍이 함께 몰려왔다. 뉴욕에 이렇게 매서운 바람이 불지 꿈에도 몰랐다. 높은 건물들이 바람을 짜내 단단하게 광을 내서, 얼음 같고 독하고 딱딱한 결로 만드는 것만 같았다. 가학적인 바람 터널 속을 걷는 느낌이 자주 들었다. 계속 머리를 숙이고 몸을 45도 돌리고 걷다가, 자주 손을 뻗어 소화전이나 가로등을 붙잡아야 했다. 그렇게 지하철을 타고 빈티지 의상 엠포리엄에 가서 커피를 마시면서 몸을 녹인 다음, 얼룩무늬 코트를 할인가 12달러에 샀다. 사실 빈둥댔다. 작고 조용한 방에 돌아가기 싫었다. 일라리아가 켜놓은 뉴스 소리가 울리는 복도, 거기서 유령처럼 퍼지는 샘의 메아리, 이메일을 확인하고 싶어 15분마다 나는 안달. 어두워진 후에야 귀가하면 춥고 지쳐서, 지속적인 뉴욕의 분위기 속에서 안달하거나 가라앉을 여력이 없었다.

내 방에 앉아 TV를 보면서 샘에게 메일을 쓸까 궁리했지만, 아직 분해서 화해하고 싶은 마음이 없었다. 또 분위기를 환기하려면 무슨 말을 해야 할지 난감했다. 고프닉 씨의 서가에서 존 업다이크의 소설을 빌려 왔지만, 현대의 복잡다단한 관계들이 나오고 등장인물이 하나같이 불행하거나 타인을 미친 듯이 욕망해서 결국 난 불을 끄고 잠을 청했다.

다음 날 아침 아래층에 내려가니, 로비에 미나가 있었다. 이번에는 아이들은 없었지만 아속과 함께 있었고 그는 유니폼 차림이 아니었다. 평상복 차림으로 책상 아래를 뒤지는 그를 보고 난 놀랐다. 부자들은 사복 입은 우리 모습을 알고 싶어하지 않겠지, 하는 생각이 퍼뜩 들었다.

아속이 말했다.

"아, 미스 루이자. 모자를 잊고 가서요. 도서관에 가기 전에 들렀어요."

"지자체가 폐관하려는 도서관이요?"

"맞아요. 우리랑 같이 갈래요?"

아속이 물었다.

"가서 도서관 구하는 걸 도와줘요, 루이자! 최대한 모든 도움이 필요해요!"

미나가 장갑 낀 손으로 내 등을 두드리면서 말했다.

커피숍에 갈 예정이었지만 달리 할 일이 없었고, 일요일이 황무지처럼 놓여 있어서 같이 가겠다고 했다. 그들은 내게 '책보다 도서관이 중요하다'라고 적힌 손 팻말을 주고, 모자와 장갑을 갖고 있는지 확인했다.

"한두 시간은 괜찮은데, 세 시간째가 되면 무지 춥거든요."

건물을 나서면서 미나가 말했다. 아빠가 봤다면 '끝내준다'라고 했을 여인이었다. 부풀린 머리를 한 육감적인 뉴요커. 남편의 말끝마다 재치 있게 반박했고, 머리칼과 아이들을 다루는 태도와 성적 능력을 두고 놀려댔다. 미나는 쉰 소리로 크게 웃었고, 남의 허튼짓을 그냥 넘어가지 않았다. 아속은 겉보기에도 아내를 아겼다. 부부가 '여보'라고 자주 불러서, 때로 이름을 잊었나 싶을 정도였다.

지하철을 타고 북쪽의 워싱턴 하이츠로 가면서, 미나가 첫아이를 임신해서 아속이 임시로 수위 일을 시작한 사연을 들었다. 아이들이 취학 연령이 되자, 그는 다른 일을 찾아보려 했다. 회사원처럼 근무하는 일을 하면 아이들을 키우는 데 더 도움이 될 테니까("그런데 여기가 의료 보장이 좋아서요. 그만두기가 어렵네요"). 부부는 대학에서 만났다. 인정하기 부끄럽지만, 난 중매결혼일 줄 알았다.

그 이야기를 하자 미나는 깔깔대고 웃었다.

"네? 부모님이 이 사람보다 더 좋은 사람을 골라줬다면 고마웠겠죠."

"어젯밤에 그렇게 말하지 않았으면서, 여보."

"그거야 내가 TV에 정신이 팔려서죠."

웃으면서 역 계단을 올라가 163번가로 나서자, 갑자기 전혀 다른 뉴욕이 나타났다.

워싱턴 하이츠 지역의 건물들은 초라해 보였다. 화재 대피용 사다리가 늘어뜨려진 문 닫은 상점, 주류점, 치킨 가게, 창문에 빛바랜 포스터가 붙은 미용실. 구식 헤어스타일이 나온 포스터는 모서리가 말려 있었다. 한 남자가 비닐이 잔뜩 담긴 쇼핑 카트를 밀고 욕설을 주절대며 우리 앞을 지났다. 여러 무리의 아이들이 모퉁이에 둘러앉아서 서로 놀려댔고, 보도의 경계는 마구잡이로 쌓이거나 뜯어진 쓰레기봉투로 알 수 있었다. 화려한 로어 맨해튼이나 야심 찬 미드타운의 분위기는 전혀 없었다. 여기서는 튀김과 환멸의 냄새가 풍겼다.

미나와 아속은 의식하지 못하는 듯했다. 부부는 붙어서 성큼성큼 걸으면서, 미나의 어머니가 아이들을 잘 보고 있는지 휴대폰으로 확인했다. 미나는 몸을 돌려서 내가 따라오는지 확인하고 생긋 웃었다. 나는 뒤를 힐끔대면서 외투 주머니에 든 지갑을 더 깊이 밀어 넣고, 서둘러 따라갔다.

시위 현장에 도착하기 전에 소리부터 들렸다. 소리의 진동이 점점 분명해지면서, 구호가 들렸다. 모퉁이를 돌아가니 거기 거무죽죽한 붉은 벽돌 건물 앞에 150명 정도가 서서 손 팻말을 흔들고 구호를 외쳤다. 그들의 목소리가 작은 카메라를 향해 모였다. 우리가 다가갈 때 미나가 팻말을 공중에 쑥 내밀면서 소리쳤다.

"모두에게 교육을! 우리 아이들의 안전한 공간을 빼앗지 말라!"

우리는 인파를 헤치고 들어갔고 곧 시위대 사이에 묻혔다. 뉴욕이 다양성을 존중한다고 생각은 했지만, 그동안 내가 본 것은 피부색과 옷 스타일뿐이었던 걸 이제 깨달았다. 실로 짠 모자를 쓴 노부인, 아이를 업고 최신 유행 차림을 한 사람, 머리를 쫑쫑 땋은 흑인 청년, 사리를 걸친 인도 할머니. 사람들은 생기 넘쳤고, 같은 목적에 동참해서 공동의 뜻을 관철하려 했다. 나는 구호를 외치면서, 미나의 환한 미소를 보았다. 그녀는 사람들 속을 지나면서 동료 시위자들과 포옹했다.

"저녁 뉴스에 나올 거랍디다. 그게 유일하게 시 의회가 주목하는 거지. 다들 뉴스에 나오고 싶어하니까."

연로한 부인이 내게 고개를 돌리고는 만족해서 고개를 끄덕이며 말했다.

나는 미소 지었다.

"매년 똑같지요? 해마다 공동체가 하나가 되게 더 힘껏 싸워야지. 해마다 우리 것을 더 꽉 잡아야 해."

"저기, 죄송해요. 사실 잘 몰라요. 여기 친구들이랑 왔을 뿐이라서."

"하지만 우릴 도우러 왔잖아요. 그게 중요한 거지."

그녀는 한 손으로 내 팔을 잡으면서 말을 이었다.

"내 손자가 여기서 멘토링 프로그램을 하거든요? 다른 젊은이들에게 컴퓨터를 가르치고 보수를 받아요. 정말 도서관 측이 돈을 준다니까. 손자는 어른들도 가르쳐요. 사람들이 일자리에 지원하게 돕지요."

노부인은 손이 따뜻해지도록 장갑 낀 두 손을 모으면서 계속 말했다.

"시의회가 도서관을 닫으면, 이 사람들은 갈 데가 없어요. 그럼 젊은 이들이 거리를 몰려다닌다고 시의원들이 제일 먼저 불평할걸! 우린 다 알아."

그녀는 나도 안다는 듯 미소 지었다.

앞에서 미나가 다시 손 팻말을 높이 들었다. 아속은 옆에서 몸을 굽히고 친구의 아들에게 인사하더니, 아이를 번쩍 들어서 잘 보게 해주었다. 수위 유니폼을 벗은 그는 인파 속에 아주 달라 보였다. 온갖 대화를 나누면서도 난 유니폼의 프리즘을 통해 그를 봤을 뿐이었다. 로비 책상 너머 어떤 생활을 하는지, 어떻게 가족을 부양하는지, 집에서 오는 데 시간이 얼마나 걸리는지, 급여가 얼마나 되는지 궁금한 적이 없었다. 군중을 쳐다보니, 카메라 팀이 떠나자 조금 조용해졌다. 뉴욕을 제대로 탐험하지 않은 게 묘하게 부끄러웠다. 내가 본 곳은 미드타운의 화려한 마천루들에 불과했다.

한 시간 더 구호를 외쳤다. 승용차와 트럭이 지나가면서 경적을 울려 호응했고, 우린 환호로 답했다. 사서 두 명이 나와서 최대한 여러 사람에게 뜨거운 음료를 대접했다. 나는 음료를 받지 않았다. 그즈음 노부인의 코트 솔기가 찢어진 걸 알아차렸고, 주변 사람들의 닳아빠진 옷이 눈에 들어왔다. 인도 부인과 아들이 따끈한 파코라(채소 등에 고춧가루나 향신료 등을 넣은 인도식 튀김)가 담긴 은박지 쟁반을 들고 길을 건너왔고, 우리는 진심으로 감사하면서 달려들었다.

"여러분이 중요한 일을 하시는걸요. 저희가 감사하죠."

부인이 말했다. 내가 집은 콩과 감자가 듬뿍 든 파코라는 매콤해서 입이 벌어졌고 진짜 맛있었다.

"이분들이 매주 음식을 대접하지요. 복 받을 거야."

노부인이 스카프에서 튀김부스러기를 털면서 말했다.

순찰차 한 대가 두세 번 지나갔고, 경관은 무표정한 얼굴로 시위대를 훑어봤다.

"우리 도서관을 구하게 도와주세요, 경관님!"

미나가 그에게 소리쳤다. 경관은 고개를 돌렸지만, 그의 동료는 빙긋 웃었다.

중간에 미나를 쫓아서 화장실을 사용하러 도서관에 들어갔다가, 내가 무엇을 위해 싸우는지 알 기회를 얻었다. 건물은 낡고 천장이 높은데다 배관이 드러나 있었다. 조용한 분위기였고, 벽마다 성인 교육, 명상 시간, 이력서 작성 지원, 시급 6달러인 멘토링 수업 안내 포스터가 붙어 있었다. 사람이 많았고, 어린이 구역에 젊은 가족이 잔뜩 있었다. 컴퓨터 코너에서 성인들이 자신 없이 키보드를 두드리는 소리가 났다. 십대 몇 명이 구석에서 조용히 잡담을 나누었고, 책을 읽는 사람도 있고 몇 사람은 이어폰을 끼고 있었다. 사서 책상 옆에 경비병 두 명이 서 있어서 놀랐다.

"그래요. 몇 가지 싸울 거리가 있어요. 여기는 누구에게나 무료인 건 알죠?

미나가 속삭였다.

"보통 마약이 있죠. 늘 문젯거리가 생겨요."

우리는 늙은 부인을 지나서 내려가는 계단으로 향했다. 그녀는 더러운 모자를 쓰고, 구깃구깃한 파란색 나일론 코트를 입었다. 낡은 코트의 어깨가 견장처럼 찢겨 있었다. 그녀가 힘들게 걸어가자 나도 모르게 뒷모습을 응시했다. 너덜너덜한 슬리퍼가 벗겨질 듯했고, 움켜쥔 가방에 문고판 책이 삐죽 나와 있었다.

우린 밖에서 한 시간 더 머물렀다. 그사이 기자와 다른 뉴스 취재팀이 찾아와서 인터뷰하고, 기사가 나가도록 최대한 노력하겠다고 약속했다. 그즈음 시위대가 차츰 흩어졌다. 미나, 아속, 나는 다시 지하철역으로 향했고, 부부는 사람들과 대화와 다음 주에 예정된 시위에 대해 열띠게 대화했다.

"도서관이 문을 닫으면 어떻게 할 거예요?"

지하철 열차에 오르자 내가 물었다.

미나가 머리에 맨 스카프를 위로 올리면서 대답했다.

"솔직하게요? 모르겠어요. 하지만 결국 폐관할 거예요. 3킬로미터 남짓 떨어진 곳에 시설이 더 좋은 도서관이 있고, 시 당국은 아이들을 거기 데려가면 된다고 말하겠죠. 이 지역 주민이 다 차가 있는 줄 아나보죠. 30도가 넘는 날씨에 노인들이 3킬로미터 이상 걸어서 다녀도 괜찮은 줄 아나보죠."

그녀가 눈을 허옇게 굴리면서 덧붙였다.

"그때까지는 계속 싸워야죠, 맞죠?"

아속이 격하게 한 손을 들어 허공에 흔들면서 말했다.

"공동체가 갈 장소가 있어야 해요. 사람들이 만나서 얘기하고, 생각을 교환할 장소가 있어야 한다고요. 이건 단순히 돈 문제가 아니거든요? 책은 삶을 가르쳐줘요. 책은 '공감'을 가르치죠. 하지만 집세도 근근이 낼까 말까 하면 책을 살 형편이 안 되죠. 그러니 도서관은 필수적인 자산이에요! 도서관을 닫는 것은, 단순히 건물을 닫는 게 아니라 '희망'을 닫는 거라고요, 루이자."

잠시 침묵이 흘렀다.

"사랑해요, 여보."

미나가 말하고, 아쇽에게 키스했다.

"나도 사랑해, 여보."

부부는 서로 바라보았고, 나는 코트에서 부스러기를 터는 척하면서 샘을 생각하지 않으려고 애썼다.

아쇽과 미나는 아이들을 데리러 친정에 가야 해서, 나와 포옹하고 다음 주에도 온다고 약속하게 했다. 나는 작은 식당에 가서 커피에 파이 한 조각을 곁들여 먹었다. 시위와 도서관에 있던 사람들, 주변의 침울하고 구멍이 뚫린 거리가 연신 생각났다. 부인의 찢어진 코트, 내 옆에 있던 노파가 손자가 멘토링을 하고 돈을 번다고 대견해한 일이 계속 떠올랐다. 아쇽이 공동체를 위해 열띠게 주장한 것을 떠올렸다. 고향의 도서관 덕분에 내 삶이 얼마나 바뀌었는지 기억났다. '아는 게 힘이다'라는 윌의 주장. 내가 지금 읽는 책은—지금 내리는 거의 모든 결정이—되짚으면 그 시절로 이어졌다.

시위대에 있던 사람 모두 서로 알거나 관계가 있거나, 음식과 음료를 사주고 대화를 나눈 기억을 떠올렸다. 공동 목표에서 나오는 열기와 기쁨이 느껴지던 기억을.

여기 새집에 대해 생각해봤다.

30명쯤 사는 적막한 건물. 평온을 조금이라도 침해받고 항의할 때를 제외하면 아무도 서로 말을 걸지 않는 곳. 아무도 남을 좋아하거나, 성가시게 서로 알아보려고 하지 않는 곳.

앞에 놓인 파이가 식도록 가만히 앉아 있었다.

집에 돌아가서 두 가지 일을 했다. 드 위트 부인에게 예쁜 스카프를 줘서 고맙고, 덕분에 한 주가 즐거웠다는 간단한 쪽지를 썼다. 개 돌보는 일에 더 도움이 필요하면, 기꺼이 개를 보살피는 방법을 배우겠다고 적었다. 편지지를 봉투에 담아, 그녀의 현관 밑에 넣었다.

일라리아의 방에 가서 노크했다. 그녀가 문을 열고 노골적으로 의심스럽게 쳐다보자, 난 주눅 들지 않으려 애썼다.

"일라리아가 좋아하는 계피 쿠키를 파는 커피숍을 지나면서, 몇 개 샀어요. 여기요."

내가 봉투를 내밀었다.

그녀는 경계하는 눈초리를 던졌다.

"원하는 게 뭐야?"

"아무것도요! 그냥…… 지난번에 아이들을 봐주셔서 고마워요. 그리고 아시잖아요, 같이 일하고……. 그냥 쿠키 몇 개예요."

난 어깨를 으쓱했다.

봉투를 조금 더 밀어서 그녀가 억지로 받게 만들었다. 그녀가 쿠키를 보다가 내게 눈을 돌리자, 난 그녀가 봉투를 돌려줄 것 같아서 그전에 손을 흔들고 부리나케 내 방으로 갔다.

그날 저녁 인터넷에 접속해, 도서관과 관련된 자료를 최대한 찾았다. 도서관 예산 삭감과 폐관 위협 기사, 작은 성공 사례—'동네 십대가 도서관 덕분에 대학 장학금을 받은 이야기'—를 찾아서 주요 내용을 인쇄하고, 유용한 정보를 파일 하나에 모았다.

9시 15분 전, 이메일 한 통이 도착했다. 제목은 '미안해'였다.

루,

한 주 내내 야간 당직을 했고, 5분 이상 시간이 나고 내가 상황을 악화시키지 않을 수 있을 때 답을 쓰고 싶었어. 내가 글을 잘 못 쓰잖아. 여기서 진짜 중요한 건 딱 한 마디겠지. 미안해. 당신이 속이지 않으리란 걸 알아. 그런 생각을 하다니 내가 바보였어.

너무 멀리 떨어져 지내면서 당신이 어떻게 지내는지 모르는 게 힘들긴 해. 둘이 만나면 매사에 볼륨이 너무 높아지는 것 같아. 서로에 대해 느긋해지지 못하지.

뉴욕에서 보내는 시간이 당신에게 중요하다는 걸 알고 있어. 당신이 가만히 있지 않으면 좋겠어.

다시 한 번 미안해.

당신의 샘

xxx

그에게 받은, 가장 진심 어린 편지였다. 내 감정을 풀어내려고 애쓰면서 잠시 문구를 쳐다보았다. 마침내 이메일을 열어서 입력했다.

알아. 사랑해. 크리스마스에 만나면, 함께 느긋한 시간을 가지면 좋겠어.

루 xxx

'보내기'를 하고, 엄마가 보낸 메일에 답장하고 트리나에게 메일을 보냈다. 계속 샘을 생각하면서, 기계적으로 메일을 썼다. '네, 엄마. 페이스북에 새로 게재된 정원 사진을 찾아볼게요. 네, 버니스의 딸이 사진마다 오리 흉내를 내는 걸 알아요. 그러면 멋있는지 알거든요.'

은행 계좌를 확인한 후, 페이스북에 들어갔다가 버니스의 딸이 주둥이를 내민 사진을 보고 나도 모르게 미소가 지어졌다. 엄마가 찍은 정원 사진을 봤다. 작은 마당에 가든센터에서 산 의자가 놓여 있었다. 그러다 나도 모르게 충동적으로 케이티 잉그람의 페이지에 들어갔다. 즉시 후회했다. 최근 업로드한 선명한 컬러사진 일곱 장이 있었다. 구급대원들의 회식 사진이었고, 내가 전화했을 때 간다던 모임이겠지.

다른 때일 수도 있고. 그게 더 나쁘지만.

실크로 보이는 진분홍색 셔츠를 입은 케이티가 밝게 웃으면서, 눈을 끌려고 테이블 위로 몸을 숙이고 있었다. 혹은 고개를 젖히고 목을 보이면서 웃거나. 샘이 낡은 재킷과 회색 티셔츠를 입고, 큰 손에 라임 강장 음료인 듯한 컵을 들고 있었다. 일행 중 키가 가장 컸다. 사진마다 일행은 농담을 하면서 행복하게 웃고 있었다. 샘은 아주 느긋하고 편해 보였다. 사진마다 케이티는 샘에게 달라붙고, 테이블에 앉아서 그의 겨드랑이 아래를 파고들었다. 혹은 샘의 어깨에 가볍게 한 손을 얹고 그를 올려다보고 있었다.

16

"해줘야 할 프로젝트가 있어."

나는 최신 유행을 이끄는 미용실 구석에 앉아, 아그네스가 염색과 드라이를 마치기를 기다렸다. 도서관 폐관 반대에 관련된 지역 뉴스를 보다가, 그녀가 다가오자 얼른 휴대폰을 껐다. 아그네스는 세심히 감싼 은박지를 잔뜩 달고 있었다. 미용사가 자리에 돌아오기를 바라는 기색이 역력한데도 아그네스는 무시하고 내 옆에 앉았다.

"아주 작은 피아노를 찾아줘야겠어. 폴란드에 보낼 거야."

그녀는 이 말을 편의점에서 껌을 사다 달라는 부탁처럼 말했다.

"아주 작은 피아노라고요?"

"아이가 배울 아주 특별한 소형 피아노. 언니의 막내딸이 쓸 거야. 하지만 아주 고급 피아노여야 해."

아그네스가 말했다.

"폴란드에서 소형 피아노를 살 수가 없나요?"

"이런 고급은 없지. '호스웨이너'와 '잭슨'의 피아노면 좋겠어. 세계 최고의 피아노 제조사거든. 그리고 추위나 습기에 영향을 받지 않게 실내 온도 조절기를 넣어서 특별 운송하도록 조치해야 해. 잘못하면 소리가 변하거든. 악기점에서 이 부분을 해결해줄 거야."

"조카가 몇 살이라고 했지요?"

"네 살이지."

"어…… 알겠습니다."

"아이가 소리의 차이를 들을 수 있도록 최고 제품이어야 해. 피아노마다 소리의 차이가 크거든. 스트라디바리우스랑 싸구려 바이올린을 연주하는 차이처럼."

"그렇겠죠."

"그런데 문제가 있어."

미용사가 시계도 차지 않은 손목을 두드리면서 그쪽으로 오라고 고갯짓을 했지만, 아그네스는 외면했다.

"내 신용카드에 구매 기록을 남기고 싶지 않아. 그러니까 비용은 루이자가 매주 현금을 인출해야 해. 조금조금씩. 알겠어? 내가 가진 현찰도 보태고."

"하지만…… 고프닉 씨가 싫어하지 않으실 텐데요?"

"그이는 내가 조카한테 너무 많은 돈을 쓴다고 생각해. 이해를 못 해. 게다가 태비사가 이 일을 알면, 모든 걸 비틀어서 날 나쁜 여자로 보이게 만들겠지. 그 애가 어떤지 알잖아, 루이자. 그러니까 내 말대로 해줄 수 있지?"

그녀는 은박지를 매단 채 날 지그시 바라보았다.

"저기, 그럴게요."

"루이자는 좋은 사람이야. 이런 친구가 있어서 정말 행복해."

갑자기 그녀가 포옹하면서 은박지가 내 귀에 닿아 뭉개지자, 미용사는 내 얼굴이 은박지를 망가뜨렸는지 살피러 쫓아왔다.

피아노점에 전화해서, 두 가지 소형 피아노 값과 배송비를 보내라고
요청했다. 난 상황을 파악하자 필요한 자료를 인쇄해서, 드레스룸에 있
는 아그네스에게 보여주었다.

"어마어마한 선물이네요."

내가 말했다.

그녀가 손을 흔들었다.

나는 침을 삼켰다.

"거기에 운송료 2,500달러를 더해야 됩니다."

나는 눈을 깜빡거렸다. 아그네스는 그러지 않았다. 그녀는 서랍장으
로 걸어가서, 청바지 속에 넣어둔 열쇠로 서랍을 열었다. 내가 지켜보는
가운데, 그녀는 들쭉날쭉한 50달러 지폐다발을 꺼냈다. 돈다발이 그녀의
팔뚝만 했다.

"여기. 8,500달러야. 루이자가 아침마다 현금지급기에 가서 나머지를
인출해야 해. 한 번에 500달러씩. 알겠지?"

고프닉 씨 모르게 거액을 인출하는 게 편하지만은 않았다. 하지만 그
녀와 친정 식구의 유대감을 알고, 떨어져 지내면서 가까이 느끼고 싶은
간절함을 알았다. 하긴 내가 뭐라고 그녀가 돈 쓰는 데 훈수를 두나? 옷
값만 해도 소형 피아노보다 비쌀 게 확실했다.

이후 열흘 동안 한낮에 꼬박꼬박 렉싱턴가의 현금인출기에 가서 현
금을 인출했다. 집으로 향하기 전에 브라 속에 지폐 뭉치를 넣고, 있지도
않은 강도와 싸울 태세를 갖추었다. 둘이 있을 때 내가 돈을 건네면 아그
네스는 받아서 서랍에 든 지폐뭉치에 합하고 다시 열쇠로 잠갔다. 결국
피아노 값 전액을 악기점에 가져가 구매서에 서명하고, 어리둥절한 직원
앞에서 돈을 세서 건넸다. 피아노는 크리스마스에 맞춰서 폴란드에 도착

할 터였다.

그 일만이 아그네스에게 기쁨을 주는 듯했다. 매주 우린 차를 타고 스티븐 립코트의 스튜디오에 갔다. 그녀가 미술 교습을 받는 동안, 개리와 나는 '베스트 도넛 플레이스'에서 조용히 카페인을 과음했다. 혹은 개리가 배은망덕한 다 큰 자식에 대해 떠들면 난 맞장구치면서 캐러멜이 뿌려진 도넛을 먹었다. 우린 두어 시간 후 아그네스를 태우러 갔고, 그녀가 빈손이라는 사실을 애써 모른 체했다.

아그네스의 자선 모임 혐오는 점점 심해졌다. 마이클은 주방에서 잠깐 커피를 마시면서, 이제 그녀가 다른 여자들에게 예의를 차리지 않는다고 속삭였다. 아름답고 새침하게 앉아서 행사가 끝나기만 기다린다고 했다.

"그들이 못되게 군 걸 생각하면 사모님을 탓할 순 없죠. 그런데 그게 회장님을 돌게 하거든요. 자랑할 아내까진 아니어도, 자주 미소 지을 준비가 된 아내가 있는 게 중요하거든요."

고프닉 씨는 업무와 일반적인 생활에 지친 모습이었다. 마이클 말로는 회사 사정이 어려웠다. 신흥 시장에서 은행을 떠받칠 대규모 거래가 틀어져서 만회하려고 전 직원이 밤낮없이 매달렸다. 동시에—아니 그 때문에—고프닉 씨의 관절염이 악화되어서 제대로 활동하려면 마사지 시간을 늘려야 한다고 네이선이 말했다. 약도 많이 복용했다. 1주일에 두 차례 주치의에게 진료받았다.

나중에 공원을 걸으면서 아그네스가 내게 말했다.

"이 생활이 싫어. 그이가 이 돈을 내는 건 뭐 때문이지? 1주일에 네 번씩 말라비틀어진 인간들과 앉아서 말라비틀어진 카나페나 썹으려고. 이 말라비틀어진 여편네들이 내 흉이나 보게 하려고."

그녀가 잠시 멈춰서 건물을 돌아볼 때, 난 눈에 고인 눈물을 보았다. 그녀가 낮은 소리로 다시 말했다.

"루이자, 더 이상 못 하겠다는 생각이 가끔 들어."

"고프닉 씨는 아내를 사랑하세요."

내가 말했다. 달리 할 말이 없었다.

그녀가 손바닥으로 눈물을 닦고, 감정을 몰아내려는 듯이 고개를 저었다.

"알아."

아그네스가 내게 미소 지었지만, 전혀 확신 없는 미소였다. 그녀가 덧붙여 말했다.

"그런데 사랑이 모든 걸 해결한다는 믿음을 버린 지 오래됐어."

나는 충동적으로 앞으로 나가서 그녀를 안았다. 나중에야 깨달았다. 그게 그녀를 위한 포옹이었는지, 나 자신을 위한 포옹이었는지 모르겠다는 것을.

추수감사절 만찬이 코앞에 다가왔을 때, 처음 아이디어가 떠올랐다. 아그네스는 저녁에 정신건강 자선 행사에 참석해야 하는데, 종일 침대에서 나오기를 거부했다. 몹시 우울해서 참석할 수가 없다고 버텼고, 앞뒤가 안 맞는 핑계임을 인정하지 않았다.

난 머그잔으로 홍차를 마시면서, 고심하다가 손해 볼 게 없다고 결정했다.

"고프닉 씨?"

서재 문을 노크하고, 그가 들어오라는 말하기를 기다렸다.

고프닉 씨가 올려다보았다. 그는 말끔한 하늘색 셔츠 차림으로 피곤해서 시선을 내렸다. 거의 늘 그가 안쓰러웠다. 우리에 갇힌 곰을 살짝 겁내고 존중하면서도 가여운 것과 비슷한 감정이었다.

"무슨 일이지?"

"저기, 방해해서 죄송합니다. 하지만 아이디어가 있어서요. 아그네스에게 도움이 되리라 생각되는 일입니다."

그가 가죽 의자에 등을 기대고, 내게 문을 닫으라고 손짓했다. 책상에 놓인 납유리 브랜디 병이 눈에 들어왔다. 평소보다 일렀다.

"솔직히 말씀드려도 될까요?"

내가 물었다. 불안해서 미칠 것 같았다.

"그렇게 하게."

"알겠습니다. 저기, 저는 아그네스가, 음…… 당연히 행복해야 하는데 그만큼 행복하진 않다고 느낄 수밖에 없습니다."

"그 정도가 아니지."

고프닉 씨가 나직이 말했다.

"많은 문제가, 과거 생활과는 절연되고 새 생활과는 융합되지 않는 데서 나오는 듯합니다. 아그네스는 예전 친구들이 새 생활을 이해하지 못해서 만날 수가 없다고 말하더군요. 제가 보기에, 저기, 새로 만난 사람들이 아그네스와 친구가 되려 하지 않고요. 그러면…… 배신이라고 느껴져겠지요."

"내 전처에 대한."

"네, 그러니 아그네스는 할 일도, 속한 공동체도 없습니다. 이 건물에 진정한 공동체는 없거든요. 고프닉 씨께는 업무가 있고, 회장님을 좋아하고 존경하는 오랜 지인들이 있습니다. 아그네스는 그렇지 않아요. 아그네스는 자선 행사를 유난히 힘들어해요. 하지만 자선 부문은 회장님께

292

아주 중요하지요. 그래서 제가 아이디어를 냈습니다."

"계속해보게."

"저기, 워싱턴 하이츠에 폐관 위협을 받는 도서관이 있는데요. 여기 그곳의 모든 정보를 모아 왔습니다."

나는 책상 위로 서류철을 밀었다. 다시 설명을 시작했다.

"이곳은 진짜 공동체 도서관으로, 국적과 나이와 성향을 망라한 다양한 사람들이 이용합니다. 도서관이 계속 문을 여는 게 주민에게 아주 중요합니다. 그들은 도서관을 구하려고 치열하게 싸우는 중이에요."

"그건 시의회가 챙길 사안인데."

"아, 그렇지요. 그런데 사서 한 명과 대화를 했는데, 과거에는 개인들이 기부해서 도서관 운영을 도왔다고 합니다."

나는 몸을 숙이면서 말을 이었다.

"거기 가보면 아실 거예요. 멘토링 프로그램과 자녀를 따뜻하고 안전하게 데리고 있으려는 어머니들, 더 좋은 상황을 만들려는 사람들이 있습니다. 특별한 방식으로요. 또 참석하시는 행사들처럼 화려하지 않지만…… 무도회는 없을 테니까요……. 그래도 자선 행사가 있거든요? 그래서 어쩌면…… 어쩌면 회장님이 관여하시면 좋겠다고 생각했습니다. 아그네스가 관여해서 공동체의 일원이 될 수 있다면 더 좋을 거고요. 그것을 자신의 프로젝트로 만들 수 있을 겁니다. 두 분이 놀라운 일을 하실 수 있습니다."

"워싱턴 하이츠라고?"

"거기 가보셔야 해요. 아주 다채로운 지역입니다. 굉장히 다르지요…… 여기랑은. 일부 젠트리피케이션이 일어나긴 했지만 이 지역은……."

"워싱턴 하이츠를 알아, 루이자. 이 일을 아그네스와 이야기해봤나?"

그가 손가락으로 책상을 톡톡 두드리면서 물었다.

"회장님께 먼저 말씀드려야 할 것 같아서요."

그는 서류철을 당겨서 펼쳤다. 첫 페이지를 보면서 인상을 찌푸렸다. 신문에서 오린 초창기 시위 기사였다. 두 번째 페이지는 시의회 웹사이트에서 인출한 지난 회계연도의 예산 문건이었다.

"저는 회장님께서 변화를 일으키실 수 있다고 믿어요. 아그네스뿐 아니라 전체 공동체에."

이 순간 그가 냉담하고 심지어 오만해 보이는 걸 난 깨달았다. 큰 변화는 없었지만 살짝 표정이 굳어졌고, 시선을 내리깔았다. 또 이런 생각도 났다. 고프닉 같은 부자는 하루에도 돈 부탁이나 어떤 일에 개입해달라는 요청을 무수히 받겠지. 나도 거기 끼어들었으니, 고용인과 피고용인 사이의 보이지 않는 선을 넘은 셈이었다.

"아무튼요. 그냥 아이디어였어요. 대단한 것도 아니고요. 너무 말을 많이 해서 죄송합니다. 바쁘시면 그걸 보시지 않아도 됩니다. 제가 가져가면……."

"괜찮아, 루이자."

그가 눈을 감고 손끝으로 관자놀이를 눌렀다.

나는 나가보라는 말인지 아닌지 몰라서 그냥 서 있었다.

마침내 그가 내게 고개를 들었다.

"가서 아그네스랑 얘기해볼 수 있겠나? 오늘 만찬에 나 혼자 가야 할지 알아봐줘."

"네, 그러겠습니다."

나는 서재에서 물러났다.

아그네스는 정신건강 만찬에 갔다. 부부가 귀가한 후 싸우는 소리는 나지 않았지만, 그날 밤 아그네스는 드레스룸에서 잤다.

크리스마스를 보내러 집에 가기 전 2주간, 페이스북에 집착하는 습관이 생겼다. 나도 모르게 아침과 저녁에 케이티 잉그람의 페이지를 확인하고, 그녀가 친구들과 나눈 대화를 읽고 새로 포스팅한 사진이 있는지 살폈다. 한 친구가 그녀에게 업무가 마음에 드냐고 묻자, 케이티는 '맘에 꼭 들어!'라는 문구와 함께 윙크하는 얼굴을 올렸다(그녀는 짜증날 만치 윙크하는 얼굴을 사랑했다). 다른 날 그녀는 이런 글을 포스팅했다. '오늘은 무지무지 힘든 날. 멋진 파트너를 주셔서 감사! #축복'

구급차 운전석에 앉은 샘의 사진이 더 포스팅되었다. 그는 케이티를 말리려는 듯 손을 들고 웃었고, 그의 얼굴과 친밀한 사진과 나를 뒷전에 밀어놓은 느낌에 숨이 막혔다.

영국 시간으로 전날 저녁, 통화할 예정이어서 전화하니 샘이 받지 않았다. 두 번이나 다시 걸었지만 마찬가지였다. 두 시간 후 한참 걱정하는데, 문자메시지가 왔다. '미안, 아직 거기 있어?'

그가 전화하자 내가 받았다.

"괜찮아? 일했어?"

그는 아주 살짝 머뭇거리다가 대답했다.

"꼭 그런 건 아니고."

"무슨 뜻이야?"

나는 개리와 차에서 페디큐어를 받으러 간 아그네스를 기다리는 중이었다. 개리가 「뉴욕포스트」의 스포츠 란에 집중한 듯했지만, 난 그가 통화를 들을까봐 신경 쓰였다.

"케이티가 무슨 일 하는 걸 도와줬어."

그 이름을 듣자 가슴이 철렁했다.

밝은 목소리를 유지하려고 애썼다.

"무슨 일을 도왔는데?"

"그냥 이케아 옷장. 케이티가 옷장을 샀는데 혼자 조립을 못 해서, 내가 도와주겠다고 했지."

속이 메스꺼웠다.

"당신이 그 집에 갔어?"

"아파트야. 가구 조립을 도와준 것뿐이야, 루. 그녀에겐 아무도 없어서. 또 도로 아래쪽에 살고."

"공구함을 가져갔겠네."

그가 내 아파트에 와서 수리해준 기억을 떠올렸다. 처음 그를 사랑하게 된 이유에 그런 면도 있었다.

"그랬지. 내 공구함을 들고 갔지. 내가 한 일은, 이케아 옷장 조립을 도운 것뿐이라구."

답답해하는 말투.

"샘?"

"왜?"

"당신이 나서서 거기 가겠다고 했어? 아니면 그녀가 오라고 했어?"

"그게 뭐가 중요해?"

중요하다고 말해주고 싶었다. 이 여자가 내게서 그를 훔쳐가려는 속셈이 빤히 보이니까. 무력한 여자도 됐다가, 재미있는 파티 걸도 됐다가, 이해심 많은 단짝 겸 동료도 됐다가. 샘은 여우 짓을 도통 모르거나, 더 곤란하게도 알고 있었다. 그녀가 인터넷에 올린 사진들마다 빠짐없이 샘

옆에 달라붙어 있었다. 립스틱 바른 거머리가 따로 없지. 그녀가 내가 사진을 볼 거라고 예상한다는 의문이 종종 들었다. 사진이 내 마음을 불편하게 만드는 걸 알고 흐뭇할까? 혹시 나를 괴롭고 강박적으로 만드는 게 그녀의 계획일까? 남자들은 여자들이 서로에게 겨누는 아주 미묘한 무기를 절대 모르겠지.

전화선을 타고 침묵이 흐르다가 싱크홀로 변했다. 내가 이길 수 없다는 걸 알았다. 샘에게 벌어지는 상황을 경고하려고 들면, 난 질투하는 잔소리꾼이 되겠지. 경고하지 않으면 그는 무작정 유혹의 함정으로 들어갈 테고. 그러다 어느 날 나를 그리워한 것처럼 그녀를 그리워하는 자신을 발견하겠지. 힘든 일과를 마치고 술집에서 그녀가 기대며 보드라운 손으로 그의 손을 잡거나. 아드레날린이 솟는 일이나 죽을 뻔한 사고를 함께 겪은 후 키스하고……

나는 눈을 감았다.

"그러면 언제 돌아오는 거야?"

"23일."

"잘됐네. 내가 근무 시간을 조정해볼게. 하지만 크리스마스 기간에 얼마간 근무해야 될 거야, 루. 이 일을 알잖아. 쉴 새가 없어."

그가 한숨을 쉬었다. 잠깐 잠잠하다가 샘이 다시 입을 열었다.

"들어봐. 내가 생각해봤는데. 당신이랑 케이티가 만나는 것도 좋을 거야. 그러면 당신도 그녀가 괜찮다는 걸 알 수 있겠지. 그녀는 동료 아닌 뭐가 되려고 하지 않아."

웃기시네.

내가 대답했다.

"좋아! 그것도 괜찮겠네."

"당신도 그녀를 좋아할 거야."

"그렇다면 그렇겠지."

차라리 에볼라 바이러스가 낫겠다. 차라리 팔꿈치가 까지는 게 낫지. 차라리 벌레가 꿈틀대는 치즈를 먹는 게 낫지.

샘은 마음이 놓이는 목소리로 말했다.

"보고 싶어 안달이 나. 1주일 후면 돌아오네, 그치?"

나는 목소리가 똑똑히 들리지 않도록 고개를 숙이고 말했다.

"샘, 혹시…… 케이티가 진짜 날 만나고 싶어할까? 그러니까 둘이 의논한 일이야?"

"응."

그러다 내가 아무 대꾸도 하지 않자, 그가 덧붙였다.

"내 말은, 의논이 다른 게 아니라…… 당신과 나 사이의 일을 이야기한 게 아냐. 다만 케이티는 우리가 힘들 거라는 걸 알아."

"그렇구나."

턱이 조여드는 느낌이었다.

"케이티는 당신을 좋게 생각해. 내가 잘못 알았다고 말해줬지."

나는 웃었지만, 세계 최악의 배우도 그보다 더 그럴듯하게 웃을 수 있을걸.

"케이티를 만나면 당신도 알게 될 거야. 얼른 그러면 좋겠네."

그가 전화를 끊자, 나는 고개를 들다가 개리가 백미러로 쳐다보는 걸 알았다. 잠시 둘의 눈이 마주쳤고 곧 개리는 시선을 비꼈다.

있는 곳은 세계에서 가장 분주한 대도시지만, 실제로는 아주 작은 세상에서 새벽 6시부터 밤늦도록 고프닉 부부의 요구에 짓눌려 산다는 걸 깨달았다. 내 생활은 부부의 생활과 완전히 얽혔다. 월과 그랬듯이 아그네스의 기분에 적응해서, 그녀가 우울하거나 화나거나 단순히 배고픈 작은 징후까지 감지할 수 있었다. 이제 그녀의 생리 주기를 알아서 개인 다이어리에 기록해두고 닷새간의 격한 감정이나 부서져라 건반 두드리는 소리에 대비했다. 가족 간에 갈등이 생기면, 투명 인간처럼 있을 줄도 알게 되었다. 그림자 노릇을 하다보니 종종 내가 없는 사람으로 느껴졌다. 타인과 관련해서만 유용한 존재 같았다.

고프닉 집안에 오기 전의 생활은 줄어들어서 희미한 허깨비가 되었고, (고프닉의 일정이 허락하면) 어색한 통화나 드문드문 주고받는 이메일을 통해서만 이어졌다. 2주간 트리나와 통화하지 못하다가, 엄마가 손편지를 보내면서 '네가 우리 모습을 잊었을까봐'라는 글과 함께 동봉한 트리나와 톰이 연극 극장에서 찍은 사진을 보고 울었다.

상황이 지나치게 흐를 수도 있었다. 그래서 균형을 잡느라 피곤해도 주말마다 아쇽 부부랑 도서관에 갔다. 아이들이 아파서 그들이 참여하지 못할 때는 혼자 가기도 했다. 더 따뜻하게 입고, 월에게 경의를 표하기 위해 '아는 것이 힘이다'라고 적은 손 팻말을 만들어 들었다. 지하철을 타고 다녔고, 시위 후에 이스트 빌리지에 있는 빈티지 의상 엠포리엄에 가서 커피를 마시면서 리디아 자매가 새로 들인 옷을 구경했다.

고프닉 씨는 도서관에 대해 다시 말하지 않았다. 여기서 자선의 의미가 아주 다를 수 있어서 좀 실망스러웠다. 주는 것만으로는 부족하고, 주는 것을 보일 수 있어야 되니. 병원마다 문 위에 기부자 명단이 대문짝만하게 걸려 있었다. 무도회에도 기부자의 이름을 붙였다. 심지어 버스에도 뒷창 옆에 명단이 있었다. 레너드 고프닉 부부가 자선계의 큰손으로 유명한 것은, 기부할 때 온 사회가 보기 때문이었다. 빈민가의 허접한 도서관은 그런 찬사를 안겨주지 못했다.

내가 추수감사절에 아무 계획이 없는 걸 알자, 아쇽과 미나가 놀라면서 워싱턴 하이츠에 있는 아파트로 초대했다.

"추수감사절을 혼자 보내면 안 돼죠!"

아쇽이 말했지만, 난 영국에선 그게 무슨 날인지 아는 사람이 없다고 대꾸하지 않기로 했다.

미나가 말했다.

"어머니가 칠면조 요리를 할 텐데 미국식은 아니에요. 우린 그 심심한 칠면조를 참을 수가 없거든요. 진짜배기 탄두리 칠면조가 될 거예요."

새로운 일에 '좋다'고 대답하는 건 어렵지 않았다. 무척 흥분됐다. 샴페인 한 병, 고급 초콜릿, 미나의 어머니에게 드릴 꽃을 사고, 모피 소매가 달린 파란색 칵테일 드레스를 입었다. 이 옷을 입고 첫 외출하기에 인도식 추수감사절이 적당하다고 생각했다. 아무튼 별다른 복장 요구는 없었으니까. 일라리아가 고프닉 가족 만찬을 준비하느라 녹초가 되어서, 난 방해하지 않기로 했다. 현관문을 나서서 아쇽이 준 약도를 확인했다.

복도를 지나는데, 드 위트 부인네 현관문이 열려 있었다. 문에서 몇 발자국 떨어진 곳에서 딘 마틴이 나를 노려보았다. 개가 또 자유를 찾아 탈출할까 염려되어서 초인종을 눌렀다.

드 위트 부인이 복도로 나왔다.

"드 위트 부인? 딘 마틴이 혼자 산책에 나설 기세라서요."

개는 터벅터벅 주인에게 돌아갔다. 부인은 벽에 기대서 있었다. 연약하고 지쳐 보였다.

"문 좀 닫아줄 수 있겠어? 내가 제대로 닫지 않았군."

"그럴게요. 추수감사절 잘 보내세요, 드 위트 부인."

내가 말했다.

"오늘이야? 그런 줄도 몰랐네."

그녀가 안으로 사라졌고 개가 따라 들어갔다. 그 집에 흔한 방문객 한 명 오는 걸 본 적이 없었다. 그녀가 혼자 추수감사절을 보낸다고 생각하니 잠깐 애처로웠다.

걸음을 옮기려고 몸을 돌리는 순간, 아그네스가 체육관에 가는 차림으로 복도를 걸어왔다. 그녀는 날 보자 놀란 모양이었다.

"어디 가는 거야?"

"저녁 식사하러 가는데요?"

누구랑 만나는지 밝히기 싫었다. 이 건물의 고용주들은 그들이 없는 자리에서 직원들이 어울린다면 어떤 기분일까? 아그네스는 겁에 질려서 날 바라보았다.

"하지만 가면 안 돼, 루이자. 레너드의 가족이 여기 올 거야. 나 혼자 감당 못 해. 그들에게 루이자가 여기 있을 거라고 말해뒀어."

"그랬어요? 하지만……."

"꼭 있어야 해."

나는 문을 쳐다보았다. 심장이 내려앉았다.

그때 그녀가 풀죽은 목소리로 말했다.

"부탁이야, 루이자. 내 친구잖아. 루이자가 필요해."

아속에게 전화해서 사정을 말했다. 그나마 위로가 되는 것은, 그가 여기서 일하기에 즉시 상황을 파악한 점이었다.

"정말 미안해요. 진심으로 가고 싶었어요."

내가 휴대폰에 대고 속삭였다.

"아니요. 거기 있어야죠. 미나가 칠면조를 남겨둔다고 전하라네요. 내가 내일 가져갈게요……. 여보, 내가 전했어! 미나가 그 집의 비싼 와인을 다 마셔버리래요. 알았죠?"

잠깐 눈가에 눈물이 맺혔다. 키득대는 아이들, 맛좋은 음식, 웃음이 넘치는 저녁 시간을 기대했다. 그런데 다시 그림자가, 냉랭한 방의 말없는 소품이 되다니.

두려움은 현실이 되었다.

다른 고프닉 가족 세 명이 추수감사절에 왔다. 고프닉 씨보다 머리가 희고 생기 없는 형, 법조계 사람이었다. 미 법무부를 좌지우지하는. 그가 모친을 데려왔다. 노부인은 휠체어를 탔고, 저녁 내내 모피코트를 벗지 않겠다고 고집하면서 다른 사람의 말을 들을 수 없다고 떠들썩하게 불평했다. 유명한 바이올리니스트였던 고프닉 씨의 형수도 같이 왔다. 그녀만 내게 무슨 일을 하는지 물었다. 그녀는 아그네스에게 인사하면서 두 번 키스하고, 아무한테나 보여줄 수 있는 의례적인 미소를 지었다.

태비사도 참석했다. 지각했고, 택시에서 누군가에게 정말 가기 싫다고 푸념하면서 온 분위기를 풍겼다. 그녀가 도착하고 얼마 후, 우린 식당에 자리를 잡았다. 중앙 거실과 좀 떨어져 있고, 가운데 대형 타원형 마호가니 식탁이 있었다.

공평하게 말하면 대화는 한쪽으로 쏠렸다. 곧 형제는 고프닉 씨가 최근 사업하는 나라의 법률 규제 이야기에 몰두했고, 두 부인은 외국어로 간단한 대화를 주고받는 사람들처럼 어색하게 몇 가지 물었다.

"어떻게 지냈어요, 아그네스?"

"잘 지냈어요, 고맙습니다. 어떠셨어요, 베로니카?"

"아주 잘 지냈지. 무척 좋아 보이네. 옷이 굉장히 멋있어요."

"감사합니다. 형님도 아주 근사해 보이세요."

"폴란드에 다녀왔다고? 어머니를 찾아갔다고 레너드에게 들었지."

"2주 전에 갔어요. 어머니를 만나니 좋았어요, 감사합니다."

나는 태비사와 아그네스 사이에 앉아서, 아그네스가 화이트와인을 과음하고 태비사가 휴대폰을 사납게 톡톡 치고 가끔 눈을 굴리는 걸 봤다. 난 호박과 샐비어 수프를 먹으면서 고개를 끄덕이고 미소 지었다. 아속의 아파트와 즐거운 시끌벅적한 분위기를 아쉬워하지 않으려 애썼다. 태비사에게 근황을—대화를 이어가려고 뭐든—물어야 했지만, 전에 스태프가 가족 행사에 끼었다고 신랄한 비난을 들은 터라 말을 꺼낼 용기가 나지 않았다.

일라리아가 계속 음식을 가져왔다. 나중에 그녀는 '폴란드 잡것이 요리를 안 한다니까. 덕분에 누가 추수감사절에 쉬지도 못하지'라고 중얼댔다. 칠면조와 구운 감자 외에 곁들임으로 먹어보지 못한 음식이 나왔다. 이걸 먹으면 즉시 2형 당뇨병에 걸릴 것 같았다. 마시멜로를 토핑한 설탕에 졸인 고구마찜, 구워 으깬 도토리에 메이플 시럽에 재운 베이컨을 뿌린 요리. 버터를 넣은 콘브레드, 꿀과 향신료를 뿌린 구운 당근. 팝오버(살짝 구운 빵)—요크셔푸딩(영국의 풀빵 같은 빵으로 로스트비프에 곁들인다)과 비슷한—도 나왔는데, 나는 거기에도 시럽을 뿌렸는지 몰래 들여다봤다.

물론 남자들만 많이 먹었다. 태비사는 음식을 뒤적이기만 했다. 아그네스는 칠면조만 조금 먹고 다른 것에는 손대지 않았다. 난 골고루 조금씩 먹으면서, 할 일이 있다는 데 감사했다. 이제 일라리아가 내 앞에 접시를 던지듯 내려놓지 않아서 고마웠다. 사실 그녀는 내 곤란한 처지에 무언의 공감을 표하듯 몇 번 슬쩍 쳐다보았다. 남자들은 나머지 사람들의 얼음장 같은 분위기를 모르는지, 모르는 척하는 건지 계속 사업 이야기만 했다.

이따금 고프닉 부인이 침묵을 깼다. 그녀는 감자를 달라고 하거나, 도대체 가정부가 당신에게 무슨 짓을 했냐고 네 번이나 물었다. 짜증스럽지만 할 일이 생겨 안심되는 듯 몇 명이 동시에 대답하곤 했다.

유난히 긴 침묵이 흐른 후 베로니카가 입을 열었다.

"독특한 의상이네요, 루이자. 대단히 획기적이에요. 맨해튼에서 샀나요? 요새는 모피 소매를 흔히 볼 수 없는데."

"감사합니다. 이스트 빌리지에서 샀어요."

"마크 제이콥스예요?"

"음, 아뇨. 빈티지예요."

"빈티지라."

태비사가 조소했다.

"뭐라고 말한 거냐?"

늙은 고프닉 부인이 크게 물었다.

"아가씨의 옷에 대해 말하고 있어요, 어머니. 아가씨가 빈티지 의상이라고 말하네요."

고프닉 씨의 형이 대답했다.

"빈티지 뭐?"

"'빈티지'가 무슨 문제라도 있니, 탭?"

아그네스가 쌀쌀맞게 물었다.

나는 앉은 채로 몸이 오그라들었다.

"너무나 무의미한 용어죠, 안 그래요? '중고'란 말을 돌려서 하는 거죠. 결국 그게 그건데 색다르게 포장한 거라고나 할까."

빈티지에는 그 이상의 의미가 있다고 말해주고 싶었지만, 어떻게 표현해야 좋을지 몰랐고, 나설 자리가 아닌 것 같기도 했다. 대화가 나랑 무관한 다른 화제로 넘어가기만을 바랐다.

"빈티지 의상이 패션일 수 있다고 믿어요. 물론 요즘 젊은이 트렌드를 이해하기에 나야 너무 늙었지만."

베로니카가 외교 능력을 발휘해서 내게 직접 말했다.

"또 그런 말을 하기에는 너무 예의 바르고."

아그네스가 중얼댔다.

"실례지만?"

태비사가 말했다.

"아, 실례했다고?"

"내 말은, 실례지만 방금 뭐라고 했느냐고요."

고프닉 씨가 식사하다가 고개를 들었다. 그는 신중한 눈길로 아내와 딸을 번갈아 보았다.

"내 말은, 왜 그렇게 루이자에게 무례하게 구느냐는 거야. 루이자는 스태프지만 여기 내 손님으로 와 있어. 그런데 넌 루이자의 옷차림에 무례하게 굴어야 속이 시원하지."

"난 무례하게 굴지 않았어요. 단지 사실을 말했을 뿐이에요."

"요즘은 이런 게 무례지. '난 본 대로 말해. 난 솔직할 뿐이야.' 바로 남을 괴롭히는 사람이 쓰는 언어야. 이게 뭔지 우린 다 알아."

"방금 날 뭐라고 불렀어요?"

"아그네스. 여보."

고프닉 씨가 손을 뻗어 아내의 손을 잡았다.

"둘이 무슨 말을 하는 게냐? 크게 말하라고 해."

고프닉 부인이 말했다.

"탭이 제 친구에게 너무 무례하다고 제가 말했어요."

"저 여자는 당신 친구가 아닌 걸 똑똑히 알라고요. '보수를 받는 어시스턴트'예요. 요즘 친구를 그런 식으로밖에 사귀지 못하는 것 같지만."

"탭! 그런 못된 말이 어디 있니."

고프닉 씨가 딸에게 말했다.

"뭐, 사실인 걸요. 아무도 상대하려들지 않으니까요. 어딜 가든 그런 상황인데 모르는 척하지 마세요. 이 가족이 웃음거리란 걸 알아요, 아빠? 아빠는 '빤할 빤 자'인 남자예요. 저쪽은 걸어다니는 '빤할 빤 자'인 여자고. 뭐가 빤하냐고요? 저쪽의 속셈이 뭔지 다들 알거든요."

아그네스가 무릎에서 냅킨을 집어서 뭉쳤다.

"내 속셈? 내 속셈이 뭔지 어디 들어보자."

"성공에 미쳐서 저돌적으로 달려드는 다른 이민자들과 똑같죠. 아빠를 어찌어찌 구워삶아서 결혼했어요. 이제 의심의 여지없이 온갖 수단을 동원해 임신해서 아이를 하나나 둘 낳겠죠. 그리고 5년 안에 아빠랑 이혼하겠죠. 그럼 평생 편안히 살 거예요. 슝! 마사지를 안 하고. 버그도프 굿맨(미국 최고급 백화점), 운전기사, 폴란드 마녀들과 점심."

고프닉 씨가 식탁 위로 몸을 숙였다.

"태비사, 다시는 이 집에서 '이민자'란 단어를 경멸적으로 사용하지 않으면 좋겠구나. 네 증조부모님도 이민자셨어. 너도 이민자의 후손이고……."

"'그런' 종류의 이민자는 아니죠."

"그게 무슨 뜻이지?"

아그네스가 얼굴이 빨개져서 물었다.

"내가 꼭 일일이 말해야겠어요? 힘든 일을 통해 목표를 이루는 사람들이 있고, 빈둥대며 기생해서……."

아그네스가 쏘아붙였다.

"너처럼? 스물다섯 살에 신탁펀드 배당금으로 사는 너처럼 말이지? 넌 평생 직업을 가져본 적이 없지. 네가 바로 그 예구나? 적어도 난 힘든 일이 뭔지 알아……."

"그래요. 낯선 남자들의 알몸에 올라앉는 거죠. '대단한' 직업이네."

고프닉 씨가 벌떡 일어났다.

"이제 그만해! 전혀, 전혀 틀린 생각이다, 태비사. 넌 사과해야 해."

"왜요? 내가 장밋빛 안경을 끼지 않고 저 여자를 볼 수 있어서요? 아빠, 이런 말을 해서 미안하지만, 아빠는 이 여자가 진짜 어떤 사람인지 까맣게 몰라요."

"아니. 틀린 사람은 바로 너야!"

"그러니까 이 여자가 자식을 갖고 싶지 않을 거라고요? 스물여덟 살이라고요, 아빠. 정신 차리세요!"

"뭐라고 떠드는 거냐?"

고프닉 부인이 며느리에게 불만스럽게 물었다. 베로니카가 귀에 뭐라고 속삭이자, 노부인이 다시 말했다.

"그런데 남자들의 알몸 어쩌고 그러던데. 내가 들었거든."

"그건 네가 참견할 일이 아니야, 태비사. 하지만 이 집에 더 이상 아이는 없을 거다. 아그네스는 나랑 결혼하기 전에 이 점에 동의했어."

태비사가 찌푸렸다.

"어머나. 그녀가 '동의'해요. 그게 뭐 대수인가요. 그런 여자는 아빠랑 결혼하려고 무슨 말이든 할 텐데요! 아빠, 이런 말을 하기 싫지만, 아빤 구제불능으로 순진해요. 1년쯤 후에 약간의 '사고'가 생길 거고 그녀가 설득……."

"사고 따윈 없을 거야!"

고프닉 씨가 식탁을 내리쳐서 유리잔이 흔들렸다.

"아빠가 어떻게 알아요?"

"내가 망할 놈의 정관 수술을 받았으니까!"

고프닉 씨가 주저앉았다. 그의 손이 떨렸다. 그가 말을 이었다.

"결혼하기 두 달 전에. 마운트 시나이 병원에서. 아그네스의 전적인 동의하에. 이제 속이 시원하니?"

방에 침묵이 내려앉았다. 태비사가 입을 벌리고 아버지를 보았다.

노부인이 좌우를 처다보다가, 고프닉 씨를 보면서 말했다.

"레너드가 맹장 수술을 받았다고?"

내 머리 뒤쪽 어디에서 웅 소리가 나기 시작했다. 멀리서 고프닉 씨가 딸에게 사과하라고 닦달하는 것 같더니, 태비사가 의자를 밀고 일어나 사과도 없이 나가는 걸 본 것 같았다. 베로니카가 남편과 눈짓을 교환하고 술을 쭉 들이켜는 게 보였다.

그 순간 난 아그네스를 처다봤고, 그녀는 말없이 접시를 내려다보았다. 베이컨 위에 뿌려진 꿀범벅이 굳고 있었다. 고프닉 씨가 손을 뻗어 아내의 손을 꽉 잡았고, 난 가슴이 철렁 내려앉는 소리를 들었다.

아그네스는 내게 눈길을 주지 않았다.

17

12월 22일 선물을 잔뜩 싣고, 새로 산 빈티지 코트를 입고 집으로 날아갔다. 얼룩말 무늬 코트는 묘하게도 비행기 공기에 영향을 받아, 히드로 공항에 도착할 즈음 죽은 말 같은 냄새가 났다.

사실 크리스마스이브에 비행기를 탈 예정이었지만, 아그네스는 어머니가 아파서 불시에 잠깐 폴란드에 가니 나더러 일찍 떠나라고 했다. 가족이랑 있을 수 있는 마당에, 할 일도 없는 맨해튼에 있을 필요가 없다면서. 비행기티켓을 바꾸는 비용은 고프닉 씨가 지불했다. 추수감사절 만찬 이후 아그네스는 내게 과하게 친절한 동시에 거리를 두었다. 나는 프로답게 도리를 다했다. 가끔 그 사건의 의미 때문에 머리가 어지러웠다. 하지만 가을에 내가 여기 왔을 때, 개리가 한 말을 떠올리곤 했다.

보지도 말고, 듣지도 말고, 싹 잊으라고.

크리스마스 준비 기간에 웬일인지 마음이 가벼워졌다. 콩가루 집구석을 벗어나서 마음이 놓였겠지. 혹은 크리스마스 선물 쇼핑 덕에 샘과 연애하는 재미를 되찾았을까? 마지막으로 남자에게 줄 크리스마스 선물을 산 게 언제였던가? 지난 2년간 패트릭은 받고 싶은 피트니스 전문용품의 링크를 이메일로 보냈다. '수고스럽게 포장하지 마. 당신이 잘못 선택해서 내가 반송할 수도 있으니까.' 난 버튼만 누르면 됐다. 윌과 크리스마스를 보내지 못했다. 이제 삭스백화점에서 다른 쇼핑객들과 부딪치면서, 캐시미어 스웨터를 입은 내 애인을 떠올리고는 스웨터를 볼에 대봤다. 정원에서 입으면 좋을 부들부들한 체크무늬 셔츠를 구경하고, 레이(REI 아웃도어 용품 전문점)에서 두꺼운 야외용 양말을 골랐다. 타임스스퀘어에 있는 엠앤엠 스토어에서 달콤한 냄새를 흠뻑 맡으면서 톰에게 줄 장난감을 샀다. 트리나에게 줄 편지지는 맥낼리 잭슨에서, 할아버지에게 드릴 멋진 잠옷 가운은 메이시스백화점에서 샀다. 몇 달간 쓴 용돈이 얼마 안 되자 흥분해서는 티파니에서 엄마의 간소한 팔찌를, 아빠는 창고에서 쓰게 태엽 감는 라디오를 샀다.

생각을 한 후에 샘에게 줄 양말을 샀다. 거기 작은 선물을 잔뜩 담았다. 애프터셰이브 로션, 풍선껌, 양말, 데님 핫팬츠를 입은 여자 모양의 맥주 홀더. 결국 톰의 선물을 산 장난감 상점에 다시 가서 인형의 집 가구 몇 점을 더 샀다. 침대, 식탁과 의자들, 소파, 욕실 세면대와 욕조. 모형을 포장해서 '진짜가 생길 때까지'라고 쓴 메모를 붙였다. 모형 의료기구함이 있어서 그것도 넣었다. 놀랄 정도로 기구가 정교했다. 갑자기 크리스마스가 현실로 다가와 흥분됐고, 고프닉 부부와 뉴욕과 열흘 쯤 헤어진다는 사실 자체가 선물로 여겨졌다.

공항에 도착해서, 선물꾸러미가 든 가방이 제한 무게를 넘지 않기를 기도했다. 체크인 카운터의 여직원이 내 여권을 받고 가방을 저울에 올리라고 했다. 그녀가 컴퓨터 화면을 보면서 찌푸렸다.

"무슨 문제가 있나요?"

직원이 내 여권을 힐끗 보더니 뒤를 돌아보자 내가 물었다. 난 수하물 초과 비용이 얼마나 될지 머릿속으로 계산했다.

"아, 아닙니다. 손님은 이 줄에 계시면 안 됩니다."

"설마요. 그러면 어디 서야 되나요?"

뒤에 늘어선 줄을 보니 가슴이 철렁했다.

"손님은 비즈니스 클래스시거든요."

"비즈니스요?"

"그렇습니다, 손님. 업그레이드되셨어요. 저쪽에서 체크인하셔야 하는데요. 하지만 상관없습니다. 여기서 수속해드릴 수 있습니다."

나는 고개를 저었다.

"아, 아닐 텐데요. 저는……."

그때 휴대폰에서 띵 소리가 났다. 휴대폰을 내려다봤다.

**- 지금쯤 공항이겠네요! 이 일로 귀향이 더 즐거워지기를. 아그네스
의 약소한 선물이에요. 새해에 만나요, 동지! 마이클 x**

나는 눈을 깜빡거렸다.

"그러세요. 감사합니다."

내 커다란 가방이 컨베이어벨트를 타고 사라지는 것을 쳐다보다가 휴대폰을 도로 가방에 넣었다.

공항은 북적댔지만 비즈니스 클래스 구역은 차분하고 평온했다. 연말연시의 혼란에서 벗어난 집단적인 자부심 같은 게 느껴지는 오아시스 같았다. 비행기에 타자, 선물로 받은 세면도구 백을 뒤져서 양말을 꺼냈다.

옆 승객에게 너무 수다를 떨지 않으려고 조심했지만, 결국 그는 안대를 끼고 누웠다. 구두 한 짝이 발 받침대에 걸리자 난감했지만, 남자 승무원이 친절하게 신발 빼는 방법을 가르쳐주었다. 셰리로 맛을 낸 오리 고기와 레몬 파이를 먹었고, 승무원이 뭔가 가져올 때마다 고맙다고 인사했다. 영화 두 편을 시청한 후 좀 자야겠다는 걸 깨달았다. 하지만 쾌적한 경험을 하는데 잠을 자기가 어려웠다. 집에 편지를 쓸 만한 일이었지만, 직접 만나서 말할 생각을 하니 가슴이 떨렸다.

다른 루이자 클라크가 되어 집에 돌아가는 중이었다. 샘은 그렇게 말했고 난 그 말을 믿기로 했다. 더 자신 있고 더 프로다워졌다. 6개월 전의 슬퍼하고 갈등하고, 망가진 사람과는 거리가 멀었다. 내가 놀라게 할 때 샘의 얼굴을 생각했다. 그는 내가 부모님에게 갈 계획을 세울 수 있게 2주간의 근무 일정 사본을 보내주었다. 난 짐을 아파트에 내려놓고, 여동생과 몇 시간 보내다가 샘의 집에 가서 당직을 끝내고 온 그를 만날 계획을 세웠다.

이번에는 우리가 제대로 할 거라고 생각했다. 제법 긴 시간을 함께 보낼 테니. 이번에는 평소처럼 지내리라. 상처나 오해 따윈 없이. 첫 3개월이 가장 힘들었다. 담요를 끌어올렸다. 이미 대서양을 한참 지났고, 잠을 청했지만 잘 수가 없었다. 모니터에서 천천히 깜박대는 작은 비행기를 보자 배 속이 조여왔다.

점심시간 직후에 아파트에 도착해서, 열쇠를 찾아서 건물로 들어갔다. 트리나는 근무 중이고 톰은 아직 학교에 있었다. 잿빛 런던에 크리스마스 전구가 반짝였고, 상점들에서 백만 번도 넘게 들은 캐럴이 흘러나왔다. 아파트 건물의 계단을 올라가면서, 익숙한 싸구려 방향제 냄새를 맡고 런던의 습기를 느꼈다. 아파트 문을 열고 들어가서, 바닥에 가방을 내려놓고 숨을 내쉬었다.

집. 혹은 그 비슷한 것.

복도를 지나가면서 코트를 벗고 거실로 들어갔다. 여기 돌아오기가 좀 두려웠다. 우울에 잠겨 과음하며 보낸 지난 몇 달이 기억났다. 텅 비어 을씨년스러운 방들. 내게 이 집을 준 남자를 구하지 못했다는 자괴감. 하지만 예전의 아파트가 아님을 금세 알아차렸다. 석 달 만에 완전히 다른 집이 되었다. 썰렁하던 실내가 화사해졌고, 벽마다 톰의 그림이 붙어 있었다. 소파에 자수가 놓인 쿠션이 있고, 새로 천을 씌운 의자와 커튼이 있고, 선반에 DVD가 꽉 차 있었다. 주방에 식료품과 새 식기가 잔뜩 있었다. 무지개색 매트에 놓인 시리얼 그릇과 코코팝은 아침 식사를 하고 서둘러 나간 흔적이었다.

건넛방—이제 톰의 방—의 문을 열다가 축구 포스터와 만화 이불보를 보고 웃었다. 새 옷장에 아이 옷이 가득했다. 내 침실에—이제 동생 방—가보니, 구깃구깃한 이불과 새 책꽂이와 블라인드가 눈에 들어왔다. 옷은 비교적 그대로였지만, 동생은 의자와 거울을 새로 들였다. 작은 화장대에 잔뜩 있는 로션, 머리빗, 화장품은 내가 집을 비운 몇 달 사이 동생이 딴사람이 되었음을 알려주었다. 트리나의 방임을 말해주는 것은 침대 옆에 놓인 책밖에 없었다. 『톨리 자본소모충당금과 급여지급 입문』.

너무 피곤했지만 얼떨떨했다. 샘이 두 번째로 뉴욕에 날아와 나를 만났을 때 이런 기분이었을까? 내가 너무 익숙한 동시에 낯설어 보였을까?

고단해서 눈이 뻑뻑하고, 인체 시계가 엉망이 되었다. 트리나와 톰이 돌아올 때까지 아직 세 시간이 남았다. 세수하고 신발을 벗고, 한숨을 쉬면서 소파에 누웠다. 런던의 차 소리가 천천히 잦아들었다.

끈적한 손이 뺨을 토닥여서 깼다. 눈을 깜빡이며 밀어내려 했지만, 묵직한 게 가슴을 눌렀다. 그게 움직였다. 다시 손이 날 톡톡 쳤다. 눈을 뜨니, 톰이 날 보고 있었다.

"루 이모! 이모!"

나는 신음했다.

"톰이구나."

"나 주려고 뭘 가져왔어?"

"먼저 눈부터 뜨게 놔둬."

"네가 내 가슴에 있잖아, 톰. 아야."

톰이 내려가자, 난 일어나 앉아서 눈을 깜빡이며 조카를 보았다. 톰은 펄쩍펄쩍 뛰었다.

"뭘 가져왔어?"

트리나가 몸을 굽혀 한 손으로 내 어깨를 꼭 잡으면서 뺨에 키스했다. 비싼 향수 냄새가 나자, 난 그녀를 잘 보려고 몸을 살짝 뺐다. 화장을 하고 있었다. 여러 색을 써서 제대로 한 화장이었다. 1994년 잡지 부록인 파란색 아이라이너를 책상에 놔뒀다가 10년간 '차려입어야' 할 때마다 눈에 그리던 화장이 아니었다.

"그러면 제대로 온 거네. 다른 비행기를 타서 베네수엘라의 카라카스에 떨어지지 않고. 나랑 아빠랑 내기를 했거든."

"내 참."

나는 손을 뻗어, 좀 길다 싶게 동생의 손을 잡았다. 내가 다시 말했다.

"와아. 예쁘다."

정말이었다. 어깨까지 내려오는 가다듬은 머리는 평소처럼 질끈 묶지 않고 드라이를 해서 굽슬굽슬했다. 재단이 잘 된 셔츠와 마스카라 덕분에 아름다워 보였다.

"저기. 사실 직장 때문이야. 런던이니 노력을 해야지."

트리나가 대답하면서 시선을 외면해서 난 그 말을 믿지 않았다.

내가 말했다.

"내가 이 에디란 사람을 만나봐야겠어. 난 너의 옷차림에 이 정도로 영향을 미치지 못했는데."

트리나가 전기 주전자에 물을 담고 전원을 켰다.

"넌 누군가 준 2파운드짜리 벼룩시장 쿠폰으로 산 듯한 옷만 입으니까 그렇지."

바깥이 점점 어두워졌다. 시차 때문에 몽롱한 머릿속에 갑자기 그 의미가 떠올랐다.

"아, 이런. 지금 몇 시야?"

"나한테 선물을 줄 시간일걸?"

톰이 기도하듯 손을 모으고, 빠진 이가 보이게 웃으면서 다가왔다.

트리나가 말했다.

"괜찮아. 샘이 퇴근하려면 한 시간 더 있어야 해, 시간이 충분해. 톰, 이모가 차를 마시고 데오도란트부터 찾은 다음에 뭐가 됐든 줄 거야. 그런데 복도에 던져놓은 줄무늬 코트는 도대체 뭐야? 상한 생선 냄새가 나더라."

이제 난 집에 왔다.

"알았어, 톰. 저 파란 가방에 크리스마스 전에 줄 선물이 들어 있어. 가방을 이리 가져와."

샤워를 하고 새로 화장을 하고 나서야 다시 인간이 된 기분이었다.

은색 미니스커트와 검정색 터틀넥을 입고, 빈티지 의상 엠포리엄에서 산 스웨이드 웨지힐을 신었다. '라 샤스 오 빠삐용'을 뿌렸다. 윌에게 설득당해서 산 향수인데 뿌릴 때마다 자신감이 생겼다. 내가 외출 준비를 할 때 톰과 트리나는 식사 중이었다. 트리나가 치즈와 토마토 파스타를 권했지만, 나는 배 속이 뒤틀리고 인체 시계가 뒤죽박죽이었다.

"너의 눈화장이 맘에 들어. 굉장히 유혹적인걸."

내가 트리나에게 말했다.

트리나가 찡그렸다.

"운전해도 괜찮겠니? 눈도 제대로 못 뜨면서."

"멀지 않은걸. 낮에 꿀잠을 잤어."

"언제 집에 올 것 같니? 혹시 궁금하다면 새 소파베드가 기막히게 좋거든. 매트리스의 스프링이 제대로야. 네 5센티미터 두께의 허접한 폼 매트랑은 달라."

"하루나 이틀쯤 소파베드를 쓸 필요가 없길 비나이다, 비나이다."

내가 환하게 웃으면서 대답했다.

"그건 뭐야?"

톰이 파스타를 삼키고, 내가 겨드랑이에 낀 꾸러미를 가리켰다.

"아. 크리스마스 스타킹이야. 샘이 크리스마스에 근무거든. 그날 저녁이 되어서야 만나니까, 당일 아침에 깨서 선물을 보면 좋을 것 같아서."

"흠. 안에 뭐가 들었냐고 묻지 마, 톰."

"할아버지에게 드려도 상관없을 것만 들어 있어. 그냥 재미 삼아."

트리나가 나한테 윙크를 했다. 에디와 그의 비법이 고마웠다.

"나중에 문자메시지 보내줄래? 현관문의 체인을 걸어도 되는지 알 수 있도록."

나는 두 사람에게 키스하고 현관문으로 향했다.

"그 되도 않는 미국식 발음으로 샘을 기죽이지 마!"

나는 중지를 보이면서 아파트를 빠져나왔다.

"좌측으로 운전하는 걸 잊지 마! 고등어 냄새 나는 코트 좀 제발 입지 말고!"

문을 닫는데 트리나의 웃음소리가 들렸다.

지난 3개월간 걷거나 택시를 타거나, 개리가 운전하는 널찍한 검은 리무진을 탔다. 클러치가 빽빽하고, 조수석에 과자 부스러기가 흩어진 내 소형 해치백에 익숙해지려고 초집중했다. 마지막 러시아워 차량들 속으로 들어가서 라디오를 틀었다. 운전이 겁나서인지, 샘을 다시 만나서인지 두근대는 가슴을 모르는 체하려 했다.

하늘은 어둡고, 쇼핑객으로 북적이는 거리에는 크리스마스 전구가 빛났다. 브레이크를 밟으며 변두리로 접어들자 어깨에 긴장이 풀렸다. 인도가 나타나고, 보행자가 줄어들다가 사라졌다. 내가 지나갈 때 환하게 불 켜진 창문에 서서 쳐다보는 이상한 사람만 있었다. 그러다 8시 조금 넘어, 난 속도를 낮춰 기어가면서, 불빛 없는 골목에 맞게 들어왔는지 두리번거렸다.

어두운 들판 가운데 있는 열차에서 노란 불빛이 새어나와 진흙탕과 풀밭을 비추었다. 문 한쪽으로 오토바이가 보였다. 오토바이는 생울타리 뒤쪽, 좁은 헛간에 있었다. 샘은 문에 크리스마스 전구가 달린 산사나무 가지까지 걸어두었다. 그가 집에 있었다.

차를 떨어진 곳에 세우고 헤드라이트를 끄고 샘의 집을 바라보았다. 생각을 하다가 그에게 문자메시지를 보냈다.

— 만남이 진짜 기대돼. 이제 얼마 안 남았어! XXX

잠깐 조용했다. 그러다 답장이 수신된 소리가 났다.

— 나도 그래. 무사히 날아와. xx

나는 빙긋 웃었다. 차에서 내리다가, 그제야 물웅덩이에 주차했음을
깨달았다. 차디찬 흙탕물에 신발이 빠졌다. 나는 속삭였다. '아, 감사! 사
뿐히 착륙했네.'

신중하게 구입한 산타모자를 머리에 쓰고, 조수석에서 크리스마스 스
타킹을 꺼냈다. 가만히 문을 닫고 열쇠를 돌려 문을 잠갔다. 삐 소리가
나서, 내가 온 걸 샘이 알면 안 되니까.

발끝으로 걷는데 땅이 질퍽거렸고, 처음 여기 왔을 때가 기억났다. 소
나기에 흠뻑 젖어서 결국 그의 옷을 입고, 비좁은 욕실에서 말리는 내 옷
에서 김이 나고. 얼마나 특별한 밤이었는지. 윌의 죽음이 내게 덧씌운 것
들을 그가 한 겹씩 벗겨낸 것 같았다. 첫 키스가, 언 발에 닿는 그의 커다
란 양말의 감촉이 문득 떠오르자, 몸에 뜨거운 전율이 흘렀다.

대문을 여니, 여기 다녀간 이후 샘이 열차까지 돌판을 깔아놓아서 안
심됐다. 도로에 차가 지나갔고, 잠시 헤드라이트 불빛에 앞쪽의 샘이 짓
는 집이 보였다. 지붕이 있고 창문들이 이미 설치되었다. 아직 덜 된 창
하나에 파란 방수포가 씌워져서 불쑥 진짜 집으로, 언젠가 우리가 살 곳
으로 보여서 놀라웠다.

몇 걸음 더 살그머니 가다가 현관문 밖에서 멈추었다. 열린 창으로 구
수한 냄새가 새 나왔다. 찜 요리일까? 진하고 토마토와 마늘이 들어간 냄

새였다. 예기치 않게 허기가 밀려왔다. 샘은 인스턴트 라면이나 콩 통조림을 먹지 않았다. 일을 착착 하는 데서 즐거움을 느끼는 사람처럼 처음부터 다 만들었다. 그때 샘이 보였다. 아직 유니폼 차림으로 행주를 어깨에 걸치고, 몸을 굽히고 냄비를 들여다보았다. 일순간 나는 보이지 않게 어둠 속에 서서 순수한 평온을 느꼈다. 나무 사이로 바람 부는 소리, 근처 닭장에서 암탉이 꼬꼬대는 소리, 멀리서 시내로 들어가는 자동차 소리. 살갗을 스치는 찬 공기를 느끼면서, 크리스마스에 대한 기대가 넘치는 공기를 호흡했다.

모든 게 가능했다. 그게 지난 몇 달간 배운 점이었다. 삶이 복잡해졌을지 몰라도, 결국 나와 내가 사랑하는 남자가 있었다. 그의 열차 집과 기쁜 저녁 만남이 앞에 있었다. 심호흡을 하고 그 생각을 만끽하면서 앞으로 나가 손잡이를 잡았다.

그 순간 그 여자를 봤다.

그녀가 무슨 말을 하면서 통로를 지나갔다. 유리창 때문에 목소리가 들리지 않았지만, 짧은 머리였고 곱슬머리가 나부꼈다. 그녀는 남자 티셔츠를—샘의 옷일까?—입고 와인 병을 들고 있었고, 난 샘이 고개를 젓는 걸 봤다. 그가 스토브 위로 몸을 굽히자, 그녀가 뒤로 다가가서 그의 뒷목에 손을 올리고 몸을 기울이면서 엄지로 목 근육을 둥글게 문질렀다. 아주 익숙한 동작이었다. 손톱이 진분홍색이었다. 내가 숨이 멎은 채 거기 서 있는 사이, 샘은 눈을 감고 고개를 젖혔다. 그녀의 매운 손맛에 항복이라도 하는 것처럼.

그때 그가 여자에게 몸을 돌렸고, 미소 지으면서 고개로 한쪽을 가리켰다. 그러자 여자가 웃음을 터뜨리면서 샘에게 잔을 들었다.

다른 것은 보지 못했다. 심장이 쿵쿵대는 소리가 커서 기절할 것 같았다. 뒷걸음질 치다가 몸을 돌려서, 통로를 뛰었다. 숨소리가 너무 크고 젖은 구두 안의 발이 시렸다. 차는 50미터쯤 떨어져 서 있었지만, 갑자기 열린 창으로 메아리치는 그녀의 웃음이 들렸다. 유리가 덜컹대는 소리 같았다.

아파트 건물 뒤쪽 주차장에 차를 세우고, 확실히 톰이 잠자리에 들 때까지 기다렸다. 감정을 감출 수가 없는데, 조카 앞에서 여동생에게 설명할 수가 없었다. 가끔 고개를 들어 톰의 방을 살피니, 불이 들어왔다가 30분 후에 다시 꺼졌다. 시동을 꺼서 엔진이 잦아들게 했다. 엔진이 꺼지자 지난 6개월간 내가 붙잡고 있었던 모든 꿈도 사그라들었다.

놀라지 말았어야 했다. 왜 놀랄까? 케이티 잉그람은 처음부터 속셈을 드러냈었다. 내가 충격받은 것은 샘이 맞장구쳤다는 점이었다. 샘은 그녀를 밀어내지 않았다. 내 문자메시지에 대답해놓고, 그녀에게 밥을 해주고 그녀가 목을 문지르는데도 내버려두었다. 혹시 그러다가…… 어떤 일이 벌어질까?

두 사람을 상상할 때마다 나도 모르게 얻어맞은 것처럼 배를 움켜잡고 허리를 굽혔다. 머리에서 둘의 이미지를 떨칠 수가 없었다. 그녀가 손으로 누르자 샘이 머리를 뒤로 젖히는 모습. 둘 사이에 어떤 농담이 오가자, 그녀가 자신 있게 놀리듯 웃음을 터뜨리던 광경.

이상하기 짝이 없는 것은 울 수가 없다는 점이었다. 처연함보다 더한 감정이 밀려왔다. 멍하고, 질문들이 머릿속을 휘저었다. 언제부터? 어디까지? 왜? 그러다 나도 모르게 다시 허리를 굽혔다. 이걸 토해버리고 싶었다. 이 새로운 사실을, 이 거센 타격을, 이 고통을, 이 고통을, 이 고통을……

그렇게 얼마나 앉아 있었는지 몰라도, 10시 즈음 느릿느릿 위층으로 올라가서 아파트에 들어갔다. 난 트리나가 잠자리에 들었기를 바랐지만, 잠옷을 입은 트리나는 무릎에 컴퓨터를 놓고 TV 뉴스를 시청하고 있었다. 모니터에서 뭔가 보고 빙긋 웃다가, 내가 문을 열자 화들짝 놀랐다.

"깜짝이야, 간 떨어질 뻔했네. 루 언니? 아, 세상에⋯⋯."

트리나가 컴퓨터를 밀면서 말했다.

사람은 늘 친절 앞에 무너진다. 내 동생은 성인의 신체 접촉을 치과 치료보다 꺼리는 사람이었다. 그런 그녀가 양팔로 끌어안자, 나도 예상하지 못한 가장 깊은 곳에서 흐느낌이 터지기 시작했다. 크고 헐떡이는, 눈물 콧물 흘리는 울음. 윌이 죽은 후로 해본 적 없는 대성통곡이었다. 꿈이 죽고, 앞으로 몇 달간 억장이 무너지리란 걸 아는 울음. 우린 천천히 소파에 주저앉았고, 난 트리나의 어깨에 얼굴을 묻고 그녀를 안았다. 이번에는 트리나가 나와 머리를 맞대고 꼭 안고 놓지 않았다.

18

샘과 부모님 모두 이틀 후나 되야 나를 만날 줄 알기에, 아파트에 숨어서 여기 오지 않은 체하기 쉬웠다. 아무도 만날 준비가 되지 않았다. 누구와 대화할 준비가 되지 않았다. 샘의 문자메시지를 받았지만 무시했다. 뉴욕에서 정신없이 뛰어다니느라 답을 못하는 줄 알겠지. 나도 모르게 그의 문자메시지 두 통을 반복해서 쳐다봤다. '크리스마스 이브에 뭘 할 생각이야? 교회 예배? 아니면 너무 피곤하려나?'와 '복싱데이(선물을 주고받는 날이라는 데서 유래한 크리스마스 다음 날인 12월 26일)에 만나는 거야?' 이 사람에게, 누구보다 반듯하고 정직한 사람에게 나를 속일 뻔뻔한 능력이 생긴 데 놀랐다.

그 이틀간 톰이 아파트에 있는 동안은 억지로 웃었다. 조카가 수다를 떨면서 아침 식사를 하고 샤워하러 가면, 소파베드를 접었다. 아이가 집을 떠난 순간, 다시 소파로 돌아가 누워서 천장을 멀뚱멀뚱 쳐다보고, 눈물을 줄줄 흘렸다. 혹은 내가 잘못한 것 같은 여러 일을 냉정하게 따져보았다.

아직 윌을 잃고 슬픔에 겨워서 무턱대고 샘과 연애를 시작했을까? 내가 그를 진짜로 알기는 알았나? 사람은 보고 싶은 것만 본다. 특히 육체적으로 물불 안 가릴 때는. 샘이 조시 때문에 그런 짓을 했을까? 아그네

322

스의 임신 테스트기 때문에? 꼭 이유가 있을 필요가 있을까? 더 이상 내 판단력도 믿지 않았다.

이번만은 트리나도 일어나라거나 건설적인 일을 하라고 들들 볶지 않았다. 그녀는 믿을 수 없는 듯 고개를 젓고, 톰이 듣지 않는 데서 샘을 욕했다. 괴로움에 몸부림치면서도, 난 내 동생에게 공감 비슷한 것을 심어준 에디의 능력을 곱씹었다.

트리나는, 내가 수천 마일 떨어져 지냈으니 별로 놀랍지 않다고는 한 번도 말하지 않았다. 혹은 내가 뭔가 잘못해서 그를 케이티 잉그람의 품으로 밀었다거나, 이렇게 될 수밖에 없는 일이라고 말하지 않았다. 트리나는 내가 그날 밤까지 이른 과정을 말하면 잘 듣고, 내가 먹고 씻고 옷을 바꿔 입었는지 확인했다. 애주가가 아니면서도 집에 와인 두 병을 사들고 와서, 내가 이틀쯤 뒹굴어도 된다고 말했다(하지만 메스꺼우면 다 게워내야 한다고 덧붙였다).

크리스마스이브가 될 즈음, 난 단단한 껍질처럼 변했다. 얼음 조각상이 된 기분이었다. 어느 시점에서 그와 대화해야 하는 걸 깨달았지만 아직 준비가 되지 않았다. 마음의 준비가 될 날이 올지 의심스러웠다.

"어떻게 할 거야?"

트리나가 변기에 앉아 물었다. 난 욕조 안에 있었다. 그녀는 크리스마스 전에는 에디를 만나지 않을 거고, 인정하지 않지만 그와 만날 준비로 발톱을 연분홍색으로 칠하는 중이었다. 거실에서 톰이 크리스마스 전에 들떠서 TV 볼륨을 귀가 멍멍하게 높이고 소파에 올라갔다 내려갔다 했다.

"비행기를 놓쳤다고 말해야겠다고 생각했어. 그리고 크리스마스가 지나서 얘기하자고."

트리나가 얼굴을 찌푸렸다.

"샘이랑 그냥 얘기하고 싶지 않아? 그 말을 믿지 않을 텐데."

"지금 난 그가 뭘 믿든 상관없어. 그냥 크리스마스를 가족과 보내고 싶을 뿐, 일이 벌어지는 건 싫어."

트리나가 톰에게 볼륨을 줄이라고 외치는 소리를 듣지 않으려고 난 물 속으로 들어갔다.

샘은 내 말을 믿지 않았다. 그는 이런 문자메시지를 보냈다. '뭐? 어떻게 비행기를 놓칠 수 있었지?'

'그냥 그랬어. 복싱데이에 만나'라고 답을 보냈다.

키스를 하나도 그리지 않았다는 걸 너무 늦게 알아차렸다. 긴 침묵이 흐른 후, 한 마디 답장이 왔다.

'알았어.'

트리나가 운전해서 스톳폴드로 향했고, 톰은 도착할 때까지 한 시간 반 내내 뒷좌석에서 펄쩍펄쩍 뛰었다. 라디오에서 나오는 크리스마스 캐럴을 들었다. 시내에서 1~2킬로미터쯤 벗어났을 때, 내가 배려해줘서 고맙다고 인사했다. 그러자 트리나는 날 위해서가 아니라고, 에디가 아직 부모님을 만나지 않아서 크리스마스를 생각하면 울렁거린다고 속삭였다.

"잘될 거야."

내가 말했다. 트리나는 얼핏 웃었지만 확신 없는 미소였다.

"그러지 마. 엄마 아빠는 올해 초에 네가 만난 회계사를 좋아하셨어. 솔직히 말하자면, 네가 너무 오래 혼자였기 때문에 이제 '훈족 아틸라'(로마제국을 붕괴시킨 훈족의 왕)만 아니면 누굴 데려가도 기뻐하실 거야."

"흠, 그 이론이 맞는지 시험하게 되겠네."

더 말할 새도 없이 도착했고, 나는 울어서 단춧구멍만 한 눈을 살피고 차에서 내렸다. 엄마가 현관문을 열고 나와, 출발하는 단거리 주자처럼 통로를 뛰어왔다. 엄마는 나를 양팔로 감싸서 꼭 끌어안아서, 그녀의 심장박동이 느껴질 정도였다.

"내 딸 좀 봐!"

엄마가 나를 조금 밀었다가 다시 안으면서 외쳤다. 흘러내린 내 머리칼을 넘겨주더니, 아빠에게 몸을 돌렸다. 아빠는 가슴에 팔짱을 끼고 계단에서 환하게 웃었다. 엄마가 말했다.

"얼마나 멋진지! 버나드! 우리 딸이 얼마나 근사한지 봐요! 아, 얼마나 보고 싶었다고! 살이 빠진 거니? 살이 빠진 것 같아! 피곤해 보인다. 요기를 좀 해야지. 안으로 들어가자. 그 비행기에서 조식을 주지 않았구나. 주더라도 고작 데운 달걀이라고 들었다만."

엄마는 톰을 포옹하더니, 아빠가 나올 새도 없이 내 가방들을 들고 현관으로 걸어가면서 따라오라고 우리를 불렀다.

"어서 와, 귀염둥이."

아빠가 부드럽게 말하고, 나는 그의 품에 안겼다. 가족들에 둘러싸여서야 비로소 숨을 내쉴 수 있었다.

할아버지는 계단까지 나오지 못했다. 또 가벼운 뇌졸중이 일어나서 서거나 걷기가 어렵다고 엄마가 속삭였다. 할아버지는 거실에서 딱딱한 의자에 앉아 종일 지냈다. ("네가 걱정할까봐 말하지 않았지") 상봉을 자축하려고 깔끔한 셔츠와 스웨터 차림으로, 내가 들어가자 한쪽으로 처진 미소를 지었다. 할아버지가 떨리는 손을 들자 나는 포옹하면서 막연하게 그가 더 왜소해졌다고 느꼈다.

하지만 모든 게 더 작아 보였다. 도배한 지 20년 된 부모님 집, 미적인 이유보다는 선물로 받거나 구멍을 가리려고 건 그림, 축 처진 소파 세트. 식당 구역은 비좁아서, 의자를 밀면 벽에 부딪쳤다. 천장에 달린 등의 끄트머리는 아빠의 머리에 닿을락 말락 했다. 나도 모르게 넓고 반들거리는 마루, 장식된 큰 천장, 밖에 떠들썩한 맨해튼이 있는 아파트와 비교했다. 집에 오면 위안받을 줄 알았는데.

대신 끈 떨어진 존재가 된 것 같았다. 그 순간 불쑥 여기도 저기도 속하지 않는다는 생각이 들었다.

로스트비프, 감자, 요크셔푸딩, 트라이플(포도주에 적신 스펀지케이크 위에 생크림을 얹은 디저트)로 간단한 식사를 했다. 엄마는 이건 '맛보기'고 내일의 메인 이벤트가 남아 있다고 말했다. 아빠는 냉장고에 들어가지 않는 칠면조를 헛간에 보관하고, 옆집 고양이 후디니의 손아귀에 들어가지 않았는지 반 시간마다 확인했다. 엄마는 이웃들이 당한 각종 비극을 요약했다.

"아, 물론 그건 앤드류가 대상포진에 걸리기 전이었지. 그가 배를 보여줬거든. 난 위타빅스(영국의 시리얼 상표명)를 못 먹고 말았지. 딤프나에게 아기가 나오기 전에 다리를 들어올려야 한다고 일러줬단다. 사실 그녀의 하지정맥이 칠턴(버킹엄셔의 지역)의 도로 지도처럼 생겼어. 켐프 부인의 아버지가 세상을 떠났다는 말을 했던가? 4년 전 무장 강도를 만났는데, 경찰이 우체국 직원이 같은 실크햇를 갖고 있는 걸 발견했던 그분 말이야."

엄마가 계속 떠들어댔다.

그녀가 접시를 치울 때만 아빠가 내게 몸을 숙이고 말했다.

"엄마가 불안해한다면 믿겠니?"

"뭘 불안해해요?"

"너. 네가 이룬 것들. 엄마는 네가 집에 돌아오기 싫어할까봐 좀 겁을 냈단다. 네가 크리스마스를 애인이랑 보내고 곧장 뉴욕으로 돌아갈까봐."

"제가 왜 그러고 싶겠어요?"

아빠가 어깨를 으쓱하고 대답했다.

"나야 모르지. 네가 대단해져서 우린 안중에 없을 거라고 생각하더라. 미친 소리 작작하라고 한마디해줬다. 오해하지는 말아라, 애야. 엄마는 널 무척 자랑스러워해. 네 사진을 죄다 프린트해서 스크랩북에 담아서, 이웃들이 지루하도록 보여주지. 솔직히 나도 지루할 정도야. 난 혈육인데도."

아빠가 빙긋 웃으면서 내 어깨를 꽉 잡았다.

샘의 집에서 오래 지내려 한 게 잠깐 부끄러웠다. 평소처럼 크리스마스 행사, 가족, 할아버지를 다 엄마에게 미룰 속셈이었다.

트리나와 톰을 아빠와 두고는 나머지 그릇을 주방에 가져갔다. 엄마와 나란히 말없이 설거지를 했다. 엄마가 내게 고개를 돌렸다.

"피곤해 보이는구나, 아가. 시차를 겪니?"

"조금요."

"다른 식구들이랑 앉아 있으렴. 내가 알아서 할게."

나는 억지로 어깨를 펴고 말했다.

"아니에요, 엄마. 몇 달 동안 못 만났잖아요. 상황이 어떤지 얘기 좀 해보세요. 야간학교는 어때요? 또 의사는 할아버지가 어떻다고 말해요?"

날이 저물고 방구석에서 TV 소리가 흘러나왔다. 방이 따뜻해지자, 다들 엄마의 '간단한' 식사를 한 후 임산부처럼 부푼 배를 안고 비몽사몽했다. 내일 한 번 더 이럴 생각을 하니 배 속이 꿈틀대며 거부했다. 할아버지가 의자에서 졸자 그대로 두고, 나머지는 자정미사에 갔다. 난 교회에서 어릴 때부터 알던 사람들 속에 서 있었다. 다들 옆구리를 슬쩍 찌르고 미소 지었다. 가사가 기억나는 캐럴은 따라 부르고 기억나지 않으면 입만 벙긋하면서, 샘이 지금 뭘 할지 생각하지 않으려 했다. 하루에 118번쯤 하는 생각이었다. 이따금 의자 끝에서 트리나가 내 눈을 쳐다보면서 격려의 미소를 살짝 지었고, 나도 '괜찮아, 다 좋아'라는 미소로 답했다. 괜찮지 않고, 하나도 좋지 않았지만. 집에 돌아와서 작은 방으로 가니 마음이 놓였다. 어린 시절을 보낸 집에 있어서인지, 사흘간의 격정으로 지쳐서인지 모르지만 영국에 온 후 처음으로 곤히 잤다.

난 새벽 5시에 트리나가 깬 걸 어렴풋이 알았다. 흥분해서 쿵쿵대는 소리, 아빠가 톰에게 오밤중이니 다시 침대로 가지 않으면 산타에게 와서 선물을 가져가라고 한다고 윽박지르는 소리. 다음에 정신을 차리니, 엄마가 침대 협탁에 찻잔을 내려놓고 옷을 입을 수 있으면 선물을 펴보자고 말했다. 11시 15분이었다.

나는 작은 시계를 집어서 눈을 가늘게 뜨고 보다가 흔들었다.

"푹 잘 필요가 있었어."

엄마는 내 머리를 쓰다듬고, 싹양배추가 익었나 보러 갔다.

20분 후 우스운 사슴이 그려진 점퍼와 반짝이는 코를 단 차림으로 내려갔다. 톰이 재미있어할 것 같아 메이시스백화점에서 산 것이다. 다른 사람들은 다 옷을 차려입고 내려와서 아침 식사를 마친 후였다. 나는 모두에게 키스하고 크리스마스 인사를 한 다음, 사슴 코의 불을 켰다 껐다 했다. 선물을 나눠주면서, 캐시미어 스웨터와 보드라운 면 셔츠를 받았 어야 할 남자를 생각했다. 그 옷들은 가방 밑바닥에 팽개쳐져 있었다.

오늘은 샘을 생각하지 말자고 굳게 다짐했다. 가족과 함께하는 시간 이 소중하니, 슬픈 감정으로 망치고 싶지 않았다.

내 선물은 환영받았다. 사실 아고스(다양한 제품을 저렴하게 판매하는 영국의 체인 상점)에 있는 물건인데도 뉴욕에서 사왔다는 사실 때문에 다들 더 좋아했다.

"뉴욕에서 여기까지 오다니!"

선물을 풀 때마다 엄마가 감동해서 외치자, 트리나는 눈을 굴렸고 톰 은 말투를 흉내 냈다. 물론 최고의 선물은 가장 싼 물건이었다. 타임스스 퀘어의 기념품 노점에서 산 플라스틱 스노볼. 이번 주가 끝나기 전에 톰 의 서랍장으로 조용히 사라질 게 빤했지만.

내가 받은 선물:

할아버지가 준 양말(엄마가 고르고 샀을 확률 99퍼센트)

아빠가 준 비누(위와 같음)

벌써 가족사진이 담긴 작은 은액자(엄마: "어딜 가나 우리를 데리고 다닐 수 있도록" 아빠: "대관절 왜 그러고 싶겠어? 우리한테서 빠져나가 려고 그놈의 뉴욕에 갔는데")

트리나의 코털 제거용 도구("날 그런 눈으로 보지 마셔. 언니도 그런 나이가 되어가니까")

톰의 크리스마스트리와 그 아래 시를 적은 그림(캐물으니 톰이 직접 그린 그림이 아닌 게 밝혀졌다. "우리가 장식을 제대로 못 붙인다고 선생님이 붙여주고 우린 이름만 썼어")

릴리의 선물을 받았다. 트레이너 부인과 스키 여행을 가기 전날 두고 간—엄마는 "릴리가 좋아 보이더라, 루. 트레이너 부인을 녹초가 되게 한다고 듣긴 했지만"—빈티지 반지였다. 큼직한 초록색 보석이 박힌 은 반지가 새끼손가락에 딱 맞았다. 난 무섭게 트렌디한 소호의 상점직원이 권한 수갑 모양 은귀고리를 릴리에게 보냈었다. 십대 소녀에게 어울리고, 특히 엉뚱한 곳에 피어싱을 하는 사람에겐 딱이라나.

난 모두에게 고맙다고 인사하고, 할아버지가 꾸벅꾸벅 조는 모습을 지켜보았다. 미소 지으면서, 크리스마스를 즐기는 표정을 제법 잘 연출했다는 생각이 든다. 그런데 엄마는 속아넘어가지 않았다.

"별일 없는 거니, 루? 기운 없어 보이는구나."

엄마는 감자 위에 거위 기름을 끼얹고, 김이 솟구치자 물러섰다. 그녀가 다시 말했다.

"아, 저것 좀 볼래? 고소하고 바삭바삭할 거야."

"저는 괜찮아요."

"여전히 시차에 시달리니? 세 집 건너에 사는 로니는 플로리다에 다녀왔는데 3주간 벽에 부딪쳤다고 하더라."

"과장이 심하네요."

"내가 시차에 시달리는 딸을 갖다니 믿을 수가 없구나. 클럽 회원 모두 부러워한단다."

나는 고개를 들었다.

"다시 거기 나가세요?"

윌이 목숨을 끊은 후, 부모님은 오랜 세월 활동한 사교 클럽에서 쫓겨났다. 그의 계획에 장단 맞춘 내 처신을 비난해서였다. 내 여러 가지 죄책감 중에 그 일도 있었다.

"아, 그 마조리란 여자가 시런세스터로 이사 갔거든. 나쁜 소문을 내는 원흉이었잖아. 그러다가 정비소를 하는 스튜어트가 아빠한테 언제 와서 당구를 치자고 말했지. 아주 태연하게. 그래서 다 괜찮아졌어."

엄마는 어깨를 으쓱하면서 말을 이었다.

"이제 벌써 2년이나 지났잖아. 사람들에게 다른 말거리가 생겼지."

'사람들에게 다른 말거리가 생겼지.' 어째서 이 덤덤한 말이 목구멍에 걸렸는지 모르겠지만, 아무튼 그랬다. 갑작스럽게 치미는 슬픔을 삼키려고 애쓰는데, 엄마는 감자가 담긴 판을 오븐에 넣었다. 그녀는 흡족해서 탁 소리를 내면서 문을 닫고, 오븐용 장갑을 벗으면서 내게 몸을 돌렸다.

"하마터면 잊을 뻔했네, 진짜 이상한 일인데. 네 애인이 오늘 아침에 전화해서, 복싱데이에 네가 도착할 때 어떻게 할 거냐고 묻더군. 그가 직접 너를 데리러 가도 괜찮겠냐고."

나는 얼어붙었다.

"네?"

엄마가 냄비 뚜껑을 여니 김이 확 퍼졌다. 그녀는 다시 뚜껑을 덮으면서 대답했다.

"흠, 착각했나보다고 넌 벌써 여기 와 있다고 말했더니, 나중에 여기 들른다고 하더라. 아마 교대 근무 때문에 넋이 나갔을 거야. 라디오에서

331

들었는데, 야간 근무가 뇌에 엄청나게 나쁠 수 있다더구나. 네가 샘에게 말해주면 좋을 거야."

"몇……. 언제 온대요?"

엄마는 시계를 힐끗 쳐다봤다.

"음……. 오후 나절에 근무를 마치고 이후에 찾아온다고 했을걸. 크리스마스에 복잡할 텐데! 혹시 트리나의 애인을 만나봤니? 요즘 트리나의 옷차림을 알아차렸어?"

엄마는 문을 힐끗 돌아보고, 감탄하는 목소리로 다시 말했다.

"애가 정상인이 되어가는 것 같아."

크리스마스 오찬을 하는 내내 극도로 신경을 썼다. 겉으로는 침착했지만, 누군가 문 앞을 지날 때마다 움찔했다. 엄마의 음식을 입에 넣고 생각 없이 씹었다. 아빠가 크래커(영국에는 크리스마스 식탁에서 각자 장난감 따위와 문구가 담긴 원통형 포장인 크래커를 푸는 관습이 있다)에 든 엉뚱한 농담을 읽을 때마다 한 귀로 흘렸다. 먹을 수도, 들을 수도, 느낄 수도 없었다. 난 비참한 기대에 사로잡혀 있었다. 트리나를 힐끗 봤지만 그녀도 한눈파는 것을 보고 에디가 곧 도착한다는 걸 알아차렸다. 그 일이 어려우면 얼마나 어렵겠어? 라는 생각을 하면서 씁쓸했다. 적어도 트리나의 남자친구는 그녀를 속이지 않았다. 적어도 그는 트리나와 같이 있고 싶어했다.

비가 내리기 시작하면서 빗방울이 창문을 때렸고, 하늘이 내 기분처럼 컴컴해졌다. 금줄에 반짝이를 뿌린 카드가 조르르 걸린 작은 집이 좁아들었고, 난 저 뒤에 있는 게 두려워서 숨을 쉴 수가 없었다. 이따금 엄마가 어찌 된 일인지 궁금한 듯 날 흘끔댔지만, 아무 말도 하지 않았다. 나도 먼저 나서서 말하지 않았다.

식탁을 치우는 걸 도우면서, 뉴욕의 식료품 배달이 얼마나 편리한지 수다를 떨었다. 즐거워 보인다고 믿었다. 마침내 초인종이 울리자, 난 다리가 후들거렸다.

엄마가 고개를 돌려 날 쳐다봤다.

"괜찮니, 루이자? 안색이 창백해졌구나."

"나중에 말씀드릴게요, 엄마."

엄마는 날 빤히 보다가 부드러운 표정을 지었다. 그녀가 손을 뻗어서 내 머리카락을 귀 뒤로 넘겨주면서 말했다.

"엄마는 여기 있을게. 무슨 일이 생기든 여기 있을게."

샘은 코발트색 점퍼 차림으로 현관에 서 있었다. 못 본 옷인데 누가 줬는지 궁금했다. 그는 어설프게 웃었지만, 전에 만났을 때처럼 몸을 굽혀 키스하거나 양팔로 안지 않았다. 우리는 조심스럽게 서로 바라보았다.

"들어오고 싶어?"

내 목소리가 이상하게 딱딱했다.

"고마워."

내가 앞서서 좁은 복도로 들어가, 샘이 거실 문 사이로 부모님에게 인사하는 동안 기다렸다. 그를 데리고 주방에 들어가 문을 닫았다. 우리 몸에 전기라도 흐르듯, 그의 존재가 또렷이 감지되었다.

"홍차를 마실래?"

"그러지……. 점퍼가 근사하네."

"아……. 고마워."

"당신…… 코에 불이 켜져 있어."

"맞아."

손을 뻗어 불을 껐다. 분위기가 부드러워질 수 있는 요소는 차단하고
싶었다.

샘이 식탁에 앉았고, 우리 집 의자에 비해 몸집이 너무 컸다. 그가 날
응시하면서, 입사 면접이라도 기다리는 사람처럼 의자를 양손으로 잡았
다. 거실에서 아빠가 영화를 보다가 웃음을 터뜨렸고, 톰이 찢어지는 소
리로 뭐가 웃기냐고 물었다. 나는 분주하게 차를 준비하는 동안 내 등에
닿는 샘의 시선을 느꼈다.

내가 머그잔을 주고 자리에 앉자 샘이 입을 열었다.

"그러니까 이렇게 와 있군."

그 순간 난 무너질 뻔했다. 식탁 너머로 잘생긴 얼굴과 넓은 어깨와 찻
잔을 감싼 손을 보자 문득 생각이 떠올랐다. '이 사람이 떠나면 난 견디
지 못할 거야.'

하지만 추운 계단에 다시 선 기분이 느껴졌다. 샘의 목을 누르는 여자
의 가는 손가락, 젖은 구두 안에서 어는 발. 그러자 다시 냉담해졌다.

"이틀 전에 돌아왔어."

내가 말했다.

잠깐 침묵.

"그래."

"가서 당신을 놀래줄 생각이었어. 목요일 저녁에."

나는 식탁보의 얼룩을 문지르면서 덧붙여 말했다.

"결국 놀란 사람은 바로 나였지만."

난 그의 얼굴에 천천히 깨닫는 표정이 번지는 걸 지켜보았다. 살짝 찡
그리고 시선이 점점 멀어지다가, 내가 무엇을 봤을지 알아차리자 눈이
살짝 감겼다.

"루, 당신이 뭘 봤는지 모르겠지만……."

"하지만 뭐? '당신이 생각하는 그런 게 아니다'?"

"저기, 그렇기도 하고 아니기도 해."

한 대 맞은 것 같았다.

"이러지 말자, 샘."

그가 고개를 들었다.

"내가 본 건 아주 명확해. 당신이 내 생각과 다르다고 설득하려 하면, 난 믿고 싶은 나머지 정말 믿을지 몰라. 지난 이틀간 깨달은 것은 이러는 게…… 이러는 게 나한테 좋지 않다는 거야. 우리 모두에게 좋지 않아."

샘이 찻잔을 내려놓았다. 그는 손을 얼굴에 올리고 옆을 멍하니 쳐다보았다.

"난 그녀를 사랑하지 않아, 루."

"당신이 그녀를 어떻게 느껴도 난 상관없어."

"저기, 당신이 알았으면 해. 맞아, 케이티에 대해서는 당신이 옳았어. 내가 신호를 잘못 읽었을 거야. 그녀는 나를 좋아해."

헛웃음이 나왔다.

"당신도 그녀를 좋아하고."

"내가 그녀를 어떻게 생각하는지 모르겠어. 내 머릿속에 있는 사람은 당신이야. 내가 깨면서 생각하는 사람은 당신이야. 그런데 문제는 당신이……."

"여기 없지. 그걸 내 탓으로 돌리지 마. 그걸 감히 내 탓으로 돌리지 말라고. 당신이 나더러 가라고 했어. 당신이 나더러 가라고 했다고."

우리는 한동안 말없이 앉아 있었다. 나도 모르게 샘의 손을 바라보았다. 다부지고 울퉁불퉁한 주먹 관절. 아주 단단하고 힘세 보여도 한없이 부드러워질 수 있는 손. 난 식탁보에 묻은 얼룩을 단호하게 쳐다보았다.

"있지, 루. 나 혼자 괜찮을 줄 알았어. 사실 오랫동안 혼자였으니까. 그런데 당신이 내게 뭔가를 쫙 열어놓았어."

"아, 그러니까 내 잘못이네."

그가 버럭 소리질렀다.

"그런 말을 하는 게 아니! 난 설명하려는 거라고. 말하고 있는 거야. 이제 생각했던 것처럼 혼자 잘 지내지 못한다고 말하는 거라고. 누나가 죽은 후, 다시는 누구에게 아무 감정도 느끼고 싶지 않았어, 알겠어? 제이크를 보살필 여유는 있었지만 다른 사람이 들어설 공간은 없었다고. 내겐 직장과 반쯤 지은 아파트와 닭이 있었고, 그걸로 괜찮았어. 난 그저…… 그것만으로 잘해나갔지. 그런데 당신이 나타나서 그놈의 건물에서 떨어졌고, 처음 당신이 내 손을 잡았을 때 안에서 뭔가 무너지는 기분이었어. 갑자기 대화가 기대되는 사람이 생긴 거야. 내 감정을 이해해주는 사람이. 정말로, 진정으로 이해해주는 사람. 개떡 같은 하루가 저물면 당신 아파트 앞을 지나면서 당신에게 전화하거나 집에 들르면 마음이 풀렸어. 맞아, 일부 문제가 있었던 걸 알지만 그저 마음 깊숙한 곳에서는 그것도 괜찮은 것 같았어, 그치?"

샘이 입을 꽉 닫고 찻잔 위로 머리를 숙였다.

"서로 가까워지다가—평생 그렇게 가까운 사람은 없었어—당신은 그냥 가버렸어. 내게 한 손으로는 모든 걸 여는 이 열쇠를 선물로 주더니 다른 손으로 그걸 빼앗아가버렸지."

"그러면 왜 나를 보내줬어?"

주방에 그의 목소리가 쩌렁쩌렁했다.

"왜냐면…… 왜냐면 난 그런 사람이 아니니까, 루! 난 당신더러 남아 있으라고 고집부릴 사람이 아니라고. 당신이 모험하고 성장하고 거기서 할 일들을 하는 걸 막을 사람이 아니야. 난 그런 사람이 아니라고!"

"아니, 당신은 내가 떠나자마자 다른 여자한테 걸려든 남자야! 같은 집코드(zip code 미국의 우편번호)에 사는 사람한테!"

"포스트코드(post code 영국의 우편번호)지! 당신은 지금 영국에 있다고!"

"그래, 그리고 내가 얼마나 그렇지 않길 바라는지 당신은 몰라."

샘이 마음을 가라앉히려고 애쓰며 나를 외면했다. 주방 밖에 TV는 여전히 켜져 있었지만 침묵이 흐르는 게 느껴졌다.

몇 분 후 내가 조용히 말했다.

"난 이러지 못하겠어, 샘."

"뭘 못 한다는 거야?"

"케이티 잉그람을 걱정하고, 그녀가 당신을 유혹할까 걱정하는 걸 못 하겠다고. 왜냐면 그날 밤 당신이 뭘 원하는지 몰라도 그녀가 뭘 원하는지는 알 수 있었거든. 그게 날 미치게 하고, 슬프게 해. 더 나쁜 건……."

난 침을 삼키고 말을 이었다.

"……당신을 미워하게 만드는 거야. 그리고 불과 석 달 사이에 어쩌다 이런 꼴이 됐는지 이해가 안 돼."

"루이자……."

주방 문을 조심스럽게 두드리는 소리가 났다. 엄마가 얼굴을 내밀며 물었다.

"두 사람을 방해해서 미안하지만, 얼른 차를 만들어가도 될까? 할아버지가 숨이 차셔서."

"그럼요."

나는 고개를 돌린 채 대답했다.

엄마가 들어와서 우리에게 등을 돌리고 주전자에 물을 채웠다.

"다들 외계인이 나오는 영화를 보고 있어. 크리스마스랑 안 어울리지. 예전에는 크리스마스에 〈오즈의 마법사〉나 〈사운드 오브 뮤직〉처럼 다 같이 볼 만한 영화를 봤는데. 이제 식구들이 총알이 핑핑 날아다니는 말도 안 되는 영화를 보고, 할아버지랑 난 대사를 한마디도 못 알아듣고."

엄마는 여기 낀 게 난처해서, 물이 끓기를 기다리면서 조리대를 손가락으로 두들기고 떠들어댔다.

"우리가 〈여왕의 국정연설〉도 시청하지 않은 걸 아니? 아빠가 구식 녹화 기계에 녹화를 했지. 하지만 생방송으로 보는 거랑은 다르지, 안 그래? 사람들이 볼 때 나도 같이 보고 싶어. 외계인 영화나 만화가 끝날 때까지 비디오 상자에 끼어 있어야 하니 늙은 여왕도 딱하지. 60몇 년을 봉사했건만—재위 기간이 얼마더라?—여왕이 연설을 하는데 우린 그걸 봐주지도 못하니 말이야. 있지, 아빠는 내가 우습게 군다고 하지. 여왕이 연설을 몇 주 전에 녹화했을 거라나. 샘, 케이크 좀 먹을래요?"

"저는 괜찮습니다, 조시."

"루는?"

"아뇨. 고마워요, 엄마."

"둘이 먹게 남겨둘게."

엄마가 어색하게 웃으면서, 트랙터 바퀴만 한 크리스마스 과일케이크를 두고 나갔다. 샘이 일어나서 문을 닫았다.

우린 주방 시계가 째깍대는 소리를 들으면서 무거운 공기 속에 앉아 있었다. 둘이 나누지 않은 얘기의 무게에 짓눌리는 느낌이 들었다.

샘이 차를 길게 마셨다. 난 그가 가기를 바랐다. 그가 가면 난 죽을 거라는 생각도 들었다.

마침내 샘이 입을 열었다.

"미안해. 저번 날 일 말이야. 난 결코⋯⋯. 흠, 잘못 판단했어."

나는 고개를 저었다. 더 이상 말이 나오지 않았다.

"그녀랑 자지 않았어. 다른 이야기를 듣지 않겠다고 해도, 이 말은 꼭 들어야 해."

"당신이 말했어⋯⋯."

그가 올려다보았다.

"당신이 말했어⋯⋯. 다시는 아무도 날 아프게 하지 않을 거라고. 당신은 그렇게 말했어. 뉴욕에 왔을 때."

가슴속 어딘가에서 목소리가 나왔다. 나는 말을 이어갔다.

"당신이 아프게 하리라고는 생각 못 했어."

"루이자⋯⋯."

"이제 당신이 가주면 좋겠어."

샘이 무겁게 일어나서, 양손으로 식탁을 잡고 머뭇거렸다. 그를 바라볼 수가 없었다. 사랑했던 얼굴이 내 삶에서 영원히 사라지는 모습을 차마 볼 수 없었다. 샘이 허리를 펴고 들리게 숨을 쉬더니, 내게서 몸을 돌렸다.

그가 안주머니에서 꾸러미를 꺼내 식탁에 놓았다.

"메리 크리스마스."

샘이 말하고 문으로 걸어갔다.

그를 따라 복도로 나가, 열한 걸음 만에 현관에 도착했다. 샘을 쳐다볼 수가 없었다. 그러면 내 정신이 아닐 것 같았다. 가지 말라고 매달리고 일을 포기하겠다고 약속하고, 다시는 케이티 잉그람을 보지 않게 직장을 바꾸라고 조르겠지. 평소 내가 동정하는 한심한 여자가 될 터였다. 그가

339

원하지 않는 부류의 여자가.

그의 어색한 큰 발만 쳐다보며 서 있으려니 어깨가 뻣뻣해졌다. 차 한 대가 다가왔다. 거리 아래쪽에서 문 닫히는 소리가 났다. 새가 울었다. 나는 괴로움에 잠겨 서 있었다. 이 순간은 고집스럽게 끝나지 않으려 했다.

그때 샘이 불쑥 앞으로 나오더니 날 안았다. 그가 끌어당겼고, 포옹 속에서 서로 주고받은 모든 게 느껴졌다. 사랑, 아픔, 지독히 불가능한 이 모든 것. 그러자 그에게는 보이지 않는 내 얼굴이 일그러졌다.

얼마나 그렇게 서 있었는지 모르겠다. 몇 초쯤이겠지. 하지만 일순간 시간이 멈추더니 확장되었다 사라졌다. 샘과 나만 있었다. 돌로 변하는 것처럼 머리부터 발끝까지 파고드는 죽은 기분만 남았다.

"하지 마. 날 만지지 마."

더 견딜 수가 없어서 내가 말했다. 목이 메고 내 목소리 같지 않았다. 그를 밀어냈다.

"루……."

그런데 샘의 목소리가 아니었다. 트리나였다.

"루, 미안한데 조금만 비켜줄 수 있겠니? 내가 지나가야 해서."

난 눈을 깜빡이면서 고개를 돌렸다. 트리나가 양손을 들고, 좁은 문간을 막은 우리를 지나 밖으로 나가려고 했다.

트리나가 다시 말했다.

"미안. 내가 나가봐야 해서……."

샘이 급작스레 내 몸에서 손을 떼고 성큼성큼 걸어갔다. 잔뜩 굳은 구부정한 어깨가 눈에 들어왔다. 그가 잠시 멈추고 대문을 열었다. 돌아보지 않았다.

"트리나의 새 남자친구가 오나?"

내 뒤에서 엄마가 말했다. 엄마는 다급히 앞치마를 벗으면서 한 손으로 머리를 매만졌다. 엄마가 말을 이었다.

"4시에 오는 줄 알았는데. 아직 립스틱도 안 발랐는데……. 넌 어째. 괜찮니?"

트리나가 몸을 돌렸고, 내 눈에 눈물이 고여서 그녀의 얼굴만 보였다. 희망 어린 미소를 짓고 있었다.

"엄마, 아빠. 이 친구가 에디예요."

트리나가 말했다.

짧은 꽃무늬 옷을 입은 날씬한 흑인 여자가 머뭇머뭇 손을 흔들었다.

19

생애 두 번째 큰 실연에서 관심을 돌리는 최고의 비법으로, 크리스마스 날 여동생의 커밍아웃 사건을 적극 추천한다. 상대가 유색인종인 젊은 여성 '에드위나'라면 더 효과적이다.

엄마는 처음 받은 충격을 과장된 환영인사로 만회하고, 차를 준비한다면서 에디와 트리나를 거실로 안내했다. 도중에 잠깐 상소리를 하는 사람이 했을 법한 '미치고 팔짝 뛰겠네'라는 눈빛을 내게 던졌다. 엄마는 복도를 지나 주방으로 사라졌다. 톰이 거실에서 나와 '에디!'라고 외치면서 우리 손님을 힘껏 포옹했다. 다리를 흔들면서 선물을 기다렸고, 포장을 뜯더니 새 레고 세트를 들고 뛰어갔다.

아빠는 꿀 먹은 벙어리가 되어 앞에서 벌어지는 상황을 지켜보았다. 환각에 빠진 사람이 따로 없었다. 트리나답지 않게 긴장하는 표정이 보이고, 공포스러운 기운이 느껴지자 비로소 내가 나서야 하는 걸 알았다. 아빠에게 입을 다물라고 중얼대고, 앞으로 나가 손을 내밀고 인사했다.

"에디! 안녕하세요, 루이자예요. 트리나가 저에 대해 나쁜 말만 잔뜩 늘어놨겠죠."

"사실 멋진 얘기만 들었어요. 뉴욕에 산다고요?"

에디가 말했다.

"그런 셈이죠."

"대학을 나와 2년간 브루클린에 살았어요. 아직도 거기가 그리워요."

그녀는 황동색 코트를 벗고, 트리나가 옷이 수북한 옷걸이에 코트를 끼워 넣을 때까지 기다렸다. 조그맣고 도자기 인형 같았고, 보기 드문 균형잡힌 몸매였다. 눈은 위로 올라가고 검은 속눈썹은 풍성했다. 다같이 거실로 가면서 그녀는 재잘댔고—부모님은 어쩌면 예의를 차리느라 본인들이 받은 충격을 노골적으로 내색하지 않았다—할아버지와 악수했다. 할아버지는 비뚤어진 입으로 미소를 짓고 다시 TV를 쳐다보았다.

트리나의 이런 모습은 처음 봤다. 낯선 손님이 한 명이 아니라 두 명이 온 것 같았다. 예의 바르고 흥미롭고 적극적인 태도로 우리를 출렁대는 바다 같은 대화로 이끄는 에디가 있었다. 좀 자신 없는 표정으로 살짝 미소를 짓고, 위로를 구하는 듯 소파 위로 여자친구의 손을 잡는 새 트리나가 있었다. 처음 그녀가 손을 잡자, 아빠는 주먹이 들어갈 만큼 입을 벌렸고 엄마가 팔꿈치로 옆구리를 찌른 후에야 입을 다물었다.

엄마가 차를 따르면서 말했다.

"자! 에드위나! 트리나가 우리한테…… 음…… 너무 얘기를 안 해줘서요. 둘이 어쩌다…… 어떻게 만났어요?"

에디가 미소 지으며 대답했다.

"제가 카트리나의 아파트 근처에서 인테리어숍을 운영해요. 트리나가 제 숍에 몇 번 들러서 쿠션과 패브릭을 샀고 둘이 대화를 시작했죠. 그러다 한잔하러 갔고 나중에 극장에 갔다가…… 알고 보니 둘이 공통점이 많았어요."

나도 모르게 고개를 끄덕이면서, 내 앞에 있는 세련되고 우아한 사람과 내 동생이 어떤 공통점이 있을지 알아내려 애썼다.

"공통점이라! 정말 멋지네요. 공통점은 대단한 거지요. 그래요. 그러면…… 그러면 어느 지역에서…… 어머나, 나 좀 봐. 그런 의도는 아닌데……."

"어느 지역 출신이냐고요? 블랙히스예요. 보통 남런던에서 북런던으로 이사하지 않는다는 걸 저도 알아요. 3년 전 부모님이 은퇴하시고 보어햄우드로 이사하셨어요. 그래서 저도 남북런던의 주민인 희귀종이 되었죠."

그녀는 둘만 아는 농담이라는 듯 트리나에게 환하게 웃고 나서 다시 엄마에게 눈을 돌리고 덧붙여 말했다.

"항상 이 부근에 사셨어요?"

"엄마랑 아빠는 눈에 흙이 들어가기 전에는 스톳폴드를 안 떠나실걸."

트리나가 대답했다.

"그날이 빨리 오지 않기를 바라죠!"

내가 말했다.

"아름다운 마을 같아요. 왜 여기 살고 싶으신지 알겠어요."

에디가 접시를 들어 보이면서 말을 이었다.

"굉장한 케이크네요, 클라크 부인. 케이크를 직접 구우세요? 제 어머니는 럼주로 만드시는데, 제대로 된 풍미가 나려면 과일을 3개월 동안 재워야 한다고 하세요."

"카트리나가 게이야?"

아빠가 말했다.

트리나가 말했다.

"맛있어요, 엄마. 씨 없는 건포도가…… 진짜…… 촉촉해요."

아빠는 우리를 차례로 쳐다보면서 중얼댔다.

"우리 트리나가 여자를 좋아한다고? 그런데 아무도 그 얘기를 안 한다? 빌어먹을 쿠션이니 케이크 타령이나 해?"

"버나드."

엄마가 말했다.

"제가 여러분께 시간을 드려야 되겠네요."

에디가 말했다.

"아냐, 그냥 있어, 에디."

트리나는 톰을 힐끗 쳐다봤고, 아들이 TV에 몰두하자 다시 말했다.

"그래요, 아빠. 저는 여자를 좋아해요. 적어도 에디를 좋아해요."

엄마가 초조하게 말했다.

"트리나가 '젠더 플루이드(유동적 성별. 상황에 따라 자신을 남자나 여자, 양자로 인식하는 사람)'일지 몰라요. 그 표현이 맞나? 야간학교의 젊은이들이 그러는데, 요즘은 남자나 여자가 아닌 사람이 아주 많대요. 스펙트럼이 있다고. 아니 스페큘럼이라던가? 어느 쪽인지 헷갈리지만."

아빠는 눈을 끔뻑거렸다.

엄마가 차를 꿀꺽 마셨고, 그 소리가 커서 고통스러울 정도였다.

트리나가 엄마의 등을 두드려주고 나자, 내가 나서서 말했다.

"음, 저 개인적으로는 누구든 트리나와 사귀고 싶어하면 좋은 일인 것 같아요. 누구라도. 눈이랑 귀가 있고 심장이 있는 사람이라면 누구라도."

트리나는 진심으로 고마워하는 눈길로 날 보았다.

엄마가 입가를 닦으면서 말했다.

"넌 항상 진바지를 입었어. 성장하면서 그랬지. 내가 원피스를 더 입게 했어야 했나보다."

"이건 진바지랑 관계 없어요, 엄마. 진(genes 유전자)이라면 몰라도."

"흠, 우리 집안에 그런 내력은 없다. 나쁘게 받아들이지 말아요, 에드위나."

아빠가 말했다.

"그렇지 않습니다, 클라크 씨."

"저는 게이예요, 아빠. 저는 게이고 어느 때보다 행복해요. 제가 어떻게 행복해질지는 아무도 상관할 일이 아니지만, 제가 행복하니까 아빠와 엄마가 저를 보고 행복하면 좋겠어요. 또 더 중요한 것은, 전 에디가 아주 오래도록 저와 톰의 삶 속에 있기를 바라요."

그녀가 힐끗 쳐다보자 에디는 안심시키듯 미소 지었다.

긴 침묵이 흘렀다. "이제껏 아무 말도 하지 않았어. 게이처럼 굴지도 않고."

아빠가 비난조로 말했다.

"어떻게 하는 게 게이처럼 구는 건데요?"

트리나가 물었다.

"아. 게이는. 말하자면…… 여자를 집에 데려온 적이 없잖니."

"전에 아무도 집에 데려온 적이 없죠. 선디프를 제외하면. 그 회계사요. 아빠는 그가 축구를 좋아하지 않는다고 못마땅해하셨고요."

"저는 축구를 좋아해요."

에디가 거들려고 말했다.

아빠는 앉아서 접시를 쳐다보았다. 결국 그가 한숨을 쉬고 양 손바닥으로 눈을 문질렀다. 손을 내리니, 갑자기 잠에서 깬 사람처럼 멍한 얼굴이었다. 아빠를 찬찬히 지켜보는 엄마의 얼굴에 불안감이 번졌다.

"에디. 에드위나. 내가 노친네라는 인상을 준다면 유감이에요. 사실 난 동성애 혐오자는 아니에요. 하지만……."

"아, 어쩜 좋아. '하지만'이네."

트리나가 중얼댔다.

아빠가 고개를 저으며 말했다.

"하지만 어쨌거나 내가 말을 잘못해서 온갖 반발심을 일으킬 거라는 거겠지. 왜냐면 난 신조어와 세상 돌아가는 방식을 아예 모르는 노인네 니까…… 아내는 이렇게 말할 거예요. 다 얘기하자면 나도 결국 두 딸이 행복한 게 중요하다는 걸 알아요. 그리고 샘이 우리 루를 행복하게 하듯 에디가 트리나를 행복하게 해준다면 좋은 일이지. 알게 되어 반갑소."

아빠가 일어나서 커피 테이블 위로 손을 뻗었고, 잠시 후 에디가 몸을 숙여 악수했다.

"됐네. 이제 그 케이크나 먹읍시다."

엄마가 안도의 한숨을 쉬면서 나이프를 집었다.

나는 최선을 다해 미소 지은 다음 서둘러 방에서 나왔다.

상심에도 확실한 순위가 있다. 그걸 알게 됐다. 단연 최고는 사랑하는 이와 사별했을 때다. 그보다 충격적인 상황은 없으니 완전한 동정을 받는다. 안쓰러운 표정, 어깨를 다독이는 손길. '이런, 안타까워서 어째.' 그다음은 짝을 남에게 빼앗기는 상황이다. 상처를 준 둘의 배신, 교활함은 격분을 사고 연대감을 끌어낸다. '아, 정말 큰 충격을 받았겠네요.' 종교적인 장애, 중병처럼 피치 못한 이별의 경우도 끼워 넣을 수 있다. 하지만 '서로 다른 대륙에 살다보니 점점 멀어졌어요'라고 말하면, 고개를 끄덕여 인정하고 어깨를 으쓱하는 반응이 고작이다. '그래, 흔히 있는 일이지.'

소식을 듣고 엄마가, 그다음에 아빠가 그런 반응을 보였다. 물론 모성

애를 발휘해서 염려하기는 했지만. '정말 안타까운 일이네. 하지만 크게 놀랄 일은 아니지.' 그런 반응을 보면서, 표현하기 힘든—'크게 놀랄 일이 아니라니 무슨 뜻이에요? 난 그를 사랑했다고요.'—묘한 반발심을 느꼈다.

복싱데이는 느릿느릿, 지루하고 슬프게 지나갔다. 기절한 것처럼 잤다. 에디 사건 덕분에 내게 관심이 쏠리지 않아 다행이었다. 욕조 안에, 작은 방 침대에 누워서 간간이 눈물을 훔치고, 아무에게도 들키지 않기를 바랐다. 엄마가 차를 갖고 들어와서, 여동생이 행복에 겨워하는 이야기를 떠들지 않으려 애썼다.

보기에 아름다웠다. 아니 내가 이렇게 상심하지 않았다면 그랬겠지. 엄마가 음식을 대접하는 사이, 난 둘이 식탁 밑에서 몰래 손 잡는 걸 봤다. 그들은 고개를 맞대고 잡지에 난 기사에 관해 이야기했고, TV를 보면서 발을 살짝살짝 댔다. 톰은 사랑받는 아이다운 자신감으로 사랑을 나누는 둘에게 신경 쓰지 않고 사이에 끼어들었다. 트리나는 이 여자와 같이 있으면서 너무도 행복하고 느긋했고, 내가 처음 보는 모습이었다. 가끔 수줍으면서도 말없이 승리감에 찬 눈길을 내게 던졌고, 난 미소로 답했다. 억지 미소로 보이지 않기를 바라면서.

심장에 두 번째로 큰 구멍이 뚫린 느낌만 들었다. 지난 48시간 버티게 해준 분노가 없으니 난 허깨비 같았다. 샘은 떠났고 내가 그를 보낸 것과 다름없었다. 남들은 내 연애가 끝난 게 이해될지 몰라도, 어쩐지 난 납득되지 않았다.

복싱데이 오후, 가족이 소파에서 졸 때(우리 집에서 입씨름, 식사, 음식 소화에 얼마나 많은 시간을 쓰는지 잊고 있었다), 난 일어나서 성까지 걸어갔다. 바람막이 점퍼를 입고 개를 데리고 나온 활기찬 여자 외에는 아무도 없었다. 그녀는 더 이상의 대화는 사절이라는 투로 고개를 끄덕여 인사했고, 난 성벽으로 올라가 벤치에 앉았다. 거기서는 미로와 스톳폴드의 남쪽 절반이 내려다보였다. 매서운 바람이 불어 귀 끝이 얼얼하고 발이 시려웠고, 언제까지 슬프지는 않을 거라고 중얼댔다. 윌을 떠올리며 우리가 여기서 얼마나 많은 오후를 보냈는지 생각했다. 또 어떻게 그의 죽음을 견뎠는지 돌아봤다. 이 새로운 아픔은 그 고통보다는 덜하다고 자신을 달랬다. 깊은 슬픔에 빠져서 속이 거북한 몇 달을 겪지는 않겠지. 샘을 생각하지 않으리라. 그와 그 여자를 생각지 않을 거야. 페이스북을 찾아보지 않을 거야. 흥분되고 사건이 많은, 풍요로운 뉴욕의 새로운 생활로 돌아가리라. 완전히 그와 멀어지면, 마음의 일부는 새까맣게 타고 망가졌을지라도 결국은 치유되겠지. 첫 만남의 강렬함이―구급대원을 누가 거부할 수 있을까?―둘의 관계도 강하다고 믿게 만들었을 테지. 슬픔을 멈춰줄 누군가가 필요했던 것뿐일지 몰라. 어쩌면 반발로 생긴 관계이니 예상보다 빨리 마음을 추스릴 거야.

이렇게 자신에게 반복해서 말했지만, 마음 한구석은 고집스럽게 듣지 않으려 했다. 결국 괜찮아질 것처럼 구는 게 싫증나자, 눈을 감고 양손에 얼굴을 묻고 오열했다. 렌프루가에 있는 작은 집에서는 그렇게 울 수 없었고, 고프닉네에 돌아가도 그렇게 울지 못할 터였다. 분노와 슬픔에 찬, 감정의 출혈이라고 할 통곡이었다.

"나쁜 자식, 내가 간 지 석 달밖에 안 됐는데……."

무릎에 대고 흐느꼈다.

목을 졸리는 듯한 이상한 소리가 나왔다. 울면서 일부러 거울을 보고 더 마구 울어대는 톰처럼, 내뱉는 말이 너무 슬프고 무섭게 끝을 의미해서 더 엉엉 울었다.

"샘, 그 망할 인간. 내가 모험을 해도 된다고 생각하게 만들어놓고!"

"나도 여기 앉아도 되나, 아님 단독 '눈물쇼' 중인 건가?"

휙 머리를 들었다. 내 앞에 릴리가 서 있었다. 헐렁한 검은 파카와 빨간 목도리 차림으로 가슴에 팔짱을 끼고, 한참을 보고 있었던 듯했다. 릴리는 내가 애통해하는 걸 보는 게 재미있는지 씩 웃더니, 내가 마음을 추스르기를 기다렸다.

"흠, 무슨 일이 벌어지고 있는지 물어볼 필요도 없겠네."

릴리가 내 팔을 툭 치면서 말했다.

"내가 여기 있는지 어떻게 알았어?"

"스키장에서 이틀 전에 돌아와서, 인사나 하려고 언니네 주변을 걸어다녔어. 언니는 전화도 안 주던걸."

"미안해. 내가……."

내가 대꾸했다.

"섹시한 샘한테 차여서 힘들었겠지. 그 금발 계집애 때문이지?"

나는 코를 풀고 릴리를 빤히 쳐다보았다.

"크리스마스 전에 며칠 런던에서 지내면서, 인사나 하려고 구급차 본부에 갔거든. 그 여자가 거기서 인간 곰팡이처럼 샘한테 달라붙어 있더라고."

나는 조소했다.

"네 눈에도 보였어?"

"그럼, 당연하지. 언니한테 경고해줄까 하다가 '그래봤자 무슨 소용이야?'라고 생각했어. 언니가 뉴욕에서 뭘 어쩔 수도 없는걸. 어휴. 남자들은 멍청하기도 하지. 샘이 어떻게 '그걸' 보지 못했을까?"

"아, 릴리. 얼마나 보고 싶었다고."

그 순간까지는 잘 몰랐다. 십대답게 변덕스러운 윌의 딸. 릴리가 옆에 앉자, 어른이라도 되는 것처럼 난 몸을 기댔다. 우리는 먼 곳을 바라보았다. 윌의 집인 '그랜타 하우스'가 눈에 들어왔다.

"여자가 예쁘고 가슴이 풍만한데다, 구강성교에 어울릴 듯한 음탕한 입을 가졌다는 이유만으로……."

"알았어, 이제 그만해도 돼."

"아무튼 내가 언니라면 울지 않을 거야. 일단 어떤 남자도 그럴 가치가 없어. 케이티 페리도 그렇게 말할걸. 하지만 언니는 울면 눈이 진짜 못 말리게 작아진다고. 깨알만 해진다니까."

웃지 않을 수가 없었다.

릴리가 일어나서 손을 내밀었다.

"가자. 언니 집으로 내려가자. 복싱데이라 문 연 곳이 없고, 할아버지랑 델라랑 '뭘 해도 예쁜 아기' 때문에 내 머리가 어지러워. 할머니가 데리러 올 때까지 꼬박 스물네 시간을 보내야 되거든. 내 파카에 콧물을 흘린 거야? 진짜네! 싹 닦아줘야 돼."

우리 집에서 차를 마시면서 릴리는 이메일로 다 하지 못한 소식을 전했다. 새 학교가 무척 맘에 들지만 기대받는 것만큼 공부를 따라가지 못한다고 했다("학교를 왕창 빼먹은 게 영향이 크지. 어른들이 '내가 뭐라고 하든'이라고 잔소리하면 진짜 짜증나"). 할머니랑 사는 게 너무 좋아서, 진짜 사랑하는 이들에게 하듯 할머니에게 투덜댈 수—유머 감각을 발휘해 비꼬면서—있다고 느꼈다. 방을 검은색으로 칠하는 걸 두고 할머니가 너무 야단을 떨었다. 릴리가 운전하는 방법을 꿰고 있는데도 할머니는 운전하게 해주지 않았다. 운전 교육을 받기 전에 예습하려는 것뿐인데. 릴리는 즐겁게 재잘대다가 엄마 이야기를 하면서 말투가 변했다. 릴리의 어머니는 마침내 계부와—'당연히'—헤어졌지만, 재혼할 계획이던 옆집 건축가가 아내와 헤어지지 않겠다면서 장단 맞추지 않았다. 이제 그녀는 홀랜드 파크의 셋방에서 쌍둥이와 병적으로 괴롭게 지냈다. 필리핀 보모가 계속 바뀌었다. 그들은 놀랍도록 인내심이 강했지만, 타냐 후톤-밀러를 2주 이상 못 견디고 떠났다.

릴리가 말했다.

"그 애들을 딱하게 여길 줄은 몰랐는데 안쓰러워. 아이고. 진짜 한 대 피우고 싶네. 엄마 이야기를 할 때만 담배를 피우고 싶다니까. 이걸 이해하는 데 프로이트까지 필요하진 않지?"

"속상하다, 릴리."

"그럴 것 없어. 난 괜찮아. 할머니랑 살고 학교에서 지내잖아. 이제 엄마가 난리를 쳐도 난 영향 받지 않아. 흠, 내 음성사서함에 긴 메시지를 남기지. 흐느끼거나, 내가 이기적이어서 자기한테 돌아가지 않았다고 난리야. 그래도 상관없어."

릴리는 잠깐 몸을 떨더니 덧붙였다.

"가끔 생각하는데, 거기 있었으면 완전히 돌았을 거야."

몇 달 전 취해서, 불행하고 외로운 상태로 우리 집에 나타난 릴리를 떠올리자 만족감이 느껴졌다. 내가 릴리를 받아들여서, 윌의 딸이 할머니와 행복한 관계를 맺게 도왔으니.

엄마가 들락날락하면서 햄, 치즈, 데운 고기파이를 내주었다. 엄마는 릴리가 와서 기쁜 듯했고, 특히 저택에서 일어나는 일을 세세히 듣자 즐거워했다. 릴리는 할아버지인 트레이너 씨가 별로 행복하지 않다고 생각했다. 그의 새 부인 델라는 엄마 노릇이 어렵다는 걸 알고, 계속 아기에게 유난을 떨었다. 그녀는 아기가 빽빽댈 때마다 움찔대면서 울었다. 기본적으로 그런 상황이 그치지 않았다.

"할아버지는 대부분의 시간을 서재에서 보내는데, 그게 그 여자의 화를 더 돋우죠. 하지만 할아버지가 도우려고 하면, 여자는 소리를 지르면서 제대로 하는 게 없다고 윽박질러요. '스티븐! 아기를 그렇게 안지 말아요! 스티븐! 아기 모직 재킷을 다시 앞쪽으로 갖다놔요!' 나라면 '네가 직접 해라'라고 말하겠는데, 할아버지야 워낙 친절하시니."

엄마가 친절하게 대꾸했다.

"그 양반은 육아에 나서지 않았던 세대니까. 네 아버지도 기저귀 한번 갈아주지 않을 걸."

"할아버지가 늘 할머니 안부를 물어서, 저는 새 남자가 생겼다고 말했어요."

"트레이너 부인에게 남자친구가 있니?"

엄마가 눈이 휘둥그레져서 물었다.

"아뇨. 당연히 아니죠. 할머니는 자유를 만끽하고 있다고 말하세요. 하지만 할아버지가 그걸 알 필요는 없잖아요, 그죠? 할아버지한테 말했죠. 은발 신사가 머리를 휘날리며 애스턴 마틴(영국산 고급 스포츠카)을 몰고 1주일에 두 번 할머니를 데리러 온다고. 그분 이름은 모르지만, 할머니가 다시 행복한 걸 보니 좋다고요. 할아버지가 여러 가지 묻고 싶어하는 눈치가 빤한데, 델라가 옆에 있으니까 그러지 못해요. 그냥 고개를 끄덕이고, 억지 웃음을 지으면서 '잘됐구나'라고만 말하죠. 그리고 다시 서재로 가버려요."

"릴리! 그렇게 거짓말하면 안 돼!"

엄마가 말했다.

"왜 안 되는데요?"

"왜냐면, 흠, 사실이 아니니까!"

"인생에서 사실이 아닌 게 얼마나 많은데요. 산타 할아버지도 사실이 아니에요. 하지만 어쨌거나 톰에게 산타에 대해 말해주셨겠죠. 할머니가 멋진 부자 남자랑 파리에서 짧은 휴가를 보낸다고 생각하면 할아버지에게—할머니에게도—좋은 일이에요. 또 두 분이 대화하지 않으니까 아무런 해도 없잖아요?"

논리적으로는 인상적인 설명이었다. 엄마가 입을 오므렸지만 릴리가 틀렸다는 다른 이유를 대지 못한 걸 보면 그랬다.

릴리가 말했다.

"아무튼 그만 가보는 게 좋겠어요. 가족 만찬이 있거든요. 호호호."

그 순간 트리나와 에디가 들어왔다. 톰을 데리고 놀이공원에 다녀오는 길이었다. 난 엄마가 갑자기 초조해하는 걸 알고 생각했다. '아, 릴리. 나쁜 말은 하지 말아줘.' 나는 그들을 가리키면서 말했다.

"여기는 릴리예요, 에디. 에디야, 릴리. 릴리는 예전 고용주인 윌의 딸이에요. 에디는⋯⋯."

"내 여자친구야."

트리나가 말했다.

"아. 그래요."

릴리가 에디와 악수한 다음 내게 몸을 돌리고 말했다.

"그래서. 난 뉴욕에 데려가달라고 할머니를 조르고 있어. 할머니는 이 추위에는 어림없고 봄에 데려가주겠다고 하셔. 그러니까 며칠 비울 준비를 해. 4월이면 봄으로 봐도 되지? 준비할 거지?"

"얼른 보고 싶다."

내가 말했다. 옆에서 엄마가 안심을 하고 조용히 진정했다.

릴리는 날 힘껏 포옹하고, 현관 앞 계단을 뛰어내려갔다. 떠나는 모습을 보면서, 어린 건강함이 부러웠다.

20

From :BusyBee@gmail.com

To: KatrinaClark@scottsherwindbarker.com

사진 좋네, 트리나! 진짜 예뻐. 어제 보낸 넉 장 못지않게 맘에 들어. 아니, 최
고는 여전히 화요일에 보내준 사진이야. 세 사람이 공원에서 찍은 사진. 응,
에디의 눈이 정말 근사하지. 네가 행복해 보여 진심 다행이야.

다른 얘긴데. 사진을 액자에 넣어서 엄마랑 아빠에게 보내는 건 좀 이른 것 같
아. 하지만 네가 가장 잘 알겠지.

톰에게 안부 전해줘.

L x

추신. 난 괜찮아. 물어봐줘서 고마워.

    뉴욕에 돌아오니 눈보라가 몰아쳤다. 뉴스에 나오는, 차 지붕만 보이
고 평소 차가 다니는 도로에서 아이들이 썰매를 타고, 기상캐스터가 아
이 같은 기쁨을 감추지 못하는 폭설. 시장의 지시에 따라 큰 도로에 쌓인
눈이 치워졌다. 시의 거대한 제설차들이 짐을 진 거대한 동물들처럼 덜

컥대면서 주요 도로를 오르내렸다.

평소라면 이런 눈을 보는 게 짜릿했겠지만, 개인적으로는 저기압이 계속되었다. 이런 기분이 한랭전선처럼 드리워져서 어떤 상황에서든 즐거움을 걷어가버렸다.

이렇게 상심해본 적이 없었다. 적어도 산 사람 때문에 그런 적은 없었다. 패트릭과는 연애가 습관이 된 걸 서로 깊이 인식해서 헤어졌다. 관계가 진짜 마음에 들진 않지만 새로 사기 귀찮아서 신는 신발 같아져서. 윌이 죽고 나서 다시는 아무 감정도 못 느낄 거라 생각했다.

사랑했다 헤어진 사람이 아직 숨 쉰다는 걸 알아도 별반 위로가 되지 않았다. 내 뇌는 가학적인 신체 부위여서 종일 샘에게 돌아갔다. 지금 그는 뭘 할까? 무슨 생각을 할까? 그 여자랑 있나? 우리 사이의 일을 후회할까? 내 생각을 하기는 할까? 하루에 머릿속으로 열두어 번 샘을 상대로 입씨름을 벌였고, 몇 번은 내가 이기기도 했다. 이성이 끼어들어, 샘을 생각해봤자 소용없다고 타일렀다. 버스는 떠났다고. 다른 대륙으로 돌아왔다고. 우리의 미래는 수천 마일 떨어져 있다고.

그런데 이따금 살짝 미친 자아가 억지 낙관론을 들고 튀어나왔다. '난 원하는 누구든 될 수 있었어! 아무한테도 매이지 않았어! 세계 어디든 갈등 없이 갈 수 있었다고!' 이 세 자아가 몇 분간 내 마음을 차지하려 했고, 이런 경우가 빈번했다. 정신분열증에 걸린 것 같았고 완전히 기진맥진해졌다.

그런 마음들을 몰아냈다. 새벽에 조지, 아그네스와 뛰었고, 가슴이 뻐근하고 정강이가 뜨거운 부지깽이 같아도 늦추지 않았다. 아파트 안을 누비고 다니면서 아그네스가 시키는 일을 했고, 마이클이 유난히 과로한 표정을 지으면 도와주겠다고 나섰다. 또 일라리아가 거슬리는 소리로 투덜대도 옆에서 감자 껍질을 벗겼다. 심지어 아숙에게 통로에 쌓인 눈을 치우는 일을 거들겠다고 제의했다. 앉아서 내 인생을 고민하지 않을 수 있으면 뭐든 하려 했다. 그는 찌푸리면서 미친 사람처럼 굴지 말라고 대꾸했다. 누가 직장을 잃는 꼴을 보고 싶냐고?

뉴욕에 돌아온 지 사흘째 되는 날, 조시가 문자메시지를 보냈다. 아그네스는 어린이 상점에서 구두를 들고, 어머니와 폴란드어로 통화 중이었다. 어떤 사이즈를 사야 할지, 언니가 좋아할지 의논하는 모양이었다. 난 휴대폰의 진동이 울리자 내려다보았다.

> – 안녕, 루이자 클라크 1세. 오랫동안 무소식이네요. 크리스마스를 보냈겠죠. 언제 커피나 마실까요?

빤히 쳐다봤다. 사양할 이유가 없었지만 어쩐지 안 될 일 같았다. 너무 까칠한 상태였고, 모든 감각이 3,000마일 떨어진 곳의 남자에게 쏠려 있었다.

> – 안녕, 조시. 당장은 좀 바쁘지만(아그네스가 발에 불이 나게 하네요!) 조만간 그렇게 해요. 잘 지내기를. L x

그는 답장하지 않았고, 묘하게 마음이 안 좋았다.

개리가 아그네스가 쇼핑한 것들을 차에 싣자, 그녀의 휴대폰이 울렸다. 그녀는 가방에서 휴대폰을 꺼내서 들여다보았다. 아그네스는 잠시 창을 내다보다가 내게 눈을 돌렸다.

"미술 교습을 잊었네. 이스트 윌리엄스버그로 가야겠어."

명백히 거짓말이었다. 불쑥 소름 끼치는 추수감사절 오찬과 밝혀진 진실이 떠올랐지만, 그런 기미를 내비치지 않으려 애썼다.

"그러면 피아노 교습을 취소할게요."

내가 담담하게 대답했다.

"그래. 개리, 미술 교습이 있어요. 깜빡했네요."

개리는 한마디 대꾸도 없이 리무진을 도로로 몰았다.

개리와 나는 차 안에 말없이 앉아 있었다. 주차했지만 추운 날씨 때문에 시동을 켜두어서, 나직이 엔진 소리가 났다. 이 오후를 '미술 교습' 시간으로 선택한 아그네스에게 속으로 부아가 났다. 혼자 생각에 잠길 틈이 생겨서 불청객인 잡생각이 머리를 헤집으니까. 이어폰을 꽂고 쾌활한 음악을 들었다. 아이패드로 아그네스의 주중 일정을 정리했다. 엄마와 하곤 했던 온라인 단어 게임을 했다. 트리나의 이메일에 에디를 회사 만찬에 데려가도 될지, 아님 시기상조일지 답을 했다(난 그녀가 그러기 시작해야 한다고 생각했다). 창밖의 눈 내리는 찌푸린 하늘을 보니, 눈이 더 내릴까봐 걱정스러웠다. 개리는 턱을 가슴에 내리고, 태블릿으로 코미디쇼를 보면서 녹음된 웃음소리와 함께 웃음을 터뜨렸다.

더 물어뜯을 손톱도 없어서 내가 물었다.

"커피 드실래요? 아그네스가 오래 걸리지 않겠어요?"

"아니. 의사가 도넛 섭취량을 줄이라던데. 도넛이 맛있는 커피집에 가면 어떤 일이 벌어지는지 알잖아."

나는 바지의 실오라기를 뜯으면서 대꾸했다.

"숨바꼭질하실래요?"

"장난하나?"

한숨을 쉬면서 등을 기대고 나머지 코미디쇼 소리를 들었다. 개리의 무거운 숨소리가 느려지다가 가끔 코 고는 소리로 변했다. 하늘이 어두워지기 시작해, 비정하고 납 같은 잿빛이었다. 정체를 뚫고 집에 가려면 몇 시간 걸릴 터였다. 그때 내 휴대폰이 울렸다.

"루이자? 아그네스랑 같이 있나? 휴대폰이 꺼져 있는 것 같군. 아그네스를 바꿔주겠어?"

스티븐 립코트의 작업실을 올려다보았다. 그 방에서 네모난 노란 불빛이 어슴푸레한 눈밭에 떨어졌다.

"저기……. 사모님이 지금…… 옷을 입어보고 계시거든요, 회장님. 제가 피팅룸에 뛰어가서 곧 전화드리게 하겠습니다."

짐을 나르는 중인 듯 현관문이 페인트 통 두 개를 받쳐서 열려 있었다. 난 콘크리트 계단을 뛰어올라가서 복도를 지나 스튜디오에 도착했다. 닫힌 문 앞에 서서 숨을 몰아쉬었다. 휴대폰을 내려다보다가 하늘을 보았다. 들어가고 싶지 않았다. 추수감사절에 제기된 문제의 빼도 박도 못 할 증거를 보고 싶지 않았다. 노크를 해도 될지 알아보려고 문에 귀를 대니, 교활한 기분이 들었다. 마치 잘못을 저지른 사람이 나인 것처럼. 그런데 음악과 나직한 대화 소리밖에 들리지 않았다.

자신감이 생겨서 노크를 했다. 2초 후쯤 문고리를 돌려 문을 열었다. 스티븐 립코트와 아그네스가 등을 보이고 서 있었다. 방 저쪽에서 벽에 세워진 캔버스들을 보는 중이었다. 스티븐은 한 손을 그녀의 어깨에 놓고, 담배를 든 다른 손으로 더 작은 캔버스들을 가리켰다. 방에 담배연기와 테레빈유 냄새가 자욱했고, 얼핏 향수 냄새도 났다.

그가 말하고 있었다.

"저기, 다른 사진 몇 장도 갖다주시지요. 이게 제대로 표현되지 않았다고 느끼시면, 우리가 다시……."

"루이자!"

아그네스가 몸을 홱 돌리더니, 나를 물러가게 하려는 듯 손바닥을 들었다.

"죄송해요."

나는 휴대폰을 들어 올리면서 말을 이었다.

"저기……. 저기, 고프닉 씨예요. 통화하고 싶어하셔서요."

"루이자는 여기 오면 안 된다고! 왜 노크하지 않았어?"

그녀의 얼굴에 핏기가 가셨다.

"했어요. 죄송해요. 달리 방법이 없어서……."

나는 문으로 나가려다가 캔버스를 힐끗 쳐다봤다. 금발의 눈이 큰 아이가, 빠져나가려는 것처럼 몸을 반쯤 돌린 그림이었다. 문득 모든 게 명확히 이해됐다. 우울감, 어머니와 끝없는 통화, 시도 때도 없는 장난감과 신발 쇼핑…….

스티븐이 허리를 굽혀 그림을 집었다.

"보세요. 원하면 이걸 가져가시죠. 한번 생각해보시……."

"입 다물어요, 스티븐!"

화가는 그녀가 이런 반응을 하는 이유를 몰라서 멈칫했다. 하지만 그게 결정적으로 확인시켜주었다.

우린 차를 타고 조용히 어퍼 이스트사이드로 돌아갔다. 아그네스는 남편에게 전화해서 사과했다. 휴대폰이 꺼져 있는지 몰랐다고, 기계의 문제니—끄지 않는데 늘 저절로 꺼진다고—다른 휴대폰을 장만해야겠다고 말했다. '그래요, 여보. 지금 돌아가는 중이에요. 네, 알아요…….'

그녀는 날 보지 않았다. 사실 난 아그네스를 쳐다볼 수가 없었다. 지난 몇 달간의 일을 이제 파악된 사실과 연결하느라 머리가 웅웅댔다.

마침내 집에 도착하자, 난 아그네스의 몇 걸음 뒤에서 걸어 로비를 지났다. 하지만 엘리베이터 앞에 당도하자, 그녀가 몸을 홱 돌리더니 바닥을 보다가 다시 문으로 향했다.

"좋아. 따라 와."

우린 금색으로 장식된 어두운 호텔 바로 갔다. 부유한 중동 사업가들이 고객을 접대하고 고개도 돌리지 않고 계산서를 흔들 것 같은 분위기였다. 바는 거의 비어 있었다. 아그네스와 나는 침침한 구석 부스에 앉아서, 직원이 술을 내려놓고 가기를 기다렸다. 그는 과장된 몸짓으로 보드카 토닉 두 잔과 윤나는 올리브가 담긴 그릇을 내려놓고 아그네스와 눈을 맞추려 했지만 그러지 못했다.

"내 아이야."

바 직원이 물러가자 아그네스가 말했다.

나는 술잔을 들어 한 모금 마셨다. 술이 독해서 반가웠다. 몰두할 게 있으면 도움이 될 것 같았다.

그녀가 뻣뻣하고 묘하게 화난 목소리로 말했다.

"내 딸. 폴란드에서 내 언니랑 살아. 아이는 괜찮아……. 내가 떠날 때 너무 어려서 엄마랑 살던 시절을 기억 못 해……. 언니는 아이를 가질 수 없어서 행복해하지만, 어머니가 나한테 굉장히 화나 있지."

"하지만……."

"그이를 만났을 때 얘기하지 않았어, 됐어? 그이 같은 사람이 날 좋아한다는 게 너무…… 너무도 행복했어. 꿈같았다구, 알겠어? 이렇게 생각했지. 이 작은 모험을 즐길 테야. 그러다가 노동 비자가 만료되면 난 폴란드로 돌아갈 테고, 이 일을 늘 기억하겠지. 그런데 모든 일이 아주 급박하게 벌어졌고, 그이는 나 때문에 아내와 헤어지지. 어떻게 말해야 할지 알 수가 없었어. 그이를 만날 때마다 '지금이 그때야, 지금이 그때라고……'라고 생각해. 그런데 둘이 있을 때 그이가 말하지. 자기는 아이를 더 원하지 않는다고. 자기는 '충분하다'고 말해. 그는 가족이랑 엉망진창이라고 느끼고, 그래서 두 번째 가족으로 이복 형제자매, 이 모든 일로 더 복잡해지기 싫은 거야. 나를 사랑하지만 아이는 없다는 게 내게 내건 조건이야. 이런 마당에 내가 어떻게 말할 수 있겠어?"

나는 남이 못 듣게 몸을 숙이고 말했다.

"하지만…… 하지만 이건 완전히 미친 짓이에요, 아그네스. 이미 딸이 있잖아요."

"그럼 2년이나 지난 지금, 어떻게 말하면 될까? 그가 날 나쁜 여자로 보지 않을 거라고 생각해? 내가 큰 문제를 만들어버렸어, 루이자. 그걸 알아."

그녀가 술을 들이켰다.

"항상…… 언제나…… 생각해. 어떻게 이걸 바로잡을 수 있을까? 하지만 바로잡을 방법이 없어. 너무나 간단해. 이렇게 살면 그이도 행복하고 나도 행복하고, 난 모두를 부양할 수 있어. 언젠가 뉴욕에 와서 살라고 언니를 설득해볼 거야. 그러면 조피아를 매일 볼 수 있지."

"하지만 딸이 사무치게 그립잖아요."

그녀의 입매가 굳었다. 그러다가 오래 연습한 대사를 읊듯 말했다.

"난 아이를 뒷바라지하고 있어. 전에 친정은 가진 게 별로 없었어. 지금 언니는 아주 좋은 집에 살아, 침실이 네 개고 다 새 물건이지. 아주 고급 주택가에서. 조피아는 폴란드에서 가장 좋은 학교에 다니고, 최고급 피아노를 칠 거야. 뭐든 누릴 거야."

"하지만 엄마가 없죠."

갑자기 아그네스의 눈에 눈물이 고였다.

"그래. 난 레너드랑 헤어지지 않으면 딸이랑 헤어져 지내야 해. 딸 없이 사는 게 내…… 내…… 아, 무슨 단어더라? ……내 고행이야."

그녀의 목소리가 살짝 갈라졌다.

나는 보드카를 마셨다. 달리 뭘 할 수 있을지 난감했다. 둘 다 술잔만 처다봤다.

"난 나쁜 사람은 아냐, 루이자. 레너드를 사랑해. 아주 많이."

"알아요."

"우리가 결혼하면, 한동안 같이 살다가 그에게 말하면 된다고 생각했어. 그이가 좀 화를 내다가 마음을 돌릴 수 있을 거라고. 아니면 내가 폴란드에 왔다 갔다 하면 되지 않겠어? 아니면 조피아가 와서 한동안 지내면 되겠지. 그런데 상황이 아주…… 아주 복잡해졌어. 그이 가족이 날 징그럽게 미워하지. 이제 그들이 딸의 존재를 알면 어떤 일이 벌어질지 알지? 태비사가 이 일을 알면 어떻게 될지 알지?"

짐작하고도 남았다.

"난 그이를 사랑해. 루이자가 나에 관해 여러 생각을 하는 걸 알아. 하지만 난 그를 사랑해. 좋은 사람이야. 가끔 그가 과로하기 때문에, 그의 세계에 날 좋아하는 사람이 없기 때문에 내 마음이 힘들어……. 내가 너무 외롭고 어쩌면…… 내가 항상 바르게 처신하는 건 아니지만, 그이 없이 살 생각을 하면 견딜 수가 없어. 그이는 내 천생연분이야. 첫날부터 그걸 알았지."

아그네스가 가는 손가락으로 테이블 문양을 훑었다. 그녀가 다시 말했다.

"하지만 딸이 앞으로 10년, 15년간 나 없이 성장한다는 생각을 하면, 난…… 난……."

그녀가 어깨를 떨면서 한숨을 쉬었고, 소리가 커서 바텐더의 주의를 끌었다. 난 가방을 뒤졌지만 손수건이 없어서, 종이 냅킨을 그녀에게 주었다. 고개를 든 아그네스의 얼굴은 부드러웠다. 전에 본 적 없는, 사랑과 온화함으로 빛나는 얼굴이었다.

"그 아이는 아주 예뻐, 루이자. 이제 네 살이 다 됐는데 어찌나 총명한지. 정말 똑똑해. 요일을 다 알고, 지구본에서 여러 나라의 위치를 알고 노래도 잘해. 뉴욕이 어딘지 알지. 아무도 가르쳐주지 않았는데, 지도에서 크라쿠프에서 뉴욕까지 선을 그을 줄 알지. 내가 갈 때마다, 아이는 내게 매달리면서 말해. "왜 가야 되는데, 엄마? 안 가면 좋겠어." 그러면 내 억장이 무너지지……. 아, 정말이지, 억장이 무너져내려……. 가끔 아이를 보고 싶지 않기도 해. 헤어져야 될 때의 고통을 아니까……. 그게……."

아그네스가 술잔 위로 몸을 굽히고, 반들대는 테이블에 말없이 떨어지는 눈물을 기계적으로 닦아냈다.

다시 종이 냅킨을 건넸다. 내가 부드럽게 말했다.

"아그네스가 이 일을 얼마나 견딜 수 있을지 모르겠네요."

그녀가 고개를 숙이고 눈가를 닦았다. 다시 고개를 들었을 때, 운 티가 나지 않았다.

"루이자랑 나. 우리 둘 다 이민자지. 이 세계에서 자리를 찾기가 어렵다는 걸 우린 알아. 내 나라가 아닌 나라에서 더 나은 삶을 만들고 열심히 일하고 싶어⋯⋯. 새 인생, 새 친구를 만들고 새로운 사랑을 찾고 싶지. 새사람이 되어야 해! 그런데 간단한 일이 아니야, 비용을 치르지 않으면."

나는 침을 삼키고, 열차 짐에서 열내는 샘의 화난 모습을 밀어냈다.

"난 알아, 아무도 다 갖지 못해. 그리고 우리 이민자들은 이걸 누구보다 잘 알지. 항상 두 곳에 한 발씩 넣고 있지. 진짜로 행복해질 수가 없어. 왜냐면 떠나는 순간 자신이 두 개가 되니까. 그래서 어디 가든 늘 반쪽이 다른 반쪽을 부르지. 이게 우리의 대가야, 루이자. 이게 지금의 내가 치러야 하는 대가라고."

그녀가 술을 한 모금 홀짝이고 한 모금 더 마셨다. 크게 심호흡하면서, 손끝으로 과도한 감정을 털어내려는 듯 테이블 위에서 양손을 털었다. 아그네스는 야멸찬 목소리로 다시 입을 열었다.

"그이에게 말하면 안 돼. 오늘 본 것을 그이에게 말하면 안 돼."

"아그네스, 이걸 영원히 숨길 수는 없어요. 너무 큰 문제예요. 이건⋯⋯."

그녀가 한 손을 뻗어 내 팔에 올렸다. 그녀는 내 팔목을 꽉 움켜잡으며 말했다.

"부탁이야. 우린 친구 맞지?"

나는 침을 삼켰다.

알고 보니 부자들 사이에 진짜 비밀은 없었다. 사람들은 비밀을 지키려고 대가를 치렀다. 나는 가슴에 예기치 않은 무거운 짐을 안고 계단을 올라갔다. 지구 저편에 있는 여자애를 떠올렸다. 가장 갖고 싶은 걸 제외하고 모든 걸 가진 아이. 똑같이 느끼는 여자. 그녀는 이제 막 그걸 깨달왔다. 트리나한테 전화할까 생각했지만—이걸 의논할 사람은 여동생만 남았다—말하지 않아도 어떤 판단을 내릴지 빤했다. 트리나는 팔이 잘린다 해도 톰을 두고 다른 나라로 갈 사람이 아니었다.

샘을 떠올리다가, 선택을 합리화하려면 어떻게 해야 하는지 생각했다. 그날 저녁 내 방에 앉아 있으려니, 침울하고 암담한 생각만 났다. 결국 휴대폰을 꺼냈다.

－ 안녕, 조시. 그 제안이 아직 유효해요? 다만 커피 대신 술 한잔 어때요?

30초도 안 지나서 답이 왔다.

－ 시간, 장소만 말해요, 루이자.

21

결국 조시가 아는 타임스스퀘어 인근의 지하 바에서 둘이 만났다. 길고 좁은 공간에 권투선수 사진이 잔뜩 붙어 있고, 바닥이 너저분했다. 난 블랙진을 입고 머리를 바짝 당겨서 하나로 묶었다. 목이 두꺼운 플라이급 선수들이 서명한 사진이 붙은 벽 앞으로 중년 남자들 사이를 지나는데 아무도 쳐다보지 않았다.

조시는 끄트머리의 작은 테이블에 앉아 있었다. 시골 사람으로 보이고 싶을 때 사는 왁스칠이 된 진갈색 코트 차림이었다. 나를 보자 그가 미소 지었는데, 그 웃음은 전염성이 있었다. 복잡하기 짝이 없는 세상에서 복잡하지 않은 사람이 나를 보고 기뻐하니 일순간 반가웠다.

"어떻게 지내요?"

그가 일어났다. 나와서 포옹하고 싶지만, 지난번 상황 때문에 가만히 있는 듯했다. 대신 내 팔을 건드렸다.

"힘든 하루를 보냈어요. 실은 힘든 한 주였어요. 그런데…… 놀라면 안 돼요……. 내 뉴욕 모자에서 처음 뽑은 이름이 조시였어요!"

"뭘 마실래요? 참고로 술은 여섯 종류밖에 없어요."

"보드카 토닉?"

"그건 있을 거예요."

몇 분 지나서 조시는 병맥주와 보드카 토닉을 들고 돌아왔다. 나는 코트를 벗었고, 그와 마주 앉으니 묘하게 긴장됐다.

"그래서…… 이번 주 말이에요. 무슨 일이 있었는데요?"

나는 술을 한 모금 마셨다. 저번 오후에 마셔봐서 이번에는 술이 편하게 넘어갔다.

"내가…… 내가 오늘 뭘 알게 되어서요. 충격을 받을 일이었어요. 무슨 일인지 말하지 못하는 건, 당신을 못 믿어서가 아니라 여러 사람에게 영향을 미칠 어마어마한 일이기 때문이에요. 또 그 일을 어째야 좋을지 모르겠어요."

앉은 채로 몸을 뒤척이고 나서 말을 이었다.

"그저 이 일을 소화하고, 이로 인해 소화불량에 걸리지 않는 법을 배워야 한다고 생각해요. 무슨 뜻인지 알겠어요? 그래서 만나서 술을 두어 잔 마시고, 당신이 사는 이야기를 듣고 싶었어요……. 어둡고 큰 비밀 같은 게 없다고 가정하고, 어둡고 큰 비밀이 없는 괜찮은 삶에 대해……. 그러면서 인생이 정상적이고 좋을 수 있다는 점을 되새기고 싶었죠. 하지만 당신이 내 이야기를 하게 하지는 않았으면 좋겠어요. 내가 방어 태세를 늦추거나 하면."

조시는 가슴에 손을 얹고 대꾸했다.

"루이자, 난 당신 일을 알고 싶지 않아요. 만나서 행복할 뿐이에요."

"말해도 된다면 솔직히 당신에게 말할 거예요."

"이 인생을 바꾸는 어마어마한 비밀은 궁금하지 않아요. 내 걱정은 안 해도 됩니다."

그가 맥주를 쭉 마시고, 멋진 미소를 지어 보였다. 2주 만에 처음으로 약간 덜 외로웠다.

두 시간 후 바가 후끈해졌고, 세 시간 후 3달러짜리 맥주에 놀란 지친 관광객과 단골이 좁은 통로에 북적댔다. 대부분 구석의 TV에서 하는 권투 중계에 몰두했다. 어퍼컷을 치라고 합창했고, 응원하는 선수가 곤죽이 된 일그러진 얼굴로 로프에 기대 주저앉자 고함을 질렀다. 술집에서 중계를 보지 않는 남자는 조시밖에 없었다. 그는 조용히 맥주병 위로 몸을 숙이고 내 술잔을 쳐다봤다.

나는 테이블에 몸을 기대고, 크리스마스에 일어난 트리나와 에드위나 사건을 조곤조곤 말했다. 말해도 별 탈 없는 화제였으니까. 할아버지의 뇌졸중, 그랜드피아노(아그네스의 조카가 쓸 거라고 둘러댔다). 침울하게만 들릴까봐 뉴욕에서 런던까지 비행기 좌석이 업그레이드된 일도 이야기했다. 그즈음 보드카를 몇 잔이나 마셨는지 몰라도—조시는 내가 술잔을 비우기도 전에 마법을 부린 듯 앞에 새 잔을 놓아주었다—말이 늘어지고 음이 높아졌다 낮아지면서 말하는 내용과 어긋나는 걸 어렴풋이 느꼈다.

"와, 쿨하네요. 그렇죠?"

아빠가 행복을 이야기하는 대목에 이르자 조시가 말했다. 내가 원래보다 과장해서 말했을지 모르겠다. 아빠를 〈앵무새 죽이기〉의 법정 장면에서 최후 진술을 하는 애티커스 핀치처럼 묘사했으니.

조시가 계속 말했다.

"다 잘됐네. 아버님은 딸이 행복하기만을 바라는 거예요. 내 사촌 팀이 커밍아웃 했을 때, 삼촌은 아들이랑 한 1년은 말 안 했어요."

"둘이 무지무지 행복해요."

시원한 곳에 살을 대려고 테이블 위로 팔을 뻗었다. 끈적대지만 개의치 않으려 했다. 내가 덧붙였다.

"대단해요. 정말로 대단해."

술을 한 모금 더 마시고 다시 말했다.

"둘이 같이 있는 걸 보면 아주 좋아요. 트리나가 혼자 지낸 지 100만 년쯤 됐으니까. 그런데 솔직히…… 둘이 같이 있으면서 아주 조금만 덜 열렬하고 눈부시면 진짜 좋을 텐데. '주야장천' 서로 눈을 보지 말고. 둘만 아는 우스개를 두고 은밀히 미소 짓지 않거나. 진짜진짜 굉장한 섹스를 했다는 의미일 수도 있는 웃음. 트리나가 둘이 찍은 사진을 그만 좀 보내주면 좋을 텐데. 에디가 이런 대단한 말을 했다, 이런 대단한 행동을 했다고 문자메시지 좀 그만 보내면 좋으런만."

"아이고, 왜 이래요. 둘은 막 사랑에 빠졌죠? 사랑에 빠진 사람들은 다 그런다고요."

"난 안 그랬어요. 당신도 그런 짓을 했나요? 솔직히 난 키스하는 사진을 아무한테도 보내본 적 없어요. 내가 남자친구랑 달라붙어 있는 사진을 보냈다면 트리나는 내가 페니스 사진이라도 보낸 것처럼 야단법석을 떨었을 거예요. 내 말은, 트리나는 감정을 드러내는 걸 다 '메스껍다'고 했던 여자라고요."

"그런데 트리나가 처음 사랑에 빠졌잖아요. 이제 당신이 애인이랑 메스껍게 행복한 사진을 보내주면 그녀가 기뻐할 거예요."

조시는 나를 놀리는 것 같았다. 그가 덧붙였다.

"페니스 사진이 아니라."

"당신은 날 못된 사람으로 보죠."

"난 당신을 못된 사람으로 보지 않아요. 그저 상당히…… 새로운 사람으로 보죠."

내가 신음했다.

"알아요. 난 못된 사람이에요. 둘한테 행복하지 말라고 주문하는 게 아니라, 조금만 신경 써서 이 순간…… 그러지 못한…… 우리를……."

말이 나오지 않았다.

조시가 등을 기대고 앉아 날 지켜보았다.

"옛 애인. 그 사람은 이제 옛 애인이에요."

내 말이 뭉개졌다.

조시가 눈썹을 치떴다.

"와아. 그러면 엄청난 2주였네요."

"말도 말아요. 당신은 몰라요."

난 테이블에 이마를 댔다.

우리 사이에 가만히 내려앉는 침묵이 의식되었다. 한순간 궁금했다. 여기서 꿀잠을 자도 되려나. 기분이 아주 좋았다. 권투 시합 소리가 잠시 사라졌다. 이마는 조금 축축했다. 그때 조시가 내 손을 잡았다.

"그래요, 루이자. 이제 여기서 나갈 때인 것 같네요."

나는 나가면서 친절한 사람들에게 일일이 인사하고, 최대한 여러 명과 하이파이브를 했다(몇 명은 손을 못 맞췄다, 모지리들). 무슨 이유인지 조시는 계속 큰 소리로 사과했다. 걸어 나가면서 사람들이랑 부딪쳤던 것 같다. 문 앞에 도착하자 그가 내 코트를 입혔고, 소매에 팔을 못 넣자 난 키득댔다. 결국 소매에 팔을 끼웠지만 잠수복처럼 거꾸로 입었다.

"포기할래요. 그렇게 입고 있어요."

마침내 그가 말했다.

"그렇게 입고 물에 들어가요, 숙녀분!"

누군가 외치는 소리가 들렸다.

"난 숙녀예요! 영국 숙녀! 난 루이자 클라크 1세예요. 그렇지 않나요,

조슈아?"

내가 소리쳤다.

난 사람들에게 몸을 돌리고 허공에 주먹을 날렸다. 사진이 걸린 벽에 기대는데, 액자 몇 개가 내 머리로 떨어졌다.

"갈게요, 갑니다."

조시가 바텐더에게 손을 들고 말했다. 누군가 고함쳤다. 조시는 여전히 모두에게 사과했다. 나는 사과하는 것은 좋지 않다고 말했다. 윌이 그렇게 가르쳐줬다. 머리를 꼿꼿이 들어야 한다고.

갑자기 싸하게 찬 공기 속으로 나왔다. 정신을 차릴 새도 없이 뭔가에 발이 걸려, 언 바닥에 넘어졌다. 무릎이 단단한 콘크리트에 부딪쳤다. 난 욕설을 내뱉었다.

"아이고, 이런. 커피를 마셔야겠네요."

조시가 내 허리를 단단히 안고 나를 일으켜 세웠다.

그에게 좋은 냄새가 났다. 윌 같은 냄새였다. 최고급 백화점의 남성용품 코너 같은 비싼 냄새. 비틀비틀 인도를 걸으면서, 난 그의 목에 코를 박고 냄새를 맡았다.

"당신 냄새가 좋아요."

"정말 고마워요."

"아주 비싼 냄새."

"몰랐네요."

"핥을 수도 있겠어요."

"그래서 기분이 더 좋아진다면."

난 그를 핥았다. 애프터셰이브는 냄새처럼 맛이 좋지 않았지만, 누군가 핥으니 기분이 좋았다. 내가 좀 놀라면서 말했다.

"그러니까 기분이 좀 나아져요. 정말 그래요!"

"알았다고요. 여기가 택시가 가장 잘 잡히는 곳이에요."

그가 몸을 움직여 나를 마주 보게 세우고 양손으로 내 어깨를 잡았다. 타임스스퀘어가 눈부시게 현란했다. 사방에서 반짝이는 네온사인, 거대한 이미지들이 엄청나게 밝게 내게 다가들었다. 천천히 몸을 돌려 조명들을 보니 쓰러질 것 같았다. 간판들이 흐릿해질 때까지 빙글빙글 돌다가 약간 비틀거렸다. 조시가 날 붙잡았다.

"당신을 택시에 태워 집에 보낼 수 있어요. 잠을 자야 할 것 같으니까. 아니면 내 집까지 걸어가서 커피를 마시게 해줄 수도 있어요. 당신이 선택해요."

새벽 1시가 넘었지만, 주위에 소음이 심해서 그는 소리치다시피 말해야 했다. 셔츠와 재킷 차림이 정말 멋졌다. 반듯하고 깔끔한 모습이었다. 너무나 맘에 들었다. 나는 그의 품에서 몸을 돌리고 눈을 깜빡이며 쳐다보았다. 조시가 몸을 흔들지 않으면 도움이 됐을 텐데.

"그거 굉장히 고마운 말이네요."

그가 말했다.

"내가 그 말을 들리게 했어요?"

"네."

"미안해요. 하지만 정말이에요. 엄청난 미남이에요. 미국스타일의 미남. 진짜 영화배우 같다니까요. 조시?"

"네?"

"앉아야겠어요. 머리가 몽롱해져서요."

반쯤 주저앉는데 그가 나를 일으켜 세웠다.

"그럼 갑시다."

374

"진심으로 그걸 말해주고 싶어요. 그런데 당신한테 그걸 말할 수가 없어요."

"그러면 말하지 말아요."

"당신은 이해할 거예요. 그러리란 걸 알아요. 있지요……. 당신은 내가 사랑했던 사람이랑 아주 비슷해요. 진짜 사랑한 사람. 알고 있었어요? 당신은 그랑 진짜 똑닮았어요."

"그거…… 좋은 얘기네요."

"좋은 얘기예요. 그이는 기가 막힌 미남이었어요. 당신이랑 똑같이. 영화배우 타입의 미남이었죠……. 이미 말했나요? 그이는 죽었어요. 그이가 죽었다는 말을 했나요?"

"상실을 겪은 건 안됐네요. 하지만 당신을 여기서 벗어나게 해야 할 것 같아요."

그는 나를 부축해서 두 블록을 걸어가서 택시를 잡아서 나를 어렵사리 태웠다. 난 뒷좌석에서 똑바로 앉으려 애쓰면서 그의 소매를 붙잡고 있었다. 조시의 몸이 반은 택시 안에, 반은 밖에 있었다.

"어디 가십니까, 손님?"

택시 기사가 뒤를 보며 물었다.

난 조시를 쳐다보았다.

"나랑 같이 있을 수 있어요?"

"그럼요. 어디로 갈까요?"

난 기사가 백미러로 힐끗 쳐다보는 걸 알았다. 운전석 뒤에 TV가 켜져 있고, 스튜디오 방청석에서 갑자기 박수가 터졌다. 밖에서 모든 차가 동시에 경적을 울렸다. 불빛이 너무 밝았다. 갑자기 뉴욕이 너무 시끄럽고 너무 혼란스러웠다.

"몰라요. 당신 집……. 돌아갈 수가 없어요. 아직은."

내가 대답했다. 조시를 쳐다보니 불쑥 눈물이 솟구쳤다. 내가 덧붙여 말했다.

"내가 양다리를 두 곳에 디딘 걸 알아요?"

조시가 내게 고개를 기울였다. 친절한 얼굴이었다.

"루이자 클라크, 놀랍지 않은 말이네요."

그의 어깨에 머리를 기대자, 내 어깨를 가만히 감싸는 그의 팔이 느껴졌다.

계속되는 전화벨 소리에 깼다. 소리가 쩌렁쩌렁했다. 다행스럽게도 벨소리가 멈추더니 남자가 중얼대는 소리가 났다. 쓸쓸한 커피 향이 반가웠다. 몸을 뒤척이며 베개에서 고개를 들려고 했다. 관자놀이까지 통증과 괴로움이 심해서 동물 같은 신음이 나왔다. 개가 꼬리가 문에 끼었을 때 내는 소리라고 해야 하나. 눈을 감고 심호흡을 하고나서 다시 눈을 떴다.

내 방이 아니었다.

세 번이나 눈을 감았다 떴는데 여전히 내 방이 아니었다.

이 의문의 여지없는 사실 때문에 다시 머리를 들었다. 욱신거림도 무시하고 똑똑히 보일 때까지 한참 머리를 들고 있었다. 그랬다, 분명히 내 침대가 아니었다. 내 방도 아니었다. 사실 본 적도 없는 침실이었다. 의자 등에 얌전히 걸린 남자 옷이 보였다. 구석에 놓인 TV, 책상과 옷장이 눈에 들어왔고, 점점 가까워지는 목소리가 들렸다. 그러더니 문이 열리고 조시가 들어왔다. 정장 차림으로 한 손에 머그잔을 들고, 다른 손에 휴대폰을 들어 귀에 붙이고 있었다. 그는 나와 눈을 맞추고 한쪽 눈썹을 치뜨더니, 계속 통화하면서 협탁에 머그잔을 내려놓았다.

"네, 지하철에 이상이 있어서요. 택시를 타고 가면 20분 후에 도착할 겁니다……. 그럼요. 문제 없습니다……. 아닙니다, 그녀가 이미 착수했습니다."

나는 똑바로 앉았고, 그러면서 남자 티셔츠를 입은 걸 알았다. 2분쯤 걸려서야 그 의미를 깨달았고, 가슴팍 어디쯤부터 빨개지기 시작하는 느낌이었다.

"아닙니다, 그 부분은 이미 어제 이야기를 했습니다. 그가 모든 문건을 준비했습니다."

조시가 몸을 돌렸고, 나는 몸부림을 쳐서 이불이 목 주변에 감겼다. 속바지는 입고 있었다. 중요한 부분이었다.

"알겠습니다. 그러면 좋겠습니다. 네, 점심이면 좋습니다."

조시가 전화를 끊고, 휴대폰을 주머니에 넣었다.

"잘 잤어요? 애드빌(진통제 상표명)을 갖다주려던 참이었어요. 두어 알 찾아줄까요? 난 가봐야 되겠네요."

"가야?"

입에 가루를 뿌린 것처럼 메마르고 역한 맛이 났다. 두어 번 입을 벌렸다가 다무는데, 흉한 쩝쩝 소리가 났다.

"직장에요. 금요일이거든요?"

"어머나, 어떡해. 지금 몇 시예요?"

"7시 15분전. 난 날아가야 해요. 벌써 지각이거든요. 알아서 나갈 수 있겠죠?"

그가 서랍을 뒤져 낱개 포장된 약을 꺼내 내 옆에 놓고 다시 말했다.

"자요. 도움이 될 거예요."

나는 머리를 뒤로 넘겼다. 땀이 나서 축축하고 엄청나게 떡진 상태였다.

"무슨 일이…… 무슨 일이 있었죠?"

"그건 나중에 얘기해도 될 거예요. 커피를 마셔요."

난 고분고분 한 모금 마셨다. 커피는 진하고 기운을 차리게 했다. 여섯 잔쯤 더 필요할 것 같았다.

"내가 왜 당신 티셔츠를 입고 있죠?"

조시가 씩 웃었다.

"춤 때문이겠죠."

"춤이요?"

배 속이 요동쳤다.

그가 몸을 굽혀 내 뺨에 키스했다. 비누와 귤 냄새가 났고, 깨끗하고 모든 게 건강하게 느껴졌다. 내 몸에서 퀴퀴한 땀 냄새, 술 냄새, 수치스런 냄새가 진동하는 걸 알았다.

"재미난 밤이었어요. 나갈 때 현관문을 아주 쾅 닫아요, 알겠지요? 가끔 제대로 닫히지 않거든요. 나중에 전화할게요."

그가 문간에서 인사하고 몸을 돌렸다. 다 있는지 확인하는 듯 주머니를 두드리면서 나갔다.

"잠깐만요, 여기가 어디예요?"

잠시 후 내가 소리쳤지만 조시는 이미 떠나버렸다.

알고 보니 소호 지역이었다. 지금쯤 내가 있어야 될 곳까지 교통 체증이 어마어마했다. 스프링가에서 59가까지 지하철을 탔다. 어제 구깃구깃해진 셔츠가 땀범벅이 되지 않게 하려 애썼고, 평소 저녁 외출 때와 달리 번쩍거리는 옷이 아니라 다행이었다. 이날 아침 처음으로 '후줄근하다'

는 말을 절감했다. 전날 밤 일이 거의 기억나지 않았다. 불쾌한 장면만 휙휙 떠오를 뿐이었다.

내가 타임스스퀘어 복판에 주저앉은 장면.

내가 조시의 목을 핥는 장면. 난 실제로 그의 목을 핥았다.

춤이라니 무슨 얘길까?

지하철에서 버둥대며 손잡이를 잡느라 양손으로 머리를 감싸지 못했다. 대신 눈을 감고 역들을 지나면서, 백팩들과 이어폰을 낀 승객들을 피하고 토하지 않으려 애썼다.

'오늘만 견뎌내자'고 속으로 중얼댔다. 살면서 배운 게 있다면, 답은 금방 들이닥친다는 점이었다.

내 방에 들어서기 무섭게 고프닉 씨가 나타났다. 그는 여전히 운동복 차림으로—7시 이후에 흔치 않은 일이었다— 나를 보자 한동안 찾은 것처럼 한 손을 들었다.

"아. 루이자."

"죄송합니다, 제가⋯⋯."

"내 서재에서 얘기 좀 하고 싶은데. 지금."

당연히 그럴 거란 생각이 들었다. 물론이지. 그가 몸을 돌려 복도를 내려갔다. 내 방을 괴로운 눈으로 쳐다봤다. 깨끗한 옷, 데오도란트, 치약이다 거기 있는데. 커피가 사무치게 마시고 싶었다. 하지만 고프닉 씨는 기다리게 하면 안 될 사람이었다.

휴대폰을 힐끗 내려다보고, 그를 따라 달려갔다.

서재에 들어가니 고프닉 씨가 이미 앉아 있었다.

"오늘 10분 지각해서 정말 죄송합니다. 평소에는 늦지 않는데요. 제가……."

고프닉 씨는 알 수 없는 표정으로 책상 뒤에 앉아 있었다. 운동복 차림인 아그네스가 커피 테이블 옆의 천 의자에 앉아 있었다. 두 사람 다 내게 앉으라고 권하지 않았다. 분위기 때문에 갑자기 무섭게 정신이 차려졌다.

"아무…… 아무 일도 없지요?"

"자네가 내게 말해주면 좋겠군. 오늘 아침 내 개인 회계 관리자에게 전화를 받았네."

"회장님의?"

"내 계좌 운용을 관리하는 사람이지. 자네가 이 일을 설명해줄 수 있겠나?"

그가 내게 종이 한 장을 내밀었다. 잔액이 검게 칠해진 계좌 거래 내역서였다. 눈이 뿌연했지만 하나는 똑똑히 보였다. '현금 인출'란에 조르르 적힌 숫자, 매일 500달러.

그제야 아그네스의 표정이 눈에 들어왔다. 그녀는 입을 꾹 다물고 손만 내려다보았다. 그녀가 날 힐끗 보다가 다시 눈을 돌렸다. 거기 서 있자니 등에 식은 땀이 흘렀다.

"무척 흥미로운 말을 들었지. 크리스마스 준비 기간에 우리 공동 계좌에서 상당액이 인출되었다더군. 매일매일 인근 현금인출기에서 — 아마도— 눈에 띄지 않을 정도의 액수가 빠져나갔다는 거야. 우리 은행 카드가 이상한 패턴으로 사용되는지 파악하는 오류 방지 소프트웨어를 가동 중이어서 관리인이 이 점을 알아냈지. 비정상적인 카드 사용으로 분류되었으니까. 당연히 신경이 쓰이는 일이어서 나는 아그네스에게 물었더니,

아내는 본인과 무관한 일이라고 대답하더군. 그래서 아속에게 관련 날짜의 폐쇄회로 TV를 제공해달라고 요청해서, 내 보안 요원들이 현금 인출 시간대와 출입자를 확인해서 사실을 알아냈네, 루이자."

이 대목에서 그는 나를 똑바로 보면서 말을 이었다.

"그 시간대에 이 아파트 건물에 드나든 사람은 자네가 유일했네."

내 눈이 휘둥그레졌다.

"이제 관련 은행에 가서 현금인출기에서 돈이 인출된 시간대의 폐쇄회로 TV를 제공해달라고 요청할 수도 있네. 하지만 일을 복잡하게 만들고 싶지 않네. 그래서 루이자가 무슨 일이 있었는지 설명해줄 수 있는지 알고 싶었네. 또 왜 우리 공동 계좌에서 1만 달러가량이 인출되었는지도."

나는 아그네스를 쳐다봤지만 그녀는 여전히 딴 데를 봤다.

이날 새벽보다 더 입이 말랐다.

"제가 크리스마스 쇼핑을…… 해야 했습니다. 아그네스를 대신해서."

"자네는 그 용도에 쓸 카드를 갖고 있지. 어떤 상점에서 샀는지 명확히 파악되고, 자네는 모든 구매 영수증을 제시하네. 마이클에게 듣기론 자네가 여태 그렇게 해왔다더군. 그런데 현금은…… 현금은 투명하지 않아. 이 쇼핑을 한 영수증을 갖고 있나?"

"아니오."

"그러면 뭘 샀는지 말해줄 수 있나?"

"저는……. 아니오."

"그러면 그 돈이 어떻게 된 거지, 루이자?"

말을 할 수가 없었다. 침을 삼켰다. 그런 다음 대답했다.

"모릅니다."

"자네가 모른다?"

"저는…… 아무것도 훔치지 않았습니다."

뺨이 달아오르는 느낌이었다.

"그러면 아그네스가 거짓말을 하는 건가?"

"아닙니다."

"루이자, 아그네스는 뭘 원하든 내가 해주리란 걸 알아. 솔직히 말하면, 하루에 그 열 배를 쓴대도 난 눈도 깜빡하지 않을 거야. 그러니 가장 가까운 현금인출기에서 몰래 현금을 인출할 이유가 없네. 그럼 다시 묻지, 그 돈은 어떻게 된 거지?"

난 겁에 질려 얼굴을 붉혔다. 그 순간 아그네스가 날 올려다보았다. 말없이 애원하는 얼굴이었다.

"루이자?"

"아마 제가…… 제가 가져갔을지도 모르겠네요."

"자네가 '가져갔을지도' 모르겠다?"

"쇼핑 때문에요. 저를 위해서가 아닙니다. 제 방을 확인해보셔도 됩니다. 제 은행 계좌를 확인해보셔도 되고요."

"1만 달러를 '쇼핑'에 썼다. 뭘 샀지?"

"그냥…… 이것저것."

고프닉 씨가 감정을 제어하려 애쓰는 듯 잠시 고개를 숙였다.

그가 나직하게 말했다.

"이것저것. 루이자, 이 집에 거주하는 것은 신뢰의 문제라는 걸 알아야 하네."

"압니다, 고프닉 씨. 그 부분을 아주 중요하게 여깁니다."

"자네는 이 집안의 가장 내적인 부분에 접근하네. 열쇠와 신용카드를 갖고 있고, 우리 일정을 가장 잘 아네. 그 대가로 높은 보수를 주는 것은,

책임을 질 자리라는 걸 우리가 이해하기 때문이네. 또 자네가 그 책임을 배신하지 않을 걸 믿기 때문이네."

"고프닉 씨. 저는 이 일을 사랑해요. 결코 그런……."

나는 아그네스에게 고통스런 눈길을 던졌지만, 그녀는 여전히 눈을 내리깔았다. 양손을 모으고, 한 손 손톱으로 다른 손의 엄지 밑 두덩을 찍어눌렀다.

"그 돈이 어떻게 됐는지 정말 말 못 하겠나?"

"저는…… 저는 훔치지 않았습니다."

그는 뭔가 기다리는 듯 오래 날 쳐다보았다. 아무 반응도 없자 그의 표정이 굳었다.

"이거 실망스럽군, 루이자. 아그네스가 자네를 무척 좋아하는 걸 알고, 자네가 아내에게 큰 도움이 된다고 생각하지만 믿지 못할 사람을 내 집에 둘 수는 없네."

"레너드……."

아그네스가 운을 뗐지만, 고프닉 씨가 한 손을 들었다.

"아니오, 여보. 전에도 이런 일을 겪어봤소. 루이자, 유감스럽지만 자네의 고용은 즉각 종결되었네."

"뭐, 뭐라고요?"

"방 정리에 한 시간 주지. 마이클에게 연락처를 남기면, 지급해야 할 액수를 그가 알려줄 걸세. 이참에, 고용 계약의 비공개 조항을 상기시키고 싶군. 이 대화 내용은 밖으로 더 나가지 않도록 하게. 그게 우리뿐 아니라 자네에게도 유익하리란 걸 알기 바라네."

아그네스의 얼굴이 하얗게 질렸다.

"안 돼요, 레너드. 이러면 안 돼요."

"이 일을 더 이상 논의하지 않겠소. 일하러 가야겠군. 루이자, 주어진 시간은 지금부터 시작되네."

그가 일어났다. 고프닉은 내가 방에서 나가기를 기다렸다.

서재에서 나오는데 머리가 핑핑 돌았다. 마이클이 나를 기다렸고, 그가 거기 있는 게 내가 괜찮은지 살피려고가 아님을 깨닫는 데 시간이 걸렸다. 그는 나를 방까지 데려가기 위해 거기 있었다. 지금부터 난 이 집에서 신뢰받지 못했다.

말없이 복도를 지나면서, 주방 문간에서 굳은 표정의 일라리아를 얼핏 보았다. 아파트의 다른쪽 끝에서 열린 대화 소리가 들렸다. 네이선은 어디서도 보이지 않았다. 마이클이 문간에 서 있는 가운데, 난 침대 밑에서 가방을 꺼내서 대충 아무렇게나 짐을 싸기 시작했다. 서랍을 빼서 최대한 서둘러 물건을 끌어냈다. 마구 흐르는 시간 속에서 움직이는 걸 알고 있었다. 머릿속이 웅웅댔다. 아무것도 잊으면 안 된다는 조급함 때문에 충격과 분노를 느낄 새가 없었다. '세탁물을 세탁실에 놔뒀던가? 운동화는 어디 있더라?' 그러다 20분 후 준비가 끝났다. 짐 전부를 여행가방, 캔버스 가방, 대형 체크무늬 쇼핑백에 챙겼다.

"줘요, 내가 갖고 갈게요."

내가 가방 세 개를 들고 방에서 나오려고 버둥대자, 마이클이 바퀴 달린 가방에 손을 뻗었다. 친절을 베푸는 게 아닌 효율성 때문임을 즉시 알아채지 못했다.

"아이패드는? 업무용 전화기는? 신용카드."

그가 말했다.

그 물건들과 열쇠를 내밀자, 마이클이 받아서 주머니에 넣었다.

복도를 걸어가는데, 아직도 이런 일이 벌어진 걸 믿을 수가 없었다. 앞치마를 두른 일라리아가 통통한 손을 모으고 주방 문간에 서 있었다. 앞을 지나면서 그녀를 곁눈질했다. 에스파냐어로 욕을 하거나, 그 나이 여자들이 도둑 용의자를 보는 주눅 들게 하는 눈길을 던지리라 예상했다. 하지만 그녀는 앞으로 나와서 말없이 내 손을 건드렸다. 마이클은 보지 못한 듯이 몸을 돌렸다. 그러다가 우리는 현관문에 닿았다.

그가 내 가방의 손잡이를 넘겨주었다.

"잘 가요, 루이자. 행운을 빕니다."

마이클이 알 수 없는 표정으로 말했다.

밖으로 나섰다. 뒤에서 커다란 마호가니 문이 굳게 닫혔다.

두 시간 동안 작은 식당에 앉아 있었다. 충격에 빠졌다. 울 수가 없었다. 화를 낼 수도 없었다. 그냥 마비된 기분이었다. 처음에는 아그네스가 일을 해결할 거라고 생각했다. 남편이 틀렸다고 알게 할 방도를 찾을 테지. 결국 우린 친구인걸. 그래서 거기 앉아 마이클이 나타나기를 기다렸다. 멋쩍은 표정으로 와서 내 짐 전부를 다시 레이버리 빌딩으로 가져가리라. 휴대폰을 들여다보면서 문자메시지가 오기를 기다렸다. '루이자, 엄청난 오해가 있었네요.' 하지만 아무 기별도 없었다.

연락이 오지 않으리란 걸 깨닫자, 영국으로 돌아갈까 생각했지만 그러면 트리나의 생활에 재난을 초래할 터였다. 트리나와 톰을 아파트에서 내보내는 것은 정말 곤란한 일이었다. 부모님 집으로 돌아갈 수도 없는 노릇이었다. 스톳폴드로 돌아가면 지겨울 뿐 아니라, 두 번이나 실패자로 집에 가느니 죽는 편이 낫다는 생각이 들었다. 첫 번째 실수는 취해서 건물에서 떨어져 만신창이가 된 것. 두 번째는 좋아하는 직장에서 해고당한 것.

물론 이제 샘과 지낼 수도 없었다.

여전히 떨리는 손으로 커피 잔을 감싸들고, 내 인생이 진퇴양난인 걸 깨달았다. 조시에게 전화할까 생각했지만, 이사해도 되냐고 묻는 게 적당치 않은 듯했다. 첫 데이트도 제대로 하지 않은 사이인데.

거처를 찾는다 해도 어떻게 해야 하나? 직장이 없는데. 고프닉 씨가 내 노동 허가를 철회할 수도 있을까. 그의 집에서 일해야 노동 허가가 유효할 듯했다.

설상가상으로 그가 날 쳐다보던 눈빛이 머리에 맴돌았다. 내가 만족스러운 답을 내놓지 못하자 짓던 완전히 실망하고 살짝 경멸하는 표정. 그곳 생활에 작은 만족을 얻은 이유에는 그의 말없는 인정도 있었다. 그런 지위의 사람이 내가 업무를 잘한다고 생각한다는 사실이 자신감을 주었고, 스스로 능력 있는 전문가가 된 기분을 안겼다. 윌을 보살필 때 이후 처음 느끼는 감정이었다. 그에게 직접 설명하고 호의를 되찾고 싶은 마음이 간절했지만 어떻게 그럴 수 있을까? 간절하게 눈을 크게 뜬 아그네스의 얼굴이 떠올랐다. 그녀가 전화해야 되는 거 아닌가? 왜 전화하지 않았을까?

"커피를 더 줄까요, 손님?"

고개를 드니, 머리가 오렌지색인 웨이트리스가 커피 포트를 들고 있었다. 그녀는 이런 상황을 100만 번도 더 넘게 본 것처럼 내 짐을 쳐다보았다. 중년의 웨이트리스가 다시 물었다.

"막 도착했나요?"

"그렇지는 않아요."

나는 미소 지으려 했지만, 찡그린 표정이 되고 말았다.

그녀는 커피를 따르더니, 몸을 굽히고 목소리를 낮춰서 말했다.

"혹시 머물 곳을 찾아야 되면 내 사촌이 벤슨허스트에서 호스텔을 운영해요. 계산대 옆에 명함이 있죠. 예쁘장한 숙소는 아니지만 싸고 깔끔해요. 일찍 가보는 게 좋을 거예요, 방이 꽉꽉 차버리니까."

그녀는 내 어깨를 얼른 잡아주고 다음 손님에게 다가갔다.

작은 친절이 마음을 흔들었다. 이제 환영하지 않는 도시에서 혈혈단신이라는 사실에 주눅이 들어 처음으로 주체하기가 힘들었다. 양쪽 대륙에서 내 다리들이 짙은 검은 연기를 내뿜으니, 난 어떻게 해야 하나? 부모님에게 사정을 설명하는 내 모습을 상상해봤지만, 아그네스의 비밀이란 장벽에 가로막혔다. 뒷일을 걱정하지 않고 사실을 털어놓을 만한 사람이 한 명이라도 있을까? 부모님은 나 대신 발끈해서, 아빠가 고프닉 씨에게 전화해 부인의 기만을 직접적으로 알릴 공산이 컸다. 그 경우 아그네스가 모든 걸 부인하면 어쩌나? 네이선이 결국 우린 직원이지 친구가 아니란 말이 생각났다. 그녀가 거짓말을 해서 내가 돈을 훔쳤다고 말하면 어쩌나? 그러면 상황이 더 악화되지 않을까?

어쩌면 뉴욕에 와서 처음으로 여기 온 게 후회스러웠다. 어제 입은 후줄근하고 구깃구깃한 옷을 입고 있어서 기분이 더 안 좋았다. 조용히 홍홍대다가 종이 냅킨으로 코를 닦으면서 앞에 놓인 머그 잔을 바라보았다. 밖에서는 맨해튼 생활이 계속되었다. 아무것도 모른 채, 도랑에 쌓인 쓰레기는 무시하고 획획 지나갔다. '이제 어떻게 할까요, 윌?'이라고 중얼대자 목구멍에 큰 덩어리가 걸렸다.

신호라도 받은 듯 휴대폰에서 땅 소리가 났다.

네이선의 문자메시지였다.

— 대체 무슨 빌어먹을 일이야? 전화해줘, 클라크.

나도 모르게 미소를 지었다.

네이선은 망할 놈의 신도 어딘지 모를 망할 놈의 호텔에서 머무는 것은 망할 놈의 대책이 되지 않는다고 했다. 호텔에 강간범과 마약 거래상을 포함 뭐가 우글댈지 모른다고. 7시 반에 망할 놈의 고프닉 부부가 망할 놈의 만찬에 가니까, 그때까지 기다렸다가 수하물 출입구에서 만나 빌어먹을 상황을 어떻게 해결할지 의논하자고 했다. 문장 몇 개에 욕설이 난무했다.

거기 도착하니, 그는 성격과 달리 아직 격앙된 상태였다.

"이해가 안 돼. 다들 루이자를 유령 취급하기로 했나봐. 망할 마피아 함구 명령인지 뭔지. 마이클은 '부정직의 문제'라는 말 외에 아무 얘기도 해주지 않아. 내가 평생 그보다 정직한 사람을 못 만났다고 말하자, 다들 멀뚱멀뚱 보기만 했어. 젠장, 무슨 일이 있었던 거야?"

네이선은 나를 수하물 통로 옆쪽의 그의 침실로 데려가서 문을 닫았다. 그를 보자 어찌나 마음이 놓이는지, 덥석 안지 않으려고 최선을 다했다. 지난 스물네 시간 동안 남자한테 매달리는 건 충분하고도 남는다는 생각이 들었다.

"개뿔. 사람들하고는. 맥주 마실래?"

"좋지."

그가 두 캔을 꺼내서 내게 하나를 주고, 안락의자에 앉았다. 나는 침대에 걸터앉아서 한 모금 마셨다.

"그래서…… 뭐야?"

나는 얼굴을 찌푸리고 대답했다.

"말 못 해, 네이선."

그는 눈썹을 천장에 닿을 듯 치켜떴다.

"루이자도? 아이고, 친구야. 설마……."

"물론 아니야. 난 고프닉 부부의 티백 하나 훔치지 않았어. 하지만 내가 진짜 일어난 일을 말하면 그때는…… 난리가 날 거야. 이 집에 사는 다른 사람에게…… 복잡한 일이야."

네이선이 찡그렸다.

"뭐야? 하지도 않은 일 때문에 비난을 받았다는 얘기야?"

"말하자면."

네이선은 무릎에 팔꿈치를 대고 고개를 저었다.

"이건 옳지 않아."

"알아."

"누군가 말을 해야 해. 고프닉 씨가 경찰을 부를 생각까지 했다고."

내 입이 벌어졌던 것 같다.

"맞아. 아그네스가 만류했지만, 마이클 말로는 회장님이 신고할 정도로 격노했대. 현금인출기 때문에?"

"난 그러지 않았어, 네이선."

"그거야 알지, 클라크. 더러운 범인을 자처하다니. 억울한데 이렇게 시침 떼는 사람은 처음 봤네."

그가 맥주를 벌컥벌컥 마시고 나서 말을 이었다.

"젠장. 있지, 내 일을 사랑해. 이 가족들이랑 일하는 게 좋아. 고프닉 회장도 맘에 들어. 하지만 그 사람들이 가끔 정신이 들게 해주거든? 기본적으로 우린 소모품이야. 우리를 친구로 부르고, 좋은 사람이라고 칭찬하고, 의지하고, 여차저차해도 필요 없어지거나 못마땅한 일을 하면 뻥! 쫓아버리지. 공평함 따윈 아예 없어."

뉴욕에 온 이후 네이선이 이렇게 길게 말한 것은 처음이었다.

"난 그게 싫어, 루. 내가 아는 게 없지만, 당신이 억울한 취급을 당한 건 확실해. 이건 고약한 일이라고."

"사정이 복잡해."

"복잡해?"

그가 나를 뚫어지게 보더니 다시 고개를 저었다. 그리고 맥주를 쭉 들이켜고는 덧붙였다.

"친구, 당신은 나보다 좋은 사람이군."

네이선이 중국 식당에 가서 음식을 포장해오려고 외투를 입는데 누군가 문을 두드렸다. 우리는 겁을 먹고 서로 쳐다보았고, 그가 내게 욕실을 손짓했다. 나는 살그머니 욕실에 들어가서 소리나지 않게 문을 닫았다. 하지만 수건걸이 옆에 서 있는데, 잘 아는 목소리가 들렸다.

잠시 후 네이선이 말했다.

"클라크, 괜찮아. 일라리아야."

앞치마를 두른 가정부가 뚜껑 덮인 냄비를 들고 서 있었다.

"루이자 주려고. 말소리가 들리길래."

그녀가 내게 냄비를 내밀면서 말을 이었다.

"주려고 만들었어. 요기를 해야지. 좋아하는 닭고기야, 페퍼소스를 곁들였지."

"와, 친구!"

네이선이 일라리아의 등을 두드렸다. 그녀가 앞으로 휘청하다가 중심을 잡고, 책상에 조심스럽게 냄비를 내려놓았다.

"날 주려고 만들었어요?"

일라리아가 네이선의 가슴을 찌르면서 대답했다.

"난 루이자가 그들이 말하는 짓을 하지 않은 걸 알아. 난 아는 게 많아. 이 아파트에서 일어나는 일을 수두룩하게 알지."

그녀는 코를 두드리면서 덧붙였다.

"아무렴, 당연하지."

내가 얼른 냄비 뚜껑을 열자 고소한 냄새가 번졌다. 갑자기 종일 굶다시피 한 게 기억났다.

"고마워요, 일라리아. 무슨 말을 해야 좋을지 모르겠네요."

"이제 어디로 갈 거야?"

"아무 생각도 없어요."

"흠. 망할 벤슨허스트에 있는 호스텔에서 지내면 안 돼요. 하루 이틀 여기서 지내면서 정리를 해도 좋아요. 문을 잠글게요. 아무 말 하지 않을 거죠, 일라리아?"

그녀는 바보같이 그런 걸 묻느냐는 듯, 어이없는 표정을 지었다.

"일라리아가 오후 내내 얼마나 사모님을 욕했는지 믿기지 않을 거야. 그녀가 루이자를 홀대했다고 말이지. 일라리아는 부부가 싫어하는 줄 알면서도 저녁에 생선 요리를 만들어줬지. 내 분명히 말하는데, 오늘 새로운 욕을 아주 많이 배웠어."

일라리아가 들리지 않게 툴툴댔다. '푸타(puta: 나쁜 여자)'란 말만 알아들을 수 있었다.

네이선이 자기에는 안락의자가 너무 작았고, 그는 구식이어서 내가 거기서 자는 꼴은 보지 못했다. 결국 더블 침대를 나눠 쓰고, 중앙에 쿠션을 늘어놓아서, 자다가 우연히 몸이 닿는 것을 막기로 했다. 누가 더 불편했는지 모르겠다. 네이선은 먼저 과장된 몸짓으로 나를 욕실로 들여

보내고 문을 잠그게 했다. 그리고 내가 침대에 들어갈 때까지 기다렸다가, 목욕을 하고 나왔다. 그가 티셔츠와 줄무늬 면파자마 바지를 입었는데도 난 눈을 어디 둘지 몰랐다.

"좀 어색하지?"

그가 침대에 올라오면서 말했다.

"음, 그렇네."

충격 때문인지, 지쳐서인지, 비현실적인 사건들 때문인지 몰라도 키득대기 시작했다. 그러다 웃음이 눈물로 변했다. 낯선 침대에서 웅크리고 양손으로 머리를 감싸고 흐느꼈다.

"아이고, 친구. 다 괜찮질 거야."

둘이 침대에 같이 있으니 네이선은 나를 안기가 어색했을 것이다. 그는 연신 어깨를 토닥여주면서 몸을 숙이고 달랬다.

"어떻게 괜찮아질 수 있지? 직장도, 살 곳도, 사랑하는 남자도 잃어버렸다고. 고프닉 씨는 날 도둑으로 여기니까 추천장을 받지도 못해. 내가 어느 나라 소속인지도 모르겠고."

난 옷소매로 코를 닦으면서 말을 이었다.

"또 모든 걸 망쳤어. 매번 재앙으로 끝나는데 왜 주제도 모르고 그 자리에 갔을까."

"그냥 피곤해서 그래. 괜찮아질 거야. 그럴 거야."

"윌이랑 그랬을 때 같이?"

"아이고…… 그건 전혀 달랐지. 이리 와봐……."

네이선이 양팔로 포옹했고, 난 그의 어깨에 기댔다. 더 울음이 나오지 않을 때까지 울었고, 그가 말했듯이 그날 낮에—또 밤에—있었던 사건에 지쳐서 잠들었을 것이다.

여덟 시간 후에 깨니 네이선의 방에 있었다. 어딘지 깨닫는 데 2분쯤 걸렸다. 그러자 전날 사건들이 떠올랐다. 한참 이불 속에서 태아처럼 웅크리고 누워서, 인생이 정리될 때까지 1~2년쯤 거기 있어도 될지 생각해 봤다.

휴대폰을 확인했다. 부재중 통화 두 통과 조시가 연달아 보낸 문자메시지가 있었다. 전날 저녁에 한꺼번에 주르륵 수신된 것 같았다.

– 이봐요, 루이자. 상태가 괜찮길 바라요. 계속 당신의 춤을 생각하다가 사무실에서 웃음을 터뜨릴 뻔했다니까요! 굉장한 밤이었죠! Jx

– 괜찮아요? 집에 잘 갔는지, 타임스스퀘어에서 또 잠들지 않았는지 확인하려고요. ;–) Jx

– 그래요. 그래서 이제 10시 반이네요. 자는 거죠? 내가 화나게 한 건 아니죠? 그냥 놀려주려던 거라고요. 전화 줘요. x

권투 시합과 타임스스퀘어의 조명이 번쩍이던 밤이 전생 같았다. 난 침대에서 내려와 샤워를 하고 옷을 입은 다음, 짐을 욕실 구석에 두었다. 공간이 좁았지만, 고프닉 씨가 네이선의 방을 들여다볼 경우에 대비해 안전한 조치였다.

네이선에게 문자메시지로 언제 나가는 게 안전한지 물었다. 그는 '지금. 둘 다 서재에'라고 답을 보냈다. 난 슬며시 아파트에서 나와 수하물 출구로 내려갔다. 아쏙 앞을 지날 때는 고개를 숙이고 잽싸게 걸었다. 그는 배달원과 대화하다가, 고개를 휙 돌리고 불렀다.

"이봐요! 루이자!"

하지만 난 이미 빠져나온 후였다.

맨해튼은 춥고 잿빛이었다. 얼음 파편이 공중에 뿌려지고 오한이 뼛속을 파고드는 황량한 날이었다. 사람들의 눈만 보였고 가끔 코를 내놓은 사람도 있었다. 모자를 눌러쓰고 머리를 잔뜩 숙이고 걸었다. 어디로 가야 할지 몰랐다. 아침을 먹으면 모든 게 나아 보일 거라 믿고, 그 작은 식당에 다시 갔다. 부스에 혼자 앉아, 출근하는 사람들을 내다봤다. 갈 곳이 있는 사람들. 가장 싸고 배부른 메뉴인 머핀을 억지로 삼키면서, 끈적대고 맛이 없다는 사실을 무시하려 애썼다.

9시 40분 문자메시지가 들어왔다. 마이클. 가슴이 뛰었다.

> – 안녕, 루이자. 고프닉 씨가 해고 통보 조로 월말까지 급여를 지급하실 겁니다. 모든 건강 보험은 그 시점에서 중단됩니다. 그린카드 (외국인 노동자의 입국 허가증이나 영주권)는 영향 받지 않습니다. 이 부분은 당신의 계약 위반에 비추어 그가 배려할 필요는 없었지만 아그네스가 당신을 위해 중재했다는 걸 알아두기 바랍니다.
>
> **마이클 보냄**

"아그네스가 친절하네."

내가 중얼댔다. '알려줘서 고마워요'라고 입력했다. 마이클은 더 이상 답이 없었다.

그때 다시 휴대폰에서 알림음이 울렸다.

― 그래요, 루이자. 이제 내가 당신을 화나게 했는지 걱정되네요. 아니면 센트럴파크로 돌아가면서 길을 잃었어요? 전화해줘요. Jx

조시를 회사 근처에서 만났다. 미드타운에 있는 고층 건물로, 골목에서 올려다보면 고꾸라질 것 같았다. 그가 포근한 회색 목도리를 두르고 성큼성큼 다가왔다. 내가 낮은 벽 위에 서 있다가 내려오자, 조시가 곧장 걸어와서 포옹했다.

"믿을 수가 없어요. 갑시다. 이런, 몸이 얼었네요. 가서 따뜻해질 만한 걸 먹읍시다."

우리는 두 블록 떨어진 타코 식당에 가서 앉았다. 시끌벅적한 식당에 회사원들이 계속 밀려들었고, 종업원들은 주문 내용을 소리쳤다. 네이선에게 말한 것처럼 상황의 뼈대만 말했다.

"아무것도 훔치지 않았다는 것 외에 더 말할 수가 없어요. 말하지 않을 거예요. 아무것도 훔친 적 없어요. 아, 여덟 살 때 한 번 빼고요. 엄마는 아직도 가끔 그 얘기를 꺼내요. 내가 범죄자의 인생길에 접어들 뻔했다는 예가 필요할 때면……."

나는 미소 지으려고 했다.

조시가 찡그렸다.

"그럼 뉴욕을 떠나야 한다는 뜻이에요?"

"어떻게 해야 될지 모르겠어요. 하지만 고프닉 부부가 추천서를 써줄 거라고 기대할 수는 없고, 여기서 어떻게 생활을 해나갈 수 있을지 모르겠어요. 직장도 없고 맨해튼 호텔은 내 주머니 사정을 벗어나고……."

아까 작은 식당에서 인터넷으로 집세를 검색하다가 커피를 내뿜을 뻔했다. 처음 고프닉네 도착해서 마뜩치 않았던 작은 방도 이사급 급여를 받아야 감당할 만큼 집세가 비쌌다. 바퀴벌레가 떠나지 않으려고 할 만했다.

"내 집에서 지내면 도움이 되겠어요?"

나는 타코에서 눈을 들었다.

"당분간만. 남녀 관계여야만 같이 지내는 건 아니죠. 앞 방에 소파베드가 있어요. 당신은 기억나지 않겠지만."

그가 슬며시 웃었다. 난 얼마나 미국인들이 남들을 집에 진심으로 초대하는지 잊고 있었다. 초대장을 주기에 찾아간다고 답하면 곧 이사한다고 알려주는 영국인들과는 딴판이었다.

"정말 친절한 말이네요. 하지만 조시, 그러면 사정이 복잡해질 텐데요. 영국에 돌아가야 한다는 생각이 들어요, 우선은. 다른 일자리가 나타날 때까지라도."

조시는 접시를 물끄러미 쳐다봤다.

"타이밍이 안 좋죠?"

"네."

"그 춤 더 보기를 기대했는데."

난 인상을 썼다.

"아이, 참. 춤을 추다니. 내가…… 혹시……. 저번 밤에 무슨 일이 있었는지 물어봐야 되려나요?"

"정말 기억이 안 나요?"

"타임스스퀘어 일만 조금요. 아마 택시에 탄 것까지."

그가 눈썹을 치떴다.

"와아! 이거 참, 루이자 클라크. 놀려주고 싶지만 아무 일도 없었어요. 아무튼 '그런' 일은 없었어요. 내 목을 앓은 게 별일 아니라면."

"하지만 깨보니까 내 옷을 입고 있지 않았는데요."

"그거야 당신이 춤을 추면서 옷을 벗겠다고 고집을 부렸기 때문이죠. 아파트 건물에 도착하자, 당신은 지난 며칠을 자유로운 춤을 통해서 표현하고 싶다고 선언했어요. 그리고 내가 뒤에서 따라가는 와중에 로비부터 거실까지 옷을 차차 벗었고요."

"내가 옷을 벗었다고요?"

"그것도 아주 매력적으로. 대단히…… 화려했어요."

내가 빙빙 돌면서 커튼 밖으로 수줍게 한 다리를 내미는 광경이 불쑥 떠올랐다. 등에 닿는 유리창의 찬 기운. 웃어야 될지, 울어야 될지 난감했다. 뺨이 새빨갛게 달아올라서 양손으로 얼굴을 감쌌다.

"분명히 말하는데, 취하니 무척 재미난 사람이더군요."

"그리고……. 우리가 침실에 들어갔을 때는요?"

"아, 그 무렵에 당신은 속옷 차림이 되었어요. 말도 안 되는 노래를 불러댔죠. 멍키인지 몰라홍키인지? 그러다가 갑자기 바닥에 주저앉아 곯아떨어졌어요. 그래서 티셔츠를 입히고 침대에 눕혔죠. 난 소파베드에서 자고."

"정말 미안해요. 또 고마워요."

"천만에요. 도움이 됐다니 기뻐요."

조시가 눈을 반짝이며 미소 지었다. 그가 덧붙여 말했다.

"대부분의 데이트 상대가 그 절반도 재미있지 않았거든요."

나는 머그잔에 코를 박았다.

"있죠, 요 며칠간 계속 웃지도 울지도 못할 것 같았는데, 지금은 둘 다하고 싶네요."

"오늘 밤 네이선의 방에서 지낼 건가요?"

"그렇겠죠."

"알겠어요. 저기, 아무 일도 서두르지 말아요. 당신이 비행기 좌석을 예약하기 전에 내가 몇 군데 전화할 말미를 줘요. 어디 일자리가 있는지 알아볼게요."

"정말 자리가 있을 수도 있을까요?"

조시는 항상 자신감이 넘쳤다. 그 점이 가장 윌을 연상하게 했다.

"항상 뭔가 있으니까요. 나중에 전화할게요."

조시가 키스했다. 너무나 태연해서 난 그가 뭘 하는지 모를 정도였다. 그가 몸을 굽히고, 전에 100만 번쯤 해본 듯이 내 입술에 키스했다. 점심 데이트를 끝낼 때마다 그랬던 것처럼. 그러더니 내가 놀랄 새도 없이 그는 내 손을 놓고 목도리를 둘렀다.

"좋아요. 가봐야 해요. 오늘 오후에 중요한 회의 두어 개가 잡혀 있거든요. 기운 내요."

조시가 100만 볼트짜리 미소를 짓고, 사무실로 돌아갔다. 난 입을 헤벌리고 플라스틱 스툴 의자에 앉아 있었다.

네이선에게 무슨 일이 있었는지 말하지 않았다. 문자메시지로 집에 가도 되는지 묻자, 그는 고프닉 부부가 7시에 다시 외출할 테니 나는 15분이 지나서 들어가야 할 거라고 답했다. 추위 속에서 그 식당으로 걸어가 앉아 있다가, 마침내 집에 가보니 일라리아가 날 위해 남겨둔 보온병에 담긴 수프와 미국에서 비스킷이라고 부르는 폭신한 스콘 두 개가 있었다. 그날 저녁 네이선은 데이트하러 갔고 아침에 내가 깨보니 나가고 없었다. 그는 내가 괜찮기 바라고, 머물러도 좋다는 메모를 남겼다. 내가 코만 좀 곤다나.

몇 달을 지내면서 자유시간이 더 많기를 바랐다. 이제 자유시간이 생겼지만, 쓸 돈이 없으니 뉴욕은 친절한 곳이 아니었다. 안전할 때 아파트 건물을 빠져나가 거리를 걷다보면 발가락이 얼었다. 스타벅스에서 홍차를 마시면서 와이파이를 이용해 일자리를 찾으면서 두어 시간 보냈다. 식음료업계 경험이 없는 사람은 추천서가 없으면 기회가 별로 없었다.

옷을 껴입기 시작했다. 난방이 된 로비에서 따뜻한 리무진까지 갈 때만 바람을 쐬던 시절은 끝났다. 두꺼운 스웨터와 멜빵바지를 입고, 무거운 부츠 속에 타이츠와 양말을 신었다. 우아하지 않지만, 내게 우선순위는 그게 아니었다.

점심시간이면 햄버거가 싸고 한두 시간 혼자 앉아 있어도 괜찮은 패스트푸드점으로 향했다. 이제 돈을 쓸 수가 없으니, 백화점이 숙녀화장실과 와이파이가 훌륭해도 울적해지는 '접근 금지 구역'이었다. 빈티지 의상 엠포리엄에 두 차례 갔지만, 주인 자매는 날 동정하면서도 긴장된 표정을 서로 주고받았다. 내가 선처를 부탁할까봐 걱정하는 표정이었다.

더 이상 옷을 구경할 수가 없자 내가 말했다.

"일자리가 있다는 소문 들으면―특별히 두 분이 하는 일 같은―알려줄래요?"

"루이자, 우린 집세도 못 벌어요. 아니면 우리가 고용하겠죠."

리디아가 천장에 담배 연기를 동그랗게 내뿜으면서 언니를 쳐다보자, 앤젤리카가 손으로 연기를 밀어냈다.

"옷이라면 냄새가 나게 될 텐데. 우리가 주위에 물어볼게요."

앤젤리카가 말했다. 말투로 봐서, 부탁한 사람이 내가 처음이 아니란 생각이 들었다.

옷 가게에서 풀이 죽어서 터벅터벅 걸어 나왔다. 어떻게 해야 될지 오리무중이었다. 한동안 앉아 있을 만한 조용한 곳이 없었다. 앞으로 어떻게 할지 생각할 수 있는 공간을 제공하는 곳이 없었다. 뉴욕에서 돈이 없으면, 오랫동안 어디서도 불청객인 난민이었다. 패배를 인정하고 그 비행기 티켓을 살 때인 듯했다.

그때 거기가 떠올랐다.

지하철을 타고 워싱턴 하이츠로 가서, 도서관에서 가까운 데서 내렸다. 며칠 만에 처음으로 익숙한 곳, 환영받는 곳에 있는 기분이었다. 여기가 내 피난처가, 새로운 미래의 도약대가 될 거야. 돌계단을 올라갔다. 1층에서 사용할 수 있는 컴퓨터를 찾았다. 털썩 앉아서 심호흡을 했다. 고프닉 일가에서 쫓겨난 후 처음으로 눈을 감고는 이런저런 생각을 정리해봤다.

오래 굳은 어깨의 긴장이 일부 풀리는 기분이어서, 사람들의 낮은 목소리 속에서 마음이 떠다니게 했다. 혼잡하고 부산한 바깥세상에서 벗어났다. 책에 둘러싸인 기쁨과 조용함 때문인지 몰라도, 여기서는 평등하고 눈에 띄지 않는 사람이 된 느낌이었다. 뇌를 움직이고, 자판을 두드리고, 정보를 검색하는 보통 사람.

거기서 처음으로, 대관절 무슨 일이 벌어졌느냐고 자신에게 물었다. 아그네스는 날 배신했다. 고프닉가에서 보낸 몇 개월이 갑자기 열에 들뜬 꿈같았다. 비현실적인 시간, 리무진과 금색 인테리어가 묘하게 흐릿하게 뭉쳐졌다. 잠깐 커튼이 걷혔다가 불시에 다시 닫히는 세상.

대조적으로 여기는 현실이었다. 방침을 세울 때까지 매일 여기 찾아오면 되겠다고 나 자신에게 말했다. 올라갈 새 루트를 만들 발판을 여기서 찾겠다고.

'아는 게 힘이야, 클라크.'

"이봐요."

눈을 뜨니 앞에 경비원이 있었다. 그가 몸을 굽히고 내 얼굴을 똑바로 쳐다봤다. 그가 다시 말했다.

"여기서 자면 안 됩니다."

"네?"

"여기서 자면 안 된다고요."

"안 잤는데요. 생각하는 중이었어요."

내가 발끈하며 대답했다.

"그럼 눈을 뜨고 생각해요, 알았어요? 아니면 나가야 됩니다."

그가 무전기에 뭐라고 말하면서 몸을 돌렸다. 잠깐 지난 후에야 경비원의 말에 담긴 의미를 파악했다. 근처 책상에서 두 명이 날 쳐다보다가 눈을 돌렸다. 내 얼굴이 달아올랐다. 근처의 다른 도서관 이용자들이 불편하게 흘끔댔다. 내 옷을 내려다봤다. 데님 멜빵바지와 안에 털이 든 작업화와 털모자. 버그도프 굿맨은 아니지만 그렇다고 부랑자 행색도 아니었다.

경비원의 등에 대고 버럭 외쳤다.

"이봐요! 난 홈리스가 아니에요! 난 이 도서관을 위해 시위했어요! 이봐요! 난 홈리스가 아니라고요!"

조용히 대화하던 두 여자가 고개를 들었고, 한 사람은 눈썹을 치떴다.

그제야 생각났다. 난 집 없는 홈리스였다.

22

어머니께

오랜만에 연락드려서 죄송해요. 지금 이 중국 거래 때문에 밤낮 없이 일하는 중이라, 시차 때문에 밤을 새우는 일도 허다해요. 좀 싫증내는 것처럼 보인다면 제가 그런 기분이어서예요. 보너스를 받아서 좋았지만(조지나가 원하는 자동차를 살 수 있게 일부 보내려고요), 지난 몇 주 사이 더 여기 있고 싶지 않다는 걸 절감했어요.

라이프 스타일이 싫은 건 아니에요. 제가 힘든 일을 겁내지 않는 건 아시지요? 그저 영국의 많은 것이 그리울 따름이에요. 유머가 그리워요. 일요일 점심 식사가 그리워요. 영국식 억양을 듣고 싶어요. 적어도 가짜가 아닌 억양을(여왕보다도 더한 상류층 말투를 구사하는 사람이 얼마나 많은지 놀라실 걸요). 주말에 파리나 바르셀로나나 로마에 훌쩍 다녀올 수 있는 게 좋죠. 또 외국 생활이 무척 따분하네요. 여기 금융계는 금붕어 어항 같아서 난터켓섬(매사추세츠주의 남동해안에 있는 피서지)에 있든 맨해튼에 있든 똑같은 얼굴을 마주쳐요. 제가 선호하는 타입이 있다고 생각하시겠지만, 이곳은 우스꽝스러울 지경이에요. 전원 금발, 옷 사이즈 0, 일률적인 옷차림, 똑같이 필라테스 교습……

그래서 이럴까 해요. 루프를 기억하세요? 처칠(영국 케임브리지 대학에 소속된 칼리지)에 같이 다닌 친구? 그의 회사에 자리가 있다네요. 그의 상관이 두어 주일 후에 날아와서 저를 만나고 싶다고 해요. 일이 잘 풀리면, 어머니의 예상보다 빨리 영국에 돌아갈 거예요.

지금까지 뉴욕을 사랑했어요. 그런데 매사 때가 있게 마련이고, 제게는 지금이 그 때인가 봅니다.

사랑하는 윌 x

다음 며칠간 크레익스리스트(대표적인 온라인 구인 사이트)에 나온 여러 곳에 전화를 걸었다. 하지만 보모를 구하는 온화한 목소리의 여자는 내가 추천장이 없다는 말을 듣자 전화를 끊어버렸다. 음식을 나르는 자리들은 내가 전화한 무렵 이미 채용이 끝났다. 구두 가게 종업원 자리는 아직 있었지만, 통화한 사람은 내가 판매 경험이 부족해서 광고에 나온 시급보다 2달러 적게 받아야 한다고 말했다. 계산해보니 교통비도 될까 말까 한 액수였다. 아침마다 그 작은 식당에서 시간을 보내다가 오후에 워싱턴 하이츠의 도서관에 갔다. 조용하고 따뜻했고, 경비원을 제외하면, 아무도 내가 취해서 노래를 부르거나 구석에 소변을 볼까봐 흘끔대지 않았다.

이틀에 한 번씩 조시를 사무실 근처 국숫집에서 만나 구직 활동 상황을 알려주곤 했다. 단정한 차림의 능력 있는 조시 옆에서, 내가 추레하고 남의 집을 전전하는 루저로 느껴지는 기분을 무시하려 애썼다.

"괜찮을 거예요, 루이자. 그냥 잘 버텨요."

그는 사귀기로 얘기가 된 것처럼 키스하고 떠났다. 궁리할 게 많아서 이 말의 의미까지 생각할 여력이 없었다. 내 인생은 엉망진창인 것들처럼 '나쁜' 일은 아니니 당장은 그냥 놔둬도 된다고 넘어갔다. 게다가 늘 조시는 향긋한 박하 맛이 났다.

네이선의 방에서 더 버틸 수가 없었다. 전날 아침 깨보니 그의 두꺼운 팔이 내 몸을 눌렀고, 딱딱한 작은 게 내 등허리를 찔렀다. 쿠션 벽이 무너져서 우리 발치에 흩어져 있었다. 난 몸이 굳어서, 잠든 그의 팔 아래서 빠져나오려고 몸부림쳤다. 결국 네이선이 눈을 뜨고 날 쳐다보다가, 벌에 쏘인 것처럼 사타구니를 베개로 가리고 침대에서 뛰어내려갔다.

"친구. 그럴 의도가 아니었는데…… 그러려던 게 아닌데…….""무슨 말을 하는지 모르겠네!"

난 맨투맨 티셔츠를 머리 위로 내리면서 대꾸했다. 그를 쳐다볼 수가 없어서…….

네이선이 한 발로 폴짝폴짝 뛰었다.

"난 그저……. 몰랐어……. 아, 친구. 아, 제길."

"괜찮아! 아무튼 일어나야 했어!"

잽싸게 작은 욕실로 가서 10분간 숨어 있는데 뺨이 화끈거렸다. 그가 부스럭대면서 옷을 입는 소리에 귀를 기울였다. 내가 욕실에서 나가기 전에 네이선은 방에서 나갔다.

하긴 거기서 지내는 게 무슨 소용이 있을까? 네이선의 방에서 잘 수 있는 것도 하루 이틀 밤이 다였다. 그것도 운이 좋아 취직이 되어도, 기대할 수 있는 최선은 최저시급 일자리와 바퀴벌레와 빈대가 우글대는 아파트의 방 한 칸이었다. 적어도 영국에 돌아가면 내 소파에서 잘 수 있었다. 트리나와 에디가 좋아한 나머지 살림을 합치기로 하면, 내 아파트를 돌려받을 수 있었다. 빈방들, 6개월 전에 있던 곳에 돌아가면 어떤 기분일지 생각하지 않으려 했다. 샘의 직장 근처라는 건 말할 필요도 없고. 사이렌소리를 들을 때마다 내가 잃어버린 것을 씁쓸하게 떠올리겠지.

비가 내리기 시작했지만, 모직 모자를 쓰고 천천히 다가가다가 고프닉네 창문을 올려다보았다. 부부가 갈라 행사에 간다고 네이선에게 들었지만, 침실에 불이 켜져 있었다. 내가 존재하지 않았던 것처럼 그들의 삶은 순조롭게 흘러갔다. 저 위에서 일라리아가 청소를 하거나 아그네스가 소파 쿠션에 던진 잡지들을 치우면서 혀를 차겠지. 고프닉 부부와 이 도시는 내 단물을 빨아먹고 뱉어버렸다. 아그네스는 온갖 다정한 말을 늘어놓았지만, 도마뱀이 허물벗듯 완전히 철저하게 날 버렸다. 한번도 돌아보지 않았다.

화가 나서 생각했다. 여기 오지 않았다면 여전히 내 가정이 있을 텐데. 일자리도.

오지 않았다면 내겐 여전히 샘이 있을 텐데.

그 생각을 하자 더 우울해져서, 어깨를 웅크리고 언 손을 주머니에 넣고 일시 숙소로 돌아갈 채비를 했다. 몰래 방에 들어가서, 날 건드리고 기겁하는 사람과 한 침대에서 자야 했다. 내 인생이 괴상하고 한심한, 못된 농담이 되어버렸다. 눈을 비비니 얼굴에 묻은 찬 빗방울이 느껴졌다. 오늘 밤 비행기표를 예약해서, 빈자리가 있는 가장 먼저 떠나는 비행기를 타리라. 현실을 받아들이고 다시 시작하리라. 선택의 여지가 없으니.

'매사 때가 있기 마련.'

그때 딘 마틴이 눈에 들어왔다. 개는 천장이 있는 진입로의 카펫에 서 있었다. 옷을 입지 않아서 오들오들 떨면서, 이제 어디로 갈지 결정하려는 듯 두리번댔다. 한 걸음 다가가서 로비를 들여다봤지만, 야간 경비원

405

은 소포들을 정리하느라 바빠서 개를 보지 못했다. 드 위트 부인이 보이지 않았다. 난 얼른 움직여서 몸을 굽히고 개가 무슨 일인지 알아낼 틈도 없이 개를 안아 올렸다. 몸부림치는 개를 양손에 들고 뛰어 들어가, 부인에게 데려다주려고 뒤쪽 계단으로 올라갔다. 경비원이 쳐다보기에 목례만 했다.

거기 있을 합당한 이유가 있었지만, 고프닉네 아파트가 있는 층에 들어서니 공포가 밀려왔다. 그들이 예정에 없이 귀가해서 날 보면, 고프닉 씨는 나를 위험하다고 결론지을까? 침입죄로 신고할까? 복도에 있는 것도 침입이 될까? 이런 질문들이 머리를 맴도는 와중에 딘 마틴이 사납게 몸부림치다가 내 팔을 물었다.

"드 위트 부인?"

뒤를 쳐다보면서 가만히 불렀다. 현관문이 조금 열려 있어서 안으로 들어가 크게 불렀다.

"드 위트 부인? 또 개가 나왔네요."

복도에서 TV 소리가 들리기에 몇 걸음 안으로 들어갔다.

"드 위트 부인?"

대답이 없자 현관문을 닫고, 개를 바닥에 내려놓았다. 굳이 안고 있어야 되는 상황이 아니면 그러고 싶지 않았다. 딘 마틴은 거실 쪽으로 총총 사라졌다.

"드 위트 부인?"

먼저 노인의 다리가 눈에 들어왔다. 딱딱한 의자 옆으로 바닥에 다리가 뻗쳐 있었다. 잠시 지나서야 무슨 상황인지 알아차렸다. 곧장 의자 앞으로 달려가서 바닥으로 몸을 던져, 부인의 입에 귀를 댔다.

"드 위트 부인? 제 말이 들리세요?"

내가 물었다.

그녀는 숨을 쉬고 있었다. 하지만 얼굴이 새파랗게 질려 있었다. 얼마나 오래 그러고 있었는지 궁금했다.

"드 위트 부인? 정신 차리세요! 아, 어떡해……. 정신 차리세요!"

집 안을 뛰어다니며 전화기를 찾아보았다. 현관 앞쪽 테이블에 전화기와 전화번호부 몇 권이 있었다. 911에 전화해서 방금 발견한 상황을 말했다.

접수원이 말했다.

"구조대가 가고 있습니다, 신고자분. 환자와 같이 계시다가 대원들에게 문을 열어주실 수 있겠습니까?"

"네, 네, 네. 그런데 굉장히 연로하고 허약하세요. 완전히 실신하신 것 같아요. 제발 빨리 와주세요."

난 뛰어가서 침실에서 이불을 가져와서 부인의 몸에 덮었다. 샘에게 들은 노인이 쓰러진 경우의 처치 방법을 기억하려고 노력했다. 노인이 몇 시간 동안 발견되지 않고 쓰러져서 몸이 차가워지는 게 가장 문제라고 했다. 나는 바닥에 주저앉아, 부인의 차디찬 손을 잡고 가만히 쓰다듬었다. 누군가 곁에 있다는 것을 알게 해주고 싶었다. 문득 한 가지 생각이 머리를 스쳤다. 부인이 죽으면, 경찰은 내 탓으로 돌릴까? 고프닉 씨는 내가 범죄자라고 증언하겠지. 순간 도망쳐야 될지 고민했지만, 노인을 두고 갈 수는 없었다.

생각이 꼬리를 물고 이어지는 괴로운 시간을 보내는데, 부인이 눈을 떴다.

"드 위트 부인?"

그녀는 어떻게 된 일인지 알아내려는 듯, 날 보며 눈을 깜빡였다.

"루이자예요. 복도 맞은편에 사는 루이자요. 통증이 있나요?"

"모르겠어……. 내…… 내 팔목이……."

드 위트 부인이 힘없이 말했다.

"구급차가 오고 있어요. 괜찮으실 거예요. 아무 일도 없을 거예요."

그녀는 내가 누군지 파악하려는 듯, 내 말이 맞는지 판단하려는 듯 멍하니 쳐다봤다. 그러더니 양미간을 찌푸렸다.

"어디 있지? 딘 마틴? 내 개가 어디 있지?"

실내를 둘러보았다. 구석에서 작은 개가 벌렁 누워 시끄럽게 고추를 살피고 있었다. 개는 제 이름을 듣자 고개를 들더니 자세를 바꿔 일어나 섰다.

"바로 여기 있어요. 잘 있어요."

부인이 안심하며 다시 눈을 감았다.

"개를 보살펴주겠어? 내가 병원에 가야 하면? 난 병원에 가겠지, 안 그래?"

"네. 당연히 그러실 거예요."

"침실에 서류철이 있으니, 의료진에게 주면 돼. 침대 협탁에 있어."

"그럴게요. 전달할게요."

난 그녀의 손을 꽉 잡았고, 딘 마틴은 문간에서 주의 깊게 날 쳐다봤다. 아니, 나랑 벽난로랑. 우린 구급대가 오기를 조용히 기다렸다.

개의 구급차 탑승은 금지되어서, 딘 마틴을 아파트에 두고 난 드 위트 부인과 병원에 갔다. 부인이 수속을 마치고 병상에 눕자, 난 개를 봐주겠다고 안심시키고 아파트로 향했다. 아침에 다시 병원에 가서 개의 안부를 전할 예정이었다. 그녀는 눈물 고인 눈으로, 개 먹이와 산책을 비롯해 여러 가지 좋아하고 싫어하는 것들을 알려주었다. 결국 구급대원이 안정을 취해야 한다면서 조용히 시켰다.

지하철을 타고 5번가로 가는데, 기진맥진한 동시에 아드레날린이 솟아서 머리가 윙윙댔다. 부인에게 받은 열쇠로 아파트에 들어갔다. 딘 마틴은 현관 복도에 서서 기다렸고, 작은 몸집에서 의심을 내뿜었다.

"안녕, 젊은 친구! 저녁밥 먹을래?"

나는 종아리의 살점을 뜯길까 걱정하는 사람이 아니라 오랜 친구인 듯 말했다. 당당한 척하면서 개 앞을 지나 주방으로 가서, 손등에 갈겨쓴 삶은 닭고기와 사료의 정확한 양을 해독하려고 애썼다.

먹이를 사료 접시에 담아 발로 딘 마틴 쪽으로 밀었다.

"자 여기 있다! 맛있게 먹어!"

개는 큰 눈으로 시큰둥하고 반항적으로 노려봤다. 이마에 근심 어린 주름이 출렁였다.

"밥이야! 냠냠!"

여전히 날 노려봤다.

"아직 배가 안 고프구나, 응?"

내가 말했다. 살그머니 주방에서 나왔다. 어디서 잘지 정해야 했다.

드 위트 부인의 아파트는 고프닉 자택의 절반만 했지만, 작다고 할 수는 없었다. 넓은 거실에 센트럴파크가 보이는 천장 높이의 창이 있었다. 마지막 인테리어 공사가 스튜디오 54(1970년대 말에서 80년 뉴욕 최고의 나이트 클럽) 시절이었는지 황동과 스모크드 글라스(착색된 뿌연 유리)로 꾸며졌다. 더 전통적인 식당에 앤티크 가구가 많았지만, 켜켜이 먼지가 쌓인 걸 보면 오랫동안 사용하지 않았다. 멜라민과 포마이카로 꾸민 주방과 다용도실이 있었고, 안방을 포함해서 침실은 네 개였다. 안방에는 욕실과 바깥

쪽으로 제법 큰 드레스룸이 달려 있었다. 욕실들은 고프닉네 아파트보다 훨씬 낡아서, 물이 예상치 못하게 콸콸 흘러나왔다. 난 모르는 사람의 빈 집에서 느껴지는 조용한 경외심을 안고 돌아보았다.

안방에 들어서자 숨이 멎었다. 세 벽과 한 벽의 절반이 옷으로 꽉 차 있었다. 선반마다 옷이 쌓여 있고, 행거에 비닐을 씌운 천 옷걸이들이 걸려 있었다. 드레스룸은 색채와 패브릭의 향연이었고, 선반 위아래에 핸드백, 모자 상자, 구두가 잔뜩 있었다. 주위를 느릿느릿 다니면서 옷감을 손끝으로 만지고, 가끔 멈춰 서서 옷소매를 가만히 몸에 대거나 옷걸이를 넘기면서 옷을 구경했다.

이 두 방만이 아니었다. 작은 퍼그가 의심하면서 쫓아다니는 가운데, 다른 두 방에 들어가니 옷이 더 있었다. 냉방장치가 된 장에 드레스, 바지 정장, 코트, 긴 목도리가 줄줄이 걸려 있었다. 옷에 지방시, 바이바, 혜롯, 메이시 같은 라벨이 붙어 있고, 구두는 삭스피프스 애비뉴와 샤넬 제품이었다. 다양한 시대의 못 들어본 라벨―프랑스, 이탈리아, 러시아까지―이 달린 옷이 있었다. 단정한 케네디식 풍성한 정장, 하늘하늘한 카프탄(소매와 기장이 긴 터키 옷), 어깨가 튀어나온 재킷. 상자들을 들여다보니 필박스, 터번, 커다란 옥테 선글라스, 섬세한 진주 목걸이가 잔뜩 있었다. 특별한 구분 없이 담겨 있어서, 아무거나 꺼내서 얇은 종이를 벗기고, 옷감을 만져보고 무게를 느꼈다. 오래된 향수의 케케묵은 냄새를 풍기는 옷을 들어 올려보고 마름질과 재단에 감탄했다.

선반 위쪽 공간에는 액자가 걸려 있었다. 의상 디자인, 1950~60년대에 잡지 표지들. 화려한 시프트 드레스나 엄청나게 날씬한 와이셔츠 드레스를 입은 깡마른 모델들이 환하게 웃고 있었다. 한 시간쯤 구경을 한 후에야 침대가 없는 걸 알아차렸다. 하지만 네 번째 방에는 있었다. 팽개친 옷으로 덮인 좁은 싱글 침대는 1950년대로 거슬러 올라갔다. 조각된 호두나무 헤드보드가 있고, 옷장과 서랍장 세트가 있었다. 또 옷 가게 피팅룸에서 볼만한 더 기본적인 행거가 네 개 더 있었다. 그 옆으로 모조 보석, 벨트, 스카프가 담긴 액세서리 상자가 쌓여 있었다. 침대에서 몇 가지를 조심스럽게 들어서 내려놓고, 매트리스를 만지니 푹 꺼져 있었지만 상관없었다. 옷장에서 자라고 해도 마다하지 않을 판국이니. 며칠 만에 처음으로 낙심을 잊었다.

적어도 하룻밤은 동화 나라에 있었다.

다음 날 아침, 개를 먹이고 산책시키면서, 5번가를 내려가는 내내 비딱하게 걷는 개에게 화내지 않으려고 마음을 다졌다. 딘 마틴은 범죄행위라도 기다리는 듯 계속 날 쳐다봤다. '귀염둥이'가 줄곧 경계하긴 해도 잘 있다고 부인을 안심시키고 싶어서 병원으로 향했다. 아침밥에 파르미지아노 레지아노(고급 치즈)를 갈아 넣어서야 먹게 만들 수 있었다는 말은 하지 않을 작정이었다.

병원에 도착하니, 부인의 얼굴이 발그레해서 다행이었다. 화장과 머리 세팅을 하지 않아 묘하게 얼빠져 보이긴 했지만. 손목이 골절되어 수술을 받을 예정이었고, 이후 '복합적 요인' 때문에 한 주 더 입원해야 했다. 내가 가족이 아니라는 걸 알자, 의료진은 더 이상 밝히기를 거부했다.

"딘 마틴을 돌봐줄 수 있겠어?"

드 위트 부인이 불안해서 일그러진 얼굴로 물었다. 그녀는 내가 돌아가면 개 걱정만 하는 게 분명했다. 그녀가 이어서 물었다.

"낮에 잠깐씩 딘 마틴을 들여다보는 정도는 고프닉 부부가 양해하겠지? 아속에게 딘 마틴을 산책시키라고 해도 되려나? 딘 마틴이 지독하게 외로울 거야. 나 없이 지내는 데 익숙하지 않거든."

드 위트 부인에게 사실을 밝히는 게 현명할지 고심하던 참이었다. 하지만 최근 우리 건물에는 워낙 비밀이 없는지라, 모든 걸 공개하고 싶었다.

내가 말했다.

"드 위트 부인, 드릴 말씀이 있는데요. 저는…… 저는 이제 고프닉 댁에서 일하지 않아요. 해고당했어요."

그녀는 베개에 기댄 머리를 움직였다. 입에 붙지 않는 말을 하려는 듯 입을 움직였다.

"해고당해?"

나는 침을 삼켰다.

"그들은 제가 돈을 훔쳤다고 생각해요. 제가 드릴 수 있는 말은, 그러지 않았다는 거가 다예요. 그래도 말하는 게 옳을 것 같아요. 제 도움을 원치 않을지 결정하셔야 되니까요."

"이런."

그녀가 힘없이 내뱉었다. 다시 같은 소리를 냈다.

"이런."

우리는 한동안 말없이 앉아 있었다.

그러다가 드 위트 부인이 눈을 가늘게 떴다.

"하지만 아가씨는 그러지 않았다."

"네, 그렇습니다."

"다른 일자리가 있나?"

"아니요, 없습니다. 일자리를 구하려고 애쓰는 중이에요."

그녀가 고개를 저었다.

"고프닉은 바보야. 어디서 지내고 있지?"

나는 눈을 돌렸다.

"어……. 제가…… 저, 사실 당장은 네이션의 방에서 지내고 있어요. 하지만 좋은 상황은 아니죠. 저희가…… 아시겠지만…… 사귀는 사이가 아니고요. 또 고프닉 부부가 모르고 있기 때문에……."

"흠, 우리 둘 다에게 상당히 잘된 일인 것 같군. 내 개를 돌봐주겠어? 그러면서 내쪽 복도에서 직장을 구하라고. 내가 집에 갈 때까지만?"

"드 위트 부인, 그러면 저야 좋죠."

난 미소를 숨길 수가 없었다.

"물론 예전보다 더 잘 봐줘야 될 거야. 내가 주의사항을 적어주지. 딘 마틴이 아주 불안정할 테니."

"시키시는 대로 할게요."

"그리고 매일 여기 와서 개가 어떻게 지내는지 알려줘야 해. 그게 아주 중요해."

"그러지요."

이렇게 결정되자 부인은 마음이 놓여서 안정되는 듯했다.

"늙으면 고집만 세지지."

그녀가 중얼댔다. 누구 얘기인지 알 수가 없었다. 고프닉 씨인지, 부인 자신인지, 딴사람인지. 부인이 잠들 때까지 기다렸다가 다시 아파트로 돌아갔다.

눈빛이 불량한, 의심 많고 괴팍한 여섯 살짜리 퍼그에게 한 주를 바쳤다. 하루 네 번 산책시키고, 파마산 치즈를 갈아 넣어서 아침밥을 먹였다. 며칠 지나자, 개는 가는 데마다 쫓아와서 내가 흉악한 짓을 하기를 기다리듯 찡그리고 서 있는 습관을 그만두었다. 대신 몇 발자국 떨어진 곳에 누워 가만가만 숨을 쉬었다. 난 여전히 개가 겁났지만 안쓰러운 마음도 있었다. 개가 사랑하는 유일한 사람이 불쑥 사라졌는데, 난 그녀가 집에 돌아올 거라고 달래줄 방도가 없었으니.

게다가 죄를 짓는 기분을 느끼지 않고 건물에 있는 게 기분 좋았다. 며칠 자리를 비웠던 아속은 내게 여러 사건을 들으면서 충격받고 분개하더니 반가워했다.

"아이고, 루이자가 딘 마틴을 발견하길 다행이네요! 개가 밖에 나갔으면 아무도 부인이 쓰러진 걸 몰랐을 텐데!"

그가 사무치게 떨면서 덧붙여 말했다.

"드 위트 부인이 돌아오면, 내가 매일 찾아가봐야겠네요. 부인이 괜찮은지 확인하러."

우린 서로 바라보았다.

"그게 부인을 가장 화나게 만들 걸요."

내가 말했다.

"맞아요, 싫어할 테죠."

아속은 이렇게 대답하고 하던 일로 돌아갔다.

네이선은 방을 혼자 써도 된다는 걸 알자 서운한 척했지만, 너무 급하다 싶게 내 짐을 가져왔다. 6미터도 안 되는데 내 '불편을 덜어주겠다'면서. 그는 나를 확실히 내보내고 싶었던 것 같다. 그는 짐을 내려놓고 아파트를 둘러보다가, 옷이 쌓인 벽을 놀라서 쳐다봤다.

그가 한탄했다.

"쓰레기가 한 짐이네! 세계 최대 옥스팜 가게(기증품을 판매해서 빈민을 돕는 영국 비영리기구)가 따로 없군. 휴, 노인이 쓰러져서 이런 집을 정리해야 된다면 집 정리 회사도 끔찍하겠어."

414

나는 계속 웃으면서 태연하게 대했다.

네이선이 일라리아에게 소식을 전했고, 다음 날 그녀가 찾아와 부인의 안부를 물었다. 직접 구운 머핀 몇 개를 부인에게 전하라고 당부했다.

"병원 음식이 속을 메스껍게 하거든."

일라리아는 내 팔을 두드리면서 말하고, 딘 마틴에게 물리기 전에 얼른 가버렸다.

복도 건너편에서 아그네스의 피아노 소리가 들렸다. 어떤 때는 아름다운 곡을 느긋하고 분위기 있게 쳤고, 어떤 때는 열정적이고 격정적인 곡을 연주했다. 여러 차례 드 위트 부인이 절룩이며 건너와 화를 내면서 소음을 중단하라고 다그치던 게 기억났다. 부인이 간섭하지 않았는데도 이번 곡은 갑자기 뚝 끊겼다. 아그네스가 양손으로 건반을 쾅 내려친 것 같았다. 이따금 언성 높인 목소리가 들렸고, 그런 소리에 아드레날린이 솟구치지 않게 적응하는 데 며칠 걸렸다. 이제 그쪽과 아무 상관없다고 내 몸을 달래야 했다.

한 번, 중앙 로비에서 고프닉 씨 앞을 지나쳤다. 그는 날 보지 않다가, 뒤늦게 내가 거기 있는 게 못마땅하다는 시늉을 했다. 난 고개를 똑바로 들고 딘 마틴의 목줄을 들어올렸다.

"드 위트 부인을 도와서 개를 돌보고 있어요."

최대한 품위 있게 말했다. 그는 딘 마틴을 힐끗 보더니 이를 악물고, 내 말을 못 들은 것처럼 몸을 돌렸다. 옆에서 마이클이 날 흘끔대다가 다시 휴대폰으로 눈을 돌렸다.

금요일 밤, 조시가 퇴근해서 포장음식과 와인을 들고 찾아왔다. 여전히 양복 차림이었다. 한 주 내내 야근했다고 했다. 그는 동료와 승진을 놓고 경쟁 중이어서, 하루 열네 시간씩 일하고 토요일에도 출근할 예정이었다. 그가 아파트를 둘러보더니 실내장식을 보고 눈썹을 치떴다.

"흠, 개를 보는 자리도 있다는 걸 미처 염두에 두지 않았네요."

딘 마틴이 의심하며 쫓아다니자 조시가 말했다. 그는 천천히 거실을 돌아다니면서 오닉스 재떨이와 수지로 만든 아프리카 여인상을 들었다가 내려놓았다. 벽마다 걸린 금색 액자에 든 미술품도 찬찬히 들여다보았다.

"원하는 직종 명단의 꼭대기 자리는 아니었어요. 하지만 이것도 괜찮아요."

나는 안방까지 개가 좋아할 만한 먹이로 유인해서 개가 진정할 때까지 거기 가뒀다.

"그래서 어떻게 지내요?"

"더 나아졌어요!"

주방으로 가면서 대답했다. 지난주에 만났을 때처럼 칠칠치 못하고 가끔 취한 구직자보다 더 나은 모습을 보여주고 싶었다. 그래서 흰 칼라와 소매가 달린 검은 샤넬 스타일 원피스를 입고, 초록색 모조 악어가죽 단화를 신었다. 윤기 나는 머리를 드라이해서 단정한 단발머리를 만들었다.

"흠, 귀여운 모습이네요."

조시가 나를 따라오면서 말했다. 그는 와인과 음식 봉투를 주방 조리대에 내려놓고, 내게 다가왔다. 너무 가까워서 그의 얼굴만 크게 보였다. 조시가 다시 말했다.

"홈리스도 아니네요. 그래서 좋아 보여요."

"아무튼 당분간만이에요."

"그러면 조금 더 여기 있을 거라는 뜻인가요?"

"누가 알겠어요?"

그가 바로 내 앞에 있었다. 갑자기 전주에 그의 목덜미에 얼굴을 묻은 기억이 몸으로 전해졌다.

"얼굴이 발그레해요, 루이자 클라크."

"그거야 당신이 너무 가까이 있어서죠."

"내가 그렇게 만든다고요?"

그가 목소리를 낮추고 눈썹을 치떴다. 조시가 한 걸음 다가와서, 내 엉덩이 양옆의 조리대를 손으로 짚었다.

"그럴걸요."

기침하는 것처럼 말이 나왔다. 그가 입술로 내 입술을 누르고 키스했다. 조시가 키스하자 난 조리대에 몸을 기댄 채 눈을 감고 그의 입에서 나는 박하 향을 맛봤다. 그의 몸이 닿는 게 약간 어색했고, 내 손을 잡는 손길이 낯설었다. 윌이 사고나기 전에 키스했으면 이런 느낌이었을지 궁금했다. 그러다가 다시는 샘과 키스하지 않으리란 생각을 했다. 좋은 사람과 키스하는 순간, 다른 남자들과 키스하는 생각을 하는 건 나쁜 짓 같았다. 내가 머리를 약간 젖히자, 조시는 키스를 멈추고 무슨 의미인지 알아내려고 내 눈을 응시했다.

내가 말했다.

"미안해요. 그냥…… 너무 성급해서요. 당신을 좋아하지만……."

"하지만 방금 다른 남자랑 헤어져서요."

"샘이에요."

"진짜 멍청한 작자죠. 당신한테 걸맞지 않아요."

"조시……."

그가 이마를 내밀어서 내 이마에 맞댔다. 난 그의 손을 놓지 않았다.

"아직도 모든 게 복잡하게 느껴져서요. 미안해요."

조시가 잠시 눈을 감더니 다시 떴다.

"내가 시간을 낭비하고 있는지 말해줄래요?"

그가 물었다.

"당신은 시간 낭비하고 있는 게 아니에요. 단지⋯⋯. 아직 2주도 안 됐어요."

"그 2주 동안 많은 일이 벌어졌죠."

"아, 그러니 앞으로 2주 후에 우리가 어디 있을지 누가 알겠어요?"

"방금 '우리'라고 했어요."

"그런 것 같네요."

그는 대답이 만족스러운 듯 고개를 끄덕였다. 조시가 자신에게 말하는 것처럼 중얼댔다.

"저기, 난 우리가 느껴져요, 루이자 클라크. 이런 감정이 틀린 적이 없어요."

내가 대꾸할 새도 없이 그는 내 손을 놓고 찬장으로 다가가, 여기저기 문을 열어 접시를 찾았다. 다시 몸을 돌렸을 때 조시는 환하게 웃었다.

"먹어볼까요?"

그날 저녁 조시를 잘 알게 되었다. 보스턴에서 성장. 야구를 했는데, 반은 아일랜드 혈통인 사업가 아버지가 장기적으로 수입이 안정되지 않는다고 포기하게 했다. 어머니는 변호사로, 당시 여성들과 달리 자녀를 양육하면서 계속 일했고, 은퇴하자 부모님은 같이 집에서 지내는 데 적응했다. 그게 부부를 완전히 힘들게 한 모양이었다.

"우린 행동파 가족이거든요? 그래서 아버지는 벌써 골프클럽에서 임원직을 차지했고, 어머니는 동네 고등학교에서 아이들을 멘토링하시죠. 두 분은 마주보고 앉아 있지 않을 수 있다면 무슨 일이든 하세요."

그는 형제가 둘 있고 둘 다 형이었다. 한 형은 매사추세츠주 웨이머스 외곽에서 벤츠 대리점을 운영했고, 다른 형은 내 동생처럼 회계사였다. 가족이 친하면서 경쟁적이었고, 그는 괴롭힘 당해 화나는 막내답게 형들이 미웠다. 그러다 그들이 집을 떠나자, 예기치 못하게 늘 마음이 아프고 그리웠다.

"엄마 말로는 내가 매사를 평가하는 잣대를 잃어서라네요."

두 형은 결혼해서 각각 두 아이를 키우며 자리 잡았다. 가족은 휴가 때 모였고, 여름마다 난터킷섬의 같은 숙소를 빌렸다. 십대 때는 휴가가 싫었지만, 지금은 매년 점점 기대된다고 했다.

"참 좋아요. 아이들, 다같이 어울리고 보트를 타고……. 당신도 와봐야 해요."

그는 태연하게 차슈바오(돼지고기 만두)를 더 먹으면서 말했다. 일이 뜻대로 풀리는 데 익숙한 사람답게 당당하게 말했다.

"가족 행사에요? 뉴욕에서는 다들 캐주얼한 데이트를 한다는 생각이 들었어요."

"아, 뭐, 난 그렇게 지냈죠. 한데 난 뉴욕 출신이 아니에요."

그는 모든 일에 몰입하는 사람 같았다. 주당 100만 시간쯤 일하고 승진을 갈구하고, 새벽 6시 전에 체육관에 갔다. 사내 팀에서 야구를 하고, 모친처럼 고교에서 멘토로 자원봉사를 할까 생각 중이었다. 하지만 근무 일정 때문에 정기적으로 봉사하지 못할까 걱정했다. 조시는 아메리칸 드림의 표본이었다. 열심히 일해서 성공한 후에 돌려주었다. 계속 월과 비교하지 않으려고 애썼다. 조시의 말을 듣고 있자니, 감탄스러우면서 지치는 느낌이었다.

그가 우리 사이의 허공에 미래를 그렸다. 빌리지의 아파트, 적정 수준의 보너스를 받을 수 있다면 햄프턴 지역에 주말 별장을 장만하고. 그는 보트를 갖고 싶었다. 아이들을 갖고 싶었다. 조기 은퇴를 하고 싶었다. 서른 살이 되기 전에 100만 달러를 벌고 싶었다. 이런 이야기 끝에는 젓가락을 흔들면서 '당신도 와야 해요!'라거나 '당신도 좋아할 거예요!'라고 마무리했다. 으쓱한 기분도 들었지만, 예전의 내 미지근한 반응에 화나지 않았다는 뜻이라서 고마운 마음이 컸다.

조시는 새벽 5시에 일어날 예정이어서 10시 반에 일어났다. 우리는 현관 옆 복도에 섰고, 딘 마틴이 몇 걸음 옆에서 경계했다.

"그래서 점심 때 짬을 낼 수 있겠어요? 루이자? 개를 돌보고 병원에 가는 사이에?"

"어느 저녁에 서로 볼 수 있을 것 같은데요?"

"어느 저녁에 서로 볼 수 있을 것 같은데요. 당신의 영국 억양이 맘에 들어요."

그가 내 말투를 흉내 내며 말했다.

"난 억양 같은 건 없어요. 당신이 있지."

내가 대꾸했다.

"또 당신은 날 웃게 만들어요. 날 웃게 하는 여자는 별로 없어요."

"아. 어울리는 여자를 못 만나서 그런 거죠."

"아, 이제 만난 것 같은데요."

그는 말을 멈추더니, 뭔가 하는 걸 참으려는 듯 하늘을 올려다보았다. 그러더니 서른 살인 남녀가 문간에서 키스하지 않으려고 애쓰다니 이상

420

한 노릇임을 인정하는 듯 빙긋 웃었다. 그 미소가 내게 효과를 발휘했다.

팔을 뻗어 그의 목덜미를 아주 가만히 만졌다. 그러다가 발끝으로 서서 키스했다. 끝난 일을 붙잡고 살아봤자 소용없다고 자신에게 말했다. 특히 이전 몇 달간 상대를 만나지 못하고 거의 싱글로 지냈으니. 나아갈 때라고 스스로 타일렀다.

조시는 망설이지 않았다. 그가 같이 키스하면서 내 등으로 천천히 만져 벽에 붙였다. 난 기분 좋게 그에게 갇혔다. 조시의 키스를 받으면서 생각을 멈추고 감각에만 집중했다. 낯선 그의 몸은 내가 알던 몸보다 더 가늘고 힘이 약했다. 내 입을 누르는 강렬한 입술만 생각했다. 이 잘생긴 미국인. 숨이 차서 키스를 멈추자 둘 다 멍했다.

"지금 가지 않으면……."

조시가 물러서면서 말했다. 그가 눈을 깜빡이면서 손을 들어 자기 뒷목을 잡았다.

나는 씩 웃었다. 립스틱이 그의 얼굴 가운데 묻었을 것 같았다.

"일찍 나가야 되니까요. 내일 통화할게요."

내가 현관문을 열자, 그는 뺨에 마지막 키스를 하고 복도로 나갔다.

문을 닫자 딘 마틴이 여전히 서서 날 노려보았다.

내가 말했다.

"뭐? 뭐가? 난 싱글이라고."

개는 못마땅해서 고개를 숙이고 몸을 돌리더니 주방으로 향했다.

From: BusyBee@gmail.com
To: MrandMrsBernardClark@yahoo.com

안녕, 엄마.

마리아의 생일에 '포트넘&메이슨'(영국의 고급 차 브랜드. 티룸도 있다)에서 멋지게 차를 드셨다는 소식을 들으니 좋네요. 네, 비스킷 한 통에 값이 '어마어마' 하다는 데는 동의하지만요. 엄마나 마리아가 집에서 구운 스콘이 그보다 맛있을 걸요. 엄마 스콘은 아주 담백하고요. 네, 극장 화장실 일은 별로네요. 마리아가 미화원이니 그런 부분에 예리한 눈을 가졌겠지요. 누군가 엄마의⋯⋯ 위생 상황을 챙겨주니 다행이에요.

여기는 다 괜찮아요, 지금 뉴욕은 엄청나게 춥지만, 제가 모든 경우에 대비해 챙겨 입는 걸 아시죠! 일과 관련해 몇 가지 문제가 있는데 통화할 즈음에는 다 정리되리라 믿어요. 그리고 네, 샘 부분은 다 괜찮아요. 이런저런 일 중 하나인걸요.

할아버지 소식은 속상해요. 상태가 나아지셔서 엄마가 다시 야간 수업을 시작하실 수 있으면 좋겠어요.

모두 보고 싶어요. 무척.

사랑을 듬뿍 담아

루 xx

추신. 당장은 이메일이나 편지를 보내려면 네이션을 통하는 게 좋겠어요. 우편배달에 문제가 있어서요.

열흘 후 드 위트 부인은 퇴원했고, 마른 체구라서 오른손 깁스가 둔해 보였다. 그녀는 낯선 햇빛 속에서 눈을 가늘게 떴다. 부인을 택시에 태워 집에 데려왔다. 아속이 보도로 나와서 부인이 천천히 계단을 오르게 부축했다. 처음으로 그녀는 아속에게 불평하거나 가라고 쏘아붙이지 않고, 균형 감각이 없는 사람처럼 더디게 걸었다. 나는 부인이 요구한 옷을 병원에 가져갔다. 1970년대 셸린 하늘색 바지 정장, 연노랑 블라우스, 연분홍색 모직 베레모. 화장대 위의 화장품 몇 가지. 병원 침대 옆에 앉아 부인이 화장하는 것을 도왔다. 그녀는 왼손으로 화장하려니 아침 식사에 사이드카(칵테일의 일종)를 석 잔 마신 사람처럼 보인다고 말했다.

딘 마틴은 좋아서 펄쩍펄쩍 뛰면서 주인의 발을 쿵쿵댔다. 그녀를 올려다보더니, 내게 가봐도 된다는 듯한 눈길을 던졌다. 우리는, 개랑 나는 휴전 상태에 접어든 참이었다. 매일 저녁 개는 밥을 먹고 내 무릎에 올라와 웅크려 앉았다. 내가 목줄을 챙길 때마다 작은 꼬리를 흔들어대는 걸 보면, 더 빨리 성큼성큼 걷는 나와의 산책을 즐기게 된 것 같다.

드 위트 부인은 개를 보자 좋아 죽으려 했다. '좋아 죽는' 게 개를 제대로 관리하지 않았다고 불평하는 거라면. 또 열두 시간 안에 개 체중이 늘었다고 했다가 줄었다고 하고, 연신 무능한 사람에게 맡겨서 미안하다고 개에게 사과하는 거라면.

"가여운 내 아기. 내가 모르는 사람에게 널 맡겼지? 그랬지? 그런데 그 사람이 널 제대로 보살피지 못했구나? 괜찮아. 이제 엄마가 집에 왔으니까. 다 괜찮아."

드 위트 부인은 집에 돌아와서 기쁜 기색이 완연했지만, 난 초조하지 않았다고 말할 수 없겠다. 그녀가 복용할 약이 엄청나게 많은 듯했고—미국 기준으로도—골다공증이라도 걸렸는지 의심스러웠다. 손목 골절치고는 과다한 양이었다. 그 말을 듣자 트리나는 영국이라면 진통제 두어 알 처방해주고 무거운 물건을 들지 말라고 말하는 정도였을 거라면서 깔깔댔다.

하지만 내가 보기에 부인은 입원 기간에 더 허약해졌다. 안색이 창백했고 연신 기침을 하는 바람에, 딱 맞는 옷의 여기저기가 벌어졌다. 내가 마카로니 치즈를 만들어주니, 그녀는 네다섯 입 먹고는 맛있지만 더 먹지 않겠다고 했다.

"끔찍한 곳에서 내 위가 쪼그라들었나봐. 병원 음식이 형편없어서 위가 저절로 닫혔는지."

그녀가 집에 적응하는 데 한나절쯤 걸렸다. 느릿느릿 방마다 다니면서, 모든 게 있어야 될 곳에 있는지 살피고 안도했다. 난 도둑맞은 게 없는지 확인한다고 생각하지 않으려고 애썼다. 마침내 그녀는 높은 천 의자에 앉아서 가벼운 한숨을 내쉬었다.

"집에 오니 얼마나 좋은지 이루 말할 수가 없군."

그녀는 집에 못 올 거라고 얼마간 각오했던 것처럼 말했다. 그러더니 꾸벅꾸벅 졸았다. 난 할아버지 생각을 백 번쯤 했다. 엄마가 보살펴드리니 할아버지는 얼마나 복이 많은지.

드 위트 부인이 너무 허약해서 혼자 지내기 어려웠고, 그래서 날 보내려고 재촉하지 않았다. 의논하지는 않았지만, 난 그대로 머물렀다. 난 그녀가 씻고 옷 입는 것을 거들고, 식사를 준비해주었다. 또 적어도 첫 주에는 하루 몇 번씩 딘 마틴을 산책시켰다. 주말이 가까워지면서, 부인은 내게 네 번째 침실에 작은 공간을 만들어주었다. 한번에 조금씩 책과 옷가지를 옮기자 제법 쓸 만한 협탁이나 내 물건을 놓을 선반이 생겼다. 나는 손님 욕실을 차지해서, 대청소를 하고 수도에서 맑은 물이 나올 때까지 물을 흘려보냈다. 이후 조심스럽게 부인 욕실과 주방을 구석구석 청소하기 시작해, 그녀가 시력이 나빠서 놓친 부분을 치웠다.

진료 예약이 있으면 부인을 병원에 데려가서, 부를 때까지 딘 마틴과 밖에 앉아 있었다. 그녀의 단골 미용사에게 예약을 했고, 가는 은발이 예전의 말끔한 웨이브가 될 때까지 옆에서 기다렸다. 머리를 손질하는 작은 일이 병원 처방보다 회복력이 큰 듯했다. 그녀가 화장하는 것을 도왔고, 다양한 안경을 앞에 놔주었다. 부인은 혜택을 받는 손님을 대하듯, 조용하지만 확실하게 내 도움에 감사를 표했다.

오랜 세월 혼자 산 드 위트 부인에게 혼자만의 공간이 필요할 것 같았다. 그래서 난 자주 몇 시간씩 외출해, 도서관에 가서 일자리를 검색했다. 하지만 예전처럼 다급하지 않았고, 사실 딱히 하고 싶은 일이 없었다. 돌아가면 드 위트 부인은 자거나 TV 앞에 앉아 있었다. 그녀는 똑바로 고쳐 앉으면서, 마치 대화 중이었던 것처럼 말했다.

"자, 루이자. 어디 갔는지 궁금하던 차야. 미안하지만 딘 마틴을 가볍게 산보시켜주겠어? 녀석이 좀 시무룩해 보여서……."

토요일에 미나와 도서관 시위에 갔다. 시위대가 많이 줄었고, 도서관의 미래가 대중의 지지뿐만 아니라 시민 기금으로 법적인 이의를 제기하는 일에 좌우되었다. 아무도 그 일에 큰 희망을 갖지 않는 듯했다. 매주 추위가 누그러졌고 우리는 서서 구겨진 손 팻말을 흔들고, 이웃과 동네 가게에서 제공하는 따뜻한 음료와 간식을 고맙게 받았다. 난 낯익은 얼굴을 찾게 되었다. 처음 참석했을 때 만난 할머니 마티네는, 포옹과 환한 미소로 나를 맞아주었다. 경비원, 파코라를 가져오는 부인, 머릿결이 고운 사서 등 몇 사람은 손을 흔들거나 '안녕하세요' 하고 인사했다. 견장이 찢어진 외투를 입은 노파는 다시 못 만났다.

드 위트 부인의 아파트에서 지낸 지 13일째 되던 날, 아그네스와 부딪쳤다. 옆집인 걸 감안하면 더 일찍 만나지 않은 게 놀라웠다. 비가 많이 내려서 드 위트 부인의 오래된 우비를 입었다. 1970년대의 노란색과 오렌지색 비닐에 원색 둥근 꽃들이 그려져 있었다. 부인이 딘 마틴에게 입힌 뾰족한 후드가 달린 방수 코트는 볼 때마다 코웃음이 났다. 우린 복도를 달렸고, 비닐 후드를 쓴 둥근 얼굴을 보고 난 키득거렸다. 그때 엘리베이터 문이 열리고 아그네스가 나오자 나는 웃음을 그쳤다. 머리를 바싹 당겨 묶은 젊은 여성이 아이패드를 들고 뒤쫓아 나왔다. 아그네스는 멈춰 서서 날 응시했다. 얼굴에 알 수 없는 표정이 떠올랐다. 어색해서인지, 말 없는 사과인지, 거기 있는 나를 보고 치미는 분노를 억누르는 건지 가늠되지 않았다. 둘의 눈이 마주치자 아그네스는 말을 하려는 듯 입을 벌리려다가 꾹 다물었다. 그러더니 아예 못 본 것처럼 금발을 찰랑이며 지나갔고, 젊은 여성이 바싹 쫓아갔다.

현관문이 쾅 닫히는 것을 지켜보며 서 있었다. 연인에게 외면당한 것처럼 뺨이 달아올랐다.

국숫집에서 둘이 웃던 기억이 얼핏 났다.

'우린 친구야, 그렇지?'

심호흡을 크게 하고, 개를 불러 목줄을 매고 빗속으로 향했다.

결국 급여를 받는 일자리를 제안한 사람은 빈티지 엠포리엄의 자매들이었다. 플로리다에서 물품 컨테이너가—옷장 몇 개를 채우고 남을 분량이었다—도착하자, 상품으로 내놓기 전에 일일이 검수할 일손이 더필요했다. 없어진 단추를 달고 스팀다리미질해서 세탁된 상태로 4월 말빈티지 의류 페어에 내놓아야 했다(상쾌한 냄새가 나지 않는 물품은 대부분 반납됐다). 급여는 최저 임금이었지만 좋은 사람들과 공짜 커피가있었고, 내가 사면 20퍼센트 할인받을 수 있었다. 숙소가 불안해지면서옷 구입 욕구가 줄었지만, 난 반갑게 '좋다'고 대답했다. 드 위트 부인이블록 끝까지는 딘 마틴을 산책시킬 만큼 회복하자, 난 매주 화요일 오전10시에 가게에 가서 종일 뒷방에서 세탁하고 바느질했다. 와서 담배를피우는 자매와 수다를 떨었는데, 그들은 15분마다 오는 것 같았다.

마곳—이제 드 위트 부인이라는 호칭은 금지였다. "내 집에서 살잖아,그러니까"—은 새로 맡은 역할을 신중하게 듣더니, 옷 수선에 어떤 재료를 쓰냐고 물었다. 큰 비닐에 쓰던 단추와 지퍼가 담겨 있지만, 뒤죽박죽섞여서 제 짝을 찾지 못하기 일쑤고 같은 단추가 세 개가 안 된다고 설명했다. 마곳은 의자에서 무겁게 일어나더니 따라오라고 손짓했다. 요즘나는 그녀 뒤에 바싹 붙어 걸었다. 그녀의 보행이 완전히 안정되지 않아서, 화물을 불균형하게 실은 배가 높은 파도를 지날 때처럼 자주 한쪽으로 쏠렸다. 그래도 그녀는 안전하게 벽을 붙잡고 걸었다.

"그 침대 밑을 봐. 아니, 거기. 상자가 두 개 있지. 그거야."

나는 무릎을 꿇고, 무거운 나무함 두 개를 끌어냈다. 뚜껑을 여니, 단추, 지퍼, 테이프, 수술이 줄줄이 넘치도록 담겨 있었다. 후크 세트, 모든 종류의 여미는 부속이 분류되고 라벨이 붙어 있고, 황동 해군 단추와 실크와 뼈와 거북 껍질로 싼 작은 중국식 단추가 마분지에 줄줄이 붙어 있었다. 솜을 넣은 뚜껑에 핀과 다른 크기 바늘이 줄줄이 꽂혀 있고, 각종 견사가 감긴 작은 실패가 들어 있었다. 손끝으로 경건하게 만져보았다.

"열네 살 생일에 받은 선물이야. 조부님이 홍콩에서 배로 부쳐오게 했지. 수선 재료가 부족하면 이 함을 뒤져보면 되네. 입지 않는 옷에서 단추와 지퍼를 떼서 보관해뒀거든. 예쁜 단추가 떨어져서 구할 수 없을 때, 여기 단추 세트가 다 있지."

"하지만 필요하지 않으시겠어요?"

마곳은 다치지 않은 손을 저었다.

"아이고, 이제 손이 둔해져서 바느질을 못 해요. 단추도 못 채우기 일쑤인걸. 또 요즘 사람들은 단추와 지퍼를 수선하지 않고 옷을 쓰레기통에 던지고 할인점에서 흔한 옷을 사들이지. 이 부속들을 쓰도록 해. 이것들이 쓸모 있어지면 흐뭇할 거야."

운이 따르고 의도하기도 해서 이제 좋아하는 두 가지 일을 했다. 거기서 만족감을 얻었다. 화요일 저녁마다 체크무늬 비닐 가방에 옷 몇 점을 담아가지고 집에 왔다. 마곳이 졸거나 TV를 보는 사이, 난 조심조심 옷에서 단추를 뜯어내고 새 단추 한 벌을 달았다. 나중에 마곳의 인정을 받으려고 수선한 옷을 들어 보여주었다.

〈휠 오브 포춘〉을 보다가 내가 꿰맨 부분을 보면서 마곳이 말했다.

"바느질 솜씨가 얌전하네. 다른 일처럼 형편없을 줄 알았는데."

"학교 다닐 때, 유일하게 잘하는 분야가 수예였어요."

나는 무릎의 주름을 펴고, 재킷을 다시 접을 채비를 하면서 대답했다.

"나도 그랬는데. 열세 살 즈음, 내 옷을 다 만들었지. 어머니가 패턴 재단하는 방법을 가르쳐준 게 다였지. 끊임없이 옷을 만들었어. 패션에 푹 빠졌지."

"어떤 일을 하셨어요, 마곳?"

나는 바느질감을 내려놓았다.

"「레이디스 룩」의 패션 편집자였어. 지금은 없는 잡지지. 1990년대로 접어들지 못하고 말았지. 하지만 우린 30년 이상 버텼고, 그 기간 내내 난 패션 편집자였어."

"액자에 든 잡지인가요? 벽에 걸려 있는?"

"맞아, 내 맘에 든 표지들이지. 내가 좀 감상적이어서 몇 개 보관했어."

그녀가 잠깐 표정을 부드럽게 지으면서 고개를 갸우뚱하고, 내게 신뢰하는 눈빛을 던졌다. 마곳이 말을 이었다.

"그 시절에는 대단한 일이었다고. 잡지사는 여직원이 고위직을 맡는 걸 썩 반기지 않았지만, 패션 부문 책임자인 무시무시한 사람—앨드리지 씨라는 대단한 사람이었지—은 다르게 주장했어. 여전히 양말을 멜빵으로 고정하는 구닥다리 남자가 패션 부문에서 군림하면 젊은 여기자들이랑 손발을 못 맞출 거라고 했지. 그는 내가 심미안이 있다고 생각했고, 그래서 내가 편집자가 된 거야."

"그래서 아름다운 의상을 그렇게 많이 갖고 계시는군요."

"흠, 난 부자랑 결혼하진 않았지."

"결혼을 하시긴 했네요?"

마곳은 눈을 내리깔고 무릎에서 뭔가 집어냈다.

"이런, 질문이 많군 그래. 그래, 했지. 좋은 사람이었어. 테렌스라고. 출판계에서 일했지. 그런데 결혼하고 3년 후에 세상을 떠났고, 내게 결혼생활은 그게 다였어."

"자녀는 원치 않으셨어요?"

"아들이 하나 있지. 하지만 남편이랑 낳지는 않았지. 알고 싶었던 게 그거야?"

나는 얼굴을 붉혔다.

"아뇨. 제 말은 그런 뜻이 아니고요. 저는……. 아휴…… 자녀가 있다는 것은…… 그러니까……."

"둘러말하지 마. 루이자. 남편을 애도하던 중 부적절한 사람과 사랑에 빠졌고 임신했어. 아기를 낳았지만 그게 소란을 일으켰고, 결국 내 부모님이 웨스트체스터에서 아이를 키우는 게 모두에게 좋다고 결론지었지."

"지금 아드님은 어디 있어요?"

"여전히 웨스트체스터에. 내가 아는 한은 그래."

나는 눈을 깜빡였다.

"아드님을 만나지 않으세요?"

"아, 전에는 그랬지. 아들의 어린 시절 내내 주말과 휴가 때마다 만났지. 그런데 아들은 사춘기에 접어들면서 내가 그가 생각하는 엄마가 아니라는 데 점점 분개했지. 난 선택을 해야 했어. 그 시절에는 결혼하거나 자녀가 생기면 일하는 게 흔치 않았지. 그리고 난 일을 선택했어. 솔직히 일이 없으면 죽은 것과 마찬가지로 느꼈으니까. 상사인 프랭크가 지지해 줬고."

그녀는 한숨을 쉬더니 덧붙여 말했다.

"불행하게도 아들은 날 용서하지 않았지."

긴 침묵이 흘렀다.

"정말 속상하네요."

"그래. 나도 마찬가지야. 하지만 벌어진 일은 벌어진 일이니 마음에 두고 살아본들 무슨 소용이야."

그녀가 기침을 해서 내가 물을 따라 주었다. 마곳이 협탁에 놓인 약병을 손짓했고, 난 그녀가 약을 먹는 동안 기다렸다. 그녀는 깃털을 곤두세웠던 암탉처럼 안정을 되찾았다.

"아드님 이름이 뭐였어요?"

마곳이 진정하자 내가 물었다.

"더 물어대는군……. 프랭크 주니어."

"그러면 아버지는……."

"잡지사의 상사였어, 그래. 프랭크 앨드리지. 나보다 훨씬 연상인데다 기혼자였지. 그 사실 역시 아들을 분노하게 했을 거야. 학교에 다니면서 무척 힘들었지. 당시 사람들은 요즘이랑 달랐으니까."

"마지막으로 만난 게 언제였어요? 아드님 말이에요."

"그때가…… 1987년. 아들이 결혼한 해였지. 난 나중에야 결혼 사실을 알고, 아들에게 행사에서 배제되어 너무나 섭섭하다고 편지를 보냈지. 그랬더니 아들은 내가 그의 삶에 관여할 권리가 없어진 지 오래라고 분명하게 답했지."

우리는 한참 침묵했다. 마곳의 얼굴은 평온하기 이를 데 없어서, 그녀가 무슨 생각을 하는지 그냥 TV를 보는지 판단할 수가 없었다. 그녀에게 무슨 말을 해야 될지 몰랐다. 그렇게 큰 상처를 보듬을 말을 고를 수가 없었다. 그런데 그때 마곳이 내게 고개를 돌렸다.

"그게 다였어. 두어 해 지나 어머니가 돌아가셔서, 난 아들과 연결될 마지막 끈을 잃고 말았지. 가끔 아들 안부가 궁금해. 살아 있다면 어떻게 지내는지, 자녀가 있는지. 한동안 편지를 보냈지. 하지만 세월이 지나면서, 난 그 일에 철학적으로 변해갔어. 당연히 아들의 말이 옳았지. 아들의 인생에 관여할 어떤 권리도 내게는 없었어."

"하지만 마곳의 아들이었어요."

내가 속삭였다.

"그건 맞지만, 내가 어머니처럼 처신하지 않았어. 안 그래?"

그녀가 불안정하게 숨을 쉬고 다시 말했다.

"난 아주 괜찮은 인생을 살아왔어, 루이자. 내 일을 사랑했고, 멋진 사람들과 일했어. 파리, 밀라노, 베를린, 런던까지 내 나이 여자들보다 훨씬 많은 곳을 다녔어…… 근사한 아파트와 출중한 친구들을 얻었지. 나를 걱정할 건 없어. 여자들이 전부를 가진다는 것은 헛소리지. 우린 결코 그러지 못했고 앞으로도 그럴 거야. 여자들은 늘 어려운 선택을 해야만 해. 그렇지만 사랑하는 일을 하는 데 큰 위로가 있지."

우리는 이 말을 곱씹으면서 가만히 있었다. 그러다가 마곳이 무릎에 손을 내려놓았다.

"저기, 날 욕실까지 부축해주겠어? 너무 고단해서 잠자리에 들어야 될 것 같군."

그날 밤 깨서 마곳의 사연을 생각했다. 아그네스를 떠올렸고, 특별한 한을 품고 지척에 사는 두 여인이 다른 세계였다면 서로 위로가 되었을 거라고 생각했다. 여성은 목표가 낮으면 모를까 어떤 인생을 선택하든 큰 대가를 치른다는 사실을 생각했다. 하긴 그거야 나도 이미 알고 있지 않은가? 난 여기 오면서 막대한 대가를 치른 것을.

한밤중에 자주 월의 목소리를 떠올렸다. 그는 어처구니없게 청승 떨지 말고, 성취한 것들을 생각해보라고 말했다. 어둠 속에 누워서 내가 이룬 성취를 손가락으로 꼽았다. 적어도 당분간은 집이 있었다. 돈을 받고 일했다. 여전히 뉴욕에 있고 친구들 속에서 지냈다. 어떤 결말을 맞을지 궁금하긴 해도 새로 연애를 시작했다. 다시 기회가 온다면 전과 다르게 선택할 거라고 말할 수 있을까?

하지만 마침내 잠에 빠지면서 생각한 사람은 옆방에서 잠든 노부인이었다.

조시네 선반에는 스포츠 트로피가 열네 개 있었고, 내 머리통만 한 네 개는 아메리칸 풋볼, 야구, 육상 관련, 철자대회 유년부 트로피였다. 전에도 가봤지만, 지금은 정신이 맑고 급하지 않아서 주위를 둘러보고 그가 이룬 성취의 정도를 확인할 수 있었다. 승리한 순간을 기록한 사진 속에 운동복 차림으로 팀원들과 어깨를 걸고 이를 드러내고 웃는 그가 있었다. 패트릭과 그의 아파트에 걸린 다양한 자격증이 떠올랐다. 남자는 늘 꼬리를 반짝이는 공작새처럼 성과를 드러내야 하는 존재일까.

조시가 전화기를 내려놓자 난 얼른 일어났다.

"음식을 배달시켰어요. 회사 업무가 많아서 다른 일은 제대로 할 짬이 없네요. 하지만 코리아타운 남쪽에서 한식을 가장 잘하는 집이에요."

"난 상관없어요."

내가 말했다. 한국 음식을 접한 경험이 없어서 판단할 근거가 없었다. 그를 만난다는 기대감을 즐길 따름이었다. 남행 지하철을 타러 가면서, 시베리아 바람이나 쌓인 눈이나 찬비가 퍼붓지 않는 시내를 걷는 새로움을 만끽했다.

조시의 아파트는 그의 표현처럼 토끼 굴이 아니었다. 토끼가 리노베이트한 로프트로 이사하기로 결정하지 않았다면. 전에는 화가의 스튜디오가 많았지만 현재는 마크 제이콥스 매장 네 군데가 진을 친 지역이었다. 수공예 보석점, 전문 커피숍, 이어폰을 낀 남자들이 문간을 지키는 부티크가 많았다. 아파트는 사방 벽이 희고 바닥은 참나무 마루였다. 현대적인 대리석 테이블과 꺼진 가죽 소파가 있었다. 세심히 고른 장식품과 가구 몇 점은 대충 봐도, 신중하게 고려해서 다양한 경로를 통해 입수한 듯했다. 아마도 인테리어 디자이너의 안목인 듯했다.

조시가 내게 꽃을 주었다. 히아신스와 프리지아로 된 예쁜 다발이었다.

내가 물었다.

"왜 주는 거예요?"

그는 어깨를 으쓱하고 나를 안으로 밀었다.

"그냥 퇴근해서 집에 오다가 봤는데 당신이 좋아할 것 같았어요."

"와. 고마워요."

난 향기를 깊이 마시고 말을 이었다.

"오랫동안 내게 일어난 일 중 가장 근사하네요."

"꽃이요? 아님 나요?"

조시가 한쪽 눈썹을 치떴다.

"흠, 당신도 제법 근사할 걸요."

그가 고개를 떨구었다.

"당신은 놀라운 사람이죠. 그리고 꽃이 맘에 들어요."

그가 활짝 웃고 키스했다.

조시가 물러나면서 상냥하게 말했다.

434

"음, 당신은 오랫동안 내게 일어난 일 중 가장 근사해요. 당신을 오래 기다렸어요, 루이자."

"우린 겨우 10월에 만난 걸요."

"아. 하지만 우린 순간의 만족을 느끼는 시대에 살아요. 또 원하는 게 있으면 이미 어제 그걸 입수한 도시에 살고요."

조시가 날 원하는 뜨거운 열망은 묘한 효과가 있다. 내가 뭘 했기에 그런 마음을 받는지 몰랐다. 내 어떤 점이 좋은지 묻고 싶었지만, 안달 난 사람으로 보일까봐 다른 방법으로 알아내야 했다.

"데이트한 여자들 얘기 좀 해봐요. 어떤 사람들이었어요?"

난 소파에 앉아서 말했다. 조시는 작은 부엌에서 접시, 포크, 잔을 챙겼다.

"틴더(온라인 데이팅 앱)에서 만난 사람들 빼고요? 똑똑하고 예쁘고 보통은 성공한 사람들이었죠……."

그가 몸을 굽혀 천장 안쪽에서 피시소스병을 꺼내면서 말을 이었다.

"하지만 솔직하게 말하면 자기도취가 심했죠. 완벽하게 화장한 얼굴만 보여준다거나, 머리 모양이 잡히지 않으면 화를 내거나. 매사 인스타그램에 올릴 사진을 찍거나, 소셜미디어 안에서 최고로 보여야 하는 사람들이죠. 나와의 데이트도 포함해서. 경계를 늦추지 못하는 것 같더라고요."

조시가 소스병들을 들고 몸을 폈다. 그가 다시 물었다.

"칠리소스 좋아해요? 아님 간장? 매일 내 기상 시간을 확인해서, 머리와 화장을 하려고 30분 일찍 알람을 맞춘 데이트 상대도 있었어요. 난 늘 완벽한 모습만 봤죠. 4시 반에 일어나야 되는데도 그러더라니까요."

"그렇군요. 미리 경고하는데 난 그런 여자가 아니에요."

"그거야 알죠, 루이자. 내가 침대에 눕혀봤거든요."

난 구두를 벗어 던지고 양반다리로 앉았다.

"그런 노력을 하다니 대단하네요."

"맞아요. 한데 상대를 지치게 할 수도 있죠. 그런 사람은……. 도통 속을 알 수 없거든요. 솔직히 당신은 빤하게 드러나요. 있는 그대로죠."

"칭찬으로 받아들여야겠죠?"

"그럼요. 당신은 내가 같이 성장한 여자애들 같아요. 정직해요."

"고프닉 일가는 그렇게 생각하지 않아요."

"망할 작자들. 저기, 그 일을 생각해보고 있어요. 당신은 그들이 말하는 짓을 하지 않았다고 증명할 수 있어요, 그렇죠? 그러면 부당 해고, 명예훼손으로 고소해야 돼요. 감정을 상하게 했고……."

조시가 평소와 달리 날카롭게 말했다.

난 고개를 저었다.

"진지한 얘기예요. 고프닉은 업계에서 점잖고 전통적인 신사라는 명성을 이용하고 늘 자선사업을 하죠. 그러면서 '아무 일도 아닌 걸로' 당신을 해고했어요, 루이자. 당신은 경고도 보상도 없이 직장과 집을 잃었어요."

"그는 내가 도둑질했다고 생각했어요."

"네, 하지만 본인의 조치가 정당하지 않다는 걸 분명히 알았을 거예요. 그게 아니면 경찰에 신고했을 거예요. 상대가 고프닉이니, 성공보수만 받는 조건으로 수임할 변호사가 있을 거예요."

"정말이에요. 난 괜찮아요. 소송은 내 방식이 아니에요."

"네, 그래요. 당신은 너무 좋은 사람이에요. 이런 점은 영국인답죠."

초인종이 울렸다. 조시는 이 대화를 계속해야 된다는 듯 손가락을 들어 보였다. 그가 좁은 복도로 나갔고, 배달원에게 돈을 주는 소리가 들리자 나는 작은 식탁에 상을 마저 차렸다.

그가 봉투를 들고 주방으로 들어오며 말했다.

"이거 알아요? 당신이 증거를 갖고 있지 않아도, 고프닉은 이 사건이 대서특필 되는 걸 막기 위해서라면 상당액을 지불할 거예요. 그 돈으로 할 수 있는 일을 생각해봐요. 두어 주 전 당신은 남의 방바닥에서 잤잖아요(침대에서 네이선과 같이 잤다는 말을 하지 않았다). 상당액의 임대보증금이 생길 거예요. 아니, 뛰어난 변호사를 고용하면 아파트를 살 수도 있을 거예요. 고프닉이 얼마나 돈이 많은지 알아요? '어마어마한' 거부라고요. 엄청난 부자가 많은 도시에서도 발군이죠."

"조시, 좋은 뜻으로 해주는 말인 건 알지만, 그 일은 다 잊어버리고 싶어요."

"루이자, 당신은……."

나는 손을 식탁에 올리고 대답했다.

"됐어요. 난 아무도 고소하지 않을 거예요."

그는 한참 기다렸다. 나를 더 밀어붙이지 못하는 자신의 무능에 실망한 듯했다. 그러다가 어깨를 으쓱하더니 빙긋 웃고 말했다.

"알았어요……. 자, 식사시간이에요! 알레르기 같은 건 없죠? 닭고기를 먹어봐요. 여기요……. 가지 좋아해요? 이 가지 고추 요리가 기가 막혀요."

그날 밤 조시와 잤다. 난 취하지도 않았고, 약한 상태도 아니었고, 그를 안고 싶은 욕망으로 숨이 막히지도 않았다. 그저 다시 내 삶이 정상이라고 느끼고 싶었던 것 같다. 우린 밤늦도록 먹고 마시고 대화하면서 웃었다. 그가 커튼을 치고 불빛을 낮추자, 그러는 게 자연스러운 과정 같았다. 아무튼 최소한 그러지 않을 이유를 떠올릴 수가 없었다. 조시는 정말 멋졌다. 피부에 뽀루지 하나 보이지 않았고 광대뼈가 돌출되지도 않았다. 보드라운 갈색 머리는 긴 겨울이 지났는데도 살짝살짝 금색으로 빛났다. 우린 소파에서 키스했다. 부드럽게 하다가 점점 격렬해졌고, 그가 셔츠를 벗자 나도 셔츠를 벗었다. 이런저런 상상을 밀어내고, 이 멋지고 매력적인 남자에게, 뉴욕의 왕자에게 몰두하려 애썼다. 멀리서 위로하는 친구처럼 욕망이 점점 커졌다. 결국 모든 걸 밀어내고, 내 몸에 밀착되는 그에게만 몰두할 수 있었다. 그러다가 내 안에서 그가 느껴졌다.

나중에 그는 부드럽게 키스하고, 행복한지 묻더니 잠을 자야 한다고 중얼댔다. 나는 그대로 누워서, 눈가에서 흘러내리는 알 수 없는 눈물을 무시하려 했다.

월이 뭐라고 했더라? 그날을 붙들어야 한다고. 기회가 오면 끌어안아야 한다고. '예스'라고 말하는 사람이 되어야 한다고. 조시를 거절했다면, 영원히 그걸 후회하지 않았을까?

낯선 침대에서 가만히 몸을 돌려, 잠든 그의 옆모습을 바라보았다. 완벽하게 뻗은 콧날, 월과 꼭 닮은 입매. 월이 조시를 흡족해했을 점들을 떠올렸다. 둘이 어울려 서로 농담하고, 경쟁적으로 재치 있는 우스개를 부리는 장면을 그릴 수도 있었다. 그들은 친구가 됐으리라. 혹은 적이. 두 사람은 거의 똑같기에.

어쩌면 이 남자와 만날 운명이었다고 생각했다. 이상하고 불안정한 경로를 거치긴 했지만. 어쩌면 이 사람은, 내게 돌아온 월이었다. 이런 생각을 하면서 눈물을 닦고, 잠시 선잠이 들었다.

24

From: BusyBee@gmail.com
To: KatClark!@yahoo.com

트린에게

네가 너무 성급하다고 생각하는 걸 알아. 하지만 윌한테 뭘 배웠더라? 인생은 한 번뿐이라는 거, 맞지? 넌 에디랑 행복하지? 그런데 난 왜 행복해지면 안 돼? 그를 만나면 이해될 거야, 장담해.

조시는 이런 사람이야. 어제 날 브루클린에서 가장 좋은 서점에 데려가서, 내가 좋아할 것 같은 문고판 소설책을 한 아름 사줬어. 그런 다음 점심시간이 되자 이스트 46가에 있는 고급 멕시코 레스토랑에 데려가서 생선 타코를 맛보게 했어. 찡그리지 마, 맛이 기가 막혔으니까. 그러더니 보여주고 싶은 게 있다고 말했어(아냐, 그거 아니라고). 그랜드 센트럴 터미널(맨해튼의 기차역)에 걸어가니, 평소처럼 북적댔어. '그래, 살짝 이상한데. 우리가 여행이라도 가나'라고 생각하는데, 그가 '오이스터 바'(역사에 있는 유서 깊은 해산물 식당) 바로 옆의 아치 통로 구석에 머리를 대고 서 있으라고 말했어. 난 웃어넘겼지. 농담인 줄 알았거든. 그런데 조시가 우기면서 자기를 믿어보라고 말하더라고.

그래서 난 대형 석조 아치의 구석에 머리를 대고 서 있었고, 주위엔 승객들이 오갔어. 바보 멍청이 같은 기분을 떨치려고 애쓰면서 둘러보니, 조시가 저만치 걸어가는 거야. 하지만 그는 나랑 대각선으로 15미터쯤 떨어진 지점에 멈춰서 얼굴을 구석에 넣었고, 혼잡과 소음과 기차 소리 속에서 갑자기 소리가 들렸어. 그가 바로 옆에서 "루이자 클라크, 당신은 뉴욕에서 가장 귀여운 여자예요"라고 말하는 것 같았지.

트린, 꼭 마법 같았어. 올려다보니 그가 몸을 돌리고 웃었어. 어떻게 그랬는지 모르겠지만, 조시가 걸어와서 날 끌어안고 키스했어. 주변에 사람이 많았고, 누군가 휘파람을 불었어. 솔직히 내가 겪은 일 중 가장 낭만적인 경험이었어. 그래서, 맞아. 난 옮겨가고 있어. 조시는 놀라워. 트린, 나를 위해 기뻐해주면 좋겠어.

톰에게 화끈하게 키스해줘.

L x

몇 주가 지났고, 뉴욕도 요란하게 봄으로 내달렸다. 교통량이 많아지고, 거리마다 보행자가 밀려다녔다. 나날이 동네가 한밤까지도 북적대고 시끄러웠다. 도서관 시위에 갈 때도 모자와 장갑을 챙기지 않았다. 딘 마틴의 누빔 코트는 빨아서 찬장에 들여놓았다. 공원이 푸른색을 띠었다. 아무도 내게 나가라고 눈치 주지 않았다.

마곳이 도우미 급여 대신 옷을 너무 많이 줘서, 난 앞에서 옷 칭찬을 그만해야 했다. 마곳이 옷을 더 줘야 한다고 느낄까봐서. 몇 주 지나면서, 그녀는 고프닉가와 한 건물에 사는 것 말고는 너무 다르다는 걸 알았다. 그녀는 우리 엄마의 표현대로 '탈탈 털어 근근이' 살았다.

"의료보험료와 관리비를 내면서 어떻게 밥을 먹고 살라는 건지."

내가 또 관리사무소에서 직접 전해준 편지를 내밀자, 마곳이 중얼댔다. 봉투에 '개봉하시오 – 법적 소송 임박'이라고 적혀 있었다. 그녀가 코를 찡그리면서, 찬장의 편지 뭉치에 편지를 올려놓았다. 내가 열어보지 않으면, 편지는 두어 주 동안 그대로 있을 터였다.

마곳은 월 수천 달러가 청구되는 관리비를 자주 불평했고, 달리 방법이 없어서 무시하고 체납하는 상황인 듯했다.

그녀는 내게 조부에게 아파트를 상속받았다고 했다. 모험심이 강했던 조부는, 그녀에게 현모양처가 되길 강요하지 않은 유일한 가족이었다.

"아버지는 자신을 건너뛰고 나에게 상속된 데 격분했지. 나랑 오랫동안 말을 하지 않았어. 어머니가 중재해보려 했지만, 그 무렵에…… 다른 일들이 벌어졌지."

마곳이 한숨을 쉬었다.

그녀는 동네 편의점에서 장을 봤다. 관광객 가격으로 파는 소형 슈퍼마켓이었지만, 걸어서 갈 수 있는 곳이어서 이용했다. 나는 그러지 못하게 하고, 매주 두 번 이스트 86가의 '페어웨이'(미국의 체인형 대형 슈퍼마켓)에 가서 생필품을 사왔다. 마곳이 사던 값의 3분의 1정도면 충분했다.

내가 요리하지 않으면 그녀는 제대로 먹지 않았지만, 딘 마틴에게는 좋은 부위의 고기를 먹였다. 혹은 '소화에 좋으니까' 흰 살 생선을 우유에 졸여서 주었다.

그녀는 나와 같이 지내는 데 익숙해졌던 것 같다. 게다가 불안정한 상태여서, 이제 혼자 살지 못한다는 걸 둘 다 알았다는 생각이 든다. 그 연배 노인이 수술을 받고 얼마나 버틸지 염려스러웠다. 또 내가 곁에 없었다면 그녀가 어떻게 지낼지 염려되었다.

내가 청구서 더미를 가리키면서 물었다.

"어떻게 하시려고요?"

그녀가 손을 흔들면서 대답했다.

"뭐, 무시할 거야. 죽어서야 이 아파트를 떠날 거야. 갈 데도 없고 아파트를 물려줄 사람도 없어. 교활한 오비츠도 그걸 알지. 그자는 내가 죽을 때까지 버티고 있다가, 미납 관리비를 핑계로 아파트를 차지할 거야. IT 업계 거부나 앞집 멍청이처럼 볼썽사나운 회사 대표한테 이 집을 팔아넘기겠지."

"제가 도와드릴까요? 고프닉 댁에서 일하면서 저축해둔 돈이 좀 있어요. 두어 달치는 될 거예요. 저한테 친절을 베풀어주시니까요."

무슨 이유에선지 이 말에 마곳은 크게 웃어대다가 기침이 터져서 앉아야 했다. 나는 그녀가 잠자리에 든 후 몰래 편지를 꺼내 봤다. '연체금' '임차 계약 위반' '강제 퇴거 위협'이란 표현을 보니, 오비츠 씨는 마곳의 짐작과 달리 특전을—또는 인내심을—베풀지 않을 듯했다.

나는 여전히 하루에 네 번 딘 마틴을 산책시켰고, 공원에 가면서 마곳을 위해 할 수 있는 일이 뭐가 있을지 고민했다. 그녀가 쫓겨날 생각을 하니 아찔했다. 설마 관리인이 회복 중인 노부인에게 그런 짓을 하진 않겠지. 다른 입주자들이 반드시 반대하겠지. 그런데 고프닉 씨가 날 얼마나 급히 쫓아냈는지, 입주자들이 서로의 생활에서 얼마나 고립되어 있는지 떠올랐다. 그런 일이 벌어져도 그들은 모를 게 빤했다.

6번가에 서서 도매 속옷 상점을 쳐다보다가 아이디어가 떠올랐다. 빈티지 의상 엠포리엄의 자매가 지금 샤넬과 입생로랑을 팔지 않지만, 상품을 구할 수만 있다면 취급할 터였다. 아니면 거래처라도 알겠지. 마곳

442

의 컬렉션에는 디자이너 제품이 수두룩했고, 매입자가 상당액을 지불할 만한 물건들이었다. 핸드백만 해도 값어치가 수천 달러는 됐다.

나는 외출을 핑계로 마곳을 빈티지 의상 엠포리엄의 자매와 만나게 했다. 날씨가 좋으니 평소보다 멀리 가서 신선한 공기를 마시며 기력을 회복하자고 말했다. 마곳은 헛소리 말라며, 1937년 이후 아무도 맨해튼에서 신선한 공기를 마시지 않았다고 대답했다. 하지만 더 이상 군소리하지 않고 택시에 올라탔고, 딘 마틴을 무릎에 앉혔다. 우린 이스트 빌리지로 갔고, 그녀는 콘크리트 상점 입구를 보더니, 도축장에 끌려 가자는 말이라도 들은 듯 찡그렸다.

"팔에 무슨 짓을 한 건가?"

마곳이 계산대 앞에 서 있다가 리디아의 팔을 보고 물었다. 리디아의 에메랄드빛 퍼프소매 셔츠 아래로, 오렌지색, 옥색, 파란색 잉어가 그려진 팔이 드러났다.

"아, 문신이에요. 맘에 드세요?"

리디아가 다른 손에 담배를 들고, 불빛을 향해 팔을 들어 올렸다.

"해군처럼 보이고 싶었거든요."

난 마곳을 가게의 다른 코너로 데려갔다.

"여기예요, 마곳. 보세요, 여러 구역에 빈티지 옷들이 있어요. 이쪽에는 1960년대부터 의상이 있고요, 저쪽에는 1950년대 옷이에요. 마곳의 아파트랑 비슷하죠."

"내 아파트랑 전혀 달라."

"마곳의 옷 같은 옷을 여기서 거래한다는 뜻이에요. 요즘 상당히 잘되는 업종이에요."

마곳은 나일론 블라우스의 소매를 당기더니 안경 너머로 라벨을 봤다.

"'에이미 아미스테드'는 형편없는 라인이지. 그 여자가 견디지 못했지. '레 그랑데 폴리에'도. 항상 단추가 떨어진다고. 싸구려지."

"저쪽에 아주 특별한 드레스들도 있어요. 비닐로 씌워놓았죠."

나는 최고급 의상이 있는 칵테일 드레스 코너로 갔다. 삭스피프스 애비뉴의 옥색 드레스를 꺼냈다. 치맛단과 소맷부리에 스팽글과 비즈가 달린 드레스를 내 몸에 대고 미소 지었다.

마곳이 쳐다보더니, 가격표를 돌려 봤다. 그녀는 가격을 보고 찡그렸다.

"대관절 누가 이런 옷을 돈 주고 사나?"

"좋은 의상을 선호하는 사람들이죠."

리디아가 우리 뒤로 와서 말했다. 그녀는 요란하게 껌을 씹었고, 턱을 움직일 때마다 마곳이 힐끗 쳐다봤다.

"실제로 시장이 있나?"

내가 대답했다.

"좋은 시장이죠. 특히 마곳의 옷처럼 깨끗한 상태라면. 마곳의 의상은 전부 비닐에 씌워서 냉방장치가 된 곳에 보관되거든요. 소장품의 연대가 1940년대까지 올라가요."

"그건 내 것이 아냐. 어머니의 애장품들이지."

마곳이 뻣뻣하게 대꾸했다.

"정말이에요? 뭘 갖고 계신데요?"

리디아가 마곳의 코트를 아래위로 훑어보면서 물었다. '예거'의 긴 모직코트와 큰 스펀지케이크 모양의 검정 모피 모자 차림이었다. 날씨가 온화한데도, 여전히 추위를 타는 것 같았다.

"내가 뭘 갖고 있느냐고? 여기 보내고 싶은 물건은 없지."

"하지만 마곳, 정말 좋은 의상이 있잖아요. 이제 맞지 않은 샤넬이나 지방시 옷들이요. 그리고 스카프와 백도 많으니까 전문 딜러에게 파실 수 있어요. 심지어 경매 하우스에도."

"샤넬은 상당한 액수를 쳐줘요. 특히 핸드백은. 너무 낡지 않았으면, 뚜껑을 닫는 디자인으로 된 가죽 백은 2,500~4,000달러까지 나갈 거예요. 신상품도 그보다 비싸진 않을걸요. 무슨 뜻인지 아시겠어요? 뱀 가죽은, 아이고 가격이 천정부지죠."

리디아가 현명하게 대답했다.

"샤넬 백이 한 개가 아니잖아요, 마곳."

내가 지적했다.

마곳은 에르메스 악어 백을 겨드랑이에 바싹 꼈다.

"그런 물건을 더 갖고 있으세요? 저희가 대신 팔아드릴게요, 드 위트 부인. 저희는 좋은 제품의 대기자 명단을 갖고 있어요. 애스버리 파크에 사는 고객이 괜찮은 에르메스 제품에 5,000달러까지 지불할 거예요."

리디아가 손을 뻗어 백의 모서리를 쓰다듬자, 마곳은 공격이라도 당한 듯 백을 홱 당겼다.

그녀가 쏘아붙였다.

"그건 제품이 아니야. 내가 소유한 건 '제품'이 아니라고."

"그저 고민해보실 만하다는 생각이 들어요. 더 이상 쓰지 않으시는 물건이 제법 많아서요. 팔면 관리비를 충당할 수 있고, 그러면 편히 지내실 수 있을 텐데요."

"난 마음 편해. 그리고 내가 이 자리에 없다는 듯 내 재정 상황을 공개적으로 떠들지 않으면 고맙겠군. 흠, 여기가 마음에 안 드네. 노인 냄새가 폴폴 나서. 가자, 딘 마틴. 신선한 공기가 필요하구나."

마곳을 따라 나가면서, 입 모양으로 리디아에게 사과했다. 그녀는 상관없는 듯 어깨를 으쓱했다. 마곳의 옷장을 접수할 가능성이 조금 있어서인지 싸움닭 같은 성미를 가라앉힌 듯했다.

우리는 택시를 타고 말없이 집으로 갔다. 외교성이 부족한 나 자신에게 짜증이 나는 동시에, 제법 현명한 계획으로 생각했던 일을 단박에 퇴짜 놓는 그녀에게 부아가 났다. 헐떡이는 딘 마틴을 사이에 두고 앉아 입씨름을 연습했지만, 계속 침묵이 흐르자 불안해졌다. 곁눈질로 막 퇴원한 노인을 보았다. 내가 무슨 권리로 그녀에게 강요한단 말인가.

아파트 건물 앞에서 차에서 내리는 마곳을 부축하면서 내가 말했다.

"마음 상하시게 할 의도는 없었어요, 마곳. 나아갈 방법이라고 생각했을 뿐이에요. 빚이랑 전부 다요. 마곳이 집을 잃는 게 싫어요."

마곳은 허리를 펴고, 가녀린 손으로 모피 모자를 고쳐 썼다. 그녀의 목소리가 우는 것처럼 뻑뻑했고, 50블록을 지나오는 내내 그녀 역시 말싸움할 연습을 했음을 알 수 있었다.

"넌 몰라, 루이자. 그건 내 '새끼들'이라고. 낡은 옷이고 돈벌이거리일지 몰라도, 내게 '소중한' 것들이야. 내 역사고, 내 인생이 남긴 아름답고 귀한 것들이지."

"죄송해요."

"내가 주저앉는 형편이 되어도, 내 옷들을 너저분한 중고 가게에 보내지 않을 거야. 거리에서 낯모르는 사람이 내가 사랑했던 옷을 입고 걸어올 생각을 하면! 아니, 네가 도우려고 그런 건 알지만, 안 되겠어."

마곳이 몸을 돌렸고 내가 부축하려 하자 손을 저었다. 그녀는 아쉬이 승강기까지 부축해주기를 기다렸다.

이따금 충돌했지만, 그해 봄 마곳과 나는 만족스러웠다.

4월에 약속대로 릴리가 트레이너 부인과 뉴욕에 왔다. 두 사람은 몇 블록 떨어진 리츠칼튼 호텔에 묵었고, 마곳과 나를 점심에 초대했다. 그들이 같이 있으니, 실을 꿴 바늘로 내 인생의 조각들을 붙여놓은 느낌이었다.

마곳은 매너가 좋은 트레이너 부인을 좋아했고, 두 사람은 호텔과 뉴욕의 역사에서 공통분모를 찾아냈다. 점심을 먹으면서 나는 또 다른 마곳을 보았다. 재치 넘치고 지식이 풍부하고, 새 친구를 만나 생기가 넘쳤다. 알고 보니 트레이너 부인은 1978년에 여기로 신혼여행을 왔었고, 두 사람은 그 당시에 있었던 레스토랑과 갤러리, 전시회에 대해 이야기했다. 트레이너 부인은 치안판사 시절을, 마곳은 1970년대의 직장 내 정치에 대해 이야기했다. 두 사람은 웃음을 터뜨렸고, 우리 젊은 세대는 왜 웃는지 이해되지 않았다. 우린 샐러드와 프로슈토에 싼 생선을 먹었다. 마곳은 음식마다 조금씩만 먹고, 나머지는 밀어냈다. 다시 옷이 맞지 않게 될까 낙심한 듯했다.

한편 릴리는 내게 몸을 숙이고, 노인들을 마주치거나 문화 교육을 받지 않으려면 어디로 가야 하냐고 물었다.

"할머니가 나흘간 완전히 말도 안 되는 교육 프로그램을 짰다니까. 현대미술관과 몇 군데 식물원에 가야 해. 그런 걸 좋아하면 괜찮겠지만, 정작 나는 클럽에 가서 취하도록 놀고, 쇼핑도 하고 싶다고. 내 말은, 여긴 뉴욕이라고!"

"이미 트레이너 부인과 이야기가 됐어. 내일 부인이 사촌과 만나는 동안 내가 널 데리고 나갈 거야."

"정말? 다행이네. 난 베트남으로 장기 배낭여행을 갈 예정이야. 내가 말했던가? 쓸 만한 반바지를 사고 싶어. 몇 주간 입을 수 있고, 세탁하지 않아도 괜찮은 걸로. 낡은 바이커 재킷도. 멋있고 너덜너덜한 걸로."

"누구랑 같이 가는데? 친구?"

내가 눈썹을 치뜨고 물었다.

"꼭 할머니같이 말하네."

"어?"

"남자친구."

내가 대꾸하려 하자 릴리가 얼른 덧붙였다.

"하지만 그 친구 이야기는 그만하고 싶어."

"어째서? 네게 남자친구가 생겨서 난 좋아. 반가운 소식이야."

난 소리를 낮춰서 말을 이었다.

"그렇게 조심성 많은 사람이 내 동생이었어. 커밍아웃할 거라는 사실
을 기본적으로 숨겼지."

"난 커밍아웃하려는 거 아냐. 남의 집 정원을 헤집고 다니기 싫은 거
지. 윽."

난 웃지 않으려고 애썼다.

"릴리, 모든 걸 가슴에 간직할 필요는 없어. 우리 모두 네가 행복하기
바라거든. 사람들이 네 일을 알아도 괜찮아."

"언니가 '일'이라고 말하는 걸 할머니는 알아."

"그러면 왜 나한테 말 못 하는데? 너랑 나랑은 무슨 얘기든 나눌 수 있
는 줄 알았는데."

릴리는 궁지에 몰린 사람처럼 체념한 표정을 지었다. 과장해서 한숨
을 짓더니 나이프와 포크를 내려놓았다.

"왜냐면 제이크거든."

"제이크?"

"샘의 제이크."

내 주위의 레스토랑이 멈춰버렸다. 난 억지로 웃어야 했다.

"그래! ……와!"

릴리는 찡그렸다.

"이런 반응을 보일 줄 알았지. 저기, 어쩌다 그렇게 됐어. 우리가 항상 언니 이야기를 하는 건 아냐. 우연히 두어 번 마주쳤어……. 언니가 가던 애도 상담 모임인 '놓아주기' 프로그램에서 만났어. 둘이 잘 지냈고 서로 좋았거든? 뭐, 서로의 상황을 알고, 여름에 같이 배낭여행을 가기로 한 거지. 별일 아냐."

내 머릿속이 빙글빙글 돌았다.

"트레이너 부인이 제이크를 만나보셨어?"

"응. 제이크가 우리 집에 오기도 하고, 나도 그 집에 가."

릴리는 방어적으로 대답했다.

"그러면 너는……."

"제이크의 아빠를 만나. 구급요원 샘도 만나지만 주로 제이크의 아빠를 봐. 그분은 괜찮지만 아직도 우울증이 심해서 매주 케이크를 한 트럭씩 먹어. 제이크가 무척 스트레스 받지. 우리가 모든 것에서 빠져나가고 싶은 이유 중 하나가 그거야. 6주 동안이라도."

릴리가 계속 말했지만, 내 뒤통수 어딘가에서 웅웅대기 시작해서 릴리의 말을 알아듣지 못했다. 한 다리 건너서라도 샘의 소식을 듣기는 싫었다. 내가 수천 마일 멀리 있는 사이 사랑하는 사람들이 나 없이 행복한 가족 노릇 하는 얘기도 듣기 싫었다. 샘의 행복이나 케이티의 섹시한 입술 같은 얘기를 듣고 싶지 않았다. 새집에서 둘이 같이 살며, 같은 유니폼을 입고 열정적으로 얽혀 있는 이야기 따윈 듣고 싶지 않았다.

"새 애인은 어때?"

"조시? 조시! 좋아. 아주 좋아. 그냥…… 꿈 같아."

나는 나이프와 칼을 접시의 가장자리에 얌전히 내려놓았다.

"무슨 일이 벌어지고 있는 거야? 둘의 사진을 봐야겠어. 페이스북도 전혀 업데이트하지 않고 언니 때문에 아주 짜증나. 휴대폰에 그 사람 사진 없어?"

"없어."

내가 대답하자, 릴리는 대답이 만족스럽지 않은 듯 코를 찡그렸다.

나는 사실을 말하지 않았다. 1주 전 팝업 루프탑 레스토랑을 둘이 차지했다. 하지만 릴리에게 조시가 아버지를 빼닮았다는 사실을 알리고 싶지 않았다. 릴리가 평정을 잃거나, 더 나쁜 경우 릴리가 직접 그 말을 하게 되면 내가 평정을 잃을 터였다.

"그래서 이 장례식장은 언제 벗어날 거야? 두 할머니가 점심 식사를 마치도록 두고 나가면 돼."

릴리가 내 옆구리를 찔렀다. 두 노인은 여전히 수다를 떨고 있었다.

"할머니한테 가슴 뛰는 애인이 있다고 내가 할아버지한테 엄청 뻥쳤는데. 내가 말했나? 두 사람이 몰디브로 휴가를 갈 거고, 할머니가 새 속옷을 사러 '릭비&펠러'에 다녀왔다고 말해놨지. 장담하는데 할아버지는 정신줄을 놓고 아직 할머니를 사랑한다고 선언할걸. 웃겨 죽겠어."

릴리를 사랑하긴 하지만, 트레이너 부인의 문화 교육 일정이 빡빡해서 반가웠다. 쇼핑 나들이를 빼면 둘이 보내는 시간이 많지 않았다. 뉴욕에 릴리가 있는 것 자체가―샘의 생활을 잘 알아서―대기 중에 떨림을 만들었고, 난 그것을 쫓아버리지 못했다. 조시가 업무로 기진맥진해서

450

내가 우울하거나 딴청을 부리는 줄 몰라서 다행이었다. 하지만 마곳은 눈치챘다. 어느 저녁 그녀가 좋아하는 〈휠 오브 포춘〉이 끝나자, 난 딘 마틴을 밤 산책시키려고 일어났다. 그런데 마곳이 무슨 일이 있느냐고 직접적으로 물었다.

나는 말했다. 대답하지 않을 이유가 생각나지 않았다.

"아직도 다른 남자를 사랑하는군."

그녀가 말했다.

"제 동생처럼 말하시네요. 아니에요. 단지…… 사랑할 때는 무척 사랑했죠. 그런데 끝이 너무 나빴고, 이곳에서 다른 생활을 하니까 그 일과 멀어지리라 생각했어요. 이제 소셜미디어를 하지 않아요. 누구의 근황도 확인하고 싶지 않아요. 그런데 늘 옛 애인 소식은 듣고 말죠. 그저 그의 생활과 관계있는 릴리가 여기 와 있으니까 집중할 수 없을 뿐이에요."

"네가 그와 연락을 해야 할 것 같은데. 아직 할 말이 있는 것 같거든."

"그 사람한테 할 말 없어요."

내가 대꾸하고 열띤 목소리로 말을 이었다.

"저는 무척 노력했어요, 마곳. 편지를 쓰고 이메일을 보내고 전화도 했죠. 그가 편지 한 통 안 보냈다는 걸 아세요? 3개월 동안? 편지 좀 써주겠냐고 부탁했어요. 우리가 하나로 연결되는 진짜 멋진 방법이 될 거고, 서로에 대해 배우고 대화할 수 있을 거라고 말했죠. 또 헤어져 지낸 시간을 상기시켜줄 거라고 했지만, 그는…… 그는 쓰지 않으려 했어요."

그녀는 앉아서 리모컨을 쥐고 날 바라보았다.

나는 어깨를 반듯하게 펴고 말했다.

"하지만 괜찮아요. 다른 사람이 생겼거든요. 조시는 대단해요. 무슨 뜻이냐면 미남이고 친절하고 직장도 좋아요. 또 야심이 커요……. 아, 진짜

야심가예요. 여러 곳을 다니죠. 원하는 것들이 있어요……. 집이며 커리어며 환원하며. 그는 환원하고 싶어해요! 아직 환원할 게 없지만요!"

나는 주저앉았다. 앞에 딘 마틴이 어리둥절하게 서 있었다.

"그리고 조시는 저랑 같이하고 싶다는 점을 아주 분명히 밝혀요. '혹시'나 '그렇지만' 같은 건 없어요. 첫 데이트부터 진짜로 저를 여자친구라고 불렀다니까요. 이 도시에 취미 삼아 연애하는 사람이 많다고 들었어요. 그러니 제가 얼마나 행운아로 느껴지는지 아시겠죠?"

그녀가 가볍게 고개를 끄덕였다.

나는 다시 일어났다.

"그러니까 샘에게 쥐똥만큼의 관심도 없어요. 하긴 제가 여기 왔을 땐 서로 잘 몰랐어요. 각자 긴급히 치료받아야 할 사고가 없었다면, 둘이 사귀지도 않았을 거란 의심이 들어요. 솔직히 그게 확실해요. 그리고 제가 그 사람에게 적합하지 않았죠. 그게 아니면 그가 기다렸겠지요, 그죠? 그러니 전반적으로 봐서 잘됐어요. 결국 이렇게 되어서 진짜 행복해요. 다 좋아요. 아주 좋아요."

잠깐 적막이 감돌았다.

그러다가 마곳이 조용히 말했다.

"그렇군."

"저는 아주 행복해요."

"그런 줄 알겠어."

그녀는 잠시 날 바라보더니, 의자 팔걸이를 양손으로 잡으며 말했다.

"자. 저 가여운 개를 데리고 나가보라고. 녀석의 눈이 튀어나오기 시작했어."

25

이틀 저녁이 걸려서야 마곳의 손자를 찾아냈다. 조시는 회사 일로 바빴고, 마곳은 대부분 9시면 잠자리에 들었다. 어느 저녁 현관 옆 바닥에 앉아—고프닉네 와이파이가 잡히는 자리—구글에서 그녀의 아들을 검색하기 시작했다. 프랭크 드 위트라는 이름을 넣었지만 검색이 되지 않자, 프랭크 앨드리지 주니어를 시도했다. 그가 먼 곳으로 이사했으면 모를까 적합한 인물이 없었고, 그렇다 해도 연령대와 국적이 맞지 않았다.

이틀째 밤, 충동적으로 그녀의 옛날 이름을 알아내려고 내 방 서랍에 든 옛날 서류를 뒤졌다. 테렌스 웨버의 장례식에 보낸 카드가 있어서 프랭크 웨버를 검색했다가, 그녀가 아들에게 사랑하는 남편의 성을 준 걸 알고 좀 심란했다. 남편은 아들이 태어나기도 전에 죽었는데. 시간이 흐르자 그녀는 결혼 전의 성을—드 위트—다시 사용해서 완전히 새로운 사람이 되었다.

프랭크 웨버 주니어는 웨스트체스터 카운티의 터커호라는 곳에 사는 치과 의사였다. 링크드인(미국의 비즈니스 기반 소셜네트워크)와 부인 레이니의 페이스북을 통해서 프랭크에 대한 자료 두어 가지를 찾아냈다. 중요한 뉴스는 그에게 아들 빈센트가 있고 나보다 조금 어리다는 거였다. 빈센트는 욘커스에 있는 불우한 어린이를 위한 비영리 교육센터에서 일했고,

나는 그에게 연락하기로 마음먹었다. 프랭크 웨버 주니어야 모친에게 화가 나서 관계를 재정립하지 못하겠지만, 빈센트에게 연락해본들 손해가 있을까? 그의 프로필을 찾아서 심호흡을 크게 한 다음 메시지를 보내고 기다렸다.

조시는 끝날 줄 모르는 근무에서 짬을 내서 점심 때 국숫집에서 나를 만났다. 그는 다음 토요일에 로우브 보트하우스에서 '가족의 날' 회사 행사가 있다고 발표하면서, 내가 파트너로 같이 가면 좋겠다고 했다.

"도서관 시위에 갈 예정이었는데요."

"계속 그러고 싶지는 않겠죠, 루이자. 사람들이랑 둘러서서 지나가는 차에 구호를 외치는 것으로는 아무것도 바꾸지 못해요."

"난 가족도 아니고요."

내가 약간 발끈해서 대꾸했다.

"가족에 가깝죠. 그러지 말고요! 근사한 하루가 될 거예요. 보트하우스에 가봤어요? 멋있어요. 우리 회사는 파티를 제대로 준비할 줄 알아요. 아직도 '좋다고 말하기'를 실천하고 있죠? 그러니까 알겠다고 말해요. 좋다고 말해요, 루이자, 제발. 어서요."

그가 강아지 같은 눈으로 매달렸다.

조시는 내 마음을 얻는 데 성공했다. 나는 이내 단념하고는 미소 지었다.

"좋아요. 알았어요."

"잘됐어요! 작년에는 부풀릴 수 있는 스모복을 입고 잔디밭에서 씨름을 했어요. 가족 경주 대회와 준비된 게임이 있었죠. 마음에 들 거예요."

"대단한 행사 같네요."

내가 말했다. '준비된 게임'이라는 말에 나는 '필수 자궁경부암 검사'라는 말과 똑같은 느낌을 받았다. 하지만 상대는 조시였고, 그가 나를 데려간다고 기뻐하자 나는 거절할 엄두가 나지 않았다.

"내 동료들이랑 씨름할 필요가 없을 거라는 걸 약속할게요. 하지만 나중에 나랑 씨름해야 될 거예요."

그는 이 말을 하면서 내게 키스하고 떠났다.

한 주 내내 편지함을 확인했지만 답장이 없었다. 릴리가 미성년자가 문신하기에 좋은 곳을 아느냐고 묻는 메일과 학창 시절 친구라는데 기억이 나지 않는 사람의 안부 메일만 들어왔다. 또 엄마가 뚱뚱한 고양이가 두 살배기에게 말을 하는 동영상과 '팜 펀 판당고(캐스터네츠를 든 남녀의 스페인 춤)'라는 게임 링크를 보내왔다.

"혼자 계셔도 괜찮으시겠어요, 마곳?"

열쇠와 지갑을 핸드백에 넣으면서 물었다. 나는 견장과 옷 가장자리가 금은사로 된 흰 점프슈트를 입고 있었다. 마곳이 준 1980년대 의상이었다. 그녀는 나를 보고 손뼉을 쳤다.

"아이고, 근사하게 어울리네. 내가 그 나이였을 때와 사이즈가 거의 같을 거야. 난 가슴이 있었는데! 1960~70년대에는 끔찍하게 세련미가 없었지만, 이 차림은 좋군."

옷 솔기가 뜯어지지 않게 안간힘을 쓰고 있다는 말은 하기 싫었다. 하지만 마곳의 말이 맞았다. 이사 온 후 몇 킬로그램이 줄었다. 그녀에게 영양가 높은 음식을 만들어주려다보니 그렇게 됐다. 점프슈트를 입은 모습이 예뻐서 마곳 앞에서 빙그르르 돌았다.

"약은 드셨어요?"

"당연히 먹었지. 소란 피울 것 없어. 그 말은 이따 돌아오지 않을 거라는 뜻이야?"

"잘 모르겠어요. 하지만 외출 전에 잠깐 딘 마틴을 산책시킬 거예요. 혹시 모르니까."

나는 말을 멈추고 개의 목줄을 잡았다. 내가 다시 말했다.

"마곳? 왜 개 이름을 딘 마틴이라고 지었어요? 여쭤본 적이 없네요."

그녀의 말투로 봐서 내 질문이 어리석었다는 걸 깨달았다.

"딘 마틴은 최고로 잘생긴 남자였으니까. 이 녀석이 최고로 잘생긴 개니까 당연히 그 이름을 지었지."

작은 개는 얌전히 앉아, 혀를 늘어뜨리고 튀어나온 짝눈을 굴렸다.

"바보 같은 질문을 했네요."

내가 말하고 현관문을 빠져나왔다.

"와, 루이자 좀 봐! 디스코 여왕이네요!"

딘 마틴과 내가 계단을 뛰어내려가 로비로 들어서자 아슉이 휘파람을 불었다.

"맘에 들어요? 마곳이 입던 옷이에요."

내가 실루엣을 보여주면서 말했다.

"정말이요? 알수록 놀라운 분이네요."

"마곳을 유심히 봐주실 거죠? 오늘따라 유난히 불안정해요."

"6시에 찾아갈 핑계를 마련하느라 우편물을 하나 보관해뒀어요."

"아슉, 최고!"

밖으로 나가 공원으로 향하면서, 딘 마틴은 보통 개처럼 굴었고 난 평범하게 작은 개를 다뤘다. 몸을 많이 떨었고, 다양한 보행자의 눈길을 받았다. 금사가 둘린 점프슈트 차림으로 용변 봉투를 들고 활달한 개와 함께 달리는 여자에게 던질 만한 눈길이었다. 내 발꿈치에 대고 짖어대는 딘 마틴을 끌고 아파트 건물로 들어가다가 로비에서 조시와 부딪쳤다.

"아, 조시!"

그에게 키스하고 나서 말했다.

"2분이면 돼요, 괜찮죠? 손 씻고 가방만 들고 나올게요."

"가방을 들고 나와요?"

"네!"

난 그를 빤히 보다가 다시 말했다.

"아, 핸드백이요. 여기선 핸드백이라고 하죠?"

"그게 아니라…… 옷은 안 갈아입어요?"

나는 점프슈트를 내려다보았다.

"갈아입은 거예요."

"달링, 회사 야외 행사에 그런 차림으로 가면, 사람들이 연예인인 줄 알걸요."

좀 지나서야 그가 농담하는 게 아님을 알아차렸다.

"옷이 마음에 안 들어요?"

"아, 아니요. 멋져 보여요. 다만 그런 차림은……. 여장 남자 같죠? 우린 모두 정장을 입는 사무실에서 근무하거든요. 다른 부인들과 여자친구들은 시프트 드레스(A형의 단순한 원피스)나 흰 정장 바지를 입고 올 거예요. 말하자면 …… 단정한 캐주얼 차림?"

난 실망감을 느끼지 않으려고 애쓰며 대답했다.

"아, 미안해요. 미국식 드레스 코드를 몰라서요. 알았어요, 알았어. 거기서 기다려요. 금방 나올게요."

한 번에 계단을 두 개씩 올라서 아파트에 뛰어 들어가, 목줄을 마곳에게 던지다시피 주었다. 그녀는 뭔가 하려고 의자에서 일어나던 참이었다. 마곳은 가는 팔로 벽을 짚으면서 복도를 지나 날 따라왔다.

"왜 그렇게 정신없이 서둘러? 코끼리 떼가 아파트로 쳐들어오는 소리가 나네."

"바꿔 입어야 해요."

"바꿔? 왜?"

"적당하지 않아서요."

난 옷장으로 달려갔다. 시프트 드레스? 내가 가진 깨끗한 시프트 드레스는 샘이 선물한 현란한 드레스밖에 없었다. 그 옷을 입는 것은 왠지 도리가 아닌 듯했다.

"아주 멋져 보였는데."

마곳이 뾰족하게 말했다.

조시가 나를 따라와서 열린 현관문에 나타났다.

"아, 그럼요. 멋져 보이지요. 저는 다만…… 루이자가 엉뚱한 이유로 사람들 입에 오르지 않길 바라거든요."

그가 소리내어 웃었다. 마곳은 웃지 않았다.

옷장을 뒤지면서 옷을 하나하나 침대에 던지다가, 청색 구찌 스타일 재킷과 줄무늬 실크 셔츠 드레스를 발견했다. 머리 위로 원피스를 입고 초록색 메리제인 구두를 신었다.

"이건 어때요?"

머리를 가다듬으면서 복도로 뛰어나가 물었다.

조시가 안도감을 숨기지 않고 말했다.

"좋아요! 됐어요. 갑시다."

밖으로 나가는 조시를 뒤따라 내가 뛰어나가자, 마곳이 중얼거렸다.

"문은 잠그지 않을게. 네가 돌아오고 싶을지 모르니."

로우브 보트하우스는 북적대고 시끄러운 센트럴파크와 떨어진 교외에 있는 아름다운 곳이었다. 대형 창으로 오후의 햇살이 반짝이는 호수의 전경이 보였다. 엇비슷하게 면바지를 단정히 입은 남자들과 미용실에서 머리를 손질한 여자들이 북적거렸다. 조시의 예측대로 파스텔톤과 흰 정장 바지의 물결이었다.

난 웨이터가 내미는 쟁반에서 샴페인 잔을 들고 조용히 조시를 지켜봤다. 그는 실내를 돌면서 다양한 남자들과 반갑게 인사했다. 그들은 깔끔한 짧은 머리, 다부진 턱, 심지어 하얀 치아까지 똑같았다. 순간적으로 아그네스와 갔던 행사들이 기억났다. 난 다시 다른 뉴욕 세계에 들어왔다. 빈티지 의상실, 좀약을 넣어 보관한 스웨터, 최근에 자주 마시는 싸구려 커피와 먼 세계였다. 적응하기로 마음먹고 샴페인을 쭉 들이켰다.

조시가 옆에 나타났다.

"제법 괜찮지 않아요?"

"굉장히 아름답네요."

"오후 내내 노인의 아파트에 앉아 있는 것보다 이게 낫죠?"

"저기, 내 생각에는……."

"내 상관이 오네요. 그래요. 인사시켜줄게요. 나랑 같이 있어요. 미첼!"

조시가 팔을 들자, 더 나이 든 남자가 천천히 다가왔다. 옆에서 가무잡잡한 조각상 같은 여자가 가짜 미소를 지었다. 하긴 늘 모든 사람을 친절하게 대하려면 저런 표정을 지을 수밖에 없겠지.

"오후를 즐기고 있나?"

"한껏 즐기는 중입니다. 정말 아름다운 곳이네요. 제 여자친구를 소개

해도 되겠습니까? 여기는 루이자 클라크입니다. 영국에서 왔습니다. 루이자, 이분은 미첼 더몬트예요. M&A(기업 인수합병) 부문의 책임자시죠."

"영국인이에요?"

미첼이 큰 손으로 내 손을 잡고 힘껏 흔들었다.

"네. 저는……."

"좋아요. 좋아."

그가 조시에게 다시 고개를 돌리고 말했다.

"자, 친구. 부서에서 자네가 두각을 나타낸다고 들었네."

조시는 기쁨을 감추지 못했다. 만면에 미소가 번졌다. 그가 나를 힐끗 보더니 옆에 있는 여자를 쳐다봤다. 그제야 그녀와 대화하길 바라는 조시의 의중을 눈치챘다. 남자들은 우릴 인사시켜주지 않았다. 미첼 더몬트는 아버지처럼 조시의 어깨를 안고 저만치 데려갔다.

"저기……."

내가 입을 열었다. 난 눈썹을 치떴다가 다시 내렸다.

그녀가 껍데기뿐인 미소를 지었다.

"그 옷이 마음에 드네요."

내가 말했다. 두 여자가 할 말이 전혀 없을 때 할 수 있는 우주 공통의 화제.

"고마워요. 귀여운 구두네요."

그녀가 말했다. 하지만 진짜 귀엽다고 생각하는 말투가 아니었다. 그녀는 다른 대화 상대를 찾을 수 있을까 해서 주위를 흘끔댔다. 그녀는 내 차림새를 살피고 경제 수준이 전혀 다르다고 평가했다.

근처에 다른 사람이 없어서 내가 다시 말을 붙였다.

"그래서 여기 자주 오세요? '루브 보트하우스'에요?"

"'로우브'예요."

그녀가 말했다

"'로우브'요?"

"'루브'라고 발음했잖아요. '로우브'예요."

완벽한 화장과 단어를 되뇌는 의심스럽게 도톰한 입술을 보니, 킬킬 웃고 싶었다. 그러지 않으려고 샴페인을 쭉 들이켰다.

"그러면 로우브 보트하우스에 자주 오시나요?"

난 참지 못하고 일부러 미국식 발음으로 말했다.

"아뇨. 작년에 친구가 여기서 결혼식을 해서 와봤어요. 정말 아름다운 예식이었죠."

그녀가 대답했다.

"그럴 테죠. 그러면 무슨 일을 하세요?"

"가정주부예요."

"가정-주부! 제 어머니도 가정주부예요. 살림은 정말 멋진 일이죠."

미국식 발음으로 말하고는 다시 샴페인을 마셨다. 조시를 쳐다봤다. 상사에게 집중한 그를 보니, 톰이 감자칩을 달라고 아빠를 조르는 장면 이 연상됐다.

여자의 표정이 살짝 심란해졌다. 눈썹을 못 움직이는 여자가 최대한 지을 수 있는 심란한 표정이라고나 할까. 가슴속에서 웃음이 몽글몽글 피어나서, 보이지 않는 신에게 웃음을 눌러달라고 기도했다.

"마야!"

더몬트 부인이(아마 나랑 대화한 여자는 그의 부인이겠지) 안도하는 목소리로 외치면서, 우리 쪽으로 오는 여자에게 손을 흔들었다. 완벽한 몸매에 딱 맞는 민트색 시프트 드레스를 입고 있었다. 그들이 입을 오므린 키스로 인사하는 동안 나는 기다렸다.

"아주 멋지세요."

"그쪽도 마찬가지세요. 드레스가 맘에 들어요."

"아휴, 아주 오래된 거예요. 정말 예쁘세요. 꿀이 떨어지는 남편께서는 어떠신가요? 늘 사업 얘기죠."

"아, 미첼을 알면서요."

더몬트 부인은 더 이상 대놓고 내 존재를 무시하지 못했다. 그녀가 소개했다.

"여기는 조슈아 라이언의 여자친구. 정말 미안한데 이름을 못 들었어요. 여기가 너무 시끄러워서."

"루이자예요."

내가 말했다.

"반가워요. 난 크리시예요. 제프리의 반쪽이죠. 영업 및 마케팅부의 제프리를 알죠?"

"아이 참, 제프리를 모르는 사람이 있나요."

더몬트 부인이 말했다.

"아, 제프리요……."

나는 고개를 저으면서 중얼댔다. 그러다가 고개를 끄덕였다. 그러다다시 고개를 저었다.

"그러면 그쪽은 무슨 일을 해요?"

"제가 무슨 일을 하냐고요?"

"루이자는 패션계에 있습니다."

조시가 내 옆에 나타나서 말했다.

"어쩐지 분위기가 독특하다 했더니. 난 영국인을 좋아해요. 안 그러세

462

요, 멜로리? 그 사람들은 아주 '흥미로운' 선택을 한다니까요."

잠깐 침묵이 흐르는 사이, 다들 내 선택을 평가했다.

"루이자는 「우먼스 웨어 데일리」에서 일을 시작할 겁니다."

"그래요?"

멜로리 더몬트가 말했다.

"저요? 네, 그렇죠."

내가 대답했다.

"어머, 굉장히 흥분되겠네요. 멋진 잡지죠. 난 남편을 찾아봐야겠네요. 실례해요."

그녀는 가짜 미소를 지으면서 걸어갔다. 아찔한 힐이 또각또각 소리를 냈고, 마야가 옆에 따라갔다.

난 샴페인을 한 잔 더 집으면서 말했다.

"왜 그런 말을 했어요? '집에서 노부인을 보살핀다'고 하는 것보다 낫게 들려서요?"

"아뇨. 당신이…… 패션계에서 일할 사람으로 보이거든요."

"아직도 내 옷차림이 불편하군요?"

난 두 여자의 서로 어울리는 차림새를 쳐다보았다. 불현듯 이런 모임에서 아그네스가 느꼈을 감정이 떠올랐다. 여자들이 상대가 알도록 선을 긋는 수많은 미묘한 수법.

"멋져 보여요. 다만 남들이 당신이 패션계에 있다고 생각하면, 당신의 독특한…… 개성 있는 감수성을 설명하기 쉬우니까요. 당신은 그런 사람이에요."

"난 지금 하는 일에 아주 만족해요, 조시."

"하지만 패션계에서 일하고 싶죠, 아닌가요? 노부인을 영원토록 보살필 수는 없어요. 저기, 나중에 말하려고 했는데, 형수인 데비가 아는 사람이 「우먼스 웨어 데일리」의 영업부에 있어요. 신입 사원 자리가 있는지 알아봐준다고 했어요. 형수는 당신을 위해 뭔가 할 수 있다고 꽤 자신해요. 어때요?"

조시가 성배라도 선물한 것처럼 환하게 웃었다.

나는 샴페인을 쭉 마셨다.

"좋죠."

"그것 봐요. 흥분되죠!"

조시는 눈썹을 치뜨고 계속 날 응시했다.

"그래요!"

마침내 내가 대답했다.

그가 내 어깨를 잡으면서 말했다.

"좋아할 줄 알았어요. 그래요. 밖에 나가봅시다. 이제 가족 경주 대회를 해요. 라임 소다 마실래요? 샴페인을 한 잔 이상 마시는 걸 사람들이 보면 곤란해요. 자, 그 잔은 나한테 줘요."

그가 내 잔을 지나가는 웨이터의 쟁반에 올려놓았다. 우리는 햇빛 속으로 나갔다.

우아한 행사이고 멋진 자연 속에 있었으니 두어 시간이 즐거워야 했지만 아니었다. 새로운 경험에 '좋다'라고 반응하기로 하지 않았던가. 그런데 회사원 부부들 속에서 점점 고립감을 느꼈다. 대화의 흐름을 포착 못 해서, 편안한 무리에 끼어도 뚱하거나 멍청해 보이는 걸로 끝났다. 조시는 경영계의 유도미사일처럼 이 사람 저 사람에게 다가갔고, 그때마다 적극적이고 활달한 표정과 세련되고 단호한 태도를 보였다. 나도 모르게 그를 지켜보면서, 내 어떤 점에 끌렸을지 또 한 번 궁금했다. 난 이 여자들과 달랐다. 반들거리는 복숭앗빛 팔다리. 주름 없는 원피스를 입고, 속썩이는 보모와 바하마 휴가 이야기를 하는 여자들. 조시를 따라다니면서 내가 패션계에서 일할 거라는 거짓말을 되풀이하고, 말없이 미소 지으면서 "네, 네, 정말 아름답네요, 감사합니다"라고 맞장구쳤다. "어머나, 네, 샴페인 한 잔 더 마시면 좋겠네요"라고 답하면서, 조시가 눈썹을 치떴다 내리면서 눈치 주는 걸 못 본 체했다.

"오늘 즐겁게 보내고 있나요?"

빨간 단발을 한 여자였다. 머리가 거울로 비춰 보는 것처럼 반들거렸다. 하늘색 셔츠와 면바지 차림의 연장자가 던진 농담에 조시가 떠들썩하게 웃는 동안, 그 여자가 내 옆에 와서 섰다.

"아. 좋네요. 감사합니다."

이즈음 난 미소 지으면서 아무 말도 안 하는 데 이골이 났다.

"펠리시티 리베르만이에요. 조시랑 책상 두 개 건너서 일하죠. 그는 참 잘하고 있어요."

그녀와 악수했다.

"루이자 클라크예요. 네, 그는 정말 그렇죠."

나는 뒤로 물러서서 술을 한 모금 더 마셨다.

"조시는 2년 내에 임원이 될 거예요. 확신해요. 두 사람이 사귄 지 오래됐나요?"

"어, 그리 오래는 아니죠. 하지만 그전부터 아는 사이였어요."

펠리시티는 내가 더 말하기를 기다리는 듯했다.

"흠, 전에 둘이 친구 같은 사이였어요."

술을 너무 마셔서 의도한 것보다 말이 많아졌다. 내가 계속 말했다.

"사실 전 다른 사람이랑 만났는데 조시랑 나는, 우린 계속 부딪쳤어요. 뭐, 그이는 날 기다리고 있었다고 말하죠. 혹은 나랑 옛 애인이 헤어지기를 기다렸다고. 사실 로맨틱했어요. 그때 많은 일이 벌어졌고 쾅! 갑자기 우린 사귀었죠. 이런 일이 어떻게 일어나는지 알죠?"

"아, 잘 알죠. 그는 대단히 설득력이 있죠. 우리 조시는."

왠지 그녀의 웃음소리가 날 흔들어댔다. 잠시 후 내가 반문했다.

"설득력이 있다고요?"

"그가 당신에게도 '속삭이는 갤러리(뉴욕 그랜드 센트럴 터미널의 아치형 기둥 모서리에서 대각선 기둥에서 말하는 소리가 들리는 현상)'를 했나요?"

"그가 뭘 해요?"

그녀가 충격받은 내 표정을 봤음이 분명했다. 그녀가 내게 몸을 숙이고 말했다.

"펠리시티 리베르만, 당신은 뉴욕에서 가장 귀여운 여자예요."

그녀는 조시를 힐끗 보더니 물러났다. 펠리시티가 말을 이었다.

"아, 그런 표정을 짓지 말아요. 우린 심각하지 않았어요. 그리고 조시는 진짜로 당신을 좋아해요. 회사에서 당신 이야기를 '많이' 하죠. 그는 확실히 진심이에요. 하지만 빌어먹을, 남자란 작자들과 그들의 행동이란. 그렇죠?"

난 웃으려고 애썼다.

"그렇죠."

그즈음 더몬트 씨가 자축하는 연설을 끝냈고, 커플들은 집으로 흩어졌다. 난 숙취에 빠져들기 시작했다. 조시가 대기하고 있던 택시의 문을 열었지만 난 걷겠다고 말했다.

"우리 집에 돌아가지 않을래요? 뭘 좀 먹을 수 있을 텐데."

"고단해요. 마곳이 아침에 약속이 있고요."

내가 대답했다. 억지 미소를 짓느라 뺨이 얼얼했다.

그가 내 얼굴을 살폈다.

"나한테 화났군요."

"당신한테 화나지 않았어요."

"당신의 직업을 그렇게 말해서 나한테 화났군요. 루이자, 당신을 속상하게 할 의도는 없었어요, 달링."

그가 내 손을 잡았다.

"하지만 당신은 내가 다른 사람이길 바랐어요. 날 그들보다 못하게 생각했죠."

"아니에요. 당신이 훌륭하다고 생각해요. 다만 당신이 더 잘할 수 있다는 거죠, 왜냐하면 당신은 아주 큰 잠재력을 가졌고 내가……."

"그렇게 말하지 마요, 네? 잠재력 어쩌고. 꼰대 같고 모욕적이고…… 저기, 당신이 나한테 그런 말을 하는 게 싫어요. 다시는. 알겠어요?"

"휴."

조시는 뒤를 흘끔거리며, 혹시 동료가 보는지 확인했다. 그가 내 팔꿈치를 잡고 말했다.

"그래요, 지금 진짜 무슨 일이 벌어지는 거예요?"

나는 발을 내려다봤다. 아무 말도 하고 싶지 않았지만, 가만히 있을 수가 없었다.

"몇이나 되나요?"

"몇이나 되다니 뭐가요?"

"당신이 그 일을 한 여자가 몇이나 되냐고요? '속삭이는 갤러리'를."

그가 충격받았다. 조시는 눈을 굴리더니 잠깐 고개를 돌렸다.

"펠리시티군."

"그래요. 펠리시티."

"그러니까 당신이 처음은 아니에요. 하지만 근사하잖아요? 당신이 좋아할 거라고 생각했어요. 이봐요, 당신을 웃게 하고 싶었을 뿐이에요."

우리는 택시 문의 양쪽에 서 있었고, 대기 요금이 계속 올라갔다. 기사는 백미러를 쳐다보면서 기다렸다.

"그리고 그게 당신을 웃게 했고요, 맞죠? 우린 멋진 순간을 누렸어요. 둘이 멋진 순간을 누리지 않았나요?"

"하지만 당신은 이미 그 순간을 누렸죠. 다른 사람과."

"이봐요, 루이자. 내가 당신이 근사한 말을 한 유일한 남자예요? 다른 남자를 위해 차려입은 적이 없어요? 사랑을 나눈 남자가 나 하나예요? 우린 십대가 아니에요. 각자 이력이 있는 어른들이라고요."

"검증된 변심 전력도 있고요."

"그건 부당해요."

나는 심호흡을 하고 대꾸했다.

"미안해요. '속삭이는 갤러리' 때문만은 아니에요. 이런 행사가 약간 버거워요. 나 아닌 다른 사람인 척해야 되는 게 어색해요."

그가 부드러운 표정을 지으면서 다시 웃었다.

"이봐요. 익숙해질 거예요. 알고 나면 좋은 사람들이에요. 내가 데이트 했던 사람들까지도."

그는 미소 지으려고 했다.

"당신이 그렇다면 그렇겠죠."

"언제 소프트볼 경기에 같이 가요. 좀 소탈한 분위기거든요. 마음에 들 거예요."

나는 어렵사리 미소 지었다.

조시가 몸을 숙이고 키스했다.

"우리, 괜찮은 거죠?"

그가 말했다.

"우리, 괜찮죠."

"정말 나랑 집에 가지 않을래요?"

"마곳을 살펴봐야 해요. 게다가 두통도 있고요."

"진탕 마신 대가예요! 물을 많이 마셔요. 아마 수분이 빠져서 그럴 거
예요. 내일 전화할게요."

조시는 키스하고 택시에 올라 문을 닫았다. 난 거기 서서 지켜보았고,
그는 손을 흔들더니 운전석 칸막이를 두 번 두드려 택시를 출발시켰다.

아파트 건물에 들어가 로비에 걸린 시계를 보고 아직 6시 반이어서 깜
짝 놀랐다. 오후가 몇십 년 계속된 것 같았는데. 구두를 벗으니 마음이
놓였다. 발가락이 죄는 구두를 벗고 폭신한 카펫을 밟을 때 밀려드는 안
도감은 여자들만 안다. 손에 구두를 달랑달랑 들고 맨발로 마곳의 아파
트로 올라갔다. 딱히 설명할 수는 없지만 지치고 심통이 났다. 규칙을 모
르는 게임을 하자고 요청받으면 이런 기분이려니. 지금 다른 곳에 있으
면 좋을 것 같았다. 여기만 아니면 어디든 상관없었다. 펠리시티 리베르
만이 나에게 "그가 당신에게도 '속삭이는 갤러리'를 했나요?"라고 한 말
이 계속 생각났다.

문을 열고 들어가서, 허리를 굽혀 나에게 달려오는 딘 마틴에게 인사
했다. 찌그러진 얼굴에 나를 반기는 기색이 역력해서, 난 우울해할 수가
없었다. 현관 바닥에 주저앉아, 개가 킁킁대면서 뛰어올라 분홍색 혀로

내 얼굴을 핥도록 놔두었다. 결국 다시 웃음이 나왔다.

"저예요, 마곳."

내가 외쳤다.

안쪽에서 그녀가 대답했다.

"흠, 조지 클루니라고는 생각하지 않았지. 나로선 더 애석하네. 〈스텝포드 와이브스〉(스텝포드에서 남편들이 아내를 정신 개조해 인형 같은 전업주부로 만드는 줄거리의 미국 영화)는 어땠어? 그 친구한테 개조당했어?"

"멋진 오후였어요, 마곳. 다들 아주 친절했어요."

거짓말을 했다.

"그 정도로 나빴군? 혹시 부엌을 지나가거든 나한테 맛있는 베르무트 (화이트와인에 향료를 섞은 술) 한잔 갖다주겠어?"

"도대체 베르무트가 뭐야?"

내가 딘 마틴에게 중얼댔지만, 걔는 앉아서 뒷다리로 귀만 긁었다.

일어나려는 순간 내 휴대폰이 울렸다. 순간적으로 낙심했다. 조시일 텐데 아직 통화할 준비가 되지 않았다. 그런데 화면을 보니 집 전화번호 였다. 얼른 전화기를 귀에 댔다.

"아빠?"

"루이자? 아, 다행이네."

손목시계를 봤다.

"별일 없어요? 거긴 한밤중일 텐데요."

"애야, 나쁜 소식이 있다. 할아버지 소식이야."

26

'할아버지' 앨버트 존 콤프턴을 기리며

장례 예배:
'성모 마리아와 모든 성자 교구 교회', 스톳폴드 그린
4월 23일 낮 12시 30분

예배 후 파인머스가의 '래핑 독' 술집에
다과가 준비되어 있습니다.

꽃은 사절하지만 '부상당한 기수 기금'에
기부해주시면 감사하겠습니다.

"저희 마음은 비었지만 당신을 사랑한 축복을 누립니다."

사흘 후 장례식에 맞춰 집으로 날아갔다. 마곳의 열흘치 식사를 만들어서 얼려두고, 아속에게 핑계를 만들어 적어도 하루 한 번은 아파트에 가보라고 부탁했다. 그녀가 괜찮은지 확인하고, 상태가 안 좋으면 1주일 후 예약까지 기다리지 말라고 당부했다. 난 마곳의 병원 예약을 1주일 연기했고, 침대 시트가 깨끗한지 살폈다. 딘 마틴의 밥이 충분한지 확인하고, 개 산책 전문가인 마그다에게 하루에 두 번씩 오라고 비용을 지불했다. 마곳에게 마그다가 찾아온 첫날 돌려보내면 안 된다고 신신당부했다. 빈티지 의상 엠포리엄의 자매들에게 자리를 비운다고 알렸다. 조시를 두 번 만났다. 그는 내 머리를 쓰다듬으며 유감이라고, 할아버지를 잃었을 때 어떤 기분이었는지 기억난다고 말했다. 비행기에 타고 나서야, 분주하게 움직인 게 벌어진 현실을 회피하려는 수단이었음을 깨달았다.

할아버지가 저세상으로 가셨다.

또 발작이 있었다고 아빠가 말했다. 엄마 아빠가 주방에 앉아서 대화를 하는 사이, 할아버지는 경마를 시청하고 계셨다. 엄마가 차를 더 드실지 물어보러 갔더니, 할아버지는 조용하고 평온하게 인사도 없이 떠나셨다. 그런데 엄마 아빠는 15분이 지나서야 할아버지가 잠든 게 아님을 알아차렸다.

승합차를 타고 공항에서 집으로 가는 길에 아빠가 말했다.

"정말 편안해 보이더구나, 루. 낮잠 자듯, 머리를 갸우뚱하고 눈을 감고 계셨지. 하나님이 그 양반을 사랑하신 게야. 우리는 할아버지를 잃고 싶지 않지만, 그렇게 떠나는 게 좋지 않겠니? 당신 집에서 좋아하는 의자에 앉아, TV를 켜놓고 말이지. 할아버지는 그 경주에 돈을 걸지도 않았으니, 배당금을 놓쳤다고 배 아파하지 않고 저세상으로 올라가실 거야."

아빠는 미소 지으려고 애썼다.

난 멍했다. 아빠를 따라 집에 들어가서 빈 의자를 보고서야, 그게 사실임을 믿을 수 있었다. 다시는 할아버지를 못 보리라는 것. 다시는 포옹할 때 손끝에 그의 굽은 등이 만져지지 않으리란 것. 다시는 차를 갖다드리거나 그의 소리 없는 말을 해석하지 못하리라는 것. 다시는 스도쿠에서 속임수를 쓰는 것에 대해 농담하지 못하리라는 것.

"아, 루."

엄마가 복도를 내려와서 날 끌어 안았다.

포옹할 때 내 어깨에 엄마의 눈물이 스며들었고, 아빠는 뒤에 서서 엄마의 등을 두드렸다.

"자, 자, 여보. 괜찮아. 괜찮다고."

아빠는 여러 번 말하면 정말 그렇게 될 것처럼 달랬다.

할아버지를 사랑하지만, 가끔 돌아가시면 엄마가 간병의 부담을 벗을 거라는 생각도 얼핏 들었다. 엄마는 너무 오래 할아버지에게 매달려 사느라, 자신을 위한 시간을 내지 못했다. 할아버지가 말년에 더 악화되자, 엄마는 좋아하는 야간학교에도 가지 못했다.

그런데 내가 틀렸다. 엄마는 상실감을 느꼈고 연신 눈물을 흘렸다. 할아버지가 떠나실 때 곁에 있지 못했다고 자책했다. 그의 물건을 보고 눈물이 그렁그렁했고, 더 할 수 있는 일이 없었을지 곱씹었다. 보살필 사람이 없으니 안절부절못했다. 일어났다 앉았다, 쿠션을 매만졌다, 약속도 없는데 연신 시계를 쳐다봤다. 엄마는 정말 슬프면 미친 듯이 청소를 했다. 주먹 관절이 빨갛게 까지도록 있지도 않은 바닥의 때를 쓸고 닦았다. 저녁에 아빠가 술집에 가자—장례식 후 다과를 마지막으로 의논하러— 우린 부엌 식탁에 둘러앉았고, 엄마는 습관적으로 만든 할아버지 몫의 홍차를 개수대에 버렸다. 여기 없는 분의 차를 넉 잔째 쏟아 버리면서, 그가 떠난 이후 마음에 맴돌던 질문을 불쑥 입 밖에 냈다.

"내가 할 수 있는 일이 있었다면 어쩌지? 우리가 검사를 더 받게 해드렸다면 어땠을까? 발작을 일으킬 위험성을 의사가 좀 더 파악할 수 있었을 텐데."

엄마가 손수건을 들고 손을 비틀었다.

"하지만 엄마는 그렇게 했어요. 수백만 번 할아버지를 병원에 모시고 간걸요."

"할아버지가 초콜릿 다이제스티브 과자를 두 통이나 드셨던 때, 기억나지? 그래서 이렇게 됐을지 몰라. 어느 기사를 보나 설탕이 악마 노릇을 하니까. 과자를 더 높은 선반에 올려둘 것을. 그 망할 놈의 케이크를 드시지 못하게 할걸……."

"할아버지는 아이가 아니었어요, 엄마."

"채소를 더 드시게 할걸. 그런데 그게 어려웠어, 알지? 어른인데 밥을 떠먹일 수도 없고. 아, 이런, 언짢아 말아라. 윌의 경우는 달랐다는 걸 알아……."

엄마의 손을 잡고, 일그러지는 엄마의 얼굴을 바라보았다.

"누구도 엄마보다 할아버지를 사랑할 수는 없었어요. 누구도 엄마보다 할아버지를 잘 보살필 수는 없었다고요."

사실 엄마의 슬픔은 날 불편하게 했다. 내가 느꼈던 감정과 너무 비슷했고, 그게 아주 오래전이 아니었다. 엄마의 슬픔이 전염이라도 되는 듯 나는 조심했고, 나도 모르게 엄마를 피할 핑계를 만들었다. 그래서 감정에 빠져들지 않아도 되게끔 계속 바쁘게 굴었다.

그날 밤 부모님이 앉아서 변호사에게 받은 서류를 작성하고 있을 때, 나는 할아버지의 방으로 갔다. 그가 떠날 때와 똑같았다. 침대가 정돈되고, 의자에 「레이싱 포스트」지가 놓여 있었다. 다음 날 오후에 열리는 경주 두 번에 파란 펜으로 동그라미가 그려져 있었다.

침대에 걸터앉아서, 침대보의 양초 심지 문양을 검지로 쓸어내렸다. 협탁에 1950년대에 찍은 할머니 사진이 있었다. 롤로 만 굽슬굽슬한 머리, 솔직하고 신뢰 가는 미소. 할머니는 언뜻언뜻만 기억났다. 하지만 할아버지는 내 성장기에 늘 함께였다. 처음에는 길 아래 작은 집에서(토요일 오후에 동생과 내가 사탕을 얻으러 뛰어가면, 엄마가 우리 집 앞에서 지켜보곤 했다), 마지막 15년은 우리 집의 이 방에서. 내 하루는 할아버지의 다정하게 씰룩이는 미소로 끝났다. 늘 거실에 앉아 신문을 보고 차를 마시던 모습.

어릴 때 할아버지에게 들은 이야기를 떠올렸다. 해군 시절(외딴섬, 원숭이, 코코넛나무가 전부 사실은 아니었겠지), 그가 까맣게 탄 냄비로 만든 계란빵—유일하게 만들 수 있는 음식—이야기. 내가 아주 어릴 때, 그가 우스운 얘기를 하면 할머니가 웃다가 울었다는 이야기. 그러자 할아버지를 가구처럼 대했던 말년 시절이 떠올랐다. 그에게 편지를 쓰지 않았다. 전화도 하지 않았다. 그냥 내가 원하는 만큼 늘 거기 계시리라 짐작했다. 할아버지는 속상했을까? 나랑 얘기하고 싶었을까?

작별 인사도 못 했다.

아그네스의 말이 기억났다. 집에서 멀리 떠난 사람은 늘 마음을 두 곳에 둔다고 했다. 난 양초 심지 무늬가 있는 침대보에 손을 얹었다. 그리고 마침내 울었다.

장례식 날 아래층에 내려가니, 엄마는 조문객을 맞을 준비를 하느라 정신없이 청소했다. 내가 알기론 식이 끝나고 집에 올 손님이 없는데도. 아빠는 조바심 나는 표정으로 식탁에 앉아 있었다. 요즘 엄마랑 대화할 때면 곧잘 그런 표정이었다.

"일자리를 구할 필요 없어. 당신, 아무것도 안 해도 된다고."

"아니, 시간을 보내려면 할 일이 필요해요."

엄마는 재킷을 벗어서 의자 등받이에 걸쳐놓고, 무릎을 꿇고 먼지도 없는 찬장 뒤쪽을 닦았다. 아빠는 말없이 접시와 나이프를 내 쪽으로 밀었다.

"루, 방금 엄마에게 서둘러 일하지 않아도 된다고 말하던 참이다. 엄마가 장례식이 끝나고 직업센터에 간다고 해서."

"엄마는 할아버지를 오랫동안 보살폈어요. 어느 정도 혼자 시간을 즐기셔야 해요."

"아니, 할 일이 있으면 더 좋겠어."

"네 엄마가 저렇게 힘줘서 닦다간 우리 찬장이 남아나질 않겠구나."

아빠가 중얼대면서 다시 엄마에게 말했다.

"앉으라고. 제발. 뭘 좀 먹어야지."

"배고프지 않아요."

"제발, 여보. 당신이 계속 이러면 내가 발작을 일으키겠어."

아빠는 그 말을 내뱉은 순간 찡그렸다. 그러더니 얼른 덧붙여 말했다.

"미안. 미안해. 그런 뜻이 아니었어……."

"엄마."

엄마가 내 말소리를 듣지 못하자 나는 다가갔다. 어깨에 손을 얹자 엄마는 잠깐 가만히 있었다. 내가 다시 불렀다.

"엄마."

엄마가 발을 밀면서 일어났다. 손바닥으로 얼굴을 훔치고 창밖을 내다보았다.

"이제 내가 무슨 쓸모가 있을까?"

엄마가 말했다.

"무슨 말이에요?"

그녀는 풀 먹인 흰 망사 커튼을 바로잡았다.

"이제 아무도 날 필요로 하지 않아."

"아니, 엄마. 난 엄마가 필요해요. 우리 모두 엄마가 필요하다고요."

"하지만 넌 여기 없잖아? 다들 마찬가지야. 톰까지도. 너희 모두 멀리 있지."

나는 아빠와 눈빛을 교환했다.

"그렇다고 엄마가 필요 없는 게 아니에요."

"할아버지만 내게 의존했어. 버나드 당신도 저녁마다 동네 술집에서 파이 한 쪽과 맥주 한 잔이면 족하죠. 이제 난 뭘 해야 할까? 쉰여덟 살인데 무용지물이구나. 평생 다른 사람을 돌보면서 살았는데, 이제 날 필요로 하는 사람이 없어."

엄마의 눈에 눈물이 차올랐다. 그 순간 잠깐, 엄마가 대성통곡할까봐 두려웠다.

"우리 모두 엄마가 필요해요. 엄마가 여기 없다면 난 어째야 좋을지 모르겠어요. 엄마는 건물의 주춧돌 같은 분이에요. 난 계속 엄마를 보지는 못하지만, 엄마가 여기 있다는 걸 알아요. 날 지지해준다는 걸. 모두 그래요. 동생도 똑같이 말할걸요."

엄마가 날 바라봤다. 뭘 믿을지 확신 못 하는 괴로운 눈빛이었다.

"정말이에요. 그리고 지금은…… 지금은 어설픈 시기죠. 적응하려면 시간이 걸릴 거예요. 하지만 야간 강좌를 듣기 시작했을 때 어땠는지 기억하죠? 엄마가 얼마나 신났는지? 자신을 발견한 것 같았죠? 저기, 다시 그렇게 될 거예요. 누가 엄마를 필요로 하는가의 문제가 아니라, 마침내 자신에게 시간을 쏟는 문제라고요."

아빠가 부드럽게 말했다.

"여보, 여행합시다. 아버지를 혼자 둬야 해서 못 한다고 생각한 일을 전부 하는 거야. 어쩌면 널 만나러 가게 될 거야, 루. 뉴욕 여행! 있지, 여보. 당신 인생이 끝난 게 아니라, 다른 인생이 되는 것뿐이라고."

"뉴욕이요?"

엄마가 대꾸했다.

"아, 그래요. 오시면 좋죠. 두 분에게 좋은 호텔을 구해드리고 같이 관광하면 돼요."

내가 토스트 한쪽을 집으면서 말했다.

"그래줄래?"

"어쩌면 네 상사인 백만장자를 만날 수도 있겠지. 그가 몇 가지 요령을 알려줄 수 있을 거야, 그렇지?"

아빠가 말했다.

사실 부모님에게 변한 상황을 알리지 못했다. 난 멍한 표정으로 계속 토스트를 씹었다.

"우리가? 뉴욕에 간다고?"

엄마가 말했다.

아빠는 티슈 상자를 집어서 엄마에게 건넸다.

"까짓것, 그러자고. 저금이 있어. 돈을 갖고 갈 수도 없는데. 적어도 아버님은 그걸 아셨지. 값나가는 유산은 기대하지 말아라. 알겠지, 루이자?
난 사설마권업자 사무실 앞을 지나기가 겁나. 그가 뛰어나와서 할아버지
가 5파운드를 외상했다고 말할까봐."

엄마가 행주를 든 채 몸을 폈다. 그녀는 한쪽으로 눈을 돌렸다.

"뉴욕에서 너랑 나랑 아빠랑. 아, 그러면 멋지지 않을까?"

"원하시면 오늘 저녁에 항공편을 찾아볼 수 있어요."

성이 고프닉인 척해달라고 마곳을 설득할 수 있을지 잠시 걱정했다.

엄마가 손으로 뺨을 감싸면서 대답했다.

"아, 세상에. 아직 할아버지를 무덤에 모시지도 않았는데 내가 말하는
것 좀 봐. 뭐라고 생각하실까?"

"멋지다고 생각하실걸요. 엄마랑 아빠가 미국에 간다는 생각이 맘에
드실 거예요."

"정말 그렇게 생각하니?"

나는 엄마에게 팔을 뻗어 포옹하면서 대답했다.

"그럼요. 할아버지는 해군으로 세상을 돌아다니셨어요. 그렇죠? 또 엄
마가 성인 교육 센터에 다시 다닌다고 생각하고 싶으실 거예요. 저번 해
에 배운 지식을 낭비하는 건 안 돼요."

"하지만 내가 장담하는데, 아버지는 당신이 나가기 전에 내 저녁밥을
오븐에 남겨놓고 간다고 생각하고 싶으실 거야."

"엄마, 기운 내요. 오늘 일을 잘 치른 후에 같이 계획을 세우면 돼요.
엄마는 할아버지를 위해 할 수 있는 걸 전부 다 했어요. 그러니 할아버지
는 엄마가 인생의 다음 단계를 모험할 자격이 있다고 느끼실 거예요."

"모험."

엄마가 중얼댔다. 아빠에게 휴지를 받아서 눈가를 닦고 말을 이었다.

"내가 딸들을 어쩜 이렇게 똑똑하게 키웠을까?"

아빠가 눈썹을 치뜨더니, 재빠르게 내 접시에서 토스트를 당겼다.

"아. 그거야 아빠를 닮아서 그럴걸."

엄마가 행주를 아빠의 뒤통수에 던지자 아빠가 비명을 질렀다. 엄마가 몸을 돌리자 아빠는 내게 안도의 미소를 지었다.

장례식은 평범하게 진행되었다. 다양한 단계의 슬픔과 눈물이 있었고, 제법 많은 참석자가 찬송가를 따라 부르지 못했다. 사제의 점잖은 표현으로는 '소란 떨지 않는' 의식이었다. 할아버지는 말년에 바깥출입을 못해서, 엄마가 「스톳폴드 옵저버」에 부고를 냈는데도 소식을 아는 친구가 거의 없는 듯했다. 아니면 친구들이 대부분 세상을 떠났거나(조문객 두어 명으로는 판단하기 어려웠다).

묘지에서 입을 꽉 다물고 트리나 옆에 서 있었다. 트리나가 내 손을 꽉 쥐자, 자매가 있는 고마움이 유독 절절히 느껴졌다. 뒤를 보니 에디가 톰의 손을 잡고 있고, 아이는 풀밭에 난 데이지를 말없이 찼다. 트랜스포머나 영구차의 의자 커버에 찔러둔 먹다 남은 비스킷을 생각했겠지.

사제가 낭송하는 익숙한 흙과 재에 관한 구절을 듣자니 눈물이 차올랐다. 손수건으로 눈물을 닦았다. 그때 고개를 들어 무덤을 보는데, 몇 안 되는 조문객들 뒤쪽에 샘이 서 있었다. 가슴이 쿵쾅거렸다. 두려움과 욕지기 사이에서 뜨끈한 게 솟구쳤다. 사람들 속에서 잠깐 그와 눈이 마주치자, 나는 눈을 깜빡이면서 고개를 돌렸다. 다시 쳐다보니 샘은 거기 없었다.

술집에 차려진 뷔페 테이블 앞에 서서 고개를 돌리니 옆에 샘이 있었다. 양복을 입은 모습은 처음인데다, 너무 잘생기고 너무나 낯선 모습을 보니, 잠시 숨이 쉬어지지 않았다. 최대한 성숙하게 상황에 대처해야 한다고 생각했다. 그의 존재를 의식하지 않고, 처음 보는 음식인 듯 샌드위치 접시들만 뚫어져라 쳐다봤다.

샘은 거기 서서 아마도 내가 고개를 들기를 기다리다가 나직하게 말했다.

"할아버지가 돌아가셔서 애석해. 얼마나 가까운 가족인지 아는데."

"그 정도는 아니지. 그랬다면 내가 여기 있었을 테니까."

엄마가 종업원들에게 수고비를 지불했는데도, 난 부지런히 테이블에 냅킨을 올려놓았다.

"그래, 뭐 인생이 항상 그렇게 돌아가지는 않으니까."

"그거야 내가 잘 알지."

가시 돋친 목소리를 내지 않으려고 잠깐 눈을 감았다. 심호흡을 하고 마침내 샘에게 고개를 들었다. 태연한 표정을 지으려고 노력하며 다시 말했다.

"그래서 어떻게 지내?"

"그럭저럭. 당신은?"

"아. 좋아."

우리는 잠시 서 있었다.

"집은 어떻게 됐어?"

"다 되어가고 있어. 다음 달에 이사해."

"와."

내 마음이 불편해서 잠깐 놀랐다. 아는 사람이 맨땅에서 집을 지을 수 있다니 어이가 없었다. 처음 바닥에 콘크리트만 깔린 걸 봤는데. 그런데 샘이 그걸 해냈다. 내가 말을 이었다.

"그거…… 그거, 대단하네."

"알아. 하지만 전의 기차 집이 그리울 거야. 거기 사는 게 정말 좋았거든. 인생이…… 단순했지."

우리는 서로 쳐다보다가 눈을 돌렸다.

"케이티는 어때?"

순간의 머뭇거림.

"잘 지내."

어머니가 소시지롤 쟁반을 들고 내 옆에 나타났다.

"루, 트리나가 어디 있는지 알아봐줄래? 트린이 이걸 들고 돌아줘야 하는데…… 아, 아니다. 저기 있네. 네가 쟁반을 트린에게 갖다주면 되겠구나. 저기 있는 분들은 아직 아무것도 드시지 않아서……."

그 순간 엄마는 내가 누구와 대화 중이었는지 알아차렸다. 엄마가 쟁반을 빼앗으면서 다시 말했다.

"미안. 미안해. 방해할 마음은 없었는데."

"방해하지 않았어요."

내 의도보다 강한 어투가 나왔다. 난 쟁반 가장자리를 꽉 잡았다.

"내가 할게, 루."

엄마가 허리 쪽으로 쟁반을 끌어당겼다.

"제가 해도 돼요."

나는 주먹 관절이 하얗게 되도록 힘을 주었다.

"루. 놔라. 어서."

엄마가 단호하게 말했다. 그녀가 맹렬한 눈빛으로 나를 응시했다. 결국 내가 손을 떼자, 엄마는 서둘러 가버렸다.

샘과 나는 테이블 옆에 서 있었다. 어색하게 서로 미소 지었지만 곧 웃음기가 사라졌다. 난 접시를 집어서 당근 조각을 올렸다. 아무것도 못 먹을 것 같았지만, 빈 접시를 들고 서 있기가 어색했다.

"저기. 오랫동안 와 있는 거야?"

"1주 동안만."

"그곳 생활은 어때?"

"흥미로웠지. 해고당했어."

"릴리한테 들었어. 릴리가 제이크랑 만나고 있어서 릴리를 제법 자주 보거든."

"그래, 그 일도…… 놀라웠어."

릴리가 뉴욕에 왔던 일을 얘기했을지 궁금했다.

"나는 아니었어. 둘이 처음 만날 때부터 그럴 줄 알았지. 알잖아, 릴리는 좋은 사람이야. 둘이 행복해."

나는 동의라도 하는 듯 고개를 끄덕였다.

"얘길 많이 해. 당신의 멋진 남자친구 얘기도. 당신이 해고당한 후에 다른 살 집을 찾고 빈티지 의상 엠포리엄에 취직한 것도. 당신이 전부 해결했지. 릴리는 당신한테 감탄하고 있어."

내가 치즈 스트로(막대 모양의 치즈)를 만지작대며 딴청을 부리듯, 샘도 딴청을 부렸다.

"그럴까 싶네."

"뉴욕이 당신한테 맞는 것 같다더군. 하긴 우리 둘 다 아는 얘기지."

그가 어깨를 으쓱했다.

샘이 다른 데로 눈을 돌리는 사이 난 그를 슬쩍 쳐다봤다. 마음 한 조각은 남아 있는데, 서로 그렇게 편했던 두 사람이 이젠 한 문장도 제대로 말하지 못하다니 놀라웠다.

내가 불쑥 말했다. 어디서 그런 말이 나왔는지 모르겠지만.

"당신한테 줄 게 있어. 우리 집, 내 방에 있는데. 지난번에 가져왔는데…… 알잖아."

"나한테 줄 거?"

"꼭 그런 건 아니고. 저기, '닉스' 야구 모자야. 그걸 샀는데…… 한참 전에. 당신이 누나 얘기를 해서 말야. 누나는 30 록펠러 센터에 가지 못했지만, 음, 제이크가 좋아할 것 같아서 샀어."

샘이 날 빤히 쳐다보았다.

내가 발끝을 내려다볼 차례였다. 내가 말했다.

"그런데 바보 같은 생각이겠지. 다른 사람에게 줘도 돼. 뉴욕에서 닉스 모자를 줄 사람을 찾지 못할 것도 아니고. 또 당신한테 뭘 주는 것도 좀 이상할 테고."

"아니야. 아냐. 제이크가 좋아할 거야. 고마워."

밖에서 누군가 경적을 울리자, 샘이 창문 쪽을 힐끗 보았다. 케이티가 차에서 기다리는지 궁금했다.

뭐라고 대꾸할지 난감했다. 그 말에 적절한 대답이 없는 것 같았다. 목구멍으로 올라오는 덩어리를 억누르려 안간힘을 썼다. 스트레이저 무도회를 회고했다. 난 샘이 싫어할 거라고, 그가 정장이 없을 거라고 넘겨짚었었다. 왜 그렇게 생각했을까? 오늘 입은 정장은 맞춤 양복 같은데.

더 이상 참기 힘들자 입을 열었다.

"내가…… 내가 보내줄게. 있잖아? 엄마를 도와드리는 게 좋겠어. 저거……. 저기…… 소시지가 있는데……."

샘이 한 걸음 물러났다.

"그래. 애도를 표하고 싶었을 뿐이야. 갈 테니까 일해."

그가 몸을 돌렸고, 내 얼굴이 일그러졌다. 상중이라서, 특이한 표정을 지어도 아무도 이상하게 여기지 않으니 다행스러웠다. 그런데 내가 얼굴을 펴기도 전에 샘이 다시 다가왔다.

"루."

그가 조용히 불렀다.

나는 대꾸할 수가 없었다. 그냥 고개를 저었다. 조문객들을 지나 문밖으로 나가는 샘의 뒷모습을 지켜보았다.

그날 저녁 엄마가 작은 꾸러미를 내밀었다.

"할아버지가 주시는 거예요?"

내가 물었다.

"말도 안 되는 소리. 할아버지는 지난 10년간 누구한테 선물을 주신 적이 없어. 네 애인 샘이 준 거야. 오늘 그를 보자 기억이 났지. 저번에 집에 왔을 때 네가 두고 갔어. 이걸 어떻게 해야 될지 몰라서 놔뒀지."

작은 상자를 집으니, 갑자기 주방 식탁에서 싸우던 기억이 났다. 당시 그는 "크리스마스 잘 보내"라고 말하면서 이 상자를 두고 가버렸다.

엄마가 몸을 돌린 채 설거지를 시작했다.

뚜껑을 열고, 유물이라도 꺼내는 것처럼 유난스럽게 조심조심 겹겹의 포장지를 벗겼다.

작은 상자 안에 구급차 모양의 에나멜 브로치가 들어 있었다. 1950년대쯤의 물건이었다. 빨간 십자가에 박힌 보석은 루비거나 인조 보석일 터였다. 어느 쪽이든 내 손안에서 빛났다. 뚜껑 안쪽에 작게 접은 메모가 있었다.

'우리가 헤어져 있는 동안 날 기억하라고. 내 모든 사랑을 바쳐, 당신의 구급차 샘. xxx'

브로치를 손바닥에 올려놓으니, 엄마가 와서 내 어깨 너머로 쳐다봤다. 이럴 때 엄마가 아무 말도 하지 않는 것은 드문 일이다. 그런데 이번에는 내 어깨를 꽉 잡고, 머리통에 입 맞추더니 다시 설거지를 했다.

27

루이자 클라크 씨에게

제 이름은 빈센트 웨버입니다. 제가 알기로는 마곳 웨버의 손자입니다. 하지만 당신은 그분을 결혼 전 성인 드 위트로 알고 계시군요.

당신의 연락은 놀라움으로 다가왔습니다. 아버지가 모친에 대해 전혀 말하지 않으셔서요. 솔직히 오래전부터 그분이 살아 있지도 않다고 믿게 되었습니다. 아무도 그런 말을 하지 않았다는 걸 이제야 깨달았지만요.

연락을 받고 어머니에게 여쭤보니, 제가 태어나기 전에 큰 불화가 있었답니다. 그런데 쭉 생각하다가 그 일은 저랑 전혀 무관하다고 결론 지었고, 할머니에 대해 자세히 알고 싶습니다(건강이 안 좋으시다는 뉘앙스가 있던데요?). 다른 할머니가 계시다니 믿기지 않네요!

이메일을 보내주세요. 애써주셔서 감사합니다.

빈센트 웨버(비니)

그는 수요일 오후, 약속한 시간에 찾아왔다. 5월 들어 처음으로 더워진 날이어서 거리마다 갑자기 반팔 옷과 새로 산 선글라스가 넘쳐났다.

마곳에게 미리 말하지 않은 이유는 첫째, 그녀가 화낼 게 뻔하고 둘째, 그가 갈 때까지 마곳이 산책하러 나갈 거라는 강한 예감이 들어서였다. 현관문을 여니 그가 서 있었다. 큰 키, 금발, 귀에 피어싱 일곱 개, 1940년대 스타일의 통바지와 진홍색 셔츠, 반들반들한 가죽 단화. 어깨에 페어아일 스웨터(스코틀랜드 페어섬에서 만드는 화려한 색상의 털 스웨터)를 걸치고 있었다.

"루이자인가요?"

내가 몸을 굽혀 몸부림치는 개를 안자 그가 물었다.

난 그를 아래위로 훑어보면서 말했다.

"어머나, 세상에. 두 분이 아주 빨리 친해지겠어요."

그를 복도로 안내하면서 속삭이며 대화했다. 2분 동안이나 딘 마틴이 짖고 으르렁대고서야 그녀가 소리쳤다.

"집 앞에 누가 왔어? 못된 고프닉 마누라라면, 피아노 연주가 빼기고 처량한 엉터리라고 말해줘도 좋아. 전에 리버라치(미국 피아노 연주가)를 본 사람의 말이라고 전해."

마곳이 기침하기 시작했다.

나는 뒷걸음질하면서 그를 거실 쪽으로 불렀다. 내가 문을 열었다.

"마곳, 손님이 오셨어요."

그녀는 의자 팔걸이를 잡고 살짝 찡그리면서 고개를 돌렸다. 그를 족히 10초쯤 살피더니 단호하게 말했다.

"모르는 사람인데."

"이분은 빈센트예요, 마곳."

난 이 말을 하고 심호흡을 했다. 그런 다음 덧붙였다.

"손자분이요."

그녀가 빈센트를 빤히 보았다.

"안녕하세요, 드 위트 부인…… 할머니."

그가 앞으로 나와 미소 짓더니, 그녀 앞에 쭈그리고 앉았다. 마곳이 그를 찬찬히 살폈다.

그녀의 표정이 너무 험해서, 그에게 고함을 칠 거라는 생각이 들었다. 그런데 마곳은 작게 딸꾹질 비슷한 소리를 냈다. 입을 살짝 벌리고, 앙상한 늙은 손으로 그의 소매를 잡았다.

"네가 왔구나."

마곳은 가슴속 깊은 곳에서부터 나오는 갈라지는 소리로 낮게 중얼거렸다.

"네가 왔구나."

그녀가 손자를 응시했고, 닮은 외모와 그의 사연을 이미 아는 듯이 눈을 깜빡거렸다. 오랫동안 잊었던 기억을 불러내는 것처럼.

"아, 그런데 너는 아버지를 정말, 정말로 닮았구나."

그녀가 한 손을 뻗어서 빈센트의 얼굴 윤곽을 쓰다듬었다.

"제가 약간 더 낫다고 생각하고 싶은데요."

빈센트가 싱긋 웃으면서 대답하자, 마곳이 와락 웃음을 터뜨렸다.

"어디 한번 보자꾸나. 아, 맙소사. 아, 정말 잘생겼다. 그런데 날 어떻게 찾아냈니? 네 아버지가 알고……?"

마곳은 얽히고설킨 질문인 듯이 고개를 저었고, 주먹 관절이 하얗게 되도록 그의 소매를 붙잡았다. 그러더니 내가 거기 있는 걸 잊었던 것처럼 내게 고개를 돌렸다.

"흠, 뭘 보고 있는지 모르겠구나, 루이자. 이런 상황이면 웬만한 사람들은 지금쯤 이 딱한 청년에게 음료를 대접했을 게다. 맙소사. 어떤 날은 네가 도대체 여기서 뭘 하는지 통 모르겠단 말이야."

빈센트는 놀란 눈치였지만, 나는 몸을 돌려 주방으로 가면서 환하게
웃었다.

28

조시는 이거라고 말하면서 손뼉을 쳤다. 그는 승진할 거라고 확신했다. 코너 에일스는 만찬에 초대받지 않았다. 최근에 법무팀에서 넘어온 샤메인 트렌트도 만찬에 초대받지 않았다. 승진 전에 만찬에 초대받았던 회계 부장 스콧 매키는 조시의 승진이 확정적이라고 장담했다.

그가 거울에 비친 모습을 확인하면서 말했다.

"너무 자만하고 싶지 않지만 이건 사교적인 부분이거든요, 루이자. 윗사람들은 사교적으로 섞일 수 있다고 생각되는 직원들만 승진시킨다고요. 당신은 잘 모르죠? 골프를 시작해야 되나 고심했는데. 윗분들은 다 골프를 하거든요. 그런데 난 열세 살 이후 골프를 치지 않아서 말이지. 이 넥타이 어떤 것 같아요?"

"좋아요."

그냥 넥타이였다. 뭐라고 대꾸해야 좋을지 몰랐다. 아무튼 다 파란색으로만 보였다. 그가 민첩하고 확실한 손놀림으로 매듭을 만들었다.

"어제 아버지한테 전화했더니, 자리에 연연하지 않아 보이는 게 관건이라고 하시더라고요, 알겠어요? 말하자면…… 말하자면 야망이 있고 완전히 회사 체질이지만, 부르는 데가 많으니 언제든 다른 회사로 옮길 수 있는 것처럼 보여야 해요. 걸맞은 대접을 하지 않으면 내가 다른 곳으로 갈 거라는 위협을 느껴야 한다고요. 내 말 알아듣겠어요?"

"아, 그럼요."

지난주 내내 똑같은 대화를 열네 번쯤 했다. 내 대답이 필요할 것 같지 않았다. 조시는 다시 거울을 보더니 만족해서 침대로 걸어왔다. 그가 몸을 숙이고 내 뒤통수를 쓰다듬었다.

"7시 직전에 데리러 갈게요, 알았죠? 늦어지지 않게 미리 개를 산책시켜요. 지각하고 싶지 않으니까."

"준비하고 있을게요."

"오늘 하루 잘 지내요. 저기, 부인의 가족을 찾아준 일은 잘했어요, 알죠? 정말 잘했어요. 좋은 일을 한 거예요."

조시는 강조하듯 내게 키스했다. 이따 있을 일을 생각하며 미소 지으면서 출근했다.

난 그가 나갔을 때 자세 그대로 침대에 있었다. 그의 티셔츠를 입고 무릎을 껴안았다. 그러다가 일어나서 옷을 입고 그의 아파트에서 나왔다.

아침에 마곳을 병원에 데려갈 때도 여전히 심란해서, 택시 창에 이마를 대고 그녀의 말을 알아들은 듯이 대답하려 애썼다.

택시에서 내리며 부축하자, 마곳이 내게 말했다.

"날 여기 두고 가도 돼."

이중문 앞에 도착하자 그녀의 팔을 놔주었다. 마곳을 집어삼킬 듯이 문이 열렸다.

진료받으러 올 때마다 이런 식이었다. 내가 딘 마틴을 데리고 밖에서 기다렸고, 마곳은 천천히 병원으로 들어갔다. 난 한 시간 후에 다시 오거나, 그녀가 내게 전화하곤 했다.

"오늘 아침에 그 머리에 뭐가 들었는지 모르겠군. 정신을 못 차리네. 도움이 안 돼."

입구에 선 그녀가 내게 목줄을 주면서 말했다.

"고마워요, 마곳."

"흠, 천치랑 나다니는 것 같아. 네 머리는 틀림없이 다른 데 갔어. 나 혼자나 마찬가지야. 내게 해줄 일을 알아듣게 하려고 세 번이나 말해야 하다니."

"죄송해요."

"아, 내가 들어간 사이 딘 마틴에게 온정신을 쏟도록 해. 방치된 걸 알면 녀석 풀이 팍삭 죽는다고."

마곳이 손가락 하나를 들면서 덧붙였다.

"분명히 말했어, 아가씨. 내가 다 '알' 거야."

야외 테이블과 친절한 웨이터가 있는 커피숍으로 향하다가, 내가 마곳의 핸드백을 갖고 있는 걸 알아차렸다. 욕설을 중얼대며 달리기 시작했다.

대기 중인 환자들이 개를 째려봐도 무시하고는 안내석으로 뛰어갔다. 다들 수류탄이라도 본 듯한 표정을 지었다.

"안녕하세요! 가방을…… 핸드백을 마곳 드 위트 부인에게 전해야 해서요. 어디 가야 찾을지 알려주시겠어요? 부탁해요. 저는 간병인이에요."

안내원은 고개를 들지 않고 스크린만 쳐다봤다.

"전화하면 안 되나요?"

"80대 노인이라. 휴대폰을 쓰지 않으세요. 쓴다고 해도 전화기가 핸드백에 있어요. 부탁해요. 이게 필요하실 거예요. 약이랑 메모지랑 다 들어 있어요."

"오늘 예약이 있으신가요?"

"11시 15분에요. 마곳 드 위트."

혹시 몰라서 철자를 말했다.

안내원은 매니큐어를 과하게 바른 손가락으로 스크린을 짚었다.

"됐네요. 여기 있어요. 종양내과는 저쪽이에요. 왼쪽에 있는 이중문으로 들어가세요."

"네, 뭐라고요?"

"종양내과요. 이 중앙 복도를 내려가서 왼쪽의 이중문을 지나가시라고요. 환자분이 진료 중이면 거기 있는 간호사에게 핸드백을 맡기면 돼요. 아니면 어디서 기다릴지 메시지만 남기시던가요."

나는 안내원을 쳐다보면서, 착각했다고 말해주기를 기다렸다. 마침내 그녀는 고개를 들고, 왜 내가 멍청하게 서 있는지 궁금하다는 표정을 지었다. 난 데스크에서 예약 카드를 집어들고 몸을 돌렸다.

"고맙습니다."

힘없이 말하고는 딘 마틴과 햇빛 속으로 나갔다.

"왜 저한테 말하지 않으셨어요?"

택시에서 마곳은 개를 무릎에 올리고 내게서 살짝 몸을 돌렸다.

"너랑 상관없는 일이니까. 알면 빈센트에게 말했을 거잖아. 손자가 바보 같은 암 때문에 날 찾아봐야 한다고 느끼게 하기 싫었어."

"예후가 어때요?"

"너랑 상관없어."

"어떠세요……. 상태가 어때요?"

"네가 질문 공세를 퍼붓기 시작하기 전이랑 똑같은 상태야."

이제 모든 게 납득됐다. 여러 가지 약, 잦은 병원 진료, 식욕 감퇴. 연로해서, 미국의 과잉 진료 때문이라고 치부했던 것들이 더 깊은 원인을 가리고 있었다. 속이 울렁댔다.

"무슨 말을 해야 할지 모르겠어요, 마곳. 제가 느끼기에……."

"난 네 느낌에 관심 없어."

"하지만……."

"나한테 막돼먹게 굴 생각도 하지 마. 영국인의 단단한 기백은 어떻게 된 거야? 넌 왜 이리 물렁물렁해?"

"마곳……."

"이 얘기는 안 할 거야. 얘기해도 도움이 안 돼. 계속 시시하게 굴 작정이라면, 다른 집을 알아보라고."

레이버리에 도착하자, 그녀는 평소와 달리 택시에서 힘차게 내렸다. 내가 택시비를 치를 즈음, 마곳은 나 없이 벌써 로비에 들어가 있었다.

조시에게 오전의 일을 털어놓고 싶었지만, 문자를 보냈더니 녹초가 되었다면서 저녁에 얘기하자고 답했다. 네이선은 고프닉 씨를 보살피느라 바빴다. 일라리아가 알면 법석을 부릴 터였다. 연신 드나들면서, 특유의 무뚝뚝한 속정을 보이며 데운 돼지고기 찜요리 세례를 퍼부으면 더 곤란했다. 정말이지 얘기를 나눌 수 있는 사람이 없었다.

마곳이 오후 낮잠을 자는 사이, 조용히 욕실로 가서 청소라는 명분하에 캐비닛을 열었다. 선반에 놓인 약품의 이름을 쭉 적다가 마침내 확실해졌다. 모르핀이었다. 캐비닛에 든 다른 약들도 꺼내서 인터넷으로 검색했다. 답이 나왔다.

뼛속까지 떨렸다. 이렇게 죽음과 정면으로 대면하는 기분이 어떨지 궁금했다. 마곳에게 시간이 얼마나 있을까. 내가 노부인을 사랑한다는 걸 깨달았다. 말투가 예리하고, 머리는 더 예리한 그녀였지만, 가족처럼 사랑했다. 그런데 마음 한켠으로 이기적인 염려도 생겼다. 이 일이 내게 어떤 영향을 미칠까. 마곳의 아파트에서 행복하게 지냈다. 영원할 거라고는 생각지 않았지만, 적어도 1년 정도는 머물 줄 알았다. 그런데 다시 변화무쌍한 상황에 직면해야 했다.

마음을 추슬렀을 무렵, 초인종이 울렸다. 7시 정각이었다. 현관문을 여니 조시였다. 퇴근 무렵의 추레한 기미 없이 말쑥했다.

내가 말했다.

"어떻게 이래요? 종일 일했을 텐데 어떻게 이렇게 깔끔해요?"

조시가 몸을 숙여 내 뺨에 키스했다.

"전기면도기 덕이죠. 세탁소에 양복 한 벌을 맡겼다가 사무실에서 갈아입었어요. 후줄근해 보이기 싫었거든요."

"하지만 상관은 종일 같은 양복을 입고 있지 않아요?"

"그렇겠죠. 하지만 승진을 바라는 사람은 그가 아니거든요. 나 괜찮아 보여요?"

"왔나, 조시."

마곳이 주방에 가느라 지나가다 인사했다.

"안녕하세요, 드 위트 부인. 오늘은 기분이 어떠세요?"

"아직 살아 있지. 자네는 그 정도만 알면 돼."

"아, 근사해 보이세요."

"진부한 말을 많이 하는군."

조시가 씩 웃으면서 나에게 고개를 돌렸다.

"그래서 뭘 입고 갈 거예요, 귀염둥이?"

나는 아래를 보았다.

"어, 이건데?"

잠시 침묵이 흘렀다.

"그…… 스타킹을?"

나는 다리를 내려다보았다.

"아, '그거'요. 좀 복잡한 하루를 보냈어요. 이게 내 기분 전환용 타이츠거든요, 세탁소에서 찾아온 깨끗한 양복이랑 같은 거죠. 도움이 되면, '가장' 특별한 경우에만 이걸 신어요."

난 애처롭게 미소 지었다.

조시는 다리를 한참 더 쳐다보더니, 천천히 손을 들어 입을 만졌다.

"미안한데요, 루이자. 오늘 저녁에는 그게 별로 적당하지 않아요. 상관 부부는 무척 보수적인 사람들이에요. 또 미슐랭 별을 받은 고급 레스토랑이고요."

"이 옷은 샤넬이에요. 드 위트 부인이 빌려주셨어요."

"그래요, 하지만 전체적인 분위기가 좀……."

그가 인상을 찌푸리면서 말을 이었다.

"……제정신이 아니랄까?"

내가 꼼짝 않자 조시는 양손을 뻗어 내 팔뚝을 잡더니 다시 말했다.

"달링, 당신이 빼입는 걸 좋아하는 줄 알지만, 내 상관을 만나니 조금만 단정하게 입어줄래요? 오늘 저녁은 내게 진짜 중요하거든요."

나는 그의 손을 내려다보면서 얼굴을 붉혔다. 갑자기 기분이 이상했다. 물론 줄무늬 타이츠는 금융계 대표와의 만찬에 어울리지 않았다. 내가 무슨 생각을 한 거야?

내가 말했다.

"그러죠, 가서 바꿔 입을게요."

그는 눈에 띄게 안도했다.

"좋아요. 초고속으로 갈아입을 수 있죠? 지각하면 곤란한데 7번가까지 계속 정체되거든요. 마곳, 욕실 좀 사용해도 괜찮겠습니까?"

그녀가 말없이 고개를 끄덕였다. 나는 방으로 뛰어가서, 옷들을 뒤지기 시작했다. 금융계 사람들의 화려한 저녁 식사에는 뭘 입고 가야 하지?

마곳이 따라오는 기척이 났다.

"도와주세요. 타이츠만 갈아 신으면 될까요? 뭘 입죠?"

"지금 입은 그대로."

마곳이 말했다.

나는 몸을 돌려 그녀를 보았다.

"하지만 조시가 적당하지 않다고 하잖아요."

"누굴 위해서? 유니폼이라도 있나? 왜 자신의 모습으로 가면 안 되는 거지?"

"저는……."

"멍청한 이들이라 자기들과 다르게 입은 사람이랑은 어울리지 못하나? 왜 네가 완전히 다른 사람처럼 굴어야 되지? '그' 여자들처럼 되고 싶어?"

난 손에 든 옷걸이를 떨어뜨렸다.

"저는…… 저는 모르겠어요."

마곳은 새로 세팅한 머리에 한 손을 올렸다. 그러고는 엄마가 '젠체한다'고 했을 표정을 지었다. 그녀가 말했다.

"너랑 사귀는 행운아라면, 네가 쓰레기봉투를 걸치고 갈로시(비올 때 신발 위에 신는 덧신)를 신고 나와도 뭐라 해선 안 되지."

"하지만 그는……."

마곳은 한숨을 내쉬고, 손가락으로 입을 눌렀다. 하고 싶은 말이 더 있지만 하지 않겠다는 표정이었다. 잠시 후 그녀가 다시 입을 열었다.

"때가 되면 루이자 클라크가 진짜 어떤 사람인지 알아내야 할 거야."

그녀가 내 팔을 토닥였다. 그러고는 내 방에서 나갔다.

난 마곳이 있던 자리를 멍하니 응시했다. 내 줄무늬 타이츠를 내려다보다가 다시 행거에 걸린 옷들을 쳐다보았다. 그리고 윌을, 그가 타이츠를 주던 날을 떠올렸다.

잠시 후 조시가 넥타이를 고쳐 매며 문간에 나타났다. 갑자기 어떤 생각이 머릿속에 스쳤다.

'당신은 그가 아니야. 사실 당신은 그 사람이랑 전혀 비슷하지 않아.'

"자?"

그가 미소 지었다. 그러다가 고개를 떨구고 다시 말했다.

"저기, 준비하는 줄 알았는데?"

난 발을 내려다봤다. 그러다 말했다.

"실은……."

29

마곳은 내가 며칠 떠나서 머리를 식혀야 한다고 했다. 내가 거절하자, 그녀는 왜냐고 되물으면서 내가 제대로 생각하지 않은지 제법 됐다고 덧붙였다. 그녀 혼자 남겨두기 꺼려진다고 시인하자, 마곳은 이상한 여자애라면서, 자신에게 좋은 게 뭔지 모른다고 말했다. 그녀는 앙상한 손으로 의자 팔걸이를 한참 두드리면서 날 곁눈질하다가, 둔하게 일어나서 사라졌다. 몇 분 후 사이드카 한 잔을 들고 돌아와 내게 건넸다. 술이 어찌나 독한지 한 모금 홀짝이자 눈이 화끈댔다. 마곳은 내게 홀짝이는 게 성가시니 등을 기대고 앉아서, 같이 〈휠 오브 포춘〉을 보자고 했다. 난 시키는 대로 하면서, 머리에서 울리는 조시의 화난 목소리를 듣지 않으려 애썼다.

'팬티 스타킹 때문에 날 차버리겠다고요?'

퀴즈쇼가 끝나자, 마곳은 혀를 차면서 날 쳐다봤다. 이 방법이 효과가 없다면서, 대신 같이 떠나자고 말했다.

"하지만 돈이 없으시잖아요."

그녀가 꾸짖었다.

"아이고, 루이자. 재정 문제를 들먹이는 건 무척 상스러운 짓이야. 요즘 젊은 여성들은 이런 문제들을 대놓고 언급해서 당황스럽더군."

그녀는 롱아일랜드에 있는 호텔 이름을 알려주면서 전화하라고 했다. '가족' 우대 요금을 적용받기 위해 마곳 드 위트 대신 전화한다고 말하라고 단단히 일렀다. 또 생각해봤는데, 내가 그렇게 마음에 걸리면 둘의 비용을 내면 된다고 덧붙였다. 그것 보라고, 벌써 기분이 더 좋아지지 않았냐면서 말이다.

이렇게 해서 결국 내가 마곳과 딘 마틴의 비용까지 지불했고, 우리는 몬토크로 떠났다.

기차를 타고 뉴욕을 벗어나 바닷가의 작은 호텔로 갔다. 마곳은 지붕 널을 얹은 호텔에 몸이—혹은 사정이—나빠지기 전까지 매해 여름마다 찾아왔었다. 내가 서 있는 동안, 호텔 사람들은 문간에서 오랜만에 만나는 가족처럼 그녀를 맞이했다. 우린 새우구이와 샐러드로 점심을 먹었고, 마곳이 호텔 관리인 부부와 대화를 나누자 난 오솔길을 걸어 바다로 나갔다. 바람 부는 넓은 바다를 보고, 오존이 든 공기를 호흡하면서, 신나게 모래 둔덕을 뛰어다니는 딘 마틴을 지켜봤다. 넓은 하늘 아래서 생각에 잠겼다. 남들의 요구나 기대와 뒤엉키지 않은 생각을 하는 건 몇 달만에 처음이었다.

기차 여행에 지친 마곳은 이틀 동안 작은 거실에서 바다를 보거나 나이든 호텔 주인과 대화했다. 이스터섬의 거친 조각상처럼 생긴 찰리는 쉼 없이 이어지는 그녀의 말에 고개를 끄덕이고 고개를 저으며, 맞다거나 예전과 다르다며 이곳 상황도 빠르게 변한다고 응수했다. 두 사람은 작은 커피잔을 앞에 두고 앉아 이런저런 이야기를 나누면서, 모든 게 얼마나 끔찍해졌는지 공감하며 만족했다. 마곳을 여기 데려온 데서 내 역할은 끝이라는 걸 금방 알아차렸다. 그녀에게 내가 필요치 않았다. 까다로운 옷을 입을 때 돕거나 개를 산책시키는 게 다였다. 마곳은 처음 만나 지금까지 웃은 것보다 여기에서 더 많이 웃었다. 그 자체로 큰 위안이었다.

그래서 나흘간은 내 객실에서 조식을 먹었고, 호텔의 작은 서가에 꽂힌 책을 읽었다. 롱아일랜드의 느린 리듬에 맞춰 지냈고 지시받은 대로 했다. 걷고 또 걷다 보면 다시 입맛이 돌았다. 으르렁대는 파도와 넓은 잿빛 하늘에 퍼지는 갈매기 울음, 행운에 어리둥절한 작은 개가 짖는 소리 속에서 생각을 정리할 수 있었다.

셋째 날 오후, 객실 침대에 앉아 엄마에게 전화를 걸어 지난 몇 주간의 일을 털어놓았다. 엄마는 한동안 말없이 듣더니, 마지막에 내가 아주 현명하고 용기 있게 대처했다고 말했다. 칭찬을 듣자 눈물이 났다. 엄마가 아빠를 바꿔주었고, 아빠는 망할 고프닉 부부를 혼쭐을 내고 싶다면서 모르는 사람에게는 말하지 말고, 마곳과 내가 맨해튼에 돌아가는 대로 알려달라고 했다. 아빠는 내가 대견하다고 덧붙였다.

"네 삶이…… 조용하지는 않아, 그렇지?"

아빠의 말에 나도 맞다고, 조용하지는 않다고 동의했다. 윌을 만나기 전을 돌이켜보면, 가장 흥분했을 때가 '버터드 번'에서 손님이 환불을 요구하는 경우였다. 그러니 온갖 일을 겪었음에도 이런 식으로 지내는 편이 좋다고 느꼈다.

마지막 밤, 우린 마곳의 부탁으로 호텔 식당에서 식사했다. 나는 진분홍색 벨벳 상의와 무릎까지 오는 치마바지를 입었고, 마곳은 프릴이 달린 초록색 꽃무늬 셔츠와 바지를 입었다(바지가 엉덩이로 내려오지 않게 내가 허리에 여분의 단추를 달아두었다). 우린 커다란 창 옆 가장 좋은 테이블로 안내받으면서, 휘둥그레진 다른 손님들의 눈길을 즐겼다.

"자, 됐네. 마지막 밤이니 배가 터지게 먹어야 하지 않을까?"

마곳이 여전히 쳐다보는 손님들에게 당당하게 손을 흔들면서 말했다. 누구의 배가 터질지 궁금해하는데 그녀가 덧붙였다.

"바닷가재를 먹어야겠어. 샴페인도 좀 곁들여서. 난 이번이 마지막일 거야."

내가 아니라고 말하려 했지만 마곳이 말을 잘랐다.

"아이고, 제발 그러지 말아. 사실이야, 루이자. 명백한 사실이지. 난 영국 여자들이 더 야무진 줄 알았는데."

우린 샴페인 한 병과 바닷가재 2인분을 주문했고, 해질녘에 맛있는 마늘향을 풍기는 가잿살을 먹기 시작했다. 마곳이 힘이 없어서 집게다리를 까지 못해서 내가 대신 해주었다. 그녀는 맛있는 소리를 내면서 다리를 빨았고, 작은 살점을 딘 마틴에게 먹였다. 손님들은 예의상 개가 있는 것을 모른 척해주었다. 우리는 큰 그릇에 담긴 감자튀김을 나눠 먹었다(주로 내가 먹었고, 마곳은 접시에 몇 개 담더니 진짜 맛있다고 말했다).

우리가 다정히, 아주 조용하게 앉아 있는 사이 레스토랑이 천천히 비어갔다. 마곳은 좀처럼 쓰지 않는 신용카드로 계산했다("카드 회사에서 대금을 받으러 오기 전에 난 죽을 테니까"). 그때 찰리가 뻣뻣한 걸음걸이로 다가와서 마곳의 가녀린 어깨에 큰 손을 올렸다. 그는 자러 갈 거지만, 아침에 그녀가 떠나기 전에 보고 싶다고 했다. 또 오랜만에 다시 만나서 정말 기뻤다고 말했다.

"내가 기뻤지요, 찰리. 최고의 숙박이었어요, 고마워요."

그녀는 애정 어린 눈빛을 보냈고, 두 사람은 굳게 손을 잡았다. 마침내 찰리가 그녀의 손을 놓고 몸을 돌렸다.

그가 저만치 가자 마곳이 말했다.

"저 사람이랑 한 번 잤어. 좋은 사람이야. 물론 나한테는 어울리지 않았지만."

마지막 감자튀김을 씹다가 캑캑대자 그녀가 한심하게 쳐다보았다.

"1970년대였다고, 루이자. 그전에 난 오래 혼자였지. 찰리를 다시 보니 참 좋군. 물론 지금은 홀아비야. 이 나이에는 다들 그래."

마곳이 한숨을 쉬었다.

우리는 한동안 말없이 칠흑같이 검은 바다를 내다보았다. 멀리서 반짝이는 고깃배들의 작은 불빛을 분간할 수 있었다. 저기 나가 있으면, 허공 한가운데 혼자 있으면 어떤 기분일지 궁금했다.

그때 마곳이 입을 열었다. 그녀가 조용히 말했다.

"여기 다시 올 거라고 기대하지 않았어. 그러니 고마워해야겠군. 마치…… 마치 강장제를 먹은 것 같아."

"저도 마찬가지예요, 마곳. 마치…… 원래대로 돌아간 기분이에요."

그녀는 내게 미소를 짓고는 손을 뻗어 딘 마틴을 토닥였다. 개는 의자 밑에 엎드려서 가만가만 코를 골았다. 마곳이 말했다.

"잘했어. 조시랑은. 너랑 맞지 않은 상대였어."

나는 대꾸하지 않았다. 할 말이 없었다. 지난 사흘간, 조시와 사귀면 어떤 사람이 됐을지 생각했다. 풍족하고, 반은 미국인이 될 테고, 대체로 행복하기까지 하겠지. 그러다 몇 주 사이에 마곳이 나보다 나를 더 잘 파악했다는 걸 깨달았다. 나는 조시에게 맞추었겠지. 좋아하는 옷을, 가장 아끼던 것들을 벗어버렸겠지. 행동도, 습관도 바꾸고 그의 카리스마 넘치는 영향력 속에서 허우적댔겠지. 회사원 아내가 되어, 잘 맞추지 못하는 점을 자책하고 이 미국판 월에게 끝없이 고마워했겠지.

샘을 생각하지 않았다. 이제는 능숙했다.

마곳이 말했다.

"있지, 내 나이가 되면 후회가 산더미처럼 쌓여서 앞을 완전히 가릴 수도 있단다."

마곳은 계속 수평선을 응시했고, 나는 누구에게 하는 말인지 궁금해하면서 기다렸다.

몬토크에서 돌아온 후 별일 없이 3주가 지났다. 이제 삶이 어떤 확실성도 없는 것 같아서, 난 윌에게 들은 대로 살기로 했다. 삶이 저절로 펼쳐질 때까지 매 순간 속에서 단순히 존재하기로. 언제가 마곳의 건강이나 채무 때문에 둘만의 아늑한 풍선이 터질 것이다. 그러면 영국행 항공편을 예약해야겠지.

그때까지는 나쁘지 않은 삶이었다. 똑같이 돌아가는 하루가 즐거움을 주었다. 센트럴파크에서 조깅, 딘 마틴과 산책, 마곳이 많이 먹지 않아도 저녁식사 준비. 밤에 같이 〈휠 오브 포춘〉을 시청하면서 '미스터리 웨지스(〈휠 오브 포춘〉 중 알파벳을 말해서 문구를 맞추는 게임)'의 철자를 외쳤다. 옷장놀이를 강화해서 연이어 '뉴욕 룩'을 선보이자, 리디아 자매는 입을 벌리고 감탄했다. 이따금 마곳에게 빌린 의상을 입었고, 때로 엠포리엄에서 샀던 옷가지로 꾸몄다. 매일 마곳의 옷방 거울 앞에 섰고, 골라 입으라고 허락받은 선반을 뒤지는 데서 기쁨을 얻었다.

빈티지 의상 엠포리엄에서 앤젤리카가 자리를 비우면 내가 교대 근무를 했다. 그녀는 팜스프링스에 가서 1952년부터 제작된 샘플이 보관된 공장에서 여성 의류를 뒤졌다. 그동안 난 리디아 옆에서 계산대를 지키고, 뽀얀 소녀들에게 졸업파티 드레스를 입혀주면서 지퍼가 올라가기를 기도했다. 리디아는 진열대를 재배치하며 낭비되는 공간이 많다고 안달했다.

리디아는 구석에 뚱하니 있는 행거를 보면서 고개를 저었다.

"요즘 이 동네 임대료가 얼마나 비싼지 알죠? 정말이야. 차가 들어올 방법만 있다면, 저쪽 구석을 주차장으로 임대하고 싶을 정도라니까."

나는 스팽글이 달린 망사 볼레로(여미지 않는 짧은 상의)를 산 손님에게 인사하고 금전등록기를 쾅 닫았다.

"그러면 임대하지 그래요? 가게를 세주면 되잖아요? 수입이 더 많아질 텐데요."

"그렇지. 계속 얘기하고 있어요. 그런데 간단치가 않아. 다른 가게들이 들어오려면 공간을 나누고 출입구를 따로 내고, 보험도 들어야 되고. 하루 종일 누가 드나드는지 모르니까…… 낯선 사람들이 우리 물건 속에 있는 거거든요. 너무 위험 요소가 크다니까."

그녀는 껌을 씹다가 풍선을 불더니, 보라색 손톱으로 터뜨렸다. 리디아가 덧붙여 말했다.

"게다가 우린 아무도 맘에 안 들거든."

집에 도착하자 아속이 카펫에 서서 장갑 낀 손으로 손뼉을 쳤다.

"루이자! 다음 토요일에 우리 집에 올래요? 미나가 궁금하대요."

"시위 계속하세요?"

앞서 열린 두 번의 시위에 참가자가 눈에 띄게 줄었다. 이제 주민들은 희망을 잃다시피 했다. 시 예산이 동결되자 구호 소리에 힘이 빠졌고, 단골 참가자들도 점점 빠지기 시작했다. 시위가 시작되고 몇 달이 지나자 핵심 참가자만 남았고, 미나는 모두에게 뜨거운 물병을 나눠주면서 끝날 때까지 끝난 게 아니라고 외쳤다.

"계속할 거예요. 내 아내를 알잖아요."

"그러면 저도 갈게요. 고마워요. 미나에게 디저트를 가져간다고 전해 주세요."

"좋아요."

그는 맛있는 음식을 기대하며 즐겁게 '음음' 소리를 냈다. 내가 엘리베이터로 가는데 아쇽이 다시 불렀다.

"루이자!"

"왜요?"

"의상이 멋져요, 아가씨."

그날은 〈수잔을 찾아서〉(마돈나 주연의 영화)를 기리는 옷을 입었다. 등판에 무지개가 수놓인 보라색 실크로 된 항공 재킷, 레깅스, 조끼를 겹쳐 입었다. 팔에는 뱅글을 여러 개 해서, 금전등록기를 쾅 닫을 때마다 (그러지 않으면 닫히지 않았다) 상쾌하게 쩔렁 소리가 났다.

아쇽이 고개를 저으면서 말했다.

"저, 고프닉가에서 일할 때 남방셔츠랑 바지를 입었던 게 믿기지 않아요. 루이자 같지 않았어요."

내가 머뭇거리는 사이 엘리베이터 문이 열렸다. 요즘에는 화물용 승강기를 이용하지 않았다.

"알아요, 아쇽? 맞는 말이에요."

집 주인의 위상을 존중하려고, 열쇠를 받은 지 몇 달이 되었는데도 집에 들어갈 때마다 노크를 했다. 대답이 없자, 반사적으로 공포가 밀려왔다. 마곳이 라디오를 크게 켜놓아서 못 들은 거라고 자위했다. 무슨 일이 있으면 아쇽이 알려줬을 거라고. 마침내 안으로 들어갔다. 딘 마틴이 맞이하러 조르르 쫓아와서, 귀가를 반기며 눈을 비스듬하게 떴다. 안아주니, 개는 주름진 코로 내 얼굴에 쿵쿵댔다.

"그래, 잘 있었어. 이 녀석. 알았어, 알아. 그런데 엄마는 어디 계셔?"

딘 마틴을 내려주니 왈왈 짖으면서 신나게 뛰어갔다.

"마곳? 마곳, 어디 계세요?"

중국 실크 가운을 걸친 그녀가 거실에서 나왔다.

"마곳! 몸이 안 좋으세요?"

가방을 내려놓고 달려갔지만, 그녀가 손을 들어 올렸다.

"루이자, 기적이 일어났단다."

막을 새도 없이 입에서 말이 튀어나왔다.

"호전되고 있어요?"

"아니, 아니. 그게 아니야. 들어오너라. 들어와! 와서 '내 아들'과 인사하렴."

대꾸할 새도 없이 마곳은 몸을 돌려 거실로 사라졌다. 뒤따라 들어가니, 키 큰 남자가 의자에서 일어났다. 파스텔톤 스웨터를 입고 허리띠 위로 배가 나오기 시작한 남자가 악수하려고 손을 뻗었다.

"이쪽 내 아들 프랭크 주니어, 이쪽은 내 사랑하는 친구 루이자 클라크. 이 아이가 없었으면 지난 몇 달간 버티지 못했을 거야."

난 당혹감을 감추려고 애썼다.

"아. 어. 그거야⋯⋯. 피차 마찬가지죠."

난 몸을 숙여, 프랭크 옆에 있는 부인과 악수했다. 흰 터틀넥 스웨터를 입었고, 옅은 색 머리는 부스스해서 평생 가다듬느라 애썼을 것 같았다.

"레이니예요. 프랭크의 아내예요. 우리 가족이 재회하게 해줘서 고맙다고 인사하고 싶어요."

그녀가 말했다. 평생 소녀티를 버리지 못하는 여자처럼 고음이었다.

레이니는 수놓인 손수건으로 눈가를 닦았다. 방금 운 것처럼 코끝이 불그스름했다.

마곳이 내게 한 손을 뻗었다.

"그러니까 빈센트, 그 사기꾼 녀석이 아버지에게 알렸다는구나, 우리가 만난 거랑 내…… 내 상황이랑."

"네, 그 사기꾼 녀석은 저를 말하는 거겠죠. 다시 만나서 반가워요, 루이자."

쟁반을 든 빈센트가 문간에 나타났다. 그는 느긋하고 행복해 보였다.

나는 어설프게 웃는 얼굴로 목례했다.

아파트에서 사람들을 보니 아주 어색했다. 이제는 마곳이랑 딘 마틴과 조용히 지내는 게 익숙했다. 체크무늬 셔츠에 폴스미스 타이를 맨 빈센트가 우리 쟁반을 들고 나타나니 낯설었다. 키 큰 남자가 커피 테이블에 긴 다리를 뻗고, 여자가 이런 곳은 처음 와본다는 듯이 놀란 눈으로 계속 거실을 두리번대니 낯설었다.

마곳이 이미 말을 많이 한 사람처럼 갈라지는 소리로 내게 말했다.

"이들이 날 놀라게 했지 뭐냐. 빈센트가 전화해서 찾아오겠다고 하기에, 난 혼자 오는 줄 알았지. 그런데 문이 좀 활짝 열리더니 아, 글쎄, 도무지…… 내가 얼마나 충격받았는지 알겠지. 난 옷을 갖춰 입지도 않았잖아? 방금 전까지 까맣게 잊고 있었지 뭐야. 우린 정말 기분 좋은 오후를 보내고 있단다. 너에게 무슨 말부터 해야 할지 모르겠구나."

마곳은 다른 손을 뻗어 아들의 손을 잡고 꼭 쥐었다. 그가 감정을 누르느라 턱을 파르르 떨었다.

레이니가 말했다.

"아, 정말로 마법이 일어났어요. 서로 할 이야기가 너무 많아요. 솔직히 말하자면 주님이 우릴 한곳에 모으신 거예요."

빈센트가 말했다.

"흠, 그분이랑 페이스북이죠. 커피 좀 마실래요, 루이자? 커피포트에 좀 남았어요. 마곳이 뭘 드시고 싶을지 몰라 쿠키 몇 개를 가져왔어요."

"그건 안 드실걸요."

생각할 겨를도 없이 말이 튀어나왔다.

"아, 맞는 말이야. 난 쿠키는 안 먹는단다, 빈센트. 사실 그건 딘 마틴의 쿠키야. 그 초콜릿 조각 진짜 초콜릿이 아니거든, 보이지?"

마곳은 숨도 쉬지 않는 듯했다. 완전히 다른 사람이었다. 하룻밤 사이에 몇십 년은 젊어진 것 같았다. 허무한 눈빛은 간데없이 부드러운 눈빛으로 즐겁게 재잘대며 말을 쉬지 않았다.

나는 문쪽으로 물러났다.

"저기, 저는…… 방해하고 싶지 않네요. 나누실 말씀이 많을 거예요. 마곳, 필요하면 크게 부르세요. 여러분 모두 만나니 좋네요. 이렇게 되어서 정말 기뻐요."

나는 말하면서 공연히 손을 흔들었다.

"어머니가 우리랑 가시는 게 마땅하다는 생각이 드네요."

프랭크 주니어가 말했다.

잠깐 침묵이 흘렀다.

"가시다니 어디로요?"

내가 물었다.

"터커호에요. 저희 집에."

레이니가 대답했다.

"얼마 동안이나요?"

510

내가 물었다.

그들은 서로 쳐다보았다.

"마곳이 거기에 얼마나 머무실 예정이냐는 뜻인데요? 알아야 짐을 싸
드릴 수 있어서."

프랭크 주니어는 여전히 모친의 손을 잡고 있었다. 그가 대답했다.

"클라크 양, 우린 긴 시간을 잃어버렸어요. 어머니와 나는요. 그러니
주어진 시간 내내 같이 보내면 좋겠다는 게 우리 둘의 생각이지요. 그래
서…… 정리를 할 필요가 있겠네요."

그 말은 소유권을 뜻했다. 마곳을 돌볼 권리가 나보다 그에게 있다는
투였다.

마곳을 쳐다보니 그녀도 맑고 차분한 눈빛으로 날 응시했다.

"맞는 말이야."

마곳이 말했다.

"잠시만요. 떠나시고 싶다고요……."

내가 말했다. 아무도 대꾸하지 않자, 다시 말을 이었다.

"……여기를요? 아파트를?"

빈센트가 동정하는 표정을 지었다. 그가 아버지에게 고개를 돌리고는
말했다.

"당장은 이쯤에서 가면 어떨까요, 아버지? 다들 정리할 게 많아요. 우
리도 처리할 일이 있잖아요. 루이자랑 할머니도 대화를 해야 하고요."

그는 떠나면서 내 어깨를 가볍게 만졌다. 사과처럼 느껴졌다.

"있잖아, 난 프랭크의 아내가 아주 유쾌하다고 생각했어. 딱하게도 옷
입을 줄 '털끝만치도' 모르지만. 내 어머니 말로는 프랭크는 젊을 때 아

주 별스런 여자친구가 많았대. 어머니는 한동안 여자애들 이야기를 써서 보내셨지. 하지만 하얀 터틀넥 면 스웨터라니. 얼마나 끔찍한지 상상이 돼? '하얀 터틀넥'이라니."

마곳은 우스꽝스런 일을—혹은 말하는 속도 때문에—얘기하다가 기침을 해댔다. 난 물을 건네고 그녀의 기침이 잦아들기를 기다렸다. 그들은 빈센트가 가자고 한 지 몇 분 만에 일어났다. 그가 재촉해서 당장은 가지만 다들 마곳을 두고 가기 싫은 눈치였다.

나는 의자에 앉았다.

"이해가 안 돼요."

"틀림없이 너한테는 너무 갑작스러워 보일 거야. 이렇게 특별한 일은 처음이었어, 루이자. 우린 얘기하고 또 얘기했고, 눈물도 조금 뿌렸겠지. 프랭크는 여전히 똑같더라고! 마치 헤어진 적이 없는 것 같았어. 예전 그대로 아주 진지하고 말수가 없지……. 실은 어릴 때처럼 무척 다정하지. 프랭크의 아내도 똑같고……. 그러다 불쑥 나더러 같이 가서 살자는 거야. 여기 오기 전에 자기들끼리 의논한 게 훤히 느껴지더라고. 그래서 그러겠다고 대답했어."

마곳이 나를 올려다보았다. 그녀가 말을 이었다.

"아, 그럴 것 없어. 너랑 나는 그 상태가 오래가지 않을 걸 알잖아. 그 집에서 3킬로미터 떨어진 곳에 아주 괜찮은 곳이 있는데, 아주 힘든 상황이 되면 내가 거기 가면 된대."

"힘든 상황이요?"

내가 속삭였다.

"루이자, 제발 나한테 다시는 모르는 척 굴지 말아. 나 스스로 처리 못하는 일들이 생기면 말이야. 내가 아주 안 좋으면. 솔직히 아들과 몇 달 지내진 못할 거야. 그래서 그들도 서슴없이 나한테 가자고 권하는 거지."

그녀가 무미건조하게 킥킥 웃었다.

"하지만…… 하지만 이해가 안 돼요. 여기를 떠나지 않겠다고 말씀하
셨잖아요. 제 말은 이 짐을 다 어쩌시려고요? 그냥 가버릴 순 없어요."

마곳이 나를 쳐다봤다.

"난 그렇게 할 수 있어."

그녀가 숨을 들이쉬자, 얇은 천 밑으로 앙상한 가슴뼈가 힘겹게 들먹
댔다. 마곳이 말을 이어갔다.

"난 죽어가고 있어, 루이자. 난 늙었고, 더 오래 살지는 않을 거야. 잃
은 줄 알았던 내 아들이 괴로움과 자존심을 누르고 내게 손을 내밀었어.
상상이 돼? 나를 위해 그렇게 해줄 사람이 있다는 게 어떤 건지 상상이
되냐고?"

난 프랭크 주니어를 떠올렸다. 어머니를 향한 그의 눈길. 서로 의자를
붙이고 앉아 어머니의 손을 꼭 잡은 모습.

"그런 아들이랑 시간을 보낼 기회가 있는데, 대관절 왜 여기 남아 있
으려 하겠어? 잠을 깨면 아들을 보면서 아침 식사를 하고, 모르고 지난
일들을 얘기할 수 있고, 손주들을 볼 수 있는데…… 빈센트를…… 사랑
스런 빈센트. 그 아이에게 형제가 있다는 걸 알아? 난 손자가 둘이라고.
'둘!' 아무튼. 난 아들에게 미안하다고 말해야 했어. 그게 얼마나 중요했
는지 알아? 미안하다고 말해야 했어. 아, 루이자. 별것 아닌 자존심을 지
키느라 아픔을 안고 살 수도 있고, 그걸 버리고 얼마가 됐든 주어진 소중
한 시간을 누릴 수도 있어."

마곳이 손으로 무릎을 꼭 잡았다. 그녀가 다시 말했다.

"그래서 그럴 계획이야."

"하지만 안 돼요. 그냥 가버릴 순 없어요."

나는 울기 시작했다. 어디서 그런 울음이 나왔는지 모르겠다.

"아이고, 이 아가씨야. 네가 이 일을 두고 소란 떨지 않으면 좋겠어. 자, 자. 제발 눈물을 그쳐. 내가 부탁할 게 있는데."

나는 코를 닦았다.

"이게 좀 힘든 일인데."

그녀는 힘들게 침을 삼키고 말을 이었다.

"그 아이들이 딘 마틴은 데려가지 않겠다고 하네. 무척 미안해하면서 알레르기 같은 게 있다고 해. 난 헛소리 작작 하라고, 꼭 나랑 가야 한다고 말하려 했지만 솔직히 전부터 걱정이 됐어. 내가 떠난 후에 딘 마틴이 어떻게 될지 말이야. 녀석은 몇 년 더 살 거거든. 나보다 훨씬 오래 살 건 분명하지."

마곳이 계속 말했다.

"그래서…… 혹시 네가 나 대신 녀석을 맡아줄 수 있을까 해서. 딘 마틴이 널 좋아하는 것 같아. 전에 네가 녀석을 얼마나 엉망으로 다뤘는지 기억해봐. 틀림없이 동물은 용서하는 영혼을 지녔다니까."

나는 눈물 어린 눈으로 그녀를 바라보았다.

"제가 딘 마틴을 맡길 바라세요?"

"그래."

작은 개를 내려다보았다. 딘 마틴은 마곳의 발아래서 기대하듯 기다렸다.

"친구로서 묻는데 혹시…… 혹시 생각해 보겠니. 나를 위해서."

그녀가 입술을 오므린 채 나를 골똘히 쳐다봤다. 마곳의 옅은 색 눈과 내 눈이 마주쳤다. 내 얼굴이 일그러졌다. 이렇게 된 게 마곳을 위해 반가웠지만, 그녀를 잃을 생각에 가슴이 미어졌다. 다시 혼자가 되고 싶지 않았다.

"네."

"그래 줄래?"

"물론이에요."

난 다시 울기 시작했다.

마곳은 안도감에 축 처졌다.

"아, 그런다고 할 줄 알았지. 알고 있었어. 네가 딘 마틴을 보살피리란 걸 말야. 너는 그런 사람이거든."

그녀는 미소 지었다. 처음으로 운다고 나무라지 않고, 몸을 숙여 내 손을 잡았다.

그들은 2주 후 마곳을 데리러 왔다. 얼핏 막무가내란 생각이 들었지만, 마곳에게 시간이 얼마나 남았는지는 아무도 몰랐다.

프랭크 주니어는 막대한 관리비를 납부했다. 그러면 아파트가 관리인에게 넘어가지 않고 그가 상속받을 수 있으니, 대단한 선행은 아니었다. 하지만 마곳이 효심으로 받아들여서 나도 군말할 이유가 없었다. 프랭크는 다시 어머니와 함께해서 행복한 기색이 역력했다. 부부가 마곳을 두고 요란을 떨었다. 기분이 괜찮은지, 약을 다 챙겼는지, 너무 피곤하거나 현기증이 나지 않는지 확인했다. 몸 상태가 안 좋은지, 물이 필요한지. 결국 마곳은 짜증나는 척하면서 눈을 굴리고 손을 저었다. 하지만 그녀는 이런 일들을 즐기고 있었다. 내게 쉬지 않고 아들 이야기를 했으니까.

프랭크 주니어의 표현에 따르면 나는 '그때까지' 아파트에 머물면서 관리하기로 했다. 아무도 입 밖에 내지 않았지만 마곳이 죽을 때까지라는 뜻이겠지. 부동산 중개업자는 현 상태로는 세입자를 구하기 어렵다고 말했지만 '그때까지'는 집을 수리하기가 적당치 않았다. 덕분에 내가 임시 관리인의 역할을 맡게 되었다. 마곳도 딘 마틴이 새 상황에 적응하는 동안은 안정적인 게 도움이 될 거라는 점을 몇 번이나 지적했다. 복잡한 상황에서 프랭크 주니어가 개의 정신 상태까지 챙기지 않는 듯했지만.

마곳은 옷 가방 두 개를 챙겼고, 좋아하는 정장을 입었다. 비취색 부클레실로 짠 재킷과 스커트 정장을 입고, 세트인 필박스햇을 썼다. 나는 가느다란 목에 암청색 생 로랑 스카프를 매주었다. 그런 식으로 앙상하게 솟은 쇄골을 가리고, 마지막 포인트로 둥근 옥귀고리를 찾아냈다. 난 마곳이 너무 더울까봐 걱정했지만, 그녀는 점점 마르고 허약해져서 아주 더운 날에도 춥다고 불평했다. 난 딘 마틴을 안고 바깥 골목에 서서, 프랭크와 빈센트가 짐을 챙기는 모습을 지켜보았다. 마곳은 보석함을 확인했다. 귀중품 일부는 며느리에게 주고, 일부는 빈센트에게 (결혼할 때 대비해서) 줄 작정이었다. 그들이 보석함을 안전하게 싣자 그녀는 만족하면서, 지팡이를 짚고 내게 천천히 다가왔다.

"자. 얘야. 너에게 할 당부는 편지에 써서 남겨놨다. 아속에게 간다는 말을 하지는 않았어. 요란을 떠는 게 싫어서. 하지만 그에게 주는 작은 물건을 주방에 두었어. 우리가 떠난 후에 네가 전해주면 고맙겠구나."

난 고개를 끄덕였다.

"딘 마틴에게 필요한 사항은 별도의 편지에 다 적어두었다. 평소 습관을 고수하는 게 대단히 중요해. 녀석이 그렇게 지내는 걸 좋아하니까."

"걱정하시지 않아도 돼요. 잘 지내도록 돌볼게요."

"간은 먹이면 안 돼. 그 아이가 애걸복걸해도 그걸 먹으면 병이 나."

"간은 금지."

마곳은 말을 하려다 기침을 했고, 숨을 쉴 수 있을 때까지 잠시 기다렸다. 그녀는 지팡이에 기대서서, 앙상한 손으로 햇빛을 가리고 반세기 이상 산 건물을 올려다보았다. 그러더니 뻣뻣하게 몸을 돌려 센트럴파크를 훑어보았다. 긴 세월 그녀가 누리던 풍경이었다.

차에 탄 프랭크 주니어가 더 잘 보려고 몸을 굽힌 채 소리쳤다. 하늘색 바람막이 점퍼를 입은 부인은 긴장해서 양손을 맞잡고 조수석 문 옆에 서 있었다. 대도시를 좋아하는 여자가 아닌 게 분명했다.

"어머니?"

"잠깐만. 고맙구나."

마곳이 몸을 돌려 나와 마주보았다. 그녀는 내가 안은 개에게 손을 뻗었다. 핏줄이 튀어나온 앙상한 손가락으로 개의 머리를 서너 번 쓰다듬었다.

마곳이 부드럽게 말했다.

"넌 착한 친구야. 그렇지, 딘 마틴? 정말 착한 친구야."

개가 좋아서 그녀를 올려다보았다.

"넌 최고로 잘생긴 녀석이야."

마지막 말을 할 때 목소리가 갈라졌다.

개가 손바닥을 핥자, 마곳이 앞으로 나와 개의 쭈글쭈글한 이마에 키스했다. 눈을 감고, 좀 길다 싶게 입맞춤을 하자, 개는 눈이 휘둥그레져서 앞발을 그녀에게 뻗었다. 순간적으로 마곳의 얼굴이 축 처졌다.

"제가…… 제가 딘 마틴이랑 만나러 갈게요."

마곳은 눈을 감고 개와 얼굴을 맞댔다. 소음도, 차량도, 주변 사람들도 다 잊고서.

"제 말 들으셨어요? 자리 잡으시면 저희가 기차를 타고……"

마곳이 몸을 펴면서 눈을 뜨고, 잠깐 아래를 쳐다봤다.

"고맙지만 사양할게."

내가 다른 말을 할 새도 없이 그녀가 고개를 돌렸다.

"자, 녀석을 산책시켜다오. 부탁한다. 가는 모습을 녀석에게 보이기 싫
구나."

차에서 내린 마곳의 아들이 골목에 서서 기다렸다. 그가 팔을 뻗었지
만 마곳은 손을 저었다. 나는 마곳이 눈물을 훔쳤다고 생각했다. 하지만
내 눈도 흐릿해져서 알 수 없었다. 내가 말했다.

"고마워요, 마곳. 모두 다요."

그녀는 입술을 다문 채, 고개를 저었다.

"지금이야, 부탁해."

뒤돌아선 마곳이 차 쪽으로 다가가자 아들이 손을 내밀었다. 다음에
그녀가 어떻게 했는지 난 모른다. 마곳의 부탁대로 딘 마틴을 바닥에 내
려놓고 센트럴파크 쪽으로 재빨리 걸어갔으니까. 사람들의 눈길을 무시
했다. 반짝이 핫팬츠와 보라색 실크 항공 재킷을 입은 여자가 오전 11시
에 대놓고 우는 이유를 다들 궁금해했다.

딘 마틴이 짧은 다리로 걸을 수 있는 곳까지 갔다. 아잘레아 연못에 다
다르자 개는 혀를 빼물고 한쪽 눈이 살짝 처져서는 반항적으로 멈추었
다. 나는 딘 마틴을 안았다. 눈물이 나는 통에 눈이 붓고, 가슴이 먹먹해
서 울음이 터질 것 같았다.

사실 난 동물을 좋아하는 사람은 아니다. 하지만 이제 부드러운 털에
얼굴을 묻으면 얻을 수 있는 위로가 이해됐다. 동물을 보살피느라 자잘
한 일들을 하면서 얻는 위안을 알 것 같았다.

"드 위트 부인이 휴가를 떠나셨나요?"

파란 선글라스를 낀 채 고개를 숙이고 들어가자 아속이 책상 뒤에서 물었다.

그에게 소식을 전할 기운이 아직은 없었다.

"네."

"나한테 신문을 취소하라는 말을 안 하셨는데요. 처리하는 게 낫겠네요. 언제 집에 돌아오실지 알아요?"

아속이 고개를 저으면서 수첩을 집었다.

"나중에 다시 올게요."

천천히 위층으로 올라갔다. 작은 개는 내 품에서 꼼짝하지 않았다. 움직이면 다시 걸으라고 할까봐 걱정이라도 되는지. 우린 아파트 안으로 들어갔다.

그녀의 부재에서 온 죽음 같은 적막감이 감돌았다. 마곳이 입원했을 때는 이런 느낌이 아니었는데. 덥고 무거운 공기 사이로 먼지 티끌이 떠다녔다. 몇 달 후면 다른 사람이 여기 살 것이다. 1960년대에 도배한 벽지를 벗기고 스모크드 글라스 가구들을 들어내겠지. 아파트는 다시 설계되어 싹 바뀌리라. 바쁜 중역이나 자녀를 둔 부자의 둥지가 될 거야. 이 생각을 하니 속에 구멍이 뚫린 느낌이었다.

딘 마틴에게 물과 곡물을 한 움큼 주고, 아파트 안을 천천히 돌아다녔다. 의상, 모자, 벽에 붙은 기념물을 살피면서, 슬픈 생각을 하지 말라고 되뇌었다. 남은 날을 외아들과 지낼 기대에 기뻐하는 마곳의 얼굴을 생각하라고. 기쁨은 변화를 가져왔고, 지친 얼굴에 활기를 주고 눈을 반짝이게 했다. 이 모든 물건이, 이 모든 기념물이 아들의 부재가 주는 기나긴 고통에서 그녀를 지키는 완충제였는지 궁금해졌다.

스타일 여왕, 걸출한 패션 편집자, 시대를 앞서간 여성인 마곳 드 위트는 벽을 세웠었다. 아름답고 화려하고 다채로운 벽을. 모든 상황이 '뭔가'를 위해서였다고 자신에게 말해줄 벽을. 그런데 아들이 돌아온 순간, 그녀는 그 벽을 허물고 뒤도 돌아보지 않았다.

시간이 흐르면서 눈물이 멈추고 가끔 딸꾹질이 날 정도가 되자, 식탁에서 봉투를 집어 열어보았다. 마곳이 아름다운 둥근 필체로 쓴 편지였다. 글씨체로 평가받던 시절을 연상시키는 필체였다. 그녀가 말했듯이 개가 좋아하는 음식, 식사 시간, 동물 병원에 가야 하는 경우, 예방주사, 벼룩 예방과 구충제 복용 일정이 적혀 있었다. 여러 가지 방한복이―비 올 때, 바람 불 때, 눈 올 때 입는 옷이 따로 있었다―있는 위치와 개가 좋아하는 샴푸의 상표가 적혀 있었다. 또 치석 제거와 귀 청소를 해줘야 했고 항문샘을―나는 얼굴을 찌푸렸다―짜줘야 했다.

"너를 맡길 때 마곳이 '이' 말은 하지 않았거든."

내가 중얼대자 딘 마틴은 고개를 들어 신음하고 다시 고개를 숙였다.

그 밖에 우편물을 보낼 주소와 이삿짐센터에 전할 내용이 적혔다. 옮기지 않을 짐은 안방에 두었으니, 나더러 문에 '출입 금지'라는 쪽지를 붙이라고 했다. 모든 가구와 램프, 커튼은 처리해도 괜찮았다. 연락하고 싶은 경우에 대비해 아들과 며느리의 명함이 들어 있었다.

이제 중요한 얘기가 남았구나. 루이자, 빈센트를 찾아줘서 고맙다고 직접 말하지 않았지만―내게 예상치 않은 큰 행복을 안겨준, 친절한 오지랖이었지―이제 인사하고 싶다. 그리고 딘 마틴을 보살펴주는 것도 고맙다. 부탁할 만큼 믿을 만하고, 나처럼 딘 마틴을 사랑하는 사람이 거의 없지만, 너는 그런 사람이지.

루이자, 너는 보석이야. 너는 늘 분별력이 있어서 내게 세세히 말하지 않았지만, 뭐가 됐든 멍청한 옆집 부부와의 일로 주눅 들지 말아라. 너는 용감하고 멋지고, 아주 친절한 젊은이지. 그들이 널 놓친 덕분에 내가 널 얻은 걸 영원히 감사할 거야. 고맙다.

감사하는 마음으로 내 옷장을 너에게 주고 싶다. 다른 사람들에게— 그 흉측한 옷 가게의 네 장사치 친구들은 예외겠지만—이 옷은 쓰레기일 거야. 그걸 잘 알아. 하지만 너는 내 옷을 본래대로 보지. 옷들을 네가 하고 싶은 대로 하려무나—일부는 보관하고, 일부는 팔든지, 네마음대로. 하지만 네가 그 옷에서 기쁨을 얻으리란 걸 난 알아.

내 생각을 말해보마—아무도 노인네의 생각을 알고 싶어하지 않는 줄 안다만. 네 에이전시를 만들어라. 옷을 대여하거나 판매해. 그 여자들은 옷 거래가 돈이 된다고 생각하는 것 같더군. 그러니 너한테 딱 맞는 일이 될 거라는 감이 오거든. 그런 사업을 시작할 만큼 옷이 충분할 거야. 물론 다른 장래 계획이, 훨씬 더 나은 계획이 있을지 모르지. 결정을 내리면 내게 알려주겠니?

아무튼 내 룸메이트, 소식이 오기를 기대하마. 나 대신 꼬마 개에게 키스해주려무나. 벌써 녀석이 사무치게 그립구나.

한없는 애정을 담아서
마곳

편지를 내려놓고, 한동안 주방에서 꼼짝 않고 앉아 있었다. 그러다가 마곳의 침실과 드레스룸 뒤편을 다니며 옷이 쌓인 선반들을 뒤지고 한

벌 한 벌 살폈다.

의상 에이전시? 난 사업을 전혀 몰랐다. 기술적인 면이나 회계나 대중을 다루는 법을 전혀 몰랐다. 살고 있는 도시의 규율을 다 알지 못했고, 안정적인 거주지도 없었다. 여기서 한 일마다 몽땅 실패했다. 도대체 마곳은 왜 내가 새로운 사업체를 세울 수 있다고 믿는 걸까?

진청색 벨벳 소매를 쓰다듬다가 옷을 꺼냈다. 할스턴(미국 패션 디자이너) 점프슈트는 거의 허리까지 벌어졌고 망사 안감이 붙어 있었다. 옷을 조심스럽게 돌려놓고 드레스를 꺼냈다. 하얀 브로드리 앙글레이즈(면에 구멍을 내서 주위를 흰 실로 감치는 바느질 기법) 드레스의 치마 부분에는 러플이 달려 있었다. 첫 행거 앞을 지나면서 놀라고 주눅이 들었다. 이제 겨우 개를 책임지기 시작했는데. 방 세 개에 가득 찬 의상으로 뭘 어떻게 한단 말인가?

그날 밤 마곳의 아파트에 앉아 〈휠 오브 포춘〉을 켰다. 어제저녁에 그녀에게 주고 남은 닭고기구이를 (마곳은 몰래 식탁 밑의 개에게 전부 주었을 것이다) 먹었다. 바나 화이트(〈휠 오브 포춘〉의 여자 진행자)의 말을 듣지 않았고, '미스터리 웨지스' 코너에서 철자를 외치지도 않았다. 앉아서 마곳이 한 말을 떠올리며 그녀가 본 사람에 대해 궁리했다.

도대체 루이자 클라크는 누구인가?

난 딸이고, 언니이고, 당분간은 일종의 엄마였다. 남들을 보살피지만, 자신을 보살피는 방법은 전혀 모르는 듯한 여자였다. 앞에서 번쩍이는 바퀴가 돌아가는 와중에, 남들이 내게 원하는 게 아닌, 내가 정말 원하는 것을 생각하려 애썼다. 윌이 내게 한 말을 떠올렸다. '남들이 생각하는 충만한 삶을 살지 말고 내 꿈을 이루는 삶을 살라'고. 문제는 꿈이 뭔지 제대로 모른다는 점이었다.

복도 건너의 아그네스를 생각했다. 새 인생에 맞출 수 있다고 모두를 설득하려 애쓰지만, 정작 자신의 내면은 두고 온 역할을 애달파하는 것을 멈추지 않으려는 여자. 동생을 생각했다. 자신이 진짜 누구인지 이해하자 새로운 만족감을 찾은 여자. 동생은 스스로 용납하자 아주 쉽게 사랑에 빠져들었다. 엄마를 생각했다. 타인들을 돌보는 데 자신을 맞춘 나머지, 자유로워도 뭘 해야 할지 몰랐다.

내가 사랑했던 세 남자를 떠올렸고, 각자 나를 어떻게 변화시키거나 그러려고 했는지 생각했다. 윌은 의심의 여지없이 내게 큰 인상을 남겼다. 나는 윌이 바라는 프리즘으로 모든 걸 봤다.

'난 당신을 위해서도 변했을 거예요, 윌. 이제 알겠어요. 어쩌면 당신은 내내 알았겠죠.'

'대담하게 살아, 클라크.'

"행운을 빌어요!"

〈휠 오브 포춘〉의 진행자가 외치자 다시 휠이 돌아갔다.

그리고 난 원하는 게 뭔지 깨달았다.

그 후 사흘간 마곳의 옷장을 모두 뒤져서 기준에 맞춰 분류했다. 시대별로 여섯 가지로 분류했고, 그 안에서 일상복, 이브닝 웨어, 행사복으로 나눴다. 단추가 없거나 레이스가 찢어지거나 작은 구멍이 나거나, 조금이라도 수선이 필요한 옷들을 다 꺼냈다. 좀이 슬지 않고, 솔기가 늘어나지 않고 여전히 가지런하게 관리한 마곳에게 감탄했다. 옷을 내 몸에 대기도 하고 입어도 보고, 비닐 커버를 벗기면서 환호성과 탄성을 지르자, 딘 마틴이 귀를 쫑긋대다가 못마땅해져서 가버렸다. 공공 도서관에 가서, 소규모 업체를 개업하는 데 필요한 사항을 조사하며 반나절을 보냈다. 세금 관련, 허가, 서류를 알아내고, 매일 늘어가는 파일을 인쇄했다. 그 후 딘 마틴을 데리고 빈티지 의상 엠포리엄에 가서, 주인 자매와 앉아서 섬세한 옷을 가장 잘 다루는 세탁소와 수선에 쓸 실크 안감을 살 최고의 수예점들을 물었다.

마곳의 선물 소식을 듣자 그들은 안달했다.

리디아가 고리 모양의 담배 연기를 내뿜으면서 말했다.

"우리가 옷을 전부 인수할게요. 은행 대출이라도 받을 수 있다는 뜻이에요. 알겠어요? 우리가 값을 잘 쳐줄게요. 진짜 괜찮은 셋집의 보증금으로 넉넉할 만큼! 독일 방송사가 우리한테 큰 관심을 보이거든요. 여러 세대를 다룬 24부작 연속극을 만들어서……."

"고맙지만, 그 옷들을 어떻게 할지 아직 결정하지 못했어요."

나는 그들의 시무룩한 얼굴을 애써 외면하면서 말했다. 벌써 의상에 대해 보호본능 같은 게 생겼다. 나는 계산대 위로 몸을 숙이고 덧붙여 말했다.

"하지만 다른 아이디어가 있는데……."

다음 날 아침 1970년대 초록색 '주디' 오지 클라크(1960년대 영국 최고 패션 디자이너. '주디'는 초록색 바지 정장)의 바지 정장을 입고, 솔기가 뜯어지거나 작은 구멍이 났는지 확인하는 데 초인종이 울렸다.

"잠깐만요, 아슉. 기다려요! 개 좀 붙잡을게요."

내가 외치면서, 문에 대고 짖어대는 딘 마틴을 안았다.

마이클이 앞에 서 있었다.

"안녕하세요. 문제라도 있나요?"

충격에서 벗어나자 내가 쌀쌀맞게 물었다.

그는 내 옷차림을 보고 눈썹을 치뜨지 않으려고 애썼다.

"고프닉 씨께서 당신을 만나고 싶으시답니다."

"난 여기 합법적으로 거주해요. 드 위트 부인이 머무르라고 초청하셨어요."

"그것 때문이 아니에요. 솔직히 말하자면 무슨 일인지 나도 모르겠어요. 하지만 어떤 일에 대해 대화하고 싶어하십니다."

"난 그와 대화하고 싶지 않아요, 마이클. 하지만 아무튼 고마워요."

내가 문을 닫으려 했지만, 그가 문틈에 발을 넣어 막았다. 난 그의 발을 내려다보았다. 딘 마틴이 낮게 으르렁댔다.

"루이자, 그가 어떤 분인지 알지요? 루이자가 동의할 때까지 나더러 여기 있으라고 지시하셨어요."

"그러면 직접 복도를 지나 여기로 오시라고 가서 전해요. 멀지도 않은걸요."

마이클이 목소리를 낮춰 말했다.

"여기서 만나고 싶어하시지 않아요. 집무실에서 만나자고 하십니다. 개인적으로."

그는 평소와 달리 불편해 보였다. 상대에게 단짝이 아니라고 털어놓고 뜨거운 돌처럼 내던지는 사람 같았다.

"그럼 이따가 오전 중에 들른다고 전해요. 딘 마틴이랑 산책을 마친 후에."

그래도 그는 꿈쩍하지 않았다.

"왜요?"

그는 간청하다시피 매달렸다.

"밖에서 차가 대기 중이에요."

딘 마틴을 데려갔다. 묘하게 불안할 때, 개에게 신경이 분산되면 도움이 됐다. 마이클이 리무진 뒷좌석의 내 옆자리에 앉자, 딘 마틴이 그와 운전석 뒤쪽을 동시에 노려봤다. 난 말없이 앉아서, 도대체 고프닉 씨가 왜 이러는지 궁리했다. 신고할 작정이었다면 전용차가 아니라 경찰을 보냈겠지. 의도적으로 마곳이 떠날 때까지 기다렸을까? 뭔가 알아내서 나한테 뒤집어씌우려는 걸까? 스티븐 립코트와 임신 테스트기에 생각이 미치자, 뭘 아느냐고 직접적으로 물으면 어떤 반응을 할지 고민했다. 윌은 내가 최악의 포커페이스라고 말했었다. 머릿속으로 '아무것도 몰라요'란 말을 연습하는데, 마이클이 날카로운 눈빛으로 쳐다봤다. 그제야 그 말을 입 밖에 냈다는 걸 깨달았다.

대형 유리 건물 앞에서 내렸다. 마이클은 빠른 걸음으로 대리석이 깔린 동굴 같은 로비로 들어갔다. 하지만 난 그가 답답할 줄 알면서도, 서두르지 않고 딘 마틴이 제 속도대로 천천히 걷게 내버려뒀다. 마이클은 검색대에서 통행증을 받아서 내게 건네고, 로비 뒤쪽에 따로 있는 엘리베이터로 안내했다. 고프닉 씨는 너무나 중요한 인물인 나머지 직원들과 오르내리지 못하는 듯했다.

56층으로 올라가는 속도가 너무 빨라서 내 눈이 딘 마틴의 눈처럼 튀어나올 지경이었다. 풀린 다리를 감추고 엘리베이터에서 내리니, 조용한 사무실들이 있었다. 단아한 정장을 입고 하이힐을 신은 비서는 날 보고 놀랐다. 가장자리에 빨간 새틴을 두른 1970년대 초록색 오지 클라크 바지 정장 차림으로 성난 작은 개를 안은 사람을 별로 못 본 모양이지. 마이클을 따라서 복도를 걸어가니 다른 사무실이 나타났고, 거기에 다른 직원이 앉아 있었다. 그녀도 단정한 유니폼을 입고 있었다.

"클라크 양이 고프닉 씨를 만나셔야 되는데요, 다이앤."

마이클이 말했다.

그녀는 고개를 끄덕이고, 수화기를 들고 뭐라고 말했다.

"지금 만나신답니다."

그녀가 가볍게 미소 지으면서 말했다.

마이클이 문쪽을 가리켰다.

"내가 개를 데리고 있을까요?"

그가 물었다. 내가 개를 데려갈까 걱정하는 기색이 역력했다.

"고맙지만 괜찮아요."

나는 딘 마틴을 더 바싹 안으면서 대답했다.

문이 열렸고, 거기 레너드 고프닉이 셔츠 바람으로 서 있었다.

"나를 만나는 데 동의해줘서 고맙군."

그가 문을 닫으면서 말했다. 고프닉 씨는 책상 맞은편 의자를 가리키고, 천천히 책상을 돌아갔다. 그가 눈에 띄게 다리를 절자, 난 네이선이 뭘 하는지 궁금했다. 그는 늘 조심성이 많아서 그 이야기는 하지 않았다.

난 잠자코 있었다.

고프닉 씨가 의자에 털썩 주저앉았다. 지쳐 보였고, 비싼 선탠도 눈 밑 그늘과 눈가 주름을 가리지 못했다.

"의무를 대단히 신중하게 수행하는군."

그가 개를 가리키면서 말했다.

"항상 그렇지요."

내가 대꾸하자, 고프닉 씨가 적절하다는 듯 고개를 끄덕였다.

그가 책상 위로 몸을 숙이고 합장하듯 손을 모았다.

"루이자, 평소 나는 할 말을 찾지 못하는 사람이 아닌데…… 지금은 그렇다고 털어놓아야겠군. 이틀 전 어떤 일을 알게 되었지. 그 일이 날 상당히 흔들어놓았네."

그가 고개를 들어 나를 쳐다봤다. 난 담담한 표정을 지으며 가만히 그를 응시했다.

"내 딸 태비사가…… 어떤 말을 듣고 의혹을 갖게 되어서, 사설탐정에게 어떤 사건을 의뢰했네. 이건 그리 달가운 일이 아니지. 가족이 서로 조사하는 일은 흔치 않네. 하지만 태비사는 탐정이 알아낸 내용을 내게 말했고, 내가 무시할 수 있는 일이 아니었지. 아그네스랑 이 일에 대해 대화했고, 그녀가 모든 걸 밝혔지."

나는 기다렸다.

"아이 말이네."

"아."

내가 탄식했다.

그가 한숨을 쉬었다.

"몇 번의 상당히…… 긴 대화 중, 아그네스는 피아노와 돈에 대해 설명하더군. 루이자가 지시를 받고 매일 근처 현금인출기에서 돈을 꺼내 모았다고 알고 있네."

"그렇습니다, 고프닉 씨."

내가 말했다.

그가 아닌 줄 알면서도 희망을 품었던 사람처럼 고개를 숙였다. 내가 아니라고, 사설탐정이 엉터리라고 말하리라 기대했을까.

마침내 그가 육중하게 의자에 등을 기댔다.

"우리가 당신에게 너무 잘못한 것 같군. 루이자."

"저는 도둑이 아닙니다, 고프닉 씨."

"그렇지. 그런데도 내 아내에 대한 의리 때문에 도둑이라고 의심해도 가만히 있었지."

비난하는 말인지 확신이 서지 않았다.

"제게 선택의 여지가 없는 것 같아서요."

"아니, 그렇지 않아. 분명히 그러지 않지."

우리는 시원한 사무실에서 한동안 말없이 앉아 있었다. 그가 손가락으로 책상을 톡톡 두드렸다.

"루이자, 어떻게 하면 이 상황을 바로잡을지 밤새 생각했네. 그래서 자네에게 제안을 하고 싶은데."

난 기다렸다.

"일자리를 되돌려주고 싶군. 물론 더 나은 조건이 될 거야. 휴가도 늘고 급여도 인상되고, 복지 혜택도 현저히 개선되고. 입주해서 살고 싶지 않다면, 우리가 근처에 숙소를 마련해줄 수 있네."

"일자리요?"

"아그네스는 마음에 드는 사람을 구하지 못했네. 누구도 자네의 절반에도 못 미치더군. 자네는 입증 이상을 했고, 난 자네의…… 의리와 지속적인 분별력에 크게 감사하네. 자네 후에 들어온 직원은…… 음, 제대로 해낼 수 없었지. 아그네스가 좋아하지 않네. 아내는 자네를…… 친구로 여겼지."

나는 개를 내려다보았다. 딘 마틴이 날 쳐다봤다. 눈에 띄게 심드렁한 듯했다.

"고프닉 씨, 대단히 고마운 말이지만 이제 아그네스의 어시스턴트로 일하는 게 마음 편하지 않을 것 같습니다."

"다른 자리도 있어. 이 회사 내에. 아직 다른 일자리가 없다고 아는데."

"누가 그렇다고 말하던가요?"

"건물에서 내가 모르는 일은 별로 없네, 루이자. 보통은, 그런 편이지."

고프닉 씨는 찡그리면서 말을 이었다.

"저기, 마케팅과 행정부서에 자리가 있네. 내가 인사과에 말해서 입사 절차를 건너뛰라고 요청할 수 있고, 회사가 교육을 제공할 수 있네. 혹은 관심 있는 분야라면 내 자선 부서에 자리를 만들도록 하지. 어떤가?"

그는 등을 기대고 앉아, 한 팔을 책상에 올리고 검은 펜을 느슨하게 잡았다.

다른 삶을 사는 이미지가 눈앞에 그려졌다. 매일 정장 차림으로 초고층 유리 빌딩으로 출근하는 나. 높은 연봉을 받고 형편이 닿는 곳에서 사는 루이자 클라크. 새 뉴요커. 이제 아무도 돌보지 않고 위로 올라가는 나와 그 위로 무한히 펼쳐진 하늘. 전혀 새로운 삶, 진짜 쏘아 올린 아메리칸 드림.

'좋다'고 대답할 경우, 가족이 느낄 자긍심을 떠올렸다.

남이 입던 옷이 넘쳐나는 도심의 너저분한 창고하우스를 생각했다.

"고프닉 씨, 기분이 좋다는 말씀을 다시 드립니다. 하지만 그러고 싶지 않네요."

그의 표정이 굳어졌다.

"그러면 돈을 원하는군."

나는 눈을 깜빡거렸다.

"우리는 소송 만능인 사회에서 사네, 루이자. 자네가 내 가족에 관련된 대단히 민감함 정보를 가진 걸 잘 아네. 일시불을 원한다면 의논해보지. 변호사를 불러 이야기할 수 있네."

그가 몸을 숙여 인터폰을 누르고 말했다.

"다이앤, 지금⋯⋯."

그 순간 내가 일어났다. 딘 마틴을 가만히 바닥에 내려놓고 말했다.

"고프닉 씨의 돈을 원하지 않습니다. 소송하거나⋯⋯ 비밀을 무기로 돈을 벌고 싶었다면⋯⋯ 직장이나 살 곳이 없던 몇 주 전에 그렇게 했을 겁니다. 그때 저를 오판하셨듯 지금도 저를 오판하시네요. 이제 그만 가 보겠습니다."

그가 전화기에서 손을 뗐다.

"제발⋯⋯ 앉아. 화나게 할 의도는 없었네."

고프닉 씨는 의자로 손짓하며 다시 말했다.

"부탁이야, 루이자. 난 이 문제를 정리해야 하네."

그는 나를 신뢰하지 않았다. 그가 최고 수준의 돈과 지위를 가져서, 모두 기회만 있으면 돈을 받아내려는 세상에서 산다는 걸 깨달았다.

"제게 서명을 받고 싶으시군요."

내가 냉정하게 말했다.

"자네의 액수를 알고 싶네."

바로 그때 그 생각이 났다. 나도 모르게 그 생각을 했다.

다시 앉았고, 잠시 후 그에게 말했다. 만난 지 9개월 만에 처음으로, 고프닉 씨는 제대로 놀랐다.

"그게 원하는 건가?"

"그게 원하는 거예요. 어떻게 하시든 상관없습니다."

고프닉 씨는 의자에 등을 기대고, 양손을 뒤통수에 댔다. 그는 잠시 옆을 보면서 생각에 잠겼다가, 다시 내게 눈을 돌렸다.

"자네가 돌아와서 내 밑에서 일하면 더 좋겠는데, 루이자 클라크."

그가 말했다. 그러더니 처음으로 씩 웃고, 책상 위로 팔을 뻗어 나와 악수했다.

"루이자에게 편지가 왔어요."

내가 들어가자 아속이 말했다. 고프닉 씨는 차가 집에 데려다줄 거라고 알려주었고, 나는 기사에게 두 블록 전에 내려달라고 했다. 딘 마틴에게 운동을 시키고 싶었다. 고프닉 씨와 만난 일 때문에 아직도 떨렸다. 뭐든 할 수 있을 것처럼 현기증이 나고 들뗐다. 아속이 나를 두 번 부르고서야 그의 말을 알아들었다.

"나한테요?"

봉투의 주소를 내려다보았다. 내가 드 위트 부인의 집에 사는 걸 아는 사람이 생각나지 않았다. 엄마는 조심하라고 당부할 때나 편지를 쓴다면서 보통은 이메일을 보냈다.

뛰어 올라가서 딘 마틴에게 물을 준 다음, 앉아서 봉투를 열었다. 낯선 필체여서 편지를 뒤집었다. 싸구려 복사지에 검은 잉크로 쓴 편지였고, 두어 군데 지운 흔적이 있었다. 마치 하고 싶은 말을 표현하려고 안간힘을 쓴 듯했다.

샘이었다.

30

루에게

지난번 만났을 때 난 완전히 솔직하지 않았어. 그래서 지금 편지를 쓰는 거야. 이 편지가 무엇을 바꿀 거라고 생각해서가 아니라, 당신을 한 번 속였으니 당신에게 또 그런 느낌을 주고 싶지 않아서야.

난 케이티랑 사귀지 않아. 마지막으로 당신을 봤을 때도 아니었어. 장황하게 말하고 싶지 않지만, 우린 아주 다른 사람들이고 내가 큰 실수를 저질렀다는 건 명확해. 정직히 말하자면 처음부터 그걸 알았어. 그녀는 전직 신청을 했고, 본부에서 달가워하지 않지만 그렇게 처리할 거야.

결국 난 바보가 된 기분이고 그럴 만도 하지. 하루도 빠짐없이 매일 당신이 부탁한 대로 몇 줄 쓰거나 이상한 엽서라도 보내고 싶었어. 내가 더 굳건히 버틸 걸, 그 감정을 느꼈을 때 당신에게 그대로 말할 걸, 조금 더 노력할 것을, 그런데 사람들이 날 두고 떠난다는 생각을 하며 자기 연민에만 빠졌으니.

말한 대로 당신 마음을 돌리려고 편지를 쓰는 게 아니야. 당신이 다른 사람에게 간 걸 알아. 그냥 미안하다고 말하고 싶었어. 그렇게 되어버

린 걸 늘 후회한다고, 당신이 행복하기를 진심으로 바란다고(장례식
에서 하기는 어려운 말이지).

잘 지내, 루이자.

늘 사랑하는

샘

현기증이 났다. 그런 다음 울렁거렸다. 그런 다음 울컥하면서, 알 수
없는 감정이 북받쳐 큰 울음을 삼켰다. 그런 다음 편지를 뭉쳐서 고함을
지르면서 힘껏 쓰레기통에 던졌다.

마곳에게 딘 마틴의 사진을 보내고, 개가 잘 지낸다는 소식을 짧게 적
어 보냈다. 내 마음을 진정시키기 위해서였다. 빈 아파트를 왔다 갔다 하
면서 욕설을 퍼부었다. 아직 점심시간도 안 됐는데, 마곳의 먼지 앉은 술
찬장에서 셰리를 꺼내 세 모금을 꿀꺽꿀꺽 삼켰다. 그러고 나서 쓰레기
통에서 편지를 꺼냈다. 노트북을 펼쳐서, 현관문에 등을 대고 바닥에 앉
았다. 그 자리에 앉아야만 고프닉네 와이파이가 잡혔다. 샘에게 이메일
을 보냈다.

무슨 그런 개떡 같은 편지가 있어? 이제 와서 왜 편지를 보낸 거야? 시간이 다
지난 후에?

샘이 컴퓨터 앞에 앉아서 기다리기라도 한 듯 몇 분 만에 답이 왔다.

화내는 걸 이해해. 아마 나라도 그럴 거야. 하지만 릴리가 당신이 결혼할 생각

이라고 말하더군. 리틀 이탈리아 근처의 아파트들을 보고 있다고. 지금 말하지 않으면 너무 늦을 거라는 생각이 들었어.

난 얼굴을 찡그리고 모니터를 노려봤다. 그의 메일을 다시, 또다시 읽었다. 그런 다음 문장을 입력했다.

릴리가 그런 말을 했어?

응. 당신이 좀 급하게 진행되는 것 같다는 생각을 한다고. 또 그에게 살 곳 때문에 그런다는 생각을 심어줄까 염려했다고. 하지만 그의 프로포즈가 거절하지 못하게 만들었다고.

나는 몇 분 기다리다가 신중하게 입력했다.

샘, 릴리가 프로포즈에 대해 무슨 말을 했어?

엠파이어 스테이트 빌딩 꼭대기에서 조시가 한쪽 무릎을 꿇었다던가? 그리고 오페라 가수를 불렀고?

루, 릴리한테 화내지 말아. 내가 물어보지 말았어야 한다는 걸 알아. 그런데 저번 날 릴리에게 당신 안부를 물었어. 당신이 어떻게 살고 있는지 알고 싶었거든. 그러자 릴리가 이런 이야기로 내게 충격을 줬지. 나 자신에게 당신이 행복하니까 기뻐하자고 말했어. 그런데 계속 생각나는 거야. 내가 그 상대였다면 어땠을까? 내가…… 모르겠어…… 그 순간을 누렸다면 어땠을까?

나는 눈을 감았다.

그러니까 릴리가 내가 결혼할 거라고 말했기 때문에 나한테 편지를 썼어?

아니. 아무튼 편지를 쓰고 싶었어. 스톳폴드에서 당신을 만난 후로 쭉 그랬어.
단지 무슨 말을 해야 될지 모르겠더라고.
그런데 당신이 결혼한다는 사실을 알자…… 특히 아주 금방 결혼할 거라고 해
서…… 나중에는 아무 말도 전하지 못할 거니까. 그건 내가 구식이어서 말야.
저기, 기본적으로 내가 미안하다는 걸 알게 해주고 싶었어, 루. 그것뿐이야.
이런 말이 부적절하다면 미안해.

한참 후에야 다시 답글을 입력했다.

알았어. 그래, 알려줘서 고마워.

노트북을 닫고, 현관문에 등을 기댔다. 오래도록 눈을 감고 있었다.

그 생각을 하지 않기로 결정했다. 난 어떤 생각을 하지 않는 데 선수였
다. 집안일을 마치고 딘 마틴을 산책시키러 갔고, 찌는 무더위 속에서 지
하철을 타고 빈티지 의상 엠포리엄에 갔다. 주인 자매와 면적, 칸막이, 임
대료, 보험료를 의논했다. 샘을 떠올리지 않았다.
개를 데리고 냄새나는 쓰레기차 앞을 지나거나, 경적을 울리는 택배
차량을 피하면서도 그를 생각하지 않았다. 소호의 돌길에서 발목을 삐거
나 옷가방을 끌고 지하철의 회전식 개찰구를 지날 때도 샘을 생각하지

않았다. 마곳의 말을 읊조리면서 내가 좋아하는 일을 했다. 점만 하던 아이디어는 이제 산소를 주입한 대형 풍선이 되어, 내 안에서 점점 부풀면서 다른 것들을 밀어냈다.

샘을 생각하지 않았다.

그의 다음 편지는 사흘 후에 도착했다. 아속이 현관문 아래로 넣은 편지를 보자, 이번에는 필체를 보고 바로 알아챘다.

우리가 주고받은 이메일을 생각하다가 두어 가지 더 말하고 싶었어 (당신이 그러면 안 된다고 말하지 않았으니까, 이 편지를 찢지 않길 바라).

루, 당신이 결혼하고 싶어하는 줄 몰랐어. 당신에게 그걸 묻지 않다니 내가 바보지. 또 당신이 로맨틱한 이벤트를 은근히 원하는 부류인지 몰랐어. 그런데 조시가 뭘 해주는지 릴리한테 아주 많이 듣고 있지. 매주 장미를 주고, 근사한 식사를 한다며. 그런데 난 여기 처박혀서 생각만 하고 있으니…… 내가 진짜 너무 목석 같았지? 어떻게 그렇게 앉아서, 아무것도 안 하는 주제에 만사 오케이일 거라고 기대했을까?

루, 내가 완전히 잘못했지? 사귀는 동안 내내 당신은 내가 큰 이벤트를 해주길 기다렸는지, 내가 당신을 오해했는지 꼭 알아야겠어. 그랬다면 다시 한 번 미안해.

자기에 대해 깊이 생각해야 되는 건 어색해. 내성적인 성향이 아닌 사람은 더욱 그렇겠지. 난 생각하는 것보다 행동하는 게 좋아. 하지만 여기서 교훈을 얻어야 되고, 당신이 친절을 베풀어 대답해주려는지 묻는 거야.

마곳이 쓰던 주소가 인쇄된 빛바랜 카드를 꺼냈다. 그녀의 이름에 줄을 그어 지웠다. 그리고 이렇게 썼다.

샘, 당신한테 이벤트를 바란 적 없어. 전혀.

루이자

계단을 뛰어내려가, 아속에게 발송해달라고 카드를 주었다. 별일 없느냐는 그의 질문을 못 들은 척해버리고 얼른 뛰어올라갔다.

다음 편지는 며칠 내에 도착했다. 편지마다 속달이었다. 샘이 우편요금으로 큰돈을 썼을 터였다.

그래도 바라는 게 있었어. 내가 당신에게 편지를 쓰기를 바랐지. 그런데 난 쓰지 않았어. 늘 너무 고단하거나, 솔직하게 말하자면 부끄러웠어. 편지는 이야기를 하는 게 아니라 종이에 주절대는 것 같았거든. 가짜로 느껴졌지.

내가 편지를 쓰지 않을수록, 당신은 그곳 생활에 적응하고 변하기 시작하는 것 같았어. 흠, 어쨌거나 도대체 내가 무슨 말을 해야 한단 말이야? 루는 화려한 무도회와 컨트리클럽에 리무진을 타고 다니면서 세월을 보내는데, 난 런던 동쪽에서 구급차를 타고 돌아다니면서 취객과 침대에서 떨어진 독거노인이나 구하는 마당에.

그래, 이제 다른 얘기를 할게, 루. 혹시 다시 내게 소식을 듣고 싶지 않대도 이해할게. 하지만 이제 이 이야기는 꼭 해야겠어. 난 당신이 그와 잘되어가는 게 반갑지가 않아. 당신이 그와 결혼하면 안 된다고 생각해. 똑똑하고 미남이고 부자라는 걸 알아. 그의 옥상 테라스에서 저녁을 먹을 때 4중주단을 부르고 그런 것도 알지만, 믿음직하지 않은 구석이 있어. 그는 당신에게 맞는 짝이 아닐 거야.

아이고, 헛소리. 당신 때문에 이러는 것만도 아냐. 내가 미칠 것 같아. 당신이 그 사람과 있는 생각을 하기 싫어. 그가 당신에게 팔을 두르는 생각만 해도 뭐든 부수고 싶어져. 이제 잠을 제대로 못 자. 질투하는 멍청이로 변해서 다른 걸 생각하려면 마음을 다스려야 되거든. 그런데 당신은 날 알잖아. 내가 어디서든 잘 잔다는 걸.

어쩌면 이 얘기를 읽으면서 '세상에, 이런 바보. 쌤통이다. 당신은 당해도 싸'라고 생각할지도 모르겠어.

다만 아무 일도 서두르지 마, 알겠어? 그가 정말로 당신에게 걸맞은 짝인지 확인해. 아니면 아예 결혼하지 말아.

샘 x

그때는 며칠간 답장을 보내지 않았다. 편지를 갖고 다니면서, 빈티지 의상 엠포리엄에서 조용한 시간에 읽었다. 콜럼버스 서클 근처에 있는 개에게 우호적인 카페에 커피를 마시러 가서도 읽었다. 밤에 푹 꺼진 침대에 들어가서도 편지를 읽었다. 연어색 욕조에 몸을 담글 때도 편지를 떠올렸다.

그러다 드디어 답장을 썼다.

샘에게

난 이제 조시랑 사귀지 않아. 당신의 말을 빌리자면 알고 보니 우린 아주 다른 사람이었어.

루

추신. 사실 식사하는데 머리 위에서 바이올리니스트가 연주하는 생각
을 하면, 손발이 오그라들어.

31

루이자에게

몇 주 만에 처음으로 제대로 잤어. 야간 근무를 마치고 새벽 6시에 집에 돌아오니 당신의 편지가 있었어. 어쩌나 반가운지 미친놈처럼 소리를 지르고 춤을 추고 싶었다는 말을 해야겠네. 하지만 내가 춤이 꽝이고 말할 상대도 없잖아. 밖에 나가서 닭들을 풀어놓고, 계단에 앉아서 대신 녀석들에게 말했지(놈들이 그다지 감동받지는 않았어. 하지만 놈들이 뭘 안다고?).

그러면 편지를 써도 되지?

이제 할 얘기가 있어. 난 근무시간의 8할쯤 바보같이 빙그레 웃고 다녀. 새 파트너(데이브, 45세고 나한테 프랑스 소설 따위는 절대 안 줄 거야)는 환자들이 날 무서워한대.

당신이 어떻게 지내는지 말해줘. 괜찮아? 슬퍼? 편지를 보니 슬픈 것 같지는 않던데. 그저 당신이 슬프지 않으면 좋겠어.

사랑하는

샘 x

거의 매일 편지가 도착했다. 어떤 편지는 주절주절 길고, 어떤 편지는 두어 줄, 몇 마디 갈겨쓰고 새로 완공된 집 곳곳에서 찍은 샘의 사진이 들어 있었다. 닭들 사진도. 이따금 길고 꼬치꼬치 파고드는, 열띤 편지가 오기도 했다.

우리가 너무 빨랐지, 루이자 클라크. 아마 내 부상이 그렇게 부채질했지. 내 장기를 문자 그대로 맨손으로 만진 사람과는 크게 애쓰지 않아도 가까워지니까. 그러니까 이게 잘된 거야. 이제 서로 진짜 대화를 하니까.
크리스마스 이후 난 엉망진창이었어. 이제야 그 이야기를 할 수 있네. 난 제대로 해왔다고 느끼고 싶었어. 그런데 제대로 하지 않았지. 당신에게 상처를 주었고 그게 늘 걸렸어. 잠을 포기하고 공사장에 나간 밤이 정말 많았지. 신축 공사를 완공하고 싶으면 바보처럼 처신하는 걸 강력히 추천하고 싶어.
누나를 자주 생각해. 주로 누나가 내게 했던 말을. 당신은 누나를 못 만났지만, 지금 그녀가 날 뭐라고 부를지 상상이 되고도 남을 거야.

매일매일 편지가 도착했고, 가끔 24시간 동안 두 통이 들어왔다. 이메일도 왔지만 대개 손으로 쓴 긴 글로, 샘의 머리와 마음속을 들여다보는 창문이었다. 그의 편지를 읽고 싶지 않은 날도 있었다. 내 마음을 완전히 무너뜨렸던 사람과 친밀감이 더해지는 게 두려웠다. 나도 모르게 아침에 맨발로 아래층에 뛰어내려가기도 했다. 딘 마틴을 데리고 아속 앞에 서서, 그가 우편물을 하나씩 넘기는 동안 발가락을 꼼지락댔다. 아속은 편지가 없는 척하다가 웃으면서 재킷에서 꺼내 내게 주었다. 난 혼자 느긋하게 읽으려고 쏜살같이 위층으로 갔다.

반복해서 편지를 읽으면서, 내가 떠나기 전에 얼마나 서로에 대해 잘 몰랐는지 깨달았다. 편지를 읽으면서 이 말수 없고 복잡한 남자의 새 그림을 그려갔다. 가끔 샘의 편지는 날 슬프게 했다.

정말 미안. 오늘은 시간이 없네. 교통사고로 두 아이를 잃었어. 그냥 자야 되겠어.

X

추신. 당신의 하루는 좋은 일이 넘치기를.

하지만 대부분은 그렇지 않았다. 그는 제이크에 대해 이야기했다. 제이크는 자신의 감정을 제대로 이해해주는 사람은 릴리뿐이라고 했다. 또 샘은 매주 매형과 수로를 산책하거나, 매형이 새집의 벽을 칠하는 일을 돕게 했다. 매형이 마음을 더 열게 하려는(또 케이크 먹는 것을 중단시키려는) 노력이었다. 샘은 닭 두 마리를 여우에게 잃었고, 텃밭에서 당근과 비트를 키우는 이야기도 했다. 크리스마스 날, 나를 만나고 우리 부모님 집에서 나간 후, 절망과 분노에 휩싸여 오토바이 배기관을 걷어찼다고 했다. 그 후 수리하지 않았는데, 우리가 대화하지 않았을 때의 괴로움을 상기시켜주기 때문이라고 했다. 매일 샘은 조금씩 더 마음을 열었고, 매일 나는 조금씩 더 그를 이해하는 느낌이었다.

오늘 릴리가 들렀다고 말했던가? 드디어 당신이랑 연락한다고 말했더니, 릴리의 얼굴이 붉어졌고 씹던 껌이 목에 걸렸어. 정말이야. 하

임리히법(음식물이 목에 걸려 기도가 막혔을 때 하는 응급처치)을 해야 하나 생
각했다니까.

일하거나 딘 마틴을 산책시키지 않는 시간에 답장을 썼다. 마곳의 의
상을 카탈로그로 만들고 수선하는 생활상을 그렸다. 또 맞춤옷처럼 잘
맞는 의상을 입고 찍은 사진을 보냈다(샘은 부엌에 이 사진들을 붙였다
고 말했다). 마곳이 제안한 의상 에이전시가 내 상상 속에서 뿌리를 내려
서 놔버릴 수 없다고 말했다. 요즘 받은 연락들에 대해서도 말했다. 마곳
의 기어가는 필체로 쓴 작은 카드들은 아들의 용서를 받고 기쁨에 빛나
는 모습이 담겨 있었다. 며느리 레이니는 예쁜 꽃 카드들에 마곳의 상태
가 악화된다고 써보냈다. 그녀는 남편에게 울타리를 가져다줘서 고맙다
고 했고, 이렇게 되기까지 너무 긴 시간이 걸린 안타까움을 표현했다.
  아파트를 구하기 시작했다고 샘에게 알렸다. 난 딘 마틴을 데리고 낯
선 지역들을 돌아다녔다. 잭슨 하이츠, 퀸스, 파크 슬로프, 브루클린. 자
다가 살해당할 위험이 있을지 살피는 한편, 면적과 가격 사이의 엄청난
괴리에 겁먹지 않으려 애쓴다고 말했다.
  이제 매주 아쇽의 가족과 식사를 한다는 이야기도 했다. 서로 놀리면
서도 사랑이 우러나는 모습을 보면 내 가족이 그립다고. 할아버지가 반
복해서, 살아계실 때보다 훨씬 많이 생각난다고. 엄마는 모든 책임에서
벗어났지만 여전히 애도를 멈추지 못한다고. 혼자 보내는 시간이 몇 년
간 합친 것보다 긴 데도, 넓은 텅 빈 아파트에서 사는 데도 이상하게 외
롭지 않다고도 말했다.
  내 삶에 그를 되찾은 것이 어떤 의미인지 차츰 알려주었다. 밤중에 목
소리를 듣고, 내가 그에게 중요하다는 것을 아는 게 어떤 의미인지. 멀리

떨어져 있지만 그가 실제로 곁에 있다고 느낀다는 걸 알려주었다.

마침내 보고 싶다고 말했다. '보내기'를 누르면서, 그런다고 아무것도 해결되지 않는 걸 깨달았다.

네이선과 일라리아가 저녁 식사를 하러 왔다. 네이선은 맥주를 한 아름 안고 왔고, 일라리아는 아무도 손대지 않았던 매운돼지고기콩찜 요리를 가져왔다. 그녀는 주인 내외가 싫어하는 음식을 자주 만드는 듯했다. 전주에는 새우 커리를 가져왔고, 아그네스가 다시는 그걸 상에 올리지 말라고 했던 것을 난 확실히 기억했다.

우린 마굿의 소파에 앉아 무릎에 그릇을 올려놓고 식사했다. 콘브레드를 진한 토마토소스에 찍어 먹고, TV를 보면서 대화하다가 트림하지 않으려고 애썼다. 일라리아가 마굿의 안부를 물었고 내가 레이니에게 들은 소식을 알리자 그녀는 성호를 긋고 슬프게 고개를 저었다. 일라리아도 아그네스의 소식을 전해주었다. 그녀는 고프닉 씨의 스트레스를 핑계로 태비사의 아파트 출입을 금지했다. 그는 더 늦게 퇴근하는 것으로 이 독특한 가족 위기에 대처했다.

"제대로 보자면 회사 사정이 복잡하거든요."

네이선이 말했다.

"복도 건너 사정도 복잡하지."

일라리아가 한쪽 눈썹을 치뜨면서 말했다.

네이선이 화장실에 가려고 일어서자, 그녀가 냅킨에 손을 닦으면서 말했다.

"푸타에게 딸이 있대."

"알아요."

내가 대답했다.

"그 딸이 푸타의 언니랑 다니러 올 거야. 애가 가엾지. 미친 집안에 다니러 오는 게 애 잘못도 아니고."

일라리아는 콧방귀를 뀌면서 바지의 삐져나온 실을 당겼다.

"일리리아가 아이를 잘 돌봐주세요. 잘하시잖아요."

네이선이 돌아오면서 말했다.

"욕실 색깔이 대단한데! 민트 그린으로 화장실을 꾸미는 사람이 있을 줄이야. 거기 있는 보디로션이 1974년 물건인 걸 알아요?"

일라리아가 눈썹을 치뜨고 입을 다물었다.

9시 15분에 네이선이 먼저 갔다. 문이 닫히자 일라리아는 들을 사람이라도 있는 듯이 소리를 낮추고 말했다. 네이선이 부시윅 출신의 개인 트레이너랑 사귀는데, 그쪽에서 밤낮없이 와주기를 바란다고. 요즘 그는 애인과 고프닉 씨 사이를 오가느라 다른 사람이랑 얘기할 시간이 없다고. 어떻게 하면 좋겠냐고?

할 일이 없다고 대답했다. 다들 할 일을 할 테니까.

내가 대단한 명언이라도 말한 것처럼 일라리아는 고개를 끄덕이고는, 집으로 건너갔다.

"뭘 좀 물어봐도 되겠어요?"

"그럼요! 나디아, 우리 아가, 이걸 할머니께 갖다드리겠니?"

미나가 몸을 굽히고 아이에게 얼음물이 든 작은 컵을 주었다. 무더운 저녁이었고, 아쇽과 미나의 아파트 창문은 다 열려 있었다. 선풍기 두 대가 요란하게 돌아갔지만, 공기는 여전히 답답했다. 우리는 작은 주방에서 저녁 식사를 준비했고, 움직일 때마다 땀이 솟았다.

"아속이 상처를 준 적 있어요?"

미나가 스토브 앞에서 얼른 내게 몸을 돌렸다.

"물리적으로는 아니고요. 그냥……."

"감정을 상하게 한 거요? 정신적으로 상처를 준 것? 솔직히 별로 없어요. 그이는 그런 성향이 아니라서. 라차나를 임신해서 42주였을 때, 그이가 고래 같다고 놀린 적이 있어요. 호르몬이 정상으로 돌아온 다음에야 나도 그의 농담에 동의했어요. 그런데 그이가 그 말 때문에 얼마나 당했는지!"

미나는 기억을 떠올리면서 깔깔 웃어대더니, 찬장에서 쌀을 꺼냈다. 그녀가 덧붙여 물었다.

"또 런던에 있는 애인 얘기예요?"

"그이가 편지를 보내요. 매일. 그런데 나는……."

"루이자는 뭐요?"

나는 어깨를 으쓱했다.

"두려워요. 그이를 너무나 사랑했어요. 헤어졌을 때 정말 힘들었고요. 다시 감정에 빠지면, 더 심한 상처를 받게 될까봐 무서운가봐요. 복잡해요."

미나가 앞치마에 손을 닦으면서 대답했다.

"항상 복잡하죠. 그게 인생이에요, 루이자. 그러면 나한테 보여줘요."

"뭘요?"

"편지. 얼른. 하루 종일 갖고 다니지 않는 척은 하지 말아요. 아속이 그러는데, 편지를 건넬 때 당신의 표정이 절절하대요."

"수위들은 입이 무거워야 하는 줄 알았는데!"

"그 남자는 나한테 비밀이 없어요. 그걸 알아둬요. 우여곡절 많은 그곳 생활에 우리도 '상당히 관련' 있다고요."

그녀가 웃으면서 손을 내밀더니, 조급하게 손가락을 까딱까딱했다. 나는 잠시 머뭇거리다가, 핸드백에서 조심스럽게 편지들을 꺼냈다. 그러자 미나는 왔다 갔다 하는 아이들도 잊고, 옆방에서 어머니가 TV로 코미디를 보면서 웃는 소리도 잊었다. 소음도, 땀도, 천장에서 탁탁탁 돌아가는 선풍기 소리도 잊었다. 그녀는 내 편지들 위로 머리를 숙이고 읽어 내려갔다.

정말 이상한 일이야, 루. 이놈의 집을 지으면서 3년을 보냈어. 창틀이 정확히 맞는지, 어떤 종류의 샤워 부스를 설치할지, 하얀 플라스틱 소켓으로 할지 반짝이는 니켈 소재로 할지에 몰두했지. 이제 집이 완공됐어, 아니 될 만큼은 다 됐지. 이곳 깔끔한 앞쪽 방에 혼자 앉아 있어. 완벽한 색조의 연회색 페인트로 칠이 되고 새로 만든 장작 때는 난로가 있고, 어머니의 도움을 받아 고른 세 배 주름 커튼까지 갖춰졌는데, 이런 생각이 드네. 아, 이게 다 무슨 소용인가? 내가 뭐 때문에 집을 지었나?
누나를 잃고 딴 데 집중할 필요가 있었다는 생각이 들어. 생각하는 걸 피하려고 집을 지었어. 미래가 있다는 걸 믿어야 해서 집을 지었어. 그런데 이제 집이 다 되었고, 빈방들을 둘러보는데 아무 느낌이 없어. 아마 일을 정말로 끝냈다는 자긍심이 조금 있겠지만, 그걸 제외하면? 아무것도 없어.

미나는 마지막 몇 줄을 오랫동안 쳐다보았다. 그러더니 편지를 접어서 얌전히 다른 편지와 더해서 내게 돌려주었다.
그녀가 고개를 한쪽으로 기울이면서 말했다.

"아, 루이자. 아이고, 이 아가씨야."

1442 랜턴 드라이브

터커호, 웨스트체스터 NY

루이자에게

잘 지내길 바라고, 아파트가 지나치게 부담이 되지 않으면 좋겠네요.
프랭크 말로는 건축업자가 2주 후에 둘러보러 간다는데, 집에서 문을
열어줄 수 있겠어요? 그 무렵에 회사 관련 사항을 알려줄게요.
요즘 마곳은 글을 많이 쓰지 못하지만—지치게 하는 일이 많고 약물
때문에 정신이 멍해서—보살핌을 잘 받고 계시다는 걸 루이자가 알
고 싶어할 것 같아서요. 모든 상황에도 우린 어머니를 요양원으로 옮
길 수 없다고 결론 내렸어요. 그러니 우리랑 같이 계시면서 의료진의
도움을 받으실 거예요. 그분은 프랭크와 저한테 할 말이 아직도 많으
세요, 네, 그럼요! 거의 매일 우리를 정신없이 뛰어다니게 만드시죠.
나는 보살필 분이 생겨서 참 좋아요. 어머니의 컨디션이 좋은 날에는,
프랭크가 어릴 때 이야기를 듣는 게 즐거워요. 그이도 마찬가지일 거
예요, 별로 인정하지 않지만. 모자가 똑같다니까요!
마곳이 루이자에게 개 사진을 더 보내주겠는지 물어봐달라고 부탁했
어요. 지난번에 보내준 사진을 정말 좋아하셨어요. 프랭크가 사진을
예쁜 은액자에 넣어 침대 협탁에 놔드렸고, 요즘 쉬시는 시간이 워낙
기니까 사진이 큰 위안이 될 거예요. 나는 마곳처럼 꼬마 친구가 예쁜

549

지 모르겠지만, 사진은 그분 거니까요.

안부를 전해달라고 하시고, 예쁜 줄무늬 타이츠를 아직 입고 있길 바란다고 하시네요. 약 기운 때문에 나온 말인지 몰라도, 선의로 하신 말일 거예요.

따뜻한 마음을 담아서

레이니 G. 웨버

"들었어요?"

딘 마틴을 데리고 일하러 나가는 참이었다. 여름으로 접어든 기색이 완연해서 하루하루 점점 덥고 습해져서, 가까운 지하철역에만 걸어가도 셔츠가 등허리에 달라붙었다. 그을린 자전거 배달원들은 교통법규를 지키지 않는 관광객에게 욕설을 퍼부었다. 하지만 나는 샘이 사준 1960년대 화려한 원피스와 끈에 분홍색 꽃이 달린 웨지 슈즈 차림이었다. 겨울을 겪은 후여서 팔에 닿는 햇살이 약 같았다.

"듣다니 뭘요?"

"도서관이요! 구제됐어요! 앞으로 10년간 유지된대요!"

아속이 휴대폰을 내밀었다. 나는 카펫에 멈춰 서서 선글라스를 올리고 미나의 문자메시지를 읽었다. 아속이 다시 말했다.

"믿을 수가 없네요. 익명의 누군가가 어느 고인을 추모하며 기부했다네요. 그…… 잠깐만요. 여기 나와 있는데."

그가 손가락으로 메시지를 짚으면서 말을 이었다.

"윌리엄 트레이너 기념 도서관. 하지만 그게 누구면 어때요! 10년짜리 기금이에요, 루이자! 그리고 시의회가 동의했고요! 10년! 아, 참. 미나는 기분이 하늘을 찔러요. 도서관을 잃을 거라고 믿었거든요.”

나는 휴대폰을 힐끗 보고 아속에게 돌려주었다.

“잘된 일이네요, 그렇죠?”

“대단하죠! 누가 알았겠어요, 루이자? 네? 누가 알았겠냐고요? 꼬마들을 위한 일이에요. 아자 아자!”

아속이 활짝 웃었다.

마음속에서 뭔가 밀고 올라왔다. 희열과 기대감이 커서, 지구가 잠깐 회전을 멈춘 것만 같았다. 나와 우주만 있는 것 같았다. 거기서 버티기만 하면 100만 가지 좋은 일이 일어날 것 같았다.

딘 마틴을 내려다보다가 다시 로비로 눈을 돌렸다. 아속에게 손을 흔들고 선글라스를 쓰고 5번가로 나갔다. 걸을 때마다 점점 미소가 번졌다.

난 5년만 요청했는데.

32

자, 어느 시점에서 '그 1년'이 끝나간다는 사실을 두고 얘기해야겠지.
염두에 둔 귀국 날짜가 있어? 부인의 집에서 영영 지낼 순 없잖아.
의상 에이전시에 대해 생각해봤어. 루, 원한다면 내 집을 근거지로 삼
아도 돼. 여기 남는 방이 많이 있고, 완전 공짜야. 당신만 좋다면 살 수
도 있고.

그러기에 너무 성급하다 싶지만 아파트로 들어가서 여동생의 생활을
망치고 싶지 않다면, 열차 집을 써도 되거든? 그건 내 마음에 드는 선
택지는 아니지만, 당신은 늘 열차 집을 좋아했고 당신이 정원 저쪽에
산다는 생각이 매력적이기도 하니…….

물론 다른 가능성도 있지. 이런 게 지나치고 당신이 나랑 연결되기 싫
어할 수도 있지만, 그럴 거라고 생각하기 싫네. 개떡 같은 가능성이
야. 당신도 그렇게 생각하면 좋겠어.

생각해볼래?

샘 x

추신. 오늘 밤에 56년간 해로한 부부를 태우러 갔어. 남편이 호흡곤

란을 일으켰는데—심각하진 않고—부인이 남편의 손을 놓지 않았
어. 병원에 도착할 때까지 남편을 유난스레 챙기더라고. 평소에는 그
런가보다 했는데 오늘 밤은 왜 유난히 눈에 들어왔을까? 모르겠네.

보고 싶다, 루이자 클라크.

5번가를 쭉 걸어갔다. 교통 체증이 심하고, 골목마다 화사한 관광객들
이 가득했다. 사랑할 특별한 남자를 하나도 아닌 둘이나 찾았으니 행운
아라는 생각이 들었다. 더구나 그들도 날 사랑했으니 얼마나 요행인가.
사람이 형성되는 데 주변인들의 영향이 크고, 그런 이유 때문에 사람을
잘 선택해야 된다는 생각했다. 그렇더라도 결국 진정한 자기를 찾으려면
그들을 잃어야 된다는 생각이 들었다.

샘과 내가 만나지 못할 56년간 해로한 부부를 떠올렸다. 머릿속에서
샘의 이름이 보조에 맞춰 북소리처럼 울렸다. 그런 상태로 록펠러 플라
자를 지나고 화려한 트럼프 타워를 지나, 성패트릭 성당 앞을 거쳐서, 눈
부신 화면들이 달린 번쩍이는 대형 유니클로 앞을 지났다. 브라이언트
공원을 지나니, 석조 사자상이 있는 웅장한 뉴욕 공공 도서관이 나왔다.
상점, 광고게시판, 관광객, 노점상, 아무 데서나 자는 사람들. 샘이 살지
않는 도시에서 내가 사랑하는 삶의 일상. 하지만 소음과 사이렌, 경적 소
리 사이로 걸을 때마다 그가 거기 있음을 깨달았다.

샘.

샘.

샘.

그러다가 집에 돌아가면 어떤 기분일지 생각했다.

2006년 10월 28일

엄마에게

급작스럽기는 하지만 영국으로 돌아가요! 루프의 회사에 취직해서, 내일 사직서를 제출하면 몇 분 내로 소지품을 들고 사무실에서 나가야 될 거예요—월가 회사들은, 고객 명단을 빼돌릴 만한 사람들에게 미련이 없거든요.

그러니까 새해가 되면 저는 런던으로 돌아가서 인수 합병 부문 이사가 될 거예요. 새로운 도전이 진짜 기대돼요. 우선 잠깐 휴가를 갔다가—쭉 생각하던 한 달짜리 파타고니아 트래킹을 할까 해요—살 거처를 구해야 해요. 기회가 있으면 부동산 중개업소에 신청해주실래요? 익숙한 지역, 중심부, 방 두세 개짜리로요. 가능하면 오토바이를 세울 지하 주차장이 있으면 좋고요(네, 오토바이 타는 걸 엄마가 싫어하시는 걸 알죠).

참, 엄마가 좋아하실 소식. 사람을 만났어요. 얼리샤 드웨어. 영국인이지만 친구들을 만나러 여기 왔고, 저와는 끔찍한 만찬 석상에서 만났어요. 몇 번 데이트했고 그녀는 노팅힐로 돌아갔고요. 뉴욕 스타일이 아닌 제대로 된 데이트였어요. 얼마 안 됐지만 재미있는 사람이에요. 돌아가면 자주 만날 거예요. 그렇다고 결혼식 모자(영국 결혼식에서 신랑 신부의 어머니들이 모자를 쓴다)를 보러 다니지는 마세요.

이만 쓸게요! 아버지한테 안부 전해주세요—금방 '로열 오크'에서 맥주 한두 잔 사드리겠다고 전해주시고요.

새 출발에 건배, 좋죠?

사랑을 담아서

아들 윌 x

평행 이론이 느껴지는 윌의 편지를 읽고 또 읽었다. 눈 내리듯 내 주변에 가만히 내려앉았을지 모르는 일들을 생각했다. 행간에서 윌과 얼리샤가—혹은 윌과 내가—함께했을 수도 있는 미래를 읽었다. 윌리엄 존 트레이너는 여러 번 내 삶을 정해진 궤도에서 이탈시켰다—살짝 밀어낸게 아니라 힘껏 밀어냈다. 카밀라 트레이너가 무심코 보내준 윌의 편지가 또다시 그렇게 했다.

'새 출발에 건배, 좋죠?'

그 구절을 다시 읽고, 편지를 얌전히 접어서 나머지 편지들 속에 넣었다. 앉아서 생각에 잠겼다. 그러다가 마곳이 남긴 베르무트를 다 마시고, 잠시 허공을 보았다. 한숨을 쉬면서 노트북을 들고 현관으로 가서 바닥에 앉아 메일을 썼다.

샘에게

난 준비가 안 됐어.

1년이 다 된 걸 알고, 원래 1년이라고 말했지. 그런데 지금 상황은 이래. 집에 갈 준비가 되지 않았어.

평생 남들을 보살피면서 그들의 필요와 원하는 바에 날 맞추면서 살았어. 그러는 데 이골이 났어. 뭘 하는지 깨닫기도 전에 그러고 있다니까. 아마 난 당신한테도 그럴 거야. 지금 내가 얼마나 항공편을 예약하고 당신이랑 있고 싶은지 당신은 몰라.

그런데 지난 두어 달 내게 일이 생겼고, 그 일이 내가 그러지 못하게 막아.

의상 에이전시를 여기서 열 거야. 상호는 '비스 니스(Bee's Knees: 벌의 무릎)'고 빈티지 의상 엠포리엄의 구석이 업장이야. 고객들은 엠포리엄에서 옷을 구입하거나 나한테 빌릴 수 있어. 우린 계약서 작성과 광고를 준비 중이고, 난 양쪽이 사업상 도움이 되길 기대해. 금요일에 개업하는데, 생각나는 사람들에게 편지를 쓰는 중이야. 이미 영화 제작사와 패션 잡지사가 큰 관심을 보여. 화려한 드레스를 대여하고 싶은 여자들도 있어(맨해튼에 〈매드 맨〉[1960년대 뉴욕 광고 회사가 배경인 드라마]을 주제로 한 파티가 얼마나 많은지 놀랄걸).

힘들 거고 난 망할 거야. 매일 밤 집에 오면 서서 잠들 정도지만, 샘, 난생처음으로 흥분해서 잠을 깨. 고객들을 만나고 그들이 멋지게 보이게 해주는 게 좋아. 아름다운 옛날 의상을 수선해서 신제품처럼 만드는 게 좋아. 매일 내가 되고 싶은 사람을 다시 상상한다는 사실이 너무 좋아.

당신은 어릴 때부터 구급대원이 되고 싶었다고 말한 적이 있지. 그래, 난 되고 싶은 인물을 알아내느라 30년 가까이 기다렸어. 이 꿈이 1주일 갈지, 1년 갈지 몰라도, 매일 무거운 옷 자루를 들고 이스트 빌리지로 향하다 보면 팔이 아프고 준비를 잘 못할 것 같지만, 그래도 노래하는 기분을 느껴.

당신 누나를 자주 떠올려. 윌도 자주 떠올려. 사랑하는 이가 젊어서 죽으면 자극이 되지. 아무것도 당연히 여기면 안 된다고, 우리가 가진 것을 최대한 해낼 의무가 있다고 상기시켜주니까. 난 마침내 그걸 얻은 기분이야.

그래서 얘기해보면. 이제껏 누구에게도 무엇도 부탁해본 적 없어. 그런데 샘, 날 사랑하면 당신이 나랑 합류하면 좋겠어—내가 이 일을 벌일 수 있는지 확인할 동안만이라도. 조사를 해봤는데, 시험에 통과해야 해. 뉴욕주는 구급대를 주기적으로 모집하지만 늘 사람이 필요해.

당신 집을 임대해서 수입을 늘리면 되고, 우린 퀸스에 작은 아파트를 임대하면 돼. 아니면 브루클린에서 더 싼 집을 구해도 되겠지. 매일 같이 일어난다면, 무엇도 날 그처럼 행복하게 하지 않을 거야. 또 내가 할 수 있는 모든 걸 다 해서—먼지와 좀과 떨어진 스팽글을 뒤집어쓰고 있지 않을 때는—당신이 여기 나랑 있는 게 기쁘게 해줄게.

나는 모든 걸 바라지.

그런데 인생은 한 번뿐이잖아?

내게 이벤트를 원하느냐고 물은 적이 있지? 흠, 대답할게. 7월 25일 오후 7시, 당신 누나가 늘 있고 싶어한 곳에 있을 게. 답이 '좋다'라면 당신은 어디로 오면 될지 알 거야. 아니라면 난 한동안 서서 경치를 구경할 테고, 이런 방식은 아니더라도 우리가 서로 발견한 걸 기뻐할 거야.

늘 모든 사랑을 담아,

루이자 xxx

마침내 레이버리 빌딩을 떠나기 전, 아그네스와 한 번 더 마주쳤다. 난 수선하려고 집에 가져온 옷을 양팔 가득 들고 비틀댔다. 덥고 비닐 커버가 튀어나와 살을 찔렀다. 로비 책상 앞을 지나는데 옷 두 벌이 바닥에 떨어졌다. 아쇽이 집어주려고 달려 나왔고, 나는 나머지 옷들을 챙기느라 버둥댔다.

"오늘 저녁에 일을 해야겠네요."

그가 말했다.

"그래야죠. 이걸 들고 지하철을 타니 악몽이 따로 없었어요."

"그럴 만하겠네요. 아, 죄송합니다, 고프닉 부인. 제가 얼른 치워드리겠습니다."

고개를 드니, 아쇽이 민첩하게 내 옷을 카펫에서 들어냈다. 그가 뒤로 물러나서 아그네스가 걸리적대는 것 없이 지나가게 했다.

내가 옷을 한 아름 들고 허리를 펼 때 그녀가 지나갔다. 목이 넓게 패인 단순한 원피스를 입고 단화를 신었고, 늘 그렇듯 날씨와—폭염이나 한파—상관없는 차림새였다. 그녀는 너덧 살쯤인 여자애의 손을 잡고 있었다. 앞치마 모양 원피스를 입은 아이는 걸음을 늦추고, 내가 안은 화려한 옷감을 올려다보았다. 아이는 짙은 금발 곱슬머리를 뒤로 넘겨 벨벳 리본 두 개로 묶었으며, 엄마를 닮은 갸웃한 눈매였다. 아이는 날 쳐다보면서, 내가 겪는 고충에 장난스레 살짝 웃었다.

나도 씩 웃지 않을 수 없었고, 그때 아그네스가 몸을 돌려 아이가 보는 곳을 쳐다보다가 나와 눈이 마주쳤다. 순간 얼어붙어서 표정을 바꾸려 했지만, 그러기 전에 그녀의 입매가 딸처럼 올라갔다. 그녀도 웃음을 참을 수 없는 모양이었다. 아그네스가 내게 고개를 끄덕였다. 나만 알아볼 수 있는 가벼운 몸짓이었다. 그녀는 아속이 붙잡고 있는 문으로 나갔고, 아이는 이미 통통 뛰고 있었다. 두 사람은 햇빛이 쏟아지고 끝없이 움직이는 5번가의 인파 속으로 사라졌다.

34

From: MrandMrsBernardClark@yahoo.com

To: BusyBee@gmail.com

루에게

아이고, 정말인가 확인하려고 기사를 두 번 읽어야 했네. 신문 사진 속의 아가씨를 보면서, 이게 정말 뉴욕 신문에 난 우리 딸내미라니 가당키나 한 일인가? 생각했지.

의상들 속에서 찍은 네 사진이 근사하고, 친구들이랑 차려입고 찍은 사진은 진짜 예쁘구나. 아빠랑 내가 널 얼마나 자랑스러워하는지 말했던가? 우린 무가지에 실린 사진들을 오렸고, 아빠는 인터넷에 나온 사진들을 다 캡처했단다(아빠가 성인 교육 센터에서 컴퓨터 강좌를 시작했다고 말했던가? 스톳폴드의 다음 빌 게이츠가 될 거야). 너에게 우리의 사랑을 전하고, 네가 성공하리란 걸 난 안다, 루. 통화할 때 네 말소리가 어찌나 경쾌하고 대담하던지, 전화를 끊고 앉아서 물끄러미 전화기를 쳐다봤지. 우리 딸이 대서양 건너 (대서양이 맞지 않니? 항상 태평양이랑 헷갈려서) 자기 업체에서 전화를 하다니 믿을 수가 없네.

우리도 빅뉴스가 있단다. 늦여름에 널 보러 갈 거야! 날씨가 좀 서늘해지면 갈 게. 거기가 폭염이라고 하니 달갑지 않아서. 아빠가 이곳저곳 들볶고 다니지. 여행사를 다니는 디어드레가 직원가를 적용해준대서, 이번 주말에 비행기를 예약하려고 해. 우리가 부인의 아파트에 같이 머물 수 있니? 아니면 어디로 가면 될지 알려줄래? 빈대가 없는 곳.

네게 적당한 날짜를 알려주렴. 진짜 흥분되는구나!!

큰 사랑을 전하며

엄마 xxx

추신. 트리나가 승진했다고 말했던가? 항상 똑똑한 아이였지. 에디가 그렇게 좋아하는 것도 이해될 만해.

7월 25일.

"지혜와 지식이 네 시대의 안정의 힘이 될 것이오."(「이사야서」 33:6 록펠 러 센터 입구에 적힌 구절)

맨해튼 중심의 높은 빌딩 앞에 서서 천천히 숨을 골랐다. '30 록펠러 플라자'의 대형 입구 위에 붙은 금빛 문구를 쳐다봤다. 뉴욕이 저녁 더위 에 잠기고, 골목마다 관광객들이 밀려다녔다. 대기는 경적 울려대는 소 리, 그칠 새 없는 매연과 고무 타는 냄새로 가득 차고. 내 뒤에서 30 록펠 러 골프티를 입은 여자가 소음 속에서도 잘 들리게 훈련된 큰 목소리로 일본 관광단에게 설명했다.

"1933년, 유명한 건축가 레이먼드 후드가 아르데코 스타일로 건축 프로젝트를 완성했습니다…… 선생님, 이쪽에 모여 계시죠. 부인? 부인? ……원래 이름은 RCA 빌딩이었다가 GE 빌딩으로…… 부인? 이쪽으로 오세요……."

나는 67층에 달하는 높이를 보면서 심호흡을 크게 했다.

7시가 되기 15분 전이었다.

이 순간을 위해 완벽해 보이고 싶어서, 5시에 아파트로 돌아가서 샤워를 하고 어울리게 차려입을 계획이었다(《어페어 투 리멤버》의 데보라 커처럼 입을 생각이었다). 그런데 운명의 여신이 간섭을 했다. 4시 반에 이탈리아 패션지의 스타일리스트가 빈티지 의상 엠포리엄에 도착해서 기획 중인 촬영에 쓸 투피스 정장을 보려 했다. 그러다가 그녀의 동료가 촬영할 수 있도록 옷 몇 벌을 입어본 후에 나한테 왔다. 무슨 일이 벌어지는지 알지 못하는 사이 5시 40분이 되었고, 난 딘 마틴을 데리고 집에 뛰어갔다. 개에게 저녁밥을 주고 이리로 향했다. 결국 땀에 절고 약간 녹초 상태로 여기 있다. 일할 때 차림 그대로, 이제 인생이 어디로 향할지 알아볼 참이다.

"좋습니다, 신사 숙녀 여러분. 이쪽으로 가시면 전망대입니다."

몇 분 전에 뜀박질을 멈추었지만 아직도 숨을 몰아쉬면서 플라자를 지나갔다. 스모크드 글라스 문을 밀고 들어가니, 표 사는 줄이 짧아서 마음이 놓였다. 전날 밤 트립 어드바이저에서 줄이 길 수 있다는 경고를 봤지만, 재수가 없을 것 같아서 미리 표를 살 수가 없었다. 그래서 순서를 기다리며 콤팩트 거울로 얼굴을 살폈다. 혹시 샘이 일찍 왔을 수도 있나 해서 슬쩍 주위를 흘끔대다가, 6시 50분에서 7시 10분 사이 입장하는 표를 샀다. 벨벳 로프를 따라 들어가서, 단체 관광단과 함께 엘리베이터 쪽으로 밀려갔다.

67층이라고 했다. 너무 높이 올라가서 귀가 멍멍할 거라고.

'그가 오겠지. 당연히 올 거야.'

'안 오면 어쩌지?'

이메일을 보내고 샘의 한 줄짜리 답을 받은 이후 그 생각이 맴돌았다. '오케이. 알아들었어' 어떤 의미로도 읽을 수 있는 문장이었다. 내 계획과 관련해 질문이 있을까 해서 기다렸다. 혹은 그의 결정을 암시하는 뭐라고 있을까 해서. 내 메일이 반감을 주는지, 너무 대담한지, 너무 밀어붙이는지, 내 감정만 강조했는지 염려되어서 다시 읽어보았다. 난 샘을 사랑했다. 그와 같이 있고 싶었다. 그는 얼마나 이해할까? 하지만 최후통첩을 한 마당에, 마음을 제대로 전했는지 재확인하는 것이 이상해서 그냥 기다렸다.

오후 6시 55분. 엘리베이터 문이 열렸다. 나는 입장권을 들고 들어갔다. 67층. 배 속이 조여들었다.

엘리베이터가 천천히 올라가기 시작하자, 갑자기 공포에 휩싸였다. 샘이 오지 않으면 어쩌지? 그가 이해하지만 마음이 변했으면 어쩌지? 난 어떻게 해야 하나? 여러 일을 겪은 마당에 그가 내게 그러지 않을 거야. 나도 모르게 헉 하고 숨을 들이마시고, 가슴을 손으로 누르며 진정하려 했다.

"높이가 대단하죠? 67층이면 상당한 높이인데요."

옆의 친절한 여자가 손을 뻗어 내 팔을 토닥였다.

나는 미소 지으려 했다.

"그렇죠."

'직장과 집과 당신을 행복하게 하는 모든 걸 두고 올 수 없다 해도 이

해할게. 슬프겠지만 받아들일게.'

'당신은 이런저런 방식으로 항상 나랑 함께할 거야.'

거짓말을 했다. 당연히 거짓말이었다. 아, 샘, 제발 '좋다'고 말해줘. 제발 문이 다시 열릴 때 기다리고 있어줘. 그때 엘리베이터가 멈췄다.

"어라, 67층이 아닌데."

누군가 말하자 두어 명이 어색하게 웃었다. 유모차에 탄 아기가 큰 갈색 눈으로 날 보았다. 다들 잠깐 그대로 서 있었고, 그러다가 누군가 내렸다.

"어머. 중앙 엘리베이터가 아니었네요. 저게 중앙 엘리베이터예요."

내 옆의 여자가 말했다.

거기 중앙 엘리베이터가 있었다. 구불구불 끝없이 늘어선 인파의 끄트머리에.

나는 공포감에 사로잡혀 엘리베이터를 바라보았다. 100명, 심지어 200명은 되는 관람객이 벽에 붙은 건물 역사 전시물을 조용히 올려보았다. 손목시계를 봤다. 이미 7시가 되기 1분 전이었다. 샘에게 문자를 보내고, 발송 실패 안내문을 보며 겁에 질렸다. 인파를 밀고 "미안합니다. 미안합니다"라고 외치며 앞으로 나갔다. 사람들은 크게 혀를 차고 소리쳤다.

"이봐요, 우리 모두 기다리는 중이라고요."

고개를 숙이고 록펠러 빌딩의 역사를 설명하는 게시물 아래를 지나갔다. 크리스마스트리 사진도 있고, NBC 방송의 비디오 전시물도 있었다. 사과하면서 사람들 사이를 누볐다. 예상치 않던 줄에서 기다려야 하는 더위에 지친 관광객들이야말로 퉁명스럽기 짝이 없다. 한 사람이 내 소매를 붙잡았다.

"이봐요! 다들 기다리는데!"

"만날 사람이 있어서요. 정말 죄송해요. 저는 영국인이에요. 평소 저희는 줄을 '정말 잘' 서거든요. 그런데 늦으면 그 사람을 놓칠 거라서요."

"나머지 사람들처럼 기다리면 되잖소!"

"가게 해줘요, 여보."

남자 옆의 여자가 말하자, 나는 입술만 움직여 고맙다고 인사하고 햇빛에 그을린 어깨들을 밀고 지나갔다. 몸을 비트는 사람들, 보채는 아이들, 'I ♥ NY' 티셔츠를 입은 사람들을 지나니 엘리베이터 문에 가까워졌다. 그런데 6미터쯤 앞에서 줄이 완전히 멈춰 있었다. 펄쩍펄쩍 뛰어서 사람들 머리 위로 상황을 보니, 가짜 철제 대들보가 있었다. 그 뒤로 뉴욕 마천루를 찍은 대형 흑백 사진이 있었다. 방문객 여럿이 들보에 앉아서, 빌딩이 건설되던 시기에 근로자들이 점심 식사를 하는 사진을 흉내냈고, 젊은 여성이 카메라 뒤에서 그들에게 소리쳤다.

"손을 공중으로 드세요, 좋아요. 뉴욕을 위해서 엄지 척, 좋아요. 이제 서로 떠미는 척하시고, 이제 키스하세요, 좋아요. 사진은 나갈 때 찾으실 수 있습니다, 다음!"

계속해서 그녀는 네 마디를 외쳤고, 우리는 점점 앞으로 이동했다. 지나가려면 누군가의 평생 한 번인 '30 록' 기념사진을 망칠 수밖에 없었다. 7시 4분이었다. 나는 앞으로 나가면서 사진사 뒤쪽으로 나갈 수 있을지 살피려 했지만, 배낭을 멘 십대 무리에게 막혀버렸다. 누군가 내 등을 밀었고 우린 앞으로 나아갔다.

"대들보에 서세요, 손님?"

지나갈 길이 꼼짝 않는 사람들의 벽에 막혔다. 사진사가 불렀다. 나는 가장 빨리 움직이기 위해 뭐든 할 작정이었다. 고분고분 들보에 서서 입

속말로 중얼댔다.

"얼른, 얼른, 앞으로 가야 한다고요."

"손을 공중에 들고, 좋아요. 이제 뉴욕을 위해 엄지 척!"

나는 손을 공중에 들고 엄지를 들었다.

"이제 각자 떠미는 척하세요, 좋아요…… 이제 키스."

안경을 쓴 십대 소년이 놀라서 내게 몸을 돌리더니 좋아했다.

나는 고개를 저었다.

"이건 안 되겠네요. 미안."

들보에서 뛰어내려서 소년을 지나, 엘리베이터 앞에서 기다리는 줄로 달려갔다.

7시 9분이었다.

이즈음 울고 싶어졌다. 더위 속에서 투덜대며 체중의 중심을 이쪽저쪽으로 옮기고 사람들 속에 서 있었다. 엘리베이터 문이 열리고 쏟아져 나오는 사람들을 보면서, 미리 조사하지 않은 나를 욕했다. 이벤트의 문제라는 걸 깨달았다. 이벤트는 독특한 방식으로 역효과를 일으키는 경향이 있었다. 경비원들은 안달하는 나를 무심한 태도로 쳐다보았다. 직원들은 인간들의 별별 행태를 보니까. 그러다 마침내 7시 12분, 엘리베이터 문이 열렸고, 경비원이 관람객의 머리를 세면서 태웠다. 내 앞에서 그는 로프를 채웠다.

"다음 엘리베이터에 타세요."

"아, 안 돼요."

"규칙입니다, 손님."

"제발이요. 사람을 만나야 해요. 아주 많이 늦었다고요. 제발 태워주세요, 네? 제발요. 부탁드려요."

"안 됩니다. 탑승자 수가 엄격합니다."

하지만 내가 고통스럽게 신음하자, 몇 미터 앞에서 한 여자가 나를 불렀다. 그녀가 엘리베이터에서 내리면서 말했다.

"여기요. 내 자리에 타세요. 내가 다음 엘리베이터를 탈게요."

"정말이세요?"

"로맨틱한 만남이겠죠."

"아, 감사해요, 감사합니다!"

내가 앞으로 나가면서 말했다. 그녀에게 로맨틱한 만남일 확률이, 심지어 만날 확률이 시시각각 줄어든다는 말을 하기 싫었다. 난 엘리베이터에 올라, 다른 승객들의 호기심 어린 눈길을 무시했다. 엘리베이터가 움직이기 시작하자 주먹을 꽉 쥐었다.

엘리베이터가 초고속으로 올라가자, 아이들이 키득대면서 빠른 속도를 보여주는 유리 천장을 손짓했다. 머리 위에서 조명이 반짝였다. 내 배속에서 난리가 났다. 옆에 있는 꽃무늬 모자를 쓴 나이 든 부인이 내 옆구리를 찔렀다.

"박하사탕을 먹을래요? 마침내 그를 만날 경우에 대비해서?"

그녀가 윙크하면서 말했다.

나는 사탕을 받고 초조하게 미소 지었다.

그녀가 남은 사탕을 가방에 넣으면서 말했다.

"어떻게 될지 궁금하네요. 나를 찾아와요."

그때 귀가 멍멍해지더니, 엘리베이터의 속도가 느려지면서 멈추었다.

아주 오래전 작은 세상에서 사는 여자애가 있었다. 소도시에 사는 소녀는 아주 행복했다. 아니 적어도 자신에게 그렇다고 말했다. 보통 여자애들처럼 색다른 차림새를 해보고 싶었고, 자기와 다른 사람이 되고 싶었다. 하지만 다들 그렇듯 삶이 조금씩 파고들었고, 결국 진짜 맞는 것을 찾기보다는 가면을 쓰고 개성을 감추고 살았다. 한동안 세상에 시달리다가 본모습대로 살지 않는 게 더 안전하다고 결론지었다.

우리가 선택할 수 있는 다양한 모습이 있다. 한때 내 인생은 가장 평범한 잣대로 평가될 처지였다. 그런데 한 남자가 다르게 가르쳐주었다. 그는 던져진 자기 모습을 받아들이지 않았다. 또 한 노부인이 다르게 가르쳐주었다. 다들 도리가 없다고 할 만한 상황을 오히려 바꿀 수 있다고 지적했다.

내게 선택권이 있었다. 나는 뉴욕의 루이자 클라크거나 스톳폴드의 루이자 클라크였다. 혹은 아직 내가 만나지 않은 전혀 다른 루이자가 있겠지. 같이 걸을 사람이 내 모습을 결정해서 나비 표본처럼 핀으로 눌러놓지 않는다는 게 중요했다. 자신을 다시 만들어갈 방법을 스스로 찾을 수 있다는 게 핵심이었다.

샘이 거기 없어도 나는 살아갈 거라고 마음을 다독였다. 결국 더 나쁜 상황도 겪어낸 나니까. 그저 다른 모습의 변화가 되겠지. 계속 그렇게 중얼대면서 엘리베이터 문이 열리기를 기다렸다. 7시 17분이었다.

얼른 유리문으로 걸어가면서, 샘이 여기까지 왔다면 20분 정도는 기다릴 거라고 자신을 달랬다. 그러다가 야외 전망대로 달려가 빙빙 돌면서 관람객들 사이를 누비고 다녔다. 수다를 떨고 셀카를 찍는 사람들 속에서 샘을 찾아다녔다. 다시 유리문을 지나서 넓은 실내 로비로 가서 두 번째 전망대로 갔다. 샘은 이쪽에 있을 거야. 재빨리 안팎을 다니면서 몸을 돌려 낯선 얼굴들을 살피며 한 남자만 찾았다. 주변 사람들보다 키가 크고, 머리가 검고 어깨가 넓은 남자. 타일 바닥을 왔다 갔다 하는데 저녁 빛이 내 머리 위로 쏟아지고, 등에 땀이 홍건했다. 보고 또 보고, 그가 거기 없는 걸 알자 욕지기가 일었다.

"그 사람을 찾았어요?"

사탕을 준 부인이 내 팔을 잡고 물었다.

나는 고개를 저었다.

"위층에 올라가봐요, 아가씨."

그녀가 건물 옆쪽을 손짓했다.

"위층이요? 위층이 있어요?"

의기소침해지지 않으려고 애쓰면서 뛰어가니 작은 에스컬레이터가 나타났다. 그걸 타고 올라가니 다른 전망대가 나왔고 관람객이 훨씬 많았다. 절망감에 빠져드는데, 갑자기 통화를 하면서도 샘이 맞은편에서 아래층으로 가는 장면이 떠올랐다. 그러면 찾지 못할 텐데.

"샘! 샘!"

심장이 마구 뛰었다.

몇 사람이 힐끗 쳐다봤지만, 대부분 바깥쪽을 보면서 셀카를 찍거나 유리 스크린 앞에서 포즈를 취했다.

나는 전망대 가운데 서서 쉰 목소리로 외쳤다.

"샘?"

문자메시지를 보내려고 계속 휴대폰을 눌러댔다.

유니폼을 입은 경비원이 옆에 나타나서 말했다.

"맞아요, 이 위에서는 휴대폰이 잘 터지지 않습니다. 누구를 잃어버렸어요? 아이를 잃어버렸습니까?"

"아니요. 남자요. 여기서 만나려고 했어요. 전망대가 두 층인지 몰랐어요. 야외 데크가 이렇게 많은지. 아, 어떡해. 아, 어떡해요. 그이가 어디 있는지 모르겠어요."

"동료에게 무전을 보내서 이름을 외쳐줄 수 있는지 알아보지요."

경비원이 무전기를 귀에 대면서 다시 내게 말했다.

"그런데 실은 3층까지 있는 걸 아세요, 손님?"

그가 위쪽을 가리켰다. 이 순간 난 숨죽인 흐느낌을 터뜨렸다. 7시 23분이었다. 샘을 찾지 못하리라. 지금쯤 그는 가버렸을 거야. 일단 여기 왔다면.

"저기 올라가보시죠."

경비원이 내 팔꿈치를 잡고 다음 층으로 가는 계단을 가리켰다. 그러더니 무전을 보내려고 고개를 돌렸다.

"저게 다지요? 전망대가 더 없고요."

내가 물었다.

그가 씩 웃었다.

"전망대는 더 없습니다."

'30 록펠러 플라자'의 다음 전망대로 가는 계단은 67개. 가장 높은 전망대에 오르기가 힘들다. 달리기용이 아닌, 고무 스트랩이 달린 진홍색 빈티지 새틴 댄스화를 신었다면 더욱더. 무더위에는 특히. 이번에는 천천히 걸었다. 좁은 계단을 올라가는데, 중간쯤에서 긴장되어 심장이 터질 것 같았다. 몸을 돌려 뒤쪽 경치를 봤다. 맨해튼 위로 붉은 노을이 물들고, 끝없는 바다를 이룬 반짝이는 마천루가 분홍빛을 반사했다. 세계의 중심이 굴러가고 있었다. 저 아래서 100만 명이 살고, 100만 개의 아픈 가슴이 크고 작은 기쁨과 상실과 생존의 이야기를 품고, 매일 100만 개의 작은 승리를 거두었다.

'그저 좋아하는 일을 하는 데 큰 위로가 있지.'

마지막 계단 몇 개에서 내 삶이 여전히 멋지게 펼쳐질 수 있는 길들을 떠올렸다. 숨을 고르면서 새 에이전시, 친구들, 예기치 않게 생긴 개의 건들거리는 예쁜 얼굴을 생각했다. 1년도 안 되는 사이에 세계에서 가장 치열한 도시에서 집도, 직업도 없던 내가 생존한 걸 생각했다. 윌리엄 트레이너 기념 도서관을 생각했다.

몸을 돌려 다시 위를 본 순간, 돌출된 벽에 기대서 도시를 내다보고 있는 그가 보였다. 산들바람에 머리칼을 나부끼면서 나를 등지고 서 있었다. 관광단의 마지막 사람이 지나갈 때까지 나는 그대로 서서, 그의 넓은 어깨를 바라보았다. 약간 위로 든 고개, 칼라에 닿는 보드라운 검은 머리를 보자니, 내 안에서 뭔가 변했다. 샘을 보는 것만으로도 내 안 깊은 곳에서 뭔가 정돈되어 차분해졌다.

서서 바라보다가 큰 한숨을 내뱉었다.

그 순간 내 눈길을 의식했는지 그가 천천히 몸을 돌려 반듯하게 섰다. 나처럼 샘의 얼굴에도 천천히 미소가 번졌다.

그가 말했다.

"안녕, 루이자 클라크."

스틸 미

펴낸날	초판 1쇄 2019년 1월 18일
	초판 11쇄 2021년 5월 3일
지은이	조조 모예스
옮긴이	공경희
펴낸이	심만수
펴낸곳	(주)살림출판사
출판등록	1989년 11월 1일 제9 - 210호
주소	경기도 파주시 광인사길 30
전화	031 - 955 - 1350 팩스 031 - 624 - 1356
홈페이지	http://www.sallimbooks.com
이메일	book@sallimbooks.com
ISBN	978 - 89 - 522 - 4019 - 4 03840

이 도서의 국립중앙도서관 출판시도서목록(CIP)은 서지정보유통지원시스템 홈페이지
(http://seoji.nl.go.kr)와 국가자료공동목록시스템(http://www.nl.go.kr/kolisnet)에서
이용하실 수 있습니다.(CIP제어번호: CIP2019000231)